Originaire du Michigan, Marcus Sakey a fait des études de sciences politiques et communication avant de se consacrer à l'écriture. Auteur de plusieurs best-sellers aux États-Unis, il nous offre dans ce premier volet de la trilogie des *Brillants* un thriller doublé d'une critique sociale corrosive.

Pour les trois fascinantes femmes de ma vie :
Ma mère, Sally
Ma femme, g.g.
Ma fille, Jocelyn
Jamais un homme n'a eu autant de chance.

Extrait du *New York Times*, pages « Opinions », 12 décembre 1986

Récemment, on a beaucoup parlé du Dr Eugene Bryce et de son étude concernant ceux que l'on appelle les « Brillants », ce pourcentage d'enfants nés depuis l'année 1980 et dotés de capacités exceptionnelles. Bien que l'étendue de leurs dons demeure inconnue, il est clair qu'il s'est produit quelque chose de remarquable : il ne naît plus un savant par génération, mais un toutes les heures.

Mais ce n'est pas tout : habituellement, le terme *savant* était accolé à un autre mot pour former une expression peu aimable mais guère inexacte pour autant, celle d'idiot savant. Ces rares individus aux dons surhumains étaient généralement handicapés d'une façon ou d'une autre. Génies détraqués, ils pouvaient dessiner la ligne d'horizon de Londres après y avoir jeté un bref coup d'œil, tout en étant incapables de commander une tasse de thé. Ils connaissaient intuitivement la théorie des cordes ou la géométrie non commutative, et un sourire de leur mère les déroutait. C'était comme si l'évolution maintenait un équilibre, prenant ici et donnant là.

Toutefois, ce n'est pas le cas avec les « Brillants ». Le Dr Bryce estime leur nombre à 1 % des enfants nés depuis 1980, et hormis leurs dons, ils sont statistiquement normaux. Ils sont intelligents, ou pas. Sociables, ou pas. Talentueux, ou pas. Pour le dire autrement, à part leurs capacités extraordinaires, ils sont exactement comme les enfants que l'on connaît depuis l'aube de l'humanité.

Il n'est guère surprenant que le débat public se soit focalisé sur la cause de ce phénomène. D'où ces enfants viennent-ils ? Pourquoi maintenant ? Le processus va-t-il se poursuivre indéfiniment, ou va-t-il cesser aussi brutalement qu'il a commencé ?

Mais il y a une question bien plus importante. Une question aux implications bouleversantes. Une question qui est sur toutes les lèvres et que pourtant personne ne pose, sans doute parce que nous avons peur de la réponse.

Que se passera-t-il quand ces enfants grandiront ?

PREMIÈRE PARTIE

CHASSEUR

Chapitre 1

L'invité de l'émission de radio venait de dire qu'une guerre se préparait, il avait dit cela comme s'il l'attendait avec impatience, et Cooper, sans manteau et frissonnant dans la soirée déserte, se disait que ce type était un trou du cul.

Cela faisait maintenant neuf jours qu'il pourchassait Vasquez. Quelqu'un avait prévenu la programmeuse juste avant qu'il n'arrive dans un appartement d'un immeuble sans ascenseur de Boston, un rectangle de briques où la seule lumière provenait d'une fenêtre qui donnait sur un puits d'aération, et des yeux rouges brillants des témoins de veille des ordinateurs, des routeurs et des onduleurs. Le fauteuil de bureau était contre le mur opposé, comme si quelqu'un en avait bondi, et de la vapeur s'élevait encore d'un bol de râmen[1] abandonné.

Vasquez s'était enfuie, et Cooper l'avait poursuivie.

Il avait été alerté de l'utilisation d'une fausse carte de crédit à Cleveland. Deux jours plus tard, une caméra

1. Bouillon de nouilles chinoises accompagnées de poisson ou de viande, assaisonnées avec du *miso* ou de la sauce soja. *(Toutes les notes sont du traducteur.)*

de surveillance avait repéré Vasquez en train de louer une voiture à Knoxville. Plus rien pendant un moment, puis il l'avait brièvement pistée dans le Missouri, puis plus rien à nouveau, et il s'en était fallu d'un cheveu ce matin dans une petite ville de l'Arkansas appelée Hope.

Les douze dernières heures avaient été tendues, car la frontière mexicaine était dangereusement proche, et au-delà, il y avait un vaste monde dans lequel quelqu'un comme Vasquez pouvait disparaître. Mais chacun des mouvements de l'anormale permettait à Cooper de prédire le suivant avec davantage de précision. C'était comme peler des couches de papier de soie pour révéler l'objet qu'elles emballaient, une forme vague qui prenait peu à peu l'allure exacte de sa cible.

Alex Vasquez, 23 ans, 1m75, un visage banal et un esprit capable de voir la logique d'un programme informatique en trois dimensions, et qui en transcrivait les codes davantage qu'il ne les écrivait. À quinze ans, elle avait obtenu son diplôme de troisième cycle au MIT les doigts dans le nez. Vasquez possédait un don d'une puissance extraordinaire, de ceux qui ne se manifestaient qu'une fois par génération, avait-on coutume de dire.

Désormais, on ne disait plus la même chose.

Le bar était au rez-de-chaussée d'un petit hôtel de la banlieue de San Antonio. En entrant, Cooper paria avec lui-même. *Néons publicitaires Shiner Bock*[1]*, faux plafond assombri par la fumée de cigarette, juke-box dans le coin, table de billard au feutre usé, spécialités inscrites sur un tableau noir. Une femme derrière le bar, une blonde dont les racines de cheveux étaient sombres.*

Les spécialités étaient en fait inscrites sur un tableau blanc et la serveuse était rousse. Cooper sourit. Le bar

1. Bière texane, brassée non loin de San Antonio.

était presque à moitié rempli, principalement par des hommes. Les tables étaient couvertes de cruches en plastique, de paquets de cigarettes et de téléphones portables. La musique était trop forte, un groupe de country-rock qu'il ne connaissait pas :

Normal was good enough for my grand-daddee,
Normal's all I want to be,
Normal men built the USA,
Normal men taught me how to play.[1]

Cooper tira un tabouret muni d'un haut dossier, s'assit, tapa du bout des doigts le rythme sur le comptoir. Il avait entendu dire que l'essence de la musique country, c'était trois accords et la vérité[2]. *Eh bien, pour les trois accords, c'est toujours valable.*

« Qu'est-ce que je peux te servir, chéri ? » Les racines de ses cheveux roux étaient sombres.

« Un café. » Il jeta un coup d'œil de biais. « Et mettez-lui une autre Bud, voulez-vous ? Elle en a pratiquement fini avec celle-là. »

La femme assise sur le tabouret à côté de lui était en train d'arracher l'étiquette du goulot de sa bouteille. Les doigts de sa main droite s'animèrent un moment, ses épaules se raidirent sous son T-shirt. « Merci, mais non.

1. « Normal, ça suffisait à grand-papa / Normal, c'est tout ce que je veux être / Normaux étaient les hommes qui ont bâti les USA / Normaux étaient les hommes qui m'ont appris à jouer. »

2. « Three chords and the truth » : définition d'une bonne chanson country selon Harlan Howard, grand compositeur du genre. Vers ajouté par le groupe U2 dans sa reprise de *All Along the Watchtower* de Bob Dylan.

— Ne vous en faites pas. » Cooper afficha un large sourire. « Je ne suis pas en train de vous draguer. C'est juste que j'ai passé une bonne journée, et je pensais partager un moment agréable. »

Elle hésita puis acquiesça, et le mouvement de sa tête fit briller un fin collier en or autour de son cou. « Merci.

— Pas de quoi. »

Puis chacun regarda droit devant soi. Un alignement de bouteilles et derrière, punaisées au mur, des photos aux couleurs passées. Beaucoup d'inconnus bras dessus, bras dessous, brandissant des bouteilles de bière, ayant l'air de passer un bon moment. Il se demanda de quand dataient les photos, combien parmi les gens photographiés venaient encore boire ici, à quel point leur vie avait changé, lesquels étaient morts. Les photos étaient un truc marrant. Elles étaient obsolètes au moment même où elles étaient prises et, observées séparément, n'avaient pas grand sens. Mais une série de photos était davantage parlante. Certaines choses étaient évidentes : coupes de cheveux, poids gagné ou perdu, tendances de la mode. D'autres éléments exigeaient un regard particulier pour être vus. « Vous logez ici ?

— Pardon ?

— Votre accent. Vous n'avez pas l'air du coin.

— Vous non plus.

— Non, dit Cooper. Simplement de passage. Serai parti ce soir, si tout va bien. »

La rousse revint avec son café, puis sortit une bière du réfrigérateur, une bouteille dégoulinant d'eau glacée. D'un geste gracieux, elle tira un décapsuleur de sa poche arrière. « Quatre dollars. »

Cooper posa un billet de dix sur le comptoir et

regarda la femme lui rendre la monnaie. C'était une pro, elle aligna six fois un dollar au lieu d'un billet de cinq accompagné d'un billet de un, ce qui incitait à laisser un pourboire plus généreux. À l'autre bout du bar, quelqu'un cria : « Sheila, mon cœur, je meurs de soif », et la serveuse se dirigea vers le type en question en affichant un sourire expérimenté.

Cooper but une gorgée de café. Il était brûlé et trop léger. « Vous avez entendu qu'il y a eu un autre bombardement ? À Philadelphie, cette fois. J'écoutais la radio en venant. Un débat, avec je ne sais quel plouc. Il a dit qu'une guerre se préparait. Que nous devions ouvrir les yeux.

— Qui, "nous" ? demanda la femme en regardant ses mains.

— Dans le coin, je suis sûr que "nous" veut dire les Texans, et "eux", les sept autres milliards d'habitants de cette planète.

— En effet. Parce qu'il n'y a pas beaucoup de Brillants au Texas. »

Cooper haussa les épaules, but une autre gorgée de café. « Moins que dans d'autres endroits. Il en naît le même pourcentage ici, mais ils ont tendance à partir vers des coins plus progressistes, avec une densité de population plus élevée. Plus de tolérance et plus de chances de se retrouver avec leurs semblables. Il y a des Brillants au Texas, mais vous en trouverez un plus grand nombre à Los Angeles ou à New York. » Il fit une pause. « Ou à Boston. »

Les doigts d'Alex Vasquez blanchirent autour de sa bouteille de Bud. Elle se tenait avachie, dans la position classique du programmeur qui passe toutes ses journées derrière un écran, mais soudain elle se redressa.

Durant un long moment, elle regarda droit devant elle. « Vous n'êtes pas flic.

— Je suis du DAR. Des Services Équitables.

— Un extincteur de réverbères ? » Ses pupilles se dilatèrent et le fin duvet de sa nuque se dressa.

« On éteint les lumières.

— Comment m'avez-vous trouvée ?

— On vous a presque eue dans l'Arkansas, ce matin. C'est à dix heures de la frontière, trop loin pour la passer en plein jour. Vous êtes suffisamment intelligente pour planifier un passage durant la journée, quand il y a foule et que les gardes sont moins attentifs. Et comme vous vous sentez plus à l'aise dans les grandes villes, et que San Antonio est la dernière avant la frontière... » Il haussa les épaules.

« J'aurais pu me cacher quelque part et ne pas bouger.

— Vous auriez pu. Mais je savais que vous ne le feriez pas. » Il sourit. « Vos habitudes vous ont trahie. Vous nous fuyez, mais en même temps, vous cherchez quelque chose. »

Vasquez s'efforça de garder un visage impassible, mais la vérité se manifestait par une cinquantaine de signes qui, aux yeux de Cooper, brillaient comme des petits néons. *Tu pourrais arrêter ça et jouer au poker*, lui avait dit un jour Natalie, *mais plus personne ne voudrait jouer*. « C'est ce que je me suis dit. Vous ne travaillez pas seule, n'est-ce pas ? »

Vasquez secoua la tête d'un mouvement tendu et contrôlé. « Vous êtes affreusement satisfait de vous-même. »

Cooper haussa les épaules. « J'aurais été satisfait si je vous avais attrapée à Boston. Mais vous empêcher de propager votre virus compte comme une victoire. Est-ce que vous êtes proche du but ?

— Quelques jours. » Elle soupira, saisit la bouteille de bière et la porta à ses lèvres. « Peut-être une semaine.

— Savez-vous combien d'innocents vous auriez pu tuer ?

— Ça ne vise que les systèmes de guidage des avions *militaires*. Pas de victimes civiles. Uniquement des soldats. » Vasquez se tourna vers lui. « Il y a une guerre, vous vous souvenez ?

— Pas encore.

— Allez vous faire foutre. » Vasquez avait craché ces mots. La serveuse, Sheila, leur lança un regard, tout comme les consommateurs des tables voisines. « Dites ça aux gens que vous avez assassinés.

— Je n'ai jamais assassiné qui que ce soit, dit Cooper. Je les ai tués.

— Ce n'était pas des meurtres parce qu'il s'agissait de gens différents ?

— Ce n'était pas des meurtres parce qu'il s'agissait de terroristes. Ils s'en prenaient à des gens innocents.

— Ils *étaient* des gens innocents. Simplement, ils étaient capables de faire des choses que vous ne pouvez même pas imaginer. Je peux voir le code, vous comprenez ça ? Les algorithmes qui déconcertent les normaux ne sont que des dessins pour moi. Ils viennent dans mes rêves. Je rêve les plus beaux programmes jamais écrits.

— Venez avec moi. Venez rêver pour nous. Il n'est pas trop tard. »

Elle fit pivoter son tabouret, prit la bouteille de bière par le goulot. « Tu parles ! Payer ma dette à la société, hein ? Rester en vie, mais vivre comme une esclave, en trahissant les miens.

— Ce n'est pas aussi simple.

— Je ne vois pas de quoi vous parlez. »

Cooper sourit. « Vous en êtes sûre ? »

Ses yeux scintillèrent, puis elle plissa les paupières. Elle prit une profonde inspiration. Ses lèvres s'animèrent comme si elle murmurait, mais il n'en sortit aucun mot. Finalement, elle demanda : « Vous êtes un Brillant ?

— Oui.

— Mais vous…

— Oui.

— Hé ! Tout va bien, m'dame ? »

Cooper cessa de la fixer durant la seconde qui lui était nécessaire pour évaluer l'homme. 1 m 85, 100 kg, de la graisse sur une solide musculature développée par le travail, pas par l'exercice. Les mains devant lui, presque debout, les genoux à peine pliés, bien campé. Prêt à se battre s'il le fallait, mais pas convaincu que cela serait nécessaire. Bottes de cow-boy.

Puis il se retourna vers Alex Vasquez et vit ce à quoi il s'attendait depuis qu'il avait remarqué la façon dont elle tenait sa bouteille de bière. Elle avait profité de la diversion pour pivoter vers lui et l'attaquer d'un mouvement de revers. Coude levé, elle faisait siffler sa bouteille droit vers son crâne.

Mais il n'était plus là.

Bien. Tu le prends comme ça ? Il était impossible de savoir à coup sûr comment le cow-boy allait réagir. Mieux valait être prudent. Cooper glissa de côté et décocha un crochet du gauche dans la mâchoire du cow-boy. Le type encaissa bien, amortit le coup et resta campé sur ses jambes. C'était un bon crochet qui aurait sans doute étendu pour le compte un homme normalement bâti. Cooper vit l'ombre de la réplique dans les yeux du type, la contraction des deltoïdes, la rotation des obliques, tout cela avec la même instantanéité qu'il fallait à un normal pour identifier un panneau stop. Et le sens lui était tout aussi clair. Le coup de poing était un direct pistonné mais pour Cooper, qui savait exactement où il allait frapper, l'éviter était simple comme bonjour. Du coin de l'œil, il vit Vasquez glisser du tabouret et se ruer vers la porte du fond.

Bon. Ça suffit comme ça. Il fit un pas en avant, arma son coude et frappa le cow-boy à la gorge. Toute velléité le quitta instantanément. Il porta les deux mains à son cou, ses ongles griffaient la peau et creusaient des sillons de sang. Ses genoux vacillèrent et se dérobèrent.

Cooper pensa dire à l'homme qu'il irait bien, qu'il ne lui avait pas écrasé la trachée, mais Vasquez disparaissait déjà par la porte du fond. Le cow-boy comprendrait tout seul. Il fendit le groupe des consommateurs. La plupart d'entre eux l'observaient sans bouger, et ceux qui commençaient à réagir le faisaient trop lentement. Un tabouret était en train de tomber tandis qu'un homme en bondissait, et Cooper lut le schéma des muscles du type et l'arc de la chute du tabouret, s'intercala entre les deux et sauta par-dessus les pieds du tabouret sans engager le combat. Le juke-box était passé à Skynyrd, Ronnie Van Zant demandait trois enjambées, *mister*, donne-moi trois enjambées vers la porte, ce qui l'aurait fait rire s'il en avait eu le temps[1].

La porte mentionnait ACCÈS RÉSERVÉ AUX RÉSIDENTS DE L'HÔTEL. Cooper la saisit juste avant qu'elle ne se referme et l'ouvrit en grand pour s'assurer que Vasquez n'était pas juste derrière – si elle avait eu une arme, il l'aurait remarqué, mais elle avait pu la cacher

1. La chanson *Gimme Three Steps* de Lynyrd Skynyrd évoque exactement la même situation.

avant d'entrer dans le bar –, puis, constatant que la voie était libre, il pivota et s'engagea dans le couloir qui menait à une autre porte, laquelle donnait sans doute sur le hall d'entrée. Des escaliers montaient, recouverts d'un tapis terne aux motifs orange et gris. Il commença à les gravir, la musique et les bruits du bar s'atténuèrent, le souffle de sa respiration faisait écho sur les murs en parpaings. Une autre porte donnait sur un couloir et deux rangées de chambres d'hôtel.

Il leva le pied droit pour faire un pas…

Quatre possibilités.

Un : une fuite paniquée non planifiée. Mais c'est une programmeuse, qui raisonne donc avec logique et anticipe les options.

Deux : elle pense à prendre un otage. Mais elle n'aurait le temps de faire une tentative que dans une seule chambre, sans garantie de pouvoir en maîtriser l'occupant.

Trois : prendre une arme préalablement cachée. Mais cela ne modifiait pas l'équation. Si tu peux la voir, elle ne pourra pas t'atteindre.

Quatre : la fuite. Bien sûr, l'immeuble était encerclé, mais elle devait le savoir. Ce qui induisait une alternative.

Pigé !

… dans le couloir. Onze portes, dix identiques, sauf le numéro de chambre. La dernière porte n'en possédait pas. Le réduit du concierge. Cooper s'y précipita, tourna la poignée qui n'était pas verrouillée. C'était une pièce miteuse d'à peine plus de deux mètres sur deux. À l'intérieur se trouvaient un chariot de nettoyage et des échantillons d'articles de toilette, un aspirateur, un casier métallique avec une pile de serviettes pliées, un petit évier et, boulonnée au mur, une échelle d'acier qui grimpait vers une lucarne. La fenêtre était ouverte et au travers, il voyait le ciel nocturne.

Elle a dû préparer ça après s'être installée. La lucarne était sûrement verrouillée. Vasquez a dû découper la vitre ou la briser pour se ménager une mince échappatoire. Intelligent. L'hôtel comptait deux étages dans un alignement d'immeubles similaires et il ne devait pas être difficile de passer de l'un à l'autre avant de descendre par une issue de secours et s'éloigner tranquillement.

Il s'approcha de l'un des minces barreaux et se hissa. Attendit un moment pour s'assurer qu'elle ne l'attendait pas en haut pour l'assommer avec une pierre, puis attrapa le rebord et rampa sur le toit. Du goudron ramolli s'accrocha à ses semelles. Même à travers le bain de lumières de la ville, les étoiles débordaient l'horizon. Il entendait les bruits de la circulation monter de la rue et les hurlements qui accompagnèrent l'entrée de son unité dans le bar. Toujours baissé, il regarda à droite et à gauche, aperçut une mince silhouette qui lui tournait le dos, les mains en appui sur le muret de près d'un mètre qui marquait le bord du toit. Vasquez se hissa et posa un genou sur le rebord avant de se redresser.

« Alex ! » Tout en se relevant, Cooper sortit son arme mais la garda baissée. « Stop. »

La programmeuse se figea sur place. Il s'approcha prudemment tandis qu'elle se tournait, lentement, son attitude exprimant un mélange de frustration et de résignation. « Foutu DAR !

— Descends de là et mets tes mains derrière la tête. »

Les lumières de la rue éclairaient son visage, son regard dur, ses lèvres pincées en un sourire méprisant. « Alors comme ça, tu es un Brillant, hein ? » Un nouveau scintillement d'or sur son collier, un oiseau délicatement forgé. « Il s'agit de quoi, dans ton cas ?

— Identification des schémas, tout particulièrement le langage corporel. » Il s'approcha jusqu'à ce qu'une demi-douzaine de pas les séparent. Garda le Beretta baissé.

« C'est pour ça que tu te déplaces si rapidement.

— Je ne me déplace pas plus rapidement que toi. C'est juste que je sais ce que tu vas faire.

— N'est-ce pas mignon ? Et tu t'en sers pour traquer les tiens. Tu aimes ça ? » Elle posa les mains sur ses hanches. « Ça te donne l'impression d'être puissant ? Je parie que oui. Est-ce que tes maîtres te caressent la tête chaque fois que tu attrapes l'un de nous ?

— Descends, Alex.

— Sinon tu vas me tirer dessus ? » Elle jeta un œil à l'immeuble de l'autre côté de l'allée étroite. Le saut était long mais faisable, peut-être deux mètres.

« Ce n'est pas obligé que ça se passe comme ça. Tu n'as blessé personne jusqu'à présent. » Il lut l'hésitation dans son corps, le tremblement dans ses mollets et la tension dans ses épaules. « Descends et parlons.

— Parler, grogna-t-elle. Je sais comment vous parlez, vous les types du DAR. Quel est ce terme qu'affectionnent les politiciens ? "Interrogatoire amélioré." Très joli. Ça fait beaucoup plus beau que torture. Tout comme Département Analyse et Réaction fait beaucoup plus beau que Bureau de Contrôle des Anormaux. » En regardant son corps, il comprit qu'elle était en train de prendre une décision.

« Ce n'est pas obligé que ça se passe comme ça, répéta-t-il.

— Quel est ton prénom ? demanda-t-elle d'une voix douce.

— Nick.

— Le type de la radio avait raison, Nick. Au sujet de la guerre. C'est notre futur. » Une étrange résolution s'empara d'elle et elle glissa ses mains dans les poches. « Tu ne peux pas arrêter le futur. Tout ce que tu peux faire, c'est choisir ton camp. » Elle se tourna et regarda dans l'allée.

Cooper vit ce qu'elle s'apprêtait à faire et s'élança, mais avant qu'il ait pu faire deux pas, Alex Vasquez, les mains enfoncées dans les poches, plongeait du toit.

La tête la première.

Chapitre 2

Cooper passa la nuit et une bonne partie du jour suivant à tout nettoyer.

S'il n'y avait eu que le corps brisé d'Alex Vasquez… Ça, les médecins légistes s'en étaient occupés, blaguant sur la cause de la mort tandis qu'ils la chargeaient sur le brancard. Lui et Quinn avaient observé – Quinn tenait une cigarette qu'il n'avait pas allumée, la faisait tourner entre ses doigts, la glissait entre ses lèvres, la coinçait derrière l'oreille. Il n'essayait pas d'arrêter de fumer : il savourait le moment de tension avant d'allumer sa cigarette. Cooper observa les muscles faciaux de Quinn lorsque celui-ci finit par tirer une longue taffe, et fut presque certain d'y lire un genre de déception.

« Je me suis toujours demandé si quelqu'un serait capable de faire ça. » Quinn leva les yeux vers le toit de l'hôtel, une dizaine de mètres plus haut. « Ça doit pas être évident de réprimer les réflexes de survie, de rester tête la première.

— Elle avait mis les mains dans les poches avant de sauter. »

Bobby Quinn siffla. « Merde, Cooper. Qu'est-ce que tu lui as fait, là-haut ? »

Dans sa chambre d'hôtel, ils avaient retrouvé son datapad et dans sa poche, une micromémoire, qu'ils avaient donnés à Luisa et Valerie en leur disant d'aller les analyser au bureau de San Antonio. Vasquez avait déclaré qu'il fallait encore une semaine de travail sur le codage du virus avant qu'il ne soit prêt. Si elle avait dit la vérité, la chose était bien trop complexe pour qu'un autre programmeur y parvienne sans difficultés.

Je rêve les plus beaux programmes jamais écrits.

Vers deux heures du matin, il avait appelé Drew Peters, le directeur des Services Équitables. Malgré l'heure, son chef paraissait bien réveillé. « Nick. Quelles sont les nouvelles ?

— Alex Vasquez est morte. »

Il y eut un silence. « Cela était-il nécessaire ?

— Elle s'est suicidée. » Cooper avait horreur de parler au téléphone. Il avait l'impression d'être handicapé quand il ne voyait pas la personne avec laquelle il parlait, les mouvements des muscles de son visage, la contraction de ses pores et la dilatation de ses pupilles. Lorsqu'il ne pouvait voir quelqu'un, il devait prendre les mots pour argent comptant au lieu de lire la signification qu'ils recouvraient. Il avait entendu dire qu'au contraire, certains lecteurs préféraient le téléphone parce qu'il éliminait la dissonance entre ce que les gens disaient et ce qu'ils pensaient, mais pour lui, cela revenait à se sectionner la langue au motif que l'on n'aimait pas ce que l'on venait de goûter. « Je n'ai pas pu l'en empêcher.

— C'est dommage. J'aurais aimé discuter avec elle.

— Je pense que c'est pour ça qu'elle s'est tuée. Nous avons parlé avant qu'elle saute, et elle a évoqué les interrogatoires. Ça lui faisait peur. Pas la procédure, mais ce qu'elle aurait pu nous révéler. »

Une nouvelle pause, longue. « Difficile d'en voir le côté positif.

— Oui, monsieur.

— Très bien. C'est malgré tout une réussite, même si elle n'est pas totale. Bon boulot, mon garçon. Occupez-vous de tous les détails et rentrez à la maison. »

Après l'appel, il avait fallu mettre les choses en ordre avec les flics et régler les questions de juridiction. Le département exerçait de vastes pouvoirs qu'aucune autorité locale n'oserait remettre en question, mais les procédures gouvernementales comportaient systématiquement le facteur PTC[1], et il y avait des formulaires à remplir, des autorisations codées à renseigner, des rapports post-incident à rédiger. Son équipe avait interrogé les autres clients de l'hôtel pour s'assurer que Vasquez n'avait pas de complice parmi eux. Il avait fait en sorte que le corps soit rapatrié à Washington DC – trente ans après l'apparition des premiers Brillants, les pros du scalpel prenaient toujours autant de plaisir à leur prélever le cerveau – et avait passé des coups de fil pour que les autorités locales apprennent la mauvaise nouvelle à la famille. La mère de Vasquez vivait à Boston et son père à Flint, et tous deux étaient normaux. Elle avait un frère, Bryan, lui aussi normal, un ingénieur prometteur qui avait abandonné ses études. Aux dernières nouvelles, il vendait de l'herbe à Berkeley.

Les jours précédents se résumaient à une longue course, et Cooper avait les nerfs à vif. Épuisé par les formulaires et les procédures, par tous les pièges de l'application de la loi. La bureaucratie et la patience qu'elle exigeait n'étaient pas son fort – même quand il

1. Acronyme de « Protège Ton Cul », CYA en anglais (« Cover Your Ass »).

n'était pas éreinté. Lorsque enfin il embarqua dans le jet qui rentrait à DC, le siège inclinable lui parut être un matelas de plumes. Il jeta un œil à sa montre : trois heures de vol et une heure de décalage horaire, plus le voyage de Dulles[1] à Del Ray[2], ça le faisait arriver à vingt-deux heures. Tard, mais pas *trop* tard. Il se détendit sur son siège et ferma les yeux. Eut une vision d'Alex Vasquez qui l'attendait, ce quart de rotation qu'elle avait fait quand il avait compris son intention, la façon dont elle avait enfoncé les mains dans les poches de son jean. La façon dont elle avait pris appui sur son pied droit juste avant de s'élancer.

Je rêve les plus beaux programmes jamais écrits.

Cooper dormait avant que les roues n'aient quitté le sol. S'il rêva de quoi que ce soit, il n'en garda aucun souvenir.

Une main sur son épaule le réveilla. Il cilla, leva les yeux, vit l'hôtesse qui lui souriait. « Excusez-moi. Nous atterrissons.

— Merci.

— Je vous en prie. » La femme continuait à lui sourire. Son attitude était pleine de coquetterie, mais il en discernait tout le professionnalisme. « Vous désirez quelque chose ?

— Tout va bien. » Il se frotta les yeux et regarda par le hublot. DC était rincée de pluie.

Depuis le siège situé de l'autre côté de l'allée, Quinn dit : « Je crois qu'elle a le béguin pour toi.

— C'est parce qu'elle ignore que je travaille pour le gouvernement. » Il s'étira, fit craquer les articulations de ses épaules et de ses coudes. C'était un vol commer-

1. Aéroport international de Washington.

2. Quartier d'Alexandria, au sud de Washington.

cial, plus agréable que les avions militaires qu'ils prenaient la plupart du temps. Quinn et lui étaient les seuls passagers. Luisa Abrahams et Valerie West, les deux autres membres de son équipe, prendraient un vol le lendemain, quand elles auraient fini le travail à San Antonio. *En parlant de ça…*

« Des nouvelles au sujet du virus ?

— Des bonnes et des mauvaises. D'après Luisa, le virus est, je cite, "un putain de salopard de code". La bonne nouvelle, c'est qu'il n'est pas achevé, et Valerie ne pense pas qu'un autre programmeur puisse reprendre les choses en main. Elle affirme qu'*elle* en serait incapable.

— Et la mauvaise nouvelle ?

— Vasquez n'aurait pas pu s'en servir. Le virus aurait dû passer les protocoles de sécurité militaires. Et ceux-ci sont conçus par les plus retors de nos stratèges. »

Cooper le regarda.

« Je dis pas ça méchamment. De toute façon, Luisa a dit que pour fonctionner, il devrait être introduit *dans* le mur pare-feu.

— Alors Alex Vasquez avait un contact. Quelqu'un parmi les militaires.

— Dans ce cas, c'est forcément quelqu'un de sacrément bien placé. Tu crois que c'est pour ça qu'elle a tiré sa révérence ? Pour ne pas avoir à nous balancer son nom ?

— Peut-être. » La peur de trahir une amitié ou un amour aurait pu lui donner la force nécessaire. Cooper n'était pas du type suicidaire, mais il pouvait imaginer que si on voulait se tuer en sautant dans le vide, on choisirait un endroit élevé, un endroit où le sol ne serait qu'une abstraction. Au contraire, Vasquez avait pu distinguer chaque détail du béton, chaque chewing-gum noirci par les semelles des passants, chaque éclat de verre de bouteille brisée. Il a dû falloir une volonté considérable pour garder les mains dans les poches et se jeter la tête la première vers le béton.

Le jet toucha la piste, rebondit et se stabilisa, avant de ralentir dans le rugissement des réacteurs.

« J'ai eu des nouvelles du bureau, aussi. Il se trame quelque chose.

— Quoi ?

— Rien de précis pour le moment. Juste des bavardages. Mais tout le monde est tendu. »

Quelle surprise. Tout le monde est tendu depuis 1986.

C'était l'année où le Dr Eugene Bryce avait publié une étude dans la revue scientifique *Nature*, dans laquelle il identifiait spécifiquement les Brillants, dont les plus âgés avaient alors six ans. À ce stade, ils constituaient une curiosité, un phénomène étrange que les gens s'attendaient à voir lié aux pesticides, aux vaccins ou à la dégradation de la couche d'ozone. Une anomalie passagère de l'évolution.

Vingt-sept années s'étaient écoulées depuis cette étude, et bien que des milliers d'autres aient été menées, on n'avait pas avancé le moins du monde dans la compréhension des causes de ce phénomène.

Ce qu'on savait, c'est qu'un tout petit peu moins de 1 % des enfants naissaient Brillants. La grande majorité d'entre eux possédait des dons de niveau quatre ou cinq : identification calendaire, lecture rapide, mémoire eidétique[1], calculs complexes. Des capacités incroyables, mais pas problématiques.

1. Mémoire absolue.

Et il y avait ceux de niveau un. Comme Erik Epstein.

Pour Epstein, les mouvements des marchés financiers étaient aussi évidents que l'étaient les codes pour Vasquez. Il avait accumulé une plus-value nette de 300 milliards de dollars avant que le gouvernement ne ferme la Bourse de New York en 2011. La plupart des pays en avaient fait autant. Les marchés mondiaux étaient encore fermés à ce jour. Les créanciers étaient devenus fous. Dans tous les pays, on ne cessait d'enregistrer des procès en droits de propriété. L'entreprenariat s'était évanoui du jour au lendemain. Des capitales avaient fait faillite. Le tiers-monde avait été plus dévasté que jamais.

Tout cela du fait d'un seul homme.

L'humanité dite normale voyait sa ruine imminente. Ce qui avait été une curiosité était désormais perçu comme une menace. Quel que soit le nom qu'on leur donnait – Brillants, génies, surdoués, anormaux, tordus –, ils étaient en train de tout bouleverser.

D'où la création du Département Analyse et Réaction, une tentative pour contrôler un monde en métamorphose radicale. Bien qu'il n'existât que depuis quinze ans, le DAR bénéficiait de fonds discrets plus importants que la NSA[1]. L'agence s'occupait des tests, de la surveillance, des recherches. Elle rédigeait des recommandations à l'attention des législateurs et avait voix au chapitre parmi les conseillers du président. Et chaque fois qu'un ingénieur surdoué produisait un bond technologique d'une décennie, le DAR se voyait attribuer un demi-milliard supplémentaire. Tant que les anormaux étaient des membres productifs de la société, de bons citoyens qui obéissaient aux lois, ils avaient les

1. *National Security Agency* : Agence nationale de la sécurité.

mêmes droits et la même protection que tout un chacun.

Les Services Équitables s'occupaient de ceux qui ne jouaient pas le jeu.

« De toute façon, on dirait qu'on va devoir se remonter les manches pour trouver une aiguille dans une botte de foin. Pas de repos pour les braves. » Bobby Quinn parlait tout en bâillant. « Tu me déposes ou j'appelle quelqu'un ?

— Appelle quelqu'un. » Il prit son sac et sortit ses clés.

— Hmm, Cooper ?

— Oui ?

— Ce ne sont pas des clés de voiture que je vois là ?

— On dirait. »

Quinn leva les yeux au ciel. « Ça doit être sympa d'être le chouchou de Drew Peters.

— Tiens-moi au courant si tu trouves quelque chose. » Cooper s'engagea dans l'allée, vers la porte ouverte. À son passage, l'hôtesse lui sourit. Il lui rendit son sourire, puis descendit les marches de la rampe d'accès de l'avion.

*

Le mauvais temps avait vidé DC, et il fit le trajet assez rapidement. Del Ray était tout au nord d'Alexandria, un quartier calme avec des maisons individuelles collées les unes aux autres. Les maisons étaient bien entretenues et leurs propriétaires appartenaient à la classe moyenne. Un drapeau détrempé se balançait sur la plupart des porches.

Natalie habitait une jolie maison victorienne bleu clair à deux étages, ponctuée de fenêtres. Une clôture en bois délimitait un jardinet grand comme un timbre-poste, dans lequel un vélo noir de boue était couché sous un érable. Cooper se gara dans l'allée et coupa le moteur. Il ôta le Beretta et le holster de sa ceinture et les logea dans le compartiment fermé à clé situé sous le siège passager. Les lumières du rez-de-chaussée étaient allumées. Après tout, il se pouvait qu'il ne soit pas trop en retard.

La pluie avait cessé et il pressa le pas dans l'allée, regrettant une fois de plus de ne pas avoir pris de veste. Alors qu'il approchait du perron, il entendit des pas derrière la porte d'entrée. Il y eut le déclic d'une serrure, puis la porte s'ouvrit. Son ex-femme portait un pantalon de pyjama à rayures et un T-shirt avec le logo de Greenpeace. Natalie était pieds nus, les cheveux attachés en queue-de-cheval. Elle lui sourit. « Nick.

— Hé », dit-il en entrant. Il la serra dans ses bras et fut un instant enveloppé de son odeur qu'il connaissait bien. « Je suis désolé, il est tard. Je voulais les voir.

— Ils dorment.

— Je peux entrer cinq minutes ?

— Bien sûr, dit-elle. Je viens juste d'ouvrir du rouge. Tu veux un verre ?

— Tu es un ange ! Oui. » Il se pencha pour enlever ses chaussures et les posa sur le tapis, à côté d'un fouillis de baskets. « Je ne reste pas longtemps. »

La lumière du couloir était éteinte, mais Cooper avait gravi ces escaliers une dizaine de milliers de fois. Il monta à pas feutrés et évita la dernière marche, qui grinçait. Doucement, il ouvrit la porte de leur chambre et entra. Une lumière pâle était filtrée par les rideaux et il attendit que ses yeux s'accoutument à la pénombre.

La pièce sentait les enfants, cette odeur de soleil qui imprégnait les chaussettes et les sweat-shirts. À gauche, il y avait des posters de dinosaures et de nébuleuses, et une photo encadrée montrait le lever de la Terre depuis la Lune. Il y avait des jouets en pagaille, des robots, des chevaliers, des cow-boys.

Son fils était couché en chien de fusil, les cheveux en bataille, la bouche ouverte. Un mince filet de salive reliait ses lèvres à l'oreiller. Son doudou était en boule à ses pieds. Cooper remonta la couverture sur le pyjama Spiderman de Todd. Le garçon bougea, marmonna quelque chose d'incompréhensible et se tourna de l'autre côté. Cooper se pencha en avant pour l'embrasser sur le front. *Déjà neuf ans. Bientôt, il ne me laissera plus l'embrasser.* À cette pensée, il ressentit un tiraillement doux-amer dans la poitrine.

Le côté de la chambre dévolu à Kate était plus ordonné. Même dans son sommeil, allongée sur le dos, elle semblait calme et posée. Il s'assit sur le bord du lit et caressa ses cheveux, sentit sa chaleur et l'incroyable douceur de son front de petite fille de quatre ans. La peau aussi fraîche et neuve qu'un matin de mai. Elle dormait d'un profond sommeil d'enfant, et il observa sa respiration légère. À cette vue, quelque chose en lui se régénérait, comme si elle dormait pour eux deux. Il ramassa l'ours Fuzzy tombé à terre et le cala contre son flanc.

En redescendant les escaliers, il entendit de la musique à faible volume, l'un de ces obscurs groupes de folk féminins que Natalie affectionnait. Il marcha jusqu'au salon et la trouva sur le canapé, les pieds ramenés sous les fesses dans une position typiquement féminine, un magazine sur les genoux. Elle leva les yeux vers lui et désigna la bouteille de syrah sur la table basse. « Les enfants vont bien ? »

Il fit signe que oui, se servit un verre et s'assit à

l'autre extrémité du canapé. « Parfois, j'ai du mal à croire que c'est nous qui les avons faits.

— Nos chefs-d'œuvre. » Elle leva son verre et ils trinquèrent. Le vin était plein et riche. Il soupira, inclina la tête en arrière et ferma les yeux.

« Dure journée ?

— Elle a commencé à San Antonio.

— Quelqu'un que tu poursuivais ? »

Il acquiesça. « Une femme. Programmeuse.

— Est-ce que tu as dû la tuer ? » Natalie le regardait fixement. Elle était toujours très directe, et parfois les gens prenaient cela pour de la froideur. À la vérité, elle était l'une des personnes les plus chaleureuses que Cooper ait jamais rencontrées. C'était juste qu'elle avait l'honnêteté de ceux qui n'ont rien à prouver. Cela faisait partie de ce qui l'avait attiré chez elle, des années plus tôt. Il avait rarement rencontré des gens dont les pensées, les mots et les gestes étaient à ce point en harmonie.

« Elle s'est suicidée.

— Et tu te sens mal.

— Non, dit-il. Je me sens bien. C'était une terroriste. Le virus informatique sur lequel elle travaillait aurait pu tuer des centaines, peut-être des milliers de gens. Et paralyser l'armée. Le seul truc qui m'embête, c'est… » Sa voix s'estompa. « Excuse-moi. Tu veux vraiment savoir ? »

Elle haussa les épaules. Il vit la gracieuse ondulation de ses trapèzes sous son fin T-shirt. « Je t'écoute, si tu en as besoin. »

Il voulait lui raconter, non parce qu'il était troublé par la mort de Vasquez ou parce qu'il cherchait la bénédiction de Natalie, mais simplement parce que c'était agréable de parler et de partager sa journée avec quelqu'un. Mais ce n'était pas juste. Ils s'étaient toujours aimés, et cela faisait trois ans qu'ils avaient divorcé. « Non, ça va. » Il but une gorgée de vin. « Il est bon. Merci.

— Je t'en prie. »

Le salon était chaud et confortable, parfumé par une bougie à la cannelle posée sur la table basse. Dehors, la pluie tombait doucement et régulièrement. Une bourrasque de vent agita les arbres. Il n'allait pas rester longtemps – ils savaient tous deux respecter les règles –, mais c'était bon d'être assis dans ce sanctuaire avec ses enfants endormis au-dessus de lui.

Jusqu'à ce que Natalie prenne une petite gorgée de vin et se penche en avant pour poser le verre sur la table, en faisant pivoter ses jambes afin de s'asseoir normalement. Elle prit une inspiration et croisa les mains sur les genoux.

Ah merde. « Qu'y a-t-il ? »

Nat lui lança un regard de biais. « Tu sais, avant, ça me rendait folle. Ce n'est pas parce que tu sais que j'ai quelque chose à dire que ça doit t'empêcher de la fermer et d'attendre que je le dise.

— D'autant que je m'en souvienne, le fait que je puisse lire ton langage corporel présentait quelque avantage.

— Oui, Nick. C'était merveilleux au lit. Ça te va ? »

Il sourit. « Qu'est-ce qui te tracasse ?

— C'est au sujet de Kate. »

Il se raidit, son instinct de protection paternel imaginant les pires hypothèses possibles pour compléter une phrase qui commençait par : *C'est au sujet de Kate.* « Qu'y a-t-il ?

— Elle a rangé ses jouets aujourd'hui. »

C'était une déclaration si ingénue qu'il faillit en rire,

tant son esprit débordait de supputations comme : *C'est au sujet de Kate, elle est tombée et s'est cogné la tête. C'est au sujet de Kate, le voisin l'a touchée. C'est au sujet de Kate, elle a une méningite.* « Et alors ? Elle aime que les choses soient ordonnées. Comme beaucoup de filles.

— Je sais.

— Toi aussi, tu aimes que les choses soient rangées. Regarde ce salon. » Il fit un geste pour désigner les photos encadrées, parfaitement alignées et exemptes de poussière, le tapis parfaitement à sa place, le canapé, le petit panier où étaient rangées les télécommandes sur la table basse. « Elle essaie simplement de faire comme maman. »

Natalie le fixa longuement. « Suis-moi. » Elle se mit debout et se dirigea vers l'arche de la cuisine.

« Où…

— … Viens. »

À contrecœur, Cooper se leva en emportant son verre de vin. Il la suivit, traversant la cuisine puis le jardin d'hiver, qui servait aussi de salle de jeux. Trois des murs étaient en verre. Sur le quatrième, Natalie avait peint une fresque, une scène du *Livre de la jungle*, le gros ours Baloo qui faisait la planche dans une rivière avec Mowgli allongé sur son torse. Elle était douée en tant qu'artiste ; jadis, elle remplissait des carnets entiers de croquis, à l'époque où, adolescents, ils croyaient que l'amour était une chose que l'on pouvait posséder. Natalie alluma le plafonnier. Le côté de la pièce réservé à Todd était chaotique, les couvercles des caisses à jouets étaient ouverts, un train se faisait attaquer par un panda en peluche, près d'une construction en Lego qui un jour peut-être serait un château.

La partie de Kate était rangée comme un bloc opératoire. Ses caisses à jouets étaient fermées et les dos de ses livres d'images semblaient avoir été alignés avec une règle. Une étagère basse contenait ses poupées et ses peluches : Raggedy Ann, un brontosaure, un camion de pompier, un crocodile en plastique, la Fée Clochette, un Goofy en peluche auquel il manquait un œil, une licorne dodue, un perroquet – tous en rang comme un détachement de marines.

« J'ai compris, dit-il. C'est rangé. »

Natalie émit un son bref et aigu. « Parfois, je ne te comprends pas, Cooper. »

Ce n'était jamais bon signe quand elle l'appelait par son nom. « Quoi ?

— Tu possèdes ces capacités incroyables. Il te suffit de regarder le relevé bancaire de quelqu'un, le genre de livres qu'il lit, son album de photos de famille, pour savoir où il va s'enfuir et ce qu'il va faire. Tu es capable de traquer des terroristes à travers tout le pays. Et là, tu ne vois vraiment rien ?

— Ça ne signifie rien.

— Ça ne signifie *rien* ? Ce n'est pas toi qui dis que pour comprendre comment pensent les anormaux, il te suffit de te concentrer sur le fait que le monde n'est qu'un ensemble de schémas ? Que tout le reste, don de nature émotionnelle, spatiale, musicale ou mathématique, est secondaire par rapport au fait que les Brillants sont plus enclins que n'importe qui d'autre à utiliser des schémas ?

— Laissons-lui du temps. Il y a une bonne raison pour que les tests ne soient pas obligatoires avant l'âge de huit ans.

— Je ne veux pas qu'on la teste, Nick. Je veux que nous affrontions ça, que nous prenions les choses en main. Je veux savoir ce dont elle a besoin.

— Nat, elle a quatre ans. Elle imite ce qu'elle voit. Ça ne veut…

— Regarde ses animaux en peluche. » Natalie s'en approcha et les montra du doigt, mais ses yeux restèrent fixés sur lui. « Ils ne sont pas simplement rangés. Ils sont rangés *par ordre alphabétique*. »

Bien sûr, il le savait, il l'avait remarqué à la seconde où la lumière s'était allumée. Mais sa petite fille, testée et étiquetée ? Il y avait des rumeurs au sujet des académies et des choses qui s'y passaient. En aucun cas, il ne laisserait Kate finir dans l'une d'elles.

« Regarde le dos de ses livres, continua Natalie. Ils sont rangés par couleur. Et en respectant le spectre lumineux, du rouge au violet.

— Je ne…

— Kate est anormale. » Le ton de sa voix était prosaïque, il se limitait à l'énonciation d'un fait. « Tu le sais. Probablement depuis plus longtemps que moi. Et nous devons faire avec.

— Peut-être que tu as raison. Peut-être que c'est une tordue…

— Pas drôle…

— … mais peut-être qu'elle n'est qu'une petite fille dont le père est un tordu. Peut-être que ce n'est pas toi qu'elle imite. Peut-être que c'est moi. Ou peut-être qu'elle a un don. Qu'est-ce que tu veux faire ? La faire tester ? Et si elle était niveau un ?

— Ne sois pas cruel, s'il te plaît.

— Mais si elle l'est ? Tu sais ce que ça signifie. Une académie.

— Pas tant que je serai de ce monde…

— Alors…

— Je suis en train de dire que nous devons prendre les choses en main. Découvrir la nature de son don et l'aider à l'explorer. Il se peut qu'elle ait besoin d'aide, d'être guidée. Elle peut apprendre à le contrôler.

— Ou peut-être que nous pouvons la laisser grandir tranquillement, comme une petite fille. »

Natalie était campée là, les mains sur les hanches. C'était une pose qu'il connaissait. Son ex-femme était en train de se braquer. Avant même qu'elle puisse parler, son portable à lui sonna. Cooper lui adressa une expression d'impuissance et sortit le téléphone. L'écran affichait QUINN – PORTABLE. Il décrocha et dit : « Ça tombe mal, est-ce que…

— Désolé, mais non. » La voix de Bobby Quinn avait un ton très sérieux, très professionnel. « Tu es seul ?

— Non.

— Rappelle dès que tu l'es. » Son ami raccrocha.

Cooper glissa le téléphone dans sa poche et se frotta les yeux. « C'est le boulot. Il se passe quelque chose. Est-ce qu'on peut parler plus tard ?

— Sauvé par le gong. » Les yeux de Natalie lançaient des flammes.

« J'ai toujours eu de la chance.

— Coop…

— Je ne dis pas que nous devons éviter le sujet. Mais je dois y aller. Et il n'y a aucune urgence à décider quoi que ce soit ce soir. » Il sourit. « Les académies n'acceptent pas de nouveaux élèves à cette heure-ci.

— Ne plaisante pas », dit-elle, mais elle fronça le nez et il sut que le sujet était clos pour le moment.

Elle le raccompagna jusqu'à la porte. Le plancher en bois brut craqua sous leurs pas. Dehors, le vent soufflait en rafales, la tempête reprenait.

« Je leur dirai que tu es passé, dit Natalie.

— Merci. » Il prit ses mains. « Et ne te fais pas de souci pour Kate. Tout ira bien.

— Il le faut. C'est notre bébé. »

À ce moment, il se souvint d'Alex Vasquez juste avant qu'elle ne saute du toit. La façon dont la lumière l'avait saisie par en dessous, projetant sa silhouette en contraste. La détermination dans son attitude. La façon dont sa voix s'était adoucie pendant qu'elle parlait.

Tu ne peux pas arrêter le futur. Tout ce que tu peux faire, c'est choisir ton camp.

« Qu'est-ce qui se passe ? demanda Natalie.

— Rien. C'est le mauvais temps. » Il lui sourit. « Merci pour le verre. » Il ouvrit la porte d'entrée. La pluie était plus forte, le vent plus froid. Il adressa un dernier signe à son ex-femme puis descendit l'allée à petites foulées. C'était l'une de ces tempêtes qui vous trempait jusqu'aux os, et sa chemise se colla sur ses épaules avant qu'il n'atteigne la voiture. Cooper ouvrit la portière d'un coup sec et se précipita à l'intérieur. *Il faut vraiment que j'investisse dans une veste.*

Son appel concernait le DAR, aussi activa-t-il le brouilleur avant de composer le numéro, puis coinça le téléphone entre l'épaule et l'oreille tout en ouvrant le compartiment situé sous le siège passager. « OK. » Le compartiment était en aluminium brossé et doté d'une serrure à combinaison. Il la déverrouilla. Le Beretta était dans le holster, sur une couche de mousse noire. Ce qu'il y avait de bizarre, c'était que malgré tous les progrès que le monde avait réalisés grâce aux Brillants, la technologie des armes à feu était restée fondamentalement la même. En fait, elle n'avait presque pas évolué depuis la Deuxième Guerre mondiale. Les pistolets étaient plus rapides, plus légers, plus précis, mais une balle restait une balle. « Qu'est-ce qu'il se passe ?

— Tu es sécurisé ?

— Bien sûr.

— Coop…

— Le brouilleur est activé, et je suis tout seul dans ma voiture au milieu d'une tornade devant la maison de mon ex-femme. Qu'est-ce que tu veux de plus ?

— Ouais, d'accord. Excuse-moi de te déranger, mais il faut que tu te ramènes. Il y a quelqu'un à qui tu vas avoir envie de parler.

— Qui ?

— Bryan Vasquez. »

Le frère aîné d'Alex Vasquez. L'allumé sans adresse connue. « Colle-le dans une salle d'interrogatoire pour la nuit. Je le verrai demain.

— Impossible. Dickinson est déjà avec lui.

— *Quoi ?* Qu'est-ce qu'il fait avec le frère de ma cible ?

— Je ne sais pas. Mais tu sais que selon nos dossiers, Bryan est un loser ? En fait, il s'avère que ce n'est pas vraiment le cas. À vrai dire, c'est l'une des pointures d'une compagnie appelée Pole Star. Sa sœur doit avoir piraté leurs fichiers, et les nôtres aussi. Pole Star est un fournisseur en armement. Tu sais dans quoi ils sont spécialisés ? »

Cooper changea le téléphone d'oreille. « Systèmes de guidage pour avions militaires.

— T'as entendu parler d'eux ? demanda Quinn, surpris.

— Non.

— Alors comment…

— Alex avait besoin de quelqu'un pour implanter son virus. Ils travaillaient ensemble ?

— Ouais, dit Quinn. Et il n'y a pas que ça. Il affirme qu'ils travaillaient directement avec John Smith.

— Conneries. » Cooper attrapa le Beretta, vérifia le chargeur puis se pencha en avant pour attacher le holster à sa ceinture.

« Je ne sais pas. Tu devrais voir la lueur qu'il y a dans les yeux de ce type. Mais ce n'est pas tout. » Quinn prit une profonde inspiration et lorsqu'il se remit à parler, sa voix semblait assourdie, comme s'il mettait sa main en coupe autour du micro. « Cooper. Il dit qu'il va y avoir une attaque. Une grande. Quelque chose qui fera passer le virus de sa sœur pour une piqûre de moustique. »

L'air dans la voiture était devenu froid, et Cooper avait la chair de poule sous sa chemise mouillée. « Son virus aurait tué des centaines de gens. »

Bobby Quinn dit : « Ouais. »

« Certains de mes meilleurs amis sont normaux. Je veux dire, il n'y a aucun mal à ça. »

Jimmy Cannel, comédien.

Chapitre 3

Comme la plupart des institutions en son genre, le Département Analyse et Réaction n'avait l'air de rien vu de la rue. Il y avait une enseigne en granit au-dessus d'un parterre de fleurs bien entretenu et une demi-douzaine de guérites. Une rangée d'arbres touffus masquait tout ce qui se trouvait au-delà.

Les gardes qui s'approchèrent avaient l'air sérieux et soigné, vêtus de noir, une mitraillette suspendue à l'épaule. L'un d'eux fit le tour de la voiture, une lourde torche à la main. L'autre s'approcha de la vitre du conducteur.

« Bonsoir, monsieur.

— Hé, Matt. J'te l'avais dit, c'est Cooper. »

L'homme sourit, baissa les yeux sur la carte d'identité que tendait Cooper, puis regarda à nouveau son visage. Son collègue éclaira les sièges arrière de la voiture avec sa torche, les doigts de la main droite posés sur la crosse de son arme. « Sacrée nuit, hein ?

— Ouais. »

Le faisceau qui transperçait les vitres s'éteignit. Le garde jeta un œil sur le toit de la voiture et dit : « Passez une bonne nuit, monsieur. »

Cooper hocha la tête, remonta la vitre et franchit le portail.

Pour le simple observateur, la route aurait pu être dessinée selon des motifs esthétiques, serpentant sans raison apparente. En réalité les courbes limitaient la vitesse et réduisaient les probabilités qu'une voiture kamikaze n'atteigne le complexe. Les jardins parfaitement entretenus assuraient aux snipers une excellente vue depuis les tours de surveillance presque complètement cachées par des bouquets d'arbres élagués avec soin. Une demi-douzaine de fois, ses pneus firent cliqueter les herses rétractées lorsqu'il roula dessus. Depuis le parking, Cooper pouvait distinguer les extrémités du dispositif anti-aérien installé sur le toit de l'immeuble.

Ça fait déjà un sacré bout de temps. Et pourtant. S'était-il vraiment écoulé sept années depuis qu'il avait suivi Drew Peters dans l'ancienne papeterie ? Cooper se souvenait encore de l'odeur de renfermé et des rais de lumière obliques qui jaillissaient des hautes fenêtres de l'usine, fermée depuis plus d'une décennie. Un endroit propre et bon marché caché au milieu d'une zone industrielle de Virginie. Le directeur avait ouvert le chemin, suivi par Cooper et dix-huit autres, tous triés sur le volet, tous nerveux, et essayant de ne pas le montrer. Vingt personnes extrêmement compétentes qui constituaient la toute nouvelle division du DAR et formaient la pointe acérée d'une lance. Les Services Équitables. « Les inquisiteurs », comme les avait appelés Peters.

Et durant dix-huit mois, ce fut à peu près tout ce qu'ils eurent : leur foi. Ils travaillaient sur des tables de jeu dans cet entrepôt plein de courants d'air. Le budget était si serré qu'ils connurent certains mois sans salaire.

Après les premières extinctions, le département de la Justice avait lancé une enquête pour faire dissoudre le service. La moitié des inquisiteurs démissionnèrent. Drew Peters se montrait inébranlable, mais des cernes commençaient à se dessiner sous ses yeux. Il y avait des rumeurs concernant la création d'une sous-commission au Congrès, d'une condamnation publique. Ce qu'ils faisaient était extrême, une prérogative jamais accordée à aucun organisme : le droit de traquer et d'exécuter des civils. Peters leur avait garanti qu'il bénéficiait de soutiens au plus haut niveau, que ce qu'ils faisaient se situait hors de portée du système judiciaire traditionnel. Mais s'il se trompait, ils encouraient tous la prison et, sans doute, la peine de mort.

Puis un terroriste anormal du nom de John Smith était entré au Monocle, un restaurant de Capitol Hill, et avait massacré soixante-treize personnes, dont un sénateur américain et six enfants. Soudain, le point de vue de Drew Peters ne paraissait plus si extrême. Au bout d'une année, ce qui était jadis une papeterie bourdonnait d'activité. Au bout de deux, les Services Équitables passaient pour l'unité la plus prestigieuse du DAR.

Lorsque Cooper quitta sa voiture pour courir vers la porte d'entrée, la pluie n'était plus qu'une bruine. Les mesures de sécurité internes étaient tout aussi strictes : on entrait en deux étapes, chacune requérant une identification par scanner et un enregistrement vidéo, un détecteur de métaux que sa carte d'identité lui permettait de contourner, un système de détection de résidus explosifs, le tout supervisé par des hommes portant des gilets pare-balles et des pistolets-mitrailleurs. Il franchit la sécurité en pilotage automatique, repensant à la conversation qu'il avait eue avec Quinn, analysant chaque détail. Il se demandait s'il était possible qu'Alex et Bryan Vasquez travaillent vraiment pour John Smith. Et ce que cela impliquait, le cas échéant.

La majorité du département se consacrait à la partie analytique du travail, et employait des milliers de scientifiques et de bureaucrates. Ils menaient des recherches, exploraient des théories et conseillaient les politiciens. Ils perfectionnaient encore et encore l'échelle de Treffert-Down, le test que passaient les enfants à l'âge de huit ans. Ils tenaient à jour les fichiers des Brillants de niveau un et deux, fouillaient et triaient chaque donnée du système, depuis les dossiers médicaux jusqu'aux relevés bancaires. Ils géraient les budgets, la logistique et les questions de juridiction. C'était un boulot qui se faisait dans des alcôves et des salles de conférences, par téléphone et Internet, et les bureaux ressemblaient plus ou moins à n'importe quel siège social.

Les Services Équitables – pas tant que ça.

Le centre de commandement était dominé par une carte en trois dimensions des États-Unis, qui couvrait un mur entier. Les actions et les interventions de l'ensemble du pays y étaient signalées. Les analystes ajoutaient en permanence des données dans le système, traquant les mouvements des cibles. Cooper s'arrêta pour observer le tableau et les couleurs qui passaient du vert à l'orange et au jaune : l'index des troubles, une représentation visuelle de l'humeur du pays établie d'après des indices aussi divers que la fréquence des graffitis, les informations collectées à partir de lignes téléphoniques sur écoute, les marches de protestation, l'élimination des cibles, le tout étant ensuite reporté sur la carte comme un bulletin météo. Un signal rouge à San Antonio marquait l'extinction d'Alex Vasquez qui avait eu lieu la veille. Pas une action particulièrement voyante, mais tout de même, les gens dans le bar, dans la rue, avaient été touchés. Peu importe la délicatesse avec laquelle on jette une pierre dans l'eau. Il y a toujours des vagues.

À côté de la carte en 3D, des moniteurs et des info-robots digitaux affichaient les nouvelles en provenance de chaque source majeure. Il y avait un vrombissement sourd de conversations téléphoniques, des lignes directes avec le Pentagone, le FBI, la NSA et la Maison-Blanche. L'air avait une saveur légèrement ionisée, comme lorsqu'on mordait le métal d'une fourchette.

Le centre de commandement était le centre de la roue, entouré de couloirs pareils à des rayons. Il passa sa carte d'identité dans le lecteur et ouvrit d'un coup sec une lourde porte. L'employé leva les yeux de son bureau et, quand il reconnut Cooper, l'expression de son visage passa de l'ennui à la flagornerie. « Bonjour, monsieur. Que puis-je…

— Dickinson. Quelle salle d'interrogatoire ?

— Il est dans la 4, avec son suspect.

— *Mon* suspect. » Cooper détacha le holster de sa ceinture et le posa sur le bureau du type.

« Oui, monsieur. Mais…

— Pardon ?

— Eh bien, l'agent Dickinson a demandé à ne pas être dérangé.

— Je veillerai à m'excuser. » Cooper longea le couloir, ses chaussures crissèrent sur le sol ciré. Il passa devant des portes en bois dotées de…

Dickinson sait que c'est moi qui m'occupe du cas Alex Vasquez. Il prend des risques en se mêlant d'une affaire qui se situe au-delà de ses compétences. Raisons possibles :

Un : Bryan Vasquez fait l'objet d'une enquête séparée. Pas de chance.

Deux : Dickinson a entendu parler de la connexion avec John Smith et il tente de me doubler pour avoir une chance d'attraper le gros poisson.

Trois : Dickinson cherche à prouver que je m'y suis mal pris avec Vasquez.

Quatre : la deux et la trois en même temps. Salopard !

… fenêtres en verre renforcé. Deux des trois premières étaient occupées par des hommes et des femmes nerveux assis autour de tables massives, sous une lumière brillante. Il y avait une rumeur – une blague ? difficile de distinguer les deux au DAR – selon laquelle les bulbes fluorescents résultaient d'un programme d'étude de plusieurs millions de dollars afin de fournir la lumière la plus blafarde qui soit. Cooper n'en savait rien, mais ces ampoules donnaient à tout le monde l'air d'être mort depuis deux semaines. Même à Roger Dickinson, qui avait pourtant le physique aux mâchoires carrées idéal pour jouer le rôle d'un *quarterback* dans un film sur le football américain.

La lourde porte de la salle d'interrogatoire numéro 4 étouffait les éclats de voix à l'intérieur, rendant les mots indistincts. Mais à travers la vitre, Cooper voyait Dickinson penché par-dessus la table, en appui sur un poing, l'autre main brandie à quelques centimètres du visage d'un homme qui avait les mêmes pommettes et la même ligne de sourcils qu'Alex Vasquez. Dickinson pointait son index dans le vide, d'avant en arrière, comme s'il appuyait sur un bouton.

Profitant du bruit, Cooper ouvrit discrètement la porte et se glissa à l'intérieur, puis la retint d'une main tandis qu'elle se refermait.

« … ferais mieux d'être réglo avec moi, t'entends ? Parce qu'il ne s'agit pas d'un PV pour excès de vitesse. On ne parle pas de sachets de coke, là. On est en train de parler d'inculpation pour terrorisme, mon pote. Je vais te rayer de la carte. Il suffit que… » Dickinson se redressa, tendit ses mains devant lui et les observa en feignant l'incrédulité. « Où est-il passé ? Il n'y avait pas un type ici, il y a une minute ? Un partisan des tordus ? Hop ! Il est parti, personne ne sait où, on l'a plus jamais revu. » Il se pencha à nouveau. « Est-ce que tu m'entends ?

— Je t'entends », dit Cooper.

L'agent pivota, sa main fila vers son holster vide. *Mince, il est rapide.* Lorsqu'il vit Cooper, il eut l'air penaud durant une seconde, mais son expression se mua très vite en un dégoût non feint. « Je suis occupé.

— Ouais ? À quoi ? » Cooper accorda un regard à Bryan Vasquez, ne vit aucun signe indiquant qu'il préparait quelque chose de stupide et porta toute son attention sur Dickinson. « À quoi au juste es-tu occupé ? Quel dossier ? Quelle cible ? »

Dickinson eut un sourire vorace. « Je suis une piste. J'ignore où elle va me mener. » Puis il se redressa et le regarda bien en face. « Tant que je n'ai pas atteint mon but. »

Soudain, Cooper se souvint d'une bagarre de cour d'école, une en particulier parmi tant d'autres. Les gosses de militaires étaient toujours les nouveaux du quartier, les outsiders. Ils devaient toujours se battre pour se faire une place. Mais le fait d'être un anormal dans un monde qui commençait seulement à prendre conscience du phénomène plaçait les choses à un tout autre niveau. À chaque fois qu'il arrivait dans une nouvelle école, il y avait immanquablement un gamin plus grand qui voulait jouer le rôle de la brute épaisse.

Une fois, il avait essayé de se soumettre, pour voir si cela arrangeait les choses. Son père venait juste d'être affecté à Fort Irwin, à quelques heures de voiture de Los Angeles. Cooper avait douze ans à l'époque, et la petite brute, quinze. Un gamin avec une grande gueule et des cheveux roux. Il ne paraissait pas plus dangereux que n'importe quelle autre brute, alors Cooper avait décidé de le laisser porter quelques coups. Si le gamin avait simplement voulu faire le malin devant ses copains et exercer sa dominance de mâle, peut-être qu'il s'en serait sorti sans trop de casse.

Cela aurait pu marcher si Cooper avait été un enfant normal, un de plus dans la longue liste des victimes. Mais il était différent. Et la différence, comme il l'apprit ce jour-là, inspirait un genre particulier de sauvagerie.

Son professeur d'algèbre l'avait retrouvé dans les toilettes, roulé en boule au pied des cabinets, la cuvette de porcelaine maculée de son propre sang. Ses yeux étaient gonflés au point d'être complètement fermés, il avait le nez cassé, les testicules contusionnés et deux doigts cassés. Les coups de pied qu'il avait reçus au sol lui avaient fait éclater la rate.

Son père lui avait demandé qui avait fait ça, tout comme les médecins et le professeur qui l'avait trouvé, mais Cooper n'avait jamais dit un mot. Il s'était contenté de serrer les dents et de patienter durant les trois mois nécessaires à son rétablissement.

Puis il était allé chercher la brute et ses potes. Et cette fois, Cooper ne s'était pas soumis.

« Tu as quelque chose en tête, Roger ? » Il lui fit face et l'affronta du regard. Le rituel était stupide et primitif.

Cela ne l'enchantait guère, mais c'était la seule chorégraphie à exécuter. « Tu as quelque chose à dire ?

— J'ai déjà dit ce que j'avais à dire. » Dickinson ne cilla ni ne broncha. « Tu veux bien me laisser travailler ? »

Ce n'est pas un lâche. C'est un agent zélé et insubordonné, avec des ambitions illimitées, mais au moins ce n'est pas un lâche. Alors, Coop ? Jusqu'où tu es prêt à aller ?

« Messieurs. » La voix derrière eux était aussi ouatée que de l'acier trempé. Elle sonna la fin de la récréation. Cooper et Dickinson se retournèrent.

Avec son costume de coupe classique, ses lunettes sans monture et son rasage impeccable, Drew Peters ressemblait à un employé ou à un pédiatre, pas à un homme qui ordonnait couramment le meurtre de citoyens américains. « Suivez-moi dans le couloir. »

Lorsque la lourde porte en bois se fut refermée, Peters pivota vers eux. « Qu'est-ce que c'était que ça ? » Sa voix était calme et ferme.

Cooper dit : « L'agent Dickinson et moi discutions de la meilleure façon de nous y prendre avec Bryan Vasquez.

— Je vois. » Le regard de Peters passa de l'un à l'autre. « Peut-être que ce genre de discussion devrait avoir lieu en privé.

— Oui, monsieur », dit Dickinson. Cooper acquiesça.

« Et comment se fait-il, agent Dickinson, que vous soyez en train d'interroger Vasquez ?

— Mon équipe a découvert que les dossiers concernant Bryan Vasquez ont été modifiés. Le fichier actuel le désigne comme un loser sans adresse connue. Mais selon le fichier original, il vit et travaille à DC.

— Quelqu'un a piraté notre système ? » Pour la première fois, Peters avait l'air réellement contrarié.

« Oui, monsieur. Soit cela, soit… » Dickinson haussa les épaules.

« Soit ?

— Eh bien, cela a pu être fait par quelqu'un de l'agence. »

Cooper rit. « Vous pensez que je couvre Bryan Vasquez ? Que nous, les tordus, on passe tous nos vendredis soir ensemble ? »

Dickinson le fusilla du regard. « Je constate simplement le fait qu'il serait plus facile de modifier les fichiers depuis l'intérieur du département. Dans les circonstances actuelles, j'ai pensé qu'il valait mieux arrêter Vasquez immédiatement. Comme l'agent Cooper n'était pas présent, j'ai commencé l'interrogatoire moi-même.

— Très proactif », dit sèchement Peters. Il se tourna vers Cooper. « Continuez comme prévu. »

Dickinson dit : « Mais, monsieur…

— Vasquez est sa cible, pas la vôtre.

— Oui, mais… »

Le directeur arqua un sourcil et Dickinson ravala les mots qu'il s'apprêtait à prononcer. Après un instant, Peters dit : « Allez prendre un café. »

Dickinson hésita, puis répondit : « Oui, monsieur », avant de s'éloigner. Aux yeux de Cooper, la tension et la furie qui irradiaient de chacun des muscles de son collègue lui donnaient l'air d'être nimbé de flammes.

Cooper déclara : « Il pose problème.

— Je ne crois pas. C'est un bon agent, presque aussi bon que vous. Et il en veut.

— C'est une qualité. Ce que je n'apprécie pas, c'est quand on mène sa propre chasse aux sorcières.

— L'homme qui brûle une sorcière le fait-il parce qu'il aime voir une personne en flammes ou parce qu'il croit combattre le démon ?

— Cela fait une différence ?

— Une différence énorme. Dans les deux cas, c'est un acte terrible. Mais dans le premier, le bourreau s'amuse, et dans le second, il sauve le monde. » Le directeur ôta ses lunettes et en essuya les verres avec un mouchoir. « Vous et Dickinson êtes très semblables. Vous êtes tous les deux de vrais inquisiteurs.

— La seule chose en laquelle croit Dickinson, c'est que je lui barre la route. On ne peut pas honnêtement penser que quelqu'un à l'intérieur du département ait modifié ces fichiers. »

Peters balaya l'argument et remit ses lunettes. « Je ne doute pas qu'Alex Vasquez ait eu le talent nécessaire pour pirater nos systèmes.

— Et Dickinson le sait. Mais il lance tout de même des accusations.

— Bien sûr. Et je suis certain qu'il veut votre poste. Il se pourrait même qu'il doute réellement de vous. N'oubliez pas, nombreux sont ceux qui n'ont pas vraiment accepté le fait que les anormaux ne sont pas l'ennemi. Oh, ils feront des discours sur le sujet dans les cocktails, expliquant qu'il ne s'agit pas d'une guerre des normaux contre les anormaux, mais que c'est la civilisation contre l'anarchie. Pourtant, au fond de leur cœur…

— Je suis un grand garçon, Drew. Je n'ai pas besoin d'être aimé par Roger Dickinson. Il y a beaucoup de gens ici qui ne m'aiment pas. Je suis un anormal qui traque des anormaux, et ça rend les gens nerveux.

— Il n'y a pas que ça. Il s'agit également de votre pouvoir. Tous les autres agents des Services Équitables opèrent dans un cadre bien plus strict que vous. Et vous savez pourquoi ?

— Je suis là depuis le début. J'ai de meilleurs résultats.

— Non, mon garçon, dit doucement le directeur. C'est parce que je vous fais confiance. »

Cooper ouvrit la bouche, puis la referma. Après un moment, il acquiesça. « Merci.

— Vous le méritez. Pour l'instant. Est-ce que vous et Dickinson pouvez coopérer pour l'interrogatoire ?

— Bien sûr. Certainement. » Il eut la vision de Dickinson penché par-dessus la table, cramoisi et hurlant. « Bien qu'à mon avis, c'est moi qui jouerai le gentil flic.

— Dans ce cas, dit Peters, pince-sans-rire, que Dieu vienne en aide à Bryan Vasquez. »

Chapitre 4

« En quoi consiste l'attaque ?

— Je vous l'ai déjà dit, je n'en sais rien. » La voix de Vasquez était tout à la fois fatiguée, apeurée et soucieuse de donner satisfaction. « Tout ce que je sais, c'est qu'il va y en avoir une.

— Ouais, tu n'arrêtes pas de le répéter. » Dickinson tapota la table en métal du bout des doigts. « Le truc, c'est que tu ne me donnes pas la moindre raison de te croire. »

Cela faisait une demi-heure qu'ils avaient commencé, et Cooper avait laissé Dickinson mener les préliminaires. Un interrogatoire était une danse, et même si les premiers pas étaient importants, ils n'étaient pas compliqués, alors il en profita pour jauger Bryan Vasquez, noter ses réflexes et ses automatismes, lire l'énergie qui se dégageait de lui. L'une des particularités de son don, c'était qu'il pouvait parfois voir les gens comme des couleurs. Pas de façon littérale – il ne ressentait aucune manifestation optique –, mais connotative. L'effet combiné de centaines de mouvements musculaires infimes, le niveau de dissonance entre ce qu'une personne partageait et ce qu'elle cachait, tout cela formait des nuances de couleurs dans son esprit, de la même façon qu'une soupe chaude pouvait avoir un goût rouge ou une forêt sentir vert. Natalie était le bleu vif d'une claire matinée d'hiver, franche et fraîche. Le directeur Peters était le gris bruyère d'un costume de luxe.

Dans l'esprit de Cooper, Bryan Vasquez était un orange bizarre, bouillonnant de tension, en colère mais dissipé, étrangement crispé.

« Vous n'avez jamais ouvert un livre d'histoire ? Il s'agit d'une révolution. Nous sommes organisés en cellules indépendantes pour qu'on ne puisse pas se trahir les uns les autres. Je ne peux pas vous dire en quoi consistera l'attaque, car je l'ignore. Il a pris soin de tout organiser de cette façon.

— "Il" étant John Smith, dit Dickinson.

— Ouais.

— Tu lui as parlé.

— Alex l'a fait. »

Cooper demanda : « Personnellement ?

— Non. » L'hésitation fut presque imperceptible. « Par téléphone. »

Salopard de petit menteur. Ta sœur a rencontré John Smith personnellement. *Pas étonnant qu'elle ait sauté du toit.* Au lieu de quoi, il dit : « Comment savez-vous qu'elle disait la vérité ?

— C'est ma sœur.

— L'avez-vous aidée à coder le virus ? »

Vasquez eut l'air abasourdi.

« On est au courant, Bryan. On sait qu'elle travaillait sur un virus visant à neutraliser le guidage des avions militaires. » Il se pencha vers la table. « Est-ce vous qui deviez le mettre en service ?

— Non. » Il avait dit cela d'une voix faible, mais se reprit aussitôt. « Non. Je me suis occupé des caractéristiques techniques. Alex sait tout ce que l'on peut savoir au sujet des ordinateurs. Mais les avions… » Il rit. « Je ne suis pas sûr qu'elle sache boucler sa ceinture de sécurité. Mais il fallait insérer le virus à l'intérieur des pare-feux de l'armée. À la racine. Une personne possédant des droits d'accès beaucoup, *beaucoup* plus élevés que les miens.

— Qui ?

— Je l'ignore. » Ses yeux étaient fixes, son pouls avait à peine accéléré. Il disait la vérité. Cooper demanda : « Alors, comment est-ce que ça devait fonctionner ?

— Je suis censé le remettre à quelqu'un après-demain.

— Qui ?

— Je ne sais pas. Je dois me montrer et il viendra à moi.

— Comment savez-vous que c'est un homme ?

— C'est ce qu'a dit Alex.

— Où ? »

Bryan Vasquez croisa les bras. « Vous me prenez pour un idiot ? Je ne vous dirai rien gratuitement. Je ne suis même pas certain que vous ayez Alex. »

Dickinson se pencha, le visage dur. « As-tu la moindre idée de la merde dans laquelle tu te trouves ? Je ne plaisantais pas quand je parlais de te faire disparaître. » Il se tourna vers Cooper. « Je plaisantais ?

— Non », dit Cooper, guettant sa réaction. Il vit le mouvement de sa pomme d'Adam, une perle de transpiration sur sa tempe. Mais Bryan tint le coup et dit : « Je ne suis pas le seul à avoir des problèmes. Vous en avez aussi.

— Qu'est-ce qui te fait dire ça ? » Dickinson et son sourire vorace. Le Dickinson dangereux.

« Parce que quelle que soit l'attaque, elle est imminente, et elle est de taille. Assez grande pour que la question dont nous nous occupons n'en soit qu'un corollaire. Vous comprenez ? » Bryan se pencha en avant. « Alex et moi étions en train de paralyser la capacité de l'armée à répondre à la *vraie* attaque. Alors, vous étiez en train de m'expliquer qui est dans la merde ? »

Cooper repensa à la conversation qu'il avait eue dans l'avion avec Bobby Quinn, quand Quinn avait dit qu'il y avait beaucoup de rumeurs, que tout le monde était tendu. Les Services Équitables surveillaient en permanence les communications téléphoniques et digitales au niveau national. Si une attaque d'importance était prévue, elle serait précédée par toutes sortes de communications codées. Cooper revit Alex Vasquez, juste avant qu'elle ne saute de l'immeuble. Le mouvement de rotation de sa tête, le reflet doré de son pendentif. La façon dont elle avait enfoncé les mains dans ses poches.

« Je pige pas, dit Dickinson. Tu es normal. Pourquoi l'aider ? »

Bryan eut l'air de quelqu'un qui venait de mordre dans quelque chose d'immonde. « C'est comme demander pourquoi un Blanc marcherait au côté de Martin Luther King. J'apporte mon aide parce que c'est la chose juste à faire. Les Brillants sont des êtres humains. Ils sont nos enfants, nos frères et sœurs, nos voisins. Vous voulez les étiqueter, les traquer et les exploiter. Et ceux que vous ne pouvez pas contrôler, vous les tuez. Voilà *pourquoi*. »

Cooper resta impassible, mais son esprit s'activait. Il était en train de lire Vasquez. Aider sa sœur n'était qu'une partie du plan. Il pensait également qu'il était David s'attaquant à Goliath. Le héros anonyme capable d'accéder à l'immortalité. C'était précisément le genre de personnalité qu'un leader savait exploiter. *Se pouvait-il réellement qu'il soit un contact proche de John Smith ?*

L'idée était stupéfiante.

Soixante-treize personnes tuées rien qu'au Monocle. Depuis, des centaines de nouvelles recrues sous ses ordres, et Dieu sait combien à venir. Le terroriste le plus dangereux du pays, et cet homme peut te mener à lui.

Dickinson laissa le silence durer juste assez longtemps pour que l'accès de vertu de Vasquez se calme. « C'est gentil. C'est même émouvant. » Le ton de sa voix était mesuré. « Le truc, c'est que tu ne marches pas derrière le pasteur King, trou du cul. Tu es en train de faire s'écraser des avions. »

Vasquez regarda ailleurs. Finalement, il murmura : « C'est ma sœur. »

Les lumières fluorescentes bourdonnèrent. Cooper soupesa mentalement un scénario, l'examina sous tous les angles. Et décida de tenter le coup. « Bryan, voilà la situation. Jusqu'ici, vous n'êtes pas coupable de grand-chose. Mais votre sœur a de sérieux problèmes. Elle passera le reste de sa vie en prison à cause de ce virus. Si elle a de la chance.

— Quoi ? » Vasquez se raidit. « Non. Elle ne l'a pas mis à exécution. D'un point de vue légal, vous ne pouvez pas l'accuser d'avoir…

— Il s'agit d'une attaque terroriste contre l'armée, dit Cooper. Dont l'auteur est une anormale. Croyez-moi quand je vous dis que nous pouvons l'inculper, et que nous allons le faire. »

Bryan Vasquez ouvrit la bouche. La referma. « Qu'est-ce que j'aurais à faire ?

— Nous amener jusqu'au lieu de rendez-vous.

— C'est tout ? »

Cooper acquiesça. « En supposant que votre contact se montre, bien sûr. Dans le cas contraire, ou si vous le prévenez, le marché ne tient plus.

— Et en échange…

— Je vous garantis personnellement que nous n'inculperons pas votre sœur. »

Dickinson tourna brusquement la tête vers Cooper.

« Ce n'est pas assez, dit Vasquez. Je veux que ce soit certifié par écrit.

— Très bien.

— Cooper, est-ce que…

— Sois tranquille, Roger. » Il vrilla son regard dans celui de Dickinson et vit le combat intérieur qu'il menait, se souvenant que c'était lui que Peters avait nommé en premier sur l'affaire, mettant cela en balance avec la promesse de libérer un terroriste connu. Il vit Dickinson se demander si c'était un truc de tordu, s'il était en train de faire preuve de solidarité envers l'un de ses semblables.

Vasquez regarda l'un et l'autre, puis déclara : « Et je veux la voir.

— Non.

— Comment puis-je savoir que vous l'avez ?

— Je vous en donnerai la preuve, dit Cooper. Mais vous ne la verrez pas avant que tout soit terminé. Et si vous m'embrouillez, vous ne la verrez plus jamais. »

Une haine orange irradiait du visage de Bryan Vasquez. Cooper voyait qu'il était en train de se demander s'il aurait le cran de bondir par-dessus la table et d'agresser un agent du gouvernement. Il le vit admettre qu'il n'était pas ce genre d'homme, qu'il ne l'avait jamais été et que sa fureur ne changeait rien aux faits.

Finalement, Vasquez enfouit son visage dans ses mains et expira longuement dans ses paumes. « OK. »

« Bien. On revient dans une minute avec le document. »

Les pièces d'interrogatoire étaient sciemment étouffantes – l'atmosphère chaude et lourde endormait les gens, ce qui les poussait à commettre des erreurs – et l'air conditionné du couloir fut agréable. Il attendit jusqu'à ce que la porte se referme, puis se retourna.

« T'as perdu les pédales ? » Dickinson avait les yeux exorbités. « Laisser un terroriste…

— Fais rédiger ce document, dit Cooper. De façon simple et claire. Si Bryan fait ce que nous voulons, nous n'inculperons pas sa sœur, un point c'est tout.

— Je ne marche pas avec toi.

— Maintenant, si. Tu es proactif, non ? » Cooper s'étira, fit craquer sa nuque. Fatigué. « Et quand ce sera fait, va en bas et prends le collier d'Alex Vasquez dans ses effets personnels. Un oiseau en or. Remonte-le à Bryan, pour lui prouver que nous tenons sa sœur. »

Dickinson eut l'air perdu. « En bas ?

— Ouais. À la morgue. » Il tourna les talons et commença à s'en aller, puis s'arrêta et ajouta : « Et assure-toi qu'il n'y ait pas de sang dessus, tu veux bien ? »

PIERS MORGAN

Mon invité ce soir est David Dobroski, l'auteur de *Sur le qui-vive : la crise de la normalité à l'époque des Brillants*. David, merci d'avoir accepté l'invitation.

DAVID DOBROSKI

Tout le plaisir est pour moi.

PIERS MORGAN

Les livres consacrés aux Brillants et à ce qu'ils représentent ne manquent pas. Mais le vôtre aborde les choses différemment.

DAVID DOBROSKI

Pour moi, c'est une question de génération. Une génération est née, elle grandit, elle arrive au pouvoir, et finalement transmet ce pouvoir à la génération suivante. C'est dans l'ordre des choses. Et pourtant, cela a été interrompu. Les gens s'attachent aux avancées technologiques ou à la Réserve de la Nouvelle Canaan du Wyoming, mais en fin de compte le problème est bien plus simple : l'ordre naturel des choses a été modifié. Et ma génération est celle qui doit y faire face.

PIERS MORGAN

Mais chaque génération ne craint-elle pas celle qui la suit ? Chaque génération ne se persuade-t-elle pas, pardonnez-moi l'expression, que le monde court à la catastrophe ?

DAVID DOBROSKI

Oui, c'est parfaitement naturel.

PIERS MORGAN

Alors, où est la différence ?

DAVID DOBROSKI

La différence, c'est que nous n'avons jamais eu notre chance. Nous n'avons jamais eu le temps de nous exprimer. J'ai trente-trois ans, et je suis déjà obsolète.

Chapitre 5

« Tu le laisses croire que sa sœur est en vie ? » Bobby Quinn souriait derrière sa tasse de café. « Toi, mon ami, t'es un très, très vilain type.

— Peu importe. Je suis d'accord avec ce qu'il a dit au sujet des droits des anormaux, mais ce n'est pas en envoyant la merde dans le ventilateur qu'on fait place nette. Lui et sa sœur auraient tué des centaines de soldats, et je devrais être désolé de lui mentir ? » Cooper haussa les épaules. « Pas le moins du monde. »

La pluie de la nuit passée avait laissé place à l'une de ces pâles et fraîches journées typiques de DC. Un patchwork de nuages se pressait sur la ville et donnait à la lumière du jour un aspect d'argent terni. Le vent était froid, mais Cooper avait finalement mis un manteau. Ça, et la demi-douzaine d'heures de sommeil qu'il avait volées avaient fait merveille sur son humeur.

La 12e et G, Northwest. Des immeubles de bureaux fades se dressaient à chaque coin de rue. Leurs fenêtres réfléchissaient le ciel froid. Au milieu, il y avait une place en béton et en pierre. Des escaliers roulants grimpaient de la bouche de la station Metro Center, vomissant hommes et femmes en tenue de ville, tous en train de surveiller l'heure et de parler au téléphone. Selon

BryanVasquez, tout ce qu'il avait à faire, c'était se montrer et attendre au coin de la rue. Son mystérieux contact ferait le reste.

« Quel bordel ! dit Quinn. Très bonne visibilité, de multiples possibilités pour s'enfuir, des civils partout.

— Et celui qui doit rencontrer Vasquez peut observer l'endroit depuis n'importe lequel de ces immeubles. » Cooper se pencha en arrière, pivota lentement pour regarder autour de lui. « La position parfaite pour s'assurer qu'il n'est pas suivi.

— Ils peuvent aussi travailler à plusieurs. Des guetteurs sur les immeubles, et peut-être la sécurité au sol. Une équipe d'extraction. Des leurres. En plus, on ignore qui on cherche tant qu'ils n'ont pas établi le contact. Du point de vue tactique, ils ont tous les avantages.

— On peut y arriver ?

— Bien sûr. » Quinn sourit. « On est des extincteurs de réverbères.

— Jamais aimé ce surnom.

— Tu sais d'où ça vient, non ? À l'époque victorienne, il fallait éteindre les réverbères à la main. Les gens qui faisaient ça étaient appelés…

— Ouais, je sais, professeur. Ça n'a pas un petit côté morbide ?

— Eh bien, on éteint des lumières. On est les maîtres nageurs de la piscine génétique.

— Alors, ça veut dire non.

— Ça veut dire non.

— Puisse le Seigneur te pardonner tes vilaines manières. » Cooper fit le signe de croix. « Très bien, tu es mon planificateur. Comment veux-tu organiser tout ça ?

— Des équipes là, dit son partenaire en pointant sa

tasse de café. Et là. Mets-les dans un camion de la FedEx et dans un van d'une compagnie de téléphone. Plus des agents en civil dans les rues. Des femmes, de préférence. Si les méchants sont des amateurs, il est moins probable qu'ils se méfient des femmes.

— Est-ce que Luisa et Valerie sont de retour ?

— Cet après-midi. Un vol commercial. Luisa voulait savoir, je cite : "avec quelle paire de couilles elle doit s'étouffer" pour obtenir une place dans le jet, la prochaine fois.

— Les femmes ont un don pour le langage.

— C'est une poétesse. » Un bus stoppa au coin de la rue dans un crissement de freins. Quinn le désigna. « Regarde ça. »

Le côté du bus avait été tagué à la bombe. Des lettres de deux mètres de haut, orange et violettes. JE SUIS JOHN SMITH.

« C'est une blague ? » Cooper secoua la tête.

« On en voit partout. L'autre soir, j'étais dans un bar, et quelqu'un avait écrit ça sur le mur au-dessus de l'urinoir. Et quelqu'un d'autre avait ajouté : "ET JE ME PISSE SUR LES GODASSES". »

Cooper rit. « Quand est-ce qu'on met les équipes en place ?

— On peut installer le van de la compagnie de téléphone aujourd'hui, et on fait dormir l'équipe dedans. Et le camion FedEx, une demi-heure avant le rendez-vous. On le remplira de colis et un agent fera le va-et-vient jusqu'à l'immeuble. On devrait mettre un traceur sur Vasquez.

— Deux.

— Deux ?

— Un sur lui, et un autre dans l'unité qu'il est censé

donner. Juste au cas où. Et je veux aussi des snipers avec des angles de tir bien dégagés. »

Quinn dressa l'oreille. « Je pensais que tu voulais son contact vivant.

— C'est ce que je veux. Mais si quelque chose va de travers, je préfère les descendre ici que de les laisser s'en aller. Et je veux un dirigeable au-dessus. Infrarouge, équipement de reconnaissance d'images, tout le tremblement.

— Pourquoi ? Alex était la cible première, et on l'a eue. Il faut quelqu'un qui possède des autorisations de niveau de sécurité très élevé pour activer ce virus. Quelles sont les probabilités pour que quelqu'un comme ça vienne en personne ? Ce sera un laquais, un type sans importance. » Quinn jeta son gobelet de café, écarta les mains. « Je veux dire, c'est toi le boss. Tu veux que je mette tout ça en place ? Je le ferai. Mais n'est-ce pas énormément de moyens pour une seule cible ?

— Ce le serait, ouais. Sauf que ce n'est pas une simple cible. C'est une cible qui peut nous mener jusqu'à John Smith. »

Quinn aspira l'air entre ses dents. « Smith va savoir qu'on était sur Alex Vasquez. Il a fallu quoi, neuf jours pour l'attraper ? Elle a dû le mettre au courant.

— Peut-être. Mais elle fuyait pour sauver sa peau. Et ce n'est pas comme si on pouvait le joindre par téléphone. Il doit rester en mouvement, passer chaque nuit dans un endroit différent. Il doit se douter qu'on a mis en place des protocoles de recherche depuis le massacre du Monocle. La nouvelle version d'Echelon a été écrite par des programmeurs de l'académie. De niveau un, aussi bons qu'Alex Vasquez. À chaque fois que John Smith parle dans un téléphone, à chaque fois qu'il se connecte avec un ordinateur, il joue à cache-cache avec environ cinq mille professionnels qui veulent sa peau. Il a tout organisé, puis il s'est mis en retrait pour que Vasquez ne puisse pas le cramer. »

Son partenaire avait l'air pensif. « Je sais pas, mec.

— Moi, je sais. Mets tout ça en place. » Cooper jeta un œil à sa montre. Dix heures du matin. Le trajet prendrait trois heures. Il pourrait réquisitionner un hélicoptère, mais n'avait pas vraiment envie d'en expliquer la raison. En outre, ça pouvait être marrant de foncer au travers des montagnes de la Virginie-Occidentale. Ça, c'était une bonne raison de conduire une 470 Charger à crédit qui coûtait six mois de son salaire. Et ce n'était pas comme s'il risquait de se faire arrêter pour excès de vitesse : le transpondeur de sa voiture l'identifierait auprès de la police comme faisant partie des Services Équitables. « Tu peux te débrouiller pour rentrer ?

— Bien sûr. De toute façon, je reste ici un moment. Tu vas où ?

— Voir comment John Smith a grandi. »

Chapitre 6

Le garçon avait environ neuf ans, il était pâle et maigre avec des lèvres pleines et une tignasse noire. Malgré sa constitution frêle, il y avait quelque chose de généreux en lui. Cela venait de l'éclat de sa bouche, des boucles de ses cheveux. Il tenait ses mains devant lui comme un boxeur d'un autre temps, et ses avant-bras constituaient une maigre protection.

Le coup de poing de l'autre fut maladroit, mais suffisamment violent pour venir percuter la tête de l'enfant sur le côté. Étourdi, le garçon baissa sa garde, et son adversaire balança un nouveau coup de poing qui cette fois fendit sa lèvre et ensanglanta son nez. Le garçon tomba au sol, tentant de protéger son visage d'un bras et son entrejambe de l'autre. Son agresseur, un gamin blond qui faisait largement une tête de plus, lui tomba dessus et lui assena de violents coups dans le ventre, le dos, les côtes, tout ce qui n'était pas protégé.

Le cercle d'enfants qui les entouraient se resserra. Ils agitaient les poings. La fenêtre du bureau était équipée de double vitrage et Cooper pouvait à peine entendre les hurlements en bas, mais cela suffisait à le ramener dans une douzaine de cours d'école, au souvenir de son visage meurtri contre la porcelaine froide d'une cuvette de toilette. « Pourquoi est-ce que les professeurs n'interviennent pas ?

— Notre faculté possède de l'expérience. » Le directeur Charles Norridge entrecroisa ses doigts. « Ils interviendront exactement au moment adéquat. »

Deux étages plus bas et une trentaine de mètres plus loin, dans la lumière blanche du soleil de Virginie-Occidentale, le blond s'était assis sur la poitrine du garçon plus jeune, les genoux enfoncés dans ses épaules. Celui-ci essayait de se dégager, mais son assaillant avait l'avantage du poids et de la force.

Et maintenant, c'est le moment de l'humiliation, pensa Cooper. *Gagner ne suffit jamais. Pas pour une brute. Une brute doit dominer.*

Un filet de salive brillant descendait de la bouche du gamin blond. Le garçon plus jeune essayait de détourner le visage, mais le blond l'empoignait par les cheveux pour maintenir sa tête au sol jusqu'à ce que le filet de salive s'écrase sur ses lèvres ensanglantées.

Pauvre petite merde.

Un sifflement retentit. Un homme et une femme se précipitèrent vers le terrain de jeux. Les enfants s'éparpillèrent, retournant escalader les structures en métal et reprenant leur partie de chat perché. Le gamin blond bondit sur ses jambes, enfonça ses mains dans ses poches et fut pris d'un intérêt soudain pour le ciel. Le garçon plus jeune roula sur le côté.

Cooper serrait tellement les poings qu'ils en étaient douloureux. « Je ne comprends pas. Votre "faculté" a juste laissé un garçon de dix ans frapper un gosse sans raison.

— C'est un peu exagéré, agent Cooper. Aucun d'eux n'en gardera de séquelles, dit le directeur de l'Académie Davis d'une voix douce. Je comprends que ce spectacle surprenne, mais ce genre d'incident est essentiel dans notre travail. »

Cooper pensa à Todd tel qu'il l'avait vu la nuit dernière, endormi dans son pyjama Spiderman, la peau chaude, douce et intacte. Son fils avait neuf ans, à peu près le même âge que le garçon aux cheveux noirs. Il imagina Todd sur un terrain de jeux comme celui-ci, coincé sous un gosse plus grand, la tête en feu, des cailloux lui rentrant dans le dos, entouré d'un cercle de visages, des visages qui appartenaient à des enfants avec lesquels il était en train de jouer quelques instants auparavant, et qui maintenant le raillaient à chaque coup et à chaque humiliation qui lui était porté. Il pensa à Kate, quatre ans, qui rangeait ses jouets par ordre alphabétique et ses livres selon la couleur du spectre lumineux. Qui possédait un don qui, malgré ce qu'il avait dit à Natalie, montrait tous les signes d'une grande puissance à venir.

Peut-être de niveau un.

Cooper se demanda si, en attrapant Norridge par son revers en tweed gris et en le balançant contre la fenêtre, le directeur passerait au travers dans une pluie d'éclats de verre ou s'il rebondirait contre. Et s'il rebondissait, est-ce qu'une seconde tentative serait couronnée de succès ?

Doucement, Coop. Tu ne l'as peut-être jamais constaté de tes propres yeux, mais tu savais que ces endroits n'étaient pas remplis d'arcs-en-ciel et de licornes. Peut-être ne comprends-tu pas tout ce qui se passe ici.

Essaie de ne pas tuer le directeur avant que ce soit vraiment le moment.

Il se força à adopter une voix neutre. « Essentiel dans

votre travail ? De quelle façon ? Est-ce que le garçon plus âgé est un agent infiltré ?

— Mon Dieu, non. Cela nuirait au processus. » Le directeur fit le tour de son bureau, tira un fauteuil en cuir et en désigna un autre du côté opposé. « Il est d'une importance cruciale que tous les enfants ici aient un don. La plupart sont de niveau un, bien qu'un certain nombre de niveaux deux aient fait preuve d'aptitudes significatives dans d'autres domaines. Une intelligence incroyablement élevée, par exemple.

— Alors, s'ils sont tous anormaux et qu'aucun d'entre eux n'est versé dans ce…

— Comment provoque-t-on des incidents comme celui-ci ? » Norridge se pencha en arrière dans son fauteuil et croisa les mains sur les genoux. « Bien que ces enfants possèdent tous des capacités équivalentes à celles d'un savant, ils restent des enfants. Qui peuvent être manipulés et dressés comme n'importe quels autres enfants. Les désaccords peuvent être accentués. Les trahisons organisées. Une confidence murmurée dans une oreille sûre peut soudain se retrouver sur toutes les lèvres. Un jouet préféré peut disparaître et être retrouvé brisé dans la chambre de quelqu'un d'autre. Un baiser volé ou l'arrivée des premières menstruations peuvent être connus de tous. Fondamentalement, nous nous servons des expériences formatrices négatives que tous les enfants connaissent et nous les mettons en œuvre en tenant compte de leur profil psychologique, à un niveau terriblement élevé. »

Cooper imagina des rangées de cabines avec des hommes en costume sombre et des lunettes épaisses, en train d'écouter les confessions nocturnes, le bruit frénétique des masturbations dans les toilettes, ou les pleurs causés par la nostalgie du foyer. Des hommes et des femmes qui analysaient tout cela. Comptabilisaient. Calculaient comment chaque humiliation pouvait être exploitée avec une efficience maximale. « Comment ? Comment savez-vous toutes ces choses ? »

Norridge sourit. « Je vais vous montrer. » Il activa le terminal de son bureau et se mit à taper sur le clavier. Cooper remarqua que ses doigts étaient fins et gracieux. Des doigts de pianiste. « Nous y voilà. »

Il pressa une touche, et une voix de femme se fit entendre dans le haut-parleur de l'ordinateur.

« … tu sais. Ce n'est pas grave.

— Ça fait mal, dit l'enfant en étirant très longuement la voyelle du milieu.

— Je t'avais dit de te méfier de lui. Ce garçon ne provoque que des ennuis. Tu ne peux pas lui faire confiance. »

Un gémissement, puis un sanglot étouffé. « Ils étaient tous en train de se moquer de moi. Pourquoi riaient-ils ? Je croyais qu'ils étaient mes amis. »

Une sensation glacée traversa le ventre de Cooper. La femme, celle qui, pensait-il, avait mis fin à la bagarre, poursuivit : « Je les ai tous vus se moquer de toi. Ils riaient et te montraient du doigt. Est-ce comme cela que des amis se comportent ?

— Non. » La voix était fluette et triste.

« Non. Ce ne sont pas des amis et tu ne peux pas leur faire confiance. Mais moi, je suis ton amie. » Sa voix était sucrée comme le miel. « Très bien, mon chéri. Je suis avec toi, maintenant. Je ne laisserai plus personne t'embêter.

— J'ai mal à la tête.

— Je sais que ça fait mal, chéri. Veux-tu un comprimé ?

— Oui.

— Très bien. Je vais tout arranger. Voilà. Avale ça. »

Norridge appuya sur une touche et le haut-parleur se tut. « Vous voyez ? »

Cooper dit : « Vous surveillez tout l'établissement ?

— Les premières années, c'était la seule solution. Toutefois, dans un bâtiment de cette taille, et avec les espaces extérieurs, le terrain de jeux, il est impossible d'avoir une couverture complète. Maintenant, nous avons une bien meilleure méthode. » Norridge fit une pause, le fantôme d'un sourire sur les lèvres.

De quoi pouvait-il s'agir ? Qu'est-ce qui pouvait le rendre si satisfait de lui-même ?

« Ce n'est pas l'école qui est sur écoute, dit lentement Cooper. Mais les enfants, directement. D'une façon ou d'une autre, les enfants sont sur table d'écoute. »

Le directeur rayonnait. « Très bien. Lorsque les sujets entrent dans une académie, à Davis ou ailleurs, ils passent un examen physique complet. Qui inclut les vaccins contre l'hépatite, le pneumocoque, la varicelle. L'une de ces injections implante un dispositif biométrique. Un travail éblouissant. Qui non seulement enregistre les données physiologiques, comme la température et le taux de globules blancs, mais sert également de relais audio à des récepteurs placés dans toute l'école. C'est quelque chose. De la nanotechnologie de pointe, alimentée en énergie par le propre système biologique des enfants. »

Cooper fut pris de vertiges. Les académies ne faisaient pas vraiment partie de son travail, et bien qu'il y ait des rumeurs inquiétantes à leur sujet, il n'avait pas vraiment imaginé qu'elles puissent être fondées. Bien sûr, quelques journalistes essayaient régulièrement de publier des révélations sur ces endroits, mais l'accès leur en était toujours refusé et Cooper avait donc mis les affirmations les plus scandaleuses sur le compte du sensationnalisme. Après tout, il y avait également des rumeurs au sujet des Services Équitables.

Son premier aperçu de l'état réel des choses avait eu lieu le jour où il avait croisé un groupe d'opposants alors qu'il conduisait, en ville. Les manifestations étaient devenues courantes, elles faisaient partie du décor quotidien et plus personne n'y prêtait vraiment attention. On trouvait toujours des opposants à quelque chose. Comment s'y retrouver ?

Mais ce groupe-là était différent. Peut-être à cause de l'ampleur de la réaction policière. Ou parce que les flics arrêtaient les gens au lieu de les canaliser. Ou peut-être à cause des manifestants eux-mêmes, des gens à l'air sensé et à l'allure convenable, rien à voir avec les radicaux au crâne rasé. L'un d'eux en particulier avait attiré son attention. C'était une femme aux cheveux clairs qui donnait l'impression d'avoir été très jolie avant d'être ensevelie sous la tristesse. La tristesse drapait ses épaules. La tristesse enveloppait son buste. Elle tenait une pancarte, deux cartons agrafés sur un morceau de bois. L'agrandissement de la photo d'un enfant avec un large sourire et une phrase en gros caractères : MON FILS ME MANQUE.

Tandis que deux flics s'approchaient d'elle, elle l'avait fixé à travers le pare-brise et avait fait un petit geste avec la pancarte, l'avait soulevée de quelques centimètres. Juste pour la mettre en évidence. Un appel, pas un hurlement. Mais il perçut alors le tourment qui couvait en elle.

« Qui est le garçon ?

— Pardon ?

— Le garçon qui a été battu. Quel est son nom ?

— Je les connais surtout par leur numéro de transpondeur. Son nom est… » Norridge s'activa sur le clavier. « William Smith.

— Un autre Smith. La raison pour laquelle je suis ici, c'est John Smith.

— Il y a beaucoup de John Smith.

— Vous savez lequel je cherche.

— Oui. Bien. C'était avant mon arrivée. » Norridge s'éclaircit la gorge, regarda ailleurs, puis revint sur Cooper. « Nous avions envisagé l'abandon de l'usage du patronyme, mais cela aurait finalement été profitable au terrorisme. Quoi qu'il en soit, je crains qu'il n'y ait aucune relation entre celui-là et celui que vous cherchez. Lorsque les enfants arrivent, nous leur donnons un nouveau nom. Ici, chaque garçon s'appelle Thomas, John, Robert, Michael ou William. Chaque fille s'appelle Mary, Patricia, Linda, Barbara ou Elizabeth. Cela fait partie de leur endoctrinement. Lorsqu'un enfant entre dans une académie, il y reste jusqu'à ce qu'il atteigne ses dix-huit ans. Nous pensons qu'il est profitable à notre travail qu'ils ne soient pas distraits par des pensées liées au passé.

— Leur passé. Vous voulez dire leurs parents, c'est ça ? Leur famille, leur foyer.

— Je comprends que cela puisse être surprenant. Mais tout ce que nous faisons ici répond à une logique bien précise. En les rebaptisant, nous accentuons leur similitude essentielle. C'est une façon de démontrer qu'ils n'ont aucune valeur avant d'avoir terminé l'académie. Ils sont alors libres de choisir leur propre nom, et de retourner dans leur famille s'ils le souhaitent. Bien que vous seriez surpris d'apprendre qu'un fort pourcentage d'entre eux ne le fait pas.

— Pourquoi ?

— Au cours des années qu'ils passent ici, ils se sont construit une nouvelle identité et c'est celle qu'ils préfèrent.

— Non, dit Cooper. Pourquoi faire ça ? Je croyais que le but des académies était de leur fournir une éducation spécialement adaptée à leurs dons. D'élever une génération qui sache maîtriser son potentiel. »

Le directeur se pencha en arrière dans son fauteuil, les avant-bras sur les accoudoirs, le bout des doigts joints devant lui. N'importe qui aurait pu lire dans la posture froide et défensive de l'universitaire la préparation d'une attaque à la jugulaire. Mais Cooper y vit davantage. Quelque chose dans la facilité avec laquelle Norridge maintenait le contact visuel, la fermeté de sa voix lorsqu'il déclara : « J'imaginais qu'un agent du Département Analyse et Réaction n'aurait pas besoin d'être mis au courant.

— Ce n'est pas vraiment mon domaine.

— Tout de même, vous auriez pu avoir ces informations sans vous déplacer…

— Je préfère constater de mes propres yeux.

— Pourquoi n'avez-vous pas suivi le cursus d'une académie, agent Cooper ? »

Ce ne fut pas ce soudain changement de sujet qui surprit Cooper – il l'avait vu venir dans le pli des lèvres et des paupières du directeur – mais son contenu même. *Je ne lui ai jamais dit que je suis un Brillant ni que je suis niveau un. Il est capable de le deviner tout seul.* « Je suis né en 1981.

— Vous faisiez partie de la première vague ?

— Techniquement, de la deuxième.

— Alors vous deviez avoir treize ans l'année de l'ouverture de la première académie. À l'époque, on pouvait à peine s'occuper de 15 % de la population de niveau un. Avec l'ouverture de l'Académie Mumford l'année prochaine, nous espérons éduquer 100 % d'entre eux. Ce n'est pas une information publique, bien sûr, mais imaginez ça. *Tous* les niveaux un nés en Amérique. C'est vraiment dommage que vous soyez né si tôt.

— Pas de mon point de vue. » Cooper sourit et s'imagina en train de briser le nez de l'administrateur.

— Dites-moi, comment avez-vous grandi ?

— Professeur, j'ai posé une question. Et je veux une réponse.

— Je vais vous en donner une. Mais accordez-moi cette faveur. S'il vous plaît, votre enfance ? »

Cooper soupira. « Mon père était dans l'armée. Ma mère est morte quand j'étais jeune. Nous avons pas mal déménagé.

— Connaissiez-vous beaucoup d'autres enfants comme vous ?

— Des gosses de militaire ? » Le vieux côté narquois se manifestait, celui qui n'était pas très à l'aise avec les représentants de l'autorité.

Mais Norridge ne releva pas et dit doucement : « Des anormaux.

— Non.

— Vous étiez proche de votre père ?

— Oui.

— C'était un bon officier ?

— Je n'ai jamais dit qu'il était officier.

— Mais il l'était.

— Exact. Et oui, c'était un bon officier.

— Patriote ?

— Bien sûr.

— Mais pas un fanatique du drapeau. Il se souciait des principes, pas du symbole.

— C'est ce que signifie le mot patriotisme. Les autres ne sont que des fétichistes.

— Vous aviez beaucoup d'amis ?

— Suffisamment.

— Vous vous êtes souvent battu ?

— Quelquefois. Et vous êtes en train de toucher les limites de ma patience. »

Norridge sourit. « Eh bien, agent Cooper, vous avez reçu une éducation *académique*. Votre enfance représente fondamentalement ce que nous essayons de reproduire. Nous en augmentons l'intensité, bien sûr, et nous donnons également aux enfants un accès à des programmes spécifiques pour développer leurs dons. Des ressources que votre père n'aurait même pas imaginées. Mais. Car il y a un mais. Vous étiez seul. Isolé. Souvent puni pour être ce que vous étiez. Vous n'avez jamais eu la chance d'apprendre à faire confiance à d'autres anormaux, et comme vous deviez si souvent vous défendre du fait d'en être un, vous n'aviez guère de possibilités d'en trouver d'autres. Vous n'aviez pas beaucoup d'amis et viviez dans un environnement qui changeait en permanence, ce qui impliquait que vous accordiez une valeur particulière au seul repère solide de votre monde : votre père. C'était un militaire, donc les concepts comme le devoir et la loyauté vous sont familiers. Vous avez grandi en apprenant tout ce que nous enseignons ici. Vous avez même fini par travailler pour le gouvernement, comme le font la majorité de nos diplômés. »

Cooper lutta contre l'envie pressante d'attraper le directeur Norridge et de lui claquer la tête contre le bureau trois ou quatre fois. Ce n'était pas à cause de ce qu'il disait de sa vie, qui d'ailleurs était vrai, et dont il ne souffrait plus depuis des années. C'était à cause de la condescendance, et pire, de la tyrannie jubilatoire de ce type. Norridge ne voulait pas simplement gagner la partie. Tout comme le garçon blond sur le terrain de jeux, il voulait dominer.

« Vous n'avez toujours pas répondu à ma question. Pourquoi ?

— Je suis sûr que vous le savez.

— Accordez-moi cette faveur. »

Norridge fit un petit signe de la tête pour saluer le renvoi de salve. « Les dons de la grande majorité des anormaux n'ont pas de valeur significative. Cependant, une petite proportion possède des capacités qui font d'eux les équivalents des plus grands génies de notre histoire. Au niveau individuel, c'est une raison suffisante pour exploiter leur puissance. Toutefois, le véritable objectif n'est pas l'individu. C'est le groupe. Vous, par exemple. Que se passerait-il si je vous attaquais ? »

Cooper sourit. « Je ne vous le conseillerais pas.

— Et quelqu'un de plus doué ? Un boxeur, un spécialiste en arts martiaux ?

— Avec de l'entraînement, on peut apprendre à se défendre. Mais à moins que vous ne soyez très, très bon, votre corps révélera toujours ce que vous vous apprêtez à faire. Ça me facilite énormément le travail.

— Je vois. Et si on imaginait, par exemple, trois spécialistes en arts martiaux ?

— Ils gagneraient. » Cooper haussa les épaules. « Trop d'assauts à identifier. »

Norridge acquiesça. Puis il dit calmement : « Et s'il s'agissait d'une vingtaine d'adultes tout à fait moyens, pas en super forme et avec un léger surpoids ? »

Cooper plissa les yeux…

Il a dit « notre histoire » et « leur puissance ». Il ne voit pas les anormaux comme des humains.

Pourtant, il nous connaît si bien qu'il est capable d'identifier nos dons. Cette connaissance a été appliquée à toutes les facettes de la vie, ici.

Il dissèque mon passé et en repère les points sensibles sur la base de cette conversation.

Il aurait pu illustrer le sujet dont nous parlons d'une centaine de façons différentes. Mais il a choisi la métaphore du combat.

… et dit : « Je perdrais.

— Précisément. Et nous devons toujours conserver cet avantage. C'est la seule solution. Les Brillants ne doivent pas être capables de s'unifier. Donc, dès leur plus jeune âge, nous leur apprenons qu'ils ne peuvent pas se faire confiance les uns les autres. Que les autres anormaux sont faibles, cruels et mesquins. Que leur unique bien-être provient d'une personne *normale*, un mentor comme la femme que vous venez d'entendre. Et ils apprennent les valeurs essentielles que sont l'obéissance et le patriotisme. De cette façon, nous protégeons l'humanité. » Norridge fit une pause, puis sourit de toutes ses dents. C'était une expression étrange, entendue. On aurait dit que s'il en avait l'occasion, il ne ferait de lui qu'une bouchée. « Est-ce que vous comprenez ?

— Oui, dit Cooper. Maintenant, je vous comprends. »

Norridge redressa la tête. Qu'il ait saisi ou non le sens véritable du message, au moins il en avait perçu le ton. « Pardonnez-moi. Il peut être dangereux de me lancer sur le sujet. »

Sans blague.

« Je devrais également mentionner les bénéfices tangibles. Les diplômés de l'académie ont permis d'énormes avancées en chimie, en mathématiques, en ingénierie, en médecine. Tous sous contrôle du gouvernement. Cet appareil d'enregistrement dont j'ai parlé ? La nanotechnologie est l'œuvre d'un ancien élève. Tout l'équipement militaire récent a été conçu par des anormaux. Les systèmes informatiques qui nous connectent. Même le nouveau marché financier qui est, ironiquement, protégé contre les manipulations des anormaux.

« Toutes ces choses proviennent des diplômés des académies. Et grâce à notre travail, toutes sont mises en place et contrôlées par le gouvernement des États-Unis. Vous admettrez certainement qu'en tant que nation, en tant que peuple, nous ne pouvons pas nous permettre un autre Erik Epstein ? »

Quel peuple, prof ? Cooper sentait un hurlement bouillir en lui, une rage à laquelle il désirait ardemment donner libre cours. Tout ici était pire que ce qu'il avait imaginé.

Non. Sois honnête. Tu ne t'es jamais permis de l'imaginer. Pas vraiment.

Pourtant, maintenant qu'il savait, que pouvait-il faire ? Tuer le directeur, puis toute l'équipe pédagogique ? Abattre les murs et détruire les dortoirs ? Mener les enfants comme Moïse les juifs hors d'Égypte ?

C'était soit ça, soit foutre le camp de là. Il se mit debout.

Norridge eut l'air surpris. « Alors, vous êtes satisfait ?

— Presque. » S'il restait une minute de plus, il allait exploser, alors il sortit du bureau, longea les couloirs au sol ciré, passa devant les petites fenêtres qui ouvraient sur une végétation immuable. En se disant : *Ça ne peut pas être comme ça.*

Et : *John Smith a été élevé dans une académie. Pas*

celle-ci, mais elles sont toutes les mêmes, et il y a un Norridge à la tête de chacune d'elles. Un administrateur qui détient tous les pouvoirs, un manipulateur de premier ordre qui comprend et déteste ses élèves.

John Smith a été élevé dans une académie.

John Smith est en guerre depuis son plus jeune âge.

Chapitre 7

« Équipe un ?

— On y est.

— Équipe deux ?

— OK.

— Trois ?

— J'ai les tétons qui gèlent, mais c'est OK. » Luisa et son élégance habituelle.

« Nid d'aigle ?

— Deux positions, angles de tir croisés. OK.

— Dieu ?

— La vue d'en haut est divine, mon fils. » Derrière la voix, on entendait le vrombissement des rotors. À la hauteur où volait le dirigeable, il n'était qu'un point sombre dans un ciel gris étincelant. « Dieu est bon. »

Cooper sourit et appuya sur le bouton de transmission. « Que la paix soit avec vous.

— Et avec votre esprit. Mais malheur à l'oiseau qui tentera de s'enfuir, car sur lui nous déclencherons la foudre.

— Amen. » Il éteignit et observa le lieu du rendez-vous à travers le double vitrage.

Les jours se suivent et se ressemblent : c'était une phrase que l'on pouvait répéter un bon nombre de fois à DC entre novembre et mars. La lumière du soleil avait la couleur d'un thé clair et pâle, et des bourrasques de vent tiraient sur les manteaux des hommes de pouvoir, sur les foulards des femmes d'affaires.

L'équipe deux, c'était le camion FedEx. Il était garé sur G Street, à l'angle nord-ouest. La porte arrière était ouverte et un agent secret chargeait des colis sur un chariot et cochait chacun d'eux sur un manifeste. Derrière un abri de fortune, quatre autres agents se serraient, hors de vue. C'était un espace réduit et inconfortable, mais même ainsi, ils s'en sortaient mieux que l'équipe un, enfermée dans l'utilitaire resté garé toute la nuit sur la 12e rue.

Cooper avait déjà fait des surveillances dans ce genre de planques. Elles étaient sombres et incommodes, brûlantes en été et glacées en hiver. Les mouvements devaient être réduits au minimum et l'air était toujours chargé des relents d'urine qu'exhalaient les bocaux d'un litre dont ils se servaient. Une fois, un jeune agent avait brisé un bocal et après six heures de canicule, l'équipe était sur le point de laisser tomber la cible pour le rouer de coups.

Onze heures trente. Le rendez-vous était pour midi. Bien calculé : l'heure du déjeuner, l'endroit grouillerait de monde, tous les employés des immeubles alentour sortiraient de leurs bureaux.

« Ça marche pour les caméras ? » Bobby Quinn était assis à une table en bois vernis de six mètres de long. Il avait réquisitionné le système de présentation du cabinet juridique pour son quartier général mobile, et l'air autour de lui vibrait d'images fantômes, des flux vidéo qui scrutaient la scène sous plusieurs angles. « Le carrefour est câblé comme un studio 3D.

— Montre-moi le transmetteur. »

Quinn s'activa et une carte de la ville s'illumina. « Le point vert, c'est ça. » Quinn lui lança la micromémoire. Elle avait l'air parfaitement normale, jusqu'au logo à moitié effacé sur le côté. Cooper l'empocha. « Le point rouge, c'est Vasquez. En personne.

— Comment tu l'as branché ?

— Par le côlon », dit Quinn, pince-sans-rire. Cooper le regarda avec surprise, et son partenaire poursuivit : « Nouvelle technologie rutilante, tout juste sortie des labos. Un petit génie fraîchement diplômé d'une académie a conçu ce traceur contenu dans une gélule. Il se fixe sur la paroi du grand intestin grâce à des enzymes.

— Impressionnant. Est-ce qu'il… Est-ce que ça…

— Non. Les liens enzymatiques se dissolvent au bout d'une semaine, et il part avec le reste.

— Impressionnant, répéta Cooper.

— Ça donne un nouveau sens à l'expression "lui coller au cul", non ?

— Depuis combien de temps tu t'en sers ?

— Depuis le moment où ils m'ont donné la gélule. » Quinn leva les yeux et sourit. « T'as appris quelque chose d'utile, hier ?

— Ouais. J'ai appris que Smith avait des raisons d'être en colère.

— Hé, hé, ouah ! » Quinn baissa la voix : « Dickinson deviendrait dingue s'il t'entendait dire ça.

— Que Roger Dickinson aille se faire foutre.

— Ouais, eh bien, tu sais qu'il serait trop heureux de te baiser. Alors fais gaffe. » Quinn se pencha en arrière. « Qu'est-ce qui se passe, réellement ? »

Cooper pensa à l'après-midi de la veille, au soulagement qu'il avait ressenti quand il avait repris la route. La forêt nationale de Monongahela s'estompait autour de lui, les bouquets d'arbres, les montagnes irrégulières, les maisons préfabriquées jetées au hasard.

MON FILS ME MANQUE, disait la pancarte de la femme pâle.

« Ce ne sont pas des écoles, Bobby. Ce sont des centres de lavage de cerveau.

— Allons…

— Ce n'est pas une allégorie. Concrètement, c'est ce que sont les académies. Je veux dire, j'ai entendu des trucs, nous en avons tous entendu, mais je n'y croyais pas. Qui peut traiter les enfants de cette façon ? » Cooper secoua la tête. « Il s'avère que la réponse est : nous. Nous le pouvons.

— Nous ?

— Ce sont des infrastructures du gouvernement. Des infrastructures du DAR.

— Mais pas des Services Équitables.

— C'est tout comme.

— Ce n'est pas "tout comme". » La voix de Quinn se fit plus dure. « Tu n'es pas personnellement responsable des faits et gestes de toute une agence.

— Tu vois, c'est là que tu te trompes. Nous tous…

— Tu crois qu'Alex Vasquez s'efforçait de rendre le monde meilleur ?

— Quoi ?

— Est-ce que tu crois qu'Alex Vasquez…

— Non.

— Est-ce que tu crois que John Smith s'efforce de rendre le monde meilleur ?

— Non.

— Est-ce que tu crois qu'il est responsable de la mort de tout un tas de gens ?

— Oui.

— Des gens innocents ?

— Oui.

— Des enfants ?

— Oui.

— Alors, attrapons-le. C'est ce que nous sommes en train de faire. On élimine des mauvaises personnes qui font du mal à des bonnes personnes. De préférence *avant* qu'elles fassent du mal à des bonnes personnes. C'est notre responsabilité. Et ensuite, dit Quinn, on va boire une bière. Et c'est toi qui paies. »

Cooper gloussa malgré lui. « Ouais, d'accord, Bobby. Je comprends.

— Bien.

— C'était quelque chose. » Cooper se leva. « Recevoir une telle leçon de morale. Je ne savais pas que tu avais ça en toi.

— Je suis multicouches. Comme un oignon.

— C'est cette couche-là que j'achète. » Cooper donna une tape sur l'épaule de son ami. « Je vais voir où en est Vasquez.

— Calme-le, tu veux ? Il transpire tellement que j'ai peur que son traceur se décroche au moindre mouvement, finalement.

— Merci pour cette image.

— De rien, boss. » Quinn bâilla et croisa les pieds sur la table en bois vernis.

Cooper longea le couloir et arriva devant une porte ornée d'un logo qui mentionnait le nom de trois types suivi de la mention « docteurs en droit ». Le cabinet juridique se trouvait dans un immeuble surplombant la station de métro où le rendez-vous devait avoir lieu. Quinn les avait contactés la veille, et ils étaient très heureux d'aider les Services Équitables. Cooper avait rencontré l'un d'eux un peu plus tôt, un type soigné avec une auréole de cheveux blancs qui lui avait souhaité bonne chasse.

Bonne chasse. Merde.

Deux gardes se tenaient devant le bureau, leurs complets noirs tactiques ayant cédé la place à des costumes ternes d'hommes d'affaires. Les mitraillettes étaient toujours en bandoulière, à portée de main. Il leur fit un signe de tête. L'un dit : « Monsieur », et ouvrit la porte du bureau.

À l'intérieur, Bryan Vasquez était debout devant la fenêtre, les mains contre la vitre. Le bruit le fit sursauter. Il se retourna avec une expression où se mêlaient culpabilité et nervosité.

Orange fièvre, décida Cooper pour définir la couleur. Il remercia le garde, puis entra.

« Vous m'avez fait peur ! » dit Bryan. Il avait une main sur la vitre, l'autre sur la poitrine. Des petits halos blancs de condensation marquaient les endroits où la pulpe de ses doigts avait reposé contre le verre. Il avait des traces de transpiration sous les aisselles et sa respiration était rapide. Il s'humecta les lèvres en transférant le poids de son corps de la droite vers la gauche.

Cooper glissa ses mains dans ses poches et…

Il est dévoué à sa sœur, mais c'est aussi un homme engagé. Il se soucie de sa propre sécurité mais ne l'admettra jamais. Il est fasciné par l'idée de complots et de mondes secrets, de compagnons d'armes.

Il a besoin d'être guidé par une main solide. Il a besoin qu'on le motive et qu'on l'envoie faire sa part de travail pour un monde meilleur.

… fit un pas à l'intérieur de la pièce. « Veuillez m'excuser. Moi aussi je suis un peu nerveux avant ce genre d'opération. » Il tira une chaise, la retourna et s'assit à l'envers, les bras sur le dossier. « Cette partie du boulot me rend cinglé.

— Quelle partie ?

— L'attente. Ce temps figé. Une fois que les choses démarrent, ça va mieux. On sait ce qu'on a à faire, et on le fait. C'est simple. C'est facile. Vous ne croyez pas ? »

Bryan Vasquez redressa la tête et s'adossa contre la fenêtre, les bras croisés. « Je ne sais pas. C'est la première fois que je dois trahir une cause en laquelle je crois pour sauver ma sœur.

— Remarque justifiée. » Il laissa un silence en suspens. Bryan avait l'air d'un homme qui s'attendait à se faire frapper. Peu à peu, il comprit qu'il n'y avait pas d'orage dans l'air. Un léger vent mugit contre le bord de la fenêtre, et quelque part au loin, une voiture klaxonna. Finalement, il s'approcha du bureau et s'écroula d'une manière bizarre sur la chaise d'en face.

« Je sais que c'est difficile, dit Cooper. Mais vous faites le bon choix.

— Bien sûr, répondit-il avec nonchalance.

— Je peux vous dire quelque chose ? » Il attendit que l'autre lève les yeux vers lui. « Tout ce que vous avez dit l'autre jour sur la façon dont les Brillants sont traités… Je suis d'accord avec vous.

— Très bien.

— Je suis un anormal. »

Le visage de Bryan se fronça, comme déformé par la surprise, le doute et la colère. Il finit par demander : « De quoi s'agit-il, dans votre cas ?

— Identification des schémas, un genre d'intuition surdéveloppée. Je lis les intentions. Ça peut être très précis, comme savoir exactement où quelqu'un va donner un coup de poing. Mais ça s'applique aussi aux schémas personnels, intimes. Je rencontre quelqu'un, mon don produit une représentation qui m'aide à savoir ce qu'il va faire.

— Mais si vous êtes un Brillant, pourquoi est-ce que vous…

— … travaillez pour le DAR ?» Cooper haussa les épaules. «En fait, c'est à peu près les mêmes raisons que celles pour lesquelles vous aidez votre sœur.

— Conneries.

— Pas du tout. Je veux que mes enfants vivent dans un monde où les anormaux et les normaux cohabitent. La différence, c'est que je ne crois pas qu'on puisse y parvenir en faisant tout sauter. Surtout quand l'un des deux groupes est immensément plus nombreux que l'autre. Vous voyez, les gens normaux, comme *vous*, dit-il en joignant les mains, si vous le décidez, vous pouvez éliminer tous les gens comme *moi*. Chacun d'entre nous, peu ou prou. C'est une affaire de nombre. Vous êtes largement majoritaires.

— Mais c'est précisément la raison…» Bryan Vasquez s'interrompit.

«Je sais ce que vous ressentez au sujet de la manière dont Alex est traitée. Mais vous êtes ingénieur. Pensez de façon logique. Les relations entre les normaux et les Brillants, c'est de la poudre à canon. Vous tenez vraiment à faire jaillir des étincelles ?»

Il tira la micromémoire de sa poche et la posa sur le bureau, exactement entre eux. «N'oubliez pas, dit Cooper. Vous ne faites pas ça pour moi. Vous le faites pour Alex.»

C'était un scénario prémédité, fondé sur l'obtention de la carte «sortie de prison», doublé d'un impératif personnel. Et c'était loin d'être la première fois qu'il mentait à un suspect.

Alors pourquoi est-ce que je me sens coupable ?

L'académie. Visiter cet endroit avait réveillé des sujets avec lesquels il croyait avoir fait la paix. Cooper repoussa les visions du terrain de jeux, de la femme avec la pancarte, et figea son expression.

Bryan Vasquez prit la micromémoire.

Cooper dit : « Allons-y ! »

*

« Ici Quarterback. La balle est en jeu. Je répète : le Livreur se déplace. Confirmez.

— Confirmé. » La voix de Bobby Quinn grésilla dans son oreille. « Les deux signaux sont clairs. »

De l'autre côté de la rue, le square était sous contrôle et avait l'air aussi peu attirant que d'habitude, avec les branches noires des arbres élagués qui se balançaient dans le vent. Quelques âmes intrépides s'étaient regroupées près de l'entrée de l'immeuble le plus proche, se balançaient d'un pied sur l'autre en tirant sur leur cigarette. Le trafic des voyageurs à l'entrée de la station Metro Center était dense et régulier. Une rangée de distributeurs de journaux, rouge vif, orange et jaune courait le long d'un mur assez bas. À son extrémité, un homme en fauteuil roulant tendait des prospectus aux passants.

Cooper garda un air désinvolte et baissa le ton de sa voix. « Dieu, qu'est-ce qu'on a ?

— Le Livreur progresse vers le nord sur la 13ᵉ.

— Vue dégagée ?

— Dieu voit tout, mon fils. »

Tout est en place. Tu es sur le point de te rapprocher encore un peu plus de la capture de l'homme le plus dangereux d'Amérique.

De l'autre côté de la rue, l'agent du camion FedEx

finissait de charger son chariot et se dirigeait vers l'immeuble. Assises sur un banc dans le square, deux femmes en tenue de travail discutaient en picorant une salade. L'une ressemblait à la directrice adjointe d'un collège, l'autre était menue et agile comme une joueuse de football.

« Comment ça va, Luisa ?

— Jamais pensé que je dirais ça un jour, répondit-elle en couvrant ses lèvres avec une serviette en papier pour masquer leur mouvement, mais en fait je préférerais être au milieu de ces baiseurs de vaches du trou paumé du Texas que nous venons juste de quitter. »

Luisa Abrahams faisait à peine plus d'un mètre cinquante, était jolie mais pas renversante, parlait comme un camionneur et était sans doute la personne la plus entêtée qu'il connaissait. Il l'avait recrutée au sein de son équipe après un cafouillage dans une opération au cours de laquelle son agent référent avait perdu le contact avec elle. L'AR[1] n'avait pas compris que sa couverture était grillée et qu'elle avait besoin de renforts, alors Luisa avait poursuivi la cible à pied sur plus de trois kilomètres, lui était tombée dessus et avait fini le travail, avant d'appeler l'AR en utilisant le téléphone portable de la cible. Le tombereau d'insultes qu'elle avait déversé sur lui avait circulé dans l'agence pendant des semaines.

Maintenant, elle était assise sur un banc à côté de Valerie West, et toutes les deux faisaient semblant de prendre leur déjeuner. Val était une championne de l'analyse de données, mais sur le terrain elle était nerveuse. Cooper la regardait déchirer sa serviette en papier en se demandant si oui ou non il fallait lui dire

1. Agent référent.

quelque chose, lorsque Luisa toucha le genou de l'autre femme et lui parla hors micro. Valerie acquiesça, redressa ses épaules et rangea sa serviette dans sa poche. Bien. En temps normal, Cooper aurait découragé une relation amoureuse entre coéquipiers, mais bien souvent ces deux-là se révélaient être de meilleurs agents grâce à cette relation.

Un demi-bloc plus loin, Bryan Vasquez apparut dans la foule. Il marchait derrière un couple de touristes bardés d'appareils photo.

« On ouvre grand les yeux, dit-il. Le Livreur est là. »

Cooper lista mentalement les détails pour s'assurer que tout était en place. Entre le traceur, les caméras, le dirigeable et les agents, ils avaient verrouillé le coin. Toute personne venant à la rencontre de Bryan Vasquez se retrouverait dans une salle d'interrogatoire dans moins d'une heure, baignant dans cette lumière blafarde et se demandant jusqu'à quel point les rumeurs au sujet des « interrogatoires améliorés » des Services Équitables étaient avérées.

Dommage qu'on ne puisse pas les laisser nous mener jusqu'aux autres. Le jeu pourrait en valoir la chandelle, mais le risque était tout bonnement trop important. Avec une attaque imminente, si leur seule piste s'évanouissait, cela pourrait coûter Dieu sait combien de vies.

Dans l'oreillette, Cooper entendait les questions et les confirmations de son équipe, qui était en train de pister Bryan Vasquez. Celui-ci marchait de l'autre côté de la rue, et Cooper faisait très attention à ne pas fixer son regard exclusivement sur lui. Il se décontracta, mit tous ses sens en éveil pour essayer d'appréhender l'ensemble de la scène, de la découper d'un regard analytique, de la filtrer pour apercevoir le schéma qu'elle contenait. Le jaune flou d'un taxi. La texture d'une veste en tweed. Les gaz d'échappement et les odeurs de graisse d'un fast-food. L'éclat de platine terne du ciel et le paysage sans ombre. Le port assuré des épaules de Bryan Vasquez tandis qu'il marchait sur le trottoir et regardait autour de lui. La danse d'un drapeau dans le vent, en haut d'un mât. Les distributeurs de journaux rouge vif et jaune derrière Vasquez. Le grondement assourdi du métro, l'odeur de pourriture des bouches d'égout, le crissement de freins deux blocs plus bas et la très, très jolie jeune femme en train de parler au téléphone.

Un homme portant une veste en cuir sang-de-bœuf traversa la rue en direction de Vasquez. Sa démarche était chargée d'intention, un vecteur que Cooper pouvait lire comme s'il était représenté par une flèche.

« Identification possible, veste en cuir. »

Dans l'oreillette, son équipe confirma la visualisation. Sur le banc, Luisa posa sa salade et mit la main sur son sac.

Vasquez se tourna pour faire face au type, les yeux en points d'interrogation.

L'homme à la veste en cuir glissa la main dans sa poche avant droite.

Les yeux de Vasquez dardaient en tous sens.

Cooper s'efforça de se retenir. Il fallait être sûr.

L'homme approcha de Vasquez… puis le dépassa. Il sortit de la monnaie de sa poche et glissa des pièces dans le distributeur de journaux.

Cooper relâcha sa respiration. Puis il regarda Vasquez, comme pour lui envoyer de la force, lui faire comprendre que tout allait bien, que tout était sous contrôle.

C'est ce qu'il était en train de faire lorsque Bryan Vasquez explosa.

Télévision en 3D ?
Datapad compressible ?
Téléphonie holographique ?

C'est *tellement*
2013

Chez Magellan Designs,
le présent ne nous intéresse pas.

Nous nous intéressons à demain.
C'est pourquoi nous sommes la première grande compagnie d'électronique à recruter des ingénieurs surdoués. Nos équipes travaillent en synergie parfaite et à un niveau qui se situe bien au-delà des modèles de développement traditionnels.

Qu'est-ce que cela signifie ?
Que diriez-vous de transmetteurs de nerfs optiques qui rendent un film aussi réel que le monde qui vous entoure ? Ou de puces intradermiques qui mettent littéralement entre vos mains le potentiel d'un datapad ? La téléportation ? Oui, on y travaille !

Magellan Designs :
Brillant, tout simplement®

Chapitre 8

Les flammes rayonnaient comme un coucher de soleil sur l'océan, orange, jaune et bleu, des ondulations de feu se renversaient et se répandaient partout. Au ralenti, cela possédait une beauté éthérée. Le feu bouillonnait et s'enroulait sur lui-même. Devant la déflagration, des formes sombres surfaient, indistinctes et tournoyantes. C'était vraiment beau.

Jusqu'à ce que les éclats de métal tordus portés par l'onde de choc viennent frapper Bryan Vasquez comme un millier de lames de rasoir tourbillonnantes.

« C'est du travail de précision, dit Quinn. Tu vois la forme de l'explosion ? Une onde, qui part directement du distributeur de journaux. Celui qui l'a conçue a soigneusement réparti les charges. Toute l'énergie a propulsé les copeaux de métal vers l'avant. Résultat : un cône de diffusion suffisamment large pour être sûr d'atteindre la cible, mais pas davantage de monde. »

Depuis l'endroit où Cooper était posté, les milliers de copeaux métalliques avaient ressemblé à une nuée de sauterelles déchirant Vasquez en morceaux. L'explosion l'avait assourdi, et encore maintenant la voix de Quinn semblait filtrée par une épaisseur de coton. Il avait un mal de tête lancinant et s'était brûlé les mains avec une poubelle en métal en protégeant des flammes une femme qui hurlait.

Pendant un court moment après l'explosion, le monde était resté suspendu dans un équilibre irréel. Une épaisse fumée montait en tourbillons au-dessus des décombres. Les grosses branches d'un arbre brûlaient d'un feu orange pâle comme des feuilles d'automne. Le son était disjoint, dissocié, ses effets ne semblaient pas reliés à des causes. Une femme s'était essuyé le visage, couvert du sang et des cheveux de Bryan Vasquez.

C'était comme si la bombe avait été placée à l'intérieur de Bryan, se dit Cooper. Comme s'il avait lui-même été un engin explosif.

Les gens se regardaient, ne sachant que faire, se demandant ce que ce désordre signifiait dans leur vie quotidienne. Mais les attentats étaient devenus plus fréquents au cours des dernières années, et s'ils n'en avaient jamais été témoins, à tout le moins ils en avaient vu à la télé, et c'était en fonction de cela qu'ils réagissaient. Certains s'enfuirent en courant. D'autres se précipitèrent pour apporter leur aide. Quelques-uns hurlèrent. Des sirènes emplirent l'air de midi. Les agents sortirent du camion FedEx et du van de la compagnie de téléphone. Et alors le véritable chaos commença. Des flics, des pompiers, des équipes d'urgences médicales et des équipes de télévision arrivèrent de partout.

Un cauchemar. Ce qui aurait dû être une petite opération tranquille se retrouvait maintenant en boucle sur CNN. Drew Peters avait immédiatement joué la carte de la sécurité nationale, bloquant tout lien avec le DAR. Rien que cette année, il y avait eu une demi-douzaine d'attentats, la plupart perpétrés par des groupes marginaux qui luttaient pour les droits des anormaux. Il était donc facile d'assimiler celui-ci aux précédents. Mais une bombe qui explosait à Washington DC, à moins d'un kilomètre de la Maison-Blanche ? Cela allait davantage attirer l'attention. Il y avait des chances que l'on découvre l'implication du DAR.

Ce n'était pas le problème de Cooper. Il ne se mêlait pas de politique. Ce qui le souciait, c'était que John Smith les avait battus. Il avait effacé leur seule piste concernant la grande attaque. « Qui a déclenché l'explosion ? Le type à la veste en cuir ? »

Cooper secoua la tête. Ils étaient finalement retournés au quartier général du DAR, et la vidéo de l'explosion était sur l'un des grands moniteurs. Il pressa quelques touches et la masse cramoisie s'amalgama jusqu'à reconstituer Bryan Vasquez. Les flammes se replièrent, ondulant comme des drapeaux. La porte du distributeur de journaux emprisonna l'explosion. Un homme portant une veste en cuir reposa un exemplaire du *New York Times* dans le distributeur voisin. « Tu vois ? Il est à côté de l'explosion. Il a perdu une oreille. Ce qui n'est pas très important, parce que à coup sûr il est devenu sourd. Et les médecins sont en train d'essayer de sauver son bras gauche.

— C'était peut-être une opération suicide », dit Luisa, bien trop fort. Elle s'était trouvée plus près de la bombe que tous les autres.

« Peut-être. Mais pourquoi ? Et s'il s'apprêtait à exécuter la danse du martyr, pourquoi ne pas le charger directement au lieu de mettre en place un faux distributeur de journaux ?

— Peut-être parce que c'était censé être un endroit sécurisé ? Peut-être parce que c'était la seule façon de mettre la bombe en place ? » Elle était petite mais téméraire, et Cooper l'avait déjà vue se jeter dans la bagarre contre des types qui faisaient deux fois sa taille. « Je pensais que tu contrôlais tout l'endroit.

— C'était le cas », dit Quinn, trop vite, les mains levées. Après Luisa, il regarda Valerie, mais ne la vit manifester aucun soutien non plus. Aucune d'elles n'avait été dans la zone de dispersion des éclats métalliques, et pourtant l'onde de choc les avait projetées comme des poupées de chiffon et elles ne semblaient pas près de l'oublier. Quinn se tourna vers lui. « Merde, Nick. J'étais là toute la journée d'hier, et l'équipe dans le van y a passé toute la nuit. On a vingt-quatre heures de vidéos tournées depuis tout un tas de caméras. Personne n'a installé la bombe. »

Cooper toussa. Son partenaire rougit. « Je veux dire, personne ne l'a installée pendant qu'on était là. Ils ont dû la mettre en place à l'avance.

— Et tu n'as pas vérifié. » La voix de Luisa avait un côté menaçant. « J'ai une idée, Bobby. Et si la prochaine fois, c'était *moi* qui sécurisais la zone, et *toi* qui allais t'asseoir sur un banc avec une jupe ?

— Eh chérie, je suis désolé mais…

— N'essaie même pas, espèce de…

— Assez », dit Cooper. Il se frotta les yeux et écouta les bruits qui les entouraient, le cliquetis des claviers, les voix tranquilles des analystes et des opérateurs en train de parler dans leur micro. Même face à cette menace, même avec une attaque imminente, il restait toujours des milliers d'anormaux de niveau un à traquer, et des douzaines de cibles actives. « Assez. On vient de perdre deux jours. Deux jours, et toujours rien. » Il se raidit et les regarda les uns après les autres. « Vous devez tous vous mettre ça en tête. John Smith n'est pas un simple tordu plein de rancune. C'est peut-être un sociopathe, mais c'est également un maître d'échecs, l'équivalent d'Einstein au niveau stratégie. Je parierais que ça fait des semaines que cette bombe est en place. Vous m'entendez ? *Des semaines*. Probablement avant même qu'Alex Vasquez ne quitte Boston. »

Luisa et Valerie se regardèrent. Il pouvait lire la peur dans les yeux de Valerie et le sentiment protecteur qui émanait de ceux de Luisa. Quinn ouvrit la bouche comme s'il s'attendait à ce que les mots sortent tout seuls. Finalement, il dit : « Tu as raison. Je suis désolé. J'aurais dû tout inspecter trente mètres à la ronde du lieu de rendez-vous.

— Ouais, t'aurais dû. T'as merdé, Bobby. »

Quinn baissa la tête.

« Et j'aurais dû te dire de tout vérifier. Ce qui signifie qu'on a merdé tous les deux. » Cooper prit une profonde inspiration, souffla bruyamment. « Bien. Commençons par la personne qui a déclenché la bombe. Val, tu es notre experte en analyse.

— Je n'ai pas eu le temps de…

— Sors tes tripes.

— Eh bien, si ça avait été moi, je l'aurais déclenchée à distance. Tout ce dont on a besoin, c'est d'un détonateur et d'une vue dégagée.

— Comment tu opérerais ?

— Un téléphone cellulaire, probablement, continua-t-elle. Pas cher, fiable, ça n'éveille pas les soupçons si on est contrôlé. Il suffit de composer le… » Elle s'arrêta, ses yeux s'écarquillèrent. « Bobby. Bouge.

— Hein ?

— *Bouge.* » Elle le poussa de sa chaise et prit sa place. Ses doigts s'agitèrent sur le clavier. Le grand écran s'assombrit, l'image figée de la vidéo disparut, remplacée par des colonnes de chiffres.

Cooper dit : « Si tu peux accéder aux tours de relais

environnantes et isoler les appels émis quelques secondes avant l'explosion…

— Je suis dessus, boss. »

Une voix derrière eux déclara : « Il faut qu'on parle. »

Dickinson. Mince, pour un type aussi grand, il marche sans faire de bruit. Cooper se retourna et ses yeux rencontrèrent les siens. Il vit la colère y crépiter. Pas de la rage, rien qui ne soit hors de contrôle. Mais de la colère, comme si elle était le combustible de son moteur.

Cooper dit à son équipe : « Continuez. Ce ne sera pas long. » Il se mit en marche et fit signe à Dickinson de le suivre sans prendre le temps de vérifier si celui-ci s'exécutait. Attitude de chien alpha, stupide mais nécessaire. Il le guida vers un espace mort à côté des escaliers, afficha un sourire parce qu'il ne put s'en empêcher, et dit : « Qu'est-ce que tu as en tête ?

— Qu'est-ce que j'ai en tête ? Et toi, qu'est-ce que tu as sur ton col ? » Dickinson fit un geste. « Ça n'appartiendrait pas à Bryan Vasquez, ou je rêve ? »

Cooper vérifia. « Non. Ce sang appartient à une femme que j'ai éloignée du feu.

— Tu es fier de toi, vraiment ?

— Ce n'est pas le mot que j'emploierais, non. Tu en es où ?

— J'ai trouvé Bryan Vasquez. Je l'ai amené ici. On avait une piste, *une*, et je l'ai amenée ici. Et toi, tu l'as laissé se faire exploser.

— Ouais, aucun de nous ne l'aimait vraiment. On a voté et on a décidé…

— Ça te fait rire ?

— Dis-moi, Roger, comment tu t'y serais pris, toi ?

— Pour commencer, je ne l'aurais pas emmené au coin de cette rue.

— Ah ouais ? T'aurais bouclé son cul d'activiste tordu et t'aurais jeté la clé ?

— Non. J'aurais menotté son cul d'activiste tordu à une chaise et je me serais mis au boulot.

— Un petit interrogatoire amélioré et récréatif ? » Cooper grogna, secoua la tête. « Tu aurais pu lui passer la tête sous l'eau jusqu'à ce qu'il lui pousse des branchies, ça n'aurait rien changé au fait qu'il ne savait rien.

— Ça, tu l'ignores. Et maintenant, on ne le saura jamais.

— Nous sommes des agents du gouvernement des États-Unis, pas la force de sécurité privée d'un dictateur du tiers-monde. Ce n'est pas comme ça que nous travaillons. Il n'y a pas de salle de torture à la cave.

— Ouais. » Dickinson le fixa sans ciller. « Eh bien, peut-être que nous devrions. »

Houlà.

« Roger. Je ne sais pas quel est ton problème avec moi. J'ignore si c'est une rancune personnelle, si c'est une question d'ambition, ou si tu as juste besoin d'aller tirer un coup. Mais nous avons une divergence d'opinions fondamentale au sujet de notre mission. Maintenant, si tu veux bien m'excuser, je vais faire mon vrai boulot, mon boulot légal. » Et il s'en alla.

« Tu veux savoir quel est mon problème avec toi ? Sérieusement, tu veux vraiment savoir ?

— Je le sais déjà. » Cooper se retourna. « Je suis un anormal.

— Non. Ça n'a rien à voir avec ça. Le problème, dit Dickinson en avançant vers lui, c'est que tu es faible. Et les Services Équitables ont besoin d'individus forts. Des inquisiteurs. » Il soutint son regard pendant un instant, puis le frôla et s'en alla.

Cooper le regarda s'éloigner. Secoua la tête. *C'est moi qui vais finir par avoir besoin d'aller tirer un coup.*

« Tout va pour le mieux ? demanda Bobby Quinn à son retour.

— Bien sûr. Qu'est-ce qu'on a ? »

Valerie West dit : « La tour de relais la plus proche révèle une douzaine d'appels dans les dix secondes précédant l'explosion. Huit d'entre eux concernent des communications locales. Lorsqu'on triangule les positions, une seule paire de coordonnées GPS a du sens : 38,898327 par –77,027775.

— Ce qui est…

— Exactement… » Elle zooma sur la carte. Cooper sentit alors ce frisson d'intuition, comme un chatouillement dans son cerveau, son don se manifestait pour lui dire ce qu'il s'apprêtait à voir. « Ici. » L'écran montra G Street, un demi-bloc à l'est de la 12e. L'entrée d'une banque. Il la reconnut.

Il se tenait juste à côté.

Cooper ferma les yeux, se remémora la scène. L'ambiance de ce moment particulier, et toutes les choses dont il s'était imprégné. Le jaune flou du taxi. Les gaz d'échappement, les odeurs de graisse du fast-food. Le grondement sourd du métro, l'odeur de pourriture de la bouche d'égout, le crissement des freins deux blocs plus bas et la très, très jolie jeune femme qui parlait au téléphone.

On se fout de moi. Il se tourna vers Quinn. « On a une vidéo de cet endroit ?

— Mes caméras étaient toutes dirigées vers l'autre côté de la rue. » Son partenaire regarda l'écran, se pinça les lèvres puis fit claquer ses doigts. « La banque. Il y a des caméras de surveillance.

— Contacte-la. Vois si tu peux avoir une photo de notre terroriste. »

Quinn attrapa sa veste sur le dossier de sa chaise. « C'est parti. »

Cooper se retourna vers les deux femmes. « Il faut qu'on sorte de cette impasse. Valerie, on a bien les téléphones portables d'Alex et de Bryan ? »

Elle acquiesça. « Selon la procédure, on a dû prendre le sien quand on l'a arrêté. Et les analystes doivent déjà être en train de travailler sur celui d'Alex et d'élaborer des schémas à partir de ses contacts.

— Bien. Lancez une recherche. Je veux une écoute téléphonique sur chacun des numéros de leur téléphone. Remontez jusqu'à deux degrés de séparation. »

Luisa s'en décrocha la mâchoire. « Nom de Dieu ! » murmura-t-elle.

Valerie recommençait ce truc avec ses mains, sauf que cette fois elle n'avait pas de serviette en papier à déchirer. « Deux degrés ?

— Exact. Je veux des enregistrements de chaque contact des deux téléphones. Un numéro qui s'est connecté avec l'un de ces contacts ? Je le veux aussi. Remontez à… six mois.

— Et Jésus dans une comédie musicale ? » Luisa le dévisageait. « Ça va faire des centaines de gens.

— Plutôt dans les quinze ou vingt mille. » Cooper regarda sa montre. « Faites venir les programmeurs de l'académie. Prenez ceux de la surveillance d'Echelon II qui bossent sur John Smith, si nécessaire. Si quelqu'un dit quelque chose, *la moindre chose* qui semble liée à cette attaque, je veux que dans les quinze secondes les analystes soient dessus. C'est clair ?

— Clair. » Le visage de Valerie montrait les premières traces d'excitation. C'était un rêve pour quelqu'un comme elle. Les clés du royaume. Il venait d'en faire l'investigation la plus importante du pays et de lui en confier la responsabilité.

« Boss, dit Luisa. Je ne voudrais pas anticiper. Mais vingt mille enregistrements classés sécurité nationale, sans l'aval d'un juge ? Sans parler des ressources. Avec quelle putain de note monstrueuse on va s'en tirer ? Vous êtes sûr ? Je veux dire, vous savez quel sort ils vous réserveront si ça ne marche pas, hein ?

— Ils m'enverront au lit sans dîner. » Cooper haussa les épaules. « Faites en sorte que ça marche. Si ce n'est pas le cas, on aura des soucis plus importants que l'évolution de ma carrière. »

Chapitre 9

Le Monocle était une institution à Capitol Hill. Situé à quelques blocs à peine des bureaux du Sénat, l'endroit accueillait les éminences grises de DC depuis un demi-siècle. Les murs étaient couverts de tirages de format 20 × 25 cm, dédicacés et encadrés, de tous les politiciens influents depuis cinq décennies, de tous les présidents depuis Kennedy. C'était bondé, même un lundi soir.

Un lundi soir comme celui où John Smith est entré, sans se presser.

Il était large d'épaules mais agile, un corps de *quarterback* dans un costume élégant, sur une chemise blanche au col ouvert. Trois hommes le suivaient, les mouvements presque synchronisés, comme s'ils avaient étudié l'art d'entrer dans un restaurant.

Smith les ignora. Il s'arrêta à l'entrée, regarda autour de lui comme pour mémoriser la scène. Lorsqu'une jolie hôtesse lui toucha le bras et lui demanda s'il avait rendez-vous avec quelqu'un, il acquiesça en souriant, et elle lui sourit en retour.

Le restaurant était séparé en deux parties : le bar et la salle à manger. La première était agitée, un brouhaha de rires et de conversations. Une demi-douzaine d'écrans plats diffusaient un match des Wizards. À trois minutes de la fin, ils avaient dix points de retard. Les clients étaient principalement des hommes, la cravate glissée entre le troisième et le quatrième bouton de leur chemise. Smith passa derrière une rangée de tabourets sur lesquels étaient assis des avocats, des touristes, des employés et des stratèges en entreprise. Les trois hommes le suivirent.

La partie restaurant se distinguait par des lumières d'ambiance et des boxes patriciens. On aurait dit une époque révolue. Un juge d'appel trinquait avec une jeune femme qui n'était pas sa fille. Une famille de l'Indiana dînait, maman et papa discutaient entre deux bouchées de steak tandis que Junior se servait de morceaux de son hamburger pour étayer les murs de Fort Frites. Un important chasseur de têtes se concentrait sur un type dans la vingtaine qui portait des lunettes ringardes.

John Smith marcha jusqu'à un box situé sur la droite. La tapisserie était usée par le temps, la table était polie par les décennies. Au mur, Jimmy Carter rayonnait et les mots « Les meilleurs cakes au crabe de la ville ! » étaient couchés au-dessus de sa signature.

L'homme dans le box portait un costume rayé et ses cheveux étaient coiffés avec du gel. Sa moustache était plus sel que poivre, et son nez, qui avait fait le bonheur des caricaturistes, était parsemé de capillaires éclatés. Mais lorsqu'il se tourna pour regarder John Smith, ses yeux étaient intelligents et vifs, et il y avait dans ce mouvement un écho du personnage qu'il avait été, le sénateur de l'Ohio jadis craint et toujours respecté, un temps président de la commission des finances, ancien présidentiable qui avait eu de fortes chances de l'emporter jusqu'à l'affaire panaméenne.

Un moment, les deux hommes se regardèrent. Le sénateur Hemner sourit.

John Smith lui tira une balle en plein visage.

Les trois gardes du corps ouvrirent leur manteau, dévoilant des mitraillettes tactiques Heckler & Koch. Chacun prit le temps d'ajuster la crosse métallique rétractable et d'ajuster l'arme à l'épaule. La lumière rouge indiquant la sortie brillait comme du sang dans leur dos. Leurs tirs étaient précis et groupés. Pas d'arrosage, pas de balayage large. Ils tiraient deux balles dans chaque cible et passaient à la suivante. La plupart des victimes ne s'étaient même pas levées de leur chaise. Quelques-unes tentèrent de s'enfuir. Un homme réussit à parcourir la moitié du chemin qui menait vers la sortie lorsque sa gorge explosa. Une femme en robe se leva, son verre à cocktail tremblant dans sa main, et la balle le traversa pour aller se loger dans son cœur. Des cris et d'autres coups de feu provenaient du bar, où était entrée une deuxième équipe. Une troisième avait fait irruption par la porte arrière et abattait les cuisiniers. La mère de l'Indiana glissa sous la table et tira son fils avec elle, puis le couvrit de ses bras.

Lorsque les armes furent vides, les hommes rechargèrent et recommencèrent à tirer.

Cooper toucha l'écran de son datapad et l'image se figea. La caméra de sécurité était installée près des escaliers qui menaient aux salles de conférences, et l'angle de vue était à la fois incohérent et effrayant, la violence était plus réelle car dépourvue des techniques hollywoodiennes. Sur l'image figée, la larme de feu blanc d'une mitraillette. Derrière les trois hommes, John Smith était debout, le pistolet pendant au bout de son bras, le visage attentif mais inexpressif, comme s'il regardait une pièce de théâtre. Le corps du sénateur

Max « Hammer » Hemner était tombé en arrière dans le box. Il avait un trou bien net dans le front.

Cooper soupira, se frotta les yeux. Presque deux heures du matin, mais malgré la fatigue et l'abattement, le sommeil n'était pas venu. Après être resté allongé dans son lit pendant quarante-cinq minutes inutiles, il s'était dit que tant qu'à observer quelque chose, autant que ce soit la vidéo de l'affaire plutôt que le plafond.

Il posa un doigt sur l'écran tactile et le déplaça lentement. En avant : un tireur libère le chargeur de son arme, le laisse tomber par terre, en emboîte un nouveau et met en joue. En arrière : un tireur retire le chargeur de son arme tandis qu'un autre monte du sol et s'insère tout seul dans la mitraillette. L'ensemble était zen, lisse, propre, accompli. Dans les deux sens.

Cooper zooma avec deux doigts et fit un panoramique jusqu'à ce que le visage de Smith remplisse l'écran. Ses traits étaient réguliers, équilibrés. Mâchoire carrée, cils fins. Le genre de visage qu'une femme trouverait plus beau que sexy, comme celui d'un golfeur professionnel ou d'un avocat. Il n'y avait rien qui dénotait la barbarie ou la rage, aucune trace de folie furieuse. Tandis que ses soldats tuaient tout le monde dans le restaurant – chaque homme, femme, enfant, aide serveur, touriste et sénateur, soixante-treize au total, soixante-treize morts par balles et pas un seul blessé –, John Smith s'est contenté de regarder. Calme et distant. Lorsque ce fut terminé, il s'en est allé. Sans se presser. Cooper avait regardé la vidéo des centaines de fois au cours des quatre dernières années, s'était habitué à l'horreur manifeste, aux projections de sang et au calme mortel des soldats. Mais une chose le faisait encore frissonner, une chose particulièrement effrayante pour un homme doué de sa vision. C'était le manque total d'impact que le massacre produisait sur celui qui l'avait initié. Ses épaules étaient détendues, sa nuque relaxée, son pas léger, ses doigts relâchés.

John Smith est sorti du Monocle comme s'il y avait tranquillement pris un verre.

Cooper éteignit la vidéo, posa le datapad sur la table, but une longue gorgée d'eau. La vodka aurait été tout indiquée, mais cela aurait rendu le footing du lendemain matin moins agréable. La glace avait presque entièrement fondu et le verre était glissant de condensation. Il étira son cou d'un côté et de l'autre, puis reprit le d-pad et ouvrit les autres fichiers sans rien chercher en particulier. Les titres des journaux allaient de l'impartialité (UN ACTIVISTE ANORMAL ABAT 73 PERSONNES ; UN SÉNATEUR TUÉ DANS UN BAIN DE SANG À DC) à l'accroche incendiaire (UN SURDOUÉ DE LA SAUVAGERIE ; DES MONSTRES PARMI NOUS). Il regarda les articles qui les accompagnaient, et ceux qui furent rédigés dans les semaines qui suivirent. Des enfants anormaux battus à l'école, un niveau deux lynché dans l'Alabama. Des chroniqueurs qui appelaient au calme et à la dignité, qui rappelaient que les actes d'un seul individu ne devaient pas être imputés à l'ensemble de son groupe ; des experts qui vomissaient fumée et cendre, qui incitaient les plus vils démons à hurler. L'événement avait fait les gros titres. Mais John Smith n'avait toujours pas été attrapé après des mois de recherches, puis des années, et l'histoire était peu à peu passée au second plan.

Il y avait davantage que cela. Les textes et les vidéos des discours que Smith avait prononcés pour les droits des anormaux, avant le massacre. C'était un formidable orateur, en fait, à la fois enthousiasmant et profond. Des logs minutieux des protocoles Echelon II qui tournaient pour le localiser. Des rapports d'incidents d'une demi-douzaine de tentatives qui avaient échoué d'un cheveu. Des détails biographiques, un profil génétique, des données personnelles. Des analyses détaillées de son don, un sens logistique et stratégique qui avait fait de lui un grand maître d'échecs à onze ans. Des transcriptions de toutes les parties de haut niveau qu'il avait jouées. Des téraoctets de données, dont Cooper avait lu chaque mot, chaque schéma.

Et une fois de plus, aujourd'hui.

Quelques manipulations sur le datapad, et les gros titres cédaient la place aux SCV. Les scènes de crime virtuelles. Une nouvelle technologie dont il n'était pas certain de devoir se réjouir. Un modèle photoréaliste et entièrement manipulable de l'intérieur du Monocle tel que John Smith l'avait laissé, jusqu'à la moindre trace de sang, la moindre projection de matière cérébrale. Cooper pouvait faire des panoramiques, tourner et incliner l'image dans tous les sens, il pouvait regarder le désordre depuis la hauteur du plafond ou avec une précision de quelques centimètres. C'était un instrument de médecine légale incroyablement utile qui s'était révélé décisif pour résoudre de nombreux cas, mais ça ne rendait pas les choses plus faciles lorsque Cooper abaissait l'angle de vue sous la table où Juliet Lynch avait entraîné son fils, Kevin. Observer la position de son corps et le trou en forme d'étoile dans son visage, c'était utile d'un point de vue médico-légal. Mais observer l'expression d'une femme qui avait soudain vu la tête de son mari exploser, qui était passée, en un instant incompréhensible, d'un moment de joie simple partagé en famille au chaos hurlant et à l'abîme, cela, Cooper n'en avait ni besoin ni envie. C'était une chose de comprendre qu'elle était morte en sachant –

pas en craignant, en sachant – que son fils allait mourir lui aussi ; c'en était une autre de regarder les trous dans la main qu'elle avait tendue pour le protéger, comme si la paume d'une mère pouvait arrêter les balles.

Merde pour le footing. Cooper s'extirpa du lit et marcha jusqu'à la cuisine. La lumière fluorescente semblait surréaliste à cette heure, et le sol à carreaux noirs et blancs était sinistre. Il vida le reste de l'eau dans l'évier, mit quelques glaçons dans le verre et le remplit de vodka froide.

De retour dans le salon, il prit son téléphone et composa un numéro. Il but une gorgée, savoura la morsure glacée.

« Hé, Cooper, dit Quinn, la voix épaissie par le sommeil. Ça va ?

— J'étais en train de regarder le Monocle.

— Encore ?

— Ouais. Qu'est-ce qu'on est en train de faire, Bobby ?

— Eh bien, on n'est pas en train de dormir.

— Désolé.

— C'est OK. Je t'écoute. Alors. Le Monocle.

— La SCV. La femme sous la table.

— Juliet Lynch.

— Tout juste. Je viens de la regarder à nouveau, et ça m'a frappé. Ça aurait pu être Natalie. Et le gamin, ça aurait pu être Todd.

— Merde. Ouais.

— Qu'est-ce qu'on est en train de faire ? Nous tous, je veux dire. Depuis que j'ai visité l'académie, je n'ai pas réussi à m'en débarrasser.

— Débarrasser de quoi ?

— Du sentiment que les choses vont salement empirer. Que nous sommes au bord du gouffre, et que personne ne semble vouloir s'en éloigner. Toutes ces horreurs que nous créons. Les académies, le Monocle, c'est la même chose. Les deux faces d'une même horreur. Et en attendant, j'ai deux gamins.

— Et mentalement, tu mets Kate dans une académie et Todd au Monocle.

— Ouais.

— Ne fais pas ça.

— Je sais.

— Tout ce truc, c'est un gâchis épouvantable. Je le sais. Nous le savons tous. Pas seulement le DAR. Tout le pays, toute la planète le sait. Ça fait trente ans qu'on va vers l'affrontement.

— Alors pourquoi est-ce qu'on ne modifie pas la trajectoire ?

— Tu me poses une colle, boss. C'est au-delà de mes compétences. »

Cooper émit un son qui n'était pas un rire. « Ouais.

— Tu sais ce que je fais, quand des pensées de ce genre me viennent à l'esprit ?

— Quoi ?

— Je me sers un verre d'un truc bien fort.

— D'accord !

— Bien. Écoute. Je sais que tu t'en fais. Mais tout ce que nous pouvons faire, c'est notre boulot. Jour après jour. Je veux dire, au moins, on est dans la partie. On *essaie*. Alors que le reste du monde doit se contenter d'espérer que les choses s'arrangent.

— Il est dehors, là, maintenant. Quelque part. John Smith. Il est là, dehors, et il planifie une attaque.

— Tu sais ce qu'il n'est pas en train de faire ?

— Hein ?

— Il n'est pas en train d'appeler son meilleur ami et de se ronger les sangs au sujet du vrai merdier que va devenir le monde. C'est comme ça que je sais que les gentils, c'est nous.

— Ouais.

— Tu ferais mieux de dormir un peu. L'attaque de Smith, c'est pour demain.

— T'as raison. Merci. Désolé pour l'heure.

— Pas de souci. Hé, Coop ?

— Ouais ?

— Finis ton verre. »

*

Il est allé courir le lendemain matin, comme prévu. Cooper faisait huit kilomètres deux fois par semaine, et allait à la salle de gym les autres jours. Parfois, il y prenait plaisir. Mais pas ce jour-là. Le temps était plutôt beau, tiède et lumineux pour une fois, et l'alcool bu durant l'insomnie de la nuit passée ne l'affectait pas tant qu'il l'avait craint. Une partie du plaisir de l'exercice était purement physique, il mettait en mode automatique le côté analytique de son cerveau pendant un moment, se concentrait uniquement sur sa respiration, son cycle musculaire, le rythme pulsé par les écouteurs. Ce matin, par malchance, John Smith courait avec lui. Tout au long de la course, Cooper ne put penser à autre chose qu'à une phrase qu'il avait prononcée la veille. *C'est peut-être un sociopathe, mais c'est également un maître d'échecs. L'équivalent d'Einstein au niveau stratégie.*

Le truc, c'était de parvenir à comprendre comment battre un homme comme ça. Cooper était le meilleur agent de ce qui était sans doute l'organisation la plus puissante du pays. Il avait énormément de ressources à sa disposition. Il avait accès à des données secrètes, pouvait mettre des lignes sur écoute, donner des ordres à la police et à des agences fédérales, déployer des équipes d'opérations secrètes sur le sol américain. Si un anormal était désigné comme cible, Cooper pouvait le tuer en toute impunité – et il l'avait fait, à treize reprises. En résumé, il pouvait rassembler des forces monumentales… mais encore fallait-il savoir vers quoi les diriger.

Et en attendant, son adversaire pouvait passer à l'attaque où et quand il le voulait. Non seulement ça, mais même un succès partiel serait une victoire pour lui, alors que pour Cooper, c'était soit le triomphe complet, soit l'échec. Divisez par deux le nombre des victimes d'un attentat suicide, et il reste quand même un attentat suicide et plein de cadavres.

En ressassant tout cela, les huit kilomètres lui en parurent quinze. Et durant l'un de ces charmants petits instants ironiques, alors qu'il passait devant l'épicerie au coin de son bloc, il vit un graffiti fraîchement bombé sur la porte à tambour : JE SUIS JOHN SMITH.

Non mon pote, tu n'es qu'un trou du cul avec une bombe de peinture. Et j'aurais aimé te tomber dessus juste au moment où tu finissais d'écrire.

Dans son appartement, il enleva son T-shirt trempé de sueur, le sentit – aïe, il est temps de faire une lessive – et alla sous la douche. Une fois sorti, il alluma CNN tout en se frottant les cheveux avec une serviette.

« … une progression significative de l'index des troubles de 7,7 points, le plus haut niveau depuis la création de cet indice. La hausse est principalement due à l'attentat perpétré hier à Washington DC, qui… »

Dans la penderie, il choisit un costume gris clair et une chemise bleu pâle. Il vérifia le chargeur du Beretta

– il était plein, évidemment, mais les automatismes militaires sont tenaces – puis fixa le holster à sa hanche.

« … milliardaire controversé Erik Epstein, dont la Réserve de la Nouvelle Canaan du Wyoming compte maintenant soixante-quinze mille habitants, la plupart surdoués, et leur famille. Le territoire de soixante mille kilomètres carrés acheté par Epstein par le biais de nombreuses holdings polarise les discussions non seulement dans cet État, où les occupants de la Nouvelle Canaan représentent presque 15 % de la population, mais aussi dans tout le pays avec la résolution 93 des deux chambres du Parlement, une mesure permettant à la région de faire sécession en tant que nation souveraine… »

Petit déjeuner. Cooper cassa trois œufs dans un bol, les fouetta légèrement et les versa dans une poêle anti-adhésive. Il toasta quelques tranches de pain au levain, se servit un café suffisamment grand pour y amarrer un yacht, fit glisser les œufs brouillés sur les toasts et arrosa le tout de sauce sriracha[1].

« … culminant avec une cérémonie d'ouverture cet après-midi à quatorze heures. Conçu pour être inattaquable par des gens comme M. Epstein, le nouveau Léon Walras Exchange[2] fonctionnera comme une société de ventes aux enchères. Contrairement à l'ancien NYSE[3] qui vendait tous les titres en temps réel, les

1. Sauce piquante thaïlandaise.

2. Léon Walras est un économiste français (1834-1910). Outre sa description de l'équilibre général de concurrence parfaite, il a créé le concept de marginalité en économie ainsi que le paradigme d'utilité anormale, qui constitue l'un des fondements de l'économie classique.

3. New York Stock Exchange : Bourse de New York.

actions des entreprises seront quotidiennement mises aux enchères, à des prix décroissants. Les prix finaux seront bloqués selon la valeur moyenne à laquelle ils sont achetés, écartant ainsi la possibilité… »

Les œufs étaient légèrement trop cuits, mais la sauce piquante y remédiait largement. La sauce piquante était la solution à presque tout. Cooper finit les dernières bouchées, se lécha les doigts et regarda l'heure. À peine un peu plus de sept heures du matin. Même avec de la circulation, il serait au quartier général assez tôt pour passer en revue les moments les plus marquants des écoutes téléphoniques avant la réunion hebdomadaire consacrée aux cibles.

Cooper déposa son assiette dans l'évier et quitta l'appartement. Il n'attendit pas l'ascenseur et descendit les trois étages par les escaliers. C'était vraiment une belle matinée. L'air était chaud et riche, avec cette odeur ionisée qu'il associait habituellement aux orages, mais l'horizon était clair et radieux. Lorsqu'il atteignit la voiture, son téléphone sonna. Natalie. Ah. On pouvait dire bien des choses de son ex-femme – sincère, intelligente, maman formidable –, mais « matinale » ne figurait pas dans la liste. « Hé, je ne savais pas que tu étais capable de passer un coup de téléphone à cette heure. »

« Nick », dit-elle. Au son de sa voix et au sanglot qu'elle réprima, toutes les lumières disparurent du ciel matinal.

Et c'était avant qu'il n'entende la suite.

Chapitre 10

L'appartement de Cooper à Georgetown était à treize kilomètres de la maison que lui et Natalie avaient partagée à Del Rey. Comme à chaque trajet dans DC, il croisait des îlots de splendeur disséminés au milieu de longues étendues de laideur morose, le tout divisé en quartiers atrocement exigus, ponctués de feux rouges. En tenant compte de la circulation, il fallait en général vingt-cinq minutes pour parcourir ces treize kilomètres, trente si l'on traînait sur la 395.

Cooper en mit douze.

Il choisit de passer par Jefferson Davis, une rue singulièrement laide, mais qui comportait quatre voies dans chaque sens. À un kilomètre et demi à la ronde, le transpondeur de sa Charger le signalait aux flics en tant qu'extincteur de réverbères, et il prit donc les limitations de vitesse pour des blagues, les feux rouges pour des suggestions. Lorsque des feux de stop s'allumaient devant lui, il rétrogradait en troisième et faisait bondir la voiture sur le terre-plein central.

Il ralentit en descendant sa rue – beaucoup de gamins dehors –, se gara, éteignit le moteur et sortit de la voiture d'un seul et même mouvement.

Natalie venait déjà à sa rencontre. Elle était habillée

pour aller au travail, portait des bottines, une jupe grise, un haut blanc léger. Malgré ses yeux secs et son mascara intact, pour lui, elle était en train de hurler. Il ouvrit ses bras et elle s'y jeta, referma les siens autour de la taille de Cooper et serra. Elle dégageait une impression d'humidité, comme si les larmes sortaient par les pores de sa peau. Son souffle sentait le café.

Cooper la serra un moment puis recula et prit ses mains dans les siennes. « Dis-moi.

— Je t'ai dit…

— Dis-moi encore.

— Ils vont la tester. Kate. Ils vont la tester. Elle n'a que quatre ans, et le test n'est pas obligatoire avant huit ans…

— Pfff. » Il replia ses pouces vers l'intérieur de ses paumes, une vieille habitude. « Ça va. Dis-moi ce qui s'est passé. »

Natalie prit une profonde inspiration, puis expira bruyamment. « Ils ont appelé. Ce matin.

— Qui ?

— Le Département Analyse et Réaction. » Elle passa une main au-dessus de son oreille, comme pour remettre une mèche en place, bien qu'aucune n'ait bougé. « Vous. »

Son ventre était froid comme la pierre. Il ouvrit la bouche mais ne trouva aucun mot.

« Excuse-moi, dit-elle en regardant ailleurs. C'était merdique.

— Ça va. » Il souffla à son tour. « Raconte-moi…

— Il s'est passé quelque chose. À l'école. Il y a eu "un incident". » Elle rendit les guillemets audibles. « Il y a une semaine. Un professeur a vu Kate faire quelque chose et en a informé le DAR. »

Chez les enfants, les dons n'étaient pas clairement

définis, souvent indifférenciables du fait d'être simplement intelligent, et c'est pourquoi le test n'était pas obligatoire avant l'âge de huit ans. Mais certaines personnes – les enseignants, les prêtres, les nourrices – étaient censées signaler les comportements qui leur paraissaient être des manifestations évidentes de don de niveau un. C'était l'une des nombreuses dispositions que Cooper détestait dans la façon dont allaient les choses. D'après lui, le monde n'avait pas besoin de mouchards supplémentaires. « Quel incident ? Que s'est-il passé ? »

Elle haussa les épaules. « Je ne sais pas. Ce bureaucrate dégonflé n'a pas voulu me le dire.

— Et donc…

— Et donc il a demandé si je préférais qu'on teste ma fille jeudi ou vendredi prochain. Je lui ai dit qu'elle n'avait que quatre ans, que tu travaillais pour le DAR. Il s'est contenté de répéter toujours la même chose. "Je suis désolé, m'dame, mais c'est la règle." Comme s'il était un employé de la compagnie de téléphone et que j'avais un problème avec ma putain de facture. »

Natalie ne jure pas. Cette pensée lui traversa l'esprit, sans raison. « Est-ce que tu lui en as parlé ?

— Non », dit-elle. Une pause. « Je vais – nous allons – le faire. Nick, c'est une Brillante. Nous le savons. Et si elle était niveau un ? » Elle se détourna, les yeux finalement humides. Les larmes qu'il avait pressenties à son arrivée coulaient, maintenant. « Ils vont nous la prendre, l'envoyer dans une académie.

— Arrête. » Cooper la rejoignit, prit son menton entre ses doigts, l'obligea à le regarder. « Cela n'arrivera pas.

— Mais…

— Écoute-moi. Cela n'arrivera pas. Je ne le permettrai pas. Notre fille n'ira pas dans une académie. » *Mon fils me manque, lisait-on sur sa pancarte*. « Un point, c'est tout. Je me fiche qu'elle soit niveau un. Je me fiche qu'elle soit le premier niveau zéro de l'histoire et puisse manipuler l'espace-temps tout en envoyant des rayons laser avec son nombril. Elle n'ira *pas* dans une académie. Et elle ne sera pas testée la semaine prochaine.

— Papa ! »

Natalie et lui échangèrent un regard. Un regard bien plus ancien qu'eux deux, un regard qui liait les hommes et les femmes depuis qu'ils étaient pères et mères. Et leurs yeux se quittèrent pour accueillir les enfants qui couraient vers eux, Todd en tête, Kate à ses trousses, tandis que la porte grillagée se refermait derrière eux.

Il s'assit sur les talons et ouvrit les bras. Ses enfants s'y précipitèrent, chauds, vivants et insouciants. Cooper les serra tous les deux jusqu'à ce qu'ils soient sur le point d'étouffer et s'assura de leur présenter un visage innocent avant de leur faire face. « Oh-oh… »

Kate leva les yeux vers lui, inquiète. Todd sourit, sachant ce qui allait arriver.

« Oh-oh, décollage imminent ! Décollage imminent, qui veut monter à bord ?

— Moi ! dit Kate, toute joyeuse.

— Moi aussi, dit Todd, pris entre la joie enfantine et les premières manifestations de la conscience de soi.

— Alors d'accord. » Il ouvrit ses bras. « Prenez place. En cas de dépressurisation soudaine, des masques à oxygène tomberont directement devant vous. Veuillez vous y accrocher comme des singes. Prêts ? »

Kate était sur son bras gauche, le corps entortillé

comme, eh bien, un singe. Todd s'était agrippé à son avant-bras droit.

« OK. Préparez-vous au décollage. Trois. » Il se balança en avant, puis en arrière. « Deux. » Recommença. « Un ! » Cooper se redressa d'un bond, poussant de toute la force de ses muscles, et entama une rotation. Todd devenait vraiment trop lourd, mais peu importe, il serra les dents, se campa sur ses jambes, et les voilà partis. Le monde était le visage de ses enfants, Katie criant et riant, Todd souriant de tout son cœur, et derrière eux, un flou de pelouse verte, d'arbres marron et de voiture grise. Il tourna plus vite, ses pieds se déplaçaient comme ceux d'un danseur, les bras grands ouverts, les enfants flottaient, leur énergie cinétique faisait momentanément le boulot à sa place. « Atterrissage ! »

Plus tard, il se souviendrait de cet instant. L'examinerait comme un vétéran de l'armée examine une vieille photo, la dernière relique d'une vie qui lui avait échappé. Une ancre ou une étoile servant de repère pour s'orienter et naviguer. Le visage de ses enfants, souriants, confiants, et le monde dans un tourbillon de vert.

Puis Todd dit : « Je veux voler !

— Ouais ?

— Je veeeeuuuuux voooleeeeer !

— Ah OK », dit-il, et il serra les dents et tourna plus vite, un tour de plus, deux, et au troisième, il était en train de forcer sur son bras droit quand Todd lâcha prise, et durant une seconde séquencée, il vit son fils en plein vol, un bras en l'air, un bras en bas, les cheveux fous autour du visage, puis la rotation le fit disparaître. Katie s'accrocha à son bras alors qu'il ralentissait, un tour, Todd atterrissait lui aussi, deux, Todd sur le dos en train de rire, trois, atterrissage, le monde de Cooper était un peu flageolant lorsque Katie toucha terre et rebondit doucement contre lui. D'un bras, il l'aida à se maintenir debout jusqu'à ce qu'elle retrouve son équilibre, animé du souci parental permanent que sa fille chérie ne tombe et ne se fracasse le crâne, ne marche pas sur des choses tranchantes, ne sente pas les angles aigus du monde.

Et si elle était niveau un ? Ils vont nous la prendre, l'envoyer dans une académie…

Cooper secoua la tête et força son sourire. Il se courba, les coudes sur les genoux. Sa fille le regardait d'un air solennel. Son fils était couché dans l'herbe, sur le dos. « Toddster ? Ça va ? »

Le bras de son fils s'éleva vers le ciel, le pouce levé. Cooper sourit. Il regarda Natalie, vit son regard, la joie comme un vernis couvrant sa crainte. Elle l'attrapa, toucha à nouveau ses cheveux, dit : « On était sur le point de prendre le petit déjeuner. Tu as mangé ?

— Non, mentit-il. Qu'est-ce que vous en dites, les gars ? Petit déj' ? Les fameux œufs de brontosaure de maman ?

— Papa. » Todd enlevait l'herbe accrochée à son pantalon. « Ce sont juste des œufs normaux. »

Cooper allait entamer la vieille ritournelle – *Tu n'as jamais vu d'œufs de brontosaure ? Non ? Alors comment…* – et se rendit compte qu'il ne pouvait pas le faire. « T'as raison, mon pote. Et des œufs normaux, ça vous irait ?

— D'accord.

— D'accord. » Il eut pour Natalie un regard qu'elle seule put voir. « Va aider ta mère, tu veux bien ? J'arrive. »

Son ex prit la main de son fils. « Allez, viens, l'homme volant. Allons préparer le petit déjeuner. »

Todd parut brièvement déconcerté mais suivit Natalie qui l'attirait à l'intérieur. Cooper se tourna vers Kate et dit : « Tu veux encore voler ? »

Elle secoua la tête.

« Ouf. Tu deviens si grande, bientôt c'est toi qui me feras voler. » Son lacet s'était défait. Il le renoua rapidement.

Kate dit : « Papa ? Pourquoi est-ce que maman a peur de moi ?

— *Quoi ?* Qu'est-ce que tu veux dire, chérie ?

— Elle me regarde, et elle a peur. »

Cooper observa sa fille. Son frère avait été un bébé agité, et de nombreuses, très nombreuses fois, Cooper avait passé les heures spectrales de la nuit à bercer son fils, à le calmer, à lui parler. Il ne bougeait pas avant qu'il ne se soit profondément endormi, pour être sûr qu'aucun geste, même le plus délicat, ne le réveille. Dans ces moments-là, il s'amusait à regarder les cheveux sombres et épais de son fils – qui depuis étaient devenus brun sable – et son large front et ses lèvres qui semblaient avoir été copiés sur le visage de Natalie, et les oreilles qui appartenaient au grand-père de Cooper, et il essayait de se retrouver là-dedans. Les autres disaient qu'ils y arrivaient, mais pas lui, du moins pas avant que Todd ne grandisse et ne commence à avoir les mêmes expressions de visage que lui.

Et puis Kate. Il s'était vu dans sa fille le jour où elle était née. Et pas seulement dans son apparence. Dans la façon dont elle se tenait, la façon dont elle observait les choses. *C'est comme si le monde était un système*, avait-il dit à Natalie des années plus tôt, *et elle essaie d'en trouver le code, mais ne possède pas encore toutes les données*. Kate avait été plutôt calme, mais lorsqu'elle voulait quelque chose, biberon ou nourriture ou nouvelles couches, elle le faisait très clairement savoir.

« Qu'est-ce qui te fait penser qu'elle a peur, chérie ?

— Ses yeux sont plus grands. Et sa peau est plus blanche. C'est comme si elle criait, mais elle ne crie pas. »

Cooper posa une main sur…

Pupilles dilatées.

Sang dérivé de la peau au profit des muscles pour faciliter l'attaque ou la fuite.

Muscles orbiculaires plus foncés.

Réponse physiologique à la peur et au souci. Le genre de stimuli qui se lisent aussi facilement qu'un panneau d'affichage.

… l'épaule de sa fille. « Tout d'abord, ta maman n'a pas peur de toi. Ne crois jamais cela. Ta maman t'aime plus que tout. Tout comme moi.

— Mais elle avait peur.

— Non, mon cœur. Elle n'avait pas peur de toi. Tu as raison, elle était inquiète. Mais pas à cause de toi ni de quelque chose que tu as fait. »

Kate le dévisagea, aspira le coin de sa lèvre entre ses dents. Il voyait qu'elle était en plein combat avec la dissonance entre ce qu'il venait de dire et ce qu'elle avait vu. Il le comprenait. Cela avait fait partie de sa vie durant son enfance, à lui aussi.

En fait, c'était à peu près la même procédure à suivre.

Cooper s'assit dans l'herbe, jambes croisées, le visage légèrement au-dessus de celui de sa fille. « Tu deviens une grande fille, alors il faut que je te dise certaines choses, des choses que tu ne vas peut-être pas comprendre tout de suite. D'accord ? » Lorsqu'elle acquiesça avec solennité, il dit : « Tu sais que les gens sont tous différents, n'est-ce pas ? Certains sont grands et certains sont petits, certains ont les cheveux blonds et d'autres aiment la crème glacée. Et rien de tout cela n'est bien ou mal, ni meilleur ou pire. Mais il y a des gens qui savent très bien faire certaines choses, et d'autres qui ne savent pas. Comme par exemple lire la musique, ou faire des additions avec de très grands nombres. Ou être capable de savoir si une personne est triste ou en colère ou effrayée, même si elle ne le dit pas. Tout le monde est capable de faire ça un petit peu, mais certaines personnes savent le faire très, très bien. Comme moi. Et aussi comme toi, je crois.

— Alors, c'est bien ?

— Ce n'est pas bien ou mal. Ça fait juste partie de nous.

— Et pas des autres gens.

— Certains. Mais pas beaucoup.

— Alors je suis… » Elle arrêta de sucer sa lèvre. « Je suis un monstre ?

— Quoi ? Non. Où est-ce que tu as entendu ça ?

— Billy Parker a dit que Jeff Stone était un monstre et tout le monde a ri et ensuite plus personne ne voulait jouer avec Jeff. »

Et voilà les relations humaines résumées à leur essence. « Billy Parker parle comme une brute. Et n'utilise pas ce mot, c'est méchant.

— Mais je ne veux pas être bizarre.

— Chérie, tu n'es pas bizarre. Tu es parfaite. » Il lui pinça la joue. « Écoute. C'est juste comme avoir les cheveux châtains ou être intelligent. Ça fait juste partie de toi. Ça ne dit pas qui tu es. Ça, c'est toi qui le décides.

— Mais pourquoi maman avait peur ? »

Et tu pensais pouvoir éviter celle-là. Sacrée maline. Qu'est-ce que tu réponds, Coop ?

Quand Natalie était enceinte, ils avaient eu de nombreuses conversations au sujet de la façon dont ils parleraient à leurs enfants. Quelles vérités ils leur révéleraient, et quand. S'ils leur diraient que le père Noël était une vraie personne ou juste un jeu auquel les gens jouaient. Comment répondre à des questions au sujet de la mort du poisson rouge, de Dieu, de la drogue. Ils avaient décidé que la chose à faire était d'être essentiellement honnête, mais qu'il n'y avait pas besoin de s'appesantir sur ces sujets. Que les faux-fuyants valaient mieux que les mensonges. Et qu'il y avait un âge où demander *Bon, tu crois que les bébés viennent d'où ?* était préférable à des tableaux et des diagrammes.

Ce qui était drôle, malgré tout, c'est qu'ils n'avaient jamais imaginé ce qui se passerait si leurs enfants étaient capables de voir en eux. Des dizaines d'études avaient montré qu'un parent surdoué n'avait pas plus de probabilités que les autres d'avoir un enfant surdoué, et que si c'était le cas, il y avait peu de rapports entre le don du parent et celui de l'enfant. En fait, les jeunes surdoués présentaient rarement un profil scientifique particulier. À l'âge de Kate, il s'agissait davantage d'une facilité mystérieuse avec les schémas, qui se manifestait au travers des mathématiques un jour et de la musique le lendemain.

Et pourtant, sa fille savait lire et interpréter de minuscules mouvements à l'intérieur des muscles de l'œil.

Elle est niveau un.

« Il y a des gens, dit Cooper en choisissant soigneusement ses mots et en contrôlant son expression, qui aiment connaître les gens comme nous. Des gens qui ne savent pas faire les choses que tu sais faire, ni les choses que je sais faire.

— Pourquoi ?

— C'est compliqué, Lilliputienne. Ce qu'il faut que tu saches, c'est que maman n'avait pas peur de toi. Elle était juste… surprise. L'une de ces personnes lui a téléphoné ce matin, et elle a été surprise. »

Kate réfléchit à cela. « Est-ce que ce sont des brutes ? »

Il pensa à Roger Dickinson. « Certains le sont. D'autres sont gentils.

— Et celui qui a appelé maman était une brute ? »

Il acquiesça.

« Tu vas lui casser la figure ? »

Cooper rit. « Seulement si j'y suis obligé. » Il se mit debout, puis se pencha pour la hisser sur sa hanche. Elle devenait trop grande pour ça, mais à cet instant il ne s'en souciait guère, et elle non plus. « Ne te fais pas d'inquiétude, d'accord ? Ta maman et moi, nous nous occupons de tout. Personne ne va…

Si le test dit qu'elle est niveau un, ils l'enverront dans une académie.

On lui donnera un nouveau nom.

On lui implantera un micro.

Elle sera élevée dans la méfiance et dans la peur.

Et tu ne la verras plus jamais.

… te faire de mal. Tout va bien se passer. Je te le promets. » Il la regarda dans les yeux. « Tu me crois ? »

Kate acquiesça en suçant à nouveau sa lèvre.

« D'accord. Maintenant, allons manger quelques œufs. » Il se mit en route vers la porte.

« Papa ?

— Oui ?

— Est-ce que tu as peur ?

— Est-ce que j'ai l'air d'avoir peur ? » Il lui sourit.

Kate fit non de la tête, puis arrêta, et fit signe que oui. Elle fronça les lèvres. Finalement, elle déclara : « Je ne sais pas.

— Non, bébé. Je n'ai pas peur. Je te le promets. »

Ce n'est pas de la peur que je ressens.

Non, pas de la peur.

De la rage.

MAX VIVID VEUT VOUS CHOQUER
***Entertainment Weekly*, 12 mars 2013**

Los Angeles : Vous pouvez dire de lui que c'est un ingénieux Monsieur Loyal à l'écoute de ce qui se passe, ou le plus choquant et le plus dégradant des animateurs de télévision depuis Chuck Barris. Mais vous ne pouvez pas dire de Max Vivid qu'il est poli.

« La conscience sociale est ennuyeuse, chérie, dit Vivid en buvant un triple expresso au Urth Café. M...e au politiquement correct. Je suis là pour divertir. »

Si l'on se fie aux sondages, sa dernière émission, *(A)Normal*, est exactement le divertissement qu'attendait l'Amérique. Ce reality-show, qui oppose des Brillants à des équipes de normaux dans des compétitions consistant en des simulations d'assassinats, de vols audacieux et même de combats à mains nues, attire régulièrement 45 millions de téléspectateurs par semaine.

Elle est également critiquée pour, au mieux, exacerber les tensions sociales et, au pire, être explicitement raciste.

« À Rome, ils regardaient des esclaves se battre avec des lions. Le divertissement est un sport sanguinaire, chérie, répond Vivid. Et puis, comment cela pourrait-il être raciste? Nous appartenons tous à la même race, bande de c..nards. »

Voilà un commentaire typique de l'animateur incendiaire, qui se délecte à insulter ses détracteurs comme ses fans. Qui n'évite pas la controverse. Dans l'épisode d'*(A)Normal* le plus tristement célèbre de cette saison, trois participants surdoués avaient pour tâche de s'infiltrer dans la bibliothèque du Congrès et d'y placer des explosifs. Bien que les bombes soient factices, la sécurité était bien réelle et a échoué à protéger la bibliothèque des terroristes de la télévision.

Ce fut une émission choquante à une époque où le terrorisme est une menace bien réelle, et cela n'amusa ni la FCC[1] ni le FBI. La première a infligé une lourde amende à la chaîne, tandis que le second a ouvert une enquête pour déterminer si des charges pouvaient être retenues contre elle.

« Je vois cela comme une mission de service public, dit Vivid. Je pointe les faiblesses du système. Mais qu'ils viennent. J'ai 42 % de parts de marché. Je peux me payer tous les avocats du monde. »

1. Federal Communications Commission : équivalent du Conseil supérieur de l'audiovisuel.

Chapitre 11

Cooper mit à profit le trajet jusqu'au bureau pour élaborer des scénarios. Aucun ne lui procurait autant de plaisir macabre que celui où il identifiait le bureaucrate dégonflé qui avait appelé Natalie ce matin et où il le massacrait avec le combiné téléphonique de son bureau. Incroyable. Quel genre de travail est-ce que c'était ? Assis dans un box à téléphoner à des familles pour leur dire qu'il s'était passé quelque chose, sans préciser quoi, et que leur fils ou leur fille devait passer l'évaluation de l'échelle de Treffert-Down le lendemain. Caché derrière une liste d'appels et un organigramme de réactions. Désolé, m'dame, désolé, m'sieur, c'est la loi.

Drew Peters pourra m'aider. Il devait y avoir quelque avantage à être le meilleur du meilleur de ce que le DAR avait à offrir. Sept années de dévouement, de dur labeur, de voyages incessants, et du sang sur les mains. Cela ne pouvait pas compter pour rien.

Il se souvint d'une conversation qu'il avait eue avec Natalie à l'époque où Peters l'avait recruté. Il appartenait déjà au département, d'abord en tant qu'agent de liaison avec l'armée puis, lorsque son engagement dans l'armée prit fin, à temps complet. Mais les Services Équitables étaient un tout nouveau monde. Au lieu de simplement pister et analyser les génies, il allait devoir en traquer certains.

« Notre tâche, avait dit l'homme calme et soigné aux yeux d'acier, consistera à maintenir l'équilibre. À s'assurer que ceux qui voudraient bouleverser l'ordre des choses soient maintenus en échec. Dans certains cas, de manière préventive.

— Préventive ? Vous voulez dire…

— Je veux dire que lorsque les preuves seront irréfutables et le danger réel, nous agirons avant eux. Je veux dire qu'au lieu d'attendre que des terroristes attaquent notre mode de vie, au lieu de les laisser faire basculer ce pays dans une guerre contre ses propres enfants, nous agirons pour les en empêcher. »

Pour le citoyen moyen, cela aurait pu passer pour une déclaration étonnante. Mais Cooper était un soldat, et pour un soldat, ce n'était rien d'autre que de la logique. L'idée de tendre l'autre joue partait d'un bien joli sentiment, mais dans le monde réel, cela signifiait tout simplement recevoir une paire de claques. Mieux : pourquoi attendre d'être frappé avant de rendre la pareille ? Neutraliser la menace avant qu'elle ne vous nuise. « Est-ce que nous aurons l'autorisation de faire cela ? Éteindre des citoyens ?

— Nous avons des soutiens aux plus hauts niveaux. Notre équipe sera protégée. Mais ce que nous ferons exigera un esprit des plus affûtés et un sens moral des plus limpides. J'ai besoin d'hommes et de femmes qui comprennent cela. Ayant la force, l'intelligence et la conviction nécessaires pour faire des choses ardues au service de leur pays. J'ai besoin d'inquisiteurs », avait dit le directeur Drew Peters.

Plus tard, il se souviendrait que Natalie avait dit : « Il a besoin de tueurs.

— Parfois, avait dit Cooper. Oui. Mais il ne s'agit pas que de ça. Ce n'est pas un groupe maléfique issu de la CIA pour aller dérouiller des rivaux politiques. Nous allons protéger les gens.

— En tuant des Brillants.

— En chassant des terroristes et des meurtriers. Certains d'entre eux – d'accord, la plupart d'entre eux seront des Brillants, oui. Mais ce n'est pas le sujet.

— Alors c'est quoi ? »

Il avait fait une longue pause. Un rayon de soleil poussiéreux brillait sur le plancher usé de leur appartement. « Tu sais, ce moment dans les films où les types bien se retrouvent ensemble ? Contre toute attente, et pour une raison importante, et avec la certitude absolue qu'ils se comprennent.

— Tu veux dire, comme à la fin d'une comédie romantique, quand le meilleur ami conduit à toute vitesse le mec à l'aéroport pour qu'il rattrape la fille ? »

Il s'était moqué d'elle en la poussant légèrement du bras, et elle avait ri. « Oui, je vois la scène. Tu as les larmes aux yeux. Tu fais comme si de rien n'était, mais je le vois bien. C'est touchant.

— J'ai les larmes aux yeux parce que j'y *crois*. À l'héroïsme et au devoir, au sacrifice pour la justice et l'égalité. Tous ces grands trucs. C'est pour ça que je suis devenu soldat, avant tout.

— Mais maintenant, tu vas te battre contre d'autres Brillants. Des gens comme toi.

— Je comprends que ça puisse avoir l'air bizarre. » Il avait pris ses mains dans les siennes. « Les tordus…

— Tu veux bien arrêter avec ce mot ?

— D'accord, les *anormaux* me prendront pour un traître, et certains de mes nouveaux collègues normaux ne me feront pas confiance. J'ai pigé.

— Alors pourquoi…

— Parce que nous avons un fils. »

Natalie avait été sur le point de répliquer, mais la réponse de Cooper l'avait déconcertée. Elle avait regardé ses mains dans les siennes. « Je veux… Je veux que tu cesses de te détester.

— Non. Je me battrai pour un monde qui ne se soucie pas de savoir si mon fils est un Brillant ou pas. Et c'est une cause pour laquelle je peux tuer. » Comme sur un signal, Todd avait remué dans son berceau. Tous deux avaient retenu leur respiration. Lorsqu'il se fut calmé, Cooper avait poursuivi : « Et puis, je veux être capable de vous protéger tous les deux, si jamais les choses devaient empirer. Et pour cela, il n'y a pas de meilleur poste. »

C'est le moment de tester cette théorie.

Le centre de commandement des Services Équitables était toujours aussi agité. Il tournait vingt-quatre heures sur vingt-quatre, les analystes saisissaient leurs données jour et nuit, en discutaient le sens et la pertinence, mettaient à jour le mur vidéo qui montrait chacun des événements qui se produisaient dans le pays. Il y avait davantage d'orange et de rouge que la veille, ce qui témoignait de la tension croissante. La rangée de moniteurs passait les informations du câble – deux chaînes dédiées à la réouverture en soirée de la Bourse, une troisième montrant un expert conservateur en train de dessiner un graphique sur un tableau, une quatrième repassant une conférence de presse au cours de laquelle un journaliste avait accroché le président Walker au sujet de la Réserve de la Nouvelle Canaan du Wyoming. Le président avait l'air fatigué mais avait su s'y prendre, rappelant que les Brillants étaient également des citoyens américains, et que la RNC était une propriété privée achetée tout à fait légalement.

Cooper se dirigeait vers les escaliers. Derrière lui, une femme appela son nom. Il l'ignora et commença à grimper les marches. Valerie West se précipita à ses trousses. « Cooper ! »

Il tourna la tête, mais ne s'arrêta pas. « Je suis occupé.

— Non, attends, il y a une écoute téléphonique qui a donné quelque chose. Tu dois entendre…

— Plus tard.

— Mais…

— J'ai dit *plus tard*, OK ? Je ne vois pas comment je pourrais le dire plus simplement. »

Valerie réagit comme si elle avait été giflée. « Oui, monsieur. »

Cooper se précipita en haut des escaliers. Un balcon faisait le tour du centre de commandement, des bureaux de l'exécutif, des salles de conférences. Le bureau du directeur Drew Peters était presque entièrement en verre, ce qui lui permettait de garder en permanence un œil sur le mur vidéo et sur les activités qui se déroulaient en dessous. Toutefois, à ce moment, les stores étaient fermés. Son assistante, Maggie, une femme stylée à l'aube de la cinquantaine, avec un agréable sourire et de l'eau glacée dans les veines, leva les yeux vers Cooper tandis qu'il approchait. Cela faisait vingt ans qu'elle travaillait pour Peters, et son expérience ainsi que son niveau d'autorisation dans le système de sécurité faisaient d'elle davantage un commandant en second qu'une secrétaire.

« Il faut que je le voie.

— Il est au téléphone. Asseyez-vous.

— Maintenant, Maggie. S'il vous plaît. » Il laissa un soupçon de son agitation s'exprimer sur son visage.

Elle l'examina calmement, puis se tourna vers son clavier et tapa quelque chose. Quelques secondes plus tard, un signal d'alerte retentit sur sa messagerie instantanée. « Allez-y, agent Cooper. »

Le bureau était bien rangé et éclairé avec goût, mais petit pour un homme de l'importance de Peters. Dans un coin, il y avait un canapé, sous le portrait de rigueur du président Henry Walker. Mais c'était les autres photos qui surprenaient Cooper. À la place des prévisibles images montrant Peters en train de se la mesurer avec les leaders de la planète, les murs étaient décorés avec les photos des cibles actives. La place d'honneur était réservée à un cliché en noir et blanc de John Smith qui tenait un micro et s'adressait à une foule devant le Mall[1], dans la posture d'un évangélisateur.

Assis derrière le bureau, Peters désigna une chaise tout en parlant au téléphone. « Je comprends, sénateur. » Un silence. « C'est ce que cela signifie, exactement. Je vous comprends. » Peters levait les yeux au ciel. « Eh bien, peut-être que vous n'auriez pas dû lui vendre la moitié de l'État, qu'en pensez-vous ? » Un autre silence. « Oui, bien, vous pouvez évidemment faire comme ça. Maintenant, si vous voulez m'excuser, j'ai un rendez-vous. » Il raccrocha, enleva l'écouteur et le posa sur le bureau. « Notre illustre sénateur du Wyoming. Erik Epstein a acheté soixante mille kilomètres carrés de son État, un endroit grand comme la Virginie-Occidentale, et ce bon sénateur ne s'est même pas posé la question de savoir pourquoi. » Le directeur secoua la tête. « Le monde se porterait mieux si les gens arrêtaient de voter pour des candidats sympas avec lesquels ils pourraient prendre une bière, et se mettaient à élire

1. National Mall, parc public du centre de Washington, DC.

des gens plus intelligents qu'eux. » Peters se pencha en arrière dans son fauteuil et regarda Cooper d'un air interrogateur. « Qu'est-ce qui vous amène ?

— J'ai besoin d'aide, Drew. » En public, c'était toujours *directeur* ou *monsieur*, mais l'intensité de leur travail avait poussé les choses au-delà de la simple relation professionnelle. Peters était décontracté, mais il tenait à une certaine bienséance. Et ce n'étaient pas tous les agents qui se voyaient appelés *mon garçon*.

« Qu'est-ce qu'il se passe ?

— C'est personnel.

— Allez-y.

— Vous avez rencontré mes enfants.

— Évidemment. Todd doit avoir… huit ans maintenant ?

— Neuf ans. Mais c'est de Kate dont il faut que je vous parle. Sa mère a reçu un coup de téléphone ce matin de quelqu'un de l'analyse. Apparemment, il y a eu un genre d'incident à l'école. Ils veulent programmer une EETD. »

Peters fit la grimace. « Ah, Nick. Je suis désolé. Je suis sûr que ce n'est rien, juste une précaution.

— C'est bien le problème. » Cooper prit une profonde inspiration, puis souffla. « Ce n'est pas rien.

— C'est une Brillante ?

— Oui.

— Vous en êtes certain ?

— Oui. »

Le directeur soupira. Il enleva ses lunettes sans monture, se pinça le nez. « C'est dur.

— Je vous demande une faveur. »

Peters remit ses lunettes en place. Regarda du côté des photos, le Mur de la Honte, où John Smith haranguait la foule avec un micro. « C'est étrange, n'est-ce pas ? À une époque, il n'y a pas très longtemps, tous les parents espéraient que leur enfant soit un Brillant. Et maintenant…

— Monsieur, j'ai conscience de ce que je demande, et j'en suis désolé. Mais elle n'a que quatre ans.

— Nick. » Il y avait une pointe de reproche dans sa voix.

Cooper croisa son regard, sans ciller. « J'en ai besoin, monsieur.

— Vous *savez* que je ne peux pas.

— *Vous* savez à quel point je m'implique, ici. Le nombre de fois où j'ai tué pour vous. »

Le regard du directeur se fit plus dur. « Pour moi ?

— Pour les Services Équitables. » Il ouvrit les mains : « Pour Dieu et le pays. Et pendant tout ce temps, je n'ai jamais rien demandé, aucun service personnel.

— Je le sais. Vous croyez en ce que nous faisons ici. C'est pour ça que vous faites si bien votre travail.

— C'est grâce à mes enfants que je fais bien mon travail, dit Cooper. Chaque chose que j'ai faite ici, c'était pour qu'ils vivent dans un monde meilleur. Parce que je crois que ce que fait cette agence est le seul moyen d'y parvenir. Et maintenant, cette agence veut me prendre ma fille.

— Tout d'abord, dit Peters, c'est une exagération. Gardez la tête froide. Tous les enfants d'Amérique passent ce test…

— À l'âge de huit ans. Elle en a quatre.

— … et à 98,91 %, les résultats sont négatifs.

— Je vous le dis, c'est une Brillante.

— Et seulement 4,91 % sont classés niveau un. » Peters prit une profonde inspiration, puis se pencha sur son bureau. Chaque muscle de son corps irradiait de compassion. « Il y a des fois où je déteste ce travail, vous savez. Vous n'êtes pas le premier agent dont l'enfant est programmé pour une EETD anticipée. Je dois faire face au problème au moins une fois par an. Mais vous avez entendu parler de la femme de César[1], n'est-ce pas ? Eh bien, nous sommes les gardes du palais de César. Être au-delà de tout reproche n'est pas seulement une idée noble. C'est une obligation. Nous ne pouvons pas nous placer au-dessus de la loi. Sans quoi, nous deviendrions la Gestapo. »

Cooper comprenait le principe, en comprenait la nécessité. Hier, s'il avait été à la place du directeur et que Quinn était venu lui demander une faveur, il lui aurait opposé le même argument. *Mais cette fois il s'agit de* mon *enfant*. « Pourtant…

— Je suis désolé, Nick. Vraiment. J'aimerais pouvoir faire quelque chose. Ce n'est pas que je ne veuille pas vous aider. C'est que je ne peux pas. Littéralement : je ne peux pas. »

Cooper dit : « Vos enfants ont-ils été testés ? »

Peters fronça les sourcils. Pendant une seconde, une émotion brute passa sur son visage et Cooper fut surpris par son intensité, sa colère. Puis le directeur dit : « Vous savez que j'ai perdu ma femme. »

Cooper n'avait jamais rencontré Elizabeth. Elle était morte l'année avant que Peters ne le recrute. Sur les photos qu'il avait vues, elle possédait ce rayonnement intérieur qui la rendait bien plus jolie qu'elle ne l'était objectivement. Un cliché en particulier l'avait marqué : Elizabeth en train de rire, la tête rejetée en arrière, les yeux fermés, totalement abandonnée à l'instant.

1. Référence à la justification par Jules César de la répudiation de sa troisième épouse, Pompéia, soupçonnée d'adultère : « La femme de César doit être au-dessus de tout soupçon. »

« Quarante et un ans, et un mercredi matin, on lui a découvert une tumeur. Dix-huit mois plus tard, elle était partie, et je me retrouvais avec trois filles à élever. Elle est enterrée dans le mausolée de sa famille à Oak Hill. Ils sont riches depuis des générations. Je ne sais plus lequel de ses arrière-grands-pères faisait partie du cabinet d'Abe Lincoln. Son père, Teddy Eaton, gérait la moitié des fortunes de Capitol Hill. Mon Dieu, quel salaud c'était ! » La voix habituellement calme de Peters insista sur ces mots. « Alors que sa fille était mourante, le vieux la suppliait de le laisser l'enterrer avec eux. "Tu es une Eaton, pas une Peters. Tu dois être avec nous." » Les yeux de Peters se perdirent dans le vague.

« Je suis désolé, Drew.

— Le jour où nous l'avons enterrée à Oak Hill, j'ai cru que c'était le pire moment de ma vie. » Le regard de Peters se fit net. Il fixa les yeux sur Cooper. « Est-ce que mes enfants ont été testés ? *Bien sûr*. Et j'avais tort. Le jour où j'ai enterré la femme que j'aimais dans un endroit où je ne pourrai pas être moi-même enterré, ce n'était pas le pire, en fait. Lorsque mes filles ont été testées, là, oui, ce fut le pire jour de ma vie. Les deux fois. Et lorsque Charlotte aura huit ans au printemps prochain, ce sera à nouveau le pire jour de ma vie. »

Une sensation d'engourdissement envahit le corps de Cooper. Il eut le flash d'une nuit d'insomnie quelques années plus tôt, lorsque Kate venait de naître, un peu plus de trois kilos sans défense. Elle pleurait sous les lumières de Noël tandis qu'il essayait de la calmer. Durant tout ce temps. Durant des heures. Toutes les peines et les joies de la paternité.

Il doit y avoir un moyen.

« Je sais que c'est difficile, Nick. Mais vous faites

partie des Services Équitables. Concentrez-vous là-dessus.

— Vous pensez que je ne…

— Je pense, coupa Peters, que lorsque la famille entre en conflit avec le travail, le choix est difficile. Mais n'oubliez jamais qu'il y a des gens qui croient qu'une guerre se profile. Certains d'entre eux la souhaitent. Et nous sommes le dernier rempart. »

Cooper inspira largement. « Je sais.

— Il y a une chose que vous pouvez faire pour aider Kate. » Les yeux du directeur étaient bleu clair et perçants. « Votre travail. Faites votre travail, mon garçon. »

Chapitre 12

Faute d'une meilleure idée, c'est ce que fit Cooper. Il y avait toujours une attaque imminente, toujours des vies en jeu.

En outre, tu as une chance d'attraper John Smith. Tu veux avoir le choix ? Attrape l'homme le plus dangereux d'Amérique. Ensuite, vois si la situation évolue.

Il chercha Valerie West – rien ne justifiait de l'avoir rembarrée de cette façon, surtout qu'elle semblait avoir quelque chose de sérieux – et trouva toute son équipe rassemblée et surexcitée. Le moniteur en face de Valerie diffusait une image satellite en direct, un rectangle d'environ huit cents mètres sur cinq cents rempli de maisons collées les unes contre les autres et de rues étroites. Luisa Abrahams se pencha vers elle tout en parlant au téléphone. Bobby Quinn, corpulent avec son gilet, vérifiait le chargeur de son arme. Alors que Cooper approchait, tous les trois se tournèrent vers lui en même temps.

Vingt minutes plus tard, il était installé dans un hélicoptère, les rotors faisaient un bruit assourdissant et le pilote survolait des champs et une forêt, des banlieues et un parcours de golf. Vers l'est, la baie de Chesapeake était un fin ruban bleu que le soleil piquait d'éclats de diamants.

« C'est maigre », cria Cooper par-dessus le bruit. Il avait sorti son datapad de sa poche et l'avait ouvert prestement. L'écran affichait la transcription d'une conversation enregistrée trois heures plus tôt entre un homme appelé Dusty Evans et un interlocuteur inconnu :

DE : *Allô ?*

INC : *Bonjour. Ça va ?*

DE : *Très bien. Impatient d'aller à la pêche.*

INC : *Tout est prêt ?*

DE : *Tout le matériel est prêt. Tout ce que vous avez demandé.*

INC : *Comment est l'eau ?*

DE : *Aussi transparente que de la glace.*

INC : *Content de l'entendre. C'est le grand jour, aujourd'hui.*

DE : *Oui, monsieur. Ça va être quelque chose de beau.*

INC : *Oui. Oui, ce le sera. Bon travail.*

DE : *Merci. C'est un honneur.*

INC : *Tout l'honneur est pour moi. On en reparlera plus tard.*

« Tu as dit que tu voulais tout ce qu'on trouvait dans les écoutes, hurla Quinn. On a deux douzaines de touches. Celle-là, c'est la seule que les analystes ont nettoyée.

— À l'évidence, c'est codé, mais quoi d'autre ? Qui est Dusty Evans ?

— Électricien, célibataire, vingt-quatre ans. Testé niveau quatre en 1992. Mathématiques. S'est engagé dans l'armée en 2004. Recalé pendant ses classes. Pour avoir frappé son sergent, apparemment. Quelques amendes pour excès de vitesse, une plainte pour voies de fait dans un bar.

— Il est enregistré dans le téléphone de l'un des Vasquez ?

— Non. Il y a environ trois mois, il a appelé une femme nommée Mona Appismo, qui était dans le téléphone d'Alex.

— C'est tout ? » Cooper sentit quelque chose sombrer au fond de lui. Pendant un moment, il avait cru qu'il avait provoqué un miracle par la seule force de sa volonté. Mais maintenant, il se sentait dériver vers des questions dont il n'avait pas la réponse. « C'est une perte de temps. C'est sans doute un type quelconque qui parle à son vendeur d'herbe.

— À moins que ce soit de l'herbe qui pousse dans un endroit particulier, sourit Quinn. Le numéro inconnu est en fait celui d'un téléphone cellulaire situé dans le Wyoming. À l'intérieur de la Nouvelle Canaan. Appartenant à un certain Joseph Stiglitz.

— Et tu penses que Joseph Stiglitz, de ses initiales J. S., c'est John Smith ?

— Ce n'est pas moi qui le pense, boss. Ce sont les analystes.

— La voix ne correspond pas, n'est-ce pas ? » Au cours des cinq dernières années, ils avaient fait tourner les algorithmes de recherche les plus sophistiqués pour trouver John Smith. Soit il ne s'était jamais servi d'un téléphone, soit, plus probablement, il déguisait sa voix. Assez facile à faire au niveau numérique.

« Non, dit Quinn, mais le téléphone a été acheté le mois dernier et jamais utilisé. Alors, qui achète un téléphone sans jamais l'activer pendant un mois ?

— Quelqu'un qui planifie les choses. Bien vu. Les flics du coin sont en alerte ?

— Ouais. Ils savent également rester discrets. Luisa coordonne l'opération, et je crois qu'ils ont peur d'elle.

— Bien. » Cooper fit glisser ses doigts sur l'écran du datapad, passa en revue les fichiers concernant Dusty Evans rassemblés en vitesse. Le procès-verbal de l'agression dans le bar précisait qu'il mesurait 1 m 89 pour 104 kilos, cheveux noirs, yeux bruns, aucune cicatrice, un crâne et un serpent tatoués sur le biceps droit. Sur la photo d'identité judiciaire, Evans avait l'air d'un jeune homme qui en avait ras le bol. Son regard n'exprimait que pur mépris.

Il y avait une adresse à Elizabeth, New Jersey, un patelin ouvrier à quarante-cinq minutes à l'ouest de Manhattan. Une demande d'immatriculation pour un vieux pick-up Ford. Son mince dossier militaire : bon tireur, bonne condition physique, problèmes de discipline. L'hélicoptère vira, poussant Cooper contre l'habitacle. À l'horizon, il vit une longue cité industrielle. Philadelphie, se dit-il. La ville de l'amour fraternel. Il se souvint de sa discussion avec Alex Vasquez sous la lumière du bar, le goût amer du café lorsqu'il lui avait dit qu'il y avait eu un attentat à Philadelphie ce jour-là. C'était un bureau de poste, après la fermeture. Une cible inutile, idiote.

Deux choses lui vinrent à l'esprit. D'abord, si Joseph Stiglitz était réellement John Smith, alors Cooper était plus près de l'attraper que quiconque avant lui. Ensuite, il allait y avoir une attaque terroriste de grande ampleur en Amérique le jour même. Ou du moins, elle allait démarrer le jour même. Il s'agissait peut-être d'un plan en plusieurs phases. Pour ce qu'ils en savaient, John Smith pouvait tout aussi bien être en train de marcher sur la Maison-Blanche. Cooper aurait été incapable de le dire.

Essayer d'analyser une situation sans avoir suffisamment de données, c'était comme regarder la photo d'une balle en plein vol et vouloir deviner sa direction. Elle monte, descend, va de côté ? Est-elle sur le point d'entrer en collision avec une batte de base-ball ? Est-elle seulement en mouvement ? N'y a-t-il pas quelque chose qui la maintient artificiellement en l'air ? Une seule image ne voulait rien dire. Les schémas se fondaient sur des données. Avec suffisamment de données, il était possible de prévoir à peu près tout.

C'était la même chose pour le don de Cooper. Il se manifestait souvent comme une intuition : il pouvait traverser l'appartement de quelqu'un, regarder les photos, l'organisation de l'armoire, s'il y avait de la vaisselle dans l'évier, et à partir de ça, anticiper un schéma, que souvent les banques de données et les équipes de recherche étaient incapables d'élaborer. Mais il ne s'agissait pas de visions reçues du Tout-Puissant, et elles ne pouvaient être forcées. Sans données, il était aussi démuni que n'importe quelle autre personne devant la photo d'une balle.

Tout ce qu'il avait, c'était ce Dusty Evans, un type dont il n'avait jamais entendu parler. Un loser sans projets, sans don particulier, sans utilité pour quelque réseau que ce soit. Il n'avait rien de quelqu'un qui conspirait sous les ordres d'une personne comme John Smith. D'un autre côté, c'était un jeune homme en colère – un jeune homme *anormal* –, donc le genre d'individu avec qui John Smith s'entendait bien.

Par la fenêtre, Philadelphie s'était agrandie. Cooper vérifia sa montre : encore une demi-heure avant l'atterrissage. Ils n'allaient pas tarder à savoir si Evans avait quelque chose à leur offrir. Il se tourna et constata que son partenaire le regardait. « Quoi ?

— Il y a autre chose. » Quinn se gratta la tempe. Mal à l'aise, se dit Cooper. Et fuyant.

« Je suis censé deviner ?

— D'accord. Laisse-moi te l'envoyer. » Quinn tapa sur son propre datapad, puis une notification apparut sur celui de Cooper, demandant s'il acceptait le transfert de fichier. Il cliqua sur « oui » et une photo remplit l'écran.

Elle ne rendait pas la fluidité avec laquelle elle se mouvait, le gracieux transfert de poids à chacun de ses pas, l'élégance de sa posture. Mais la jeune femme qui parlait au téléphone était toujours très, très jolie. Dans les vingt-sept ans, les lèvres pleines, les cheveux châtains avec une coupe élégante qui mettait en valeur ses épaules de danseuse. Couleur de peau, disons méditerranéenne, ou peut-être juive. Son mascara était épais, mais comme c'était le seul maquillage qu'elle portait, il faisait exotique plutôt que *cheap*. Elle était suffisamment svelte pour qu'il devine ses clavicules sous son T-shirt seyant.

Très, très jolie.

« C'est notre poseuse de bombe, dit Quinn. La photo vient de la caméra de sécurité du DAB. Par chance, toutes les grandes banques utilisent maintenant des objectifs issus des nouvelles technologies pour décourager la fraude, c'est pour ça qu'on a une image de si bonne qualité. Il y a cinq ans, on aurait eu un flou noir et blanc. Quoi qu'il en soit, Val a vérifié l'heure avec la tour relais et les coordonnées GPS. C'est elle. »

Cooper ne dit rien, se contenta de regarder la femme. Elle avait une esquisse de sourire sur les lèvres, comme si elle connaissait un secret.

« Le truc, c'est que…

— J'étais pile derrière elle.

— Ouais. »

Cooper rit et soupira, prit une profonde inspiration. « C'est ce que je craignais. » Il croisa le regard de Quinn et dit : « Hier, quand nous avons localisé l'endroit d'où venait l'appel, j'étais en train de revoir la scène… et je me suis dit que peut-être…

— Tu l'avais remarquée à ce moment-là ?

— Regarde-la.

— Mais tu n'as pas… »

Cooper secoua la tête. « Absolument pas. » Il rit à nouveau et enregistra la photo sur son bureau. « On a quelque chose sur elle ?

— Rien.

— Et le téléphone dont elle s'est servie ?

— Il appartenait à une femme, hygiéniste dentaire, prénommée Leslie… » Quinn vérifia « … Anders. On lui a parlé. Elle a remarqué la nuit dernière qu'elle n'avait plus son portable, s'est dit qu'elle l'avait laissé quelque part. On vérifie, mais je crois qu'elle est clean. À mon avis, c'est notre Foxy Brown[1] qui l'a pris dans son sac à main.

— On l'a retrouvé ?

— Non. Sans doute dans les égouts. » Quinn secoua la tête. « Elle nous a battus à plate couture, boss. Vingt agents, un dirigeable, des caméras partout, des snipers, elle arrive tranquillement et fait sauter notre témoin. » Son partenaire n'avait pas explicitement mentionné le fait que la fille se tenait juste à côté de lui lorsqu'elle

1. Référence au film du même nom de la Blaxploitation (1973), dans lequel Foxy Brown (Pam Grier) est une femme au fort caractère, animée par la vengeance.

avait déclenché la bombe, mais les mots étaient sous-entendus.

Cooper soupira. Referma son d-pad et le glissa dans sa poche. « Eh bien, il y a au moins une chose de sûre.

— Laquelle ?

— Roger Dickinson passe une meilleure journée que moi. »

*

À treize heures, ils traversaient Elizabeth dans une Cadillac Escalade noire réquisitionnée auprès d'une équipe d'intervention tactique du DAR. Bobby Quinn détaillait l'une de ses théories, et Cooper roulait en essayant de ne pas écouter. Le SUV avait été réalésé et doté de deux turbocompresseurs, et l'engin rugissait de puissance entre les mains de Cooper.

« Et finalement, j'ai pensé à ces gens anti-Wyoming, dit Quinn. Je me disais, tu sais, pourquoi pas ? Je veux dire, ça intéresse qui, le Wyoming ? Tu y es déjà allé ? Bien sûr que non. Personne n'y va. Et peut-être que ça ferait un peu baisser la pression si les anormaux avaient un endroit où ils puissent se savoir en sécurité. Pas très étonnant qu'Erik Epstein l'ait baptisé la Nouvelle Canaan, non ? Pense à l'histoire du peuple juif, fais le parallèle entre les deux situations.

— Hmm… », fit Cooper. Il jeta un œil à la carte sur le GPS de l'Escalade. Elizabeth ressemblait exactement à ce qu'il avait imaginé. Les maisons avaient pratiquement toutes deux étages, petites mais bien entretenues, nichées les unes contre les autres. De vieilles voitures familiales étaient garées dans les allées, sous un enchevêtrement de fils électriques. Le genre de quartier où une nourrice et un plombier pouvaient posséder une maison et élever un enfant.

« Et puis, j'ai compris. C'est comme une partie de Risk.

— Une partie de risque ? demanda Cooper, intéressé malgré lui. Qu'est-ce que tu veux dire ?

— Non, *Risk.* Tu connais Risk, le jeu, celui avec toutes les petites pièces en plastique et la carte du monde ? Risk.

— Ah. OK. » Cooper fit une pause. « Ouais, je vois toujours pas, Bobby. Qu'est-ce qui est comme une partie de Risk ?

— Tu y as déjà joué ?

— Je ne sais pas. Il y a longtemps.

— Mes neveux étaient en ville, on avait déjà fait le zoo, le Mall, et je me creusais la tête à chercher quelque chose qui pourrait les intéresser. Tu vois, le but du jeu est de conquérir le monde…

— C'est ça, ta révélation de la realpolitik de la Nouvelle Canaan qui gouverne les relations entre normaux et anormaux ? Le but est de conquérir le monde ?

— Écoute. Tu commences avec un certain nombre de pièces dans différents pays, et tu attaques les pays voisins. Tu as plus d'armées à chaque tour en fonction des pays qui t'appartiennent. Des continents, en fait, tu as des armées selon tes continents, mais peu importe, le truc, c'est que tu n'obtiens pas la même quantité d'armées en fonction du continent qui t'appartient.

— OK. » Cooper tourna vers Elm Street. Evans habitait au 104. Il vérifia dans le rétroviseur : pas la moindre voiture de police, rien qui soit susceptible d'alarmer le type. Le ciel était blanc.

« Disons que tu possèdes l'Australie. Et tu es plutôt content de toi, OK ? Tu l'as conquise région par région, et maintenant les récompenses arrivent, quelques armées à chaque tour. Et il y a toute cette eau entre toi et le reste du monde. Ça roule pour toi.

— Exact.

— Faux. Parce que là, en face, quelqu'un a l'Asie. Et il reçoit environ trois fois plus d'armées que toi. À chaque tour, bam, tu chopes deux armées, mais lui, six ou sept. Sur un tour, ce n'est pas un drame, OK ? Vous avez démarré à égalité, alors les quelques armées en plus font certes une différence, mais pas cruciale. L'Australie est toujours dans la partie. Mais au bout de plusieurs tours, les choses deviennent plus risquées. L'Asie a déjà plus de forces. Et l'Australie se rend compte que ça va aller en empirant. Après dix ou vingt tours ? Oublie. Il n'y a plus de comparaison possible entre les deux. Ils ont peut-être commencé à égalité, mais maintenant l'un est complètement à la merci de l'autre. »

98, 100, 102, 104. Une maison de plain-pied, sans style architectural particulier, revêtue d'une peinture couleur vieux fromage à tartiner. Un pick-up Ford était garé dans l'allée. La plaque d'immatriculation correspondait. Cooper dépassa la maison et gara l'Escalade dans un virage un peu plus loin, puis coupa le contact. « L'Asie est très forte à ce jeu. C'est nous qui produisons toute la croissance et les avancées technologiques.

— Ouais. Il y a trente ans, les humains étaient fondamentalement tous les mêmes. Je veux dire, bien sûr, va essayer d'expliquer ça à un gamin du Liberia, mais tu m'as compris. Puis, pour une raison quelconque, les vaccins ou les hormones ou la couche d'ozone, vous les gars, vous vous pointez. Et vlan ! Je veux dire, le fait que vous soyez meilleurs que nous, ce n'est pas un *point de vue*. De façon empirique, vous l'êtes. » Quinn haussa les épaules. « Meilleurs en tout. Tout ce qui concerne les technologies, les logiciels, l'ingénierie, la médecine, les affaires. Mince, la musique aussi. Le sport. Aucun normal ne peut rivaliser. Le meilleur programmeur normal du monde, peut-il se mesurer à Alex Vasquez ? »

Cooper secoua la tête en vérifiant son Beretta. Habitude. Le chargeur n'avait pas bougé depuis ce matin.

« Et ça ne peut aller qu'en empirant. Là maintenant, on n'en est qu'à quelques tours du début de la partie. Mais dans dix ans ? Vingt ? » Quinn haussa à nouveau les épaules. « Et le problème, c'est que l'Australie ne peut pas s'empêcher de faire le calcul. De constater que si les choses continuent, la situation va devenir complètement hors de contrôle. Nous, les humains normaux, on sera complètement hors jeu.

— T'es prêt à y aller ?

— Ouais. »

Ils ouvrirent les portières et sortirent de la voiture. Cooper prit la tête, jetant un œil dans les rues tout en avançant vers l'est. Bobby déboutonna sa veste, prit une cigarette, la fit tourner entre ses doigts. L'air était frais mais agréable, plus automnal qu'hivernal. Pas très loin, quelqu'un jouait au basket.

« Il y a un problème avec ta théorie, dit Cooper.

— Étonne-moi.

— Tu as dit l'Australie et l'Asie, hein ? Mais il y a seulement, quoi, quarante mille Brillants qui naissent en Amérique chaque année. Alors sur les trente dernières années, on parle d'environ 1,2 million de personnes, à peu de chose près. Les deux tiers ont moins de vingt ans. Ça nous fait quatre cent mille anormaux adultes.

— Juste.

— Pendant ce temps, on a trois cent *millions* de normaux. » Ils arrivèrent devant la maison d'Evans et s'engagèrent dans l'allée. Cooper garda une allure calme et ne quitta pas les fenêtres des yeux. « On n'est pas en Asie, mon ami. On n'est même pas en Australie. On est une toute petite minorité entourée par une écrasante majorité. Une majorité qui meurt d'envie de posséder une télé issue des nouvelles technologies, comme ça ils pourront regarder Barry Adams défoncer une ligne de défense en 3D, mais refuseront qu'il épouse leur fille.

— Tu déconnes ? Le contrat d'Adams avec les Bears est de cent soixante-trois millions de dollars. Quand mon ex et moi aurons LA discussion avec notre fille, ce sera du genre : "Le sexe, c'est entre deux personnes qui s'aiment vraiment, ou bien quand une de ces deux personnes s'appelle Barry Adams, auquel cas tu devras te souvenir de tout ce qu'on t'a dit quand on t'expliquait comment donner le meilleur de toi-même." Merde, je *prie* pour que ma fille l'épouse. » Quinn tendit les bras comme un prêcheur de la télé. « Seigneur, s'il vous plaît, je dis s'il vous plaîîîît, accordez à votre fidèle serviteur un gendre tordu et riche. »

Cooper se tourna en riant, et c'est à ce moment-là que la porte d'entrée fut déchiquetée en une grêle d'éclats de bois et qu'un grondement assourdit le monde. Quinn chancela, le devant de son costume en lambeaux, une expression de confusion enfantine sur le visage. Un autre trou perfora la porte à côté du premier et quelque part derrière eux, du verre se brisa. Cooper poussa du bras son partenaire au niveau du sternum tout en frappant du pied l'arrière de son genou, Bobby s'effondra et Cooper, toujours en pivotant, dégaina son Beretta de la main droite, l'ajusta au niveau de la porte et tira trois fois, puis encore deux fois, au jugé. La première détonation fut la plus forte, les autres parurent plus lointaines. Il ne laissa pas à l'homme qui était à l'intérieur l'occasion de reprendre ses esprits et en deux enjambées, il arriva devant la porte et l'ouvrit d'un coup sec. L'adrénaline le poussait en avant. Ses nerfs hurlaient, mais mieux valait le combat que la fuite, et il avait besoin de *voir* le tireur. Il ne pouvait pas le lire sans le voir.

Un salon, peu décoré, un canapé et une table basse. Un homme était debout à côté d'une arche qui donnait sur une salle à manger. Dans les 1 m 80, cheveux longs, T-shirt noir, un fusil de chasse à la main, le canon en train de pivoter et…

Le fusil de chasse est une mauvaise nouvelle. Le grand angle de propagation des chevrotines te coupe toute voie d'accès.

Mais les trous dans la porte sont petits, de la taille d'un poing.

Il tire des cartouches contenant chacune, disons six plombs de neuf millimètres. Terriblement meurtrières, mais destinées aux opérations tactiques. Les plombs ne vont s'écarter que d'environ cinquante centimètres sur une quarantaine de mètres.

Et il n'est même pas à trois mètres.

… son index crispé sur la gâchette, et Cooper se déplaça de vingt-cinq centimètres sur le côté lorsqu'une explosion de feu fleurit à l'extrémité du canon du fusil de chasse et que les tessons de métal traversèrent l'espace dans lequel il se tenait à peine un quart de seconde plus tôt. Il leva le Beretta et visa. L'homme au T-shirt bondit dans la salle à manger et se réfugia dans le coin. Cooper enregistra le mouvement, baissa sa mire d'environ cinq centimètres et fit feu. La balle traversa la cloison comme un Kleenex. L'homme hurla et s'écroula. Le fusil de chasse tomba bruyamment sur le parquet.

Cooper se mit aussitôt en mouvement, arriva à l'angle du mur, l'arme levée. L'homme était par terre, pleurant et gémissant, comprimant sa cuisse. De fins jets de sang pulsaient entre ses doigts. Il y avait une table et deux chaises dans la pièce. Derrière une autre arche, il vit la cuisine. Pas d'autre cible. Il ramassa le fusil de chasse, mit la sécurité, le jeta vers la porte d'entrée. « Où est Dusty Evans ?

— Ma putain de jambe ! » Son visage était pâle et couvert de sueur. Il se balançait d'avant en arrière. « Putain de nom de Dieu, ce que ça fait mal.

— *Evans*. Où est… »

Un bruit dans une autre pièce, un grincement suivi d'un claquement. Cooper sauta par-dessus les jambes étendues de l'homme et la mare de sang qui grandissait pour se ruer dans la cuisine. Une porte en bois était ouverte. C'était la double porte qui avait fait ce bruit. Il déboucha sur un petit jardin arrière. Un bouquet de rosiers, que des épines et aucune fleur, une petite cabane à outils, un barbecue à côté d'une table de jardin. Le tout était entouré d'une clôture en bois de 2 m 50, en haut de laquelle Dusty Evans était en train de se hisser. Cooper attrapa sa jambe et tira d'un coup sec.

L'homme atterrit sur ses pieds, prêt au combat, 1 m 90 de bagarreur en colère. Cooper avait toujours le Beretta à la main, mais le truc avec les flingues, ce sont les conséquences imprévisibles. Les balles pouvaient traverser un corps, et dans ce quartier, le corps en question pouvait être celui d'un enfant. Il attendit qu'Evans attaque, une feinte de cross qui masquait un *jab*. Il l'esquiva en faisant un pas de côté et frappa la nuque du type d'un coup de pistolet hargneux. Evans s'écroula comme si ses os avaient disparu de son corps. Lorsqu'il put bouger à nouveau, Cooper l'avait déjà fouillé et menotté.

« Salut, dit Cooper en tirant l'homme par ses poignets attachés dans le dos pour le forcer à se relever.

— Et *merde*.

— Oui. » Il le poussa en avant. « Marche. »

L'intérieur de la cuisine sentait l'odeur de poudre des coups de feu. Cooper poussa Evans devant lui. « Bobby ?

— Ouais. » La réponse avait l'air pénible, forcée. « Ici. »

Il conduisit son prisonnier dans la salle à manger. Le tireur blessé était affalé contre la porte et pressait sa cuisse avec ses mains menottées. « Putain, putain de nom de Dieu ! »

Cooper l'ignora, regarda son partenaire penché contre le mur, une main tenant son arme, l'autre plaquée contre son torse. « Le gilet a tout pris ?

— Ouais. » Quinn expulsa le mot en serrant les dents. « Au moins une côte cassée, je crois.

— Et un costume foutu, aussi. »

Son partenaire aboya un rire et grimaça de douleur. « Merde, Coop, arrête. »

L'adrénaline commençait à se dissiper, laissant à Cooper l'impression d'avoir les membres en caoutchouc. Il rangea le Beretta dans le holster, étira ses doigts, inspira à fond. « T'as vérifié la maison ? »

Quinn acquiesça. « Tout est clair. »

À nouveau, Cooper inspira profondément et regarda autour de lui. L'endroit avait quelque chose d'une planque, tout y était bon marché et d'occasion. Le canapé venait de l'Armée du Salut. Il n'y avait aucune photo sur les murs. Les étagères de parpaings et de planches étaient remplies de livres qui traitaient surtout de politique. Quelques autobiographies et toute une rangée de manuels d'électronique. La 3D était la seule chose de valeur de l'endroit. Un modèle récent, un champ holographique précis et stable, des couleurs vives. Elle était branchée sur CNN, des ballons et des rubans flottaient en plein ciel, on voyait la tête et les épaules d'une présentatrice qui parlait de la grande ouverture du nouveau marché financier. Un sachet de Doritos était ouvert sur la table basse, au milieu d'une demi-douzaine de bouteilles de bière.

Cooper se tourna vers son prisonnier. « Vous organisez une fête, les gars ?

— Vous avez un mandat ? demanda Evans avec un regard furieux. Une pièce d'identité ?

— On n'est pas des flics, Dusty. On est des extincteurs. On n'a pas besoin de mandat. On n'a pas besoin de juge ni de jurés, non plus. »

Evans s'efforça de garder une expression de fermeté, mais la peur transparaissait comme un signal lumineux.

Quinn dit : « Tu crois toujours que cette piste est hasardeuse, boss ? »

Cooper rit et sortit son téléphone. Il fallait prévenir les flics du coin au sujet de la fusillade avant que l'un d'eux ne devienne nerveux et débarque. Et le directeur Peters devait savoir qu'ils avaient eu leurs cibles. Et ce n'était pas tout : ils avaient aussi le premier enregistrement crédible de la voix de John Smith depuis trois ans.

Bien sûr, la mauvaise nouvelle, c'était qu'il y avait toujours une attaque prévue le jour même…

Une seconde…

Les bières. Les Doritos. La 3D branchée sur CNN.

Oh, *merde*.

*

Un klaxon retentit. Cooper donna un grand coup de volant vers la droite, les pneus de l'Escalade dérapèrent sur le bas-côté en projetant du gravier, et il évita un lampadaire de quelques centimètres. L'homme assis sur le siège passager hurla. Ils avaient noué une serviette autour de sa cuisse mais le tissu éponge à carreaux bleus était maintenant écarlate. Il essayait de faire pression dessus, les mains toujours menottées et couvertes de sang. Sur la banquette arrière, Quinn poussait des grognements mais ne disait rien. À côté de lui, Dusty Evans avait retrouvé son expression qui disait « va te faire foutre ».

Cooper enfonça l'accélérateur, doubla la camionnette qui était devant lui et braqua à nouveau vers sa voie. Il avait mis en route la sirène et les feux d'urgence, roulait pied au plancher et avait l'impression de dépasser la vitesse du son.

L'horloge du tableau de bord indiquait 13:32. Il jeta un œil au GPS. C'était un trajet de trente minutes, et ils n'avaient pas trente minutes devant eux. Il enfonça encore un peu plus l'accélérateur, l'aiguille du compteur passa les 160, la Highway 1 était un brouillard de rails de béton et d'entrepôts. Les trajectoires des dirigeables qui faisaient la liaison avec le Newark International formaient des croix dans le ciel gris.

« Hé, dit Cooper. C'est quoi ton nom ?

— Il me faut un médecin, mec. J'ai salement besoin d'un médecin.

— T'auras un médecin bientôt. Je te le promets. C'est quoi ton nom ?

— Gary Nie…

— Tu leur dis *rien*, coupa Dusty Evans depuis la banquette arrière. C'est de la connerie de Gestapo. Nos ennemis, c'est eux.

— Écoute, Gary, dit Cooper, ignorant l'intervention. On n'a pas beaucoup de temps. » L'arrière d'un semi surgit, les feux de stop brillèrent lorsque le camion essaya de se ranger, mais Cooper allait trop vite et dut frôler le rail de béton sur la gauche tandis que son rétroviseur droit touchait presque la remorque. Il savait conduire vite, aimait la danse du métal lancé à toute allure, mais les circonstances rendaient tout cela délicat, le chaos de sirènes et de lumières, de klaxons, de cris et de sang, sans parler de l'enjeu. Une version de ce qu'il redoutait le plus était sur le point de se produire. « J'ai besoin que tu répondes à quelques questions. Premièrement, où se trouve exactement la bombe ?

— Comment est-ce que vous savez pour la…

— Tu dis rien, t'entends ? » Encore Evans. « Tu m'entends ? »

Il y eut un bruit de métal heurtant de la chair. Cooper prit un quart de seconde pour jeter un œil dans le rétroviseur. Evans s'était transformé en statue, ses yeux roulaient mais ses muscles étaient figés. Bobby Quinn ne quittait pas du regard le canon de l'arme qu'il appuyait contre sa tempe. « Continue, Coop. Je crois qu'ici plus personne n'a d'avis à émettre.

— Merci. » Cooper afficha son sourire le plus doux. « Bon. Nous savons que vous avez posé une bombe. » Ils l'ignoraient, évidemment, jusqu'à ce que Gary le confirme quelques instants plus tôt, mais ça, inutile de lui préciser. Il doubla une berline, vit un espace suffisant pour se rabattre. « Voici ce que j'ai besoin de savoir. Où est-elle *exactement* ? Quel genre de bombe ?

Quelle puissance ? Comment elle se déclenche ? Quand ? »

Gary geignit et se pencha en avant, les mains serrées autour de sa cuisse gauche. Elles étaient couvertes de sang séché. Ses jointures étaient pâles. « Putain de Dieu, ça fait mal. Il me faut un docteur.

— Surélève-la. »

Le type le regarda et Cooper acquiesça. « Vas-y. »

Gary tâtonna pour détacher sa ceinture de sécurité puis pivota pour s'adosser à la portière. Il leva sa jambe avec difficulté, posa le pied sur le tableau de bord en grognant.

« Mieux ? Parfait. Maintenant, écoute. Où est exactement la bombe ? De quel type est-elle ? Quelle puissance ? Comment elle se déclenche ? Quand ?

— Je sais pas, haleta-t-il lorsque l'Escalade heurta un nid-de-poule à 180 kilomètres/heure avant de rebondir lourdement sur ses amortisseurs. Bon sang ! Emmenez-moi à l'hôpital ! »

Cooper lui jeta un œil. Les longs cheveux de Gary Nie-quelquechose étaient en bataille et collés par la sueur. Son corps criait à l'agonie, tous muscles tendus, et tenter d'en lire les subtilités était hasardeux, au mieux. Une chose était sûre, cependant : le type avait l'air plus petit quand il ne tenait pas un fusil de chasse.

Lentement et clairement, il demanda à nouveau : « Où est la bombe ? De quel type est-elle ? Quelle puissance ? Comment elle se déclenche ? Quand ? »

Gary leva les yeux, les paupières gonflées de larmes. Ses lèvres frémirent puis murmurèrent quelque chose.

« Quoi ?

— J'ai dit. » Il avala une goulée d'air. « Va te faire foutre, Extincteur. Je suis John Smith. »

Deux fois deux voies de bitume sous un ciel gris

acier. Moins d'un kilomètre devant, un pont s'étirait au-dessus de la Passaic River, apathique et brune. Cooper vérifia dans le rétroviseur extérieur. La route était dégagée.

Il se pencha devant Gary Nie-quelquechose et actionna la poignée d'ouverture de la porte en même temps qu'il donnait un coup de volant sur la gauche. La force centrifuge et le poids de l'homme ouvrirent la porte.

Durant une fraction de seconde, Gary resta suspendu, en apesanteur, la bouche ouverte, les bras en avant, la chaîne des menottes dansant entre ses poignets, tandis qu'un rugissement de vent l'enveloppait tout entier.

Puis Cooper donna un coup de volant sur la droite, heurtant presque le rail de béton. La porte se referma en claquant. Dans le rétroviseur, il vit le corps de Gary heurter le sol à 160 kilomètres/heure, désarticulé et bondissant. Il y eut un crissement de freins quand le bus derrière eux tenta désespérément de s'arrêter, puis le corps disparut sous les roues.

Quinn dit : « Bon Dieu ! Cooper…

— Ferme-la. » Cooper regarda dans le rétroviseur. Dusty Evans avait les deux mains plaquées sur la bouche, les muscles de sa gorge convulsionnaient. Cooper attendit qu'il se retourne vers l'avant et le fixa. « Bon. Où est *exactement* la bombe ? De quel type est-elle ? Quelle puissance ? Comment elle se déclenche ? Quand ? »

Chapitre 13

La pointe sud de Manhattan est le centre de l'univers, au sens littéral. Les canyons de béton formés par Broad et Wall, Nassau, Exchange et Maiden[1] ont pendant un siècle délimité l'épicentre financier du monde. Les plus grandes banques de la Réserve fédérale y sont situées. AIG, Morgan Stanley, Deloitte, Merril Lynch. Et avant que des anormaux comme Erik Epstein n'obligent le gouvernement à les fermer, 153 milliards de dollars s'échangeaient chaque jour à la Bourse de New York.

C'est un paysage de marbre et de verre, de rues couvertes de pavés ronds, arpentées par des touristes et des traders, remplies du vrombissement des camions de livraison sur Broadway, des souffles d'air chaud du métro, d'énormes drapeaux américains et de statues sombres. Les jours de la semaine, la population augmentait de 600 %. Même dans les conditions les plus favorables, il n'était pas facile d'y circuler rapidement.

Et Cooper ne se trouvait pas dans les conditions les plus favorables.

Le nouveau Léon Walras Exchange était situé dans

1. Noms de rues, sauf Exchange qui est une place.

le grand et vieil immeuble qui accueillait le NYSE. Bien que l'opinion publique se soit concentrée sur Erik Epstein, le milliardaire de vingt-quatre ans n'avait en réalité pas été le seul anormal dont les talents avaient brisé le système financier planétaire. Pendant deux cents ans, le marché avait vécu sur le mythe selon lequel tous les gens étaient égaux. C'était une affirmation absurde, mais que la plupart des gens acceptaient sans problème quand il était question de gagner de l'argent.

C'était un mythe qui ne pouvait pas survivre aux Brillants. Epstein, et d'autres comme lui, avaient pillé le marché avec autant de facilité que Cooper pouvait esquiver une claque.

Deux ans plus tôt, les États-Unis s'étaient inclinés devant l'évidence et avaient dissous le marché financier. C'était un choix d'une puissance nucléaire, et bien qu'il ait fonctionné, les effets collatéraux avaient été désastreux. Sans le soutien du marché libre, l'industrie américaine avait dû s'autofinancer – et s'était aperçue que dans bien des cas, elle en était incapable. Les entreprises dotées d'un petit capital étaient devenues une espèce en voie de disparition. L'entreprenariat s'était effondré. Il y avait encore des manifestations enragées sur Wall Street. Pendant ce temps, des fortunes s'étaient évaporées, et la grand-mère qui cachait des billets dans son matelas fut soudain la seule à avoir choisi le bon plan d'épargne.

L'Amérique devait développer un nouveau système de change, imperméable aux stratagèmes des Brillants, c'était une question de survie. En fonctionnant comme une société de vente aux enchères et en calculant la moyenne des offres pour fixer le prix final, le Léon Walras Exchange avait d'un seul coup libéré l'investissement de la volatilité, de l'excitation et de l'émotion, tout en permettant aux projets de lever des capitaux. C'était un retour vers une époque plus archaïque qui avait demandé deux années douloureuses afin de se frayer un chemin au travers du processus politique.

Et ce jour, le 12 mars 2013, à quatorze heures, General Electric deviendrait la première offre publique de la nouvelle réalité financière. À quatorze heures, on écrirait l'histoire.

Ce qui signifiait que maintenant, à treize heures cinquante et une, le sud de Manhattan était un cauchemar. Un cordon de sécurité entourait Wall Street sur plusieurs blocs, dans toutes les directions. La police déviait la circulation sur Broadway, les agents sifflaient et gesticulaient avec impatience. Une demi-douzaine de bus de transport scolaire étaient garés le long de Liberty, et des enseignants inquiets tentaient de contenir des enfants surexcités par la perspective d'un après-midi hors de l'école. Une rangée de manifestants se pressaient contre une barrière de police, en brandissant des pancartes et en hurlant des slogans. Une fanfare jouait dans Trinity Churchyard, les cuivres noyés dans le bruit, mais la basse pulsait de façon désagréable dans tous les estomacs. Des hélicoptères des médias effectuaient des cercles. Le datapad de Bobby Quinn montrait les images en direct d'un podium sur lequel l'ancien directeur général du NYSE discutait avec le nouveau directeur général du LWE et le premier député maire de New York, tous les trois entourés par des hommes portant costume noir et lunettes de soleil.

Cooper n'aurait pu imaginer pire endroit pour poser une bombe.

« Je n'y connais rien en fabrication de bombes, mec. Je suis électricien. » Toute velléité de faire le dur à

cuire avait disparu chez Dusty Evans à l'instant même où son ami avait fait une longue glissade sur le bitume. *« J'ai juste fait ce qu'on m'a dit. La société pour laquelle je travaille s'est occupée de quelques branchements sur la nouvelle Bourse. M. Smith m'a demandé de voler une clé et puis il s'en est servi pour poser les bombes.*

— Les bombes ? Plus qu'une ?

— Cinq. »

Devant eux, deux flics mettaient en place une barrière de sécurité. Cooper donna un coup de sirène, désigna sa poitrine puis la route. Le flic le plus proche acquiesça et leur ouvrit la barrière. Cooper leur adressa un salut en engageant l'Escalade dans l'ouverture. Chaque nerf de son corps lui hurlait d'accélérer, mais dans la foule de touristes et de spectateurs, ils devaient se traîner à 8 kilomètres/heure. Quelqu'un frappa sur la vitre arrière du SUV. Une blonde s'arrêta pile devant lui et prit la pose pour son petit ami au visage boutonneux. Cooper klaxonna.

1:53.

« À quoi elles ressemblent ?

— Comme dans les films. Des blocs de mastic gris. Ils pesaient environ 7 kilos.

— En tout ?

— Chacun. »

Ça avait continué comme ça tout le trajet, chaque question apportant une mauvaise nouvelle. Au bout du compte, Evans avait commencé à se répéter. Quand il fut évident qu'ils lui avaient soutiré tout ce qu'il savait, Quinn s'était servi d'une deuxième paire de menottes pour attacher chaque main à la cheville opposée. C'était une position bizarre et inconfortable, et le grand homme était quasiment plié en deux et pleurait doucement.

« La ferme », dit Quinn. Il était passé sur le siège passager, et lorsqu'il vit Cooper le regarder, il redressa la tête avant de prendre une inspiration, les narines dilatées. C'était une expression qui disait : *Eh bien, cette fois, on y est.* « On pourrait évacuer.

— Les hommes politiques, peut-être. » Cooper roula sur le trottoir pour dépasser un flic à cheval. « Mais pas tous ces gens.

— Une partie. Sers-toi des flics, du SWAT[1]...

— Ce serait la panique, les gens se piétineraient. En plus, on ignore tout de la minuterie. Si Smith voit tout le monde s'enfuir, il fera tout sauter immédiatement. » Une rangée de vendeurs de hot-dogs s'étaient installés pile au milieu de Broadway. Il grimaça et songea à défoncer un stand, au lieu de quoi il arrêta l'Escalade. 1:56. « Je vais devoir essayer d'arrêter tout ça moi-même.

— Toi-même ? Conneries. Je viens...

— Tu as au moins une côte cassée.

— La douleur est supportable.

— Je sais que tu peux. Mais tu vas me ralentir. En plus, tout ce que je sais sur la façon de désamorcer une bombe, je l'ai vu dans des vieux films policiers. À moins qu'il suffise de tirer le fil rouge, je vais avoir besoin d'aide. » Il vérifia le chargeur du Beretta. Encore huit balles. « Il faut que tu me trouves une équipe de déminage.

— Ils n'interviendront jamais. Pas au milieu de cette foule.

— Alors qu'ils soient prêts à me guider par téléphone. J'aurai mon oreillette. Et appelle Peters, dis-lui ce qui se passe. » Il inspira profondément puis ouvrit la

1. *Special Weapons And Tactics*, équivalent du GIGN.

portière de la voiture. Le bruit de la foule l'enveloppa. « Bobby, juste au cas où…

— … organise les ambulances et les services d'urgence, je sais. Mais fais en sorte qu'on n'en arrive pas là, OK ? » La peur qui se lisait dans les yeux de son partenaire ne les concernait ni l'un ni l'autre. C'était plus profond que cela, et plus vaste. Cooper reconnut cette peur parce que les mêmes pensées lui venaient à l'esprit. C'était la peur de ce qu'il se passerait s'il échouait. La peur que le monde se fissure.

Cooper claqua la portière et commença à se frayer un chemin dans la foule. 13:57.

La cérémonie ne commencera pas à l'heure. Ce genre de truc a toujours du retard. Et John Smith aime le théâtre. Il attendra que toutes les caméras tournent.

Mais ensuite, il fera tout sauter. À moins que tu ne l'arrêtes.

Il courait, essayant de se glisser entre les corps qui prenaient la rue d'assaut. Cooper détestait les foules, avait le sentiment qu'elles l'agressaient. Toutes ces intentions qui se croisaient et s'enchevêtraient, c'était comme essayer d'écouter un millier de conversations en même temps. Toutefois, si son esprit parvenait à transformer un millier de conversations en un son gris qu'il pouvait ignorer, il était par contre incapable de rendre invisible le langage corporel et les signaux physiques. Ils venaient à lui tous en même temps et de toutes les directions. La seule chose qu'il pouvait faire, c'était essayer de se concentrer, de fixer son attention sur la femme droit devant lui et sur l'angle de son épaule qui disait qu'elle s'apprêtait à changer la position de son sac à main. Sur l'homme qui était sur le point de s'adresser à son ami. Sur la petite fille qui ressemblait beaucoup à Kate – *non, ne pense pas à ça, ce n'est pas le moment de penser à Kate* – et qui levait le bras pour prendre la main de sa mère.

Lorsqu'il ne trouvait pas de place pour passer, il s'en faisait une, un coude en avant, comme la proue d'un bateau. Des cris et des jurons s'élevaient derrière lui. Quelqu'un le frappa à l'épaule.

« Cooper. » La voix de Quinn dans son oreillette. « Peters est en train d'essayer de joindre l'officier responsable du lieu de la cérémonie, mais c'est de la folie ici.

— Sans déconner ? » Il dépassa un groupe d'écolières. « Et mon équipe de déminage ?

— Ils sont en route. Sur place dans quinze minutes. »

Quinze minutes. Merde, merde, merde. Il y avait une banque qui faisait le coin, et il se précipita à travers la porte à tambour. Le calme du hall fut un soulagement. Des cordons de velours, des couleurs ternes, de l'air frais, un nombre de gens qu'il pouvait gérer. Il le traversa en courant. Un employé se leva derrière son bureau. Le gardien hurla quelque chose. Cooper les ignora, se concentrant sur la porte opposée.

Et il déboucha au coin de Wall et Broad, où on était sur le point d'écrire l'histoire, où le monde n'était que bruit et chaos hurlant.

Les gens se pressaient, épaule contre épaule. Il grimaça face à la confusion de vecteurs qui s'enchevêtraient devant lui, le mouvement collectif de la foule, du troupeau, quelque chose qu'il ne pourrait jamais lire ni comprendre, tous ses talents étant dirigés sur l'individu, la personne, le schéma.

Concentre-toi. C'est plus qu'urgent.

Vers le sud, il y avait la splendide façade de l'immeuble qui avait jadis appartenu au NYSE, avec ses six colonnes massives qui soutenaient une sculpture complexe. En dessous se trouvaient la scène et le podium, une foule de dignitaires, et la sécurité qui tournait en orbite autour d'eux comme des planètes autour d'une étoile.

Il se fraya un chemin vers le sud, avec douceur quand c'était possible, avec force quand ça ne l'était pas. D'une façon ou d'une autre, il devait atteindre l'entrée de Broad Street. Derrière une porte du hall, il devait trouver un couloir de service et emprunter un monte-charge en direction du sous-sol où il accéderait aux tunnels de l'installation électrique, où Dusty Evans avait placé ses bombes.

Bien sûr, Coop. Tu n'as qu'à traverser la foule, passer la sécurité, traverser le hall, descendre au sous-sol, filer dans les tunnels, et tout ce que tu auras à faire, ce sera deviner comment désamorcer cinq bombes différentes placées dans des endroits stratégiques de la structure architecturale de l'immeuble.

1:59.

Odeurs corporelles et coups de coude, laque pour cheveux et jurons. Il allait de l'avant, pas à pas, péniblement. Tous les gens avaient l'air de crier, même quand ils avaient la bouche fermée. Une vague de frustration le submergea et il refoula l'envie urgente de sortir son arme et de tirer en l'air. C'était inutile. Atteindre l'immeuble prendrait trop de temps, et même s'il y parvenait, la sécurité était trop dense. Il lui fallait un meilleur plan d'action. Il se fraya un chemin jusqu'à un distributeur de journaux – flash de Bryan Vasquez en train de se désintégrer – et grimpa dessus.

L'entrée de Broad Street était trop encombrée. Mais peut-être en retournant sur Wall Street ? Il devait y avoir des entrées latérales. Elles seraient également gardées, mais la sécurité y serait plus légère, et si son grade ne lui permettait pas d'entrer assez vite, alors il trouverait une autre solution. Il scruta la foule, visualisa son mouvement, ses yeux identifiaient des hommes d'affaires en costume, des parents avec des caméras, l'air épuisé, des gens du coin venus voir le spectacle, un sans-abri agitant une tasse Dunkin' Donuts, un groupe de manifestants brandissant des pancartes, une très, très jolie jeune femme marchant vers l'ouest…

Nom de Dieu.

Il sauta du distributeur et renversa un type costaud qui tenait un soda géant. L'homme et la boisson s'étalèrent dans deux directions opposées. Cooper se laissa porter par la force d'inertie du mouvement et se glissa dans l'espace laissé vacant par l'homme qui était tombé, puis s'éloigna de la cérémonie. « Bobby, j'ai notre terroriste en visuel, la femme sur la photo. Elle marche sur Wall Street, vers l'ouest.

— Roger. Je vais avertir la police…

— Négatif. Je répète : négatif. Si elle s'aperçoit que quelqu'un se dirige vers elle, elle fera sauter les bombes.

— Cooper…

— *Négatif.* » Il pressa le pas, mais se retint de courir. La pister, c'était comme pister John Smith qui attendait le meilleur moment pour déclencher la bombe. Calculant l'instant précis où faire le maximum de dégâts.

Mais cette fois, le plan allait se retourner contre John Smith. Cooper ignorait tout au sujet des bombes. Mais celle qui devait *déclencher* les bombes, il pouvait s'en occuper. Elle constituait sa marge de manœuvre.

Il s'enfonçait dans la foule, jouait des coudes et écrasait des pieds. Il la trouva, la perdit, la retrouva. Plus il s'éloignait du podium, plus il y avait de place, jusqu'à ce qu'il soit à nouveau en mesure de lire le langage corporel individuel. Il allait aussi vite qu'il le pouvait et pourtant, bien qu'elle marche à une allure normale, elle semblait aller plus vite que lui. C'était comme si les gens s'écartaient de son chemin. Deux types bourrés portant des T-shirts de football chantaient et tanguaient dans la foule, ménageant un passage juste devant elle. Un père hissa son fils sur ses épaules et elle disparut derrière eux. Deux flics fendirent la foule, ouvrant une voie qu'elle suivit sur la moitié de la longueur de l'immeuble. C'était comme regarder Barry Adams se pavaner en traversant un terrain de football sans qu'aucun joueur de la ligne défensive ne le touche. Ce n'était pas comme si elle regardait les choses telles qu'elles étaient, mais telles qu'elles seraient une fois qu'elle les atteindrait.

C'est une anormale.

Pas vraiment une surprise. Les meilleurs agents de Smith devaient l'être. Mais cela expliquait pourquoi elle lui avait échappé si facilement à DC. Si elle avait un don pour les schémas comparable à celui de Barry Adams, alors le monde entier n'était pour elle que des vecteurs mouvants. Traverser le cordon de sécurité lui serait très simple. Elle avait même probablement identifié Cooper comme étant le chef de l'opération. Faire sauter la bombe tout en se tenant à moins de trois mètres de lui, ça avait été sa façon de l'envoyer paître.

Cela lui brûla l'estomac, et il accéléra le pas. Il était vingt mètres derrière elle et se déplaçait vite. Pas une fois elle ne s'était retournée. Concentrée sur l'espace devant elle. Ce qui suggérait qu'elle était proche de son but. Il regarda au-devant et le devina. Une entrée latérale vers l'Exchange.

Deux flics se tenaient à proximité, décontractés. Elle les croisa, dépassa l'entrée de quelques pas, s'arrêta et consulta sa montre. L'un des flics remonta sa ceinture et dit quelque chose qui fit rire l'autre, et elle pivota doucement et glissa derrière eux. Cooper n'arrivait pas à y croire. Si elle avait levé l'un de ses bras élancés, elle aurait pu leur taper sur l'épaule, et pourtant ils n'avaient absolument pas remarqué sa présence. C'était la chose la plus étrange, une démonstration virtuose d'habileté qui la rendait pratiquement invisible, et cela aurait été sensationnel à observer – sauf qu'elle ouvrit la porte de l'Exchange et entra.

« Merde. Elle a réussi à entrer dans l'immeuble. Je la suis.

— Est-ce que tu veux…

— Attends. » Cooper se dirigea vers la police. La fille était d'une façon ou d'une autre parvenue à se glisser exactement dans leur angle mort, mais il ne savait pas faire ce genre de choses. *Désolé, les potes.* « Excusez-moi, officier, savez-vous où se trouve la scène ?

— Juste au coin, mec. » Le flic pointa l'index. « Suivez-le… »

Cooper se baissa subitement et pilonna d'un crochet du gauche le rein du type à travers la partie non rembourrée du gilet pare-balles. Le flic suffoqua et chancela. Cooper le saisit alors par la chemise et le poussa vers son coéquipier aussi violemment que possible. Ils entrèrent en collision et s'écroulèrent. Cooper s'élança et enfonça son genou dans le plexus solaire du second flic, puis bondit sur ses jambes et franchit la porte.

Une entrée en marbre, massive et brillante. Des rayons de soleil se déversaient depuis les fenêtres. Des gens partout, verre de champagne à la main, en train de discuter. Un quatuor à cordes jouait dans le coin, les notes résonnaient contre le marbre et le verre. Sortir de la foule, c'était comme remonter à la surface et respirer. Il regarda autour de lui, vit la fille disparaître à un angle sur la droite, se précipita derrière elle. Il avait compté trente secondes : les flics avaient repris leur respiration, lancé un appel radio et s'étaient mis à ses trousses.

Dix pas jusqu'à l'angle. Il tourna, le sang bourdonnait dans ses veines. La femme était au milieu du couloir, devant une porte couleur métal. Dans une main, elle tenait un trousseau de clés. Dans l'autre, un téléphone cellulaire.

Non.

Cooper abandonna toute subtilité et opta pour un sprint, tête baissée. Le temps s'étira comme une lame. Ses yeux captèrent certains détails : l'odeur de la peinture fraîche, le bourdonnement des lumières. Au bruit de ses foulées, la femme tourna la tête. Ses yeux, déjà immenses avec le mascara, s'élargirent encore. Elle jeta les clés mais leva le téléphone. Cooper poussa aussi fort qu'il le put. Tout n'était plus que vitesse. Et le sentiment irréductible qu'il ne pouvait tout simplement pas aller plus vite. Son esprit visualisa l'explosion de la veille à DC, le torrent de feu au ralenti, la façon dont Bryan Vasquez s'était transformé en un brouillard rouge, et elle recommençait, seulement cette fois ce n'était pas un homme qu'elle exécutait, c'était des centaines de personnes, en direct sur les chaînes de télévision nationales, et le téléphone était au niveau de son visage, ses yeux étaient fixés sur lui, ses lèvres s'apprêtaient à prononcer une phrase au moment même où le bras de Cooper, fouettant l'air, lui arrachait l'appareil des mains. Celui-ci heurta le sol et se brisa en rebondissant, des morceaux de plastique ricochèrent sur le marbre.

Elle dit : « Attendez, vous ne… » et son poing percuta son ventre, ce qui la plia en deux. Il n'aimait pas boxer une femme, mais il n'y avait pas la moindre chance qu'il prenne un risque avec elle.

« Je l'ai, dit-il. Cible neutralisée. » Quinn poussa un cri d'exclamation dans son oreillette.

Une vague de soulagement inonda Cooper. Il était moins une. Il fit pivoter la femme et, d'une main, saisit ses menottes.

« Écoutez, dit-elle en hoquetant. Vous devez… me laisser… partir. »

Il l'ignora, passa les menottes à un poignet, tendit le bras pour attraper son autre main tout en s'adressant à son partenaire. « Bobby, j'ai dû me débarrasser de deux flics en cours de route. Tu peux joindre le NYPD et les calmer au plus vite ? Je ne veux pas que… »

Mais avant qu'il ait pu finir sa phrase, il y eut le fracas de deux planètes entrant en collision, le sol se déroba sous ses pieds, il volait, les bras ouverts, et tout…

Chapitre 14

D'abord, le bruit. Un enchevêtrement de sons. Des cris de douleur. Des hurlements incompréhensibles. Des grincements, des raclements. Des voix qui faisaient un décompte solennel. Des sirènes loin-près-loin.

Il n'en avait pas vraiment conscience. Il flottait dans un univers aquatique.

Puis, lentement, les syllabes indistinctes commencèrent à former des mots. Les mots avaient un goût et une texture. Hémorragie. Amputation. Écrasement. Commotion.

Le raclement était celui des pieds en bois d'une chaise ou d'une table tirée sur du béton.

Les hommes qui comptaient à rebours poussèrent un cri de soulagement en arrivant à zéro, comme s'ils avaient soulevé quelque chose.

Toujours les sirènes. Il se rendit alors compte de leur nombre, certaines en mouvement, d'autres immobiles, certaines proches, d'autres lointaines.

Cooper ouvrit les yeux.

Une toile était tendue au-dessus de lui. La forme était indistincte, les couleurs bougeaient et tournaient. Pendant un moment, il crut avoir un problème de vue, puis il comprit qu'il s'agissait de camouflage actif : du tissu intelligent qui, comme la peau d'un caméléon, changeait de couleurs et de motifs selon l'environnement. Matériel militaire. Il cligna des yeux. Ils étaient secs et gonflés. Les bruits autour de lui continuaient avec insistance, s'enchevêtraient les uns les autres.

« … besoin de plus d'oxygène ici… »

« … respirez, respirez… »

« … mon mari, où est… »

« … ça fait mal, mon Dieu, ça fait *mal*… »

Cooper prit une profonde inspiration, sentit des frissons et des élancements lorsque ses poumons se gonflèrent. Rien de bien grave. Il leva la main droite et tâta avec précaution l'arrière de sa tête. La peau était chaude, enflée et douloureuse, les cheveux collants. Il avait dû se cogner. Comment ?

Lentement, il roula sur le côté puis balança ses jambes hors du lit de camp. Également du matériel militaire, remarqua-t-il. C'était une tente de triage de l'armée. Pendant un moment, le monde flotta. Il s'appuya des deux mains sur le bord du lit. La douleur se manifestait, maintenant. Un tourbillon qui pulsait, sourd et indistinct.

« Allez-y doucement. »

Cooper leva la tête et ouvrit les yeux. Un homme mince portant une blouse de chirurgien maculée de sang se tenait au-dessus de lui. D'où venait-il ?

« Comment je suis arrivé ici ?

— Quelqu'un a dû vous amener. Où avez-vous mal ?

— Ma… » Il toussa. Sa gorge était pleine de poussière. « Ma tête.

— Vous voyez ça ? » Le docteur tenait une lampe-stylo. Cooper s'exécuta docilement et la fixa lorsque l'homme la fit aller et venir devant lui. Un centre de triage, il était dans un genre de centre de triage. Mais où ? Il se souvenait s'être démené au milieu de la foule, le chaos pressant et bouillonnant formé par tous ces gens. Obsédé par quatorze heures lorsque… les bombes. Il était en train d'essayer d'empêcher des bombes d'exploser. Il avait vu…

« *Où est-elle ?* » Cooper regarda à droite et à gauche, sentit la manifestation inéluctable de la douleur, mais l'ignora pour le moment. Il se trouvait dans une grande tente de campagne remplie de lits de camp qui se touchaient presque. Des hommes et des femmes en blouse circulaient entre les rangées et se parlaient très distinctement tout en soignant les blessés. Peut-être vingt lits ici, il ne pouvait tous les voir, elle était peut-être dans l'un d'eux.

« Eh ! » La voix du docteur était ferme. « Regardez-moi. »

La douleur produisait une sensation d'écrasement, comme si son crâne était dans un étau. Cooper grogna, regarda à nouveau le docteur. « Où est-elle ?

— J'ignore de qui vous parlez, dit-il en ajustant un stéthoscope dans ses oreilles, mais je suis sûr qu'elle va bien. Maintenant, il faut que vous vous détendiez pour que je puisse estimer la gravité de vos blessures. »

Tout s'assemblait, finalement. Les pièces disparates fusionnaient en un tout. Il était en train de poursuivre l'agent de John Smith, la fille capable de passer à travers les murs, la terroriste au téléphone cellulaire et aux grands yeux. Il l'avait rattrapée à l'intérieur de l'Exchange. Mais pas à temps.

« C'est grave ? » Cooper avait l'impression que quelque chose était en train de tomber à l'intérieur de sa poitrine.

« C'est ce que je suis en train de vérifier. Respirez à fond. »

Cooper fit ce qu'on lui demandait, l'air crépita dans ses poumons. « Pas moi. Je ne parle pas de moi. Est-ce que c'est *grave* ?

— Ah. Respirez à fond. » Le docteur regarda dans le vide tout en écoutant le torse de Cooper. Quoi qu'il entendît, cela sembla lui convenir. « Je ne sais pas quoi vous répondre.

— Combien de gens…

— Je suis concentré sur ceux que j'ai en face de moi. » Le docteur passa le stéthoscope autour de son cou et regarda sa montre. « Vous avez une commotion bénigne. Vous avez respiré beaucoup de fumées et de poussières, mais je ne me fais pas de souci pour vous à long terme. Vous avez beaucoup de chance. Vous devriez éviter de dormir pendant un moment, disons au cours des huit ou dix prochaines heures. Si vous commencez à vous sentir pris de vertiges ou de nausées, allez immédiatement à l'hôpital. » Il fit mine de s'en aller.

« Attendez. C'est tout ?

— Vous pouvez rester si vous vous sentez faible, mais si vous pensez que vous pouvez marcher, ne vous gênez pas.

— Je peux marcher. » Cooper inspira à fond et regarda autour de lui. « Je peux vous aider ?

— Vous avez une formation médicale ?

— Premiers secours. »

Le docteur secoua la tête. « Il y a déjà trop de gens qui essaient d'aider. La meilleure chose que vous puissiez faire dans l'immédiat, c'est de vous en aller. » Et il se concentra sur le lit de camp voisin.

Cooper resta assis un moment, le temps que le tourbillon de ses pensées se calme peu à peu. Il rassembla ses esprits, reconstruisit ses souvenirs. Il ne l'avait pas eue, ou bien si ? Envoyé valdinguer son téléphone, menottes en main. Il avait gagné. Il avait attrapé le méchant. La méchante.

Et maintenant, ça.

Il inspira profondément, puis toussa jusqu'à sentir de la poussière dans sa gorge. Et il se leva. Si les bombes avaient explosé, il devait y avoir un grand nombre de victimes. Mieux valait libérer le lit de camp.

En partant, il regarda dans les autres lits, mais elle ne s'y trouvait pas.

Il marcha lentement pour éviter que la douleur n'éclate dans son crâne, atteignit la sortie et poussa le pan de tissu qui tenait lieu de porte.

Un cimetière.

Pendant un moment, il pensa avoir des hallucinations.

Le ciel semblait avoir été remplacé par une épaisse couche grise de poussière tourbillonnante. L'air avait une odeur de brûlé. Dans la faible lumière, les arbres ressemblaient à des silhouettes aux membres squelettiques, pointant comme Charon la rivière menant vers l'au-delà. Et tout autour de lui, il n'y avait que des pierres tombales. Des pierres tombales en marbre où étaient gravés des noms et des dates.

Cooper tendit la main pour toucher la tente, pinça la toile entre ses doigts éraflés et douloureux. Elle était recouverte d'une fine couche de poussière, mais possédait l'épaisseur et le toucher de la toile. C'était réel. C'était là. Mais alors, les tombes…

Trinity Church. C'est le cimetière. Alexander Hamilton[1] est enterré ici.

1. L'un des Pères fondateurs ayant signé la Déclaration d'indépendance des États-Unis. Homme politique, premier secrétaire au Trésor (1757-1804).

Cela faisait sens. Manhattan étant bondée, les endroits où installer des tentes de triage devaient manquer. C'était un symbole terrible. Il avait perdu connaissance dans un monde et se réveillait dans un autre. Le premier était plein de soleil et de fanfares. Celui-ci n'était que poussières et cendres.

Il y avait des gens partout. Certains semblaient faire partie des équipes de secours. Ils portaient des brancards, transportaient du matériel médical et organisaient la rotation des ambulances. Mais de nombreuses autres personnes avaient l'air ahuries. Elles étaient debout et regardaient l'imposant clocher de l'église, ou bien vers Wall Street, où la fumée s'épaississait.

Wall Street. L'Exchange. Elle était peut-être toujours là-bas.

Cooper traversa le cimetière. Sa tête et son corps étaient douloureux, mais par-dessus tout il se sentait inutile, différent. Comme le type qui rentre chez lui en voiture en chantant la chanson qui passe à la radio, lorsqu'un semi-remorque le percute de plein fouet, sur le côté, envoyant la voiture valser vers sa fin tragique tandis que le monde tournoie autour d'elle, flashes de couleurs, ciel, sol, ciel, sol, et puis l'impact, l'instant critique, et durant cet instant, alors que le monde a complètement disparu, alors que tout ce qui comptait quelques secondes plus tôt n'a soudain plus aucune importance, la radio est encore en train de jouer la même chanson.

Il avait l'impression d'être cette chanson.

Lentement, il poursuivit son chemin à travers le cimetière. Il enjamba la petite clôture du côté de Broadway, traversa la rue où les vendeurs de hot-dogs l'avaient bloqué. Quelqu'un le bouscula, leurs épaules se heurtèrent durement et l'étrangeté de cet événement le frappa. Cela faisait une éternité qu'on ne l'avait pas bousculé de la sorte. Le monde était aquatique. Rien n'était permanent, tout n'était que glissement et changement. Un flic lui fit signe de s'éloigner, mais Cooper fouilla dans ses poches et trouva son badge. Le type le laissa passer. La fumée était plus épaisse, il ne pouvait voir qu'à quatre ou cinq mètres. Au-delà, il ne distinguait que des flashes colorés, des gyrophares de la police. Il prit cette direction. Les gens titubaient en sens inverse, le visage sale, les vêtements en lambeaux, l'air choqué. Ils s'épaulaient les uns les autres. Des soldats portaient des brancards.

Cooper marcha, lentement mais sûrement, sur un rythme binaire dans un monde qui avait perdu la mesure.

Chaque pas était plus étrange que le précédent. Les os des immeubles étaient tordus à travers leur chair de pierre et pendaient à découvert. Des murs écroulés enterraient les trottoirs. Du verre brisé recouvrait le sol d'éclats tranchants. Les nuages de poussières étaient illuminés de l'intérieur par une douzaine d'incendies. Il atteignit l'angle où il avait repéré la fille qui passait à travers les murs. Les pompiers creusaient dans les décombres, des masques sur le visage et des bandes réfléchissantes sur l'uniforme.

Vers le sud, il distingua le New York Stock Exchange, un immeuble qui s'était dressé là pendant un siècle, avait réchappé aux crises, aux guerres et aux bouleversements sociaux, avait été le symbole du pouvoir irrésistible du capitalisme, jusqu'à ce que ce pouvoir soit anéanti par l'arrivée de gens comme lui. Un immeuble qui avait, même brièvement, représenté l'espoir d'un monde luttant pour un nouvel équilibre alors que toutes les certitudes s'étaient écroulées, que tout s'était avéré instable, que chaque croyance s'était révélée fragile. Un immeuble de pierre et d'acier qui, par sa simple présence, affirmait que les mécanismes qui régissaient le monde fonctionnaient bien. Il était en ruine.

Sur les six colonnes massives de la façade de l'immeuble, une seule était encore debout. Les autres avaient été emportées. L'une d'elles était tombée d'un bloc, l'immense masse de pierre s'était fracassée sur la rue. Le mur de verre qui était derrière avait également été soufflé, quatre étages de tessons mortels propulsés dans un rugissement d'air et de feu. Par l'ouverture béante, il voyait l'intérieur de l'immeuble, nu et brut. Les bureaux éventrés, les toilettes déchirées, une cage d'escalier perdue et triste.

Et partout, les morts. Des cadavres.

Des cadavres dans la rue, des cadavres dans l'immeuble. Des cadavres sous les colonnes écroulées, des cadavres suspendus dans une toile d'araignée composée de câbles.

Disloqués et brisés, les couleurs de leurs vêtements comme des notes ironiques dans ce nouveau monde de désolation.

Des centaines de cadavres. Des milliers.

Cela n'était pas censé arriver.

Tu étais censé l'empêcher.

C'était une pensée absurde. Il ne pouvait pas se tenir responsable de tout ce qui allait de travers dans le monde. Mais il avait été si proche du but. Il avait traqué Alex Vasquez, s'était servi de son frère comme d'un appât, avait ordonné les écoutes téléphoniques qui les avaient menés à Dusty Evans. C'était lui qui s'était battu contre John Smith, encore et encore, et il avait perdu, encore, et tous ces gens étaient morts.

Cooper tourna les talons et s'éloigna. Il marchait

sans but, sans idée et sans plan. Ses compagnons étaient la Frustration et la Rage, et tous les trois, ils erraient dans Manhattan.

*

Une paire de hauts talons à lanières sur une paire de jambes informes dépassant d'une robe noire qui se terminait, tout comme le reste du corps, au niveau des hanches.

*

Un vendeur de porte-monnaie et de parapluies de pacotille débarrassait sa table pliante de toutes les marchandises qui constituaient son gagne-pain, afin d'en faire un lit de camp pour un homme en train de hurler, porté par deux pompiers.

*

De l'air gris ondulant comme de l'étoffe, comme de la ouate, au-dessus d'un tourbillon de cendres grises. Des gens au visage gris portant des vêtements maculés de gris. Le monde devenu monochrome.

Et soudain, l'irruption rose de l'animal en peluche d'un enfant au milieu de Broadway.

*

Une rangée de téléphones publics et une foule de gens qui faisaient la queue. Un vrai mélange new-yorkais, un skinhead à côté d'un agent de change, deux hommes en combinaison bleue, un mannequin, un vendeur de hot-dogs, un garçon et une fille main dans la main. Tous patients. Attendant calmement leur tour.

*

Une femme en tailleur qui marchait au milieu du trottoir. Un porte-documents de luxe se balançait sur une épaule. Du sang dégoulinait sur sa joue. Sa main tenait délicatement une plante en pot d'un mètre de haut.

*

À l'angle de deux rues secondaires, un taxi avec les portes ouvertes, la radio réglée au volume maximal. Des New-Yorkais autour, écoutant un reporter en train de bégayer.

« … à nouveau, une explosion au Léon Walras Stock Exchange. Je… je n'ai jamais rien vu de tel. Toute la partie est de l'immeuble a été détruite. Il y a des corps partout. Le bilan sera de plusieurs centaines, voire plusieurs milliers de morts. On ignore ce qui a causé l'explosion, mais ça ne peut être qu'une bombe, ou plusieurs. Je ne peux… c'est quelque chose que je n'aurais jamais imaginé voir… »

*

Sur l'étendue dégagée de Colombus Park, à un kilomètre et demi de l'explosion, trois grands bus garés sur la pelouse du terrain de football. Des équipes de la Croix-Rouge. Une foule de volontaires, des centaines de personnes qui relevaient leurs manches.

*

Juste au nord de Houston, l'immeuble explosait à nouveau.

L'écran 3D était installé au deuxième étage d'un immeuble de bureaux. À la place des habituelles publicités et des logos de compagnies, une image de l'Exchange tel qu'il était quelques heures plus tôt, avec un immense drapeau américain flottant au-dessus de la scène. L'image vibrait et tremblait, la caméra bougeait de façon vertigineuse, et pas seulement la caméra, mais tout l'immeuble, soudain dévoré par une épaisse fumée. Il y avait des objets indistincts qui volaient, grossissaient et se pixellisaient en atteignant le bord du champ de projection.

« Mon Dieu », murmura la femme qui se tenait à côté de Cooper.

L'image changea, la fumée s'atténua soudain, l'angle était différent. On voyait l'immeuble éventré. Des pompiers projetaient de l'eau. Des papiers et des morceaux d'isolant étaient pris dans les tourbillons. La police protégeait l'endroit et les équipes de secours cherchaient des survivants. Au bas de l'écran, une incrustation disait : EN DIRECT DE L'EXPLOSION DE L'EXCHANGE.

« Un coup des tordus », déclara une voix rauque derrière lui. Cooper se retint de cogner le type. Après tout, il avait raison.

« Peut-être, dit une autre voix.

— Qui d'autre est-ce que ça pourrait être ?

— Qui sait ? Tout ce que je dis, c'est que je crois qu'on ne saura rien avant un bout de temps.

— Pourquoi pas ?

— Regarde ça, mec. Avec un bordel comme ça,

comment veux-tu faire la différence entre les bons et les salauds ? »

La vidéo était revenue sur l'explosion. Ils allaient certainement passer cette séquence en boucle pendant trois mois pleins. Mais alors que tous les yeux regardaient l'immeuble s'effondrer à nouveau, Cooper se retourna et observa les hommes derrière lui. Ils avaient l'air de types qui faisaient des paris sportifs. Et tandis qu'il les observait, le premier, puis le second portèrent leur attention sur lui. « Quoi ? demanda le plus grand. Je peux t'aider, mon pote ? »

Comment veux-tu faire la différence entre les bons et les salauds ?

« Merci.

— Hein ? »

Mais Cooper n'était plus là. Il courait à toute vitesse.

« C'est facile. Tous les autres sur le terrain, ils regardent la ligne adverse. Moi, je regarde où ils vont aller. Et je me barre ailleurs. »

Barry Adams, *runningback* des Chicago Bears, commentant la façon dont il a gagné 2437 yards sur passes en une seule saison, écrasant le précédent record (2105 yards, Eric Dickerson en 1984).

Chapitre 15

Situé à l'ouest de l'Observatoire maritime de DC, Massachusetts Avenue Height était un charmant quartier constitué de rangées de maisons en briques rouges dont la promiscuité et la petite taille des jardins masquaient la réelle richesse. Même si l'on n'y trouvait pas les hôtels particuliers ni le gratin politique de Sheridan-Kalorama[1], c'était un quartier aisé dans lequel il faisait bon élever ses enfants et où vivaient de nombreux politiciens, des professeurs, des notaires.

Sur la 39e Northwest, la maison avait du cachet et était soigneusement entretenue, avec un porche ravissant, des haies taillées, un drapeau américain. Ce qui était moins courant, c'était les caméras de sécurité installées non seulement sur la maison, mais également le long du trottoir et dans l'arbre, le châssis de porte en acier blindé et la discrète berline grise qui passait devant la maison à intervalles irréguliers, deux fois l'heure.

Cooper était déjà venu à de nombreuses reprises. Il avait l'habitude de s'asseoir sous le patio et de siroter

1. Quartier de Washington situé au nord de Massachusetts Avenue, où vécurent plusieurs présidents des États-Unis.

des bières pendant que les enfants jouaient. Il avait participé à la mise en place du système de sécurité et pendant plusieurs mois, il avait même servi de chauffeur. Au cours d'une opération souricière pour laquelle ils avaient laissé filtrer vers des groupes terroristes de fausses informations concernant des failles, il avait dirigé une équipe qui avait dormi dans la chambre d'amis en attendant que John Smith morde à l'appât. La maison de la 39e rue ne lui était pas étrangère.

Toutefois, s'y présenter à l'improviste, après la tombée de la nuit, les vêtements déchirés, couvert de transpiration et de poussière, eh bien, ce n'était pas chose courante.

Il sonna. Tendit les doigts puis serra les poings pendant un moment qui lui parut assez long, conscient que les procédures de sécurité étaient en train de lui être appliquées.

Lorsqu'il ouvrit la porte, Drew Peters regarda longuement Cooper. Ses yeux le scrutèrent jusque dans le moindre détail, sans rien exprimer en retour. Cooper ne dit pas un mot, laissant sa simple présence parler pour lui.

Le directeur des Services Équitables finit par regarder sa montre. « Vous feriez mieux d'entrer. »

*

Cooper avait interrompu le dîner, et Peters le conduisit jusqu'à la cuisine. L'endroit était clair et accueillant, avec un plan de travail en bois brut et des meubles vitrés. C'était si éloigné du personnage calme et froid du directeur Peters que Cooper en était à chaque fois étonné.

Bien sûr, à la maison, il n'était pas le directeur. Il

était Papa, et Cooper était parfois Oncle Nick. Habituellement, les filles poussaient des cris quand il arrivait. Maggie nourrissait pour lui un béguin adolescent et Charlotte réclamait souvent un tour d'hélicoptère.

Ce soir, Charlotte poussait sans entrain un brocoli dans son assiette et Maggie regardait ses mains. Finalement, Alana, l'aînée, se leva. « Salut, Cooper. Tu vas bien ? » Elle avait onze ans à la mort de sa mère, et dès lors elle était devenue, de facto, la femme de la maison, surveillant les autres et s'occupant des repas. Cooper s'était souvent senti désolé pour Alana – dix-neuf ans et obligée de se comporter comme une quadragénaire. Il se demandait quelle personne elle serait devenue si Elizabeth avait vécu. Il se doutait qu'elle aussi se posait la question.

« Ouais ! dit-il. Aussi bien que n'importe qui d'autre.

— C'est horrible », dit-elle, et immédiatement elle eut l'air de regretter ses paroles, de vouloir trouver un mot plus fort, un terme capable d'englober les cadavres, la fumée et l'irruption rose de l'animal en peluche d'un enfant au milieu de Broadway.

« Oui. » Si un tel mot existait, Cooper ne le connaissait pas. « Je suis désolé d'interrompre le dîner.

— Ça va. Tu veux quelque chose ?

— Non, merci. » Et ainsi prit fin le bavardage.

Peters dit : « Allons parler dans l'étude », et il mena Cooper à travers la maison. Il vit des photos de classe et des dessins d'enfant encadrés.

L'« étude » était une pièce sans fenêtre à l'arrière de la maison, avec un bureau et un canapé, un bar installé contre le mur, deux télés 3D qui diffusaient les nouvelles, le son coupé. Dans un cadre en argent, il y avait une photo d'Elizabeth, la femme du directeur, décédée huit ans plus tôt et enterrée à Oak Hill Cemetery. C'était seulement le matin même que Drew lui avait raconté l'histoire ?

La pièce possédait également quelques particularités : un placage de deux centimètres et demi sous la cloison, une porte hydraulique en acier, des lignes sécurisées avec le DAR et la Maison-Blanche, un bouton d'urgence qui transformait l'endroit en chambre forte et appelait une unité d'intervention. Le directeur servit deux scotchs, s'assit, et regarda Cooper avec l'air d'attendre quelque chose.

Cooper but une gorgée et lui raconta tout ce qui s'était passé au cours de la journée, chaque étape de la poursuite, comment il avait été proche de la terroriste, comment il avait presque réussi à tout arrêter. Puis il lui fit part de l'idée qui l'avait frappé dans une rue de NoHo – *Comment veux-tu faire la différence entre les bons et les salauds ?* –, la question qui l'avait amené ici malgré la distance, l'inconvenance, et surtout l'ampleur du sacrifice que cela allait demander.

Drew Peters dit : « C'est une idée grotesque. Il n'en est pas question.

— Ce n'est pas grotesque. C'est parfaitement faisable.

— Il y a une douzaine de raisons pour que ça échoue.

— Il y en a une centaine. Mais cela nous donne une chance, une chance très simple et très concrète de l'approcher.

— Il ne sera pas dupe. Il vous verra venir.

— Pas si nous jouons le jeu pour de bon.

— Pour de bon…

— Oui. C'est la seule façon de l'avoir, dit Cooper. Cela fait des années que l'on échoue. »

Peters prit son stylo en argent, le fit tourner entre ses

longs doigts. S'il était vexé, cela ne s'était pas entendu dans son désinvolte « Ah bon ? »

« Vu notre façon de travailler, il nous faut donner cent coups de batte pour au mieux faire match nul. Imaginons que j'aie réussi à trouver les bombes aujourd'hui. Si j'en avais désarmé quatre et que la cinquième avait explosé, Smith aurait gagné. Si je les avais toutes désarmées, mais si la presse avait appris qu'elles avaient été posées, il aurait *quand même* gagné. Il peut nous frapper n'importe où, n'importe quand, et chaque coup porté est une victoire. Nous devons nous protéger partout, tout le temps, et au mieux, nous pouvons espérer faire jeu égal. Une défense seule, même parfaite, ne peut pas nous mener vers la victoire.

« Si nous voulons y mettre un terme, si nous voulons empêcher l'escalade, si nous voulons *gagner*, nous devons neutraliser John Smith. Et c'est une façon de le faire.

— Pas une façon, dit Peters. Une chance.

— Ce qui est mieux que zéro chance. » Cooper avala une gorgée de scotch. Il était épuisé, et l'alcool adoucissait les choses. Il attendait. Le directeur ne disait rien, mais les minuscules muscles de son nez, de ses oreilles, l'infime tension de ses épaules, tout disait qu'il y réfléchissait.

« Vous comprenez tout ce que cela implique ? Il ne suffira pas de proclamer que vous êtes un traître, dit Peters. Je vais devoir vous désigner comme cible.

— Oui.

— Je ne pourrai ni les retenir ni les maîtriser. Les rapports préliminaires que j'ai vus parlent de plus d'un millier de morts. Et cette attaque a eu lieu au cœur de Manhattan. Il n'y aura pas de demi-mesure. Je vais devoir vous traquer comme si vous étiez Lucifer. Je pourrai probablement vous donner des informations, mais au sein de l'agence, je ne pourrai rien pour vous.

— Je sais.

— Vous serez plus haï que John Smith ne l'a jamais été. Parce que vous étiez l'un des nôtres, et que vous nous avez trahis. Toutes les ressources du département seront concentrées sur vous. Il y aura des centaines de personnes à vos trousses. Des centaines, littéralement. Si vous êtes pris, je peux révéler la vérité. Mais…

— Mais personne ne va tenter de me capturer. S'ils ont l'occasion de m'abattre, ils le feront.

— Exactement. Et pendant ce temps, vous serez tout seul. Aucune ressource. Pas d'hélicoptère, pas d'écoutes téléphoniques, pas d'équipes de surveillance. Aucun soutien. Rien. »

Cooper se contenta de boire une gorgée de scotch. Rien de ce que disait Peters n'était nouveau pour lui. Il avait eu le temps d'y penser durant le vol retour.

Tous les vols commerciaux avaient été annulés, mais son badge lui avait permis de monter à bord d'un C-130 des marines et il avait fait le voyage avec une équipe de têtes brûlées. Les gars étaient de vraies bêtes de combat, mais sous leurs cris de guerre, il percevait la blessure. L'Amérique n'avait pas l'habitude d'être frappée de cette façon, d'être attaquée en plein cœur.

La réplique allait être dévastatrice. Le sang devait couler. C'est ce que le pays exigerait.

Il ne faudrait pas attendre longtemps avant que tout le monde apprenne que l'attentat était l'œuvre de John Smith. Et dans une Amérique à bout de nerfs, la plupart des gens ne feraient pas la différence entre les anormaux et les terroristes anormaux.

Après tout, c'étaient les anormaux qui avaient provoqué la fermeture de la Bourse. C'étaient les anormaux qui s'imposaient dans tous les domaines. C'était à cause des anormaux que le reste de l'humanité se sentait misérable et déclassé.

Tu ne peux pas arrêter le futur. Tout ce que tu peux faire, c'est choisir ton camp. La voix d'Alex Vasquez résonnait encore dans son esprit.

Pas un choix facile. Et bien plus compliqué qu'elle ne l'aurait admis. Était-il un agent du gouvernement chassant les terroristes, ou un père dont la fille était en danger ? Était-il un soldat ou un civil ? S'il croyait en l'Amérique, est-ce que cela signifiait qu'il devait accepter les académies ?

D'accord, Alex. J'ai choisi mon camp. Mais dans l'immédiat, cette heure en plein ciel, elle est pour moi. Il s'était appuyé contre le métal de la carlingue, avait senti le vrombissement des turbopropulseurs, le froid de l'air qui s'engouffrait, et il avait pensé à ce qu'il s'apprêtait à risquer. À tout ce qu'il pourrait perdre. Le coût ahurissant du plan qu'il était en train de concevoir.

Et lorsque l'avion avait atterri, il avait mis de côté ce genre de pensées et avait commencé à agir. Et là, il regardait le directeur derrière son bureau, fixait ses yeux pâles et calmes, puis il dit : « Je peux le faire.

— Il n'y aura pas de retour en arrière possible. Aucun. Vous réussissez ou vous mourez.

— Je sais.

— La moindre *chance* de se débarrasser de John Smith vaut le coup de prendre le risque. Si nous ne le faisons pas, il peut faire basculer ce pays dans la guerre civile. » Peters détourna le regard et tapa doucement des doigts sur le bureau. Les chaînes d'informations diffusaient des images de l'explosion. Reflété dans le verre de ses lunettes sans monture, l'Exchange s'écroulait encore et encore.

Finalement, il dit : « Dernière chance, mon garçon. Est-ce que vous êtes sûr de vouloir le faire ?

— Oui. Je tuerai John Smith. » Cooper posa son verre sur le bureau et se pencha en avant. « Mais il y a une condition. »

*

La maison de Natalie.

Une silhouette terriblement attirante dansait derrière un rideau. Les lumières étaient allumées, les fenêtres brillaient d'une lumière chaude. Del Ray était trop proche de la ville pour que le ciel soit vraiment noir, mais le violet nauséeux de la pollution lumineuse donnait une impression de solitude plus forte que la nuit. Et rendait d'autant plus attirante la vie qu'il y avait derrière ces fenêtres.

Cooper observa au travers du pare-brise. Prit une profonde inspiration, souffla. Il ressentait un vide à l'estomac, une vacuité comme il n'en avait pas connu depuis des années. Une douleur vive et infantile, semblable à celle qu'il éprouvait quand, à l'âge de douze ans, tous les côtés positifs de l'âge adulte – l'amour, la liberté, les certitudes – lui paraissaient être situés à un million d'années. Le vide du lit au matin, après un rêve somptueux plein de filles et d'aventures.

Maintenant que les choses étaient en route, il voulait plus que tout les arrêter. Supplier le directeur de tout annuler. C'était trop. Le prix à payer était trop élevé.

Mais alors, il pensa à ce qui était réellement en jeu, et les fantasmes infantiles se dissipèrent.

Il descendit de la Charger – encore un truc qu'il devrait bientôt abandonner, sa chère voiture et son cher transpondeur qui lui permettait de faire fi des limitations de vitesse – puis traversa la rue. L'air nocturne pinçait mais ne mordait pas. Tout sentait le propre. Il avait mal partout et était épuisé, mais il s'efforça de mémoriser chaque détail, de se déplacer avec une conscience affûtée. Il se passerait longtemps avant qu'il ne puisse à nouveau arpenter ce chemin.

Devant la fenêtre, il s'arrêta juste avant le rayonnement de lumière. Les rideaux étaient ouverts de quelques centimètres, par lesquels il apercevait ses enfants. Todd était en train de mettre en scène une bataille élaborée, tous les panthéons mélangés, des chevaliers en armure qui combattaient aux côtés de soldats de la Deuxième Guerre mondiale et de monstres de l'espace. Le bout de sa langue dépassait au coin de sa bouche tandis qu'il installait un robot sur un cheval. Kate était assise sur le sofa avec un livre d'images sur les genoux, tournait les pages à l'envers en se parlant doucement à elle-même. Au-delà de l'arche, il voyait Natalie dans la cuisine en train de laver les assiettes. Ses cheveux étaient attachés en queue-de-cheval et ses hanches oscillaient tandis qu'elle frottait, au rythme d'une musique qu'il ne pouvait entendre. La paix et le calme de cette scène, la chaleur, la sécurité, la vie de famille, tout cela lui faisait l'effet d'une lame crantée plantée dans le ventre. Cooper ferma les yeux. *Tu as déjà choisi ton camp.*

Il sortit son téléphone et appela. Au travers de la vitre, il vit son ex-femme sécher ses mains avec une serviette et tirer son téléphone de sa poche. « Nick ? Tu vas bien ? Je t'ai appelé plusieurs fois et je t'ai laissé des messages…

— Je sais. Je vais bien. Mais il faut que je te parle. »

Même à cette distance, il la sentit se raidir. « C'est au sujet de Kate ?

— Non. Oui. En quelque sorte. Écoute, je suis dehors. Tu peux venir ?

— Tu es dehors ? Pourquoi tu n'as pas frappé ?

— Avant toute chose, il faut que nous parlions. Avant que les enfants sachent que je suis là.

— D'accord. Laisse-moi une minute. »

Cooper rempocha son téléphone. Jeta un dernier regard par la fenêtre. Sentit son estomac se contracter et son cœur se glacer, puis s'éloigna de quelques pas. Il marcha jusqu'à l'arbre solitaire, un érable auquel il restait une poignée de feuilles. Flash mémoriel, l'arbre tel qu'il était lorsque Natalie et lui avaient acheté la maison, un petit truc riquiqui tenu par des fils.

Quelques minutes plus tard, Natalie sortait. Elle s'arrêta sur une marche, protégea ses yeux de la lumière du porche puis l'aperçut. Les subtils changements d'expression sur son visage et chacune de ses émotions étaient pour lui aussi visibles que si les mots qui les décrivaient étaient projetés sur son front. Heureuse qu'il soit en vie. Intriguée par la façon dont il lui avait demandé de venir le rejoindre. Peur de ce qu'il avait à dire au sujet de Kate. Une envie, rapidement surmontée, de rentrer en courant et de claquer la porte. « Salut, dit-elle.

— Salut. »

Elle enfonça ses mains dans ses poches et le regarda droit dans les yeux. Elle le connaissait suffisamment pour comprendre qu'il avait quelque chose à dire et attendait qu'il se lance. Ce calme, cette pondération, cette franchise qu'il avait toujours aimés chez elle. Une sirène hurla non loin, et le bruit accéléra son rythme cardiaque. Il regarda sa montre. Tic-tac.

« Je te retarde ?

— Non, je... » Il inspira. « Il faut que je te dise

quelque chose. » Il la regarda, puis regarda le jardin, la fenêtre. Le rideau venait-il de bouger ?

« Pour l'amour de Dieu, accouche !

— Je vais être absent pendant un moment.

— "Un moment" ? Ce qui veut dire ?

— Je n'en sais rien. Peut-être longtemps.

— À cause de ton travail ?

— Oui.

— C'est en rapport avec ce qu'il s'est passé aujourd'hui ?

— Oui. J'y étais. Manhattan.

— Mon Dieu, es-tu…

— Je vais bien », dit-il. Puis il secoua la tête. « Non, ce n'est pas vrai. J'en ai ras le bol. Je suis énervé. Je suis blessé. J'ai essayé d'arrêter ça, Nat. J'ai presque réussi. Presque. Mais j'ai échoué, et tous ces gens…

— Tu as essayé du mieux que tu pouvais ?

— Ouais. Je crois. Oui.

— Alors ce n'est pas ta faute. Nick, qu'est-ce qu'il y a ? Qu'est-ce qu'il se passe ? » Dans un minuscule agrandissement de ses pupilles, il lut toute sa peur.

« L'explosion d'aujourd'hui. C'était John Smith.

— Tu ne peux pas le savoir. Peut-être que c'était…

— C'était John Smith. La pire attaque terroriste de toute l'histoire de l'Amérique, et c'est un anormal qui l'a perpétrée.

— Mais… ça va… les choses vont… mon Dieu, ça va empirer. Ils vont s'en prendre aux anormaux. S'en prendre à toi.

— Oui. » Il fit un pas en avant et prit ses mains dans les siennes. « Donc c'est moi qui vais m'en prendre à lui. À John Smith. Mais pas comme avant. D'une façon différente.

— Laquelle ?

— La seule façon de m'approcher de lui, c'est qu'il pense que je suis de son côté. Alors c'est ce que je vais faire. Je vais quitter l'agence et faire cavalier seul. Je serai recherché.

— Je ne comprends pas.

— L'attentat. Ils vont m'en attribuer la responsabilité. »

Elle le dévisagea. Il pouvait presque entendre les rouages de son esprit. « Attends, non, ça n'a aucun sens. Il le saura. John Smith, il saura que ce n'était pas toi.

— Exact. Mais il saura également que tout le DAR pense le contraire. Que je suis en fuite, que je suis traqué. Que l'agence que j'ai servie pendant des années, pour laquelle j'ai tué, m'a trahi. Cela suffit pour qu'il se mette à penser différemment. Et quelle aubaine pour lui si je rejoins son camp ! Pense à quel point je pourrais l'aider. Non seulement ce que je pourrais faire pour lui, mais ce que je sais.

— Mais pour que ça marche…

— Oui. Ils vont devoir me traquer. Me traquer vraiment, pour de bon. Je serai désigné comme cible. Personne d'autre que Peters ne saura la vérité. Tout le monde croira que je suis vraiment passé dans l'autre camp.

— Non ! » Natalie retira ses mains des siennes. « Non. Tu es fou ? Ils te tueront.

— Seulement s'ils m'attrapent. » Il essaya de sourire et abandonna aussitôt. « C'est dangereux, je sais, mais je peux le faire. Et ça nous donne une chance de…

— Non. Fais marche arrière. Va voir le directeur immédiatement et dis-lui que tu as changé d'avis.

— Je ne peux pas faire ça, Nat.

— Pourquoi pas ? Tu ne comprends pas ? Tu as des

enfants. Je déteste John Smith autant que toi, mais si je devais choisir entre John Smith mort et Kate et Todd avec un père, je n'hésiterais pas.

— Ce n'est pas aussi simple », dit Cooper en soutenant son regard. Il ne fallut que quelques secondes. Il observa la révélation la frapper, sa bouche s'ouvrir et ses yeux s'agrandir.

« Kate.

— Oui, dit-il. Kate. Si je le fais, elle ne sera pas testée. *Jamais*. Ce sera ma récompense. Elle grandira normalement et aura une vie normale. Elle ne nous sera pas enlevée. Elle ne verra jamais les murs d'une académie. »

Elle plaqua brusquement ses mains sur sa bouche. Ses doigts tremblaient. Elle fixait la poitrine de Cooper. Il la connaissait suffisamment pour savoir qu'il fallait lui laisser du temps.

« Elle est niveau un, n'est-ce pas ?

— Oui. »

Elle rentra les épaules. « Il n'y a pas le choix ? »

Cooper secoua la tête.

« Ce qu'il ne faut pas faire pour ses enfants... » Natalie esquissa un sourire crispé. « Quand dois-tu y aller ?

— Bientôt. Je veux voir les enfants, d'abord.

— Est-ce que tu veux... Tu pourrais rester. La nuit. »

Une sensation de chaleur s'épanouit dans sa poitrine. Quand ils s'étaient séparés, ils s'étaient mis d'accord sur le fait que dormir ensemble était une mauvaise idée, que cela troublerait les enfants et risquerait de compliquer la relation amicale qu'ils avaient établie. Cela avait été une bonne décision, et une décision mutuelle. C'est justement parce qu'ils s'aimaient qu'ils ne voulaient pas entretenir ce genre de liaison, et cela faisait donc des années qu'ils n'avaient pas partagé un lit. Le fait qu'elle le lui propose, ce soir, le touchait beaucoup. « C'est une proposition tentante. J'aimerais vraiment. Mais ils seront à ma recherche.

— Déjà ?

— Bientôt.

— Très bien. Alors tu ferais mieux d'entrer. Qu'est-ce que tu vas leur dire ?

— Rien. Simplement que je les aime. »

Elle expira, essuya ses larmes, puis se mit en route vers la maison. Ses épaules s'affaissèrent et les muscles de son cou étaient des câbles torsadés. Cooper la rattrapa, lui prit la main et la fit pivoter vers lui.

« Écoute », dit-il, puis il se rendit compte qu'il n'avait aucune idée de ce qu'il voulait dire. Lui dire qu'il n'y avait pas de raison d'avoir peur ? C'était faux. Alors qu'ils étaient là, debout, le directeur Peters était en train de le désigner en tant que cible. L'agence la plus puissante du pays allait le traquer, des milliers de gens avec des milliards de dollars à leur disposition. Et même s'il parvenait à leur échapper, il se dirigeait vers l'antre du monstre pour demander audience.

« Je réussirai », dit-il.

Et durant une seconde, un minuscule moment, il vit qu'elle le croyait.

C'était suffisant.

DEUXIÈME PARTIE

CHASSÉ

Chers Américains
Mes chers compatriotes

Aujourd'hui, notre nation, notre mode même d'existence, a subi une attaque d'une très grave nature. Les victimes sont des hommes et des femmes de toutes classes sociales. Des travailleurs sociaux et des avocats, des banquiers et des artistes. Des pères, des mères. Des frères et des sœurs. Des centaines, et peut-être même des milliers de vies ont été brusquement enlevées de la façon la plus lâche que l'on puisse imaginer. Par des terroristes qui ont posé des bombes dans le cœur même de notre grande nation.

Les responsables sont des individus qui veulent semer la confusion dans notre mode de vie. En tuant des innocents, ils veulent nous intimider, nous effrayer, faire de nous des enfants tremblant sous leur couverture, terrifiés par des monstres.

Mais nous ne sommes pas une société d'enfants. Nous n'avons pas peur des monstres. Non, nous les cherchons, les affrontons et les terrassons.

Nos différentes agences de renseignement sont toutes persuadées que cette attaque a été perpétrée par des terroristes surdoués. Nos forces militaires et nos forces de sécurité sont les plus puissantes de toute l'histoire. Elles sont déjà à pied d'œuvre pour traquer les responsables. Ne vous méprenez pas : nous les trouverons et nous les traduirons en justice. Quiconque les aide, quiconque les cache, quiconque les soutient subira notre courroux.

Depuis l'apparition des Brillants, voici trente-deux ans, notre monde fait face à un défi inédit au niveau historique. Une petite minorité d'êtres humains possède désormais un avantage de taille. Comment des hommes et des femmes, de part et d'autre de ce fossé, peuvent-ils vivre ensemble, travailler ensemble, former une union solide et cohérente ?

Les réponses ne seront pas simples. La route sera ardue. Mais il existe des réponses. Des réponses qui refusent les bombes et les effusions de sang.

Ainsi ce soir, tandis que notre nation pleure ses morts, je vous demande à tous de faire preuve de tolérance, de patience et d'une grande humanité. Les Brillants, en tant que communauté, ne peuvent être tenus pour responsables des actes d'une frange violente et marginale. Tout comme ceux qui portent la haine dans leur cœur ne nous représentent pas tous.

Il a été dit que les partenariats les plus solides se forment dans l'adversité. Faisons face à cette adversité, non en tant que nation désunie, non en tant que normaux et anormaux, mais en tant qu'Américains.

Œuvrons ensemble à la construction d'un meilleur futur pour nos enfants.

Et n'oublions jamais la douleur de ce jour. Ne cédons jamais à ceux qui croient que le pouvoir politique sort du canon d'une arme, ni aux lâches qui tuent des enfants pour atteindre leur but.

Pour ceux-là, il n'y a – et il n'y aura – aucune pitié. Bonsoir, et Dieu bénisse l'Amérique.

Président Henry Walker,
depuis le bureau ovale, le soir du 12 mars.

13 mars 2013

(Chronique) L'AMÉRIQUE DIVISÉE, L'AMÉRIQUE EXPOSÉE

Depuis la fin de la guerre froide, l'Amérique est la seule superpuissance mondiale. Et pourtant, hier, nous avons appris que nous sommes vulnérables. Qu'aucun pouvoir, quelle que soit sa force, ne peut nous protéger d'un ennemi véritablement impitoyable, qui fait fi des règles de la guerre et s'en prend à des innocents.

Dans les jours et les semaines à venir, il y aura d'interminables débats cherchant à établir la ou les responsabilités. Alors que vous lisez ces lignes, nos agences de renseignement établissent la liste des suspects probables. Un nom est en tête de celle-ci : John Smith, l'activiste qui a basculé dans le terrorisme et qui utilise depuis longtemps la violence pour parvenir à ses fins.

Mais si l'attaque d'hier nous a montré quelque chose, c'est que le problème est plus complexe et plus dangereux que nous ne l'imaginions. Le problème réside dans le fait que nous sommes deux nations.

Les Brillants, et nous. Et une maison divisée ne peut pas tenir debout.

Les Brillants sont des êtres humains, ce sont nos enfants et nos amis. Et la plupart d'entre eux sont tout aussi horrifiés, tout aussi blessés que nous par cette attaque honteuse. Mais le fait est que leur existence constitue une menace pour la paix, pour la souveraineté, pour nos vies mêmes…

*

15 mars 2013

WALKER EXIGE LA CRÉATION D'UNE COMMISSION D'ENQUÊTE

WASHINGTON, DC – S'exprimant aujourd'hui devant le Congrès, le président Walker a exigé la création d'une commission bipartite pour enquêter sur l'explosion du 12 mars au Léon Walras Exchange.

« Le peuple américain a le droit de tout savoir sur les événements de ce jour, a déclaré Walker. Comment cette tragédie s'est-elle déroulée ? Nos agences de sécurité ont-elles échoué ? Sont-elles compromises ? »

La future commission devra avoir un mandat élargi, et enquêter non seulement sur les causes de l'explosion, mais également sur les actions des agences de renseignement qui ont précédé l'attaque, ainsi que sur la réaction de la police et des fédéraux après l'attaque.

L'explosion du 12 mars, qui a fait plus d'un millier de morts, semble être l'œuvre d'un groupe terroriste. Pour l'heure, personne n'a revendiqué l'attaque…

*

22 mars 2013

LE DEUIL CÈDE LA PLACE À LA COLÈRE

DALLAS, TX – Dix jours après l'attentat du Léon Walras Exchange, le choc éprouvé par de nombreux Américains se transforme en rage et en désir de vengeance.

« Nous savons tous qui a fait cela, dit Daryl Jenkins, 63 ans, conducteur de camion et ancien quartier-maître de la Navy. On a été beaucoup trop généreux avec eux, et les anormaux nous ont remerciés avec du sang. Je dis qu'il est temps que nous leur montrions ce que ça signifie, saigner. »

De nombreuses personnes partagent le sentiment de M. Jenkins. Dans cette période d'angoisse nationale, beaucoup d'Américains ont soif d'action. Des dons du sang aux incorporations dans l'armée, l'attaque a stimulé le pays d'une façon que l'on n'avait pas vue depuis Pearl Harbour…

*

22 avril 2013

PRÉSENTATION DU PROJET DE LOI POUR IMPLANTER UNE MICROPUCE AUX ANORMAUX

WASHINGTON, DC – Le sénateur Richard Lathrup (républicain, Arkansas) a aujourd'hui officiellement présenté un projet de loi (S.2038) pour implanter une micropuce de localisation à chaque citoyen américain surdoué.

« L'Initiative Surveillance et Contrôle est la solution simple et sensée à un problème complexe, affirme Lathrup. D'un seul coup, nous pouvons réduire de façon spectaculaire le risque d'un nouveau 12 mars. »

Le dispositif de localisation serait implanté dans le cou, contre l'artère carotide. Alimenté bioélectriquement, il permettrait aux agences gouvernementales de déterminer la position exacte de chaque individu implanté.

Le projet de loi a de nombreux opposants, dont

le sénateur Blake Crouch (démocrate, Colorado), qui est devenu l'an passé le premier Brillant membre du Sénat américain. « Comme toute l'Amérique, je déplore la tragédie du 12 mars. Mais nous ne pouvons pas nous permettre de nous engager dans cette voie. Quelle différence entre la micropuce d'aujourd'hui et l'étoile jaune que les juifs étaient obligés de porter avant l'Holocauste ? »

L'argument est réfuté par les défenseurs du projet de loi. « Oui, cela peut sembler excessif, dit Lathrup, mais tout ce que nous voulons, ce sont des informations pour nous protéger. Ces dispositifs ne constituent aucunement une menace pour les Brillants. Peuvent-ils en dire autant en ce qui nous concerne ? »

*

5 juillet 2013

UNE MANIFESTATION TOURNE
À L'AFFRONTEMENT : 1 MORT, 14 BLESSÉS

ANN ARBOR, MI – C'était censé être une manifestation pacifique. Une marche d'étudiants, organisée le 4 juillet.

Elle a tourné au bain de sang.

Organisée par All Together Now, un groupe d'étudiants de l'Université du Michigan soutenant l'égalité des droits pour les anormaux, la marche a ressemblé plusieurs centaines d'étudiants venus protester contre l'Initiative Surveillance et Contrôle. La plupart arboraient des étoiles jaunes, comme celles que les juifs étaient obligés de porter dans l'Allemagne nazie.

« Tout a très bien commencé, dit Jenny Denver, l'une des organisatrices de la marche. Mais quand nous sommes arrivés dans Main Avenue, ils sont sortis de nulle part. »

Selon des témoins, plusieurs dizaines de personnes portant des passe-montagnes et brandissant des battes de base-ball ont attaqué les manifestants et se sont mis à les frapper avec une grande brutalité.

Weaver affirme qu'elle et le coorganisateur, Ronald Moore, étaient spécifiquement visés. Elle dit que même une fois au sol, ils ont continué à la frapper.

« L'un d'eux a dit : "Mon frère était à New York." Puis j'ai reçu un coup de botte. C'est la dernière chose dont je me souviens. »

Ronald Moore est mort des suites de ses blessures avant même l'arrivée des ambulances. Weaver a été emmenée à l'hôpital, où elle a passé onze heures dans le bloc opératoire des urgences. Elle a des chances de survivre, même si ses blessures sont…

*

8 août 2013

ADOPTION DU PROJET DE LOI CONCERNANT LES MICROPUCES

WASHINGTON, DC – Aujourd'hui, le Sénat a adopté l'Initiative Surveillance et Contrôle 73-27. Le projet de loi sera examiné à la Chambre des représentants, où un vote aura lieu d'ici un mois.

« Aujourd'hui est un grand jour pour la liberté, a commenté le sénateur Richard Lathrup (républicain, Arkansas). C'est le premier pas vers la protection de notre mode de vie. »

Le projet de loi controversé rend obligatoire pour tous les individus surdoués l'implantation d'une puce informatique microscopique agissant comme un dispositif de localisation qui permet aux agences gouvernementales de surveiller leurs déplacements.

Alors que la légalité de cette mesure fait toujours l'objet de débats passionnés, le projet de loi a trouvé un soutien de poids qui dépasse les clivages politiques…

*

13 août 2013

CNN.com

UN GROUPE TERRORISTE PIRATE DES SITES ET MET EN GARDE CONTRE DES ATTAQUES

NEW YORK, NY – Ce matin, plus d'une dizaine de sites Internet parmi les plus fréquentés ont été piratés, dont des réseaux sociaux, des encyclopédies en ligne, des sites de vente en ligne, ainsi que notre propre site d'information.

Les pirates ont remplacé le code existant par ce qui semble être un message d'un groupe de terroristes anormaux :

Tout ce que nous voulons, c'est l'égalité. Nous voulons la paix.

Mais nous ne resterons pas assis sans rien faire pendant que vous construisez des camps de concentration.

Considérez cela comme un avertissement.

Tenez-vous-le pour dit.

Appelé à commenter l'origine de ces messages, un porte-parole du Département Analyse et Réaction a dit…

Chapitre 16

Début septembre, six mois après l'explosion du Léon Walras Exchange qui avait fait 1 143 victimes, une Jaguar XRK circulait dans les rues abandonnées du quartier des entrepôts de Chicago.

La chaussée était craquelée par le passage des camions et le cycle implacable des hivers. La voiture de sport avait été surbaissée et munie d'un système de suspension qui rendait au maximum les sensations du revêtement. Chaque défaut de l'asphalte vibrait jusque dans la mâchoire du conducteur. Il roulait lentement, évitant les nids-de-poule les plus profonds. Une pluie hésitante tombait sur le pare-brise, trop importante pour ne pas mettre en route les essuie-glaces, mais trop faible pour les empêcher de crisser contre le verre.

Il dépassa plusieurs immeubles de briques ternes retranchés derrière des clôtures rouillées. Au nord des entrepôts, quelques bâtiments avaient été transformés en gigantesques temples de la fête, le genre d'endroits faussement branchés fréquentés par des clubbers arrogants. Ici, toutefois, les immeubles avaient principalement gardé leur fonction de départ. Principalement.

Il roula sur les rails d'une voie de chemin de fer depuis longtemps abandonnée, passa devant une benne à ordures couverte de graffitis, arriva devant un immeuble de deux étages en briques orange pâle, sur le toit duquel se dressait un réservoir d'eau. Le grillage était surmonté de barbelés et une caméra de sécurité était braquée vers l'entrée. Au bout d'un moment, le portail s'ouvrit. Il engagea la Jaguar et se gara à côté d'une Lincoln Town Car rutilante aux vitres teintées.

Le gravier crissait sous ses chaussures, l'air sentait la pluie et les ordures, et il devinait également une pointe d'humidité boueuse en provenance de la rivière. Dans le coffre, il prit un porte-documents noir et laissa son pistolet à sa place.

Il entendit un grincement métallique plaintif derrière lui, celui d'une porte que l'on ouvrait. Un type en survêtement le regardait, impassible.

À l'intérieur, l'entrepôt était un espace grand ouvert, froid, à la finition inachevée. La lumière qui filtrait depuis les hautes fenêtres ne faisait que renforcer les ombres. Des piles de caisses occupaient environ la moitié de l'espace. Une Corvette cerise était garée près des portes. En dessous, une paire de jambes dépassait, un pied battait la mesure d'un classique rock qui passait à la radio.

Le type en survêtement dit : « Il faut que je te fouille.

— Non, répondit-il en souriant. Tu ne me fouilleras pas. »

C'était l'un des gros bras de Zane. Pas un type très important, mais un type qui n'avait pas l'habitude d'être contredit. « Je sais que tu es le nouveau chouchou du boss, mais…

— Écoute-moi bien, dit-il, toujours en souriant. Tu essaies de me fouiller, je te casse le bras. »

L'homme fronça les sourcils. « Tu déconnes ?

— Non. »

Le type en survêtement recula d'un pas, prit appui sur sa jambe gauche.

« Joey. » Le mécano sortit de sous la voiture. Une tache de graisse maculait sa joue gauche. « Il est OK. En plus, il ne déconne pas au sujet de ton bras.

— Mais…

— Emmène-le voir Zane. »

Joey hésita un moment, puis se tourna et dit : « Par ici. »

« Par ici » s'avéra être le fond de l'entrepôt, où un escalier métallique montait jusqu'à un loft. Joey se déplaçait avec lourdeur, grognant comme si chaque pas était une tâche à accomplir. Un couloir menait jusqu'à une porte. Joey frappa. « Monsieur Zane ? Il est ici. »

C'était un ancien bureau de contremaître dont les fenêtres donnaient non pas sur le monde extérieur, mais sur l'intérieur et l'espace de l'entrepôt. Depuis, il avait été nettoyé et décoré. Deux sofas étaient disposés sur un luxueux tapis oriental. L'éclairage était sobre et distingué. Une 3D était branchée sur CNN, le son coupé.

Robert Zane venait de la rue, et ni son pull-over Lucy Veronica en cachemire ni sa coupe de cheveux à deux cents dollars n'y changeraient rien. Il irradiait de lui une indicible sensation de danger. Dans son regard et dans son attitude, il y avait toujours quelque chose qui rappelait l'époque où il avait été le redoutable Bobby Z. « Monsieur Eliot.

— Monsieur Zane.

— Un verre ?

— Avec plaisir. »

Joey ferma la porte derrière eux tandis que Zane s'approchait du bar. « Scotch, ça vous va ?

— Très bien. » Le tapis était épais sous ses chaussures. Il posa le porte-documents à plat sur la table, puis s'assit. Le canapé était trop mou. Il se pencha en arrière, les mains sur les genoux.

« Vous savez, je n'étais pas sûr que vous étiez sérieux. Qu'est-ce que vous proposez ? Personne ne peut se procurer ce genre de nouvelle technologie. » Zane prit des glaçons dans un mini-réfrigérateur et les mit dans des verres, avant d'y verser cinq centimètres de scotch. Ses déplacements étaient légers et équilibrés. Une posture de combattant. Il lui tendit un verre et s'assit sur le canapé en face, les jambes croisées mais les bras écartés, montrant tous les signes d'un homme détendu. « Mais vous voilà. Je devine que je n'aurais pas dû en douter, hein ?

— Le doute a du bon. Il vous rend prudent.

— Tout à fait ! » Zane leva le verre pour trinquer. Sur la 3D, un reporter était debout devant la Maison-Blanche. L'incrustation en bas affichait : LE PROJET DE LOI POUR MICROPUCER LES BRILLANTS ADOPTÉ PAR LA CHAMBRE 301-135 – ON ATTEND LA SIGNATURE DU PRÉSIDENT WALKER. Dans l'air froid, le souffle du reporter formait une condensation qui ondulait vers eux et formait des artefacts lorsqu'elle atteignait les limites du champ de projection. « Alors.

— Alors. »

Zane désigna le porte-documents. « Vous permettez ?

— C'est votre dossier. »

L'homme sourit, se pencha en avant, fit jouer les systèmes de fermeture. Elles émirent un son clair en s'ouvrant. Zane haussa les sourcils. Pendant un instant, il se contenta d'observer. Puis il souffla et secoua la tête. « Bon sang. Piller un labo du DAR. Excusez mon langage, mais vous êtes un putain de cinglé.

— Merci.

— Comment vous avez fait ? »

Eliot s'éclaircit la gorge.

« Eh bien, évidemment, secret professionnel. Je vais le formuler autrement. Ça vous pose un problème ? »

... une langue de feu fracassant le verre, pluie de tessons étincelants, hurlements de sirènes étouffés par la déflagration d'une autre explosion, le réservoir d'essence du camion va...

« Rien qui vous concerne.

— Bon sang, répéta Zane. J'ignore d'où vous venez, mais je suis sacrément content que vous soyez là. Ils peuvent dire ce qu'ils veulent au sujet des gens comme vous, vous avez fait le boulot, rien à dire. » Il referma doucement le porte-documents. « Je vais faire transférer l'argent. Pareil que la dernière fois. C'est OK ?

— À moins que vous ne préfériez le garder ? »

Zane était sur le point de boire une gorgée de scotch, mais ces mots le prirent au dépourvu. Dans l'univers de la criminalité, les affaires étaient une danse aussi réglée qu'une valse. Chacun en connaissait les pas et toute improvisation était un signal d'alarme. Lentement, Zane posa son verre sur la table. « Qu'est-ce que ça veut dire ?

— Ça veut dire que je vous le donne, dit-il en désignant le porte-documents, et que vous gardez l'argent.

— Et vous obtenez ?

— Une faveur. » Tom Eliot se pencha en avant, les coudes sur les genoux. « Mon nom n'est pas Tom Eliot. C'est Nick Cooper.

— D'accord.

— Ce que je m'apprête à vous dire... » Il fit une pause, soupira. « La confiance n'a pas grand-chose à voir avec nos affaires, mais je pense que je peux vous faire confiance, et j'ai besoin de votre aide. Vous savez que je suis un anormal ?

— Bien sûr.

— Ce que vous ignorez, c'est que je travaillais pour le DAR.

— Voilà pourquoi vous avez pu voler leur labo.

— En fait, non. Je n'y étais jamais allé auparavant. Les labos sont situés dans la partie Analyse. J'étais dans la partie Réaction. Services Équitables. »

Zane réussit presque à contrôler sa réaction.

« Ouais. Officiellement, nous n'existons pas. Sauf, évidemment, que nous existons. Ou plutôt qu'ils existent. J'ai démissionné après… Bon, être surdoué dans une agence qui pourchasse mes semblables, ça a causé quelques frictions. Les détails n'ont aucun intérêt. Ce qui compte, c'est qu'une fois parti, je suis devenu un salaud, pour eux.

— Je sais ce que c'est que d'être un salaud, dit Zane en souriant.

— C'est pour ça que je crois pouvoir vous faire confiance. Ils m'ont désigné comme cible. Ils essaient de me tuer. Et tôt ou tard, ils y parviendront.

— Et qu'est-ce que vous attendez de moi ? Que j'attaque… le DAR ?

— Bien sûr que non. Je veux que vous m'aidiez à devenir quelqu'un d'autre. »

Zane prit son verre. But une gorgée. « Pourquoi ne pas aller dans le Wyoming ?

— Et vivre avec les autres animaux du zoo ? » Il secoua la tête. « Non, merci. Je n'aime pas les cages. Et personne ne m'implantera un dispositif de surveillance dans la gorge. Jamais. Donc, j'ai besoin d'un nouveau nom. Un nouveau visage. Et les documents qui vont avec.

— Vous m'en demandez beaucoup.

— Ces semi-conducteurs. » Il désigna le porte-documents. « C'est de la nouvelle technologie vierge. Personne, *personne* en dehors du DAR n'a jamais rien vu de tel. Si vous jouez correctement vos cartes, avec ça, vous pouvez faire fortune. Et elles ne vous coûteront pas un centime. Vous êtes l'un des plus grands trafiquants du Midwest. Et vous allez me dire que dans la famille, il n'y a pas un pirate et un chirurgien ? »

La 3D diffusa une vidéo de l'explosion de l'Exchange, la même séquence d'images qu'il avait vue en mars. Ils l'avaient diffusée sans relâche au cours des premiers mois, suivie par des extraits du discours du président Walker, surtout le passage où il disait : « Pour ceux-là, il n'y a – et il n'y aura – aucune pitié. » Puis, lorsqu'il devint évident que John Smith n'allait pas être pris dans l'immédiat, la fréquence de diffusion avait diminué. Mais elle passait à chaque fois que quelqu'un tenait des propos négatifs sur les anormaux. C'est-à-dire toutes les heures.

« Oui, j'ai les ressources nécessaires. Mais imaginons que je le fasse. Et ensuite ?

— Je vous l'ai dit. Ça, c'est gratuit.

— Je pourrais tout simplement vous tuer.

— Vous en êtes sûr ? » dit Cooper en souriant.

Zane rit. « T'as des couilles, mec. J'aime ça.

— Affaire conclue ?

— Laisse-moi y réfléchir.

— Vous savez où me joindre. En attendant, gardez l'argent et les semi-conducteurs. Prenez ça comme un geste de bonne volonté. » Cooper se leva. « Merci pour le verre. »

Chapitre 17

La pluie avait diminué et à l'ouest, à en croire le gris légèrement plus clair du ciel, on aurait dit que le soleil pourrait même essayer de briller. Cooper récupéra son arme dans le coffre, puis conduisit la Jaguar hors des rues cabossées du quartier des entrepôts avant de se fondre dans le trafic. La voiture était une merveille, même si elle ne possédait pas le grondement de puissance de la Charger.

Ça avait été un plan risqué, avec Zane. Heureusement, ce type était bien le salopard que Cooper avait imaginé.

Il prit vers le sud, en direction du centre. Au loin, le sommet des immeubles était à moitié perdu dans les nuages. Il passa devant quelques boutiques, un concessionnaire de voitures.

Streeterville était un quartier où les loyers étaient élevés, le genre d'endroit où, auparavant, il n'aurait jamais imaginé résider. Ce n'était que boutiques de mode et salons de beauté, frime criarde et femmes hors de prix. Il descendit Delaware et s'arrêta devant le somptueux Continental Hotel. Un type grand et pâle en veste noire ouvrit sa portière. « Content de vous revoir, Monsieur Eliot.

— Merci, Mitch. » Il sortit de la voiture et se dirigea à grandes enjambées vers l'hôtel.

Le hall était la définition même de l'opulence moderne, tout en lignes pures et meubles luxueux. Un immense luminaire en papier luisait au plafond. Cooper marcha sans se presser jusqu'à l'ascenseur et présenta sa carte magnétique. La cabine se referma et se mit en mouvement sans qu'il ait besoin d'appuyer sur un bouton.

« Quarante-sixième étage. Suites affaires », susurra la voix enregistrée. Il la voyait grande, avec des cheveux blonds, lisses et brillants, une jupe qui dévoilait un peu de cuisse et beaucoup d'ombres.

Cooper entra dans sa suite et enleva la veste de son costume. Il était gris, italien, et coûtait plus cher que toute la garde-robe qu'il possédait auparavant. Le personnel avait fait la chambre et tiré les rideaux. Dehors, au loin, les vagues du lac Michigan s'écrasaient en silence contre le rivage. Le ciel prenait lentement une couleur ambrée. Il appela pour commander du saumon fumé et une bouteille de gin.

Dans la salle de bains, il s'aspergea le visage d'eau froide et s'essuya avec une épaisse serviette. Se regarda dans le miroir. Son visage familier le regarda en retour, comme il le faisait toujours. Seul le cadre changeait. Il se souvint du premier appartement que Natalie et lui avaient partagé, un truc sombre et étroit au-dessus d'un restaurant chinois. C'était au tout début, avant que le temps et son don ne viennent changer les choses. Todd avait été conçu dans cet appartement, sur un canapé qui sentait le pâté impérial. C'est là qu'ils avaient passé leur premier Noël ensemble, et Cooper se souvenait encore de Todd, assis au milieu du tas de papiers cadeaux, un macaron et un ruban de bolduc collés sur la tête. Il se souvenait de…

Non. Ne te souviens pas.

De retour dans la chambre, il posa son d-pad sur le bureau et rangea son pistolet dans le tiroir. Le fauteuil était là où il l'avait laissé, installé face à la baie vitrée, devant le panorama saisissant du lac et de la ligne d'horizon. Il s'assit et soupira.

« Home sweet home », dit-il.

Six mois plus tôt, lorsqu'il avait frappé à la porte de Drew Peters avec une stratégie précise et de la détermination à revendre, son principal souci avait été de convaincre le boss. Il savait qu'il y aurait un prix à payer, et il l'acceptait. Mais ce fut seulement une fois que tout s'était mis en route qu'il avait ressenti cette impression de creux à l'estomac qui signifiait : *Et maintenant ?*

Ce n'était pas comme s'il pouvait simplement envoyer un e-mail à John Smith pour lui annoncer qu'il désirait changer de camp. Toute tentative de le joindre directement aurait été perçue comme le piège que c'était. Au lieu de cela, Cooper devait jouer le jeu. Imaginer ce qu'il ferait si tout cela était réel. S'il n'était pas le type bien qui croyait que le système, malgré tous ses défauts, représentait le seul moyen de survivre et la seule voie vers un futur meilleur. S'il avait réellement été chassé du département, s'ils lui avaient imputé la responsabilité de l'explosion, l'avaient trahi et le pourchassaient, que ferait-il ?

Et c'est ainsi qu'avait commencé sa vie de criminel, étonnamment lucrative.

On frappa à la porte. Il fit entrer le serveur et lui demanda de poser le plateau sur la table près de la baie vitrée, signa le reçu et lui donna un pourboire sans s'occuper des montants. Le saumon était parfait, sa douceur fumée était contrebalancée par la salinité des câpres et la vivacité du citron frais. Il le fit descendre avec du gin glacé, tout en regardant le ciel changer lentement de couleur.

Il avait été prudent. Il avait planifié ses déplacements avec rigueur. Après tout, il n'avait rien d'autre à faire. Aucune famille avec laquelle partager sa vie. Pas de chef pour lui compliquer le travail. Pas d'amis qui avaient besoin de lui. Une fois, il avait essayé de coucher avec une femme qu'il avait rencontrée dans le bar de l'hôtel. Elle était rédactrice en chef d'un magazine, intelligente, chic et très sexy, mais aucun des deux n'avait le cœur à ça et la chose s'était essoufflée d'elle-même.

Cela avait été une surprise – et oui, d'accord, également un plaisir – de s'apercevoir à quel point il était doué pour faire le méchant. Les mêmes dons qui lui permettaient d'être le meilleur agent des Services Équitables faisaient de lui un criminel exceptionnel et influent. Au cours des six derniers mois, il avait progressé à toute allure dans le monde souterrain de la pègre.

Il avait connu quelques sensations fortes dans le milieu du crime, mais son ancienne agence était bien plus dangereuse que ses nouveaux amis. Comme ils l'avaient convenu, Drew Peters avait fait peser la responsabilité de l'explosion sur les épaules de Cooper. Il était désormais l'une des cibles prioritaires des Services Équitables. Par trois fois, ils l'avaient traqué – à Dallas, Los Angeles et Detroit.

À Detroit, ça avait senti le roussi. Il avait presque dû tuer un agent.

Rester dans les grandes villes était dangereux, mais il devait se maintenir dans la ligne de mire. Disparaître complètement l'aurait préservé du DAR, mais ne l'aurait pas rapproché d'un pouce de Smith.

Six mois de cache-cache, à bâtir sa réputation et sa richesse. Six mois de prudence et de patience de tous les instants. Six mois durant lesquels ses enfants avaient grandi sans lui, durant lesquels Natalie s'était occupée de Dieu sait quoi, durant lesquels ses anciens collègues l'avaient pisté. Six mois sans jamais faire le premier pas en direction de John Smith.

Jusqu'à aujourd'hui. Il ne pouvait espérer qu'une chose : que l'offre qu'il venait de faire à Zane serait suffisamment tentante.

Il termina le saumon et se lécha les doigts. Les nuages s'étaient dissipés et le monde était illuminé des lumières colorées de Pâques. L'heure magique. Le double vitrage arrêtait tout bruit, transformant le monde en pantomime, un spectacle éblouissant qu'il était le seul à voir. Il avait découvert l'attrait exercé par la richesse : un murmure rauque à l'oreille qui vous disait que vous étiez unique et que tout – ce vin, cette femme, ce monde – était là pour vous. Que d'une certaine façon, tout cela existait uniquement pour que vous puissiez en profiter. Il aimait cela. Beaucoup. C'était comme faire partie de l'aristocratie, le 1 % de personnes qui possédaient suffisamment d'argent pour faire tout ce qu'elles voulaient.

Il abandonnerait tout cela dans la seconde pour être à nouveau dans le jardin de la maison de Natalie, en train de faire tourner ses enfants autour de lui dans un tourbillon de joie.

Le téléphone sonna. Il fit basculer le fauteuil sur

deux pieds et tendit le bras. Le laissa sonner le temps d'identifier le numéro.

Zane.

Cooper sourit.

Chapitre 18

Ce qui était amusant avec le quartier des affaires de Chicago, c'était qu'il était régulé par une vanne.

La plus grande partie de la journée, le débit était constant. Touristes, clients, etc. La nuit, la vanne était réduite à un simple goutte-à-goutte. Mais à certains moments, elle était grande ouverte, et les rues comme les trottoirs se transformaient en torrents humains. Le premier d'entre eux, c'était le trajet quotidien du matin. Le troisième, c'était la ruée du soir vers les trains de banlieue.

Cooper était assis près de la fenêtre d'un vendeur de falafels en attendant le deuxième de ces torrents. Derrière les vitres sales, les voitures roulaient lentement vers le sud. L'impression de gouffre de béton était encore plus claustrophobe ici, sur Wells[1], où les rails du L[2] découpaient le ciel en fines tranches. Il consulta sa montre. Presque…

L'heure du déjeuner.

Les trottoirs furent soudain grouillants de monde, de gens qui se pressaient et se bousculaient. Cooper prit

1. Wells Street, rue principale du centre de Chicago.

2. Ou encore EL, métro de Chicago, principalement aérien.

son sachet en plastique et se joignit à eux. Comme toujours, la foule le mettait mal à l'aise. Trop de stimuli, trop d'intentions décryptées.

La journée était claire et froide. Il tendit le cou en arrière et ne vit rien d'autre que les immeubles de bureaux qui s'élevaient vers le ciel bleu pâle. Un demibloc au nord, il gravit les escaliers du L en suivant le rythme de la foule composée de jeunes hommes d'affaires qui parlaient et riaient. Sa chaussure droite était serrée et le gênait, mais son corps était souple et fort, il vibrait par anticipation de l'adrénaline à venir. Cooper s'identifia avec sa carte et passa le tourniquet. Un portique ombrageait le quai. Il jeta le sac en plastique vers la poubelle et la rata. Le sac atterrit au pied du cylindre de métal. Il le laissa là et s'assit sur le troisième banc. Le portique cachait le ciel.

Dans cinq minutes, le pirate de Zane serait là, ou non. Il pariait sur non.

Une rame entama le virage en faisant un bruit impossible. Cela faisait des années que l'on parlait de modifier les rails et de mettre en service un métro à sustentation magnétique, plus rapide et plus discret, mais l'argent nécessaire n'avait jamais été inscrit au budget de la ville. Cooper en était content. Il aimait le L tel qu'il était. Vision passéiste, sans doute, mais les vibrations et les cliquetis le rendaient heureux. Il écarta les bras, posa les coudes sur le dossier du banc et croisa les jambes.

Lorsque la Brown Line stoppa, le quai fut envahi d'une masse mouvante. Les gens se bousculaient pour sortir des rames pendant que d'autres se battaient pour y entrer. Conversations, appels téléphoniques, musique. Des pardons et des jurons. Un homme se frappait tout en marchant, totalement inconscient de ce qu'il faisait. La vague humaine se comprima davantage lorsque retentit le signal sonore et que les haut-parleurs annoncèrent la fermeture des portes. La marée s'en alla avec les rames, laissant le quai soudain vide.

À l'exception d'une très, très jolie jeune femme qui n'était pas là un instant plus tôt.

Cooper cligna des paupières, observa. Les paumes de ses mains étaient moites et sa nuque vibrait.

La Fille Qui Passe À Travers Les Murs portait des bottes qui montaient jusqu'à l'ourlet de sa jupe, un chemisier ajusté, une veste décontractée dont les manches étaient assez larges pour dissimuler le pistolet à canon court qu'elle pointait maintenant droit sur sa poitrine.

« Debout », dit-elle.

Cooper la…

Elle ne fait pas partie du plan. Elle est une surprise dans une journée qui ne doit pas contenir la moindre marge d'erreur. Dans environ soixante secondes, tout va exploser.

Pourquoi est-elle ici ? Pourquoi maintenant ? Il est impossible qu'elle travaille avec Zane.

Il doit y avoir des fuites au sein du département. John Smith a des informateurs.

Et comment diable fait-elle ça, *pour commencer ?*

… regarda et prit soudain conscience qu'il avait la bouche ouverte. Il la ferma. Était-ce cela que les gens ressentaient quand il se servait de son don ? Sa capacité à se mouvoir sans être vue était troublante. Il aurait juré qu'il était en train de regarder à cet endroit précis… et qu'elle n'y était pas. « C'est comme ça que vous êtes sortie de l'Exchange, n'est-ce pas ?

— Debout. Je ne le répéterai pas. »

Il lut ses intentions dans la ligne de ses épaules, le dessin de sa bouche, la furie de ses yeux, et il se leva. Lentement. « Je ne travaille plus pour le DAR, dit-il. Me descendre n'apportera rien à votre patron.

— Je ne suis pas là pour ça. Je suis là pour Brandon Vargas. »

Elle put lire la stupéfaction sur son visage. Ses lèvres se crispèrent. « Bien sûr. Vous ne vous souvenez pas. Pour vous, il n'était qu'un numéro de plus. Avancez. » Elle fit signe avec la tête, pas avec l'arme. Une pro.

Cooper jeta un œil dans la direction qu'elle indiquait. La sortie la plus proche. Elle avait l'intention de lui faire quitter le quai avant de le descendre. En temps normal, il s'en serait réjoui, car chaque seconde aurait représenté une chance de renverser la situation. Mais pas aujourd'hui.

Aujourd'hui, s'éloigner du portique équivalait à la peine de mort.

« Écoutez-moi, dit-il. Il y a quelque chose que vous devez savoir.

— Avancez ou je vous descends ici même.

— Je ne crois pas. En fait, vous n'êtes pas invisible. Vous savez vous placer là où les gens ne regardent pas, mais je parie qu'une fois qu'ils vous voient, vous êtes aussi baisée que n'importe qui en train de tirer avec un pistolet sur un quai du L.

— Je vais peut-être prendre le risque.

— Pour Brandon Vargas ?

— Ne prononcez pas son nom. Il avait une vie de pourri à cause de types comme vous. Des types comme vous l'ont mis dans une académie. Des types comme vous ont fait de lui un esclave. Et lorsqu'il a refusé de travailler pour le gouvernement après avoir obtenu son diplôme, *vous* l'avez tué. Vous êtes la clé du système,

Cooper. C'est votre job de supprimer des êtres humains. Et vous ne vous souvenez même pas d'eux.

— J'ai descendu Brandon Vargas il y a treize mois, dit-il calmement, derrière un bar de bikers à Reno. Nous avons discuté d'abord. Il fumait une cigarette, une Dunhill Rouge. Puis il a tenté sa chance. Imprudemment. Pour vous dire la vérité, je ne crois pas qu'il ait essayé de s'enfuir. Je crois qu'il voulait que ça s'arrête. Il voulait que je mette fin à tout ça. »

Toute une variété d'émotions déferla sur son visage. Le détail de la cigarette avait été décisif. Est-ce que Brandon était son ami, un membre de sa famille, son amant ? Dans le premier cas, il pouvait parvenir à la calmer. Mais dans les deux autres…

« Je me rappelle chacune des personnes que j'ai tuées, dit Cooper. Je ne poursuivais pas Brandon parce qu'il refusait d'intégrer le DAR. Je le poursuivais parce qu'il s'est mis à attaquer des banques et à tuer des gens. Dans la dernière d'entre elles, les victimes furent une femme et sa fille de deux ans. La fillette était dans une poussette. C'était un accident, mais toujours est-il qu'elle est morte. » Il perçut du mouvement dans sa vision périphérique. Des gens arrivaient sur le quai. Il voulut désespérément jeter un œil, mais n'osa pas. « Oui, son enfance était naze. Mais je ne pense pas que cela lui octroie un permis pour tuer des gosses de deux ans. Vous ne croyez pas ? »

Ses yeux étaient déjà grands, mais son mascara les rendait immenses. Il les fixa, essaya de lire ses pensées et son prochain mouvement, lire si elle allait appuyer sur la gâchette uniquement parce que c'était le plan qui avait été conçu. Il sentait les secondes passer, le mouvement périphérique se rapprocher, et n'y tenant plus, il se tourna et regarda en direction des pas qui arrivaient.

Exactement ce qu'il avait espéré. *Zane, merci d'être la raclure de traître pour laquelle je t'ai pris.*

Il se retourna vers la Fille Qui Passe À Travers Les Murs. Elle était debout sur le quai, du côté du métro. Le pilier du portique la cachait dans une direction, mais pas dans l'autre. « Écoutez-moi, dit-il. Faites exactement deux pas et tournez-vous vers l'est. Faites-le maintenant, ou ils vous tueront.

— Qui ?

— *Faites-le maintenant.* » Elle s'exécuterait, ou pas. De toute façon, il devait se concentrer. Il se tourna.

Déferlant des deux entrées à l'est, des hommes et des femmes aux coiffures impeccables, aux chaussures soignées, à la poitrine bombée par leur gilet pare-balles. Ils portaient des fusils, des PM[1] et des pistolets, les tenaient comme il fallait, le canon pointé en bas et vers la droite, la sécurité ôtée mais l'index le long du pontet. Trois dans les escaliers les plus éloignés, cinq dans les plus proches. Des agents des Services Équitables. Ses anciens collègues. Il devait y en avoir des dizaines, des vingtaines alentour, surveillant chaque immeuble. Et pour enfoncer le clou, Roger Dickinson et Bobby Quinn étaient parmi eux.

Ah. Bien.

Ils hurlaient, lui disaient de ne pas bouger, technique de contrainte standard, désorienter et submerger. Ils brandirent leurs armes. Les quelques civils restés sur le quai s'étaient transformés en statues de pierre. Lentement, les paumes levées pour indiquer qu'il ne représentait aucune menace, il leva les mains. Montra qu'il

1. Pistolets-mitrailleurs.

obtempérait. Ils se déployèrent en éventail tactique précis, chaque agent disposant d'une ligne de tir dégagée. Huit canons étaient fixés sur sa poitrine. Aucun ne pointait vers sa tête, pas de tir à mille points. S'il s'avisait de bouger un seul doigt, ils feraient exploser son torse à travers le quai. Il le lisait dans la blancheur des index crispés sur les gâchettes, dans les regards imperturbables rivés derrière la mire des pistolets-mitrailleurs, dans les muscles des épaules contractés et les narines dilatées. Les lèvres de Roger Dickinson étaient tordues de rage au point de ressembler à un sourire. Ils voulaient tirer. Ils le haïssaient, et ils le craignaient.

Tous, sauf Quinn. Quinn n'était pas sûr de lui. Cooper riva ses yeux dans ceux de son ami et partenaire. Laissa les bruits déferler autour de lui, leurs cris et leurs hurlements et le grondement d'une rame en approche, tout se figea, comme le murmure d'une rivière, se désynchronisa par rapport aux mouvements de leurs lèvres.

Et il se servit de son orteil pour actionner la télécommande qu'il avait coincée à l'extrémité de sa chaussure. Les grenades aveuglantes contenues dans le sac en plastique transformèrent le quai en une explosion flamboyante.

Même en étant tourné vers l'est, dos aux grenades, l'éclat aveuglant troubla sa vision. Tous les agents, déployés en parfait arc de cercle comme le stipulait le manuel, avaient regardé droit dans les huit millions de candelas[1] de l'éclat lumineux chauffé à blanc. Ils recu-

1. Unité de base de mesure de l'intensité lumineuse. Une candela (cd) équivaut approximativement à l'émission lumineuse d'une bougie standard.

lèrent en chancelant, portèrent leurs mains à leurs yeux, laissèrent tomber leurs armes.

Dix secondes.

Cooper se tourna, vit la fille qui se tenait debout à côté de lui, face à l'est. Elle se mit à marcher, mais il la saisit par le poignet. « Non ! » Il hurlait, mais pouvait à peine entendre sa propre voix. « Snipers ! » Il la lâcha, pivota vers l'ouest et se mit à courir.

Huit secondes.

Il y avait encore trente mètres de quai. Des bancs et des poubelles. Il se lança à fond dans la course, espérant qu'elle puisse suivre. Les prémices de la prochaine étape étaient en train de prendre forme dans son esprit, et elle en était au cœur. Pas le temps. Il atteignit la fin de la partie couverte du quai.

Il ne se passait rien.

Cinq secondes.

Quelque chose de chaud et de furieux lui brûla le bras, et une gerbe d'étincelles explosa contre une poubelle métallique, devant lui. Il se décala brusquement sur la gauche. Un morceau de béton explosa. Il feinta à droite et se déporta à nouveau sur la gauche. Il dépassa un jeune type branché qui s'écroula avant de saisir à pleines mains sa jambe qui paraissait avoir explosé de l'intérieur. Cooper n'entendait pas la moindre détonation, et il s'y était attendu. À cause des grenades, bien sûr, mais aussi parce que les snipers – au moins trois – devaient être positionnés dans les étages supérieurs d'immeubles situés à des centaines de mètres.

Deux secondes.

Il atteignit l'extrémité du quai à bout de souffle, prit appui sur son pied droit sans ralentir, se détendit et s'élança, posa le pied gauche sur le garde-fou et se propulsa dans le vide, les bras tournoyant. L'air lui fouettait le visage, son cœur battait la chamade.

En dessous de lui, la rue. Le béton impitoyable et le vrombissement des voitures. L'air et le vide. Il eut juste le temps de se demander s'il allait y arriver, et il heurta l'escalier de secours de l'immeuble d'en face. Ce ne fut pas un atterrissage gracieux. Il s'écrasa les côtes contre la rambarde et en eut le souffle coupé. Il se redressa. Se tourna pour voir si…

… elle atterrit comme un chat, plia les genoux jusqu'à s'accroupir, amortit le choc à l'aide de ses mains et se releva.

Bon sang.

Cooper se dispensa de commentaires. Ils n'avaient pas le temps. Une grenade aveuglante propulsait suffisamment de photons pour activer toutes les cellules réceptrices de l'œil, plongeant dans le noir toute personne qui lui faisait face. Mais dix secondes, c'était tout ce qu'il pouvait espérer avant que l'équipe puisse y voir assez clair pour se mettre à nouveau en mouvement. Peut-être même pour tenter un tir. Il se pencha vers la rambarde, arracha le ruban adhésif entoilé, dégagea le pied-de-biche et fracassa la vitre d'un seul mouvement, puis il tira l'outil vers lui pour dégager le plus gros des tessons tranchants.

Il se tourna pour faire signe à la fille et constata qu'elle n'était plus là. Très bien. Il se jeta à travers l'encadrement de la fenêtre et un coup de feu retentit derrière lui. Il heurta quelque chose. C'était elle. Ils chutèrent tous les deux. Il tomba sur elle, pas vraiment avec la distinction d'un héros de films d'action, mais en la percutant avec raideur. Il sentit un effluve de transpiration féminine et un genre de parfum épicé, puis ils se dégagèrent pour se remettre sur leurs pieds.

Un homme maigre au cheveu rare était assis de l'autre côté de la pièce. Il avait la bouche grande ouverte. Il les regardait comme si, eh bien, comme s'ils venaient d'entrer dans son bureau en faisant exploser sa fenêtre. Cooper réprima un rire – quelque chose à propos d'une bagarre, il trouvait toujours des synchronicités lorsque ce n'était pas le moment – et se dirigea vers la porte. Elle le suivit. Un bureau comme un autre, des boxes, des étagères pleines de classeurs, des lumières fluorescentes. Il marchait d'un pas décidé, saluant de la tête les gens qu'il croisait, un employé de bureau comme un autre. La cage d'escalier était à côté de l'ascenseur. Il s'y précipita. Ses oreilles bourdonnaient et ses côtes lui faisaient mal. Il gravit une volée de marches et s'arrêta sur le palier. Vérifia l'heure.

« Pourquoi est-ce qu'on s'arrête ?

— Il faut attendre qu'ils arrivent. Toutes les unités du coin vont être redirigées vers cet immeuble.

— *Quoi ?* C'est un piège ?

— Non. Ils vont l'encercler. Sécuriser les sorties. Puis les équipes d'intervention tactique vont entrer. C'est à ce moment que nous sortirons.

— Va te faire voir ! Je n'attends pas. »

Il haussa les épaules. « OK. »

Elle fronça les sourcils. « Tu as tout organisé.

— Je pensais que Zane allait me balancer.

— Alors pourquoi te montrer ?

— Parce qu'il y avait une chance qu'il ne le fasse pas. En plus, j'ai dirigé un million de fois ce genre d'opération. Je connais les règles du jeu.

— Très bien, dit-elle d'une voix froide. Tu as dirigé un million de fois ce genre d'opération contre d'autres Brillants.

— Oui. Et en ce moment même, une centaine d'agents se dirigent vers cet immeuble. Tu penses que tu peux te faufiler à travers eux. À ton aise. Dans le cas contraire, fais ce que je dis, et nous sortirons d'ici.

— Pourquoi est-ce que tu m'aiderais ? »

Il réfléchit à toute vitesse. Il avait imaginé que Zane le trahisse – l'avait espéré, à vrai dire. Le DAR devait payer une prime. Même si le département ne s'occupait pas des criminels classiques, il avait cependant la main sur les agences qui le faisaient. Balancer Cooper constituait pour Zane une assurance sur l'avenir. Ce n'était pas sorcier de parier qu'il allait appeler le DAR et que celui-ci mobiliserait toutes ses forces. Bruyamment et publiquement. Ce qui était le but de la manœuvre. C'était un ballon d'essai. Un message. Cela montrerait à John Smith que Nick Cooper ne faisait plus, sans l'ombre d'un doute, partie des effectifs du DAR. Et peut-être que cela allait lui permettre de faire un premier pas vers le terroriste.

Ce qu'il n'avait pas imaginé, c'était que la Fille Qui Passe À Travers Les Murs viendrait venger un homme qu'il avait tué treize mois plus tôt. Ce qui représentait pour lui une sacrée opportunité. Il voulait atteindre Smith ? Voici l'un des soldats les plus fiables du terroriste. La femme qui avait déclenché l'explosion du 12 mars et avait fait sauter l'Exchange, tuant 1 143 personnes. Il réprima sa pulsion de la mettre K.-O. et de l'abandonner à son ancienne équipe.

Mais elle n'était qu'une pièce. Et lui, il voulait le joueur.

« Je ne sais pas, dit-il. Pour Brandon Vargas, j'imagine. » Il laissa passer une demi-seconde pour que sa réponse fasse son effet, puis déclara : « Allons-y. »

Sur la porte, il y avait une pancarte qui disait : ENTRÉE INTERDITE – SORTIE AU REZ-DE-CHAUSSÉE. Il posa la main dessus et poussa. Elle s'ouvrit. En passant, il arracha le ruban adhésif entoilé qu'il avait posé la nuit dernière pour empêcher que la clenche ne se verrouille. Un truc génial, le ruban adhésif.

« Et maintenant ? »

Il l'ignora et se précipita dans le couloir. Il croisa une femme qui lui sourit. Un employé zélé faisait des trucs d'employé zélé. Une section plus large du couloir tenait lieu de salle de pause, un réfrigérateur vrombissait, paquets de café, couverts en plastique. L'encadrement de la fenêtre avait été repeint des dizaines de fois, d'épaisses couches de peinture la verrouillaient. Il glissa une extrémité du pied-de-biche sous la boiserie et appuya d'un coup sec. La peinture craqua et quelque chose grinça. Un nouveau mouvement de levier avec le pied-de-biche, et la fenêtre s'ouvrit d'un centimètre. Il força son ouverture complète et la franchit pour déboucher sur un nouvel escalier de secours, à un demi-bloc de celui par lequel ils étaient entrés, et deux étages plus bas. Une rame arrivait dans la station du L. Parfait.

« Tu déconnes ? » Elle se pencha par-dessus la balustrade.

« Pas du tout. » Il grimpa dessus, maintint son équilibre un instant, puis se pencha en avant. Se sentit emporté par la gravité. Au dernier moment, il fléchit les jambes et bondit. En dessous, toujours le béton impitoyable, le brouhaha des voitures, le vide. Puis il heurta le toit de la plateforme du L, plia les genoux et roula en boule. Le métal résonna sous le choc, mais la rame qui arrivait couvrit le bruit. Derrière lui, il entendit le même fracas métallique, plus léger que le sien, et ils se retrouvèrent accroupis côte à côte sur le toit alors qu'elle approchait de l'arrêt. Il attendit que le flot des passagers qui montaient et qui descendaient se soit calmé et, assez facilement, passa sur le toit du deuxième wagon. Il se baissa, rampa jusqu'à l'avant, puis s'arrima solidement au rebord et assura la position de ses pieds. Le métal était froid et sale. Quelques secondes plus tard, la fille le rejoignait. Elle regarda autour d'elle, secoua la tête. « Trou du cul. »

Il sourit. « Fermeture des portes, attention au départ. »

Il y eut une secousse comme au démarrage d'un ascenseur, puis la rame se mit en mouvement.

Il avait raisonnablement confiance dans la majeure partie de son plan. Son ancienne agence n'avait pas encore pris en compte le fait qu'il connaissait leur stratégie. Ils jouaient encore avec les mêmes règles. Il avait donc été facile de provoquer une situation où les grenades aveuglantes lui procureraient du temps, où il pourrait tourner le protocole standard à son avantage, où il pourrait attirer tous les agents disponibles au même endroit avant de s'en échapper. Mais c'était la première fois qu'il se déplaçait sur le toit d'une rame de métro en marche.

Après tout ce qu'il venait de faire au cours des dernières minutes, cela s'avéra assez simple. Selon son d-pad, les rames pouvaient atteindre la vitesse de 90 kilomètres/heure. Il ne savait pas s'ils allaient pouvoir tenir dans ces conditions, agrippés au métal glissant. Heureusement, ils étaient dans le Loop[1], où les rames faisaient demi-tour avant de repartir à toute

1. L'un des soixante-dix-sept secteurs communautaires de Chicago, situé au centre de la ville, qui tire son nom de la boucle du métro longue de plus de trois kilomètres (1882) où se croisent cinq lignes. Le Loop est en fait en forme de carré.

vitesse en sens inverse. Le moment le plus dangereux, ce fut quand ils abordèrent un virage à quatre-vingt-dix degrés et que la rame fut ébranlée, mais il avait anticipé et affermi sa prise. Le vent était grisant, vivifiant, et les expressions sur le visage des gens dans les immeubles valaient la peine de se faire tirer dessus. Ils passèrent deux stations, et il fut presque triste lorsque la troisième arriva.

Bon sang. Mais je vais bien. Il se leva, s'approcha du bord de la rame. Les portes s'étaient ouvertes, le flot des passagers entrait et sortait. Il n'y avait qu'à attendre qu'ils soient tous passés pour sauter, puis…

Elle arriva par-derrière, lui fit plier les jambes en les frappant avec ses genoux tandis qu'avec les mains, elle agrippait ses épaules. Il était en train de tomber, inutile de discuter les lois de la physique, mais pourquoi donc lui avait-il tourné le dos ? Ils heurtèrent le toit du train, rebondirent. Il se dégagea de sa prise, se tourna, leva un bras pour frapper.

La Fille Qui Passe À Travers Les Murs pointait quelque chose du doigt, les yeux en alerte. Cooper fronça les sourcils, risqua un œil par-dessus son épaule. Des passagers quittaient le train, des hommes et des femmes, des touristes et des hommes d'affaires, un agent de bord, quelques étudiants… et deux hommes en costume.

Roger Dickinson dit : « Merde ! J'étais sûr qu'il se serait échappé par là.

— Vous voulez vérifier la rame encore une fois, monsieur ? » Bobby Quinn avait une voix sèche et impertinente, mais c'était le « monsieur » qui retint l'attention de Cooper. Dickinson avait dû obtenir une promotion. Peters lui avait probablement offert son ancien poste. C'était une mauvaise nouvelle. Quoi qu'il en soit, Roger Dickinson faisait très bien son boulot.

« Non, je ne veux pas vérifier la rame encore une fois, Bobby. Tu sais ce que je veux ? Je veux savoir que tu es du bon côté.

— Je vous l'ai dit, je ne crois pas que Coop soit un terroriste.

— Ah ouais ? Même s'il a fait sauter l'Exchange ?

— Il n'a pas fait sauter…

— Exact. Il était juste présent quelques secondes avant qu'il n'explose, puis il a disparu et s'est mis à voler dans les labos du DAR. Et cette femme qui était avec lui, c'est celle qui a tué Bryan Vasquez. Alors, dis-moi : comment Cooper fait-il pour être du bon côté, vu comme ça ?

— Je l'ignore. » La voix de Quinn était obstinée. « Mais je ne crois toujours pas qu'il soit du côté de Smith.

— Mets-toi ça dans le crâne, Bobby. Ta petite amie Cooper, c'est un… »

« Fermeture des portes. Attention au départ. » Un fort signal retentit, puis la rame se mit en marche. Cooper eut juste le temps d'attraper le rebord du toit. Un étrange et horrible poids lui comprimait l'estomac. Il s'était montré arrogant, s'était presque retrouvé nez à nez avec ses anciens collègues. Il aurait pu vérifier à quel point Dickinson était rapide. Et Cooper ne portait pas d'arme. *Si j'avais sauté, ils m'auraient tué.*

Lorsqu'il tourna la tête vers elle, son regard croisa brièvement celui de la Fille Qui Passe À Travers Les Murs. Puis elle regarda ailleurs.

You say you are the master race,
I say you are our disgrace,
You say it's not your fault,
I say destroy all trace.

Put out the lights,
Put out the lights,
Wash the streets with blood,
And put out the lights.

You say you are the future,
I say I wouldn't be so sure,
You say live and let live,
I say scrub our world pure.

Put out the lights,
Put out the lights,
Wash the streets with blood,
And put out the lights.

For all the times you kicked us,
And all the times you smiled,
For all the times you tricked us,
And all the times you lied,

Put out the lights,
Put out the lights,
Wash the streets with blood,
And put out the lights.

Severed Bloodlines, "Put Out the Lights"
Resistance Records, 2007[1]

1. Dans le contexte, « Put Out the Lights » (« Éteignez les lumières ») signifie : « Exterminez les Brillants ». Et les paroles de la chanson du groupe (Severed Bloodlines : « lignées interrompues ») donnent, avec le jeu des doubles sens :

Vous prétendez être la race supérieure,
Je prétends que vous êtes une erreur,
Vous dites que ce n'est pas votre faute,
J'affirme qu'il faut vous détruire jusqu'au dernier.

Exterminez les Brillants,
Exterminez les Brillants,
Lavez les rues de leur sang,
Et exterminez les Brillants.

Vous prétendez être le futur,
N'en soyez pas si sûrs,
Vous prônez la tolérance,
J'affirme qu'il faut purifier la planète.

Exterminez les Brillants,
Exterminez les Brillants,
Lavez les rues de leur sang,
Et exterminez les Brillants.

Pour tous vos coups de pied,
Pour tous vos sourires,
Pour tous vos pièges,
Pour tous vos mensonges,

Exterminez les Brillants,
Exterminez les Brillants,
Lavez les rues de leur sang,
Et exterminez les Brillants.

Chapitre 19

C'était très loin de la suite affaires du Continental.

Terne, standard, mollement déprimant, l'hôtel Howard Johnson était situé à l'extrémité de State Street, une rue passée de mode. À travers les rideaux, la lumière de l'après-midi était lugubre. Derrière lui, la Fille Qui Passe À Travers Les Murs dit : « Et maintenant ?

— On attend. » Il s'approcha du bord du lit, s'assit.

Elle entra et eut l'air de ne pas savoir si elle allait rester. Fit courir un doigt sur le bureau. « Jolie chambre meublée.

— Ouais, eh bien, je ne m'attendais pas à recevoir. » Cooper commença à délacer ses chaussures. « C'est juste un endroit où attendre que la tempête se calme. Quand ils s'apercevront que nous leur avons glissé entre les doigts, ils feront un ultime effort pour essayer de nous attraper tant que nous ne sommes pas loin. Ils vont se déployer dans le Loop. Ils vont récupérer le système vidéo du CPD[1]. Ils vont envoyer des flics faire du porte-à-porte, débouler dans chaque bar et chaque res-

1. Chicago Police Department.

taurant, fouiller jusque dans les toilettes. Ils vont vérifier les arrivées dans les hôtels.

— La dernière fois que j'ai vérifié, j'ai cru que c'était un hôtel, ici.

— Je suis enregistré depuis une semaine. Sous le nom d'Al Ginsberg. »

Elle dit : « "I saw the best minds of my generation destroyed by madness, starving hysterical naked…"[1] » Elle tira les rideaux, regarda le mur de brique d'en face et la rue en dessous. « Jamais vraiment compris le poème, mais j'aime la texture et la saveur de ses mots.

— Ouais. » Cooper enleva sa chaussure et la secoua jusqu'à ce que la télécommande des grenades aveuglantes lui tombe dans la main. « Moi aussi. Pourquoi t'as fait ça ?

— Hein ? » Elle se retourna.

« L'Exchange. Pourquoi le faire sauter ? Tu as tué *mille cent* personnes.

— Non, dit-elle. J'ai essayé de te le dire. J'étais là pour empêcher ça.

— Conneries.

— C'était censé être vide. On avait appelé plus tôt dans la journée pour prévenir qu'on avait posé des bombes dans l'immeuble, que nous les déclencherions s'ils se mettaient à les chercher. J'étais là pour m'assurer que ça n'allait *pas* sauter, pas avec tout ce monde à l'intérieur.

— Super boulot. J'ai vu aux infos à quel point ça n'avait pas sauté. Bravo. »

Elle croisa les bras sur sa poitrine. « Le détruire,

1. Premier vers du célèbre poème « Howl » d'Allen Ginsberg (1955) : « J'ai vu les plus grands esprits de ma génération détruits par la folie, affamés hystériques nus… »

c'était censé être un symbole. L'Exchange avait été construit pour nous contrer, nous exclure. Nous voulions montrer qu'ils ne pouvaient pas bâtir un futur qui ne nous incluait pas. Comment défendre ce point de vue en tuant des gens ? »

Cooper leva les yeux vers elle. Le diamètre de ses pupilles, le calme de ses doigts, le pouls régulier dans son cou, rien de tout cela ne suggérait qu'elle était en train de mentir. *Mais cette femme pourrait trouver où se cacher dans les toilettes d'un avion. Elle sait contrôler son corps.*

« Quoi qu'il en soit, tu es qui pour parler comme ça ? C'est toi le tueur. Pas moi.

— Ah ouais ? Et Bryan Vasquez ? »

Ses lèvres se pincèrent jusqu'à ne plus former qu'une simple ligne. « Il a trahi la cause.

— L'argument de tous les terroristes qui se font passer pour des combattants de la liberté.

— Dis ça aux troupes d'assaut qui protègent le pays en assassinant ses citoyens. »

Il allait répondre, mais se reprit. *Tu as trois heures pour la convaincre qu'elle devrait t'aider. Si elle s'enfuit, tu perds.* Il se rechaussa. Ses gestes étaient maladroits à cause des tremblements qui suivaient la décharge d'adrénaline, et ses côtes étaient douloureuses depuis le choc contre la rambarde. Cooper se leva, alla vers le minibar calé sous la télévision. Le réfrigérateur s'ouvrit en grinçant. Il prit deux petites bouteilles de Jack Daniel's. « Tu veux un verre ? Il y a du vin rouge, du mauvais champagne…

— Vodka.

— Il y a de quoi faire un screwdriver.

— Juste de la vodka et de la glace.

— Tu veux regarder un assassin, membre d'une troupe d'assaut et tout, te préparer un verre ? »

Elle l'observa un long moment, puis un coin de ses lèvres s'arqua en un sourire. « Sers-le-moi, maintenant. »

Le plus petit bac à glaçons du monde se trouvait justement dans le freezer. Il les fit craquer puis tomber dans un gobelet en plastique et versa de la Smirnoff par-dessus. Il le lui tendit et se servit son whisky. La chaleur apaisante fit immédiatement effet sur ses douleurs et ses tremblements.

« Alors, combien de temps va-t-on devoir se terrer ici ?

— Quelques jours.

— Quelques *jours* ?

— Il y a des boîtes de soupe dans l'armoire, on la mangera froide. Mais je n'ai prévu des provisions que pour une seule personne, on va donc devoir se rationner. »

Ses yeux s'agrandirent au point qu'ils eurent l'air de gonfler. Il craqua, sourit et dit : « Je plaisante. Jusqu'à l'heure de pointe, en fin de journée, où nous pourrons passer inaperçus dans la foule. »

La Fille Qui Passe À Travers les Murs rit. Pas de façon gutturale ni sensuelle, pas un rire forcé. Un rire d'amusement sincère. Cooper dit : « C'est mieux.

— Mieux que quoi ?

— Que de se lancer des noms d'oiseaux. Ce qui me fait penser…

— Je m'appelle Shannon.

— Nick Cooper.

— C'est ce que j'ai entendu dire, répliqua-t-elle sèchement. Alors quoi, nous sortons simplement d'ici et c'est tout ?

— Tu pensais qu'on allait choisir des compositions florales et envoyer des invitations ?

— Le truc, Nick…

— Cooper.

— … c'est que tu m'as mise dans le pétrin.

— Comment ça ?

— Tu n'es pas mort.

— Pardon ?

— Je suis venue te tuer. Mais tu n'es pas mort. Et pour tous ceux qui ont vu la scène, je n'avais pas l'air d'essayer de te tuer. On avait plutôt l'air de travailler ensemble.

— Et donc ?

— Donc le DAR m'a déjà désignée comme cible à cause de l'Exchange. Maintenant qu'ils nous ont vus ensemble, je suis probablement une priorité plus haute que tu ne l'es. Et ils savent que je suis ici. En plus, tant que je n'aurai pas rejoint les miens, ils penseront que j'ai changé de camp.

— Pourquoi ? Ils ne savaient pas que tu venais pour moi ? »

Elle secoua la tête. « C'était personnel. Je ne l'ai dit à personne. Et maintenant, on dirait qu'au moment où les méchants sont arrivés, je suis partie au bras du prodige des Services Équitables et qu'on s'est audacieusement échappés. Qu'est-ce que je vais faire ? Qu'est-ce que je vais dire ? Ne vous inquiétez pas, Cooper et moi on a juste discuté de poésie et de politique révolutionnaire ?

— Mais comment sauraient-ils que tu étais là ?

— On a des gens au DAR.

— Vraiment ? » Il but une gorgée de whisky. Il le savait, et cela expliquait son apparition sur le quai, mais il n'y avait aucune raison de la mettre au courant. « Et vos taupes rapporteront que tu t'es ralliée à moi.

— Tout juste. Je suis cramée. Aux yeux des deux camps. *Tu* m'as cramée. »

Cooper haussa les épaules. « Pardon ?

— Écoute, prétentieux...

— Je ne t'ai pas cramée, miss. *Tu es venue pour me tuer*. Je n'y suis pour rien si tu n'as pas choisi le bon moment. En outre, j'aurais pu t'abandonner. Il ne tenait qu'à moi que tu te retrouves en train de trembler dans une pièce particulièrement bien éclairée.

— Et il ne tenait qu'à moi que tu te vides de ton sang sur le quai entre LaSalle et Van Buren. »

Ils se tenaient de part et d'autre du lit, crispés et remontés, en train de se chamailler comme un vieux couple, et il y avait quelque chose de si décalé dans tout ça, cette femme – cette terroriste – qui lui avait sauvé la vie alors que ses anciens collègues allaient le tuer, cette femme qui les avait appelés *eux* les salauds, tout cela était si absurde qu'il se surprit en train de glousser.

« Quoi ?

— Grosse journée. » Il but une autre gorgée de whisky et s'approcha de la télévision – c'était un écran plat, pas une 3D – qu'il alluma sur CNN. Il n'y avait pas moyen de savoir si les infos allaient en parler, et si c'était le cas, ce ne serait probablement pas avant plusieurs heures.

« ... le théâtre d'une nouvelle attaque terroriste. » La femme qui se tenait sur le quai du L avait une beauté artificielle et maîtrisait mal son excitation, une journaliste locale qui tenait là son gros coup. « Plus tôt dans la journée, un homme non identifié a posé une bombe durant l'heure de pointe du déjeuner. »

L'image la montra en train de tendre un micro à un

homme que Cooper se souvenait vaguement avoir vu lors d'un séminaire deux ans plus tôt. Les mots *Terry Stiles, chef du bureau de Chicago, Département Analyse et Réaction* apparurent en bas de l'écran. Stiles déclara : « Nous traquons cet individu depuis plusieurs semaines et nous avons pu l'empêcher de faire exploser la bombe dans le L. Malheureusement, nous n'avons pas pu l'empêcher de tirer dans la foule. Plusieurs civils ont été blessés, ainsi que deux agents.

— De qui s'agit-il ?

— Je ne répondrai pas à cette question pour le moment, dit Stiles, sinon pour dire qu'il travaille avec des groupes de terroristes anormaux opérant hors du Wyoming.

— A-t-il quelque chose à voir avec John Smith et l'explosion du 12 mars ?

— Pas de commentaire. »

L'image passa à une équipe des urgences qui poussait un brancard. L'homme allongé dessus était le jeune type branché touché à la jambe par un sniper. La journaliste commentait les images. « Les civils blessés ont été évacués vers les hôpitaux et leur vie n'est pas en danger. »

Puis le visage faussement empathique de la journaliste emplit à nouveau l'écran. « Ce genre de scène est devenue courante depuis quelques mois, et des groupes d'anormaux dissidents préviennent que la violence va augmenter si le gouvernement met en place l'Initiative Surveillance et Contrôle. Le projet de loi controversé, qui a été voté aujourd'hui à la Chambre des représentants, rend obligatoire pour chaque Brillant l'implantation d'une… »

La télévision s'éteignit soudain. Cooper se retourna au moment où Shannon faisait glisser la télécommande sur le bureau. « J'étais en train de regarder, dit-il avec douceur.

— Je ne supporte pas ces mensonges. Ça me hérisse.

— Tu connais les règles du jeu. Ce genre d'histoire maintient les gens dans le calme. Il y avait un sale type, et on l'a arrêté. C'est clair, c'est simple. Ça vaut mieux que la panique de masse et les explosions de violence qui se déclencheraient si…

— Si quoi ? Si tu disais la vérité ? » Shannon le fixait d'un regard dur. « Ce reportage parlait d'un attentat perpétré par des anormaux, ce qui est faux. Il disait que le terroriste, c'est-à-dire toi, entre parenthèses, a tiré sur des agents et des civils, alors qu'en réalité, ce sont les *agents* qui ont tiré sur les civils. Et il a dit que Big Brother contrôlait l'ensemble de la situation, alors qu'en fait nous nous sommes échappés. La seule information qui soit vraie, littéralement la seule, c'est qu'il y avait un Brillant sur le quai du L aujourd'hui. Deux, pour être exact.

— Où veux-tu en venir ?

— Où je veux en venir ?

— Oui. À part l'idée que la vérité rend libre et autres bobards auxquels personne ne croit. Les gens ne veulent pas la vérité, en fait. Ils veulent la sécurité, de jolis gadgets électroniques et un réfrigérateur plein. » C'était comme s'il ne pouvait pas s'empêcher de se quereller avec cette femme. « Tu penses que je *veux* que les anormaux soient micropucés ? Tu penses que j'*aime* les académies ? Je les déteste, je hais tout ça. Mais nous sommes en très large infériorité numérique. Les gens normaux ont peur, et les gens qui ont peur sont dangereux. Le fait est que nous, les anormaux, les Brillants, les surdoués, les tordus, nous ne survivrions pas à une guerre. Nous perdrions.

— Peut-être, dit-elle. Mais peut-être qu'il n'y aurait pas de guerre si des gens comme vous n'allaient pas répéter à la télévision qu'il y en a une. »

Il ouvrit la bouche. La referma. Finalement, il dit : « Tu marques peut-être un point. Mais tu dis "les gens comme vous". Le département m'a cramé. Ils avaient besoin d'un bouc émissaire pour le 12 mars, alors ils m'ont mis l'explosion sur le dos. Mes anciens amis essayent de me tuer. Mais n'oublie pas. C'est de l'œuvre de ton chef que l'on m'accuse.

— Je t'ai dit…

— Oui, je sais. L'immeuble était censé être vide. Mais est-ce que John Smith a planifié l'attaque ? A-t-il fabriqué les explosifs ? Les a-t-il mis en place ? »

Elle garda le silence.

« Personne n'est propre, ici », dit-il. Il était en train de visualiser l'angle d'attaque, la façon précise de la manipuler. « Ni toi ni le DAR. Et j'en ai assez de tout ça. Tout ce que je veux, c'est me retirer de la partie. »

Il se dirigea vers le lit, s'allongea sur le dos et croisa les doigts derrière la tête. Le plafond était en stuc, et la faible lumière de l'après-midi transformait la moindre aspérité en cadran solaire. *Pas un mot de plus. Fini le baratineur qui parle trop.*

Shannon posa les pieds sur le lit, les jambes croisées au niveau des chevilles. Elle se pencha en arrière sur la chaise pour tirer un pan de rideau. Son visage brillait des couleurs du soleil. Toujours en regardant dehors, elle demanda : « Au fait, qu'est-ce que Zane était censé faire pour toi ?

— Me fournir une nouvelle identité.

— Quoi, des faux papiers ? »

Il sourit. « J'ai une dizaine de permis de conduire. Pour Zane, je suis T.S. Eliot, et ici, à l'hôtel, Allen

Ginsberg. Je peux aller me promener où je veux en étant Chuck[1] Bukowski. Mais c'est du DAR dont nous parlons. Si je veux une nouvelle vie, ce doit être en tant que nouvelle personne. De nouveaux papiers, mais aussi une nouvelle histoire consignée dans une centaine d'endroits, un nouveau visage, la totale.

— Pourquoi ne pas tout simplement aller dans le Wyoming ?

— Exact.

— Je suis sérieuse, dit-elle. Ce n'est peut-être pas encore un État souverain, mais le DAR ne prévoit pas de raids dans la Nouvelle Canaan.

— Cela reviendrait à une condamnation à mort. Si Zane avait tenu son engagement, peut-être. Mais il ne l'a pas fait. » *Laisse-la te convaincre. Laisse-la croire que c'est son idée.*

« La Nouvelle Canaan est différente du monde des normaux. Tout le monde y arrive avec un passé. Tout le monde a des casseroles. Tu peux recommencer de zéro.

— Ouais. Jusqu'à ce que le frère de quelqu'un que j'ai tué mette le feu à ma maison. Non, si je dois passer ma vie en surveillant mes arrières, je le ferai dans un endroit plus agréable que le Wyoming. » Il jeta un œil à sa montre, puis ferma les yeux. « Je vais dormir un peu. »

Il ferma les paupières. Une longue minute passa, puis une autre. *Allez. Allez.*

« Il doit y avoir un moyen », dit-elle.

Je te tiens ! Il ouvrit les yeux. « Ouais ? Quoi, me mettre un couteau de poche sous le nez et t'essayer à la chirurgie esthétique ?

— Écoute-moi bien. Tu pourrais être en sécurité

1. Diminutif de Charles.

dans la Nouvelle Canaan, même sous ton vrai nom.» Elle leva les mains pour prévenir ses objections. «Pas comme tu es maintenant. Mais si la bonne personne se porte garante pour toi, ça peut tout changer.

— Je ne suis pas un terroriste.» Il avait prononcé ces mots froidement et durement. Rien ne pouvait laisser penser qu'il était impatient. Si la plus petite parcelle de ses véritables intentions devenait perceptible, tout s'écroulerait. «Je ne travaillerai pas pour John Smith.

— Ce n'est pas à lui que je pensais.

— À qui est-ce que tu…

— Erik Epstein.»

Cooper se raidit. «Le milliardaire? Le roi de la Nouvelle Canaan?

— Seuls les normaux l'appellent comme ça.

— Pourquoi est-ce qu'il prendrait mon parti?

— Je ne sais pas. À toi de le convaincre. Mais il représente une meilleure chance que cette ordure de Bobby Z. Et si tu désires réellement prendre un nouveau départ, eh bien…» Elle haussa les épaules. «C'est quelque chose qu'il pourrait comprendre.

— Il suffit que j'aille frapper à sa porte?

— Non. Tu vas avoir besoin d'aide.»

Il s'assit, posa solidement ses pieds par terre. Le radiateur se mit en route, cliqueta, claqua.

«Qu'est-ce que tu en retirerais?

— Jusqu'à ce que je mette les choses au clair avec les miens, ce que je dois faire face à face, je ne peux plus utiliser mes ressources habituelles. Plus de cartes de crédit, d'identité, plus de contacts. Et pendant ce temps, tes anciens amis vont me pourchasser avec la même détermination qu'ils te pourchassent toi.»

Cooper fit semblant d'y réfléchir. «Alors je t'emmène dans le Wyoming, et tu m'amènes à Erik Epstein.

— Exact.

— Et comment est-ce que je peux savoir que tu ne vas pas t'envoler lorsque nous serons dans la Nouvelle Canaan ? »

Elle haussa les épaules. « Comment est-ce que je peux savoir que tu ne vas pas me livrer au DAR pour ne plus les avoir sur le dos ?

— Selon toi, on va se faire confiance.

— Sûrement pas, dit-elle, pince-sans-rire. On va faire en sorte que chacun y trouve son compte. »

Cooper étouffa un rire. « Parfait. Marché conclu. » Il tendit la main et, après une fraction de seconde d'hésitation, elle la serra.

« Marché conclu, dit Shannon. Alors. Avant toute chose.

— Qu'y a-t-il ?

— Il nous faut certaines drogues. »

Chapitre 20

« Neurocidine, avait-il dit lorsqu'elle lui avait expliqué ce qu'elle cherchait. C'est un dérivé opiacé semi-synthétique.

— Jamais entendu parler.

— Dans la rue, ils appellent ça Shadow ou Nada. Issu des recherches dans les académies, censé remplacer le fentanyl[1]. Au lieu de t'endormir, ça touche à ta mémoire, et tu oublies la douleur lorsqu'elle se manifeste.

— Comment est-ce que ça peut faire un truc pareil ?

— Comment je le saurais ? Demande au tordu qui l'a conçu. Quoi qu'il en soit, pour un camé averti, le Shadow, c'est le truc.

— Et où on va dégoter ça ? »

C'est ainsi qu'ils se retrouvèrent en train de marcher vers le nord lorsque sonna dix-sept heures et que les rues se remplirent de banlieusards. Avant de quitter l'hôtel, il avait changé de chemise et dans un magasin pour touristes, il avait acheté un chapeau des Cubs[2] et,

1. Analgésique opioïde quatre-vingts fois plus puissant que la morphine.

2. Équipe de base-ball de Chicago.

pour elle, une immense paire de lunettes de soleil comme en portaient les stars de cinéma. Niveau déguisement, c'était plutôt rudimentaire, mais leur véritable camouflage était la foule. Ils restèrent dans Michigan Avenue : voies de taxis et de bus d'un côté, immenses gratte-ciel de l'autre, et entre les deux, la foule et la cohue.

« Cette femme, c'est l'une de tes amies ? »

Shannon acquiesça. « Elle et John sont amis depuis longtemps. Depuis l'académie. »

C'était étrange d'entendre parler de lui de cette façon. Pas en tant que John Smith, le chef terroriste. John, le vieil ami. « Si c'est une amie, pourquoi est-ce que tu as besoin de ça ?

— Tu n'arrives pas chez quelqu'un sans une bouteille de vin. Ce n'est pas poli.

— Drôle de vin.

— Eh bien, on y va pour demander une faveur. Ce n'est pas comme si je pouvais téléphoner à John.

— Comment est-ce que ça marche ? »

Elle lui lança un regard dur. « Vous cherchez des détails techniques, agent Cooper ?

— Non, c'est juste que… » Il haussa les épaules. « Je ne comprends pas comment il peut diriger des gens s'ils ne peuvent pas le joindre.

— Ce n'est pas comme à l'armée. Il n'y a pas de voie hiérarchique, pas de services administratifs. Pas d'ordres.

— Quoi ? Il se contente de demander poliment ?

— Oui. C'est un type très gentil. De toute façon, Samantha ne saura pas où il est, mais elle pourra lui passer le mot.

— J'espère que tu as raison. C'est un gros risque », dit Cooper. Tout en pensant : *Miss, je vais t'aider à voler toutes les drogues que tu veux, si ça me permet de me rapprocher de ton chef.*

La foule devint encore plus dense lorsqu'ils approchèrent de Magnificent Mile[1]. Des touristes se joignaient aux banlieusards, ainsi que des clients chargés de paquets. La foule était toujours désagréable à Cooper, mais c'était encore pire avec Shannon. Le concept de ligne droite lui était complètement étranger. Elle glissait et se faufilait, trouvait des passages où il n'y en avait pas, et parfois s'arrêtait net sans qu'il en comprenne la raison. C'était indéniablement gracieux – Shannon se déplaçait comme l'eau –, mais difficile à suivre en marchant à ses côtés.

Il fut soulagé quand ils atteignirent l'immense Northwestern Memorial Hospital. L'entrée principale était aussi engageante qu'un hôpital puisse l'être, c'est-à-dire très peu. La cafétéria était au deuxième étage. Il y avait des plantes artificielles, de fausses moulures en bois, une odeur de soupe et de désinfectant. Cooper s'acheta un café et ils s'installèrent à une table près de la porte.

« Tu as vu les caméras en entrant ? demanda-t-elle.

— Ouais.

— Les caméras sont un problème. Je ne peux pas me décaler si je ne vois pas les gens qui me regardent.

— Tu ne peux pas quoi ?

— Me décaler. » Durant un instant, elle eut l'air d'une petite fille. « C'est comme ça que je l'appelle. Ce que je fais.

— Te décaler. J'aime bien ça. » Le café était meilleur qu'il l'aurait cru, noir et fort. « Les caméras ne devraient

1. Portion de Michigan Avenue et axe principal entre le Loop et la Gold Coast, célèbre pour son animation nocturne.

pas être un problème. Elles nous enregistreront, mais je doute que qui que ce soit surveille le direct. Ce n'est pas du matériel pour des opérations spéciales. La sécurité est là pour dissuader les junkies et empêcher le personnel de l'hôpital de s'approcher du pot de confiture. »

Shannon se pencha en arrière, passa la main dans ses cheveux et laissa glisser quelques mèches entre ses doigts. « Il y a deux médecins à la table dans le coin. »

Il jeta un œil à leur reflet sur le verre d'un cadre. « Non.

— Pourquoi non ?

— Blouses blanches et stylos de luxe. Ce sont des administrateurs. Ils ont peut-être l'accès pour ouvrir la pharmacie, mais ce n'est pas sûr. »

Cooper embrassa la pièce du regard. Environ cinquante personnes, et d'autres qui entraient. Quelques patients ici et là. Quelques infirmières attablées, en train de rire, mais elles représentaient le même problème que les administrateurs. Tous les internes étaient sortis.

« Là », dit-il.

Toujours en jouant avec ses cheveux, elle suivit son regard et vit un homme d'âge moyen, en blouse bleu pâle, en train de froisser sa serviette et de la poser sur les restes d'un cheeseburger. « Comment tu le sais ?

— Les poils de ses avant-bras sont plus clairsemés que ceux de ses bras, et la peau est plus rosée. Ce qui signifie qu'il se lave les mains sans cesse, qu'il les lave à fond. Et ses ongles sont coupés à ras. Moi, je vois un chirurgien. Et un chirurgien a accès à ce que nous cherchons. Et regarde ses cernes. Épuisement. Il effectue sans doute un service de vingt-quatre heures. Ce qui fait de lui une cible encore plus facile.

— Tu as appris tout cela en un coup d'œil à travers la pièce ?

— Oui, je sais, étrange façon de voir le monde.

— Non, dit-elle. Non, c'est fantastique.

— C'est vrai. » Il se sentit curieusement embarrassé et se força à rire.

Shannon se pencha en arrière avec un air interrogateur. « Il faut que tu passes plus de temps avec des gens comme toi, Cooper. Les normaux t'ont tordu l'esprit. » Avant qu'il ne puisse répondre, elle se leva et se mit à marcher d'un pas aérien. Ce qui était intrigant, ce n'était pas tant sa rapidité que sa faculté à calculer, comme si, pour chaque mouvement, elle déployait exactement la force nécessaire. C'était comme regarder un chat sauter sur une table : il déterminait instinctivement la force et l'angle nécessaires à un atterrissage qui ne consommerait ni un geste ni une calorie de trop.

Le chirurgien s'était levé et portait son plateau vers une poubelle. Shannon contourna la table des infirmières, glissa entre deux femmes au visage triste, coupa de biais et, sortant de nulle part, se retrouva pile sur le chemin de l'homme. Ils se bousculèrent. Il en perdit presque son plateau, l'assiette et la tasse glissèrent vers le bord, puis il parvint à en retrouver la maîtrise et s'excusa en reculant et en rougissant. Shannon secoua la tête, l'assura que c'était sa faute, rit, lui tapota le bras. Lorsqu'elle revint, elle avait le badge d'identification du type.

Cooper sourit dans sa tasse de café.

Dans l'ascenseur, ils réglèrent les derniers détails de leur plan. Pour ce qu'il connaissait des hôpitaux, de petites réserves des médicaments les plus utilisés étaient stockées à chaque étage. Mais le Shadow n'était pas un truc standard. Il devait se trouver en un seul endroit, bien sécurisé et soigneusement contrôlé.

Après qu'ils se furent séparés, Cooper attendit à une bifurcation et compta jusqu'à dix. Puis il adopta une expression confuse et se remit en marche.

La pharmacie faisait office de réserve. Derrière la vitre du comptoir, un homme et une femme comptaient des pilules. Cooper s'approcha. « Excusez-moi, les gars, vous pouvez m'aider ? » Il avait dit *les gars* pour être sûr de capter l'attention des deux. Il se pencha sur le comptoir pour attirer leur regard. « Je suis salement perdu. Cet endroit est immense ! Un vrai labyrinthe. Je ne sais pas comment vous faites pour vous y retrouver.

— Que cherchez-vous ?

— Ah, mon Dieu... Je viens voir ma nièce. J'ai suivi le chemin qu'ils m'ont indiqué. À droite, tout droit, puis à gauche. OK, j'ai trouvé les ascenseurs, mais depuis, j'ignore complètement où je vais. C'est comme si je tournais en rond depuis des semaines. Dans pas longtemps, je vais devoir manger mes chaussures pour pas mourir de faim.

— Eh bien, dites-moi où vous voulez aller et je vais vous aider. »

Par-dessus l'épaule du pharmacien, Cooper vit Shannon passer devant une rangée d'étagères. Elle lui fit un clin d'œil. Il se surprit à sourire et reprit : « Bien sûr, bien sûr. C'est exactement ce qu'a dit l'autre gars. Il a dû faire un pari avec quelqu'un. Juste pour voir combien de temps il pouvait faire tourner un type en rond. Vous êtes sans doute dans le coup, vous aussi. »

L'expression de tolérance était en train de disparaître de son visage. « Monsieur, je ne peux pas vous aider si vous ne me dites pas où...

— Je vous l'ai dit, je viens voir ma nièce.

— Oui, mais où est-elle ? »

Cooper marqua un temps d'arrêt. « Si je le savais, je n'aurais pas besoin de demander, non ? Vous ne m'écoutez pas tellement.

— Non, mais dans quel *service* ? Unité de soins intensifs, pédiatrie…

— Tout juste. » Il se frappa le front. « Excusez-moi, parfois je parle tellement, au moment où j'arrive à la fin de ma phrase, c'est tout juste si je me rappelle encore du début. C'est comme la piste des larmes[1]. Seulement, vous savez, sans les Indiens morts à la fin. »

Le pharmacien le dévisagea. Cooper n'avait absolument pas besoin de son don pour lire dans ses pensées : *Ce type est débile*.

Cependant, il ne lui fallut pas longtemps pour se demander : *Je devrais peut-être appeler la sécurité*. C'était un hôpital, après tout. Il pouvait légitimement y avoir des cinglés à l'intérieur.

« On lui a enlevé les amygdales.

— D'accord. Salle de réveil. » L'homme lui indiqua la direction en parlant lentement et clairement. Cooper acquiesça, le remercia, puis repartit par où il était venu. Il eut du mal à se retenir de rire mais laissa un large sourire s'épanouir sur son visage.

Jusqu'à ce qu'il tourne à l'angle du couloir et voie un garde se précipiter vers lui, accompagné du chirurgien de la cafétéria. Merde. Il avait espéré que le chirurgien n'ait pas besoin de son badge aussi rapidement, ou qu'au moins, il perde du temps en revenant sur ses pas. Au lieu de quoi il semblait être allé directement au poste de sécurité…

1. Déportation de plusieurs peuples amérindiens dans les années 1830, en application de l'Indian Removal Act.

S'ils sont là, c'est qu'ils ont vérifié le système informatique. Ils savent que le badge vient d'être utilisé pour pénétrer dans la pharmacie.

Ils ne vont pas perdre de temps à parler avec le pharmacien. Ils vont aller droit vers la porte.

Qui est la seule sortie. Elle sera prise au piège.

… ce qui ne laissait pas le choix à Cooper. Il devait s'occuper du garde en premier, un enchaînement rapide, plexus solaire-reins-reins, puis du médecin. Se ruer jusqu'à la pharmacie, s'occuper du type s'il se mettait sur son chemin. Prendre la neurocidine, prendre Shannon, prendre la fuite.

Quelqu'un lui tapa sur l'épaule et il fit volte-face.

La Fille Qui Passe À Travers Les Murs était devant lui. « Salut.

— Toi. Mais. » Il se tourna, vit le garde et le médecin passer à toute vitesse. Aucun des deux ne leur prêta attention, concentrés qu'ils étaient sur leur objectif.

« Quoi ?

— Je croyais que tu étais toujours à l'intérieur. J'allais… J'étais sur le point de…

— Venir me sauver ?

— Ouais…

— Je ne suis pas une chatte coincée en haut d'un arbre. Je peux me débrouiller toute seule. » Shannon montra un flacon en plastique orange et le secoua pour faire tinter les pilules. « Allons-y. »

LA VIE EST INJUSTE

ASSUREZ-VOUS QUE VOTRE ENFANT PARTE EN TÊTE DE LA COURSE

Tout le monde désire le meilleur pour sa famille. Mais même l'éducation la plus sérieuse et la plus attentive ne peut aller au-delà du potentiel génétique.

C'est pourquoi chez Bright Lights Fertility, nous n'acceptons que des donneurs qui :

- ont un QI minimum de 120
- n'ont pas de prédispositions génétiques aux maladies
- sont classés niveau trois minimum sur l'échelle Treffert-Down

MAIS NOUS SOMMES FERTILES. POURQUOI NOUS INTÉRESSER À L'INSÉMINATION ?

En un mot ? Votre enfant.

Oui, d'un point de vue historique, l'insémination artificielle s'est principalement intéressée à ceux qui ne pouvaient pas avoir d'enfants. Mais c'est en train de changer. Et c'est tout naturel.

Après tout, qu'est-ce qui importe le plus ? Que votre enfant ait le meilleur potentiel génétique ou qu'il vous soit apparenté ? Nos donneurs représentent ce que l'humanité a de meilleur à offrir. Et bien que nous ne sachions pas précisément pourquoi certains enfants naissent surdoués, le bon sens veut que les chances soient augmentées si au moins l'un des parents l'est*. Si vous voulez donner les meilleures chances à votre petit génie dès le départ, la solution est évidente.

Tout le reste n'est qu'égoïsme.

** Cette phrase n'a pas été validée par la FDA.*

Chapitre 21

Elle ne ressemblait pas à ce à quoi il s'était attendu.

Shannon avait dit que son amie Samantha connaissait John Smith depuis longtemps. Cooper s'était imaginé une femme comme elle, forte, idéologiquement engagée et très dangereuse. Une guerrière.

Il découvrit une toute petite chose, délicate, avec des cheveux blond pâle. Elle avait le visage et les formes d'une femme, mais ne faisait pas plus d'un mètre trente et quarante kilos. Elle produisait un effet étrangement érotique ; elle était si petite qu'on ne pouvait pas s'empêcher de l'imaginer nue.

« Hé, Sam. » Shannon s'avança et se pencha pour donner l'accolade à la femme. « Voici Cooper.

— Salut », dit-il en tendant la main. Lorsqu'elle la serra, il perçut une odeur de parfum, douce mais propre. Ce fut peut-être ça, ou la douceur de sa main, mais il se sentit excité.

« Entre. » Elle fit un pas de côté.

La pièce ressemblait à une exposition de magasin de meubles très classe. Deux canapés blancs étaient disposés face à face sur un épais tapis à longues mèches. Une table basse avec des livres pour table basse. La seule touche personnelle était la bibliothèque, bourrée à craquer. Derrière la baie vitrée, on devinait la nuit et la masse indistincte du lac Michigan.

Shannon dit : « Je t'ai amené un petit cadeau. » Elle sortit le flacon de pilules.

« Ouah. Comment tu as mis la main sur du Nada ? » Samantha avait prononcé le nom comme si c'était celui d'un amant. « C'est si gentil de ta part. »

Étant donné le chic de l'appartement et le style de Samantha, Cooper avait presque oublié qu'elle était toxicomane. Mais en la regardant tenir le flacon de pilules, il pouvait lire le manque brut recroquevillé en elle, la faim. Elle commença à ouvrir le flacon, s'arrêta, tapota sur l'étiquette. « C'est gentil à vous deux.

— De rien », dit-il, faute de mieux.

Les yeux de Samantha étaient d'un brun clair moucheté d'or et lorsqu'elle le regardait, l'addiction refluait, remplacée par quelque chose qu'il ne pouvait pas vraiment identifier. Elle changea de position, avança à peine un pied, bascula son bassin en redressant le dos. Le mouvement était infime, mais la faisait paraître plus forte, lui conférait une certaine férocité. « Je suis étonnée qu'un flic soit OK avec ça. »

« Je ne suis pas flic.

— Plus maintenant, peut-être. Mais tu l'étais. Non ? » Elle sourit. « Je le devine à chaque fois. Ça se lit dans ton assurance et dans la façon dont tu te tiens. Tu pourrais me passer les menottes si l'envie t'en prenait. » Ses dents de devant étaient légèrement écartées, et Cooper se souvint avoir lu quelque part que c'était le signe d'un grand appétit sexuel. Cette pensée l'amena à visualiser à quoi elle ressemblerait en train de le chevaucher, combien ses mains paraîtraient immenses sur ses hanches, la façon dont elle se cambrerait pour que ses cheveux descendent jusqu'à caresser ses cuisses…

Nom de Dieu, mec. Arrête ça.

« Tu vas bien, Cooper ? » Shannon arborait un sourire amusé. « Tu as l'air un peu nerveux. »

Il perçut de la moquerie dans la voix de Shannon. Pensa aux mouvements effectués par Samantha, la façon dont elle s'était présentée à lui. Elle était superbe, rien à dire, mais il avait rencontré beaucoup de femmes superbes au cours de sa vie. Il y avait quelque chose de plus, quelque chose dans la façon dont elle se comportait, le flirt manifeste – *tu pourrais me passer les menottes si l'envie t'en prenait* – mêlé à une certaine distance.

Hem.

« C'est un don très puissant que tu as, dit-il.

— Lequel ?

— Faire transpirer les hommes. »

Cela la déconcerta, et à cet instant il perçut le calcul sous la pose. C'était comme rallumer toutes les lumières dans un club de strip-tease, l'illusion de la sensualité révélait soudain la manipulation et le tape-à-l'œil. Il la regarda passer en revue une demi-douzaine de réparties, chacune à peine visible, évoquée mais pas validée. Il la vit ouvrir plus grand les yeux pour tester l'angle de la vulnérabilité. Raidir son dos et ses épaules pour essayer le contraire, la férocité et la colère. Feindre imperceptiblement le laisser-aller pour faire surgir l'impertinence, la fougue et l'esprit joueur. Aussi subtil qu'une annonce au poker. C'était comme si elle essayait un trousseau de clés, cherchant celle qui révélerait le secret de la femme qu'il voulait qu'elle soit.

Cooper resta calme, ne manifesta rien. « Tu es une lectrice, n'est-ce pas ? Sauf qu'au lieu de comprendre ce que les gens pensent, tu vois ce qu'ils veulent. Et alors tu le deviens.» *Mon Dieu. Quel don pour un espion. Elle est ce que tout un chacun veut qu'elle soit.*

«Alors montre-moi.» Samantha fit un pas en avant. «Arrête de te cacher.

— Pourquoi ?

— Juste pour que je sache qui je dois être.

— Sois simplement toi-même.

— C'est ce que tu veux, alors ? Une "vraie femme". Je peux jouer ce rôle.» Elle rit et se tourna vers Shannon. «Qui est-ce ?

— Il est du DAR. Du moins, *était*.» Shannon se laissa tomber sur le canapé, étendit les bras sur le haut des coussins matelassés. «Il dit que c'en est fini pour lui.

— Que faisait-il pour eux ?» Elles parlaient toutes les deux comme s'il n'était pas là.

«Il tuait des gens.

— Qui a-t-il tué ?

— C'est une bonne question.» Shannon tourna la tête vers lui. «Qui as-tu tué, Cooper ?

— Surtout des enfants, dit-il. J'apprécie un bébé au petit déjeuner, pour bien commencer la journée. Les portions sont petites, mais on peut se servir des os pour faire de la soupe.

— Il est drôle, dit Samantha, sans rire.

— N'est-ce pas ? Un tueur à gages avec le sens de l'humour.

— J'ai entendu une histoire hilarante, dit Cooper. À propos d'un immeuble qui a explosé. Un millier de morts. Des civils qui ne demandaient rien à personne.»

Quelque chose se tendit en Shannon, son corps se serra comme un poing. Une réaction rapide, profonde et involontaire. «Je te l'ai déjà dit. Ce. N'est. Pas. Moi.»

Soit elle était la plus grande menteuse de tous les temps, soit elle n'avait réellement pas fait exploser l'Exchange.

Cooper repensa à ce jour, six mois plus tôt. Sa concentration et sa détermination lorsqu'elle était entrée dans l'immeuble – entrée et non sortie – et sa surprise lorsqu'elle l'avait vu, la façon dont elle avait clamé son innocence. Qu'avait-elle dit ? Quelque chose comme : « Attendez, vous ne… », puis il l'avait frappée. Il n'avait pas particulièrement aimé ça, mais il n'avait voulu prendre aucun risque.

Était-il vraiment possible qu'elle soit venue là pour empêcher l'explosion ?

Non. Garde la tête froide. Ce n'est pas parce qu'elle croit dire la vérité qu'elle sait ce qui s'est vraiment passé. Smith est un maître d'échecs. Elle est une pièce.

« Très bien, dit Cooper. Mais je ne suis pas un tueur à gages. Qu'est-ce que vous diriez d'une trêve ? »

Elle ouvrit la bouche, la referma. Hocha légèrement la tête.

Samantha regarda l'un, puis l'autre. « Dans quoi est-ce que tu t'es fourrée, Shannon ?

— Je ne le sais pas encore.

— Pourquoi est-ce que tu es avec un ancien agent du DAR ?

— C'est compliqué.

— Tu lui fais confiance ?

— Non, dit-elle. Mais il aurait pu me faire arrêter, et il ne l'a pas fait.

— Mesdemoiselles ? » Cooper souriait platement. « Je suis là.

— J'ai besoin de ton aide, Sam. » Shannon se pencha en avant, les coudes sur les genoux. « J'ai des problèmes. »

La petite femme les regarda tous les deux. Ses doigts étaient serrés autour du flacon de médicaments. Finalement, elle le posa sur le comptoir et prit place sur le canapé d'en face. « Raconte-moi. »

Ce que fit Shannon. Cooper s'assit à côté d'elle et l'écouta tout en détaillant la pièce. Tous les romans étaient au format poche, une double rangée de livres à la tranche cassée et aux pages cornées. Science-fiction, fantasy, thrillers. Pas de photos personnelles, et les bibelots avaient l'air d'avoir été achetés en même temps que les meubles plutôt que d'avoir été collectionnés au cours des ans. Une planque parfaite, le genre d'endroit qu'on pouvait quitter sur-le-champ. Et qu'un espion adorerait.

Ou un assassin.

La déduction était intuitive, mais il savait qu'elle était correcte. Elle était un assassin.

Mon Dieu, elle devait être vraiment douée. Une femme qui pouvait sentir tout ce que voulait un homme, n'importe quel homme ? Aucun ne pouvait lui échapper. Elle était capable d'approcher qui elle voulait. De près. L'amener dans une situation où il était seul et vulnérable. Qui que ce soit. *Combien d'hommes est-ce que cette jolie petite chose a séduits et assassinés ?*

Shannon en arriva finalement à leur marché précaire : Cooper la conduirait saine et sauve dans le Wyoming, et en échange elle lui procurerait l'occasion de parler à Erik Epstein.

« C'est dangereux, dit Samantha. Les deux camps vont être à vos trousses.

— Cooper connaît les protocoles du DAR. Et il a autant de raisons que moi de les éviter.

— Tu en es sûre ?

— Je suis toujours là, dit Cooper.

— Cet après-midi, c'était pas de la comédie, dit Shannon. Ces agents voulaient le tuer. »

L'autre femme hocha la tête. « Et tu veux que j'en persuade notre camp ?

— Mets-les au courant, tout simplement, dit Shannon. Dis-leur que je suis venue te voir, répète-leur ce que je viens de te dire. Dis-leur que j'arrive. Dis-*lui*. »

La réaction de Samantha à cette évocation fut discrète mais indéniable. Une minuscule inclinaison. Un relâchement des muscles de ses jambes croisées. Une irrégularité dans son expiration.

Elle se soucie de John Smith. Elle l'aime, sans doute. Et elle sait comment le joindre.

Il lui fallut toutes les ressources de sa volonté pour que cette déduction n'apparaisse pas sur son visage.

« Tu n'as pas besoin de me croire, dit Shannon. Dis-le-lui, c'est tout. Tu le feras ?

— Pour toi ? » Samantha sourit. « Bien sûr.

— Merci. Je te revaudrai ça.

— Ce n'est rien.

— Dans ce cas, puis-je te demander une autre faveur ? » Les lèvres de Shannon s'arquèrent d'une façon bizarre et toute personnelle. « Puis-je utiliser ta salle de bains ? » Elle pointa un pouce dans la direction de Cooper. « Tu devrais voir celle de sa chambre d'hôtel. »

*

Cooper se pencha en arrière. Posa les mains sur le canapé. Ça faisait bizarre. Comment tenait-il ses mains, d'habitude ?

Depuis l'autre canapé, Samantha le regardait, avec quelque chose de félin dans son attitude, une note langoureuse et prédatrice. Ses jambes étaient croisées au niveau des genoux et elle balançait négligemment un pied, ses muscles ondulaient sous la fine peau de son mollet. Elle était pieds nus, ses ongles étaient vernis d'une couleur claire qui s'appelait nude, croyait-il.

« Est-ce que je te rends nerveux ?

— Non, dit-il. C'est juste que je n'aime pas qu'on me lise. » Il croisa les doigts. Ça faisait bizarre, ça aussi. Était-ce cela que les gens ressentaient à son contact ? Ce que Natalie avait ressenti chaque jour qu'ils avaient vécu ensemble ?

« Tu as déjà été avec une lectrice, Nick ?

— Cooper, dit-il. J'ai connu beaucoup de lecteurs. » Il se leva et marcha vers la fenêtre. L'appartement était au trente-deuxième étage, et la vue était semblable à celle qu'il avait eue au Continental Hotel, sauf que la sienne donnait vers l'est. Il pouvait deviner le dessin des vagues sur le lac, gris sur bleu nuit. Et en superposition, le reflet fantôme de la pièce.

« Je n'ai pas dit connu. » Sur la vitre, il la vit se lever, lisser sa jupe en s'approchant. « J'ai dit été avec. »

Cooper ne répondit pas. Elle se plaça derrière lui et son corps masqua son reflet tant elle était petite. Mais il pouvait la sentir. « Écoute. » Il se tourna. « J'apprécie ce que tu fais pour nous. Mais saute la comédie de la déesse du sexe.

— Ce n'est pas une comédie. Tu veux la vraie moi ? » Ses mains dessinèrent les contours de son corps, sans le toucher. « Me voilà. Je suis le fantasme. Qu'est-ce que tu veux, Cooper ? Quoi que ce soit, je le serai. Dure ou douce, sans défense ou blasée, honteuse ou dévergondée ou n'importe quoi entre les deux. Je peux être la jeune innocente malléable ou l'Amazone que toi seul peux conquérir. » Elle s'approcha encore. « Tu n'as même pas besoin de me le dire, de ruiner le fantasme en le disant à haute voix. Laisse-moi juste voir en toi.

— Tu es sérieuse. Tu veux qu'on passe dans la chambre à coucher tout de suite ?

— Shannon s'en fiche. Elle et moi avons eu une liaison, avant. »

Cette image fut presque suffisante pour lui faire perdre le contrôle. Il inspira profondément, repoussa le fantasme échafaudé à la hâte. « Tu vois, je crois que c'est juste un jeu pour toi. Tu veux gagner.

— Je ne joue pas. Je veux te connaître. » Elle posa une main sur son torse. « Tu m'as excitée. C'est ta force. Tu es si réservé. Montre-moi qui tu es. Personne ne le saura. Je peux être ton institutrice d'école primaire ou la copine de ta fille, celle que tu désires sans l'admettre à toi-même.

— Ma fille a quatre ans, dit Cooper.

— Ouvre-toi à moi, c'est tout. Je sentirai ce dont ton corps a besoin. Je le saurai avant toi. Je le saurai même si toi tu ne le sais pas. Qu'est-ce que la réalité, comparée à ça ? »

Il baissa la tête vers elle, vers ses yeux marron profond et sa peau douce, vers le renflement de ses seins et vers sa jupe qui épousait ses cuisses, vers sa cascade de cheveux blonds et ses pieds soignés. Elle était superbe, l'image même du désir, une parfaite Aphrodite en miniature avec un coin de lèvre pincé entre ses dents blanches.

Mais en dessous de tout cela, il pouvait voir le manque chevillé en elle, visqueux et accroché comme une anguille.

« Merci, dit-il. Mais ça va aller comme ça. »

Elle s'était étirée, offrait ses lèvres, et durant un instant ce fut comme si elle n'avait pas enregistré ses mots. Lorsqu'elle les assimila, ils eurent sur elle l'effet d'une décharge électrique, son visage s'affaissa et ses yeux étincelèrent. « Quoi ? » Comme il ne répondait pas, elle répéta, avec plus de colère. « *Quoi ?* »

Il vit venir la gifle, mais il la laissa faire, sa main siffla en fendant l'air avant de frapper sa joue.

« Personne ne dit *non*. Tu te prends pour qui ? Sais-tu combien d'hommes tueraient pour avoir la chance d'être avec moi ? » Elle pressa ses mains contre son torse et poussa, en vain. « Tu ne dis pas non. Pas à moi. »

Elle arma à nouveau son bras, mais cette fois il l'arrêta. Ce faisant, il remarqua Shannon, qui d'une façon ou d'une autre s'était plantée au milieu de la pièce, alors qu'il la croyait vide.

Il repoussa le bras de Samantha. « Je suis désolé, dit Cooper. Je ne voulais pas t'offenser. »

Son merveilleux visage était devenu rouge de colère. « Sortez. Tous les deux. »

Ce qu'ils firent. En refermant la porte, il jeta un dernier coup d'œil par-dessus son épaule. Samantha tenait le flacon orange et faisait tomber une pilule dans sa main si parfaite.

*

Au milieu du couloir décoré avec prodigalité, Shannon dit : « Merci pour le coup de main, Cooper. »

Il semblait ne rien y avoir à répondre, ou du moins rien qui ne débouche sur un affrontement, ce que précisément il ne voulait pas. Alors ils marchèrent côte à côte, le bruit de leurs pas étouffé par la moquette. Elle appuya sur le bouton d'appel de l'ascenseur et il était encore en train de penser à ce qu'il venait de voir.

Quelque chose lui avait échappé. C'était comme une petite plaie dans la bouche qui ne le laissait pas tranquille.

Son don l'avait empêché de la lire. Un caméléon qui change de couleur en permanence, c'était clairement comme cela qu'elle s'était comportée toute sa vie. Une demi-heure, ce n'était pas assez pour parvenir à la percer. Mais peut-être était-ce justement un indice en soi : une femme qui tire son identité du désir des autres, à tel point qu'elle s'était jetée sur lui uniquement pour confirmer qu'elle était irrésistible. Une femme ravie de recevoir du Shadow, une drogue conçue pour brouiller la mémoire de la douleur.

Cela n'avait pas de sens. Quel genre d'assassin ferait une junkie avec des problèmes d'ego ? L'addition des parties ne correspondait pas au total.

Ce qui signifie que tu n'as pas le bon total.

L'ascenseur arriva, ils y entrèrent. Lorsqu'il s'arrêta dans le parking souterrain, il avait la réponse.

Une junkie avec des problèmes d'ego qui la poussaient à réaliser les fantasmes de tout le monde ferait un piètre assassin.

Mais une prostituée de premier ordre.

Cooper se frotta les sourcils. « Je suis désolé », dit-il. À la façon dont Shannon le regarda, elle sembla comprendre ce qu'il disait à plusieurs niveaux. Elle faillit répondre, puis changea d'avis.

Après le raid à l'hôpital, ils étaient allés récupérer sa voiture et maintenant il actionnait l'ouverture des portes et prenait place derrière le volant. Une spirale de deux étages les ramena à la surface. Une lourde porte coulissa, et ils émergèrent sur Lake Shore Drive, avec la luxueuse tour de Samantha dans le rétroviseur arrière.

« Ce n'est pas sa faute, dit Shannon, les yeux fixés sur la route devant elle. Elle n'a pas toujours été comme ça.

— C'est une call-girl, n'est-ce pas ?

— Ouais. » Elle prononça le mot lentement. Les lumières de la ville dansaient sur les traits de son visage.

« J'ai cru qu'elle était… enfin, un assassin.

— Samantha ? demanda Shannon, interloquée. Non. Je veux dire, elle a beaucoup de clients puissants, et je suis sûre que si John le lui demandait, elle le ferait. Elle ferait n'importe quoi pour lui. Mais il ne le lui demandera jamais.

— Pourquoi est-ce qu'elle fait ça ? » Il vérifia le rétroviseur et changea de file. « À l'évidence, elle est niveau un. Une lectrice comme ça, elle pourrait…

— Quoi ? Travailler pour le DAR ? »

Il tourna la tête vers elle, mais Shannon continua à regarder droit devant. Cooper revint à la route. Une image de Samantha ne le quittait pas, celle du premier instant où elle l'avait regardé, où elle avait fait un infime pas en avant et avait changé de posture. Il y avait tellement d'énergie dans ce geste. Mais bien sûr, cela faisait partie de la comédie. Il se demanda si entre son besoin et son addiction, il y avait encore de la place pour sa véritable nature, pour la vraie femme.

« Pardon », dit Shannon. Ses mains étaient posées sur ses genoux, et elle les frottait l'une contre l'autre. « Ça me contrarie, tu vois ? La voir comme ça. Tu as raison, elle est niveau un. Et elle est sensible, émotionnellement sensible. Elle l'a toujours été. Alors ce don pour lire les autres, il s'est transformé en empathie. De la véritable empathie. Essayer de comprendre comment les autres ressentent le monde. Elle voulait être artiste, ou actrice. Et même si elle était dans une académie, elle n'est pas devenue une cible comme certains le deviennent, comme John l'a été. Elle aurait pu s'en sortir sans dommages. Mais un jour, elle a eu treize ans. »

Les doigts de Cooper se serrèrent sur le volant. « Qui était-ce ?

— Son mentor, dit Shannon. Tu sais comment fonctionnent les académies ? Chaque enfant a un mentor, toujours un normal, qui est son, eh bien, qui est tout pour lui. Les académies mettent tout en œuvre pour que nous soyons constamment sous la menace les uns des autres. Le mentor est la personne en qui tu es censé avoir confiance. Évidemment, ce sont eux les véritables monstres, mais c'est quelque chose que les enfants ne comprennent pas. Ce sont juste des adultes qui sont gentils avec toi. Et comme tu n'as plus de papa, de maman, de frère ou de sœur, ni même de *nom*… » Elle haussa les épaules. « Tous les enfants ont besoin d'aimer un adulte. Les normaux comme les tordus, c'est dans l'ADN. »

Cooper ressentit à nouveau cette colère désespérée, le sentiment qu'il avait éprouvé lorsqu'il avait visité l'académie, lorsqu'il avait imaginé balancer le directeur à travers cette satanée fenêtre. Il commençait à regretter de ne pas l'avoir fait.

« Quoi qu'il en soit, à peu près au moment où elle a eu treize ans, elle s'est mise à ressembler à la personne qu'elle est aujourd'hui. Et elle avait ce don, OK ? Elle savait ce que voulaient les gens. Ce que voulaient les hommes. » Elle prit une profonde inspiration, puis soupira. « Il a réussi à la convaincre que c'était de l'amour. Il lui a même promis de la faire sortir de l'académie dès qu'il le pourrait. Et en attendant, il lui a donné des trucs pour que ce soit plus facile à supporter. De la Vicodine pour commencer, mais l'escalade a été rapide. Au moment où il l'a fait sortir, elle sniffait de l'héroïne.

« Il l'a installée dans un appartement, mais il n'a plus fait semblant d'être amoureux d'elle. Il lui a simplement donné un aperçu du syndrome de sevrage et de son horreur. Puis il lui a présenté l'un de ses "amis", et lui a dit ce qu'elle devait faire pour obtenir sa prochaine dose. Depuis, c'est ce qu'elle fait.

— Mon Dieu », dit Cooper. Lorsqu'il l'avait observée, il avait vu le manque brut fait femme. Maintenant, il voyait une adolescente rendue accro et vendue par son mentor et amant. « Est-ce qu'elle – le mentor, est-ce qu'il…

— Non. Après que John a été diplômé de l'académie, il est venu la chercher. » Pour la première fois depuis qu'ils étaient montés dans la voiture, Shannon se tourna vers lui et il vit ce sourire si personnel, comme des feux de stop allumés. « Ce qui est drôle, c'est que son mentor a disparu. On ne l'a plus jamais revu. »

Bien joué, John. Tu es peut-être un terroriste aux mains pleines de sang, jusqu'aux coudes. Mais au moins, là, tu as fait ce qu'il fallait.

« Elle est indépendante, maintenant, pas de maquereau ni rien. Mais elle n'a jamais vraiment oublié son mentor. Elle aurait pu être une artiste fascinante, ou une psychologue, une avocate, une guérisseuse, mais ce n'est pas ce que le monde des normaux a voulu pour elle. Ce n'est pas ce que le monde des normaux lui a appris à faire.

« Ce que le monde des normaux voulait, c'était des fellations à la demande de la part d'une pute anormale qui désirait être leur fille. Ils n'ont même pas à se sentir mal pour ça. Après tout, ils n'ont jamais *dit* qu'ils voulaient baiser leur fille. C'est elle qui le sentait. Et pour les femmes, eh bien, elle n'est qu'une tordue », dit Shannon en haussant les épaules.

Puis elle se tut et l'histoire resta en suspens entre eux comme de la fumée de cigarette tandis qu'il roulait dans les rues assombries. Il voulait l'affronter, lui dire que le monde n'était pas forcément comme ça, que tous les normaux ne correspondaient pas au portrait qu'elle en dressait.

Mais qu'il était suffisamment étrange pour garder Samantha dans une prison de luxe jusqu'à la fin de ses jours. Ou jusqu'à ce que sa beauté se fane.

C'était le monde. Le seul à leur disposition. Personne n'a dit qu'il était parfait.

« Bon, dit Shannon. Même si ça s'est mal terminé, elle fera ce qu'elle a promis. On devrait être à l'abri de ceux de mon camp, au moins jusqu'à la Nouvelle Canaan. Et puisqu'on en parle, il nous faut une identité toute neuve.

— Oui, dit-il. Exact. Mais il y a juste une chose que nous devons faire avant ça. »

Chapitre 22

« Je dois l'admettre, j'ai pensé que tu parlais, tu sais, de fusils d'assaut ou d'un quelconque gadget secret d'espion issu des nouvelles technologies.

— Déçue ?

— Non, dit-elle en tendant la main vers une nouvelle part de pizza. Je mourais de faim. »

C'était davantage un bar qu'un restaurant, un bistrot souterrain mal famé avec des murs en brique et des enseignes au néon. Pizza convenable, avec du pepperoni et des poivrons, à pâte fine, pas ces saloperies épaisses que seuls mangent les touristes. La clientèle était décontractée, casquettes de base-ball et jeans, la 3D était branchée sur un match des Bears et ce bon vieux Barry Adams était en train de ridiculiser tout le monde.

Cooper ouvrit le couvercle du pot de piment moulu et en versa sur sa part de pizza. Grasse, pleine de fromage, divinement épicée, arrosée de grandes gorgées d'IPA[1] houblonnée.

Tous les clients se mirent à hurler en même temps.

1. India Pale Ale : bière d'origine anglaise ayant une odeur et une saveur de houblon prononcées.

Les Bears venaient de marquer. Chicago aimait ses équipes. Le ralenti montra Adams traverser la ligne défensive comme si le Tout-Puissant lui avait donné un laissez-passer. Shannon eut un cri d'admiration.

« Fan de foot ?

— Non. Fan de Barry Adams.

— Je me suis demandé, dit Cooper. La première fois que je t'ai vue. La deuxième fois, en fait. La première fois, j'ai juste remarqué une jolie fille. C'est quand on a triangulé le signal du téléphone cellulaire que j'ai compris que tu t'étais baladée dans mon périmètre. »

Elle tamponna une goutte de sauce sur ses lèvres. « Je ne savais pas si j'allais réussir, si vous aviez un dossier sur moi.

— Non. Rien.

— Je parie que si, maintenant. »

Il rit. « Oui, je pense aussi. Je crois que les cibles sont, dans l'ordre, John Smith, puis moi, et ensuite toi. » C'était une chose étrange à dire, d'autant plus étrange que c'était vrai. Cooper ne creusa pas la question. Il était un ennemi d'État. Durant les six derniers mois, il avait dévalisé, volé et survécu à trois – non, quatre en comptant aujourd'hui – confrontations avec des agents venus pour le tuer. Plus tôt dans la soirée, il avait volé des narcotiques expérimentaux pour les donner à une prostituée anormale qui était l'amie et peut-être l'amante du terroriste le plus recherché d'Amérique, et maintenant il dînait avec l'un des meilleurs agents de ce terroriste, une femme invisible qui avait sans doute tué autant de fois que lui.

Il entendit la voix de Roger Dickinson résonner dans sa tête. *Alors, dis-moi : comment Cooper fait-il pour être du bon côté, vu comme ça ?*

C'était une pensée perturbante, et il la chassa.

« Qu'est-ce que ça donne pour des gens comme toi et Adams ? Comment ça marche ?

— Tu veux parler de mon don ?

— Oui. »

Elle reprit sa part de pizza – il avait pigé qu'elle n'était pas du genre couteau et fourchette – et mordit dedans en regardant pensivement au loin. « Imagine que tu sois au bord de l'autoroute et que tu veuilles la traverser en courant. Les voitures passent à toute vitesse, ainsi que des gros camions qui t'aplatiraient complètement, et des motos qui slalomment entre les deux. Alors tu regardes dans la direction d'où ils viennent, non ? Tu observes les vitesses et les distances relatives, et à partir de là, tu décides quand courir et quand t'arrêter.

— Ou bien tu empruntes un autopont.

— C'est une solution. Mais imagine plutôt qu'avec une caméra, tu aies pu enregistrer les quinze ou vingt secondes à venir. Tu vois alors vers où chaque véhicule va se diriger. Comment telle voiture a changé de voie et a forcé le camion à ralentir, qui lui-même a forcé les autres voitures à ralentir, et le motard en a profité pour appuyer sur l'accélérateur.

— Tu veux dire tourner la poignée des gaz. Les motos n'ont pas de pédale d'accélérateur.

— Peu importe. Le truc, c'est que tu as enregistré tout ça. Alors imagine que tu puisses revenir en arrière au moment où tu as commencé à filmer. Tu sais ce qui va se passer. Tu sais que la fille avec le téléphone va changer de voie sans se signaler, que le camion va brusquement freiner et que le motard va faire un écart. Ça devient facile de les éviter.

— Tu veux dire que tu vois les vecteurs ?

— En quelque sorte. Les voitures, c'était juste une

métaphore. Je n'y arrive pas vraiment avec elles. Je peux uniquement anticiper les gens. Ce sont eux qui me donnent le signal. Je ne sais pas vraiment comment je fais ça, c'est juste… Je regarde une pièce ou une rue, et je vois vers où chaque personne regarde et se dirige.

— Est-ce que tu peux me dire ce qui va se passer dans les quinze prochaines secondes ?

— Je ne sais pas ce que les gens vont dire, ni si quelqu'un va renverser son verre. Tu ne prévois pas de renverser ton verre, donc je ne peux pas l'anticiper. Par contre, je peux voir que le type qui sort des toilettes va encore avancer d'une rangée, puis lui et la serveuse seront sur le même chemin, alors il va reculer, sauf que le type juste là est sur le point de se lever et il y aura un embouteillage. La serveuse va s'arrêter et attendre, les deux types vont s'effacer pour la laisser passer. »

Cooper se tourna pour regarder. Tout se déroula exactement comme elle venait de le dire. « Ça doit être épuisant. »

Elle redressa la tête. « Sur le coup, la plupart des gens trouvent ça génial et voudraient pouvoir faire la même chose.

— Eh bien, ça l'est, je le reconnais. Mais tu dois en avoir assez de tout ça, à force.

— Toi aussi, ton don se manifeste en permanence.

— Ouais, et j'en ai assez, dit-il. C'est la dissonance. Entre ce que les gens disent et ce qu'ils expriment. Grâce à Dieu, je suis moins dans la lecture que dans l'identification des schémas et la prévision des intentions. Je peux dire quand une personne me ment ouvertement, quand elle est inquiète, ce genre de choses. Mais j'ai rencontré des lecteurs qui peuvent te dire tes secrets les plus profondément enfouis après avoir discuté avec toi deux minutes au sujet de la météo.

— Moi aussi. La plupart sont enfermés.

— Qui ne le serait pas ? Si j'étais entouré par les secrets et les mensonges de toutes les personnes que je voyais, je resterais à l'écart des gens, moi aussi.

— Alors, tes schémas. Tu peux dire ce que les gens s'apprêtent à faire ? Physiquement ?

— Oui, dit-il. Et s'il te plaît, ne me teste pas en me jetant cette fourchette.

— Excuse-moi. » Elle sourit et écarta sa main du couvert. « Pas étonnant que John nous ait dit de ne pas nous attaquer à toi. »

Ce commentaire désinvolte le frappa comme une gifle. « John. Smith ? Il sait qui je suis ? Il connaît mon nom ?

— Bien sûr. » Elle avait l'air amusée. « Tu pensais que ça ne marchait que dans un sens ? Il sait tout de toi. Je pense que d'une certaine façon, il te respecte. Il a mis son veto à un projet d'assassinat l'année dernière, un peu avant le truc de l'Exchange. L'un de nos gars voulait poser une bombe dans ta voiture. C'était quoi, une Charger ? Histoire de montrer que même le meilleur agent du DAR n'était pas en sécurité.

— Et alors ? Je ne comprends pas. Pourquoi ne l'a-t-il pas fait ?

— John a dit non.

— Je veux dire, John. Pourquoi est-ce qu'il ne m'a pas tué ?

— Ah. Il a dit que ça ne ferait qu'emmerder le DAR. Que les coûts seraient plus élevés que les bénéfices.

— Il a eu raison.

— Il a également dit qu'ils ne pouvaient pas être certains que tes enfants ne seraient pas dans la voiture. »

Cooper ouvrit la bouche. La referma. Pensa au nombre de fois où il était monté dans la Charger sans jamais vérifier qu'il n'y avait pas d'explosifs. Au nombre de fois où Kate et Todd y étaient montés avec lui. Pensa à la voiture dévastée, aux flammes léchant les portières, à deux petites formes calcinées à l'arrière.

Shannon dit : « Alors, tu dois être un sacré danseur.

— Quoi ? Non. Aucun rythme. Mais en me faisant guider, je serais un partenaire d'enfer, à mon avis.

— Je garde ça en tête, dit-elle. Au cas où on se retrouve sur une piste. » Elle plia sa serviette en papier et la posa sur sa part de pizza à moitié terminée. « Bon, quelle est la suite ?

— Il nous faut des papiers qui nous permettront d'entrer dans la Nouvelle Canaan. Permis de conduire, passeport, carte de crédit. Je connais un type sur West Side, il fait du bon boulot. »

Elle le regarda d'un air dubitatif. « Pourquoi tu ne t'es pas adressé à lui au lieu d'aller voir Zane ? »

Merde ! Prudence, mec. « Il y a une différence entre obtenir des papiers qui me permettent de circuler, et avoir la capacité d'effacer mon passé, de recommencer de zéro.

— Ce type est un ami à toi ?

— Non. »

*

Certains quartiers de la banlieue ouest de Chicago étaient ravissants, des endroits florissants, ombragés et familiaux.

Celui-ci n'en faisait pas partie.

Cooper, gosse de militaire avant de devenir lui-même militaire, n'avait jamais vraiment établi de racines nulle part – du moins pas au niveau géographique – et regardait chaque endroit de travers, comme un perpétuel étranger. Il avait développé une théorie au sujet des villes, selon laquelle leur industrie dominante se répandait dans toutes leurs strates, depuis leur architecture jusqu'à la façon de parler. Ainsi à LA, une ville bâtie sur le divertissement et le fantasme, on trouvait des maisons fantasques et durant les dîners, on parlait de labiaplastie. À Manhattan, l'industrie de la finance ramenait tout à l'argent, à quelque niveau que ce soit : la ligne des toits des gratte-ciel était un diagramme d'actions et les rues pulsaient de devises.

Chicago s'était construite en tant que ville ouvrière, une ville d'abattage, et peu importait combien de restaurants chics ouvraient, peu importaient les ports construits sur le lac et les espaces verts, ses quartiers les plus authentiques seraient toujours couverts de la rouille de l'industrie. Elle s'entassait sur les bancs de la rivière brune de vase et s'amassait dans les entrepôts sans fenêtres des quartiers industriels.

L'immeuble qu'il cherchait comptait trois étages sinistres en parpaings. Un quai de chargement courait tout le long de la façade. Au-dessus, quelqu'un avait peint les mots VALENTINO AND SONS, LAUNDRY AND DRY CLEANING[1] en lettres d'un mètre cinquante de haut. Les hivers de Chicago les avaient fait pâlir et peler. Cooper gara la voiture sous un réverbère, bien que ce soit inutile. Personne ne vivait dans le coin. Il ouvrit le coffre et prit le sac de paquetage.

« Du linge sale ? demanda Shannon.

— Depuis environ six mois. »

Ils entendirent le bruit des machines en approchant du quai de chargement. Une douce odeur d'humidité émanait de l'endroit. À l'intérieur, la pièce était

1. Valentino et Fils, blanchisserie et nettoyage à sec.

immense, chaude et bruyante. Sous le bourdonnement des lumières fluorescentes, d'imposantes machines à laver étaient en train de tourner et de cliqueter, des hommes et des femmes allaient et venaient pour charger les tambours ou ramasser les vêtements propres. L'atmosphère était dense et chimique. Bien que le perchloréthylène utilisé pour le nettoyage à sec fût censé être contenu dans un système fermé, les machines étaient si vieilles et les installations en si mauvais état que des traces de détergent toxique flottaient dans l'air. Tous les employés avaient quelque chose de résigné en eux, la marque des gens qui ont passé des décennies à manœuvrer des chariots dans des allées étroites ou courbés sous de lourdes charges. Cooper s'engagea dans l'allée, s'arrêta pour laisser passer une femme flétrie qui poussait un chariot rempli de costumes. Il faisait frais dehors, mais maintenant il sentait la transpiration sous ses aisselles et au creux de ses reins.

Personne ne fit attention à eux lorsqu'il guida Shannon vers l'arrière, jusqu'à un escalier étroit. Le premier étage était encore plus chaud que le rez-de-chaussée, et plus bruyant également. Ici se trouvaient les gigantesques machines à laver et les énormes presses utilisées pour le nettoyage à échelle industrielle des nappes, des draps et des serviettes d'une centaine d'hôtels et de restaurants. Il aperçut brièvement un mécanisme qui bougeait avec la précision d'un insecte, entendit un air de musique, quelque chose de mexicain, d'enlevé et de discordant, puis ils continuèrent à monter.

Le dernier étage était le plus étouffant. Une ruche suréclairée pleine de plans de travail étroits collés les uns contre les autres. Une vingtaine de personnes étaient entassées là, chacune en train de plisser les yeux sur une machine à coudre ou de couper des longueurs de tissu. C'était comme écouter une centaine de pics-verts en même temps. La plupart des hommes avaient enlevé leur chemise et travaillaient torse nu ou en maillot de corps, la peau luisante. Un ventilateur de la taille d'une turbine d'avion tournait faiblement, remuant un air chargé de fumée de cigarettes, d'odeurs chimiques et corporelles.

Cooper longea l'allée et se dirigea vers le bureau, au fond. Shannon le suivit. « Bizarre, dit-elle.

— Main-d'œuvre exploitée.

— Je sais. C'est juste qu'on dirait les Nations unies. J'ai vu des ateliers clandestins pleins d'Africains de l'Ouest, de Guatémaltèques, de Coréens, mais c'est la première fois que je les vois tous au même endroit.

— Ouais, dit Cooper. Schneider est un novateur.

— Il profite du concept d'égalité des chances ?

— Pas vraiment. Il exploite surtout une subculture en particulier.

— Qu'est-ce que tu veux dire ?

— Ce sont tous des anormaux. Chacun d'entre eux.

— Mais… » Shannon s'interrompit. « Comment ? Pourquoi ?

— Schneider produit de fantastiques papiers d'identité, dit Cooper en faisant passer son lourd sac de paquetage d'une épaule à l'autre. Il est spécialisé dans les anormaux qui veulent vivre comme des normaux. Risques élevés, mais plein de fric. Ceux qui n'ont pas l'argent travaillent pour lui.

— En fabriquant des fringues au rabais.

— En fabriquant des copies au rabais de fringues de luxe. » Cooper désigna de la tête une femme assise trois bureaux plus loin. Ses cheveux couleur fumée de cigarette étaient lâchement attachés en queue-de-cheval sur sa nuque. Elle portait d'étranges lunettes dont les verres ressemblaient à deux loupes de bijoutier fixées sur une monture de grand-mère. Elle tira une chemise d'un panier situé à sa gauche, l'étala sur la table, plongea la main dans une boîte en carton pour y piocher un logo brodé d'un centimètre et demi et le placer à un endroit précis avant de le coudre de plusieurs points rapides et mesurés et de faire glisser la chemise dans un panier situé sur sa droite. Puis elle pivota pour en prendre une autre sur sa gauche. Toute l'opération n'avait pas pris vingt secondes.

« Est-ce que c'est le logo Lucy Veronica ?

— Si tu le dis. » Il se remit en marche, et elle le suivit.

« Combien de temps est-ce qu'il faut pour se payer une nouvelle identité ?

— Dans les deux ans. Il leur faut un travail normal pour avoir de quoi vivre. Nourrice, plombier, cuisinier. » Il s'arrêta au bout d'une rangée, regarda de part et d'autre, se remit en marche. « Après leur boulot, ils viennent ici, travaillent six ou sept heures pour payer leur dette.

— Ce sont des esclaves que tu me décris là.

— Plutôt des domestiques sous contrat, mais c'est l'idée. » Il regarda au bout de l'allée et vit Schneider parler à un type à la peau sombre qui faisait deux fois son poids. « Par ici. » Personne ne faisait attention à eux. Cela faisait partie des règles de l'endroit : personne ne voulait être reconnu. *Après tout, c'est exactement pour cela qu'ils travaillent. Des Brillants qui s'aveuglent à une tâche servile, cousant des copies de vêtements de luxe pour gagner le droit de se déguiser en normaux.*

Max Schneider était un épouvantail de deux mètres de haut, maigre comme un cadavre. Il avait une montre de luxe et des dents pourries. Cooper pensait que c'était par choix, que le faussaire tirait avantage à mettre les autres mal à l'aise. Ou peut-être qu'il s'en foutait complètement.

L'ouvrier auquel il parlait était costaud, les muscles couverts d'une épaisseur de graisse. Sa peau était noir caraïbe, mais la tension que Cooper lut en lui avait la forme d'un crépitement de vagues cireuses. « Mais ce n'est pas ma faute.

— C'est toi qui as amené ce type, dit Schneider. C'était ton ami.

— Non, je vous l'ai dit, c'est juste un gars que j'ai rencontré. Je vous l'ai dit quand je l'ai amené ici, j'ai dit que je ne le connaissais pas, vous avez demandé si je me portais garant pour lui et j'ai dit non. »

Schneider agita la main devant son nez comme s'il voulait dissiper une mauvaise odeur. « Et comment est-ce qu'il s'est retrouvé impliqué dans une bagarre, comment est-ce qu'il s'est fait arrêter ? Et que se passera-t-il s'il parle de moi ?

— Je ne me suis pas porté garant pour lui.

— Je devrais en rester là avec toi. Mettre un terme à notre arrangement.

— Mais je n'ai plus que trois semaines à faire.

— Non, a dit le faussaire. Il te reste six mois à faire. »

Il fallut un moment pour que les mots fassent leur effet, puis les yeux de l'homme s'écarquillèrent, ses narines se gonflèrent, la pulsation de sa carotide accéléra. « Nous avions un accord. »

Schneider haussa les épaules. S'il était intimidé par la taille et la colère de son employé, il n'en montra rien. Aux yeux de Cooper, il avait l'air d'un homme qui maîtrisait parfaitement la situation, c'était à prendre ou à laisser. « Six mois. » Il se détourna et s'en alla.

« Je ne me suis pas porté garant pour lui », répéta l'homme.

Le faussaire fit volte-face. « Répète ça encore une fois.

— Quoi ?

— Dis-le encore. Dis-le. » Schneider sourit de ses dents tachées.

Pendant un instant, Cooper vit le type réfléchir, penser à le répéter avant d'attraper Schneider par le cou et de serrer avec sa puissante main. Il vit le poids de milliers d'injustices peser sur l'anormal, et le besoin urgent de les solder toutes en même temps, de céder au plaisir temporaire de clamer qu'il n'y avait pas d'avenir.

Et Cooper dut admettre qu'en un sens, il souhaitait que l'homme le fasse. Pour les siens et pour sa dignité.

Mais il ne se passa rien. Le grand homme ouvrit la bouche, la referma. Puis, lentement, il tira la chaise de sous sa table de travail et s'assit lourdement dessus. Ses épaules s'affaissèrent. Ses mains pleines de cicatrices saisirent une paire de ciseaux et un rouleau de toile de jean, puis, avec un geste d'automate, il abandonna un semestre de sa vie.

« Toi, dit Schneider, comme s'il venait de se rendre compte de la présence de Cooper. Le poète.

— Ouais. » Il ne tendit pas la main.

« Tu as besoin de quelque chose ? » Le faussaire regarda Shannon de haut en bas, sans la moindre émotion.

« Nouvelles identités, dit Cooper.

— Déjà ? Je t'en ai fait dix la dernière fois. Tu les as toutes brûlées ? » Schneider cligna des yeux. « C'est imprudent. Je ne travaille pas avec des gens imprudents.

— Il ne s'agit pas de ça. Il me faut quelque chose de mieux. »

Schneider se racla la gorge puis se mit en route en leur faisant signe de le suivre. « Mon travail est sans défaut. Le sceau, la micropuce, l'encre. Tu peux observer le bord au microscope et jurer qu'une carte toute neuve est vieille de dix ans. Mes rats de code font correspondre mon travail avec les bases de données gouvernementales. Il n'y a pas mieux.

— Mais cette fois, je franchis la frontière.

— Peu importe. Elles fonctionneront. Le Mexique, la France, l'Ukraine, partout.

— Ce n'est pas dans ce genre d'endroit que je vais. »

Schneider s'arrêta. Jeta un coup d'œil de côté. Il se pencha sur l'épaule d'une fille asiatique, dans les vingt-deux ans, observa ses doigts coudre des perles sur un filigrane délicat. Schneider secoua la tête, aspira l'air entre ses dents. « Trop large, dit-il. L'espacement est trop large. Fais-le correctement, sinon tu ne m'es d'aucune utilité. »

La fille garda les yeux baissés, acquiesça, se mit à découdre ce qu'elle venait de faire.

Schneider dit : « Tu vas dans le Wyoming.

— Oui.

— T'es un tordu. Tu n'as pas besoin de papiers d'identité. Tu peux entrer directement.

— Pas sous ma propre identité.

— Quelle identité ? » Schneider déploya son sourire hideux. « Thomas Eliot ? Allen Ginsberg ? Walt Whitman ? Qui es-tu, poète ? »

Cooper croisa ses yeux, rendit le sourire.

« La Réserve de la Nouvelle Canaan n'est pas un endroit comme les autres, dit Schneider. Le niveau de sécurité y est très élevé. »

«Très élevé» signifiait «élevé dans des proportions épiques». Cooper le savait. Bien que la RNC ait une politique d'accueil des immigrants surdoués, Erik Epstein et le reste du gouvernement de la Réserve nourrissaient une paranoïa légitime à propos d'une infiltration. Étant la plus grande concentration au monde de Brillants, ils possédaient les meilleurs individus de la planète pour sécuriser leurs frontières. Les agents du DAR avaient le droit d'entrer dans la Nouvelle Canaan – il s'agissait encore du sol américain, après tout –, mais seulement après s'être dûment identifiés. Quelques-uns avaient prétendu être des autochtones une fois entrés. Tous furent appréhendés et poliment escortés vers la sortie par des hommes armés.

«Vous pouvez le faire ?

— Il va te falloir une identité complète. Insérer des informations dans toutes les principales bases de données. Générer un profil de consommateur régulier.

— Vous pouvez le faire ?

— Ils pourraient finir par t'attraper. Les protocoles changeront, les fonctionnalités de recherche se perfectionneront ou bien c'est toi qui vas merder. Et tu n'as pas la bonne allure. Trop de tissus adipeux.

— Vous pouvez le faire ?

— Bien sûr.

— Combien ?»

Le faussaire aspira à nouveau l'air entre ses dents. «Deux cents.»

«Deux *cents* ?» C'était un prix outrageusement élevé, plusieurs fois supérieur à ce qu'il avait payé auparavant. Cela allait engloutir une bonne partie du liquide qu'il avait accumulé au cours de ses six derniers mois de hors-la-loi. «Vous plaisantez ?

— Non.

— Que dites-vous de cent ?

— Un prix est un prix.

— Allez. Vous m'arnaquez, là. »

Schneider haussa les épaules. Il avait eu le même geste plus tôt, lorsqu'il avait ajouté six mois de travail au contrat de son domestique. Un geste qui disait que c'était à prendre ou à laisser et que cela lui importait peu.

Cooper jeta le sac de paquetage sur une table de travail vide, ouvrit la fermeture à glissière et commença à compter les liasses. La bienséance criminelle aurait voulu qu'il fasse cela en privé, mais il ne s'en soucia pas. Que l'un de ces employés s'en prenne donc au faussaire. Ce n'était pas son problème.

« Voilà. Ce sont des liasses de dix mille. » Il poussa le paquet de vingt sur la table de travail. Puis il sortit deux autres liasses du sac et les posa au-dessus des autres. « Et ça, c'est pour l'autre type. Celui que vous avez arnaqué de six mois. »

Schneider eut l'air amusé. « Noble geste.

— Il aura sa nouvelle identité demain. Tout comme nous. » Cooper posa une main sur le tas de billets, les tapota du bout des doigts. « D'accord ? »

L'homme haussa les épaules.

« Je veux vous l'entendre dire.

— D'accord, dit Schneider. Demain matin. Maintenant… » Il dissipa à nouveau une odeur devant son nez. « J'ai du boulot. »

Cooper tourna les talons et s'en alla, Shannon le suivit comme son ombre. Il fila jusqu'au bout de l'allée, descendit les escaliers, ouvrit la porte. La nuit était fraîche, il inspira l'air profondément, monta dans la voiture. Shannon attendit qu'il ait fait crisser ses pneus sur près d'un kilomètre de bitume avant de poser la question qu'il avait déjà lue sur ses lèvres. « Pourquoi est-ce que…

— Parce que je n'aime pas le fait qu'il ne cache même pas la façon dont il nous perçoit. Des animaux d'élevage. Des esclaves.

— Beaucoup de gens nous voient comme ça.

— Ouais. Mais avec Schneider, c'est véritablement déshumanisé. Il pourrait te regarder mourir dans les flammes sans faire un geste pour verser de l'eau. Ce n'est pas de la haine, c'est… » Il ne trouvait pas le mot, ne parvenait pas à mettre le doigt sur ce qui le faisait réagir. « Je ne sais pas.

— Alors payer pour le type, c'était montrer à Schneider que tu es son égal ?

— Quelque chose comme ça. Pour qu'il se rende compte, je crois. Le secouer.

— Mais ça n'a pas marché. Tu restes du bétail. Comme une vache qui apprend à danser. C'est amusant, mais ça reste une vache. »

Il n'avait rien à répondre à cela et conduisit en silence pendant un moment.

« En fait, c'est ironique, quelque part, dit-elle. Ces vêtements étaient des contrefaçons de la nouvelle collection de Lucy Veronica. Tu connais ?

— Je connais son nom. C'est une Brillante ?

— Mon Dieu, Cooper, ouvre un magazine. Ses créations ont renouvelé l'industrie de la mode. La façon dont elle voit les choses a tout changé. Elle a une vision spatiale. Les femmes du monde vénèrent ses vêtements. Et ces femmes riches sont à leur tour vénérées par les nanas de la classe moyenne, qui ne peuvent pas s'offrir un vrai Lucy Veronica. Alors, que font-elles pour obtenir ce qui se rapproche le plus de ce qui se fait de mieux dans la mode, conçu par une Brillante ? Elles achètent une contrefaçon cousue par un Brillant. Dans un atelier clandestin.

— Ouais, eh bien, Sammy Davis avait beau faire partie du Rat Pack[1], ça ne signifiait pas pour autant que le pays avait validé l'égalité raciale. »

Shannon hocha à peine la tête pour exprimer sa réserve. Il lut son désir de se lancer dans la rhétorique, mais au lieu de cela, elle se laissa aller en arrière sur le siège, enleva ses chaussures et posa ses pieds nus sur le tableau de bord. « Peu importe. C'était gentil de ta part. Je veux dire, payer pour lui. Un bon geste.

— Et puis, qu'est-ce que ça peut faire ? Il faut bien s'entraider. » En prononçant ces mots, il se rendit compte qu'il les pensait vraiment, que ce n'était pas une simple réplique dans le rôle qu'il jouait face à elle. Il trouvait que les choses étaient plus troubles qu'il ne s'y était attendu. *Mais tu es toujours avec le DAR. Ne l'oublie pas.* « De toute façon, ce n'était pas vraiment mon argent. » Il la regarda en affichant un sourire. « Apparemment, je suis plutôt un bon voleur. »

Cela provoqua un rire – il aimait vraiment son rire, intelligent et plein d'allant – qui se transforma en bâillement.

« Fatiguée ?

— Éviter les balles d'un sniper, fuir sur le toit d'une rame de métro, visiter un atelier clandestin… Ça épuise une fille.

— Mauviette.

1. Littéralement : « Club des rats ». Dans les années 1950, réunion de stars dont Frank Sinatra était la figure de proue : Dean Martin, Peter Lawford, Sammy Davis Jr., Joey Bishop. La légende veut que ce soit Lauren Bacall qui les ait nommés ainsi. Davis était le seul Noir.

— J'ai pris. La fuite. Sur le toit. D'une rame. De métro. »

Ce fut son tour de rire. « Très bien. On va se trouver des lits.

— Je connais un endroit où aller. Des amis à moi. On sera en sécurité.

— Comment tu le sais ?

— Parce que ce sont mes amis. » Elle le regarda d'un air interrogateur. Les lumières faisaient briller ses yeux. « Et personne ne tire sur mes amis.

— Oui, eh bien, comment puis-je savoir que tes amis, eux, ne vont pas *me* tirer dessus ? »

Elle secoua la tête. « Ils ne font pas partie du mouvement. Ce sont des amis, c'est tout. »

Il laissa la voiture ralentir et prit vers l'est sur Eisenhower. Une bande de nuages bas coupait les gratte-ciel en deux et leur partie supérieure brillait comme un conte de fées sur un ciel indigo. Les pneus de la Jaguar vibraient sur la chaussée. Parfois, il conduisait dans un calme parfait. En harmonie avec la voiture, il survolait la route en éprouvant une sensation de puissance, de contrôle et de distance. Mais ce soir, ce n'était pas le cas. Manque de distance, sans doute. Ces six derniers mois n'avaient été que cela : de la distance. Par rapport à ses enfants, à Natalie, au monde qu'il avait si soigneusement construit et à la position raisonnable qu'il y occupait. Bien qu'il soit de nature solitaire, le fait de parler à Shannon, d'avoir une partenaire, lui faisait également réaliser combien il avait été seul. Ça avait l'air sympa de côtoyer des gens.

En outre, se rapprocher d'elle, c'est se rapprocher de John Smith.

« OK. C'est par où ? »

Chapitre 23

Depuis le début, Chinatown flanquait des maux de tête au DAR.

Pas seulement à Chicago, et pour tout dire, pas seulement au DAR. Quelle que soit la ville, il avait toujours été difficile de faire respecter la loi dans Chinatown. Ces quartiers étaient des systèmes fermés, des mondes insulaires au sein des villes, qui commerçaient avec elles, attiraient des touristes, mais n'en faisaient *pas* partie. La police qui travaillait à Chinatown se déplaçait dans une bulle, un petit périmètre de lois américaines qui s'étendait aussi loin que les yeux pouvaient voir, qui traversait et quittait le quartier sans laisser la moindre trace dans son sillage.

Ce qui rendait difficile l'application de la loi. Il n'y avait pas beaucoup de flics chinois, et les membres d'autres ethnies étaient aussi visibles que s'ils étaient rétro-éclairés. Ce n'était pas simplement à cause de la barrière de la langue. Les flics ne savaient même pas comment poser les questions, ni lesquelles poser. Dans un monde qui vivait en autonomie, dans une communauté soudée avec ses propres leaders et ses propres sous-groupes, son propre sens de la justice et son propre système répressif, qu'est-ce qu'un flic de l'extérieur pouvait faire ? Et tout cela, c'était avant que les Brillants ne débarquent et ne compliquent les choses.

Juste après minuit, la rivière était un ruban noir. Les industries de transformation et les entrepôts laissèrent place à des groupes d'immeubles ornés d'auvents verts qui leur donnaient des allures de pagodes, à des magasins bardés d'enseignes colorées dont les caractères étaient pour lui tout aussi indéchiffrables que des gribouillis. Quelques-unes étaient traduites de façon étrange : MANGE OU PORTE, TOUT-MEILLEUR CAMÉRAS, NOUILLES MAGASIN FRAIS. L'enchevêtrement de néons illuminait la nuit avec des couleurs de science-fiction.

« Où habitent tes amis ?

— Dans une ruelle pas loin de Wentworth. Gare-toi où tu peux, on marchera. »

Il trouva une place payante sur Archer. Il était sur le point de sortir de la Jag lorsqu'elle lui dit : « Laisse le pistolet ici.

— Hein ?

— Ce sont mes amis. On n'entre pas chez eux avec une arme. »

Cooper la regarda un moment, souhaitant avoir le don de Samantha la call-girl, pouvoir lire Shannon, voir la vraie personne en elle, comprendre ses intentions. Était-ce un genre de piège ? L'amener dans une position où il serait désarmé et en infériorité numérique ? Elle le fixa également. Cooper haussa les épaules, dégagea le holster de sa ceinture et glissa l'arme sous le siège.

« Merci. »

Shannon marchait en le devançant légèrement. Les vitrines des magasins présentaient un foutoir délirant : des chats qui saluaient de la main, des éventails multicolores, des sabres de ninja en plastique. De la camelote pour touristes, mais les touristes s'en étaient allés avec la lumière du jour. Dans les rues, tout le monde habitait le quartier, et la plupart des gens semblaient se connaître. Ils passèrent devant la vitrine d'un boucher où des carcasses d'oiseaux plumées étaient pendues par les pattes. « Dis-moi, comment est-ce que tu connais ces gens ?

— Lee Chen et moi sommes amis depuis longtemps. Il s'occupe d'une affaire, ici.

— Oui, mais comment. Comment est-ce que vous vous êtes rencontrés ?

— Oh, tu sais, en tant qu'anormaux, liés par notre haine du monde, on se reconnaît mutuellement comme des âmes sœurs engagées dans la même bataille.

— Tout juste. »

Elle sourit. « Nous étions ensemble au lycée. »

Son don décortiqua la chaîne des événements : à l'école ensemble, mais son ami habite ici, donc elle aurait grandi à Chicago. Un bon point de départ si jamais il devait la traquer. « Marrant de t'imaginer au lycée.

— Pourquoi ?

— Tous les trucs étranges que tu as dû faire.

— Les trucs étranges ?

— Oui. Tu n'arrêtes pas de sortir de nulle part, puis de disparaître. Avant de connaître ton nom, je t'appelais la Fille Qui Passe À Travers Les Murs. »

Elle rit. « C'est mieux que la façon dont ils m'appelaient à l'école.

— C'était quoi ?

— Le Monstre, la plupart du temps. Du moins, jusqu'à ce que j'aie des seins. » Ils passèrent devant un restaurant appelé Tasty Place, un autre appelé Seven

Treasures, puis tournèrent dans une ruelle. La lumière baissa. Des bennes à ordures pleines à ras bord, une odeur douce-amère de pourriture. À l'arrière d'un immeuble en briques quelconque, elle se dirigea vers une sorte d'alcôve et frappa à une épaisse porte peinte en vert.

Il y eut le bruit d'une lourde serrure, et la porte verte s'ouvrit. À l'intérieur, une petite antichambre avec une chaise pliante en métal, un livre broché posé dessus, à l'envers. Le garde fit un signe de tête à Shannon, désigna la porte dans le mur opposé puis appuya sur un bouton. Cooper entendit le bourdonnement électrique d'une serrure.

« C'est quoi cet endroit ?

— C'est chez Lee. Un club de rencontres. » Elle ouvrit la porte.

La pièce était nette, mais peu éclairée. Des tubes fluorescents tentaient de percer d'épais nuages de fumée de cigarette. Il y avait huit ou neuf tables, dont la moitié étaient occupées. Personne ne leva les yeux pour les regarder. Les hommes autour des tables, pour la plupart âgés, regardaient droit devant eux, absorbés dans une partie qui se jouait avec des dominos. Des tas de billets épars étaient posés entre les cendriers et les bouteilles de bière.

« Tu veux dire un casino.

— Je veux dire un club de rencontres. Ils se réunissent autour du *pai gow*. Cela fait partie de leur culture. Le plus important ici, c'est la chance, le destin et les nombres. » Elle longea le mur. En fond sonore, il y avait de la musique pop sirupeuse. Elle s'arrêta à côté d'une table de sept hommes et attendit tranquillement. Les hommes l'ignorèrent, tous fixaient le donneur, un type plus jeune à la calvitie précoce qui faisait glisser vers eux des piles de dominos. Les pièces cliquetaient tandis que les joueurs les rangeaient par deux. Lorsque les dernières furent distribuées, tous les joueurs les retournèrent, révélant leur nombre de points, et la table explosa d'exclamations en chinois. L'argent passait de tas en tas.

Shannon toucha l'épaule du donneur. Il leva les yeux vers elle. « Azzi. » Un large sourire s'épanouit sur son visage, et disparut dès qu'il vit Cooper.

« Lee Chen, dit-elle en serrant ses doigts sur son épaule. Voici Nick Cooper. »

Le donneur se leva. L'homme à sa gauche rassembla les dominos et commença à les mélanger tandis que les autres joueurs plaçaient leur mise.

« Salut », dit Cooper. Il tendit la main. « Chouette endroit.

— Me'ci, dit Lee. Toi po-lice ?

— Non. Plus maintenant.

— Pas po-lice. Mainte-nant tu es ami Shannon.

— Heu. Ouais. Oui, je suis son ami. » Son sabir le déstabilisait, c'était l'un des problèmes classiques liés au fait de travailler à Chinatown. Tant de nuances pouvaient être perdues lorsque seul le sens général d'une question était compris. Il devait faire des réponses simples, s'assurer qu'elles ne soient pas offensantes…

Shannon avait du mal à se retenir de rire.

Cooper la regarda, puis regarda Lee. « Vous vous payez ma tête.

— Ouais, un petit peu. Désolé. » Lee sourit puis se tourna vers Shannon. « Tu as mangé ?

— Il y a un moment. Pourquoi ? Lisa est en train de cuisiner ?

— Lisa est toujours en train de cuisiner. » Il fit signe à un jeune type accoudé au bar et aboya un ordre bref.

Le type se redressa, s'activa et prit la place du donneur à la table. La partie reprit à un rythme fluide qui dénotait une longue pratique. Lee passa son bras autour des épaules de Shannon et tous deux firent quelques pas. « Alice sera contente de te voir.

— Elle est encore debout ?

— Sa mère a fait une exception. » Lee s'écarta de Shannon, ouvrit une porte sur laquelle s'affichaient des caractères qui, même dans une langue étrangère, signifiaient sans le moindre doute : ENTRÉE INTERDITE. Puis il commença à monter les escaliers.

« Qui est Alice ? demanda Cooper.

— Ma filleule. » Elle lui lança un sourire par-dessus l'épaule tout en grimpant. « Elle a huit ans et c'est un génie épatant.

— Et pourquoi est-ce qu'il t'a appelée Azzi ?

— Mon nom de famille. Mon père est libanais. »

Shannon Azzi. De Chicago. C'était bien moins spectaculaire que la Fille Qui Passe À Travers Les Murs. L'une était une terroriste en activité, un agent tueur aux ordres de l'homme le plus dangereux d'Amérique. L'autre était, eh bien, une femme. Intelligente, drôle, surdouée dans tous les sens du terme. *Et sacrément attirante. Tu ferais bien de l'admettre, agent Cooper.*

« C'est drôle d'imaginer que tu as un père, dit-il.

— Ça suffit. »

Cooper sourit.

Les bruits changèrent lorsqu'ils atteignirent l'étage. Ainsi que les odeurs. Épices, ail, sauce de poisson. Des éclats de rire dans une autre pièce. Un enfant hurla de joie.

« Vous organisez une fête ?

— Des amis avec leurs enfants, dit Lee. Ils s'amusent. »

Comme lors de la plupart des fêtes, tout le monde s'était rassemblé dans la cuisine. Environ une douzaine d'hommes et de femmes, tous chinois, formaient un groupe autour du comptoir rempli de bols. Une marmite mijotait dans le four, une odeur sucrée et aigre à la fois était portée par les fines volutes de vapeur. Tout le monde se tourna vers eux lorsqu'ils entrèrent et leur sourire ne s'effaça qu'imperceptiblement lorsqu'ils virent Cooper. Aucune hostilité, simplement de la surprise.

« Vous connaissez tous Shannon, dit Lee. Voici son ami Nick Cooper.

— Salut à tous. » Il observa la pièce, repéra une femme élancée assise sur un tabouret, vêtue avec style, délicatement chic, comme savent l'être les filles asiatiques. Il lut le bien-être dans son corps et dit : « Vous devez être Lisa. »

Elle glissa du tabouret en tendant la main. « Bienvenue.

— Merci.

— Est-ce que vous avez faim ? »

Ce n'était pas le cas, mais il dit : « Une faim de loup.

— Bien. On a beaucoup trop à manger.

— Je me demande comment ça se fait », dit Lee sèchement en prenant des bouteilles de bière dans le réfrigérateur. Il les décapsula, en passa une à Shannon puis une autre à Cooper, et en garda une pour lui.

Lisa ignora son mari, glissa son bras sous celui de Cooper. « Laissez-moi vous présenter.

— Tante Shannon ! » Une masse indistincte de cheveux noirs et de peau claire passa comme un éclair à côté de lui et percuta Shannon, qui rit et entoura la fillette de ses bras. Elles se posèrent des rafales de questions en même temps, aucune n'écoutant les réponses de l'autre.

Lisa servit du riz dans une assiette et la lui tendit, puis lui détailla les différents plats en précisant leur nom, les décrivant comme s'il n'avait jamais mangé dans un restaurant. Cooper dit combien tout avait l'air bon et piocha dans chacun d'eux, tenant sa bière dans la même main que l'assiette. Shannon lui présenta l'enfant et dit : « Alice, voici mon ami Nick.

— Salut, Nick.

— Salut. Tu veux me faire plaisir, Alice ? Est-ce que tu peux m'appeler Cooper ?

— D'accord. » La fille prit la main de Shannon et l'attira plus loin. « Viens, viens jouer avec nous. »

Cooper mangea, but, déambula dans la pièce. Avant qu'il n'arrive, tout le monde parlait principalement en chinois, mais ils changèrent facilement de langue. Il se passa une demi-heure de ces conversations fades qui se tiennent lors des fêtes. Tout le monde était gentil, mais il ressentait le même malaise que dans toutes les fêtes. Les menus propos n'étaient pas son truc, et il n'avait pas le chic pour raconter des histoires. Il fallait un don pour transformer sa vie en une suite d'anecdotes savamment enchevêtrées, et il ne le possédait pas.

De plus, qu'est-ce que tu vas dire ? « Alors cette fois-là, je traquais un anormal qui avait créé une faille dans les cartes de crédit de la Bank of America et avait ramassé un demi-million dans des microtransactions avant d'abattre l'employé venu frapper à sa porte et de s'enfuir dans les forêts du Montana sur une motoneige » ?

Des cris résonnèrent depuis le couloir au fond duquel Alice avait emmené Shannon. Cooper se servit une bière fraîche et se dirigea vers la source des exclamations. Il trouva Shannon dans le salon, debout sur un canapé modulaire, en train de compter à rebours, les yeux fermés. « Trois, deux… un… partez ! »

Sept enfants, parmi lesquels Alice, étaient prêts à s'élancer. Shannon ouvrit les yeux, balaya la pièce du regard, puis feinta lentement sur la gauche avant de sauter du canapé vers la droite. Le garçon essaya d'esquiver mais elle le toucha d'une main, se figea, vit deux enfants courir l'un vers l'autre, attendit une demi-seconde puis les mit hors jeu lorsqu'ils se percutèrent. Les enfants touchés se tenaient immobiles comme des statues, tandis que les quatre restants se réfugiaient dans chaque coin de la pièce, se servant des meubles et de leurs amis gelés comme remparts. Shannon dit : « Je vais vous avoir », avant de pivoter et de toucher un garçon qui s'était faufilé derrière elle. Il gloussa et gela, comme les autres.

Cooper regardait le jeu avec un grand sourire. Shannon coinça les trois derniers enfants, se déplaçant avec souplesse de droite et de gauche jusqu'à les acculer. Cette femme était la maîtresse indiscutée du chat gelé.

« Tu as des enfants ?

— Hein ? » Il se retourna et vit que Lee se tenait derrière lui. « Deux. Un garçon et une fille, neuf et quatre ans. » Il ne dit pas leur prénom. But une longue gorgée de bière.

« C'est ce qu'il y a de plus beau au monde, non ?

— Oui. C'est vrai.

— Même quand ils nous rendent dingues.

— Même dans ces moments-là. »

Shannon élimina rapidement les trois enfants qui restaient, toucha Alice en dernier, avant de l'enlacer d'un bras et de la chatouiller de l'autre. Lorsque Shannon laissa enfin la petite fille respirer à nouveau, Alice dit : « À moi ! » Elle se plaça au centre de la pièce. Mais au lieu de démarrer une nouvelle partie de chat gelé, elle annonça : « Endroits de Chicago !

— Navy Pier, dit une fille avec une queue-de-cheval.

— 600 East Grand Avenue.

— Le zoo !

— 2200 North Cannon Drive. »

Les autres enfants se mirent à hurler. « Tasty City !

— La maison de ma maman !

— L'aéroport !

— 2022 South Archer Avenue, 337 West 24th Place, O'Hare Airport est au 10000 West O'Hare et Midway Airport au 5700 South Cicero. »

L'estomac de Cooper se contracta lorsqu'il comprit ce qu'il se passait. Tandis que les enfants continuaient à crier des noms de lieux, il se tourna vers Lee. « Ta fille est une Brillante ? »

L'homme acquiesça. « On a commencé avec *Bonne nuit, la lune*, mais elle préfère l'annuaire. Elle l'a installé sur mon d-pad et le lit pendant des heures. Pas seulement celui de Chicago, d'ailleurs. Elle connaît New York, Miami, Detroit, Los Angeles. À chaque fois que nous partons en voyage, elle lit d'abord l'annuaire. »

La fierté de Lee irradiait dans chacun de ses mots et dans tous les muscles de son visage. Amoureux de sa fille, émerveillé par ses capacités. C'était un tel contraste avec la réaction habituelle des parents, et avec la propre réaction de Cooper. Cet homme ne se souciait pas de ce que le monde pouvait penser, n'avait pas peur qu'elle soit testée, étiquetée et envoyée dans une académie. Il éprouvait de la pure joie devant les prouesses de sa fille.

« Maintenant à toi, Zhi. » Shannon désigna le garçon qui avait essayé de se cacher derrière elle.

« D'accord. » Il se tint prêt, comme un élève confiant face à la maîtresse.

« Les adresses. Additionne les numéros.

— 34 967.

— Multiplie-les.

— 1,209 fois 10 puissance 36.

— Additionne-les en gardant North et West positifs, et en transformant East et South en nombres négatifs.

— Moins 243. »

Alice prit la parole. « Le zoo multiplié par Tasty City moins la maison d'Andrea.

— 4 448 063.

— Navy Pier divisé par l'école.

— 2,42914979757085… »

Les enfants formaient un cercle autour de Zhi et il donnait les réponses sans hésitation. Cooper observait, comprenait peu à peu. « Ils sont *tous* surdoués ?

— Oui, dit Lee. Ils sont là pour jouer.

— Mais… » Il regarda les enfants, puis Shannon, et Lee à nouveau. « Tu n'es pas… Je veux dire…

— Soucieux de cacher le fait qu'ils soient surdoués ? » Lee sourit. « Non. La culture chinoise voit les choses différemment. Ces enfants sont particuliers. Ils apportent honneur et succès à leur famille. Pour quelle raison est-ce qu'on n'aimerait pas ça ? »

Parce que quelqu'un qui travaille pour mon ancienne agence pourrait t'appeler à n'importe quel moment. « Le reste du monde ne voit pas les choses de cette façon.

— Le monde est en train de changer, dit Lee doucement. Il doit changer.

— Et les académies ? »

Le visage de l'homme s'assombrit. « Un jour, quand tout sera terminé, les gens les regarderont avec honte. Comme les camps d'internement de la Deuxième Guerre mondiale.

— Je suis d'accord, dit Cooper. Ne te méprends pas. Je suis un anormal, moi aussi.

— J'avais deviné. La plupart des amis de Shannon le sont.

— Et ma fille… » Il hésita. Ne voulait pas le dire, même ici, même maintenant. *Pourquoi ? As-tu honte de Kate ?*

Ce n'était pas ça. Ce ne pouvait pas être ça. C'était de la peur. Peur de ce qui pouvait lui arriver.

D'accord. Mais toute cette émotion négative, tout ce désir de cacher son don. N'y a-t-il pas une part de toi qui souhaiterait qu'elle soit normale ? Qu'elle n'ait pas à encourir ce danger ?

C'était une pensée affreuse. Cooper regarda sa bière et constata qu'elle était vide. « Tu n'as pas peur que quelqu'un leur fasse passer le test ?

— Être chinois à Chinatown a ses avantages. Le gouvernement ignore l'existence de ces enfants.

— Comment ça ?

— Certains d'entre nous sont allés à l'étranger pour les mettre au monde. D'autres ont eu recours à une sage-femme d'ici qui ne déclare pas les naissances. C'est un risque, parce qu'ils n'ont pas accès à l'hôpital si ça tourne mal. Une façon stupide et terrible de faire les choses. Mais dans le cas présent, ça vaut le coup. »

Le DAR suspectait depuis longtemps l'existence d'une importante population d'anormaux non déclarés dans les communautés immigrées. C'était une faille que l'agence comptait colmater. Mais c'était comme un escalier branlant dans une maison en feu : les autres sorties avaient la préférence. Ces communautés posaient rarement problème et avaient donc été épargnées. Mais en regardant les enfants jouer – ils étaient passés à un nouveau jeu où une petite fille tournait une fois sur elle-même, puis fermait les yeux et répondait à des questions précises concernant les objets qui se trouvaient dans la pièce –, Cooper vit toute une génération d'anormaux en train de grandir pile sous le nez du DAR, non déclarée, non testée, non traquée. Les implications étaient énormes.

Tu veux appeler le directeur Peters ? Le mettre au courant ?

« Riche d'enseignements, non ? » Lee souriait. « J'en ai tellement l'habitude que j'ai oublié que le reste du monde l'ignore. N'est-ce pas magnifique de les regarder jouer ensemble ? Des enfants qui n'ont pas été persuadés, depuis leur plus jeune âge, qu'ils sont des monstres. Qu'ils sont *anormaux*. C'est superbe, n'est-ce pas ?

— Oui, dit Cooper. Oui, ça l'est. »

Plus tard, après la fête, après que les parents eurent récupéré leurs enfants, dit au revoir, et furent repartis avec des Tupperware contenant les restes, Lisa les conduisit, Shannon et lui, dans une petite pièce décorée dans les tons pastel, pleine de posters de princesses Disney. Une lampe en forme d'éléphant brillait sur une table de nuit, à côté d'un lit simple.

« La chambre d'Alice, dit Lisa d'un air contrit. Elle va dormir avec nous cette nuit. Je suis désolée, c'est la seule chambre que nous ayons à vous offrir. »

Cooper regarda Shannon, mais quoi qu'elle ait pu penser de la situation, elle n'en exprima pas davantage que le battement d'un cil. Elle remit en place une mèche de cheveux derrière son oreille. « Pas de problème », dit-elle.

« Je vais chercher des couvertures. »

Elle revint avec un sac de couchage, le posa sur le lit avec un oreiller supplémentaire, avant de déclarer : « J'espère que vous serez à l'aise.

— Ce sera parfait. Merci. » Cooper attendit un instant, puis dit : « Ça signifie beaucoup pour moi d'être accueilli chez vous.

— Un ami de Shannon est notre ami. Revenez quand vous voulez. » Lisa jeta un œil dans la pièce, prit Shannon dans ses bras pour lui souhaiter bonne nuit, s'approcha de Cooper. Il essaya de deviner si elle allait lui tendre la main ou la joue, mais sans hésiter, elle lui donna une rapide accolade. Puis elle sortit de la chambre et ferma la porte.

Shannon enfonça ses mains dans les poches. Le mouvement étira son chemisier sur ses clavicules, fragiles comme des ailes d'oiseau. « Alors.

— Je dors par terre.

— Merci. »

Il lui tourna le dos pour enlever ses chaussures, ses chaussettes, déboutonner sa chemise. Décida de garder son pantalon et son maillot de corps. Derrière lui, il entendit un léger bruissement de tissu et l'imagina en train d'enlever son chemisier, eut la vision d'un délicat soutien-gorge crème sur une peau caramel.

Hé, agent Cooper ! D'où est-ce que tu sors ça *?*

Il mit cela sur le compte de la longue journée en sa compagnie, pleine d'adrénaline et accentuée par la chimie masculine, et n'y pensa plus. Il se glissa dans le sac de couchage, se frotta les yeux. Un peu plus tard, il l'entendit éteindre l'éléphant et la pièce fut plongée dans le noir. Des étoiles vert pâle brillaient sur les murs et sur le plafond, des constellations tourbillonnantes d'un ciel nocturne idéalisé dans lequel les étoiles étaient nettes, avec des branches pointues, et à portée de main.

« Bonne nuit, Cooper.

— Bonne nuit. » Il croisa les doigts derrière sa tête. Il était trop vieux pour dormir par terre, mais trop fatigué pour s'en soucier. Allongé là, à observer les étoiles d'un ciel parfait, il repensa à la partie de chat gelé, aux expressions sur le visage de ces enfants tandis qu'ils s'amusaient avec des jeux à peine concevables pour le reste du monde.

Cela faisait six mois qu'il n'avait pas vu Kate et Todd. Six mois à se faire passer pour quelqu'un d'autre, à enterrer la vie qu'il avait aimée, dans le but de sauver sa fille.

Il se dit alors que tout ce qu'il avait fait, c'était pour ses enfants. Même ce qu'il avait fait avant leur naissance, même avant qu'il ne rencontre Natalie. C'était une vérité qu'il n'aurait jamais comprise avant de devenir père, et qu'il ne pourrait jamais oublier.

Le monde est en train de changer, avait dit Lee. *Il doit changer.*

Cooper espérait qu'il avait raison.

Chapitre 24

L'homme les attendait.

Il était aussi grand que dans le souvenir de Cooper, large d'épaules, les muscles volumineux sous une couche de graisse. Un homme qui n'avait pas besoin de soulever de la fonte parce qu'il avait soulevé des charges toute sa vie pour la gagner. Il avait l'air d'être chez lui sur le quai de chargement.

« C'est quoi, ce bordel ? vitupéra-t-il lorsque Shannon et Cooper gravirent les escaliers.

— Pardon ?

— Payer pour mes papiers. T'essaies de jouer au big boss ? Tu penses me connaître ? » L'anormal secoua la tête. « Tu ne me connais pas.

— Peu importe. » Cooper passa devant lui, mais le grand type lui attrapa le bras. Une poigne de fer.

« J'ai posé une question. Qu'est-ce que tu veux ? »

Cooper baissa les yeux sur la main de l'homme, en pensant : *Pivoter sur le côté, coude droit dans le plexus solaire, écrasement du cou-de-pied, finir avec un uppercut du gauche*. En pensant : *Tout ça pour une bonne action.* « Je veux que tu t'écartes de mon chemin. »

Quelque chose dans le ton de sa voix fit hésiter

l'homme, qui relâcha sa prise. Cooper lissa sa manche et se remit en marche.

« Je n'ai rien demandé. Je ne te dois rien. »

Il se raidit. L'agacement allait croissant. Il se retourna. « Tu me dois quelque chose, trou du cul. Tu me dois six mois de ta vie. Le mot que tu cherches est : "Merci". »

L'homme croisa les bras. Soutint le regard. « Je ne suis l'esclave de personne. Ni celui de Schneider ni le tien.

— Bravo, dit Cooper. Félicitations. Tu es une île, seul et autonome.

— Hein ?

— J'en ai vraiment marre des gens comme toi. Des *tordus* comme toi. Schneider t'a réclamé six mois de ta vie sans aucune raison, tu t'es écrasé et tu as accepté. D'accord, très bien, c'est ton choix. Et alors un ange te rachète tes six mois. Et quelle est ta première pensée ? Il doit vouloir quelque chose. Il ne peut pas simplement essayer d'alléger le fardeau de son prochain. Il ne se peut pas qu'il soit un anormal qui n'aime pas voir un autre anormal être traité de cette façon. »

L'homme fronça les sourcils. « Personne ne fait rien gratuitement. Anormal ou pas.

— Ouais, eh bien, pas étonnant que tu sois un perdant. » Cooper se tourna et marcha vers la porte. Pardessus son épaule, il dit : « Je ne veux pas que tu sois mon esclave. Je veux que tu cesses d'en être un. Complètement. »

Puis il ouvrit la porte en grand et entra. Derrière lui, Shannon eut un petit rire. « Tu es parfait, Cooper.

— Allons voir Schneider. »

Le faussaire les avait vus arriver et leur fit signe d'entrer sans plus leur prêter attention. Cooper sentit son irritation grandir. *Prends ce que tu es venu cher-*

cher et barre-toi. Il est temps d'aller dans le Wyoming, de trouver John Smith, d'en finir avec ça. Peut-être que ça ne résoudra pas tous les problèmes de la terre. Mais ça en résoudra au moins un. Et ça donnera peut-être au monde un peu de temps pour évoluer, nom d'un chien.

Pour un homme ayant ses moyens financiers, Schneider ne consacrait pas beaucoup d'argent à son bureau. Murs en parpaings peints en blanc, bureau en aggloméré avec une lampe et un téléphone. La seule chose de valeur était un datapad aux lignes pures construit sur commande.

Le faussaire s'assit, ouvrit un tiroir, en sortit une enveloppe. « Passeports, permis de conduire, cartes de crédit. » Il la jeta sur le bureau.

Cooper l'ouvrit, en tira un passeport et vit sa photo au-dessus du nom de Tom Cappello. Il tourna les pages, constata qu'il avait énormément voyagé, principalement en Europe. Le document était vieilli et légèrement usé. « La micropuce correspond ?

— Tu me prends pour qui ?

— J'en ai marre de cette question. La micropuce correspond ?

— Évidemment. » Schneider se laissa aller en arrière sur sa chaise, croisa les mains sur ses genoux osseux. « Le plus important, c'est que toutes tes informations aient été placées dans toutes les bases de données de référence. Un profil complet, habitudes de consommation, emprunt immobilier, historique des votes, amendes pour excès de vitesse, tout ça. »

Cooper ouvrit l'autre passeport, vit la photo de Shannon. Elle devait provenir d'une caméra de sécurité placée quelque part dans l'immeuble, mais le cliché était net et le fond, neutre. Puis il vit le nom. « Vous vous foutez de moi ?

— Quoi ? » Shannon s'approcha de lui et prit le document. « Allison Cappello. Et alors ?

— Il nous a mariés. »

Schneider sourit, découvrant son musée des horreurs dentaires. « Ça pose problème ?

— Je n'ai pas demandé ça.

— Les profils se complètent et se renforcent. Ça minimise les risques lors de l'insertion des données.

— Ouais, pour toi. Pour nous, ça implique que nous devrons jouer au couple marié. »

Schneider haussa les épaules. « C'est pas mon problème. Maintenant, écoute. Tous les deux, vous existez, mais seulement en apparence. Vos nouvelles identités ont été implantées dans les systèmes de base. Il faudra du temps pour qu'elles se propagent. C'est la seule façon de faire. Pas moyen de modifier chaque ordinateur afin qu'il vous ait en mémoire. Alors, j'ai planté vos identités comme des graines, et elles poussent.

— Combien de temps ?

— Tu pourrais probablement passer sans problème un contrôle de sécurité de base de la Nouvelle Canaan dès maintenant. Mais dans quelques jours, tu auras des sauvegardes récursives, et ton identité sera propagée dans tout le système. Attend que ça se fasse, si tu peux. »

Cooper ne répondit pas. Il remit le passeport dans l'enveloppe et s'apprêtait à s'en aller.

« Hé, le poète ?

— Ouais ?

— Reviens quand tu veux. Je saurai toujours quoi faire de ton argent. » Le faussaire se mit à rire.

Lorsqu'ils traversèrent le quai de chargement en sens inverse, le grand type était parti. Tant mieux. Avec son humeur du moment, Cooper aurait pu s'en servir de sac de frappe.

« On pourrait sans douter rester chez Lisa et Lee quelques jours. »

Cooper déverrouilla la voiture, secoua la tête. « Prenons la route.

— Tu veux aller dans le Wyoming en voiture ?

— C'est le mieux. On a du temps devant nous, et une voiture est plus sûre qu'un aéroport.

— Très bien. » Shannon feuilleta son passeport. « Tom et Allison Cappello. » Elle rit. « Si c'est comme ça que tu essaies de me faire venir dans ton lit, tu marques des points pour l'originalité.

— Futé. » Il démarra la voiture et prit vers l'est. « Alors, comment est-ce qu'on s'est rencontrés ?

— Hein ?

— Nous sommes mariés. Si on nous pose la question, on doit donner le change.

— Exact. Eh bien, au travail, je suppose. C'est vrai, après tout. »

Les différents niveaux d'ironie le firent sourire. « Sans doute un boulot différent, non ? Quelque chose d'ennuyeux, pour que personne ne pose trop de questions.

— Comptabilité ?

— Si quelqu'un me pose la moindre question sur sa déclaration de revenus, on est foutus. Pourquoi pas… la logistique. Pour une compagnie de navigation. Ça n'intéresse personne de savoir comment les choses vont d'un endroit à un autre.

— D'accord. J'y travaillais en premier. On s'est rencontrés quand tu as été muté à Chicago. Non, à Gary, dans l'Indiana. Personne ne s'intéressera non plus à Gary, Indiana, dit-elle. Tu étais fou de moi, évidemment.

— En fait, je crois que tu me courais après. Je l'ai jouée décontracté.

— C'était évident. Tu faisais une tête de petit chien battu et tu trouvais des prétextes pour approcher de mon bureau.

— Tu avais vraiment un bureau ?

— Bien sûr. Dans mon appartement. Un support parfait pour mes plantes artificielles. » Elle se détendit sur le siège et coinça une mèche de cheveux derrière l'oreille. « Nous sommes allés au cinéma à notre premier rendez-vous. Tu t'es comporté en gentleman, tu n'as rien tenté.

— Mais tu étais vraiment partante. Tu n'arrêtais pas de me toucher le bras et de jouer avec tes cheveux. De tripoter la bretelle de ton soutien-gorge.

— Dans tes rêves.

— Et de haleter. Je me souviens de tes halètements.

— La ferme. »

Cooper sourit et entra sur l'autoroute. Leur échange était fluide, naturel. Il n'était pas exactement en train de flirter, mais le badinage était agréable. Ils continuèrent, tout en légèreté, tandis qu'il conduisait vers Chinatown. Lisa leur avait fait promettre de déjeuner avec elle avant leur départ et maintenant, ils avaient du temps devant eux. Il visualisa une carte du Wyoming. La Réserve recouvrait une bonne partie du milieu de l'État, une affreuse étendue de désert et de *badlands* réunis par le biais d'une centaine de transactions immobilières et dont les frontières ressemblaient à une circonscription d'un représentant du Congrès après marchandage électoral. Il pensait y arriver en vingt-cinq heures de route. En y allant doucement et en se reposant au cours du trajet. S'arrêter quelque part pour acheter des alliances. Et mettre le temps à profit pour réfléchir à un plan. Aborder Erik Epstein ne serait pas chose facile. Et encore, ce n'était qu'une étape pour accéder à John Smith.

« La côte amalfitaine, en Italie, dit-elle. C'est là que nous sommes allés en lune de miel. Nous avons loué une chambre au bord d'une falaise, avec un balcon où nous avons bu du vin. Tous les jours, nous allions nager dans l'océan.

— Je m'en souviens. Tu étais super sexy dans ce maillot de bain.

— Le rouge ? » Elle le regardait au travers de ses cils sombres. « Tu m'as toujours aimée en rouge.

— Ça va très bien avec ton corps », dit-il. Les mots étaient sortis avant qu'il ait pu les retenir. Le souvenir de la nuit passée revint en flash-back, le doux murmure de son chemisier glissant sur sa peau, puis l'image qu'il avait visualisée. Il ressentit une légère chaleur au niveau des tempes, lui lança un regard.

Elle arborait un demi-sourire. « Mon corps, hein ?

— Je veux dire, ta peau. Tu as dit que ton père est libanais. Et ta mère ?

— Française. Lèvres rouge sombre et cheveux bouclés. Ils formaient le couple parfait. C'était un homme d'affaires, habillé très classe avec une fine moustache. Ils semblaient sortir d'un film des années 1930.

— Semblaient ?

— Oui, répondit-elle simplement.

— Désolé.

— Merci. » Elle détendit ses épaules et il y lut un changement d'humeur qu'il associa au schéma qu'elle était en train de former dans son esprit.

Il allait lui demander où ils vivaient lorsqu'il vit l'Escalade. Le trafic avait progressivement empiré tandis qu'ils se rapprochaient de Chinatown, ce qu'il mit sur le compte des touristes et de la foule de la pause déjeuner. Mais le SUV…

Modèle d'Escalade récent, noir, vitres teintées.

À moitié garée, à moitié sur la route. Comme si elle s'était arrêtée soudainement. Pile à l'intersection de Cermak et Archer, deux des artères de Chinatown.

Moteur en marche.

Plaques du gouvernement.

Merde.

… déclencha un frisson d'alerte dans sa moelle épinière. Cooper s'assit droit comme un i, les mains serrées autour du volant. Shannon remarqua sa réaction, suivit son regard, dit : « Non. »

Il jeta un œil dans le rétroviseur, s'attendant presque à voir des SUV noirs fondre sur eux, mais il n'y avait rien d'autre qu'une file de voitures. Si c'était un piège, il ne s'était pas encore refermé. Faire demi-tour ? Pas très discret. En dernier recours. Ce pouvait être une simple coïncidence, une voiture du DAR qui était là pour tout autre chose, une autre cible.

« Lee et Lisa, dit Shannon, en sursautant comme si elle venait d'être électrocutée. Non, non, non.

— On ne sait pas…

— La circulation, dit-elle. Merde, j'aurais dû m'en apercevoir. Arrête la voiture.

— Attends, Shannon, nous ne pouvons pas…

— Arrête la voiture ! »

C'est alors qu'il s'en aperçut – la circulation n'avait pas fait que ralentir. Elle était en train de s'immobiliser. Ce n'était pas une histoire de rue encombrée ni d'embouteillage au feu rouge. Quelque chose bloquait le trafic. Ce pouvait être un accident. Une collision, et la police se trouvait sur place.

Ouais. Et je suppose que le DAR est venu mettre des contraventions.

Cooper traversa le trottoir et engagea la voiture dans une ruelle. Shannon était dehors avant même que les roues se soient immobilisées. Il coupa le contact et la suivit. Ils traversèrent un parking en courant.

Au loin, un bruit, fort et irrégulier. Pas une source unique, mais des centaines qui se chevauchaient. Sur le coup, il pensa à une fanfare, un genre de parade, mais il savait qu'il ne fallait pas rêver. Il avait vu des SUV comme celui-là un millier de fois, en avait lui-même appelé une bonne centaine de fois.

La police paramilitaire privée du DAR, composée d'unités antiémeute et d'équipes du SWAT. Ils portaient des gilets pare-balles noirs et des casques à visière qui leur cachaient le visage. Les visières fonctionnaient comme des augmentations visuelles, faisaient le point sur les cibles, affichaient des cartes avec des coordonnées, permettaient la vision nocturne. Le département appelait ces unités les équipes d'intervention tactique.

Les gens les appelaient les Sans-visage.

Devant lui, Shannon arriva au bout de la ruelle, franchit une petite clôture et fonça vers Archer. Cooper accéléra, franchit l'obstacle sans perdre le rythme. Elle était au milieu de la route, en train de se faufiler au milieu de l'embouteillage. Un petit espace vert entourait un immeuble et elle s'y engagea à toute vitesse. Il la perdit de vue lorsqu'elle tourna à l'angle de l'immeuble, courbé dans sa course, le souffle court à cause de la rapidité de l'accélération.

Un demi-bloc vers le nord, une autre Escalade noire était garée devant l'entrée d'une banque. Les portes étaient ouvertes et il repéra trois Sans-visage en position défensive. Corpulents, leur armure et leur visière les faisaient ressembler à des insectes prédateurs. Chacun tenait une mitraillette à crosse repliable. Shannon courait maintenant vers le sud, pile au milieu de la rue. Les klaxons s'ajoutaient aux cris de la foule, qui devenaient plus forts à chaque foulée. Cooper la rattrapa juste au moment où elle prenait un virage serré. Il la suivit.

Et vit ce qui faisait tout ce bruit. Le trottoir et la ruelle étaient remplis de monde, surtout des Chinois, tous tournés dans la direction opposée. Ils hurlaient et brandissaient le poing. La foule était dense et se pressait vers l'avant, sans pour autant progresser. Face à eux, Cooper vit une douzaine de Sans-visage avec des boucliers antiémeute qui formaient un cordon de sécurité dans l'allée.

L'allée où se trouvait le club de rencontres de Lee.

Non.

Shannon avait déjà rejoint la foule et s'y glissait comme une flèche dans l'océan, son don lui indiquant les espaces et les vecteurs. Cooper suivit du mieux qu'il put en se frayant tant bien que mal un passage. Le bruit était incroyable, une furie de colère et de peur hurlée dans une langue étrangère. Il vit un homme en première ligne ramasser une pierre et la lancer violemment. Elle rebondit sur un bouclier sans faire le moindre dégât. Le commando avança et claqua le bouclier contre l'homme avec suffisamment de force pour que Cooper entende son nez se briser. Il s'affaissa, ruisselant de sang, et la foule hurla encore plus fort. Cooper regardait frénétiquement autour de lui, les immeubles bas, les sorties de secours, les allées plus au sud, essayant de trouver une ouverture dans laquelle les Sans-visage ne pouvaient pas se risquer.

Équipe d'intervention tactique du DAR, protocole 43 : Dans le cas d'une extraction dans un environnement dense et hostile, établissez tout d'abord le périmètre de la zone d'intervention. Limitez l'utilisation de la force à moins que les cibles ne possèdent un avantage stratégique significatif et aient l'intention manifeste de l'exploiter.

Traduction : frappez les gens désarmés, tirez sur toute personne en train de grimper sur un immeuble.

Shannon atteignit le milieu de la foule avant d'être bloquée. Même son don ne lui permettait pas de se frayer un chemin. Les Sans-visage tenaient l'allée, épaule contre épaule, et la masse des habitants en colère de Chinatown se pressait contre eux. Cooper attrapa un type devant lui et le tira. L'homme perdit l'équilibre et Cooper se glissa derrière Shannon.

« Il faut partir », hurla-t-il par-dessus les cris de la foule. En ce moment même, l'équipe principale devait être en train de fouiller l'antre de Lee et l'appartement au-dessus. Ils devaient avoir des caméras thermiques et des chiens, et il ne leur faudrait pas longtemps avant de comprendre que Shannon et lui n'étaient pas là. « Ils vont nous chercher dans la foule.

— Ils ne sont pas là pour nous », dit Shannon. Ses joues étaient pâles. « Qu'est-ce que tu… » Il suivit son regard et vit un camion de transport de prisonniers garé plus bas, les portes arrière ouvertes. Des soldats en tenue antiémeute montaient la garde à l'arrière du camion, armes à la main. Un autre groupe poussait deux silhouettes entravées vers le bas de l'allée, un homme à la calvitie naissante et une femme à la coiffure élégante, qui hurlaient et se débattaient tous les deux.

Lee et Lisa.

L'estomac de Cooper se contracta. Il vit un soldat enfoncer la crosse de son arme dans le ventre de Lee. Lisa cria, essaya de s'approcher de son mari. Un autre l'attrapa par-derrière, lui passa une cagoule noire sur la tête et la poussa dans le camion. Quelques secondes plus tard, Lee fut poussé à côté d'elle. Dans la poitrine de Cooper, quelque chose enrageait et hurlait, se répandait en injures. Il poussa vers l'avant, s'enfonça dans la foule, sentait les vibrations de ses propres hurlements plus qu'il ne les entendait. Il avança de quinze centimètres, recula d'autant. C'était comme être pris dans une énorme vague, il était emporté et secoué, mais ne progressait guère. Shannon encore moins que lui : son don était ici totalement inutile. Au-dessus d'eux, il y avait le bruit des pales d'un hélicoptère. Quelque part, des sirènes. Du verre brisé – vitre ou bouteille. Cela déclencha une réaction. Les Sans-visage brandirent leur bouclier et s'arc-boutèrent. Tirée en une longue parabole depuis l'arrière, une bombe lacrymogène atterrit dans la foule. Des nuages de gaz s'en échappèrent. Une deuxième puis une troisième bombe suivirent. Les gens commencèrent à tousser et à refluer, le mouvement de la foule balaya Shannon et Cooper.

La dernière chose qu'il vit dans l'allée, avant que le gaz et la panique ne dévorent tout, ce fut un soldat qui enfonçait une cagoule noire sur la tête d'Alice Chen, huit ans.

*

Silence. Une heure s'était écoulée. Le silence était toujours aussi pesant, mais il avait encore le bruit de la foule dans les oreilles.

Il s'était pris une bonne bouffée de gaz lorsque les

gens s'étaient éparpillés. La toux incontrôlable avait maintenant cessé, mais ses yeux piquaient et coulaient encore. Il dut lutter contre l'envie de pousser la Jaguar, retenir son pied qui désirait enfoncer l'accélérateur. Au lieu de cela, il se mêla à la circulation et revit la scène, encore et encore. Il s'était trouvé trop loin pour voir tous les détails, mais son imagination les lui fournissait : les yeux écarquillés de la petite fille toute tremblante, la panique pure qu'elle avait dû ressentir lorsque des hommes en noir avaient emmené ses parents. Le cri de sa mère lorsqu'on avait frappé son père. Son reflet dans le masque d'insecte de l'inconnu qui s'était penché sur elle.

Et puis les ténèbres lorsqu'on avait enfoncé la cagoule sur sa tête.

Il avait vu tout cela, avait entendu la foule et senti le gaz, et portant il avait encore du mal à y croire. Comment est-ce que cette mission a pu être autorisée ? Pourquoi prendre Lisa, Lee et Alice ? Pourquoi de cette façon ?

« Ça aurait dû être nous. » Sa voix frêle et creuse après une heure de silence. « Ils étaient là pour nous. »

Shannon ne répondit pas. Elle était assise au bord du siège passager, les épaules tournées, comme si elle essayait d'être le plus loin possible de lui.

« Je n'arrive pas à y croire, dit-il.

— Pourquoi pas ? » Elle parlait à la vitre. « C'était bien réel.

— Ce n'est pas normal. J'ignore comment, mais ils savaient qu'on était là. Sans quoi ils ne seraient pas intervenus de cette façon. »

Elle se tourna pour le regarder, une expression de pur mépris sur le visage. « Tu es sérieux ? »

Il chercha une réponse, mais aucun des mots qui lui

vinrent à l'esprit ne convenait. Tout ce en quoi il croyait était en contradiction totale avec l'image d'une cagoule enfoncée sur la tête d'une enfant.

« C'est comme ça que ça marche, Cooper. Tu ne le sais pas ? Bien sûr que si. Tu as donné des ordres de ce genre, avant.

— Non. Jamais.

— Tu n'as jamais envoyé des Sans-visage ? Toi, le meilleur agent du DAR, tu n'as jamais ordonné ce genre de mission ?

— Pas comme ça.

— Comme quoi, alors ? Ton équipe apportait des fleurs et des gâteaux ?

— Mes équipes s'occupaient des criminels. Des terroristes. Des anormaux qui s'en étaient pris à quelqu'un, ou qui étaient sur le point de le faire.

— Je suis sûre que c'est exactement ce qu'on a dit à ces hommes. Que Lee et sa famille étaient des terroristes. Tout comme la Gestapo croyait que les gens qu'ils arrêtaient complotaient contre l'État.

— Allons. Tu peux tuer n'importe quel débat avec des arguments comme la Gestapo ou les nazis. Le DAR, ce n'est pas la même chose.

— On dirait que pour toi, ils vont dans la bonne direction ?

— D'accord. D'abord, je n'appartiens plus au département, tu te souviens ? Ensuite, peut-être que ça ne serait pas arrivé si *vous* arrêtiez de faire exploser des buildings et d'assassiner des gens. Je déteste ce que je viens de voir. Ça me rend physiquement malade. Mais tu ne peux pas balancer une bombe et ensuite venir te plaindre que les gens ne t'aiment pas beaucoup. Ces hommes pensaient venir arrêter les responsables d'une explosion qui a tué plus de mille personnes.

— Peu importe », dit-elle, avant de se détourner à nouveau.

Une pensée le frappa. « Attends une seconde. Je ne connaissais pas Lee et Lisa. Mais toi, oui.

— Et ?

— Alors comment est-ce que le DAR aurait pu savoir quoi que ce soit sans que quelqu'un ne les tuyaute ?

— Mais qui ?

— Et Samantha ? Ou... » Il s'arrêta, la laissa réfléchir.

« Tu suggères que *John* a appelé le DAR et leur a dit où nous trouver ?

— Est-ce qu'il savait pour Lee et Lisa ?

— Peu importe. Il n'aurait jamais fait ça.

— Peut-être que Samantha ne lui a pas encore passé le message. Peut-être que c'était une tentative pour te mettre hors jeu.

— Zéro probabilité.

— Shannon...

— Je suis sérieuse, Cooper. Laisse tomber. »

Il ouvrit la bouche, désireux de poursuivre la confrontation. Désireux de consumer la colère en lui par le biais d'un affrontement où tous les deux seraient décidés à en découdre. Il voulait lui parler d'un animal en peluche rose qu'il avait vu au milieu des décombres, à New York. Mais ensuite, il imagina la scène dans l'appartement de Lee, la porte qui explose soudain, les Sans-visage qui déboulent, ses anciens collègues qui hurlent, mettent toute la famille par terre, les entravent sur le sol de la cuisine, la même cuisine dans laquelle il s'était trouvé la nuit précédente et où il avait discuté avec de sympathiques inconnus.

Ça vient de John Smith. S'il ne s'était pas agi de terrorisme, il n'y aurait pas eu les équipes d'intervention tactique. Smith avait sur les mains le sang de milliers de personnes. Lee et Lisa figuraient tout en bas de la liste.

Puis il se rappela la soirée du 12 mars, le discours à la nation du président Walker. Cooper l'avait entendu le lendemain, dans un hôtel de la banlieue de Norfolk, alors qu'il était déjà en fuite. Il l'avait regardé, les nerfs à vif, craignant ce qu'il pourrait entendre, à savoir un appel à déclencher l'apocalypse contre les anormaux. Au lieu de cela, le président avait appelé à la tolérance. Quels avaient été ses mots ?

Il a été dit que les partenariats les plus solides se forment dans l'adversité. Faisons face à cette adversité, non en tant que nation désunie, non en tant que normaux et anormaux, mais en tant qu'Américains.

Œuvrons ensemble à la construction d'un meilleur futur pour nos enfants.

Et n'oublions jamais la douleur de ce jour. Ne cédons jamais à ceux qui croient que le pouvoir politique sort du canon d'une arme, ni aux lâches qui tuent des enfants pour atteindre leur but.

Pour ceux-là, il n'y a – et il n'y aura – aucune pitié.

Il avait écouté cela avec un regain de fierté, l'équivalent patriotique d'une érection. Et ces mots le remuaient toujours. Ils représentaient la raison pour laquelle il était maintenant clandestin, la raison pour laquelle il n'avait pas vu ses enfants depuis six mois.

Il devait trouver John Smith. *Et pour lui, aucune pitié.*

Ces mots, déjà anciens, étaient un mantra qu'il se répétait chaque nuit. Ce qui le surprenait, c'était la petite voix qui s'élevait ensuite. Celle qui disait : *Et après ? Retour au DAR ? Appeler encore plus d'équipes d'intervention tactique ? Tu pourrais vraiment y retourner ?*

Shannon dit : « Qu'est-ce qui va leur arriver ?

— Ils vont être emmenés dans les bureaux locaux. Interrogés.

— Interrogés.

— Oui, dit-il. Avec un peu de chance, ils parleront de nous aux agents sans se faire prier. Ça arrangera les choses. Ils pourraient sortir avec un simple avertissement.

— Ne me mens pas, Cooper. »

Il lui jeta un œil, lut l'intensité de son regard. Regarda à nouveau la route. « Ils seront inculpés. Le bar et l'appartement seront saisis. L'un d'eux ou tous les deux iront en prison pour avoir hébergé des fugitifs.

— Et Alice ? »

Cooper grinça des dents.

« Mon Dieu. » Shannon enfouit son visage dans ses mains. « Une académie ?

— C'est… c'est possible. Ça dépend si elle est testée niveau un ou non.

— Mais même si elle ne l'est pas, elle sera fichée. Ils la traqueront. Maintenant que le projet de loi sur les micropuces a été voté, ils vont lui mettre un émetteur dans la gorge. Inséré dans la carotide, pour que même la microchirurgie ne puisse l'enlever. Elle ne sera plus jamais en sécurité. »

Il voulut dire quelque chose de réconfortant, quelque chose pour l'apaiser, mais il ne trouva rien.

« Mon Dieu. C'est ma faute. Je n'aurais jamais dû t'amener là.

— Il n'y a rien que nous puissions faire pour eux, maintenant. Il faut juste que nous allions dans le Wyoming et que nous calmions le jeu. Clarifier les choses, en ce qui nous concerne. Ensuite, peut-être…

— D'accord. » Son rire fut totalement dénué d'humour. « Bon sang ! » Elle regardait par la vitre, mais il doutait qu'elle vît quoi que ce soit. « J'espère vraiment que tu en vaux le coup.

— Quoi ? »

L'hésitation fut infime, un léger tressaillement de son trapèze, un mouvement de ses doigts. Infime, mais présente. « J'ai dit que j'espère vraiment que ça en vaut le coup. Aller dans le Wyoming. »

Cooper s'efforça de ne pas réagir, se contentant de tapoter sur le volant. Avait-elle simplement prononcé de travers ? Possible. Mais cette hésitation… Elle cachait quelque chose.

Ouais, eh bien, elle est dans l'autre camp, tu te souviens ?

Il voulut l'interroger à ce sujet. Décida de s'abstenir. Les événements des dernières vingt-quatre heures – *mon Dieu, ça c'était passé aussi vite que ça ?* – avaient fait naître une certaine camaraderie entre eux. Et puis, oui, elle était attirante, dans tous les sens du terme. Mais leur amitié, ou quoi que ce soit, ne survivrait pas à cette mission. Ce n'était pas comme s'il pouvait la trahir, tuer John Smith, et ensuite voir si elle voulait prendre un café de temps en temps.

Elle était l'ennemi. Mieux valait ne pas oublier ça. Jouer son rôle, le jouer à fond, tout en gardant un œil sur elle.

Atteindre le Wyoming, atteindre John Smith, et mettre fin à tout ça.

Pour tous *les enfants.*

Chapitre 25

Trois jours de paysages vert et marron et de routes qui bourdonnaient sous les pneus, de panneaux d'affichage découpés sur des cieux infinis, de stations-service identiques et de stations de radio dont la fréquence se perdait peu à peu. L'I-90[1] vers l'ouest, un long ruban gris qui se déployait à travers les collines vallonnées du Wisconsin, les plaines du Minnesota, les broussailles blanchies par le soleil du Dakota du Sud. Au fur et à mesure qu'ils roulaient, la taille des villes diminuait, depuis la ligne d'horizon de Milwaukee, ponctuée de clochers et d'enseignes de brasseries, jusqu'à celle de Sioux Falls, à peine visible, et les centres commerciaux au ras du sol de Rapid City.

Ils auraient pu faire le trajet d'une seule traite forcenée, mais ils avaient du temps à tuer et décidèrent de rouler huit heures par jour et de dîner dans des chaînes de restaurants. Le silence n'avait pas duré. Le premier soir, leurs habitudes désinvoltes mais prudentes étaient de retour. Ils évitaient la politique, se contentaient de choses légères. Racontaient des histoires d'enfance,

1. La plus longue autoroute des États-Unis (près de 5 000 km), reliant la côte Ouest (Seattle) à la côte Est (Boston).

d'amis, des mésaventures dues à l'alcool et parlaient de leurs livres préférés. Des conversations qui n'étaient ni intimes ni impersonnelles.

La nuit précédente, ils s'étaient arrêtés dans un motel en bord de route, dans les Black Hills[1]. Ils s'étaient fait livrer une pizza et n'avaient cessé de changer de chaîne sur la télé 3D, zappant les informations sans faire le moindre commentaire. Dehors, le monde était noir, comme s'il s'en était simplement allé, et le ciel était inondé d'étoiles. Il s'était endormi en l'écoutant respirer sur l'autre lit.

Ce matin, ils s'étaient levés tôt et avaient franchi la frontière du Wyoming. Il n'avait visité cet État qu'une seule fois, lorsqu'il était allé camper avec Natalie dans les montagnes de Grand Teton, dix ou douze ans auparavant. C'était alors la fin de l'été, les montagnes étaient couvertes de verdure. Ils avaient fait l'amour le matin pendant que le café bouillait sur le feu de camp et que les oiseaux chantaient dans les arbres.

Ici, cependant, dans la partie ouest de l'État, le paysage plat et désolé n'était que broussailles épineuses et roche sèche. Ça n'avait pas l'air d'un endroit où l'on puisse vivre. Les villes étaient de petites choses cramponnées à l'autoroute.

Jusqu'à ce qu'ils arrivent à Gillette. Jadis, c'était un endroit tranquille, vingt mille personnes, la plupart travaillant dans l'industrie du charbon. Puis Erik Epstein avait annoncé que les vastes terrains qu'il avait tranquillement achetés allaient être réunis pour former une nouvelle « communauté », un endroit qu'il avait baptisé la Réserve de la Nouvelle Canaan, destiné aux per-

1. Situées dans l'ouest du Dakota du Sud, les Black Hills abritent le fameux mont Rushmore.

sonnes comme lui. Les gens l'avaient surnommé le Territoire des Tordus, et avaient ri à l'idée que l'on puisse tenter d'y vivre. Ils avaient ri jusqu'à ce que ses trois cents milliards de dollars soient de la partie et, en l'espace de quelques mois, ne transforment complètement l'endroit.

Gillette marquait la fin de la route qui menait à la Nouvelle Canaan. Avec deux autres villes encore plus petites – Shoshoni à l'ouest et Rawlins, vers le sud, près de l'I-80 –, c'était la seule façon de pénétrer dans la Réserve. Epstein avait fait construire de larges autoroutes à quatre voies qui menaient au centre de cet énorme désert, une entaille anguleuse dans l'un des endroits les moins attirants des États-Unis. Il avait acheté les terrains pour une poignée de dollars l'hectare, aux enchères et au nom de diverses sociétés immobilières, et certains comprenaient des villages de vingt personnes, des ranches éparpillés, des droits miniers pour du pétrole ou du gaz naturel qui était trop profond ou en trop faible quantité pour être exploité. Le résultat était un patchwork de désert pierreux qui avait à peine été touché par l'histoire des hommes.

Et ainsi, les villes insignifiantes qu'étaient Gillette, Shoshoni et Rawlins devinrent célèbres au niveau national en tant que portes d'entrée de la Nouvelle Canaan. D'immenses relais routiers étaient sortis de terre, ainsi que des logements pour les milliers d'ouvriers du bâtiment qui avaient construit les premiers immeubles de la Réserve. Des restaurants, des cinémas et des centres commerciaux avaient suivi. Et finalement, des hôtels pour touristes, des magasins de colifichets et des musées, et tout le reste.

Enfant, Cooper adorait les films de science-fiction, surtout ceux des années 1970, tout en couleurs criardes, avec des néons partout et des gens en combinaison. Il y avait là quelque chose de si kitsch et de si attirant à la fois, le monde transformé en une métropole de deux cents étages de hauteur. Mais maintenant, alors qu'ils attendaient au milieu d'une marée de camions, vingt minutes après Gillette, il se rendit compte que le futur n'était pas du tout devenu comme on l'avait imaginé dans les années 1970. Le paysage stérile et le soleil aveuglant ressemblaient plutôt au passé. À un western.

« Combien de temps est-ce que ça prend pour passer le poste de contrôle ?

— À partir d'ici ? » Shannon était au volant. Elle tendit le cou pour regarder au-delà du camion de dix-huit roues qui était devant eux. « Disons une quinzaine de minutes.

— Efficace.

— Il le faut. L'entrée est surtout un immense quai de livraison.

— Ouais, je sais. » Comme tout agent du DAR, il avait eu de nombreuses réunions au sujet de la Réserve. Alors que d'un point de vue culturel, elle ressemblait à Israël peu après la Deuxième Guerre mondiale, la RNC rencontrait par ailleurs des circonstances uniques. Puisqu'elle était territoire américain, elle devait respecter les lois américaines. Mais trois cents milliards de dollars permettaient toutes sortes d'exceptions. Les avocats et les lobbyistes d'Epstein avaient profité d'une centaine de failles légales pour faire en sorte que la Réserve soit déclarée en tant que comté indépendant, doté de son propre code pénal. Et comme la RNC était un territoire privé appartenant à une compagnie, son accès pouvait en être contrôlé. « Tous les camions qui arrivent déposent leur chargement ici, et il est ensuite pris en charge par un réseau de distribution interne. Ça crée beaucoup d'emplois.

— La Réserve regorge d'emplois. Le taux de chômage est nul. Et pas seulement dans la recherche – le transport, la construction, le forage minier, les infrastructures, les usines.

— Exact. Il faut bien occuper les normaux.»

Elle rit. «Pas seulement les normaux. Beaucoup de Brillants sont venus ici par volonté de s'engager dans quelque chose. Mais un calculateur niveau cinq ou un musicien niveau trois ne sont pas exactement les personnes désignées pour mener et orienter les recherches biomédicales.

— Tu as habité ici combien de temps?

— Ça fait trois ans que j'y ai un appartement. Mais je ne sais pas si je peux vraiment dire que j'habite ici.

— Je sais l'effet que ça fait.»

Dix minutes plus tard, il aperçut la frontière pour la première fois. Les quatre voies de l'autoroute se dédoublaient, puis se dédoublaient encore, et encore. Les camions se dirigeaient vers la droite, occupant la majorité des voies, et les voitures vers la gauche. Chaque voie menait à un poste de contrôle qui n'était pas loin de ressembler à une cabine de péage. Des gardes en uniforme brun-gris, portant l'étoile montante bleue, l'emblème de la Réserve, se déplaçaient comme des fourmis, par centaines, parlaient aux conducteurs, passaient des miroirs sous les voitures, accompagnés de bergers allemands. Le portique qui surplombait chaque poste de contrôle avait l'air plutôt simple, mais Cooper savait qu'il était équipé des dispositifs de balayage optique les plus performants issus des nouvelles technologies. C'était devenu une blague : pour voir le futur équipement d'un agent du DAR, il suffisait d'aller dans le Wyoming et d'entrer dans n'importe quel bar. Là résidait la véritable protection de la Réserve, l'atout plus important que l'isolement géographique ou les milliards d'Epstein. Les plus grands experts dans leur domaine, des Brillants qui, individuellement, avaient plusieurs décennies d'avance en termes de technologie, travaillaient ensemble dans la Réserve, et leurs avancées se répandaient ensuite dans le pays tout entier.

Pas besoin d'armée pour conquérir l'Amérique, se dit Cooper. *Il suffit de construire des centres de loisirs et des pôles de divertissement dont les gens ne peuvent se passer.*

Shannon avança sous le portique et la voiture se retrouva soudain à l'ombre. Elle baissa la vitre et un jeune type à la moustache soignée dit : « Bienvenue dans la Réserve de la Nouvelle Canaan puis-je voir vos documents s'il vous plaît ? », d'une seule traite, sans respirer. Chacun se mit à chercher son passeport – ils en avaient parlé en cours de route, avaient souligné l'importance de ne paraître ni prêt ni pressé –, puis ils les lui tendirent. Le garde hocha la tête et les donna à une femme derrière lui, qui les passa devant un scanner. Cooper savait que celui-ci ne vérifiait pas seulement la validité du passeport, mais également l'historique des transactions récentes, le dossier judiciaire et Dieu sait quoi.

On va savoir si Schneider nous a baisés. Les cartes d'identité et de crédit avaient très bien fonctionné jusque-là, mais ça ne voulait rien dire du tout. Le premier véritable test avait lieu ici. Cooper se força à manifester un intérêt nonchalant, regardant autour de lui comme le ferait un touriste.

« Monsieur et madame… Cappello, dit le garde. Que venez-vous faire dans la Nouvelle Canaan ?

— Nous venons juste visiter, dit-elle d'un ton jovial. On fait la route jusqu'à Portland et on s'est dit que ce serait sympa de faire halte ici.

— Drogues ou armes à feu ?

— Non. » Cooper avait laissé son pistolet en pièces détachées dans une benne à ordures du Minnesota, sachant qu'on lui poserait la question. Peu importe. Il n'aimait pas tellement les armes à feu et en plus, un seul pistolet n'aurait pas constitué un réel avantage.

« Où résiderez-vous le temps que vous serez ici ?

— On a pensé chercher un hôtel à Newton. » La première ville de la Réserve était l'une des plus grandes et des plus ouvertes aux touristes. Plus ils s'enfonceraient dans la RNC, plus il y aurait de contrôles, plus il faudrait justifier sa présence. Les réunions du DAR comparaient la Réserve à une superposition de tamis, chacun étant plus sélectif, utilisant davantage de failles légales, qui allaient de la communauté résidentielle privée aux zones minières de haute sécurité, en passant par les complexes de recherches gouvernementaux. Tandis que Cooper observait, un autre garde prit un appareil qu'il n'avait jamais vu, un banal rectangle fixé sur une crosse de pistolet, qu'il passa le long de la voiture. Pour chercher des explosifs ? Les prendre en photo ? Lire leur aura ?

La femme rendit les passeports au garde moustachu, qui les tendit à Shannon. « Merci de votre coopération. Il faut que vous sachiez que la Réserve de la Nouvelle Canaan est un territoire appartenant à une compagnie privée, et qu'en y pénétrant vous acceptez de respecter les lois d'Erik Epstein Industries, de rester dans les espaces identifiés en vert et d'obéir à toutes les demandes du personnel de sécurité.

— Pigé », dit Shannon, avant de remonter sa vitre et de mettre la voiture en route.

Et aussi simplement que cela, ils entrèrent.

*

C'était différent de ce qu'il avait imaginé.

Cooper avait étudié des centaines de photos et de simulations. Il avait vu d'immenses quartiers d'entrepôts groupés autour de chaque entrée, des rangées et des rangées de hangars qui servaient de zones de transit pour tous les produits importés par la Réserve, depuis le bois de charpente jusqu'au dichloréthylène et au whisky. Il avait étudié l'agencement de la région, le réseau routier connectant les villes et les avant-postes qui avaient poussé du jour au lendemain. Il avait lu les caractéristiques techniques des centrales solaires, où des kilomètres de capteurs photoélectriques brillaient comme des carapaces d'insectes, tous s'orientant de concert en direction du soleil durant la journée, et de la lune durant la nuit. Il connaissait la population de Newton, Da Vinci, Leibniz, Tesla et Archimedes, ainsi que le rôle spécifique de chacune de ces villes. Il s'était attelé à la lecture de rapports concernant la nature unique du développement rationalisé d'une société possédant des fonds quasi illimités.

Mais il n'avait jamais roulé dans les rues de Newton toutes vitres baissées, respirant la poussière et l'air ionisé par les condenseurs d'humidité. Il n'avait jamais vu une femme garer sa voiture électrique devant une station de charge située à côté d'un bar ni entendu les vibrations du générateur quand il se mettait en marche. Et bien qu'il ait lu et relu les chiffres un millier de fois, il n'avait jamais réalisé à quel point l'endroit paraissait *jeune*. C'était une chose de savoir que les Brillants les plus âgés avaient trente-trois ans, et une autre de voir un monde rempli de jeunes qui s'affairaient çà et là, des jeunes avec des casques de chantier, conduisant des camions, des gosses en train de construire un nouveau monde. Bien sûr, il y avait aussi des gens plus âgés, beaucoup de familles avec des enfants surdoués s'étaient installées là, mais ils n'avaient pas l'air à leur place, ils étaient en infériorité numérique criante, comme le corps enseignant dans le campus d'une université.

L'appartement de Shannon était situé au premier étage, au-dessus d'un bar. Une pièce avec un lit escamotable soigneusement bordé, une cuisine dans laquelle personne ne semblait avoir jamais cuisiné, un bureau avec une plante artificielle baignant dans la lumière du soleil. Cela lui rappelait beaucoup son ancien appartement à DC.

Elle le fit entrer, puis regarda autour d'elle comme si elle essayait de reconnaître l'endroit, comme si quelqu'un avait été là en son absence et avait déplacé les choses de quelques centimètres. Au bout d'un instant, elle déclara qu'elle voulait se laver. À travers le mur, il entendit la douche s'allumer et s'éteindre à plusieurs reprises – douche de soldat uniquement, l'eau était ici trop précieuse pour être gâchée. Cooper ouvrit le réfrigérateur, ne vit rien d'autre que des condiments et de la bière, s'en servit une. Il marcha dans la pièce, puis sortit sur le petit balcon.

La Réserve était la concrétisation des théories d'architecture urbaine les plus récentes, avec de larges pistes cyclables et des places publiques semblables aux piazzas italiennes. Il grimaça face au soleil, but une gorgée de bière, observa un groupe de jeunes jouant à attrape-moi si tu peux, mais la vraie raison de ce jeu était le flirt. Les garçons couraient après les filles qui riaient, tous agiles et vifs et bronzés, pleins de vie. Il se demanda lesquels savaient décoder des génomes les doigts dans le nez, lesquels pouvaient se souvenir de chaque détail d'un visage entraperçu une dizaine d'années plus tôt. Il se demanda lesquels travaillaient pour John Smith, lesquels étaient des terroristes, lesquels auraient pu devenir des cibles dont il aurait dû lire le schéma, qu'il aurait dû traquer et peut-être assassiner.

Assassiner ?

Il but une nouvelle gorgée de bière, accoudé sur la rambarde. Au bout d'un moment, elle le rejoignit, vêtue d'une robe d'été en coton qui découvrait ses épaules. Ses cheveux étaient encore mouillés et elle les brossait énergiquement. Elle avait bonne mine, dégageait une odeur de shampooing tropical, sans doute à la noix de coco.

« Voilà, on l'a fait.

— On l'a fait. »

Il se retourna et s'adossa contre la rambarde. Le métal était brûlant sous son T-shirt. Il la regarda se brosser les cheveux, puis la regarda le regarder. « Quoi ? demanda-t-elle.

— Je réfléchissais. Tu es en sécurité maintenant.

— Et pas toi. C'est désagréable, pas vrai ? Un type en uniforme n'aime pas ton allure et tu te retrouves dans une pièce suréclairée. » Elle redressa la tête. « Je connais cette sensation. »

Il ne répondit pas, se contenta de soutenir son regard.

Elle haussa les épaules. « Cooper, on avait un accord. Ça veut dire quelque chose pour moi. Tu nous as amenés ici. Je nous emmènerai voir Erik Epstein.

— D'accord, dit-il. Qu'est-ce qu'on fait ? On va à

son bureau et on demande audience au roi de la Nouvelle Canaan ?

— Je te l'ai déjà dit, seuls les normaux l'appellent comme ça.

— Nous sommes dans son royaume, maintenant. » Il désigna de la tête deux uniformes en bas, sur la place. « Ces gardes sont là pour assurer la sécurité, et il les paye.

— Oui, c'est vrai. Mais il n'y a pas d'ateliers clandestins dans la Réserve. »

Pourquoi est-ce que tu la cherches ? Elle avait raison : il se sentait mal à l'aise. Pendant des années, il avait circulé à sa guise, avec la certitude de son bon droit. Ici, il était au mieux un touriste avec un faux passeport. Et au pire, eh bien, il n'avait aucune illusion à se faire quant à sa sécurité.

Ce n'était pas ce qui le souciait. Il avait imaginé se sentir comme un soldat derrière les lignes ennemies. Seulement, maintenant qu'il était là, le territoire ennemi se révélait être à mi-chemin entre le kibboutz et le campus universitaire. Il était déconcerté de ne pas découvrir là le cœur vibrant de l'empire du mal.

Loin de là. Ce que tu vois, tu l'apprécies. L'endroit avait quelque chose de stimulant qui venait de son énergie, de sa planification rationnelle, de sa créativité pleine d'enthousiasme. C'était comme si le territoire lui-même construisait quelque chose. Orienté vers le futur. Le reste du pays semblait embourbé dans le passé, toujours en train d'attendre un mode de vie simple, si jamais ce mode de vie simple avait existé un jour.

« Et maintenant, quelle est la suite ?

— Demain, c'est l'étape numéro deux. On va voir Epstein, comme je l'ai promis. Étape numéro trois, on part chacun de notre côté. Je vais retrouver les miens et j'explique la situation.

— Et l'étape numéro un ?

— Tu vas te changer et on va boire un verre. Je suis de retour chez moi, et je veux fêter ça. »

*

Ils commencèrent par le bar en dessous de son appartement. De l'extérieur, il ressemblait à n'importe quel autre bar, et il joua à son habituel jeu de prédiction : country-rock dans la stéréo, néons publicitaires pour des marques de bières derrière le bar, tables en bois couvertes de marques, sensation étouffante du soleil éclatant à travers les vitres, une serveuse blasée avec des tatouages.

Pour la première fois en dix ans, il fit seulement un score de un sur cinq.

L'air conditionné rendait l'endroit presque glacé, et les vitres avaient un genre d'effet polarisant qui brisait la furie du soleil sans pour autant plonger la salle dans la pénombre. Le décor était tout en lignes épurées et l'éclairage, indirect, sans source lumineuse visible. La musique était sensuelle, vaguement électronique. La serveuse avait dans les seize ans et travaillait avec un d-pad. Sa peau était bronzée et vierge de tout tatouage.

Au moins, les tables étaient en bois et couvertes de marques. Elles avaient l'air plus âgées que la serveuse, et elles l'étaient sans doute. Achetées en vrac quelque part et apportées ici.

« Deux cidres et deux vodkas », avait dit Shannon avant de se tourner vers lui en arborant son étrange sourire et d'ajouter : « Et la même chose pour lui. »

Au début, il ne buvait qu'à petites gorgées. Il se sentait à cran. La deuxième vodka glacée avait arrangé ça, et le cidre – distillé sur place, avait précisé Shannon, les pommes et les poires faisant partie des rares choses qui poussaient bien dans le Wyoming – possédait une agréable amertume.

« Vitamines, dit Shannon. Surtout des B. Nous mangeons beaucoup de viande ici, mais les légumes sont chers. » Elle vida les deux verres de vodka à la suite et les fit passer avec un verre de cidre. Elle dégageait une légèreté qu'il n'avait jamais perçue auparavant, comme si elle s'épanouissait. La sécurité d'un endroit familier. Elle rit et blagua et commanda d'autres verres, et au bout d'un moment il avait fini par se dire : après tout, pourquoi pas ?

« Alors, dit-elle. Premières impressions ?

— Je t'ai trouvée très jolie, mais un peu explosive.

— C'est gentil.

— De rien. » Il prit une longue gorgée de cidre. « Honnêtement ? Ce n'est pas ce à quoi je m'attendais.

— Et en quoi est-ce différent ? »

Il jeta un œil au bar et à la douzaine d'autres clients. Tous jeunes et bruyants. Les tables remplies de verres vides. Des éclats de rires qui explosaient comme des bombes, toute une tablée s'écroulant de rire avant de porter un toast. Quand s'était-il retrouvé assis au milieu d'un tel groupe pour la dernière fois, à discuter à bâtons rompus, à vivre pleinement l'instant autour d'un verre ?

L'implication totale, la conviction que ce moment représentait tout, c'était quelque chose qui lui était familier. Lorsqu'il avait dix-huit ans et qu'il était soldat, il buvait avec ses potes en déployant la même énergie, la même détermination ostentatoire. Mais il y avait des différences. Tout le monde ici était plus maigre, avec l'allure efflanquée de ceux qui ne boivent pas assez d'eau et passent beaucoup de temps au soleil. Les vêtements étaient légers et très fonctionnels. Un peu plus tôt, à la frontière, il s'était dit que l'endroit ressemblait davantage au passé qu'au futur, et il s'était presque attendu à voir des grands chapeaux et des bottes de cow-boy, toute une nouvelle génération en train de rejouer un vieux rôle. Il avait à moitié raison : on voyait beaucoup de chapeaux, mais les bottes étaient toutes très fonctionnelles et portaient des marques d'usure. Personne n'avait l'air de suivre une mode – pour ce qu'il en connaissait, en tout cas.

« Pas de publicités pour des marques de bière », dit-il.

Elle redressa la tête.

« Dans un bar comme celui-ci, n'importe où ailleurs, il y aurait des publicités pour des bières. Tu sais, les vieilles enseignes, genre Clydesdale. Et même les nouvelles bières, elles font des enseignes qui rappellent sciemment les anciennes. Parce que c'est comme ça que ça marche. Tu brasses une bière, tu crées un logo et une enseigne au néon. C'est comme un billard dans un bar, même si plus grand monde ne sait encore y jouer. Nos grands-parents jouaient au billard, nous on se saoule et on tape n'importe comment dans les boules avec des queues tordues. Personne n'y réfléchit, mais c'est de la nostalgie. C'est un certain sentiment du passé, de la façon dont on faisait les choses.

— Comme le classic rock, dit-elle. Je pourrais très bien passer le reste de ma vie sans plus jamais écouter "Sweet Home Alabama".

— Et c'est parti ! Je veux dire, les Rolling Stones sont formidables. Mais Creedence Clearwater, ou les Allman Brothers pour la dix millième fois ? Est-ce que quelqu'un est touché par leur musique ? Est-ce quelqu'un les *écoute* ? C'est de la nostalgie.

— Les voitures, dit Shannon. La plupart des gens vivent en ville, ils ne font pas plus de quelques kilomètres par jour. Alors pourquoi est-ce que les constructeurs continuent à fabriquer de grosses voitures qui vont vite et consomment une tonne d'essence ? Ce qu'il faudrait, ce sont des voitures électriques, légères et faciles à garer.

— Ça, je n'en sais rien, dit Cooper. J'aime les grosses voitures qui vont vite.

— Complètement dépassée, cette façon de penser, dit-elle en souriant. Une autre tournée ? »

Derrière les fenêtres, le monde était devenu doré, puis orangé et finalement, violet.

Lorsqu'ils sortirent, il se sentait bien, pas bourré mais en passe de l'être, le monde était glissant sur les bords. Elle héla un taxi électrique et donna des instructions au chauffeur. Leurs genoux se touchaient à l'arrière de la petite voiture. Des Martini avant le repas, et maintenant des steaks, des faux-filets saignants, épais de deux centimètres et demi sous une croûte de gros sel et de poivre noir. Chaque bouchée lui donnait envie de manger l'assiette.

Il s'aperçut que les gens dans le restaurant les avaient remarqués, les considéraient comme des touristes, mais il ne semblait pas y avoir la moindre animosité. Newton assumait sa part de visiteurs, et considérait sans doute le fait de les accueillir comme une preuve de bonne volonté.

Elle commanda une bouteille de vin et ne lui laissa pas prendre le moindre verre d'avance. Les choses devinrent brumeuses, le monde était en train de rétrécir. Il savait qu'il était ivre et s'en fichait.

Plus tard, ils se retrouvèrent dans un club en sous-sol. Mobilier et tables basses en plastique aux lignes épurées, une odeur de fumée chargée de marijuana. Sur une petite scène, un trio – bongo, violon, guitare – jouait une mélodie étrange et hautement rythmée, quelque part entre le reggae et le jazz, où chaque musicien suivait une tangente aussi complexe qu'une équation mathématique. L'ensemble était presque discordant, mais pas tout à fait. Des musiciens surdoués, il en était sûr, qui pouvaient jouer n'importe quel morceau après l'avoir entendu une seule fois, et qui pourtant refusaient de jouer deux fois la même chose, lassés d'une structure aussitôt qu'elle était explorée. Shannon était aux toilettes et il se laissa aller en arrière en écoutant la musique. L'idée la plus intelligente aurait été de passer la soirée dans l'appartement à étudier les cartes et lire la biographie d'Epstein, mais il ne parvenait plus guère à s'en soucier.

Elle revint en tanguant, en partie pour se frayer un chemin dans la foule, en partie pour marquer le rythme joué par le groupe, tenant deux verres de plus dans les mains. « Vous voilà, monsieur Cappello. Tom. »

Il rit, puis dit : « Merci, Allison. »

Ils étaient dans un canapé niché dans un coin, elle se laissa tomber à côté de lui. Elle sentait très bon. Elle prit un joint parfaitement roulé qu'elle avait coincé derrière son oreille, se pencha en avant pour l'allumer à la bougie posée sur la table basse. « Ah... De la Wyoming Sunset.

— Les patrons du bar s'en fichent ?

— Le comté ne peut pas légaliser, il y a une amende de vingt dollars. Que tu paies directement en achetant ton joint au bar. » Elle prit une autre bouffée, se laissa aller contre le canapé. « Tu étais marié, n'est-ce pas ?

— Oui. » Il eut un flash de Natalie et de la dernière nuit où il l'avait vue, debout sous l'arbre de la maison dans laquelle ils avaient jadis vécu ensemble. « Marié pendant sept ans, divorcé depuis quatre.

— Tu t'es marié jeune, alors.

— On avait vingt ans.

— Brillante ?

— Non.

— Et c'était un problème ? » Elle lui tendit le joint.

Il s'apprêtait à refuser, puis se dit qu'après tout… Il prit une bouffée timide, puis une autre, plus profonde. Il sentit un rush instantané, un picotement intérieur qui se propagea dans tout son corps. « Je n'ai pas été stone depuis l'âge de dix-sept ans.

— Vas-y doucement, alors. Celle qui pousse ici est très forte. »

Il prit une autre taffe, lui rendit le joint. Pendant un moment, ils restèrent assis. Leurs épaules se touchaient presque. Il pouvait sentir sa chaleur, et un embrasement dans tout son corps.

« Oui, dit-il. C'était le problème.

— Elle était jalouse ?

— Non, rien de tout ça. L'une des raisons pour lesquelles nous nous sommes mariés, c'était parce que j'étais surdoué. Ses parents n'aimaient pas que nous nous fréquentions, et elle les détestait à cause de ça. Elle blaguait en disant que nous étions un couple interracial. Puis elle est tombée enceinte, et ça a en quelque sorte scellé les choses.

— Vous étiez heureux ?

— Très. Pendant un moment. Et puis, moins.

— Qu'est-ce qui s'est passé ?

— Oh… La vie. » Il leva une main, l'observa, détailla la texture de sa peau et les mouvements de ses muscles tandis qu'il remuait les doigts. « On ne peut pas s'en empêcher, tu vois ? Ce que nous faisons. Ça l'a épuisée. C'est ma faute, en grande partie. J'étais impatient, je finissais toujours ses phrases. Nos différences se manifestaient de mille façons étranges, comme le fait qu'elle aimait les surprises mais qu'elle ne pouvait jamais m'en faire. J'avais déjà lu son schéma en totalité. Et lorsque les choses sont devenues tendues, je répondais à sa colère avant même qu'elle ne dise un mot, et ça la rendait encore plus dingue. La fin… est arrivée lentement, puis précipitamment.

— C'est du Hemingway[1] », dit-elle.

Il tourna la tête pour la regarder, ses grands yeux sombres et ses cils épais. Dans son ivresse, il voyait son visage flotter légèrement. « Ouais. »

Sur la scène, le violoniste se lança dans un solo décousu aux notes discordantes et extraterrestres, mais pas fausses pour autant, rendues plus vives et pénétrantes par l'effet de la drogue. Cela faisait penser à un samedi insomniaque passé à regarder par la fenêtre, mais sans rien voir.

« J'ai été fiancée, dit-elle.

— Vraiment ?

— Mon Dieu, Cooper, tu n'es pas obligé d'avoir l'air si surpris. »

Il rit. « Parle-moi de lui.

— D'elle.

— Vraiment ? » Il se redressa. « Mais tu n'es pas lesbienne.

1. Référence au roman d'Ernest Hemingway *Le soleil se lève aussi* (Gallimard, 1933). Cooper évoque un dialogue au cours duquel, interrogé sur la façon dont s'est produite sa ruine, Michael Campbell répond : « Two ways… Gradually and then suddenly. »

— Qu'est-ce que tu en sais ?

— Identification des schémas, tu te souviens ? J'ai un impressionnant radar à homos. »

Ce fut son tour de rire. « Je ne le suis pas, en fait. Aujourd'hui, avec tout ce qui se passe, ça ne paraît plus tellement important. Je veux dire, peut-être que si les Brillants n'étaient pas apparus, ce serait un sujet de débat, peut-être que les gens se soucieraient de l'orientation sexuelle en général, mais on a de bien meilleures raisons de se détester les uns les autres.

— Qu'est-ce qui s'est passé ? »

Elle haussa les épaules. « Comme tu l'as dit. Je ne suis pas lesbienne.

— Mais tu l'aimais.

— Ouais. » Elle fit une pause, tira une nouvelle bouffée sur le joint. « Je ne sais pas. Beaucoup de choses à la fois. Mon don faisait aussi partie du problème. C'est difficile. Aimer quelqu'un, mais ne pas être capable de partager la façon dont tu vois le monde. C'est comme essayer d'expliquer les couleurs à un aveugle. Il ne comprendra jamais vraiment. »

Une partie de lui voulait débattre avec elle, mais c'était plus une habitude qu'autre chose. Une attitude d'anormal dans un monde de normaux. Un tordu qui chassait d'autres tordus.

« C'était quand même bien, dit-elle. D'être aimée. »

Il acquiesça. Ils se turent, se laissèrent aller sur le canapé et écoutèrent le groupe. Il avait l'impression que son corps était élastique, pliable, moelleux, qu'il fondait dans les coussins. Il attrapa des fragments d'une dizaine de conversations, sentit le rire d'une femme s'enfoncer dans sa colonne vertébrale. Demain paraissait loin, de même que tout ce qu'il avait à faire et la lutte qu'il devrait reprendre. Mais pour le moment, c'était bon d'être assis là et de flotter dans un brouillard chaud. Assis à côté d'une femme superbe, au milieu d'un nouveau monde étrange, en se délectant d'être en vie.

« Ça aussi, c'est bien, dit-il. Faire un break. Loin de tout.

— Ouais, dit Shannon. C'est vrai.

— Merci.

— De rien. »

Le groupe entama une nouvelle chanson.

« Obsédant et hypnotique. »
New York Times

« Parfaitement documenté et entièrement plausible. »
Washington Post

« Une lecture du tonnerre. »
Chicago Tribune

Chacun sait que le monde a définitivement changé avec l'apparition des Brillants. Spécialiste reconnu en sciences humaines, le professeur Donald Masse détaille ce qui aurait pu se produire : la guerre avec le Moyen-Orient, la montée de la violence du fondamentalisme religieux, et une planète au bord d'une catastrophe écologique irréversible.

• Michael Dukakis se serait fait battre par George H. W. Bush.

• L'Union européenne serait en faillite.

• La NASA aurait abandonné les vols habités.

• Le système éducatif américain serait réduit à un examen de base.

• Les éléphants, les baleines et les ours polaires seraient en voie d'extinction imminente.

• L'Amérique centrale serait dévastée par une violente guerre de la drogue.

• Les maladies cardio-vasculaires, Alzheimer et le diabète seraient les premières causes de mortalité.

Vous pensez connaître le monde dans lequel vous vivez ? Réfléchissez à nouveau.

Découvrez ce qui se serait passé… si les Brillants n'avaient jamais existé.

Chapitre 26

Cooper se réveilla en sursaut et en suffoquant. En sueur, confus, avec un violent mal de tête. Il se débattit contre ses liens, avant de réaliser qu'il s'agissait de ses vêtements, trempés et collants. Un drap le couvrait à moitié. Il cligna des paupières, se frotta les yeux, essaya de remettre les choses en ordre.

Il entendit une légère respiration à côté de lui, regarda, vit Shannon qui enlaçait un oreiller, ses cheveux étalés qui dévoilaient sa nuque. Le lit. Ils étaient au lit, dans son appartement. Est-ce qu'ils…

Non, ils étaient tous les deux habillés. Il se souvenait vaguement avoir encore bu quelques verres, avoir terminé le joint. Un flash : ils dansaient. C'était la dernière chose dont il était capable de se souvenir. Elle dansait très bien, et à côté d'elle il s'était senti pataud, maladroit et heureux. Puis plus rien.

Cooper grogna, sortit ses jambes du lit. Au moins, il s'était débrouillé pour se débarrasser de ses chaussures. Il se mit debout, les tempes douloureuses, chancela jusqu'à la salle de bains. Urina pendant environ une demi-heure, puis se déshabilla et alla sous la douche. Les robinets étaient bizarres, un thermostat et un bouton. Il le régla à fond vers la position chaude, puis appuya sur le bouton. Un mince filet d'eau coula de la pomme de douche, puis s'éteignit dix secondes plus tard.

D'accord. Les condenseurs à l'extérieur de la ville tiraient de l'air l'eau qu'ils pouvaient, et chaque immeuble avait un bassin de récupération d'eau de pluie, mais l'eau restait pourtant une denrée rare, ici. C'était l'une des faiblesses de la Réserve, et il avait vu des plans visant à exploiter cet avantage tactique : détruire les pipelines d'arrivée et les condenseurs avec des frappes chirurgicales. Baisse prévue de la population : 17 % en deux semaines, 42 % au bout d'un mois, capacités industrielles et techniques réduites de 31 %. Il appuya à nouveau sur le bouton, se mouilla les cheveux, se servit du shampooing de Shannon, et l'eau s'arrêta. Il appuya plusieurs fois sur le bouton pour se laver et se rincer. Au final, c'était l'une des douches les moins agréables qu'il ait jamais prise, et elle n'atténua en rien son mal de tête.

Il se sécha et enfila ses vêtements. Se regarda dans le miroir. *La partie continue.*

Lorsqu'il sortit de la salle de bains, Shannon était en train de faire du café. Elle n'était pas coiffée et avait une marque d'oreiller en travers de la joue. « 'jour, lui lança-t-elle sans se retourner. Comment tu te sens ?

— Mort et enterré. Et toi ?

— Pareil. » Elle remplit une casserole d'eau, la versa dans la cafetière, toujours le dos tourné. Il observait ses mains. Elles ne tenaient pas en place. Elle ouvrit le réfrigérateur, regarda les clayettes vides. « Options limitées pour le petit déjeuner.

— Du café, ce sera très bien. » Il y avait de l'embarras dans l'air, comme une rémanence de la nuit passée. « Merci. »

Shannon ferma la porte, pivota pour lui faire face. « Écoute. Au sujet de cette nuit.

— Rien à dire.

— Je… Je ne veux pas que tu… C'était un bon moment, et j'en avais besoin, mais je ne suis pas… Ça ne change rien.

— Hé, tu m'as attiré dans ton lit. » Il sourit, lui fit comprendre qu'il blaguait. « C'était bien. On a passé une période tendue. C'était bon de, tu vois, se comporter normalement pendant une nuit. »

Elle acquiesça. Rassembla les bouteilles de bière de la veille, les jeta dans le bac de recyclage. Elle ouvrit un tiroir, le referma.

Cooper dit : « Pourquoi est-ce que tu doutes de moi ? »

Shannon leva les yeux vers lui. « C'était ce genre de choses qui énervait ta femme ? Lui dire ce à quoi elle était en train de penser ?

— Désolé.

— C'est rien. » Elle prit une inspiration, souffla. « Tu as raison. Je doute.

— Parce qu'on s'est saoulés ?

— Oui. Peut-être. Tu es différent de ce que j'avais imaginé. Et je me demande si tout cela est réel. » Son regard était direct et franc.

Cooper se leva et marcha vers le lit escamotable. Il attrapa les extrémités du drap froissé, le secoua et l'étendit. Il donna un coup sur les oreillers puis les remit en place. Il se demanda ce que Natalie penserait de Shannon, si elles pourraient s'apprécier, se dit que probablement oui. « J'étais un gosse de militaire. Je me suis engagé à dix-sept ans. Puis l'agence. Tout ce temps, je me suis efforcé de me battre pour quelque chose. J'essayais de protéger… tout, je crois. Je faisais partie des types bien. Et ensuite, lorsqu'ils m'ont collé l'attentat à la bombe sur le dos, je me suis retrouvé seul. De bien des façons, j'ai été seul toute ma vie, mais là, c'était différent. »

Il alla au pied du lit et le replia dans l'encastrement mural. Puis il se tourna vers elle, ne sachant absolument pas ce qu'il allait dire, même lorsqu'il commença à parler. « Ces derniers mois, j'ai fait des choses contre lesquelles je luttais, avant. J'étais du côté des salauds, et j'étais plutôt bon dans ce rôle. Alors, est-ce que ça signifie que j'avais tort, avant ? » Il haussa les épaules. « Je ne crois pas. J'aimais lutter pour protéger les choses. Ça me manque.

— Il existe d'autres façons de le faire, dit-elle. Crois-moi ou pas, j'ai l'impression de faire partie des bons, moi aussi. Je *fais* partie des bons.

— Comme tout le monde, dit Cooper. C'est ce qui fait que la vie est si compliquée. » Il la connaissait suffisamment pour établir son schéma. Elle cachait quelque chose, lui mentait au moins par omission. Mais quoi ? Difficile à dire. En outre, il ne pouvait pas l'en blâmer. Lui aussi, il lui mentait.

Beau couple, non ?

« Regarde, dit-il. Tout le monde a plusieurs facettes. Rien n'est simple. Tu pensais que j'étais un agent du gouvernement dépourvu d'humour, de conscience et de doutes. Et je pensais que tu étais une fanatique binaire qui n'hésitait pas à blesser des gens. Maintenant, tu sais que j'ai une ex-femme, que j'aime la sauce épicée, que je danse mal, que j'ai lu Hemingway et que je peux même en citer quelques passages. Et moi aussi je sais certains trucs à ton sujet. Mais il y a des choses qu'aucun de nous deux ne connaît. Des choses que nous taisons. » Il avait dit cela avec douceur. « Et c'est bien comme ça. Ça ne rend pas les choses moins réelles pour autant. » Il se massa les tempes. « Surtout mon mal de tête, par exemple. Donc, pourquoi ne pas laisser les choses comme elles sont pour le moment ? »

Elle se contenta de le regarder. Puis elle ouvrit un placard, sortit deux tasses et les remplit de café. Elle lui en tendit une et lorsque leurs doigts se frôlèrent, elle n'esquiva pas. « Je vais me laver.

— OK. » Il but une gorgée de café, la regarda marcher vers la salle de bains.

Elle s'arrêta devant la porte. « Cooper ?

— Ouais ?

— Les cachets sont dans le tiroir à côté de l'évier. Pour ta tête. »

Il lui sourit. « Merci. »

*

Deux heures plus tard, ils étaient à mille mètres d'altitude.

Une secousse, et ils étaient quatre mètres plus haut. Son estomac se retourna. « Est-ce que tu es sûre de savoir faire voler ce truc ? »

Elle sourit depuis le siège du pilote devant lui. « J'ai vu comment on faisait sur une 3D, une fois. Pourquoi est-ce que ce serait compliqué ? »

L'aérodrome était situé dans la banlieue de Newton, quatre pistes de roulement lisses qui s'enchevêtraient comme un croisillon de hashtag. Ils avaient garé sa voiture sur un terrain en gravier, s'étaient enregistrés auprès du contrôle au sol, puis s'étaient rendus au hangar assigné. Le planeur avait une allure futuriste, avec de larges ailes et une carlingue aérodynamique. Fabriqué en fibres de carbone, il était si léger qu'ils l'avaient poussé à la main jusqu'à la piste, où Shannon l'avait attaché à un épais câble torsadé. Une fois installée à l'intérieur, elle avait mis un casque, s'était adressée d'une voix douce et rapide à la tour de contrôle, et quelques secondes plus tard, le câble s'était tendu et les avait propulsés sur près de deux kilomètres en trente secondes, avec suffisamment de force pour les faire décoller. Cooper n'avait pas le vertige, il avait volé dans des hélicoptères, des jets et des avions militaires. Il avait même sauté de certains d'entre eux, mais le planeur, ce n'était pas son truc.

« Combien de temps est-ce que ce machin peut rester en l'air ?

— Nerveux en avion ?

— Non. C'est juste que je préfère ceux où il y a toute une mécanique à l'intérieur. Tu sais, un moteur. »

Elle rit. « Façon de penser dépassée, Cooper. Les planeurs ne sont pas polluants, les treuils sont alimentés par l'énergie solaire, et ici, si tu te places dans les courants ascendants, tu peux voler pendant des heures. C'est le moyen le plus pratique d'aller d'une ville à l'autre dans la RNC.

— Ouais, ouais. » Il regarda le sol par la fenêtre, loin en dessous. Le seul bruit était celui du vent sous les larges ailes et le sifflement autour du fuselage. La coque n'était pas plus épaisse qu'une serviette de table.

« Regarde, dit-elle. Sans les mains. » Elle lâcha le manche et leva les bras au-dessus de la tête.

« Mon Dieu, tu vas arrêter ? J'ai la gueule de bois, moi. »

Elle rit à nouveau et fit un virage sur l'aile qui lui offrit une meilleure vue qu'il ne l'aurait souhaité.

Tesla était au cœur de l'État. D'un courant ascendant à l'autre, le voyage prit environ deux heures. La vue d'en haut était étrangement familière, pareille aux images satellite qu'il avait étudiées. De taille moyenne selon les normes de la Réserve, la ville comptait dix mille habitants. C'était un quadrillage réparti autour d'un complexe de rectangles réfléchissants, des immeubles autonomes au point de vue énergétique, dont les quatre étages dominaient toute la ville.

Dans l'un d'eux se trouvait l'homme le plus riche du monde.

*

L'atterrissage se fit plutôt en douceur, pas très différent de celui que l'on effectuait avec n'importe quel petit avion. Shannon avait touché le sol, rebondi une fois, avant d'engager le planeur dans une longue glissade de plus en plus lente. Bon vol.

Il y eut un autre contrôle de sécurité au hangar, plus minutieux celui-là. L'homme derrière le Plexiglas à l'épreuve des balles fut assez courtois, mais il examina leurs passeports avec soin et passa plus de temps que Cooper ne l'aurait souhaité à taper sur son datapad. Tesla était bien éloignée des coins touristiques et protégée par plusieurs niveaux de filtres. Toute la ville appartenait à une entreprise privée et formait une enclave protégée, une municipalité sous haute surveillance, défendue par toute une série de classifications légales qui se résumaient en fait au message suivant : « Accès foutrement interdit ». Cooper sourit mollement au garde.

Une demi-heure plus tard, ils pénétraient dans Epstein Enterprises. Les immeubles couverts de miroirs réfléchissaient le ciel et le soleil, bien trop brillants pour qu'on les regarde. Il y avait un autre poste de sécurité, mais Shannon avait téléphoné le matin même et leurs faux noms figuraient sur une liste. Ils entrèrent après un simple contrôle de leurs passeports et un passage au scanner du véhicule.

Les quartiers généraux officiels d'Epstein étaient à Manhattan, mais le véritable centre névralgique était ici. C'était depuis ces immeubles que l'anormal gérait son immense empire financier. Non seulement le développement de la Nouvelle Canaan, mais aussi la gestion de milliers de brevets d'invention, d'investissements, de projets de recherches, dont la valeur totale était impossible à chiffrer exactement. À ce niveau, l'argent n'était plus quelque chose que l'on pouvait calculer. Il était devenu dynamique, une chose vivante qui gonflait et se contractait et se nourrissait de l'argent des autres, des entreprises achetaient des entreprises qui achetaient des entreprises pour la cinquantième fois.

Le sommet de chaque immeuble était hérissé de paraboles et de systèmes de sécurité, y compris des batteries de missiles sol-air. Prétendument défensives, et qui avaient obtenu du Congrès une exemption qui avait dû coûter des milliards. Cooper se souvint avoir vu un plan concernant le tir coordonné de missiles ciblant le quartier sécurisé : efficacité physique attendue de 27 % au premier tir de barrage, mais les pertes causées n'étaient que de 16 %, et moins de 5 % pour les couches supérieures dirigeantes.

Il ne faisait aucun doute qu'il existait également des plans impliquant des armes nucléaires. Des plans, ça, le DAR en avait à moudre.

« Tu vas bien ? » Shannon manœuvra pour garer la voiture électrique de location au milieu d'une rangée de véhicules identiques. « Tu es bien calme.

— Le planeur, mentit-il. Je n'ai pas encore les pieds sur terre. »

Elle éteignit le moteur. « Il y a quelque chose que tu dois savoir. J'ai réussi à nous faire entrer en mentionnant le nom de John.

— John ? dit-il. Ah. John Smith. Hmm. Ça va me le rendre plus sympathique ? » Epstein se dissociait souvent, publiquement, de tous les mouvements terroristes. Il n'avait pas le choix. Le moindre lien avec quelqu'un comme John Smith provoquerait la fermeture immédiate de toutes les failles juridiques qui assuraient la sécurité de la Réserve. Le DAR pensait qu'il existait des connexions informelles, mais n'avait jamais été en mesure d'en établir la preuve.

« Je ne sais pas. En public, Epstein a la dent dure envers eux. Mais John a beaucoup d'amis ici. Utiliser son nom était la seule façon que je connaisse pour obtenir un rendez-vous.

— Quelles sont leurs relations ?

— Je ne sais pas vraiment. John respecte Epstein, mais à mon avis, il doit penser qu'ils ne jouent pas la même partition. Certains font le parallèle avec Martin Luther King et Malcolm X.

— Drôle de comparaison. King se battait pour l'égalité et l'intégration, pas pour bâtir un empire séparé, et Malcolm X a peut-être défendu les droits civiques des Noirs par tous les moyens, mais il n'a pas organisé un réseau terroriste qui faisait sauter des immeubles.

— Je ne veux pas discuter de ça.

— D'accord, dit-il. Mais je ne vais pas faire semblant d'être du côté de Smith.

— Ce ne sera pas nécessaire. À ta place, je ne lui mentirais pas.

— Pas très difficile, dit-il. Comment pourrais-je lui

demander de l'aide sans lui dire pourquoi ?» *Pas une mince affaire. Tu vas devoir convaincre un homme de te connecter avec John Smith alors qu'il a tout à perdre en le faisant. Tout en lui en disant le moins possible.* Il afficha un sourire forcé. « Merci. Merci de tenir parole.

— Ouais. Eh bien, on a conclu un marché. » Elle ouvrit la portière de la voiture. « Viens. Allons rencontrer un milliardaire. »

L'endroit était désert, et vu le soleil qui frappait depuis le grand ciel bleu, il n'en fut pas surpris. Le complexe comptait plus de vingt immeubles – vingt-deux, s'il se souvenait bien –, et ils entrèrent dans celui qui se trouvait au centre. Il n'avait pas tant d'allure que ça, rien à voir avec les grands immeubles de bureaux stylés de Chicago ou de DC. Plus élevé que les autres, il était recouvert du même verre solaire monochrome. *Bien sûr. Le verre solaire réverbère la chaleur du soleil, la transforme en énergie. Le marbre est lourd et il faut l'acheminer jusqu'ici. Les sculptures et les ornements représentent la nostalgie.*

Façon de penser dépassée.

*

L'avocat était la personne la plus âgée que Cooper voyait depuis des jours. La petite cinquantaine, avec des cheveux argentés coupés courts et un costume sur mesure, il émanait de lui une vibration à deux mille dollars de l'heure. « Monsieur et madame Cappello. Je suis Robert Kobb. Si vous voulez me suivre. » Il se retourna sans attendre de réponse.

Le hall était un atrium couvert d'une verrière dont l'un des murs était occupé par un écran 3D de dix mètres de large qui diffusait CNN avec une finesse de résolution étonnante – Epstein détenait 30 % des parts de Time Warner –, et ils venaient tout juste d'y entrer quand le type était venu à leur rencontre. Cooper s'était attendu à poireauter des heures – et encore, si tant est qu'il soit autorisé à entrer. Apparemment, le nom de John Smith avait un certain poids, ici. Est-ce que le milliardaire était en cheville avec le terroriste ? Dans ce cas, la situation était pire que tout ce qu'il avait pu imaginer.

« Comment était votre voyage ?

— Agité », dit Cooper.

L'avocat sourit. « Les planeurs requièrent une certaine habitude. C'est votre première visite dans la Réserve de la Nouvelle Canaan, n'est-ce pas ? »

Son sourire est faux. Il sait qui nous sommes, mais il s'en tient à l'histoire officielle. Il ne laisse passer aucune information. « Oui.

— Qu'est-ce que vous en pensez ?

— Très impressionnant. »

Kobb acquiesça, les fit passer devant une rangée d'ascenseurs et s'arrêta devant le dernier d'entre eux. Il posa la paume de la main sur une banale borne, et les portes s'ouvrirent en silence. « La construction avance vite. Vous auriez dû voir Tesla il y a cinq ans. Que de la poussière. Et le ciel. »

L'ascenseur se mit en mouvement si doucement que Cooper ne put dire s'ils montaient ou descendaient. Il enfonça les mains dans ses poches, bascula sur ses talons. Au bout d'un moment, les portes s'ouvrirent et ils suivirent Kobb.

Un côté du couloir était en verre, du sol au plafond, et le soleil passait de la fournaise à une douce chaleur. De l'autre côté, il y avait un jardin décoratif à niveaux, de la verdure débordait des jardinières encastrées, très soignées. L'air paraissait plein d'oxygène. « Joli.

— Nous utilisons ce qui est à notre disposition. Et nous avons beaucoup de soleil.

— N'est-ce pas une sorte de péché de gâcher l'eau, ici ?

— Ces plantes ont été génétiquement modifiées, croisées avec une espèce de cactus. Les besoins en eau sont dérisoires. Je n'ai pas saisi les détails », dit Kobb d'une façon qui laissait entendre qu'il avait parfaitement compris, mais qu'il doutait qu'il puisse en être de même pour son interlocuteur. L'avocat les fit passer devant plusieurs salles de conférences, puis il effleura à nouveau une borne murale pour ouvrir une porte, au fond du couloir. « Le bureau de monsieur Epstein. »

Par rapport à sa fortune, la pièce était spartiate. Des deux côtés, des surfaces de verre ouvraient sur un panorama de la ville saisissant. Un bureau en bois, une zone de conférence avec de confortables fauteuils. Une jeune fille pâle, à laquelle Cooper donnait environ dix ans, était assise sur le canapé, en train de jouer sur son d-pad. Ses cheveux étaient teints d'un vert nauséeux qui ressemblait à du Kool-Aid. Sa nièce ? Epstein n'avait pas d'enfants.

L'avocat ignora complètement la fille. « Je vous en prie, asseyez-vous. Erik ne va pas tarder à nous rejoindre. Puis-je vous offrir quelque chose ? Un café ?

— Pas pour moi, merci. Allison ? »

Shannon secoua la tête. Au lieu de s'asseoir, elle glissa vers l'une des fenêtres, observa la vue.

« Salut, dit Cooper à la petite fille. Je m'appelle Tom. »

Elle leva les yeux de son datapad. Son regard était d'un vert aussi surprenant que celui de ses cheveux, et bien trop vieux par rapport à son âge. « Non, ce n'est pas vrai », dit-elle. Puis elle retourna à son jeu.

Il ressentit une gifle qui mêlait la colère à l'embarras. Il déglutit. La fille était à l'évidence une lectrice. Non seulement elle avait percé son mensonge, mais elle avait tous les signes d'une anormale : tendances asociales, soif de stimuli non humains, besoin d'exprimer physiquement sa différence. Et ce n'était pas vraiment une surprise de constater qu'Epstein se servait au quotidien des dons des Brillants. C'était juste qu'il ne s'était pas attendu à trouver une enfant.

Elle doit être exceptionnellement puissante. Cette idée généra une vague de malaise. Pour une lectrice niveau un, le monde était peuplé d'empereurs nus. Sa perspicacité devait aller au-delà du simple fait qu'il mentait sur son identité ; après l'avoir écouté quelques minutes, l'avoir observé, elle saurait des choses que même son ex-femme avait toujours ignorées.

C'était l'un des quelques dons qu'il considérait comme des malédictions. À tout instant, lors de chaque interaction humaine, les lecteurs nageaient dans les rivières de mensonges qui constituaient la vie quotidienne. Pire : ils percevaient les éléments les plus sombres de la personnalité, l'ombre jungienne universelle de l'esprit humain, la part qui se délecte de la torture, de la douleur et de l'humiliation. Tout le monde possédait cette ombre. Pour la plupart des gens, elle était contrôlée, s'exprimait par des moyens détournés : pornographie, sports violents, fantasmes d'agression. Cela faisait partie de l'animal humain, et la plupart du temps, c'était une partie inoffensive. Les pensées n'étaient que des pensées, après tout, et elles étaient tenues secrètes.

Mais les lecteurs en étaient entourés, les voyaient

dans chaque personne. Elles s'insinuaient dans la moindre gentillesse. Papa te protège, mais une part de lui aimerait emmener la baby-sitter en bas et lui faire des trucs. Maman sèche tes larmes, mais quelque chose en elle voudrait t'arracher les bras et te crier au visage de fermer ta gueule. Comme on pouvait s'y attendre, les lecteurs couraient vers la folie. Les plus solides finissaient enfermés en eux-mêmes, prisonniers d'un monde minuscule qu'ils contrôlaient et d'où ils pouvaient compter et recompter les choses qui les entouraient.

La plupart se suicidaient.

Robert Kobb toussa dans son poing fermé et dit : « Excusez Millicent. Elle dit ce qui lui passe par la tête.

— Je n'ai pas à l'excuser, dit Cooper. Elle a raison.

— Oui, je sais. » Robert Kobb afficha un sourire terne et s'assit sur le canapé à côté de Millicent. Elle s'écarta de lui sans quitter son jeu des yeux. Kobb dit : « En fait, vous êtes Nick Cooper.

— Oui.

— Erik m'a demandé de vérifier dès qu'il a entendu parler de vous, ce matin. Mais il ne m'en a pas dit davantage. »

Cooper s'affala sur l'une des chaises et jaugea l'avocat. Il y avait quelque chose chez ce type qui l'ennuyait. L'attitude autoritaire, le fait d'appeler son boss par son prénom. Et ce vernis de normalité. « C'est parce qu'il n'en sait pas davantage. Je peux vous poser une question ?

— Certainement.

— Qu'est-ce que ça fait de participer à la construction de la Nouvelle Canaan alors qu'on n'est pas surdoué ? »

Près de la fenêtre, Shannon étouffa un rire. Le sourire de l'avocat se crispa légèrement. « C'est un privilège. Pourquoi ?

— Disons que je suis curieux. »

Kobb acquiesça, fit un geste peu convaincant pour signifier que ce n'était rien. « Ce qui compte, c'est ce que nous faisons ici. C'est une chance incroyable. Jamais dans l'histoire il n'y a eu de projet comparable à celui-ci. La chance de bâtir un nouveau monde.

— Surtout avec l'argent de quelqu'un d'autre. Aucune prise de risque. »

Millicent sourit tout en continuant à jouer.

« Hmm. » Le téléphone attaché à la ceinture de l'avocat vibra. Il le décrocha, lut le message. « Ahh. Erik va arriver. Il est à Manhattan.

— Il fait le trajet exprès ?

— Non, dit Kobb en retrouvant son air suffisant. Il est à Manhattan en ce moment.

— Alors… »

Avant qu'il ait pu poser la question, Erik Epstein apparut derrière le bureau.

Cooper s'était déjà levé de sa chaise lorsqu'il prit conscience qu'il s'était mis en mouvement, le corps en alerte, prêt au combat. Son esprit tournait à toute vitesse, analysait la situation…

Un don semblable à celui de Shannon ? Est-ce que d'une façon ou d'une autre, il a tout le temps été là ?

Non, le don d'Epstein concerne les données.

Un outil inconnu issu des nouvelles technologies ? Camouflage ? Téléportation ? Ridicule.

Mais il est là. En chair et en os...

Pigé.

… et il comprit soudain ce qu'il était en train de regarder. « Ouah. C'est quelque chose. »

Erik Epstein sourit. « Pardonnez-moi de vous avoir fait sursauter. »

Maintenant qu'il en avait le temps, il pouvait distinguer les contours légèrement vaporeux de l'homme, comme s'ils débordaient. Il manquait les ombres, également. Où que se trouvât Epstein, l'éclairage était différent. Il ressemblait à un effet spécial d'un film des années 1980, totalement convaincant jusqu'à ce qu'on l'observe de près.

« L'un de nos derniers développements, dit Kobb. Essentiellement fondé sur la technologie 3D, mais fortement amplifié.

— Un hologramme.

— Oui », dit Epstein. Il sourit. « Pas mal, hein ?

— Pas mal du tout. » *Une décennie d'avance sur ce que le DAR a de mieux. Même avec les diplômés des académies.*

En vrai – du moins, en quelque sorte –, Erik Epstein avait l'air un peu moins raffiné que lors de ses interventions médiatiques. Il avait toujours son air de beau gosse, le cheveu légèrement en bataille, mais il paraissait moins raide. Vêtu d'un costume d'été, sans cravate, il aurait eu sa place dans un country club de luxe. « Je vous serrerais bien la main, mais – » Il leva un bras et agita les doigts. « L'une des limites. Toutefois, ça dépasse largement un haut-parleur.

— Merci d'accepter de nous recevoir au pied levé », dit Shannon. Elle était à côté de lui, assise sur une chaise.

« Votre message ne me laissait pas le choix, madame Azzi. Je n'apprécie pas d'être associé à John Smith de cette façon.

— Je comprends, dit-elle. Pardonnez-moi de vous

avoir forcé la main. C'était le seul moyen à ma connaissance pour attirer votre attention.

— Vous l'avez », dit Epstein. Il posa ses mains sur le bureau. Le bout des doigts pénétra dans le plateau en bois, ce qui gâcha un peu l'illusion. « Vous devez être Cooper ?

— Agent Nicholas Cooper, dit Kobb. Né en mars 1981, deuxième année des Brillants. S'est engagé dans l'armée à dix-sept ans avec l'accord de son père. Détaché en tant qu'agent de liaison militaire dans un groupe qui allait devenir le Département Analyse et Réaction en 2000. Recruté à temps plein en 2002. Engagé dans les Services Équitables à leur création en 2004. Grade d'agent en 2005. Agent principal en 2008. Considéré comme le meilleur des "extincteurs de réverbères", avec un taux de liquidation des dossiers inégalé, incluant treize éliminations.

— *Treize* ? » Shannon arqua un sourcil.

« Oui, dit Cooper. C'est moi. Sur le papier.

— En cavale suite à l'attaque contre le Léon Walras Exchange, le 12 mars. » Kobb leva les yeux de son datapad. « Désormais, c'est le principal suspect de l'attentat. »

Il n'aurait pas dû être surpris. Bien qu'une part de l'accord conclu avec le directeur Peters stipule que son identité ne serait pas rendue publique – un fanatique aurait pu s'en prendre à Natalie et aux enfants –, presque tout le DAR savait qu'il avait été désigné comme cible. Et l'homme le plus riche du monde avait accès à toutes les informations qu'il désirait. Quand même. Ça l'ébranlait. Il regarda l'avocat, mais s'adressa à Epstein. « Je n'ai rien à voir avec ça.

— Et vous, madame Azzi ? demanda Kobb.

— Non, dit-elle. Pas dans la façon dont cela s'est passé.

— Mais c'est l'organisation de John Smith qui a posé les bombes.

— Oui. Mais nous ne les avons pas déclenchées.

— Et pourquoi devrait-on vous croire ?

— C'est bon, Bob. » Epstein s'exprimait avec une autorité naturelle. « Ils disent la vérité.

— Mais, monsieur, nous ne…

— Si. Millie ? »

La fillette leva les yeux. « Ils mentent tous les deux. Ils se mentent mutuellement, aussi. Mais là, ils viennent de dire la vérité.

— Merci, chérie. »

L'avocat ouvrit la bouche, la referma. Cooper le voyait bouillir, lisait sa frustration. Un décideur dans son domaine, à l'évidence puissant au niveau politique, réduit au silence par une enfant.

Kobb n'est pas le seul. Cooper se sentait comme une balle de tennis, frappé d'un côté à l'autre par-dessus un filet. Se mentir mutuellement ? Qu'est-ce que cela voulait dire ? À tout le moins, la fille avait clairement compris qui il était, et le fait d'être démasqué l'avait rendu fébrile. Elle ne pouvait pas lire ses pensées, ne pouvait pas être au courant de sa mission, mais simplement faire des déductions à partir de ses réponses sous-cutanées à l'évocation de l'agence. Cela, elle en était capable. Mais pas d'en deviner le sens profond.

Tout ce chemin pour se retrouver à la merci d'une petite fille de dix ans…

Verrouille tout.

« Alors. » Erik Epstein souriait, les mains tendues. « Maintenant que c'est clair. Qu'est-ce que vous faites ici ?

— Shannon et moi avions un accord. Il y a eu un incident à Chicago, il y a quelques jours, et elle avait besoin d'aide. Je l'ai reconduite chez elle, et elle m'a donné l'occasion de m'entretenir avec vous.

— Je vois. Pour quelle raison ?

— Comme vous le savez, mon ancienne agence est à mes trousses. » *Tiens-t'en aux faits, le plus possible.* « Je ne suis plus en sécurité nulle part.

— Monsieur Epstein, dit Kobb, vous devez savoir que nous sommes sur un terrain légal précaire. Maintenant que la véritable identité de monsieur Cooper est avérée, nous n'avons plus aucune possibilité de démenti. Cela se rapproche dangereusement du recel de fugitif.

— Merci, Bob, dit sèchement le milliardaire. C'est un risque que nous pouvons courir quelques instants. Je ne crois pas que l'agent Cooper soit ici pour nous piéger.

— Non, monsieur. En fait, j'ai besoin de votre aide. Je souhaite refaire ma vie ici. Dans la Nouvelle Canaan. » Il s'efforça de ne pas regarder la fille. Elle saurait qu'il mentait, ou du moins, qu'il ne disait pas toute la vérité. Le mieux qu'il pouvait espérer, c'était qu'elle n'intervienne pas, qu'elle ne donne son avis que quand on le lui demandait.

Epstein joignit ses paumes. « Je vois. Et pour cela, vous avez besoin de mon aide.

— Oui.

— Parce que vous avez beaucoup d'ennemis.

— Oui. Mais je pourrais être un bon allié. »

Kobb dit : « Monsieur Epstein, c'est une mauvaise... »

Le milliardaire le fit taire d'un regard. Puis il dit à Cooper : « Voulez-vous nous laisser un moment ? J'aimerais parler en privé à Mme Azzi et à M. Kobb. » Il se tourna vers la fille. « Millie, veux-tu emmener M. Cooper dans le salon d'affaires ? »

Cooper jeta un œil à Shannon, ne parvint pas à lire sa réaction. Un genre de lien s'était créé au cours des derniers jours, mais elle ne lui devait rien. Un instant, il envisagea de refuser. Mais à quoi bon ? S'il était pris, il était pris.

Avec une nonchalance exagérée, il se leva. « Bien sûr. » Millie glissa du canapé, son d-pad étroitement serré contre la poitrine. Elle marcha vers un mur aveugle. Lorsqu'elle l'atteignit, une partie de celui-ci glissa vers le côté. Une porte cachée qu'il n'avait pas remarquée. Qu'est-ce qu'il y avait d'autre qui lui avait échappé ?

Au moins, la fille venait avec lui. Quoi qu'elle ait compris, elle garderait le silence. Il la suivit et se retrouva dans un autre ascenseur. Il n'y avait pas de boutons, pas de panneau de contrôle. Les muscles du bas de son dos se contractèrent. Il se demanda si le « salon d'affaires » était un code pour quelque chose d'autre.

Quelque chose comme « cellule d'interrogatoire ».

Tu as pris ton ticket. C'est le moment du départ. En route.

La dernière chose qu'il vit lorsque la porte se referma, ce fut le regard que Shannon posait sur lui, avec quelque chose d'impénétrable dans les yeux.

Debout dans l'étroite cabine, il eut soudain une vision de lui-même, comme une image satellite. Une vue rapprochée qui effectuait soudain un zoom arrière : un homme dans une cabine dans un immeuble dans un complexe dans une ville dans un État dans un pays – un homme considéré comme un ennemi jusqu'à cette échelle. La panique s'insinua dans son estomac. Il inspira, détendit ses épaules. Le seul chemin était droit devant.

Millie regardait dans le vide, le visage caché par sa frange verte. Elle avait l'air tellement perdue que pendant un instant il en oublia sa propre situation. Il se demanda à combien de réunions elle avait assisté, à combien d'accords valant des milliards de dollars. Combien de fois son don avait provoqué la mort de quelqu'un. Pour un soldat, ça aurait été un poids lourd à porter. Et elle n'était qu'une enfant.

« Tout va bien », dit-elle.

Cooper l'observa. Il se demanda si elle parlait de lui ou d'elle. « Vraiment ?

— Oui. »

Il souffla. « Très bien. Si tu le dis. »

À nouveau, il ne sut dire dans quel sens allait l'ascenseur, mais cela ne pouvait être que vers le bas. Et vu la durée du déplacement, plus bas que le rez-de-chaussée. Bizarre. Et pourquoi un ascenseur privatif avec une porte cachée ? À quel genre de salon d'affaires accédait-on depuis le bureau du boss ?

Dix secondes plus tard, la porte s'ouvrit. Un autre couloir, mais ni soleil ni jardin botanique, ici. Ils étaient au sous-sol, sous les lignes électriques vrombissantes qui alimentaient l'immeuble.

« Tout droit, dit Millie.

— Tu ne viens pas ? »

Elle secoua la tête, toujours en fixant le sol. « Allez jusqu'au bout. Il y a une porte. »

Cooper lui jeta un œil, puis regarda le couloir. Haussa les épaules. « Merci. » Puis il sortit de l'ascenseur.

« Vous feriez mieux d'être prudent, dit Millie derrière lui.

— Pourquoi ? »

Durant un instant, il crut qu'elle n'allait pas répondre. Puis elle leva la tête, balaya une mèche verte derrière son oreille et le considéra de ses yeux étranges et tristes. « Tout le monde ment, dit-elle. Tout le monde. »

La porte de l'ascenseur se referma.

Cooper la fixa un instant. Lentement, il se retourna vers le couloir sombre. Il étira ses doigts. Se demanda à quelle profondeur il se trouvait. Au moins aussi bas qu'il était monté un moment plus tôt. Quelque chose s'agitait dans son subconscient, une pièce de puzzle qui ne trouvait pas sa place, un schéma qu'il sentait davantage qu'il n'était capable de le voir. Une porte cachée. Un ascenseur privatif. Escorté par une enfant. Une enfant surdouée et tourmentée.

Où était-il ? C'était quoi, cet endroit ?

S'il s'agit du salon d'affaires, je ne veux même pas imaginer le salon normal.

Il se mit à marcher dans le couloir. Une épaisse moquette assourdissait ses pas. Il entendait les bruissements de l'air, des systèmes de ventilation. Les murs étaient nus. Il passa une main dessus. Tressage de fibre de carbone. Très résistant, très cher.

Au bout du couloir, une porte s'ouvrit. Il n'y avait personne, et la pièce était sombre.

Avec l'impression de pénétrer dans un genre de rêve, il entra.

Chapitre 27

Des données. Constellations de nombres brillants comme des étoiles, balayages de néons en courbes sinusoïdales, diagrammes et graphiques en 3D, qui flottaient partout où il posait le regard. C'était comme de marcher dans un planétarium, ce silence sombre et ce sens du merveilleux, seulement, à la place des cieux, c'était le monde qui flottait dans toutes les directions, le monde éclaté en chiffres, en courbes et en vagues. Cooper cligna des yeux, scruta, tourna lentement sur lui-même. La pièce était vaste, une cathédrale souterraine, et dans toutes les directions, à trois cent soixante degrés, des nombres lumineux flottaient. Tandis qu'il regardait, les choses évoluaient, changeaient, les lumières paraissaient vivantes et leurs corrélations, étranges : les chiffres concernant la démographie sur le même graphique que la consommation d'eau et la taille moyenne des jupes des femmes. La fréquence des accidents sur les routes non rurales entre huit et onze heures. L'activité de la tache solaire superposée au taux d'homicides. Une chronologie des morts durant l'invasion allemande de l'Union soviétique en 1941 corrélée au prix du pétrole brut. Les explosions dans les bureaux de poste de 1901 à 2012.

Au milieu de ce cirque de lumière se tenait la silhouette de son M. Loyal. S'il avait conscience de la présence de Cooper, il n'en manifestait rien. Il leva une main, désigna un diagramme, le balaya et fit un zoom microscopique, des points verts et rouges formèrent une carte semblable à celle du plancher océanique.

L'air était froid et sentait… les chips de maïs ?

Cooper longea la rampe qui était devant lui. Lorsqu'il traversa un diagramme, les projections étincelèrent dans sa vision périphérique, une ligne nette balaya son corps. « Hummm… Salut ? »

La silhouette se retourna. La lumière ambiante était trop faible pour qu'il puisse distinguer ses traits. D'un geste, l'homme invita Cooper à s'approcher. Lorsqu'ils furent à trois mètres de distance, il dit : « Lumières à 30 % », et une luminosité douce jaillit de nulle part et de partout à la fois.

L'homme avait la taille large, un début de double menton commençait à pousser sous le premier. Sa peau était pâle et vaguement brillante, ses cheveux en bataille. Il passa une main dans ses mèches en désordre, d'un geste rapide et nerveux qui ressemblait à un tic. Cooper l'observa, le schéma commençait à prendre forme, la vérité était énorme, bouleversante, et soudain évidente.

« Salut, dit l'homme. Je suis Erik Epstein. »

Cooper ouvrit la bouche, puis la referma. La vérité éclatante, limpide. La structure du visage, la forme des yeux, la largeur des épaules. C'était comme regarder le double nerveux et grassouillet du milliardaire élégant et sûr de lui qu'il venait juste de quitter.

« L'hologramme, dit Cooper. C'est un faux. Vous êtes derrière tout ça.

— Quoi ? Non. Hum… Déduction intuitive raisonnée basée sur des données limitées, mais incorrecte. L'hologramme est réel. Je veux dire, l'homme est réel. Mais ce n'est pas moi. Il joue mon rôle. Il est moi depuis longtemps, maintenant.

— Un… acteur ?

— Un *Doppelgänger*[1]. Mon visage et ma voix.

— Je… Je ne…

— Je n'aime pas les gens. Je veux dire, j'aime les gens, les gens ne m'aiment pas. Je ne suis pas à l'aise avec les gens. En tant que personnes. C'est beaucoup plus clair en tant que données.

— Mais. Votre… doppelgänger, il passe aux infos. Il dîne à la Maison-Blanche. »

Epstein l'observa comme s'il s'attendait à ce que Cooper continue de parler.

« Pourquoi ?

— Pendant un moment, je pouvais me contenter de vivre parmi les données, mais nous savions que les gens voudraient me voir. Les gens sont marrants avec ça. Ils veulent voir, quand bien même voir n'est pas ce qui compte. L'astronomie. Les informations les plus importantes que les scientifiques reçoivent grâce aux télescopes ne sont pas visibles. Spectres de radiations, ondes radio, virages infrarouges. Données. C'est ce qui compte. C'est ce qui nous dit quelque chose. Mais les gens veulent voir des images. Une supernova avec des couleurs vives. Même si d'un point de vue scientifique, c'est parfaitement inutile. »

Cooper acquiesça. Il avait compris. « Il est votre photo en couleurs. Qui est-il ? Quelqu'un qui ressemblait à votre photo dans l'annuaire du lycée ?

1. « Sosie » en allemand. Double fantomatique d'une personne vivante.

— Mon frère. Aîné. »

Ce n'était pas possible. Epstein avait eu un frère aîné, un normal, mais il était mort une douzaine d'années plus tôt dans un accident de voiture. « Attendez. Vous avez mis sa mort en scène ?

— Oui.

— Mais c'était avant que l'on entende parler de vous. Avant que vous ne fassiez fortune.

— Oui.

— Est-ce que vous êtes en train de me dire que tous les deux, vous avez planifié tout ça il y a douze ans ?

— À nous deux, nous sommes Erik Epstein. Je vis dans les données. Et lui, il est ce que les gens veulent voir. Il sait leur parler. » Epstein se passa à nouveau la main dans les cheveux. « Voilà. » Il fit un geste, et une image très nette apparut. Le bureau, au-dessus, mais vu d'un angle différent. Shannon sur une chaise, en train de parler. L'avocat, Kobb, qui secouait la tête. Millicent, épaules courbées, perdue dans son jeu. Une caméra de sécurité ?

Non. L'angle n'était pas bon. C'était une vue de derrière le bureau. La pièce telle que la voyait l'hologramme. L'autre Erik Epstein.

« Vous voyez ? Nous partageons les mêmes yeux. »

L'énormité de la situation. Depuis plus d'une décennie, le monde avait regardé un faux Erik Epstein, l'avait écouté parler sur CNN, avait suivi ses manœuvres politiques pour fonder la Nouvelle Canaan, ses entreprises de rachats, l'avait vu embarquer dans des jets privés. Pendant tout ce temps, le vrai Erik Epstein était resté hors de vue. Vivant dans ce sous-sol, cette sombre caverne des merveilles.

Il se demanda si quelqu'un au DAR était au courant. Si le *président* le savait.

« Mais… Pourquoi ? Pourquoi ne pas tout simplement rester anonyme ?

— Trop difficile. Trop de questions. Les gens veulent *voir.* » Il dit cela d'un ton nerveux. « J'aime les gens. Je les comprends. Mais cela aurait été trop difficile. Je ne voulais pas donner de conférences de presse. Je voulais travailler au milieu des données. Savez-vous ce qu'a dit Michel-Ange ? »

Cooper cligna des yeux, surpris par le changement de sujet. « Hmm ?

— "Dans chaque bloc de marbre, je vois une statue aussi clairement que si elle était devant moi, sculptée dans une attitude parfaite, en pleine action. Il me suffit d'abattre les murs bruts qui emprisonnent l'adorable apparition pour la révéler aux yeux d'autrui au fur et à mesure que les miens la découvrent." » Les mots se bousculaient. Lorsqu'il eut terminé, Epstein redevint silencieux. Il attendait.

Quoi qu'il en soit, c'est important. L'un des hommes les plus puissants de la planète est en train de te montrer un secret que seule une poignée de gens connaît. Il y a une raison.

Cooper finit par dire : « La façon dont Michel-Ange voyait le marbre, c'est la façon dont vous voyez les marchés financiers.

— Oui. Non. Pas seulement. Tout. Les données. » Il se tourna et son bras effectua une série de mouvements complexes. Toute la pièce réagit, s'emplit de torsions et de miroitements, un spectacle lumineux psychédélique de diagrammes, de chiffres et de graphiques mouvants. Une nouvelle série de données apparut. « Là. Vous voyez ? »

Cooper observa, un graphique après l'autre. S'efforça de donner du sens à ce qu'il regardait. *Fais ce que tu* sais *faire. Trouve le schéma de la même façon que tu es capable de reconstituer l'image de la vie d'une personne en regardant son appartement.*

Les chiffres de la population. L'utilisation des ressources. Un accéléré du Wyoming vu du dessus, enregistré durant des années, le désert brun faisant naître un schéma géométrique précis de villes et de routes. Un graphique en trois dimensions des actions violentes en Irlande du Nord corrélé avec le nombre de pubs britanniques et la fréquentation moyenne des églises. « La Nouvelle Canaan.

— Évidemment, dit Epstein avec impatience.

— Elle grandit. Là, dit Cooper en pointant le doigt. Ce sont les ressources extérieures dont dépend la Réserve. Les ressources extérieures sont les points faibles. Une dépendance qui peut être utilisée contre vous. Et… » Il observa, sentant venir ce bond intuitif. Il était presque là, mais il ne parvenait pas à le saisir. Il fit un effort, tout en sachant que ça ne fonctionnait pas comme ça, tout comme un artiste ne pouvait forcer la survenue d'un chef-d'œuvre.

La Nouvelle Canaan. Cela concerne la Nouvelle Canaan. Seulement, tout cela n'avait rien à voir avec elle, du moins pas directement. Les données historiques. Les sicaires[1] en Judée et les meurtres de prêtres dans la foule, les chiffres augmentaient, puis l'intersection avec cette autre courbe et la baisse brutale. Les haschischins ont comploté contre les chi'ites au XIe siècle. Il ne savait pas ce que le mot signifiait, ou vaguement. *Haschischins. N'est-ce pas ce mot qui a donné « assassin » ?* Il le croyait, mais se dit également

1. Nom donné par les Romains aux zélotes, inspiré par leur poignard tranchant, la *sica*.

qu'il avait vu ça dans un film de kung-fu. Il ne s'y connaissait tout simplement pas assez en histoire.

Oublie ce que tu sais. Observe les schémas. Que disent-ils ?

« Violence. C'est au sujet de la violence. » Les mots étaient sortis avant que sa pensée n'ait fini de se former.

« Oui ! Et…

— Je ne… » Il se tourna vers Epstein. « Je suis désolé, Erik, je ne suis pas capable de voir ce que vous voyez. Qu'est-ce que vous me montrez ? Pourquoi ?

— Parce que je veux que vous fassiez quelque chose pour moi. »

Un service contre un service, évidemment. Il avait regardé la rencontre, en haut. « Vous voulez que je fasse quelque chose afin d'obtenir votre protection et pouvoir commencer une nouvelle vie ici.

— Non, dit l'homme, la voix lourde de dédain. Pas de mensonges. Vous ne voulez pas commencer une nouvelle vie ici. Ce n'est pas pour cela que vous êtes venu. »

Attention. C'est peut-être un piège. Et si son intention était que tu révèles ton véritable but afin de pouvoir…

Quoi ? Cet homme, cet homme surdoué et bizarre et immensément puissant, est-ce qu'il partagerait son secret simplement pour te percer à jour ? Ridicule. Il aurait très bien pu te faire éjecter de la RNC. Ou te faire enterrer dans le désert.

« Non, dit Cooper. Ce n'est pas pour ça.

— Non. Je sais pourquoi vous êtes venu. C'est écrit dans les données. » Un autre geste de la main, et soudain toute la vie de Cooper occupa la pièce. Un tableau chronologique de chaque événement important de sa vie, de son hospitalisation à l'adolescence jusqu'à son divorce. Une représentation géographique des gens qu'il avait tués. Un tableau de la fréquence à laquelle son identité avait été utilisée pour accéder aux toilettes du DAR, et à quelle heure.

Un dossier concernant Katherine Sandra Cooper, âgée de quatre ans : « Des détails concernant la vie personnelle du sujet suggèrent de fortes tendances anormales. Test avant l'âge légal recommandé. »

L'estomac de Cooper se glaça. « Vous surveillez mon enfant ?

— Les données. Je regarde les données. Elles me disent la vérité. Maintenant, vous, dites-moi la vérité. Pourquoi êtes-vous ici ? »

Il se détourna des graphiques. Fixa l'homme d'un regard dur. Il avait l'impression de recevoir une vidéo porno par e-mail, qui se révélait être sa nuit de noces, comme si une espèce de cinglé s'était caché dans l'armoire avec une caméra. Epstein l'observa, puis détourna le regard et passa à nouveau une main dans ses cheveux.

« Je suis là, dit Cooper lentement, pour trouver et tuer John Smith.

— Oui, dit Epstein. Oui.

— Et vous n'êtes pas en train d'essayer de m'en empêcher.

— Non. » L'homme tenta de sourire, ses lèvres se contorsionnaient comme des vers. « Je suis en train d'essayer de vous aider. »

*

Cooper longea le couloir sans le voir. Foula la moquette sans la sentir. Monta dans l'ascenseur comme un somnambule.

Connecté au rêve d'Epstein.

« Ça n'a jamais été une question d'argent. C'était de l'art. Les marchés financiers étaient le marbre et les milliards étaient ma sculpture. Et puis le monde me l'a enlevée. Mon art lui faisait peur. Dérangé par la façon dont les choses se déroulaient. Mais ça n'a jamais été une question d'argent. Les données, vous comprenez ? Il s'agit des données. Et donc, il me fallait un nouveau projet.

— La Nouvelle Canaan.

— Oui. Un endroit pour les gens comme moi. Un endroit où les artistes pourraient travailler ensemble. Créer de nouveaux schémas et de nouvelles données comme jamais auparavant. Un endroit pour les monstres, dit-il en essayant à nouveau de sourire. Mais ça aussi, ça dérange. L'art véritable dérange. Alors j'ai transformé tout cela en un nouveau schéma. Un nouveau projet, qui intègre le reste du monde comme un élément de l'ensemble. J'ai compris que les gens croyaient que je leur prenais quelque chose. Je n'ai jamais rien voulu prendre. Ce n'est pas une question de possession, ni de donation. C'est une question de *création*.

— Qu'est-ce que tout cela a à voir avec John Smith ?

— Regardez les données. Tout est là. Regardez les sicaires.

— Je ne sais pas ce que ça veut dire. »

L'homme grogna. Un professeur brillant et un élève borné. « Cela signifie "les hommes à la sica". Au Ier siècle, la Judée était occupée par les Romains. Les sicaires attaquaient les gens en public. Ils tuaient des Romains, mais aussi des hérodiens, ces riches juifs qui tiraient parti de la domination romaine.

— C'étaient des terroristes, dit Cooper, pressentant le début d'une éclaircie. Les premiers terroristes.

— Oui. Là. » Erik avait donné un petit coup de poignet et un graphique emplit la pièce devant eux. Cooper l'avait remarqué un peu plus tôt. La courbe représentait les meurtres. Elle progressait régulièrement… puis croisait une autre courbe et s'effondrait. « Vous voyez ?

— Ils tuaient de plus en plus de gens, dit Cooper, et puis il s'est passé quelque chose. » Intuitivement, il dit : « Les Romains ont décidé que c'en était trop. »

Epstein acquiesça. « Les sicaires ont été chassés, poursuivis jusqu'à la forteresse de Massada où ils furent tués, ou bien se joignirent au suicide collectif. Mais regardez mieux.

— Le reste des juifs. » Cela devenait clair pour Cooper. « Les Romains n'ont pas seulement puni les meurtriers, mais le reste des juifs également. » Il se tourna vers l'homme. « Vous voulez que je tue John Smith parce que s'il continue à faire ce qu'il fait, le gouvernement risque de s'en prendre à la Nouvelle Canaan.

— S'en prendra. C'est dans les données. Extrapoler l'activité terroriste actuelle et la corréler avec les contre-mesures gouvernementales, le tout mis en relation avec des bases de données historiques, cela donne 53,2 % de chances que l'armée américaine attaque la Nouvelle Canaan dans les deux ans. Et 73,6 % dans les trois ans. »

Cooper eut un flash des réunions auxquelles il avait assisté. Les stratégies préventives, les frappes de missiles. *Des plans,* se souvint-il. *Ça, le DAR en avait à moudre*. « Alors pourquoi ne pas tuer Smith vous-même ? Vous êtes le big boss ici. Le roi de la Nouvelle Canaan. »

L'anormal avait tressailli. « Non. Ça ne marche pas comme ça. D'ailleurs, j'aime les gens. Sauf les gens comme lui.

— Vous voulez le voir mort, mais vous craignez que si vous le tuiez, votre… œuvre d'art… s'autodétruise. » Cooper rit d'un air sévère. « Parce que peu importe combien vous soyez intelligent ou riche, lui c'est un leader, et pas vous.

— Je sais ce que je suis. » Il y avait une très légère touche de tristesse dans sa voix. « Je ne suis même pas moi. »

Tout cela avait l'air vaguement pourri, avait l'odeur nauséabonde des palais de la politique. Étrange réaction, Cooper le savait, mais il n'y pouvait rien. En plus, les arguments étaient sensés. Et Epstein avait raison – si les choses continuaient de la sorte, la Nouvelle Canaan serait détruite. Et ça ne s'arrêterait sans doute pas là. Le Congrès avait déjà approuvé un projet de loi visant à implanter des micropuces contre l'artère carotide de chaque Brillant américain. Qu'est-ce qui pouvait empêcher ces micropuces de devenir des bombes ?

Il ne s'était jamais considéré comme un assassin. Il avait tué quand il avait dû tuer, mais toujours au nom de l'intérêt commun. Il se raccrochait à cette certitude. C'était la seule chose qui le distinguait de John Smith. Toutefois, il avait maintenant l'impression de franchir une ligne de démarcation.

Quelle ligne ? C'est pour ça que tu es venu ici.

Oui. Mais pas pour lui.

Alors ne le fais pas pour lui. Fais-le pour Kate. Et puis rentre chez toi.

« Vous comprenez ? » Epstein avait l'air nerveux, effrayé. Après tout, il avait révélé son secret, mais également ses intentions. L'homme avait un don sans égal pour tout ce qui concernait les données, mais Cooper se rendait compte qu'il n'était pas un joueur d'échecs.

« Oui, je comprends.

— Et vous le ferez ? Vous tuerez John Smith ? »

Cooper s'était retourné, avait commencé à marcher le long de la rampe. Arrivé à la porte, il avait fait demi-tour, avait regardé les rêves des tourbillons de données, et l'homme qui était au milieu. Un architecte prisonnier d'un palais de son invention, qui voyait un tsunami approcher.

« Oui, dit-il. Oui, je le tuerai. »

Les portes de l'ascenseur s'ouvrirent. Cooper secoua la tête pour s'éclaircir les idées, puis fit quelques pas en direction du bureau. La soudaine lumière du soleil était intense mais quelque peu brouillée, et l'air derrière les vitres chargé de poussière. Shannon avait levé les yeux vers lui en affichant son sourire si particulier. L'avocat avait tordu ses lèvres. Derrière le bureau, l'hologramme de l'élégant Erik Epstein fit un geste l'invitant à approcher.

Millie était la seule à comprendre.

Chapitre 28

L'avocat les invita à emprunter le chemin de la sortie, le long du couloir baigné de soleil et des jardinières de végétation étagées. Mais Cooper s'arrêta à la porte du bureau d'« Epstein », se retourna pour jeter un œil à l'hologramme. Le doppelgänger élancé et élégant croisa son regard, amorça un sourire, l'effaça. Ils s'observèrent un instant. Puis, lentement, le faux Epstein salua d'un mouvement de tête et disparut.

Dans l'ascenseur, Kobb dit : « J'espère que vous vous rendez compte de l'honneur qui vous a été accordé. M. Epstein est un homme très occupé.

— Ouais, dit Cooper. Ce fut très enrichissant de le rencontrer. »

Kobb hocha la tête mais ne répondit pas. Cooper avait pressenti que l'avocat n'était pas au courant, et son pressentiment se confirmait. Il se demanda combien de gens savaient.

Les portes s'ouvrirent sur le hall, l'immense 3D était maintenant branchée sur un documentaire animalier, une luxuriante jungle verte, des singes perchés sur de grosses branches, la lumière vaporeuse d'un soleil lointain. Shannon fourra ses mains dans les poches, tendit le cou. « Marrant. Après ce qu'on vient de voir en haut, ça n'a rien d'impressionnant.

— C'est sûr. » Il se tourna vers Kobb. « Merci de nous avoir consacré du temps.

— Pas de quoi, monsieur… Cappello. Ce fut un plaisir. Vous saurez retrouver votre chemin tout seuls ? » L'avocat tourna les talons et consulta sa montre en pressant le pas vers l'ascenseur. En retard. Il avait l'air du genre de type qui passait sa vie à courir après quelque chose de toujours plus important.

« Tu vas bien ?

— Nickel, dit Cooper. De quoi est-ce que tu as parlé avec, heu… Epstein ?

— De toi. Il m'a demandé si je pensais que tu disais la vérité.

— Qu'est-ce que tu as répondu ?

— Que j'ai vu des agents du DAR t'attaquer. Que tu as eu tout un tas d'occasions de me faire arrêter, et que tu ne l'as pas fait. » Elle sourit. « Kobb nous a interrompus pour conseiller à Epstein de nous faire arrêter. Je ne crois pas qu'il ait apprécié cette rencontre.

— Je n'ai pas l'impression que Kobb apprécie quoi que ce soit. » Ils traversèrent le hall, leurs talons claquaient sur le sol lustré. « Il doit être un super coup au lit, tu ne crois pas ? »

Elle rit. « Entre trois et cinq minutes de préliminaires approuvés par l'Église, suivies d'un rapport sexuel sobre au cours duquel les deux partenaires pensent au base-ball.

— Monsieur Cappello ? »

Shannon et lui se retournèrent, en douceur mais en contrôlant leur transfert de poids, en assouplissant les genoux pour se positionner dos à dos. Ils avaient développé une connaissance mutuelle, savaient quel côté chacun devait couvrir si quelque chose tournait mal. Marrant.

La femme qui l'avait appelé par son pseudonyme portait beaucoup trop de rouge à lèvres. Ses cheveux étaient attachés en un chignon strict. « Tom Cappello ?

— Oui ?

— M. Epstein m'a demandé de vous donner ceci. » Elle lui tendit un porte-documents en cuir de vachette, souple et luxueux. Cooper le prit. « Merci.

— Je vous en prie. » Elle lui adressa un sourire vide et s'en alla.

« Qu'est-ce que c'est ? » demanda Shannon.

Il soupesa le porte-documents, choisit ses mots. « Epstein va m'aider. Mais tu sais. On n'a rien sans rien.

— Qu'est-ce que tu vas faire pour lui ?

— Juste un boulot bizarre. » Il afficha un sourire inexpressif et vit qu'elle le lisait, le comprenait. Elle était dans le coup, après tout. Avant qu'elle ne puisse poser une question, il dit : « Écoute, je sais qu'on a terminé, mais… »

Elle pencha la tête vers lui. Un semblant de sourire passa sur ses lèvres : « Mais ?

— Ça te dirait d'aller manger un morceau ? »

*

Par rapport au tourbillon futuriste de la Nouvelle Canaan, le café avait sans conteste un air de nostalgie. Bien sûr, ce n'était pas le cas – il n'avait pas encore vu la moindre trace d'Art déco ici, ni le plus petit T-shirt affichant un slogan ironique –, mais l'endroit était simple et pragmatique, avec des boxes en plastique incurvés et un médiocre café servi dans des tasses douteuses. Le changement était bienvenu.

« Tu es sérieux ? » Il but une gorgée de café. « Ton petit ami a vraiment dit ça ?

— Croix de bois, croix de fer, dit Shannon. Il a dit que mon don était à l'évidence un signe d'insécurité.

— On pourrait dire beaucoup de choses de toi, mais sûrement pas que tu manques d'assurance.

— Ouais, eh bien merci, mais j'ai passé les trois semaines suivantes en robe de chambre, à pleurer en regardant des feuilletons à l'eau de rose. Et puis j'ai appris qu'il fréquentait cette strip-teaseuse avec des énormes… » Elle plaça ses mains devant sa poitrine. « Je veux dire, comme des pastèques. Et je me suis dit que peut-être le problème était qu'il ne voulait pas être avec une femme qui pouvait passer inaperçue. Si sa nouvelle copine pouvait connecter deux neurones, il lui manquait le troisième pour inventer l'eau chaude. Mais en tout cas, elle ne passait pas inaperçue. » Elle fit une pause. « Bien sûr, c'était parce qu'elle était renversante. Et renversable. »

Il éclata de rire et faillit s'étouffer avec la gorgée de café qu'il venait de boire. Le serveur arriva et posa leurs commandes sur la table, un hamburger pour elle, un sandwich bacon, laitue, tomate pour lui. Le bacon était grillé et croustillant. Il en attrapa un bout et le croqua avec joie. Dans le fond de la salle, un jeune groupe de pop chantait de jeunes chansons pop assez entraînantes, pleines de cœurs brisés et de miracles.

Cooper mordit dans son sandwich et s'essuya la bouche. Adossé contre le box, il se sentait étrangement bien. Sa vie avait toujours eu un aspect irréel qui n'avait fait que croître au cours des derniers mois, et davantage encore au cours des derniers jours. Moins de deux heures plus tôt, il était dans le cœur lumineux d'un genre de temple, en train de regarder l'homme le plus riche du monde nager dans des rivières de données.

Cette pensée le ramena au porte-documents posé par terre. Il bougea le pied pour le toucher à nouveau. Toujours là.

Shannon avait coupé son burger en deux puis en quatre, mais au lieu de le manger, elle picorait ses frites.

« À quoi est-ce que tu penses ? »

Elle sourit. « Je sais que ça agaçait ta femme, mais je pense qu'elle ne voyait pas le bon côté des choses.

— Ah oui ?

— Bien sûr. Au lieu de passer cinq minutes à me demander comment aborder un sujet, je n'ai qu'à avoir l'air distraite pour que tu me poses directement la question. »

Il sourit. « Alors, tu vas me dire à quoi tu penses ?

— À toi », dit-elle. Elle se pencha en arrière, posa un bras sur la table et le regarda droit dans les yeux.

« Ah. Mon sujet favori.

— On a terminé ? On est quittes ?

— Quitte ? On est dans un film de gangsters ?

— Tu sais bien ce que je veux dire.

— Oui, dit-il. On est quittes.

— Alors on ne se doit plus rien.

— Qu'est-ce que tu es vraiment en train de me demander, Shannon ? »

Elle détourna le regard, pas tant pour cacher ses yeux, pensa-t-il, que pour simplement regarder dans le vide. « C'est étrange, tu ne trouves pas ? Nos vies. Nous ne sommes pas si nombreux, les Brillants niveau un, et peu d'entre nous sont capables de faire ce que nous faisons. »

Il mordit machinalement dans son sandwich, la laissa parler.

« Et, je ne sais pas, je crois que j'ai apprécié le fait de connaître quelqu'un comme toi. Quelqu'un qui comprend ce que je fais, et qui fait des choses que je comprends.

— Ce n'est pas seulement les dons, dit-il.

— Ne parle pas la bouche pleine. »

Il sourit, mâcha, déglutit. « Ce n'est pas seulement les dons. C'est nos vies, également. Très peu de gens comprennent notre façon de vivre.

— Exactement.

— Eh bien, c'est un peu précipité, mais j'accepte.

— Quoi ?

— Oh, dit-il en feignant la déception. J'ai cru que tu me demandais de t'épouser. »

Elle rit. « Mince alors. Pourquoi pas. Vegas n'est pas loin.

— Exact, mais c'est devenu ennuyeux, ces derniers temps. » Il posa son sandwich. « Blague à part, je comprends ce que tu veux dire. C'était bien, Azzi.

— Ouais », dit-elle.

Leurs regards se rencontrèrent. Un instant auparavant, ses yeux étaient simplement ses yeux, mais maintenant ils contenaient quelque chose de plus. Une étrange sorte de reconnaissance. Une compréhension mutuelle et, oui, une faim, également. Ils soutinrent leur regard pendant un long moment, et lorsqu'elle le brisa soudain avec un raclement de gorge, ce fut comme si une chose sur laquelle ils avaient pris appui venait de s'évanouir.

« Alors, qu'est-ce qu'Epstein veut que tu fasses pour lui ? »

Il haussa les épaules. La partie reprenait. Il mordit dans son sandwich.

« Très bien, dit-elle. Eh bien, on n'a rien sans rien, mais j'espère que c'est une chose avec laquelle tu vas pouvoir vivre, et si c'est le cas, j'espère que tu l'accompliras. Et puis j'espère que tu profiteras de la chance que tu as ici.

— Ici étant…

— La Nouvelle Canaan. Je sais que tu ne penses pas seulement à ça, Nick. Qu'il y a des choses que tu ne me dis pas. Mais cet endroit, ça peut vraiment constituer un nouveau départ. Tu peux être qui tu veux, ici. Et tu es le bienvenu. »

Il sourit…

Est-ce qu'elle sait ?

Non. Elle s'en doute, peut-être. Le craint.

Et elle t'a appelé Nick.

… et dit : « Eh bien, c'est l'idée. »

Shannon acquiesça. « Bien. » Elle repoussa son plateau. « Tu sais quoi ? Je n'ai pas faim, tout compte fait. » Elle essuya ses mains avec la serviette, la jeta sur l'assiette, évita de le regarder. « Tu veux que je te dise ? Une fois que tu auras livré à Epstein son quartier de chair, si tu décides de commencer une nouvelle vie, peut-être que toi et moi on pourrait continuer cette conversation. »

Il rit.

« Quoi ?

— C'est juste… » Il haussa les épaules. « Je n'ai pas ton numéro de téléphone. »

Elle sourit. « Tu veux que je te dise ? Peut-être que j'apparaîtrai, comme ça. Je sais que tu adores quand je fais ça.

— Oui, dit-il. C'est vrai. »

Elle glissa hors du box. Il la rejoignit. Pendant un moment, ils restèrent face à face, puis il écarta les bras et elle s'y glissa. Une accolade, rien de sexuel, mais il y avait accolade et *accolade*, et celle-ci faisait partie de la seconde catégorie, leurs corps serrés, imbriqués, et c'était bon. Même lorsqu'elle le relâcha, il continua à sentir sa présence.

« À bientôt, Cooper. Sois sage.

— Ouais, dit-il. Toi aussi. »

Elle s'en alla d'une démarche dont il ne put dire si elle était calculée, mais elle ne produisait pas un effet moins puissant pour autant. Elle ne se retourna pas. Il la regarda partir et sentit un tiraillement dans la poitrine, quelque chose d'ardent. Elle était vraiment singulière. C'était comme rencontrer quelqu'un d'exceptionnel tout en étant marié. Une brusque ouverture, la compréhension que là se trouvait un autre chemin, et que la vie aurait pu le prendre.

Seulement, tu n'es pas marié. Tu pourrais être avec elle. C'est juste qu'elle te détestera.

Il se rassit, se sentait lourd. Il termina son bacon, laitue, tomate. Lorsque le serveur passa à portée de voix, il lui demanda de remplir sa tasse de café. Non, aucun problème avec le burger, c'était juste que son amie n'avait plus très faim, en fait. Juste l'addition, quand vous aurez un moment.

Après que le type eut rempli sa tasse de café et déposé l'addition sur la table, Cooper prit le porte-documents. Le cuir de vachette était doux et semblait vibrer sous ses doigts. Il le posa sur la table et, par habitude, jeta un œil autour de lui. Personne ne le regardait. Il défit les fermetures, ouvrit le rabat de quelques centimètres.

Des feuilles de papier pelure, une enveloppe, un jeu

de clés de voiture. Il ouvrit l'enveloppe, découvrit qu'elle contenait un itinéraire. Quelqu'un arriverait à une certaine adresse le surlendemain. Il avait une idée de qui cela pouvait être.

Le jeu de clés portait une étiquette marquée d'une adresse.

Les papiers pelure détaillaient les plans d'une maison.

Et en dessous de tout cela, niché dans une boîte à œufs, se trouvait un Beretta calibre .45. Exactement l'arme qu'il aurait choisie.

Quand il était un agent du DAR.

*

L'adresse sur le jeu de clés de voiture était celle d'un parking de la banlieue de Tesla, un trajet en taxi de dix dollars. Lorsqu'il arriva, il appuya plusieurs fois sur le bouton de la télécommande et s'orienta en suivant le klaxon d'un SUV, pas celui de l'une de ces petites voitures électriques, mais celui d'un monstre à essence basique, un impeccable 4 × 4 Bronco avec d'énormes pneus et de la puissance à revendre. Cooper y monta, ajusta les rétroviseurs, ouvrit le porte-documents et commença à lire.

Comme tout ce que faisait Epstein, les informations étaient claires et calculées. Il y avait tout ce dont Cooper avait besoin, mais rien qui le trahissait. Si des gens avaient examiné le porte-documents, ils auraient pu deviner qu'il appartenait à un agent secret, mais en aucun cas ils n'auraient pu imaginer qu'ils avaient sous les yeux le plan pour assassiner le terroriste le plus dangereux du pays.

Il y avait une carte qui conseillait un itinéraire depuis

le parking jusqu'à une adresse à Leibniz, une ville dans l'ouest de la Réserve. Un trajet de trois heures qui semblait faire de nombreux détours. Une analyse plus précise de la carte révélait qu'il contournait une installation de recherches qui, sans aucun doute, déployait un niveau de sécurité plus élevé. L'itinéraire prévoyait une arrivée à Leibniz dans la soirée, dans une maison nichée au bord de la Shoshone National Forest. Les photos montraient un chalet accueillant au sommet d'une montagne. Un balcon à l'étage, beaucoup de fenêtres. La vue sur les forêts de pins et les peupliers de Virginie devait être époustouflante. Quatre hautes saillies rocheuses s'élevaient à un peu plus d'un kilomètre sous la crête. Pas de voisins immédiats. Les plans précisaient que le chalet possédait quelques équipements de sécurité – caméras devant et derrière, vitres à l'épreuve des balles, portes blindées au rez-de-chaussée –, mais rien de surprenant.

Il appartenait à une femme nommée Helen Epeus. Le nom ne lui disait rien, mais il y avait quelque chose, là, une connexion qu'il n'arrivait pas encore à établir. *Laisse mijoter.*

Les documents laissaient entendre qu'Epeus était une amante. La cible anonyme était déjà venue, arrivait souvent la nuit et repartait le matin. Il était précisé qu'une petite équipe de sécurité serait présente, mais une note ajoutait que « leurs déplacements à l'intérieur de la maison semblent limités ».

Traduction : Smith ne veut pas que son équipe de sécurité le regarde s'éclater.

Il saisit l'arme. Délogea le chargeur. Plein. Têtes creuses. Un gilet pare-balles les arrêterait, mais s'ils touchaient la chair, les projectiles se fragmenteraient lors de l'impact et deviendraient de minuscules rasoirs qui déchireraient les tissus fragiles. Deux chargeurs supplémentaires. Il n'imaginait pas en avoir besoin d'autant.

Cooper avait été dans l'armée et il ne faisait jamais confiance à une arme qu'il n'avait pas assemblée lui-même. Il prit donc le temps de la démonter complètement. Tout était propre et entretenu. Il la remonta avec aisance, mit la sécurité et la rangea dans le porte-documents.

Quand il eut terminé, le soleil avait légèrement baissé. Il était deux heures. Il fit démarrer le 4 × 4, appuya plusieurs fois sur l'accélérateur, juste pour s'amuser, et se mit en route.

*

C'était faisable.

Le trajet avait pris un peu moins que les trois heures annoncées. Cooper n'avait pas malmené le Bronco, ayant pour l'essentiel roulé sur des routes ordinaires. Le décor changea lorsqu'il atteignit l'ouest, et devint de plus en plus verdoyant. Pas luxuriant, mais l'air était doux. Le ciel semblait plus grand qu'il n'était possible de l'être, et brillant, avec de spectaculaires nuages, bien au-dessus des montagnes, à l'ouest. Il passait de l'ombre d'un nuage à la suivante, observait le changement des couleurs et s'efforçait de ne pas trop réfléchir. Il possédait cette énergie procurée par la mission, cette sensation qui se manifestait à chaque fois que des semaines de traque finissaient par former un schéma cohérent de la cible, comme si le destin était une ligne de néon brillante qu'il lui suffisait de suivre.

John Smith. L'homme qui s'était contenté d'observer tandis que soixante-treize personnes se faisaient abattre au Monocle. Celui qui avait orchestré une vague d'attentats à travers le pays. Celui qui avait posé les bombes à l'Exchange de New York, lesquelles avaient tué 1 163 personnes. Qui avait arraché Cooper à sa vraie vie et l'avait jeté sur cet étrange chemin.

Même après tout ce qu'il avait lu à son sujet, après tous les discours qu'il avait regardés, les amis qu'il avait rencontrés, après avoir parlé à ce connard d'administrateur de l'académie de Virginie-Occidentale, John Smith restait toujours une énigme pour Cooper. Il y avait les faits : son don pour la stratégie, ses succès en tant que meneur politique, sa capacité à attirer les gens. Il y avait les mythes, qui variaient selon le camp dans lequel on se trouvait. Il y avait les rumeurs et les murmures. Il y avait Shannon, qui disait que c'était un chic type et qui le pensait vraiment.

Mais l'homme lui-même ? Il était un théâtre d'ombres, un fantasme de monstre ou de héros.

Et ce soir, enfin, Cooper allait le rencontrer. Un type qui, apparemment, avait des amis et des amantes, qui rendait visite à une femme nommée Helen Epeus dans un joli chalet de montagne.

Il en eut un premier aperçu depuis la grand route, mais il ne s'arrêta pas, se contentant de serrer à droite et jeter des coups d'œil. La ville de Leibniz était encore à dix minutes, et la plupart des maisons dans le coin ressemblaient à des chalets. Des gens qui voulaient encore plus de tranquillité, alors que la Nouvelle Canaan en offrait largement. C'était cohérent. Tout le monde n'était pas venu dans le Wyoming pour adhérer à la cause. Beaucoup de résidents se situaient dans ce mince espace entre les libertaires et les anarchistes, aimaient l'idée d'un endroit où on les laisserait tranquilles. Où on ne se mêlerait pas de leurs affaires. Il avait l'impression que s'il s'engageait dans n'importe lequel des chemins poussiéreux qu'il croisait, il tomberait sur des pancartes indiquant ENTRÉE INTERDITE et DÉMARCHEURS CHAUDEMENT ACCUEILLIS À COUPS DE FUSIL, avant d'arriver dans une propriété clôturée où tout, de l'isolationnisme à l'antisémitisme, pouvait être développé dans une relative tranquillité.

Cependant, les chalets proches de la ville ne dégageaient pas ce genre de vibrations. Ils étaient plus luxueux. Des bercails pour les amoureux de la nature.

Une heure de reconnaissance lui confirma que les informations contenues dans le porte-documents d'Epstein étaient exactes. Il comprenait pourquoi l'homme s'était montré nerveux et très désireux de s'adjoindre sa collaboration. L'endroit était aussi à découvert qu'un terroriste solitaire pouvait l'espérer. Mais la forêt fournissait de multiples caches pour une approche prudente. Et l'équipe de sécurité, sans le moindre doute composée de professionnels aguerris, n'avait aucune raison de s'attendre à une attaque et constituerait un obstacle aisément franchissable pour Cooper. Et quand bien même Smith était un génie stratégique, et probablement un bon combattant, il ne ferait pas le poids en face-à-face.

C'était faisable. Il pouvait entrer et il pouvait tuer John Smith.

Repartir était plus délicat. S'il parvenait à se débrouiller pour ne déclencher aucune alarme, il fallait qu'il puisse atteindre facilement John Smith. Mais l'homme porterait sans doute une alarme biométrique. Au moment où son cœur s'emballerait avec plus d'intensité que le sexe ne pouvait en provoquer, et évidemment au moment où il cesserait de battre, les gardes du corps arriveraient en masse. Pas moyen de filer en douce. Courir et tirer.

Tu analyseras ça en temps voulu. Sur le vif. C'est là que tu es le meilleur, de toute façon.

En outre, « faisable » représentait un niveau de réalisation bien plus élevé que tout ce qu'il avait jamais connu. Il irait là-bas ce soir, finirait cette mission, et après ça, eh bien, les choses continueraient d'elles-mêmes.

Ah ouais ? Et si tu réussis, tu t'imagines que son organisation va se contenter d'annoncer que John Smith a été assassiné ? Si tu ne t'en occupes pas toi-même, personne au DAR ne saura ce que tu as fait.

Ce qui rendait la suite bien plus évidente.

*

Il lui fallait une ligne terrestre. Le DAR surveillait tous les appels des téléphones cellulaires à l'intérieur de la RNC, le logiciel Echelon II moulinait en permanence des milliards de bits de données. Et il était prêt à parier que Smith avait sa propre procédure de surveillance ; s'il avait pu éviter de se faire capturer jusque-là, ça ne pouvait être que grâce à un solide réseau de contre-espionnage. Utiliser un téléphone cellulaire était trop risqué.

Partout ailleurs, cela aurait voulu dire qu'il fallait utiliser un téléphone public. Ils étaient toujours là, si on savait regarder : épiceries, centres commerciaux, stations-service. Des anachronismes, des rescapés que personne n'avait songé à enlever. Mais il s'agissait de la Nouvelle Canaan. Dans ce nouveau monde qui ne s'embarrassait pas de nostalgie, non seulement il n'y avait pas de téléphone public dans les stations-service, mais en plus il n'y avait que très peu de stations-service.

Cooper réfléchit et élimina une demi-douzaine de plans : louer une chambre d'hôtel, offrir de l'argent à un résident pour utiliser sa ligne, entrer par effraction dans un appartement. Trop de risques d'attirer l'attention.

Il conduisait dans Leibniz, pour le plaisir, s'imprégnant des lieux. L'endroit correspondait au schéma qu'il avait commencé à élaborer au sujet des villes de la RNC. Des éoliennes à l'ouest, d'immenses condenseurs d'eau à l'est. Des rues planes formant un quadrillage parfait. Un aérodrome pour les planeurs, des parkings payants pour recharger les voitures électriques. Des zones piétonnes soigneusement étudiées et des parcs pleins de jeunes gens brillants animés d'un but précis. Mixité des zones, commerciales et résidentielles côte à côte. Ce serait un endroit agréable à vivre, qui possédait tous les avantages de la ville, sans les embouteillages et la pollution. Venez à la Nouvelle Canaan et aidez à bâtir un monde meilleur. Beaucoup d'ambition et d'énergie, de soleil et de sexe.

Il s'arrêta devant un stand de vendeur de hamburgers à la sortie de la ville, prit un sandwich et un Coca – hors de prix. Il mangea assis sur un banc de pique-nique, dans l'air doré par le soleil déclinant. De l'autre côté de la rue, il y avait une concession de voitures, de taille réduite selon les standards américains, remplie de petits véhicules électriques tassés les uns contre les autres. On en voyait partout, ici. Son 4 × 4 Bronco sortait de l'ordinaire mais n'attirait pas les regards. La campagne était toujours quelque peu accidentée, et il y avait des limites à ce qu'un…

Pigé.

Cooper termina son sandwich, s'essuya les mains et conduisit le Bronco de l'autre côté de la rue. Le vendeur de voitures était comme tous les autres vendeurs de voitures : sourire facile, engageant, tout simplement ravi de le voir entrer. « Je pense à franchir le pas, dit Cooper en désignant le Bronco du pouce. L'essence me ruine.

— Vous ne le regretterez jamais, dit le type. Allons faire un tour pour voir ce qui vous plaît. »

Cooper suivit le type dans le parking sans prêter attention à son baratin commercial. Kilométrage entre deux recharges, vitesse maximale, équipements. Il s'assit dans une berline, laissa courir ses doigts sur le capot d'une deux-places sportive. Finalement, il s'installa dans un pick-up miniature dont la puissance le fit ricaner.

« Je sais, dit le type, ça a l'air de rien à côté de votre monstre. Mais elle est tout-terrain et supporte bien les charges tant qu'elles ne sont pas trop importantes. Un parfait véhicule de travail. Et si jamais vous avez besoin de quelque chose de plus costaud, vous pouvez toujours le louer. »

Les négociations durèrent dix minutes, et Cooper laissa le type les mener. Quand ce fut terminé, il dit : « Ça vous dérange si j'utilise votre téléphone pour appeler mon comptable ? Mon portable est à plat.

— Bien sûr, dit son nouveau meilleur ami sans cacher sa joie. Entrez dans mon bureau. »

Son bureau se révéla être l'un de ceux alignés dans le hall d'exposition. Pas aussi privé que ce que Cooper aurait souhaité, mais suffisamment à l'écart tout de même ; les vendeurs n'étaient pas censés s'asseoir, et les autres bureaux étaient vides. Le type lui désigna son fauteuil et le quitta en l'assurant qu'il ne serait pas loin.

Le numéro qu'il avait mémorisé six mois plus tôt et jamais composé. Il y eut deux sonneries, puis une voix répondit : « Jimmy Matelas.

— Compte numéro trois deux zéro neuf un sept, dit Cooper.

— Oui, monsieur.

— Je dois parler à Alpha. Immédiatement.

— Alpha, compris. Restez en ligne. »

Cooper se pencha en arrière dans le fauteuil du vendeur, les ressorts grincèrent. Derrière la vitrine, il regarda la circulation, les nuages passer et se transformer, les rayons de soleil frapper entre les nuages…

Il y eut un déclic et Drew Peters, le directeur des Services Équitables, dit : « Nick ? » Même maintenant, la voix, tranquille et assurée, lui était encore familière. Cooper pouvait l'imaginer dans son bureau, de fins écouteurs sur ses cheveux soigneusement coiffés, les photos encadrées des cibles sur le mur, et parmi elles, celle de John Smith. *Est-ce que ma photo figure également sur le mur ?*

« Oui, c'est moi.

— Vous allez bien ?

— Très bien. Je suis en mission.

— Qu'est-ce qui s'est passé la semaine dernière ?

— Quoi ?

— Ne jouez pas avec moi, mon garçon. Sur le quai du L à Chicago. Vous savez que des civils ont été tués ?

— Pas par moi, dit Cooper, surpris par la colère qui se répandait dans son ventre. Vous feriez mieux d'en parler à vos foutus snipers. » Il se dispensa de l'automatique *monsieur*.

« Pardon ?

— Je n'ai tiré sur personne. Et de rien, au passage. Vous savez, pour avoir abandonné toute ma vie et être devenu un fugitif. Vous voulez parler de ce qui s'est passé ? Très bien ? Et Chinatown, à propos ?

— Vous parlez de l'arrestation de Lee Chen et de sa famille ?

— On arrête des voleurs à l'étalage, là. Une équipe d'intervention tactique a déclenché une émeute et a kidnappé une famille. La petite fille avait huit ans. » Il se détesta en s'entendant dire *avait* au lieu de *a*. « Vous vous battez pour quoi, au juste, les gars ? »

Il y eut un silence. D'une voix sèche et contrôlée, Peters dit : « Vous avez fini ?

— Pour le moment. » Cooper se rendit compte à quel point il serrait le téléphone et se força à détendre ses doigts.

« Bien. Tout d'abord, par "les gars", entendez-vous les agents du Département Analyse et Réaction ? Parce qu'il faudrait peut-être vous rappeler que vous en êtes un.

— Je suis…

— Ensuite, c'était votre faute.

— Quoi ?

— Vous étiez repéré. Qu'est-ce que vous croyiez ? Faire votre numéro sur le L et puis, la nuit même, marcher tranquillement dans la rue ?

— De quoi est-ce que vous parlez ? » Il se repassa les événements de cette nuit-là, l'air frais, les néons de Chinatown. Il était en alerte, avait fait attention au moindre signal, n'en avait repéré aucun. « Personne ne m'a vu.

— Non. Mais Roger Dickinson a ordonné que l'intégralité du réseau Echelon II vérifie de façon aléatoire les images des vidéos de surveillance de toute la ville. Plus de dix mille. La caméra d'un distributeur vous a filmés, vous et Mme Azzi, marchant côte à côte dans

Chinatown. Une fois qu'il avait ça, Dickinson a demandé les enregistrements de chaque caméra dans un rayon de près d'un kilomètre. Il a fallu un certain temps pour les analyser, ce qui explique que vous n'ayez pas été arrêté. »

Cooper ouvrit la bouche, la referma.

« Vos règles, Nick. Votre faute. » Peters n'avait pas élevé la voix, et quelque part, cela n'avait fait qu'accentuer la dureté de ses mots. « C'est vous qui avez défini les paramètres de départ, vous vous souvenez ? *Vous* m'avez dit que le seul moyen pour que votre plan fonctionne, c'était d'aller jusqu'au bout.

— Je ne voulais pas dire…

— Peu importe ce que vous vouliez dire. Jusqu'au bout, c'est jusqu'au bout. »

Un partie de lui voulait hurler, éclater le téléphone sur le bureau, se lever, attraper la chaise et la balancer au travers de la vitrine, sous le soleil du Wyoming. Mais cela n'aurait rien changé. Ce n'était pas la colère qui allait faire la différence.

« Roger Dickinson, hein ? » Cooper changea le téléphone de main et essuya la transpiration de la paume de sa main.

« Il est certainement à la hauteur du challenge. » Peters eut un bref rire sec. « Vous aviez sans doute raison quand vous disiez qu'il voulait votre place.

— J'aurais dû anticiper les caméras, dit Cooper. Merde. Merde, merde, merde.

— Vous jouez contre des milliers de gens. Je dirais que vous vous en sortez très bien.

— Qu'est-il arrivé à Lee Chen et à sa famille ? Peu importe. Je connais la réponse. Vous pouvez les aider ?

— Les aider ?

— Ils ne savent rien. Vraiment. C'est juste un copain d'école de Shannon.

— Ils ont hébergé deux des terroristes les plus recherchés d'Amérique. Ils se sont fait prendre. Ils feront leur peine. Il le faut.

— Drew, écoutez-moi. La fille, Alice. Elle a huit ans. »

Il y eut un long silence. Finalement, Peters soupira. « Très bien. Je vais voir ce que je peux faire.

— Merci.

— Maintenant, quelle est votre situation ? »

Cooper prit une inspiration, raidit le dos. La colère qui s'était emparée de lui était facilement compréhensible. Au cours des derniers jours, il avait découvert le mensonge chevillé dans nombre de vérités qu'il tenait pour allant d'elles-mêmes. Mais cela n'avait aucune importance. Pas maintenant. « J'appelle parce que je tiens ma chance. Je suis sur la piste de la cible. » Un risque mineur : même si Smith possédait un réseau d'espionnage mondial, il ne pouvait pas s'étendre jusqu'au téléphone du bureau d'un vendeur de voitures. « Il meurt ce soir.

— Alors vous l'avez vraiment fait, dit Peters.

— Je suis sur le point.

— Vous avez préparé votre stratégie de sortie ?

— Je sauterai du train au moment voulu. C'est pour ça que j'appelle. Pour être sûr. Je voulais que vous sachiez que je remplis ma part du contrat. » Cooper fit une pause. « Et je veux entendre que vous aussi.

— Bien sûr, mon garçon. » La voix de Peters trahissait rarement son émotion, mais Cooper put la déceler. « Peu importe ce qui se passe, je le ferai. Vous êtes un héros.

— Kate…

— Votre fille ne sera jamais testée. Je me suis déjà occupé du dossier existant, et j'ai pris des mesures pour m'assurer qu'elle ne sera jamais testée. Elle est en sécurité. Je vous donne ma parole, Nick. Quoi qu'il arrive, je prendrai soin de votre famille. »

Ma famille. Il eut une vision du matin, il y a des mois, où il avait fait tournoyer ses enfants sur la pelouse devant leur maison. Chacun agrippé à un bras, le poids de la confiance et de l'amour pesant sur lui d'une façon dont il ne voulait jamais se libérer. Le monde vert et flou autour d'eux.

Ce que tu as vu t'as changé. Très bien. Mais ce n'est pas important. Tu ne fais pas cela pour le DAR.

Tu le fais pour ta famille.

Chapitre 29

Retour à l'action.

Au cours de sa vie, Cooper avait tué treize personnes – non, quatorze, en comptant Gary sur l'autoroute. Il n'en tirait ni culpabilité ni fierté. C'était juste un fait. Il n'était pas un type violent et ne prenait pas son pied en tuant des gens. Il était un soldat. Lorsqu'il agissait, c'était pour une raison bien précise. En l'occurrence, sauver des vies.

Et pourtant, il devait bien admettre que c'était bon de repasser à l'action.

Les six derniers mois avaient été pleins de fièvre et d'excitation. Il avait pris plaisir à certaines choses : se mettre à l'épreuve, se bâtir une réputation qui lui permettrait d'avoir une chance d'approcher John Smith. Mais en même temps, il avait eu l'impression qu'il s'agissait d'une parenthèse irréelle, quelque chose qu'il faisait pendant que sa vraie vie l'attendait. Sa vraie vie en tant que père, et sa vraie vie en tant qu'agent du gouvernement, en tant qu'homme luttant pour un avenir meilleur.

Et ce soir, la parenthèse irréelle se refermerait. Il n'aurait qu'une seule et unique chance d'approcher

Smith. Succès ou échec, cette phase serait derrière lui. Plus besoin de faire semblant ou de fuir.

Eh bien, ce n'est pas tout à fait vrai. Si tu échoues, il risque d'y avoir du sport. Il sourit et coupa le contact.

La crête sur laquelle le chalet était construit se situait au bord de la Shoshone National Forest. Après avoir étudié les cartes et les images satellite fournies par Epstein, Cooper s'était garé à trois kilomètres de la maison, sur un chemin d'accès pour les pompiers. Un bon endroit où laisser le Bronco. Plus tôt, il s'était arrêté dans un magasin d'articles de chasse à Leibniz et avait fait quelques achats. Maintenant, il était occupé à changer de vêtements. Une couche thermique, pantalon et veste de camouflage, une paire de chaussures de marche Vasque, des gants légers. Il avait fait une folie en s'achetant de très bonnes jumelles, des Steiner Predators à deux mille dollars. Et chaque cent en était justifié : les lentilles lui permettaient non seulement de voir dans le noir, mais le microprocesseur analysait également l'image et détectait les mouvements. Le type derrière le comptoir avait dit : « On dirait que vous partez faire un peu de chasse nocturne ?

— Quelque chose comme ça, avait dit Cooper en souriant.

— Alors, c'est le bon modèle. Besoin de munitions ?

— J'ai ce qu'il faut. »

Il vérifia le Beretta puis regarda les deux chargeurs supplémentaires. Décida de les laisser. S'il devait recharger, c'était qu'il avait déjà perdu. En outre, ils pouvaient faire du bruit en heurtant quelque chose. Cooper verrouilla le Bronco, cala les clés sous le pare-chocs et se mit en marche.

L'air était vif, frais et sucré, pour autant que l'air puisse avoir un goût. Il le savoura et sentit les mouvements fluides de ses muscles, la chaleur qui envahissait ses jambes au fur et à mesure qu'il montait. Il avançait à un rythme régulier, sans se presser, et au moment où il entama l'ascension vers la crête, le ciel était passé de l'indigo au violet, puis au noir velouteux. La lune projetait des ombres nettes et fraîches.

La crête était rocheuse, les arbres âgés et courbés par le vent. Les quatre hautes saillies rocheuses ressemblaient à des doigts, à la main d'un géant qui dépassait des profondeurs de la terre. Cooper s'accroupit et observa l'endroit aux jumelles. Il lui fallut quelques minutes pour choisir l'arbre qui lui convenait : un énorme pin jaune à moins de deux cents mètres du chalet.

Dix minutes plus tard, il était perché sur une grosse branche à six mètres du sol. Ses gants étaient collants de sève et l'odeur riche, caractéristique du pin emplissait ses narines. À travers les bouquets d'aiguilles, il avait une vue parfaite sur la maison d'Helen Epeus. C'était un endroit agréable dont l'architecture avait le côté anguleux typique du nord-ouest. Beaucoup de fenêtres et une allée de cèdres proprement alignés. Les vitres brillaient d'une chaleur ambrée. Un coin douillet, serein… à l'exception du type qui faisait la ronde avec une mitraillette.

Il portait l'arme en bandoulière et pouvait la saisir facilement de la main droite. À en juger par la façon générale dont il se déplaçait, il avait l'habitude de la manipuler. Le garde dégageait une aisance et une vigilance qui n'étaient pas inconnues à Cooper. Un type qui savait se contrôler.

Pas étonnant. Tu t'attendais à quoi ?

Une clôture ajourée située à moins de cinquante mètres du chalet marquait les limites de la propriété. Le garde la longeait, lentement, scrutant les ombres et gardant un œil sur la route en dessous. Cooper était allongé sur la branche, immobile, content de la sous-couche thermique – la nuit devenait fraîche. Il observait. Les Predators dessinaient un fin contour rouge autour de l'homme, réagissant à son déplacement régulier. Il fallait environ huit minutes au garde pour faire le tour complet, et bien qu'il modifie son parcours, il s'éloignait rarement de la clôture. Un professionnel, qui ne montrait aucun signe d'anxiété.

Très bien. Cooper concentra son attention sur la maison.

Les Predators pâlirent avant de s'ajuster en passant de la pénombre à la lumière, puis il distingua l'intérieur : mobilier shaker[1], étagères garnies de livres et de photos, cuisine de style rustique, avec une cafetière à moitié pleine. Le deuxième garde lui fit penser à un sergent instructeur : cheveux argentés coupés à ras, muscles fins, posture raide. Le sergent se servit une tasse de café puis se tourna pour parler à quelqu'un que Cooper ne pouvait voir. Ce devait être le troisième garde. John Smith pouvait se montrer amical avec son équipe de sécurité, mais ce soir l'ambiance était à la romance. Smith devait être à l'étage.

D'accord. Trois gardes. Techniquement, il était possible qu'il y en ait un quatrième, mais ça aurait été un manque de rigueur d'en placer trois à l'intérieur et un seul dehors. Or, Smith n'aurait jamais toléré le moindre relâchement stratégique.

Le reste de la maison ressemblait à ce à quoi il s'était

1. Mobilier fonctionnel et dépouillé inspiré par les shakers, membres d'une branche du protestantisme issue des quakers au XVIIIe siècle.

attendu. Les portes du rez-de-chaussée et les chambranles étaient en acier, les serrures étaient imposantes. Une caméra était braquée vers la porte d'entrée. Dans l'ensemble, cela constituait un solide système de sécurité, le genre d'installation qui permettait à un citoyen de se sentir protégé. Mais qui n'avait rien d'insurmontable.

Donc la question est : comment vas-tu le surmonter ?

Un large balcon à l'étage. Une porte coulissante donnait sur une chambre à coucher, sans doute la principale. Les lumières étaient éteintes, le grand lit double inoccupé. Vide. Il ne doutait pas de pouvoir accéder au balcon. Et ensuite ? La porte-fenêtre serait verrouillée et le vitrage, à l'épreuve des balles.

C'était vraiment dommage que Shannon ne soit pas avec lui. Il ne faisait aucun doute qu'elle aurait pu entrer tranquillement. Lui, *a contrario*, devait passer en force. S'approcher furtivement du garde qui était dehors. Avec un peu de chance, il pouvait le neutraliser en silence. Et avec encore plus de chance, le garde aurait une clé sur lui.

Et si ce n'était pas le cas ? Ou si les portes étaient commandées par un clavier numérique ? Ou si l'équipe de sécurité portait des senseurs biométriques, afin que tous soient avertis quand l'un d'entre eux était neutralisé ?

Risqué. Il était sûr de pouvoir s'occuper de l'équipe de sécurité, surtout s'il les attaquait par surprise. Mais pendant ce temps, qu'est-ce qui lui garantissait que Smith n'allait pas filer par la porte arrière ?

Pourtant, quel choix y avait-il…

La lumière s'alluma dans la chambre à coucher principale, découpant une silhouette. Dans la nuit du Wyoming, le bruit de la porte vitrée qui coulissa sur ses rails parut très fort. La personne était à contre-jour. Un autre garde ? Cooper fit le point avec ses jumelles.

Elles lui tombèrent presque des mains. Ce n'était pas la silhouette d'un garde. Ni celle d'un inconnu.

La photo accrochée au mur de Drew Peters avait été prise sept ans plus tôt. Celle d'un jeune activiste en train de s'adresser à la foule.

Cinq ans depuis le massacre du Monocle, et cette horrible vidéo qu'il avait regardée un nombre incalculable de fois. Le massacre calme et méthodique de soixante-treize civils.

Deux ans depuis la dernière photo authentifiée, une image floue prise de loin pendant qu'il montait à l'arrière d'un Land Rover.

Maintenant, à travers les lentilles des jumelles, Cooper observait John Smith faire un pas sur le balcon.

Il portait un jean et un sweater noir. Il était pieds nus. En voyant Smith sortir un paquet de cigarettes de sa poche, Cooper fut frappé de le trouver si vieux. Comme les photos des présidents avant et après leur premier mandat, Smith paraissait avoir vieilli de deux décennies en quelques années. Ses cheveux noirs s'étaient grisés, et ses épaules semblaient alourdies d'un poids certain. Mais il vit ses yeux vifs comme du verre brisé lorsqu'il actionna son briquet en argent et alluma sa cigarette. Le dispositif de vision nocturne amplifia la flamme en un halo de feu qui parut l'engloutir.

Cooper gardait les yeux rivés sur lui.

L'homme le plus dangereux d'Amérique avait l'air paisible. Il fumait d'un air méditatif, la cigarette coincée entre l'index et le majeur. La nuit était trop froide pour être pieds nus, mais cela ne semblait pas gêner Smith. Il se tenait là, observant les ténèbres.

C'était incroyable. Un tir clair, pas de vent, une bonne visibilité, une cible qui ne se doutait de rien. S'il avait eu un fusil, il aurait pu mettre fin à la guerre d'un simple mouvement de l'index.

Mais tu n'as pas de fusil, tu as une arme de poing, et à cette distance, autant espérer l'abattre en lui lançant une malédiction.

Craignant presque que Smith ne s'évapore comme une espèce de démon s'il le quittait des yeux, Cooper fit tout de même un panoramique avec les jumelles. Il ne lui fallut qu'une seconde ou deux pour repérer le garde extérieur. Le type se trouvait à la plus mauvaise position possible, entre le pin et le chalet. Cooper ne pouvait le neutraliser sans alerter Smith.

Tu as une chance. Il y a trop de choses en jeu pour la gâcher.

Il inspira profondément, se calma. Regarda à nouveau l'homme en train de fumer. Bien qu'il ait attendu ce moment et qu'il l'ait planifié, son intensité émotionnelle l'ébranlait.

Cooper se rendit compte que c'était là sa raison de vivre. La raison pour laquelle il avait fait tout ce qu'il avait fait, sans que cela l'empêche de dormir.

Smith représentait tout ce qu'il avait combattu au cours de sa vie. Pas seulement un meurtrier et un terroriste : un ouragan à forme humaine. Un tsunami, un tremblement de terre, un sniper dans une école, une bombe sale dans les réserves d'eau. Un homme qui ne croyait en rien d'autre qu'en son bon droit fondamental, qui tuait non pas pour rendre le monde meilleur, mais parce qu'il s'efforçait de rendre le monde comme lui. Debout, pieds nus, sous l'époustouflant ciel nocturne du Wyoming, en train de fumer une cigarette.

Lorsqu'il eut terminé, il envoya d'une pichenette le

mégot dans la nuit. La braise décrivit un arc de cercle et étincela un instant. Puis il se tourna et rentra. Un moment plus tard, les lumières de la chambre s'éteignirent. John Smith…

Il n'est que vingt et une heures. Des heures avant qu'il aille se coucher.

Les fumeurs ne se contentent pas d'une seule cigarette.

Qui verrouille derrière lui la porte d'un balcon du premier étage ? Surtout en sachant qu'il reviendra bientôt ?

… n'était plus là.

Cooper accrocha ses jumelles à une branche. Il n'en aurait plus besoin. Avec des gestes prudents, il commença à descendre de l'arbre. Lorsque ses chaussures de marche firent crisser le sol sec, il s'accroupit, le dos contre le tronc, et attendit que le garde revienne.

Lorsque ce fut le moment, Cooper se mit à compter.

À 100, il se leva et se mit en marche. Il voulait courir, mais ne pouvait pas prendre le risque de faire du bruit ni de se tordre la cheville. Il fallait environ huit minutes au garde pour faire un tour complet de la clôture. Compter jusqu'à 480.

Il maintint les yeux baissés afin que la lumière du chalet ne nuise pas à sa vision nocturne, fit attention à chacun de ses pas. La lune était brillante, ce qui était à la fois un avantage et un désavantage. Un avantage parce que cela lui permettait d'avancer à bonne allure, et un désavantage parce qu'il était plus facilement repérable. Une bouffée d'énergie le traversa, atténuant le monde autour de lui. Il n'y avait que lui, le sol argenté, le souffle de ses poumons et la pression du Beretta contre sa hanche. À 147, il atteignit la clôture ajourée. Le garde était hors de vue, de l'autre côté de la propriété. En s'appuyant sur un poteau, Cooper passa une jambe, puis l'autre, et se retrouva dans le jardin d'Helen Epeus.

Ce nom signifiait quelque chose, mais pas moyen de s'en souvenir. Pas le temps. Il prit un instant pour considérer la situation…

Le garde est un professionnel. Un soldat.

Les soldats apprennent à travailler en équipe. Une équipe qui partage les responsabilités et compte sur chaque homme pour remplir sa mission est plus efficace qu'une équipe où chaque homme essaie de couvrir tous les angles.

Il y a donc un distinguo entre la sécurité du *chalet et la sécurité* dans *le chalet.*

… puis se mit sur les coudes et les genoux et rampa rapidement en direction du chalet.

À 200, le garde apparut à l'angle le plus éloigné de la maison. La lumière de la lune luisait sur le canon de sa mitraillette. Cooper continua à ramper. Des pierres s'enfonçaient dans ses genoux et quelque chose d'épineux déchira ses gants.

Il pouvait aller plus vite, mais n'osait pas. Il avait l'impression de faire beaucoup de bruit en raclant le sol à chaque mouvement. Il se concentra sur l'essentiel, contrôla sa respiration et continua.

240. Le garde était à moins d'un demi-terrain de football. Cooper venait de parcourir une quinzaine de mètres, pas tout à fait la moitié de la distance entre la clôture et le chalet. Il se plaqua au sol, dont il sentit la froideur malgré sa tenue de camouflage. Avec un effort de volonté, Cooper ferma les yeux. Même dans le noir, certaines formes étaient plus identifiables que d'autres, et le visage en faisait partie, surtout les yeux, qui pouvaient réfléchir la moindre lueur.

S'il ne s'était pas trompé au sujet du garde, si le type faisait confiance au reste de son équipe, alors il concentrerait toute son attention sur l'extérieur. Il serait à l'affût du moindre mouvement dans les bois, mais ne serait pas à la recherche de formes suspectes couchées entre lui et le chalet.

250. Un bruit de pas. Des cailloux et de la terre sous des bottes de combat. L'homme ne pouvait pas être à plus de six mètres.

Une pause. Un raclement. Les nerfs de Cooper lui hurlaient de bouger, de rouler sur le dos, de saisir son pistolet et de tirer. Plaqué au sol sans rien voir, il était totalement vulnérable. Il mettait ses propres capacités à l'épreuve.

Tu possèdes davantage que ton don, soldat.

Il demeura allongé.

265.

270.

Les bruits de pas reprirent. Cooper recommença à respirer.

À 340, il ouvrit les yeux et se mit accroupi. Le garde était hors de vue. Après le noir complet, le chalet paraissait resplendissant de lumière, une lumière qui coulait à flots par les fenêtres, une lumière qui glissait sous les portes, une lumière qui découpait le balcon. Il se leva et marcha en direction de la maison, sans plus se soucier d'être vu. Même si les gardes à l'intérieur jetaient un œil par la fenêtre, ils ne verraient rien, la lumière transformait les vitres en miroirs.

Il fit rouler ses épaules, enleva ses gants et les jeta. Puis il courut à toute vitesse vers le mur du chalet. À la dernière seconde, il planta son pied contre le cèdre et poussa vers le haut tout en détendant son corps et en pivotant.

Ses mains agrippèrent le balcon. Il resta suspendu le temps de contrôler le mouvement de balancier, puis se hissa vers le haut jusqu'à la balustrade. Il l'enjamba et s'accroupit à l'endroit même où John Smith avait fumé sa cigarette.

Sa respiration était fluide. Ses sens aiguisés. Il se sentait plein d'énergie, libre et vivant.

Cooper dégaina le Beretta et s'approcha de la porte vitrée. La chambre était toujours plongée dans la pénombre. Jusque-là, tout allait bien. Il avait fait un peu de bruit en prenant appui sur le cèdre, mais pas tant que ça. Quand on vit dans un chalet perdu dans les bois, on doit avoir l'habitude des bruits impromptus : des animaux en train de chasser, des branches balancées par le vent qui grattent l'avant-toit, des arbres depuis longtemps morts qui finissent par s'écrouler.

Bien sûr, tout dépendait du fait que la porte vitrée soit déverrouillée. Il avait confiance en la logique de son schéma, mais comme toujours avec son don, il relevait de l'intuition, pas de la certitude.

Alors arrête de tourner autour du pot et vérifie que tu as bien décroché le gros lot.

Il posa sa main libre sur la poignée et tira doucement.

La porte coulissa facilement.

Pistolet à la main, Cooper se glissa à l'intérieur.

Chapitre 30

La chambre était sombre, mais ses yeux étaient accoutumés à la faible luminosité. Un grand lit double, avec des draps coûteux et bien trop d'oreillers. Sans un pli. Si Smith et sa copine s'étaient amusés, ça avait été ailleurs. Table de nuit près du lit, rocking-chair dans le coin du fond, dressing en bois plein. Grande baignoire du côté ouest. Une peinture, énorme, quelque chose d'abstrait, dans des tons sombres.

Il tenait l'arme baissée, à deux mains, l'index effleurant à peine la détente. Elle lui procurait une agréable sensation, comme si elle avait été moulée pour ses paumes.

Les bruits : sa propre respiration, un peu plus rapide que la normale, mais régulière. Une télévision au rez-de-chaussée, des rires enregistrés succédant à une blague qu'il n'avait pu entendre. Le tic-tac d'un réveil sur la table de nuit. Il avait horreur des réveils qui faisaient du bruit, chaque tic-tac était un moment de perdu. Il ne pouvait s'imaginer dormir dans une chambre avec l'un d'eux, basculant vers le sommeil au son du temps qui passe.

Aucune alarme, aucun bruit de panique. Il s'approcha de la porte de la chambre, qui n'était pas complètement fermée. Se colla contre le mur et jeta un œil par l'ouverture. Un couloir. Gardant l'arme dans la main droite, il se servit de la gauche pour ouvrir la porte un peu plus. Elle pivota en silence. Le couloir était en bois plein, il avait l'air neuf. Un bon point. Le bois plus ancien avait tendance à craquer.

Démarche légère, articulations souples. Au bout de quelques mètres, l'un des murs du couloir cédait la place à une rambarde de câbles tendus. De la lumière provenait du rez-de-chaussée, et le volume de la télévision était plus élevé. Une grande pièce, reliée par un escalier en colimaçon. Trois portes : l'une ouverte. Il distinguait du carrelage au sol, une salle de bains pour la chambre d'amis. Cooper continua de longer le couloir, posant chaque pied avec prudence. Porte suivante, également ouverte. Il s'accroupit, jeta un œil. Chambre d'amis, sombre. La dernière porte était fermée, un filet de lumière brillait au sol. Il s'approcha. Ne put entendre le moindre bruit. Il écouta vingt secondes sans respirer, puis trente secondes en respirant. Rien.

Il posa la main gauche sur la poignée. Se déplaça à côté de la porte. Abaissa doucement la clenche, l'arme levée, balayant la pièce du regard au fur et à mesure qu'elle se dévoilait à ses yeux, centimètre par centimètre.

Des rayonnages de livres, un canapé en cuir luxueux. Deux chaises en face de lui. Une lampe et un cendrier sur la table à côté du canapé. Une porte dans le mur opposé, fermée, pas de lumière en dessous. Dans le mur, une cheminée au gaz dans laquelle des flammes dansaient. Et au-dessus, deux écrans plats.

Les deux moniteurs montraient la même vidéo.

Cooper se glissa dans la pièce, arme levée, referma la porte derrière lui et regarda les écrans plats.

La vidéo avait été prise depuis une certaine hauteur, et montrait des hommes qui entraient dans un restaurant. Quelque chose se pinça en lui lorsqu'il la reconnut. Les images du massacre du Monocle, à Capitol Hill. Il les avait vues un millier de fois, connaissait chaque plan. Qu'est-ce que…

Une seconde. Les écrans plats ne montraient pas exactement la même vidéo.

Au premier coup d'œil, oui. Le mouvement était le même, l'angle, la vue du bar et des clients, le juge avec sa jeune maîtresse, la famille de l'Indiana. Mais sur l'écran de gauche, quatre hommes traversaient la foule. L'un ouvrait la marche et trois suivaient.

Sur celui de droite, il n'y avait que le groupe de trois, chacun portant un trench-coat.

À gauche, John Smith se frayait un chemin dans la foule, ses soldats le suivaient.

À droite, les soldats marchaient seuls.

À gauche, John Smith marchait vers le box du fond où se trouvait le sénateur Max "Hammer" Hemner.

À droite, les trois hommes approchaient de son box, mais à une distance étrange, indéterminée. Comme s'il y avait un fantôme devant eux.

À gauche, Hammer Hemner souriait à John Smith.

À droite, Hammer Hemner souriait à trois hommes qui s'étaient approchés de sa table.

À gauche, John Smith levait un pistolet et tirait dans la tête du sénateur.

À droite, un trou apparaissait dans la tête de l'homme, comme tiré depuis un autre endroit du restaurant.

Sur les deux écrans, les trois gardes du corps se débarrassaient de leur trench-coat, dévoilant des mitraillettes tactiques Heckler & Koch portées en bandoulière. Chacun prenait le temps de déplier la crosse en métal rétractable et d'appuyer l'arme à l'épaule. La lumière rouge d'un signal de sortie faisait l'effet du sang contre leur dos.

Sur les deux écrans, ils se mirent à tirer. Leurs tirs étaient précis et groupés. Pas d'arrosage, pas de balayage.

Une veine se mit à battre dans le cou de Cooper et ses mains étaient moites.

Sur les deux écrans, la vidéo s'arrêta. Puis remonta en arrière de dix secondes.

À gauche, John Smith levait un pistolet et tirait dans la tête du sénateur.

À droite, un trou apparaissait dans la tête de l'homme, comme tiré depuis un autre endroit du restaurant.

Sur les deux écrans, les trois gardes du corps se débarrassaient de leur trench-coat, dévoilant des mitraillettes tactiques Heckler & Koch portées en bandoulière. Chacun prenait le temps de déplier la crosse en métal rétractable et d'appuyer l'arme à l'épaule. La lumière rouge d'un signal de sortie faisait l'effet du sang contre leur dos.

Sur les deux écrans, la vidéo s'arrêta. Puis remonta en arrière de dix secondes.

Cooper eut la soudaine sensation d'être observé et pivota, arme au poing. Rien. Se retourna vers les écrans pour regarder à nouveau les images.

Pour regarder les trois gardes du corps se débarrasser de leur trench-coat, la lumière rouge d'un signal de sortie faisant l'effet du sang…

Il y a quelque chose qui ne va pas.

Pas seulement le fait que John Smith ne soit pas sur l'une des vidéos.

Quelque chose d'autre.

Tu étais censé voir ça. Il sait que tu es là. Ces images te sont destinées.

*Mais il y a quelque chose d'*autre *qui ne va pas.*

… contre leur dos.

Pause. Retour dix secondes plus tôt.

Pour regarder les trois gardes du corps se débarrasser de leur trench-coat, la lumière rouge d'un signal de sortie faisant l'effet du sang contre leur dos.

Pause. Retour dix secondes plus tôt.

Pour regarder les trois gardes du corps se débarrasser de leur trench-coat, la lumière rouge d'un signal de sortie faisant l'effet du sang contre leur dos.

C'était la même. La lumière rouge était la même dans les deux vidéos.

Mais sur celle de gauche, celle qu'il avait vue et revue, John Smith se tenait entre les trois hommes et le signal de sortie. Son corps aurait dû faire écran à une partie de la lumière. Pas suffisamment pour projeter une ombre flagrante, mais tout de même, le rouge n'aurait pas dû atteindre les gardes du corps. Certainement pas celui qui était le plus près de lui.

Mais si c'est vrai…

Cooper se raidit, comme si le sol venait de se dérober sous ses pieds, comme s'il venait de se transformer en brouillard et qu'il pouvait passer à travers tout ce qu'il avait cru solide.

Puis il entendit la porte s'ouvrir derrière lui.

Il se tourna, les réflexes prenant le dessus, leva l'arme de son bras droit, la main gauche venant bloquer la crosse, les yeux fixés au-delà du canon, vers l'homme qui se tenait dans l'encadrement de la porte. Ses traits étaient réguliers, équilibrés. Mâchoire carrée, cils fins. Le genre de visage qu'une femme trouverait plus beau que sexy, comme celui d'un golfeur professionnel ou d'un avocat.

« Salut, Cooper, dit John Smith. Je ne suis pas John Smith. »

Chapitre 31

Cooper regardait par la visée du canon. D'instinct, il le braquait droit sur la poitrine de l'homme. John Smith lui rendait son regard, une main sur la poignée de la porte, les phalanges blanches. Ses pupilles étaient dilatées et son pouls battait dans sa gorge.

Appuie sur la détente.

Derrière lui, Cooper entendit un bruit familier. Celui que son ancien partenaire Quinn avait jadis décrit comme le plus beau bruit du monde, à condition d'être celui qui l'émet.

Celui d'un fusil de chasse.

Smith fit le plus petit hochement de tête qui soit. Sans abaisser le pistolet, Cooper risqua un coup d'œil rapide.

Shannon se tenait dans l'un des coins de la pièce. Elle avait l'air menue derrière le fusil à pompe, mais elle le portait exactement comme il le fallait, la crosse contre son épaule délicate. Le canon avait été scié et il n'en restait presque rien. C'était plus un fusil de dispersion qu'un fusil de chasse. Même à cette distance, avec la bonne charge – et c'était le cas, il n'en doutait pas –, il était impossible de l'éviter. Le regard de Shannon était calme et ferme.

Comment est-ce qu'elle a fait *ça* ?

« Je n'ai pas ton don, dit Smith. Mais je suis presque sûr de savoir ce que tu penses. Tu te dis qu'il n'est pas possible qu'elle tire avant toi. Et tu as raison. Tu peux probablement faire un dernier carton. Tu as manifestement toutes les chances de me tuer. Évidemment, si tu le fais, il est certain qu'elle te tuera. »

Le monde était devenu tremblant et palpitant, tout était flou et tordu. Il avait l'impression que sa vie était devenue une boucle de vidéo, pause, retour, pause, retour, rien n'était certain, tout était changeant. L'homme était dans sa ligne de mire. Smith était nerveux, c'était clair. Il devait espérer que Cooper ne tirerait pas, mais il n'en était pas sûr.

Tout en Cooper hurlait de presser la détente, de tirer et d'éliminer John Smith et d'en finir. D'en finir avant que… quoi ?

Smith prit la parole comme pour aller au bout de la pensée de Cooper. « Le truc, c'est que si tu tires, tu ne connaîtras pas la suite. Tu n'apprendras pas la vérité. Bien que tu en aies déjà deviné une partie. N'est-ce pas ? »

Une douce pression sur la détente, puis une deuxième, aussi rapidement que possible. La balle à tête creuse déchirant les chairs tendres, éclatant en lames de rasoir, causant de larges et profondes blessures. John Smith mort. Mission accomplie.

C'était tout ce qu'il avait à faire.

Presse la détente !

Il essaya de parler, mais ne produisit qu'un son rauque.

« N'est-ce pas ? »

Cooper dit : « La vidéo est truquée.

— Oui.

— Vous n'avez jamais mis les pieds au Monocle.

— En fait, si. J'y étais. Une demi-heure plus tôt. J'ai rencontré le sénateur Hemner. J'ai bu un gin-tonic. Lui, quatre scotchs. Il a accepté quelques modifications concernant un point de législation, un début de projet de loi limitant les tests effectués sur les Brillants. Je l'ai remercié. Et je suis parti. »

Tire tire tire tire tire...

« Regardez-moi, dit John Smith. Je sais que vous détectez quand quelqu'un vous ment ouvertement. Suis-je en train de mentir ? »

Il avait regardé ce massacre un millier de fois. Cherché le moindre indice, n'importe quelle trace qui aurait pu le mener jusqu'à l'homme qui l'avait perpétré. Il avait remarqué la lumière rouge, mais pas le fait qu'elle aurait dû être partiellement masquée. Et comment l'aurait-il pu ? Ce n'était qu'en les comparant à une autre version que les images semblaient bizarres.

Sa version pourrait être un faux. Il avait eu le temps de préparer ça, tout le temps qu'il fallait...

Mais c'était la version officielle qui avait un problème.

« Il y a d'autres choses encore, dit Smith. Beaucoup d'autres choses. Mais pour les entendre, il va falloir que vous baissiez ça.

— Nick », dit Shannon, la voix douce mais ferme, teintée d'une note d'espoir. Ou de regret envers une chose qui n'était pas encore arrivée, mais restait possible. « S'il te plaît. »

Il lui lança un regard. Vit qu'elle tirerait. Et que ce n'était pas ce qu'elle voulait.

Une soudaine vague d'épuisement le balaya. La sensation que les piliers qui le soutenaient venaient de s'écrouler.

Mais si c'est vrai, ça...

Il ne formula pas sa pensée. Mais baissa son arme.

« Merci, dit Smith.

— Va te faire foutre, dit Cooper.

— Je comprends. Je ressentirais la même chose, à votre place. »

Shannon dit : « Cooper, que dirais-tu de poser ton arme sur la table ? Je vais poser la mienne, moi aussi. »

Il la regarda. Nota qu'elle avait recommencé à l'appeler Cooper, alors qu'elle l'avait appelé Nick un instant plus tôt. Marrant. Seuls Natalie et Drew Peters l'appelaient Nick. Et maintenant Shannon. Deux fois, pour être exact.

« Qu'est-ce que tu dirais de commencer ? » dit-il.

Il attendit qu'elle regarde Smith. Se dit que si elle le faisait, il brandirait son pistolet et ferait feu, exécuterait sa cible.

Shannon se mordit la lèvre. Ses yeux ne quittaient pas les siens.

Elle baissa le canon du fusil, le laissa pendre au bout de son bras.

Ah.

Comme dans un rêve, Cooper se dit à quoi bon, mit la sécurité puis jeta le pistolet sur la table. Que pouvait-il lui arriver de pire ? Se faire tuer ?

Ils l'auraient déjà fait.

La pensée lui vint spontanément, comme une voix dans une pièce sombre. Mais qu'est-ce que cela voulait dire ? Il l'ignorait.

« D'accord », dit-il. Il essaya de prononcer une phrase de circonstance, ne fut pas sûr d'y parvenir. « Très bien. Parlons. »

Smith sembla presque s'affaisser, la tension refluait de son corps. « Merci.

— Vous n'étiez pas sûr que je n'allais pas vous tuer, n'est-ce pas ?

— Non. C'était un risque. Calculé, mais tout de même un risque.

— Pourquoi le prendre ?

— Je voulais vous voir. Sans risque, pas de récompense.

— Que vouliez-vous dire en déclarant ne pas être John Smith ?

— Le nom de mon père n'était pas Smith. Et ma mère ne m'a jamais prénommé John.

— Je sais, on vous a donné ce nom à l'académie, c'est si triste, n'est-ce pas ? Mais vous…

— J'ai gardé le nom qu'ils m'ont donné. Oui. Souvenez-vous qu'à l'époque de la lutte pour les droits civiques, Malcolm X parlait d'abandonner son nom d'esclave. Pour affirmer le sien ? Eh bien, je ferai la même chose, dès que les gens comme moi ne seront plus des esclaves. Mais pour le moment, je veux que personne n'oublie que je suis ce qu'ils ont fait de moi.

— Vous êtes un terroriste.

— Je suis un soldat du camp des perdants. Mais le John Smith que vous avez traqué, le monstre qui tue des enfants, qui a assassiné soixante-treize personnes au Monocle, ce n'est pas moi. Ce John Smith n'existe pas. Il a été inventé. Parce qu'il sert le but de quelqu'un. »

Cooper sentait son don se manifester, créer un schéma à partir des données. De la même façon qu'il s'était toujours manifesté, sans qu'il puisse le contrôler, tout comme on ne pouvait pas contrôler le cours de ses pensées. Comme toujours, la part intuitive allait de l'avant, entraînait l'élaboration d'un schéma, et il voulait qu'elle s'arrête, parce que si c'était vrai, si *cela* était vrai…

« *Si* la vidéo est fausse, dit-il, sachant qu'elle l'était mais ne voulant pas l'affirmer sans en connaître les raisons, alors qui l'a falsifiée ?

— Mauvaise question », dit Smith. Il glissa une main dans sa poche, figea son geste et dit : « Ça vous dérange si je fume ? » Sans attendre de réponse, il sortit lentement son paquet de cigarettes et une boîte d'allumettes. Cooper fit l'inventaire de la pièce, se souvint du cendrier posé sur la table. *Alors pourquoi est-il sorti la fois précédente…*

Parce qu'il voulait que tu le voies.

Il savait que tu étais là, dehors, et il t'a donné un moyen d'entrer.

Smith alluma sa cigarette tout en parlant. « La question n'est pas de savoir qui a falsifié la vidéo. » Il tira une bouffée, la recracha. « C'est de savoir qui a planifié et perpétré le massacre. Qui a recruté, formé et armé un commando de tueurs méthodiques et hautement qualifiés, pour les envoyer assassiner soixante-douze civils et un sénateur. Falsifier la vidéo n'était qu'une protection. Et la récompense ultime. »

C'était à la fois évident et inédit, un changement de paradigme qui modifiait le monde entier. Pas seulement une fausse vidéo, mais un massacre orchestré. Son don développait le schéma, agglomérait les nouvelles données — *stop*.

« D'accord, alors qui… »

Smith s'approcha du bord du canapé, s'affala dessus. Il fit tomber sa cendre dans le cendrier et désigna un fauteuil. Cooper l'ignora. Smith dit : « Vous jouez aux échecs ?

— Non. » Il y jouait, mais pas de la façon dont Smith le concevait. Personne ne jouait de la façon dont Smith concevait les échecs.

« Le secret du jeu est que les débutants – en fait, les joueurs de niveau moyen également, et parfois les maîtres – ont tendance à ne voir les choses que d'un côté. Mais la ruse, aux échecs, c'est de porter davantage d'attention à ce que l'adversaire est en train de faire.

— Je vois.

— Très bien, dit Smith. On y arrive. Parfait. Alors, que s'est-il passé au Monocle ?

— C'est… une déclaration de guerre. Le meurtre d'un sénateur qui s'opposait à vous.

— Il y a beaucoup de gens qui détestent les anormaux bien plus que ne le faisait Hemner. Et pourquoi voudrais-je déclarer la guerre ? Quand j'avais quatorze ans, je jouais trois parties d'échecs simultanées contre trois grands maîtres, et je gagnais les trois. Quelles sont les probabilités que je déclare la guerre sans avoir la moindre chance de victoire ? Non, vous pensez toujours depuis votre côté de l'échiquier. À qui le massacre a-t-il bénéficié ? »

À vous, voulut dire Cooper, mais il comprenait que ce n'était pas vrai. À quel point Smith en avait-il réellement bénéficié ? Avant le Monocle, Smith était un activiste, un personnage controversé, certes, mais respecté et libre. Après le Monocle, il est devenu l'homme le plus recherché d'Amérique. Il a dû abandonner toute sa vie, survivre cinq années durant en tant que fugitif, avec une cible collée dans le dos.

« Ça vient. Vous commencez à comprendre.

— Alors quoi, vous n'êtes pas seulement un petit malin qui revenait. »

Smith secoua la tête. « C'est juste que je connais les gens. Que s'est-il passé après le Monocle ?

— Vous savez ce qui s'est passé.

— Cooper, dit Shannon. S'il te plaît. »

Il lui lança un regard, ne parvint pas à déchiffrer son expression. Il dit : « Très bien. Jouons, donc. Après le Monocle, John Smith est devenu une figure nationale. Un terroriste. Il était traqué d'un bout du pays à…

— Oui. » Le regard que lui lança John Smith était à la fois triste et chaleureux, comme un ami annonçant une mauvaise nouvelle. « Oui. Par qui ? »

Si c'est vrai, cela veut dire que…

« Non. Je n'y crois pas. »

Smith dit : « Vous ne croyez pas quoi, Cooper ? Je ne vous ai rien dit. »

… Drew Peters, le jour où il t'a recruté. Il disait que le programme était extrême, mais qu'il était nécessaire.

Les débuts des Services Équitables, à travailler dans l'ancienne papeterie. Les rumeurs permanentes de fermeture. Les fonds limités. L'enquête. La menace d'un sous-comité du Congrès.

Puis le Monocle.

Soixante-treize personnes tuées, dont un sénateur. Et des enfants. De la main d'un anormal.

Le point de vue d'un homme validé de façon spectaculaire. Un homme qui avait pressenti cela. Qui pensait que le DAR devait avoir la capacité d'aller plus loin que le simple contrôle.

Qu'il devait avoir la possibilité de tuer.

Drew Peters, propre et soigné, avec ses lunettes sans monture.

Drew Peters, déclarant qu'il avait besoin d'inquisiteurs.

Oh mon Dieu…

« Si c'est vrai, cela veut dire que… que… » Il ne pouvait prononcer les mots, ne pouvait les laisser sortir de sa bouche. Si c'était vrai, cela voulait dire que tout le reste était un mensonge. Qu'il ne s'était pas battu pour empêcher une guerre. Mais qu'il avait tout fait pour la déclencher. Que les choses qu'il avait faites, les cibles qu'il avait éteintes…

Les gens qu'il avait tués…

Les gens qu'il avait assassinés…

« Non, dit Cooper. Non. » Il regarda Shannon, ne lut rien d'autre que de la compassion sur son visage. Il se détourna d'elle, recula, pivota vers Smith. Et vit la même expression. « Non.

— Je suis désolé, Cooper. Je suis vraiment… »

Il se mit à courir.

TROISIÈME PARTIE

FRANC-TIREUR

Chapitre 32

Sortir de la pièce, traverser le couloir, la chambre, arriver sur le balcon, passer par-dessus la rambarde, le vide, atterrir lourdement. Derrière lui, des voix dont il avait à peine conscience, celle d'un homme qui hurlait quelque chose, quelque chose comme *Arrêtez! Laissez-le partir!*, et le garde avec son MP5 levé mais immobile, qui regardait par-dessus son épaule. Cooper pensa à le tacler pour le faire chuter, pivot, coude dans le plexus solaire, coup de la main droite à la gorge, mais il n'en fit rien et se contenta de dépasser le garde ébahi. L'air froid découpait ses poumons à chaque inspiration, ses jambes s'activaient à toute vitesse, ses pieds frappaient le sol. Il essayait de fuir les choses qu'il avait entendues, le schéma qui s'était formé devant lui, autour de lui et en lui. Ce don qu'il ne pouvait pas réduire au silence, ce don qui était devenu une malédiction, le bond intuitif, froid et incessant, le schéma qui avait été pile devant lui durant tout ce temps, mais dans le noir, soudain mis en relief de façon flagrante par une poignée de faits et un léger coup de pouce, une mise en lumière qu'il aurait pu effectuer lui-même mais qu'il n'avait jamais faite, et dont les conséquences, les incroyables et horrifiantes conséquences…

« J'ai besoin d'inquisiteurs. »

Drew Peters lui avait dit ça la première fois qu'ils s'étaient rencontrés et il l'avait répété plusieurs fois ensuite, de si nombreuses fois que Cooper l'avait entendu comme un appel à une certaine loyauté, une loyauté qu'il possédait, une volonté d'affronter des choses difficiles pour la bonne cause. Il n'avait jamais vu les choses autrement. Ça n'avait jamais été une partie de plaisir, jamais. Il avait apprécié le sentiment du pouvoir, bien sûr, et celui de la liberté, de son statut, mais jamais l'acte en lui-même, jamais le meurtre, toujours la cause. Il avait fait ce qu'il avait fait pour stopper une guerre, pas pour en déclencher une, pour sauver le monde, pas pour…

Flash : la lune découpe des bandes d'argent entre les arbres qui se balancent.

Une branche sur laquelle il trébuche, elle craque, l'intérieur est blanc comme un os.

Ses mains pâles contre l'écorce d'un pin.

Finalement, un petit ruisseau qui scintille sous la lune, le son clair de l'eau qui gargouille sur les rochers lisses et polis. De l'eau jusqu'aux genoux, le choc du froid.

Si ce qu'ils lui avaient montré était vrai, alors les Services Équitables étaient un mensonge.

Le bras armé d'une agence gouvernementale qui avait obtenu des pouvoirs qu'aucune autre avant elle n'avait obtenus. Le pouvoir de surveiller, traquer et exécuter des civils américains.

Une agence qui boitait. Survivait à peine. Sur le point de faire l'objet d'une enquête. Et qui était soudain innocentée, validée, approuvée.

Se voyait accorder d'immenses pouvoirs. Des fonds illimités. Une liaison directe avec le président.

À cause d'un mensonge.

John Smith n'a pas tué tous ces gens au Monocle.

C'est Drew Peters qui l'a fait.

Tu as passé ces cinq dernières années à travailler pour les salauds. Tu as fait ce qu'ils t'ont demandé de faire. Tu y croyais. Profondément.

Ce n'est pas John Smith, le terroriste.

C'est toi, le terroriste.

« Cooper ? »

Il l'entendait, maintenant. Au loin, elle le cherchait. Le bruit d'herbes piétinées, de la poussière. Elle n'était pas un fantôme, après tout.

Il s'agenouilla dans le courant, l'eau pénétra le tissu de son pantalon détrempé, la lune brillait dans le ciel. Il ne voulait pas qu'on le trouve. Ne voulait plus rien entendre.

« Nick ?

— Ouais. » Il toussa. « Ici. »

Il mit ses mains en coupe pour s'asperger le visage d'eau froide. Le choc thermique lui éclaircit les idées. Toujours à genoux, il s'éloigna du courant, atteignit la rive. Il l'écouta approcher et pour une fois, il la vit arriver, glissant avec souplesse entre les arbres.

Shannon hésita un moment quand elle le vit là, puis corrigea sa trajectoire. Elle traversa le ruisseau et s'assit à côté de lui. Il vit qu'elle pensa à lui poser une main sur l'épaule, avant de se raviser. Un long moment, ils restèrent côte à côte, écoutant le bruit de l'eau qui murmurait comme une horloge éternelle.

« Je croyais que tu étais toujours à Newton, finit-il par dire.

— Je sais, dit-elle. Désolée.

— Ce que tu as dit. Au restaurant. Que tu espérais que je prenne un nouveau départ.

— Oui.

— Tu savais que je venais ici.

— Oui. J'espérais… » Elle haussa les épaules et ne finit pas sa phrase.

Pas très loin, un oiseau hurla en faisant un piqué et quelque chose glapit en mourant.

« Il y a quelques années, dit Cooper, je traquais un type appelé Rudy Turrentine. Un Brillant. Médecin. Un spécialiste du cœur à Johns Hopkins[1]. Il avait réalisé des choses incroyables au début de sa carrière.

— La valve Turrentine. La procédure qui remplace les greffes de cœur.

— Ouais. Mais ensuite, il est passé dans l'autre camp. Il a rejoint John Smith. Dans la dernière invention de Rudy, il y avait cette nouvelle fonctionnalité, vraiment astucieuse. On pouvait l'éteindre à distance. Tu envoyais le bon signal et bam, la valve cessait de fonctionner. Quelque chose de caché dans le codage, un machin enzymatique, je n'ai jamais vraiment compris. Le truc, c'était que ça donnait à Smith le pouvoir de stopper le cœur de toute personne ayant cet implant. Potentiellement, des dizaines de milliers de gens. »

Elle savait qu'il n'y avait rien à répondre.

« Rudy fuyait, et je l'ai trouvé. Il se cachait dans un appartement merdique de Fort Lauderdale. Ce type était multimillionnaire, Brillant, et il était terré dans un bouge payable à la journée dans un coin de la ville où les touristes ne mettent pas les pieds. » Cooper se frotta le visage, essuya les dernières gouttelettes d'eau. « Mon équipe encerclait l'immeuble. J'ai défoncé la porte d'un coup de pied. Il était en train de regarder la télé en

1. Hôpital universitaire situé à Baltimore, Maryland, et considéré comme le meilleur des États-Unis.

mangeant du riz et du porc frit. C'était gras, je m'en souviens. Ça se sentait. Ça m'a frappé, ce spécialiste du cœur en train de manger de la nourriture qui provoquait des crises cardiaques. Il a sauté sur ses jambes et il y en a eu partout. Un type petit et timide. Il m'a regardé, et il… »

Après une longue pause, Shannon dit : « Il ?

— Il a dit : "Attendez. Je n'ai pas fait ce qu'ils prétendent." » Un sanglot venu d'on ne sait où le submergea. Il fut pris par surprise, c'était un sanglot comme un hoquet, et il fut incapable de se souvenir de la dernière fois où il avait pleuré.

Shannon dit : « Shhh… Tout va bien.

— Qu'est-ce que j'ai fait ? » Il se tourna pour la regarder, les yeux rivés dans les siens qui brillaient sous la lune. « Qu'est-ce que j'ai fait ? »

Elle attendit un long moment avant de parler. « Tu y croyais ? Qu'il pouvait faire cesser de battre le cœur des gens ?

— Oui.

— Alors, au moins, tu avais une raison de faire ce que tu as fait. Tu pensais agir pour le bien. C'est à ceux qui t'ont menti que tu devrais t'en prendre. »

Cooper revit soudain les bras de Rudy Turrentine qui battaient sauvagement l'air tandis qu'il s'approchait de lui, que ses mains agrippaient la tête du docteur et la tournaient violemment et rapidement – il agissait toujours rapidement, sans jamais faire durer les choses plus longtemps que nécessaire.

« Moi aussi, j'ai fait des choses, Nick. » Sa voix s'était faite plus grave. « Nous en sommes tous au même point.

— Et s'il disait la vérité ? Et s'il n'avait pas fait ça ?

Et si, je ne sais pas, un concurrent avait promis des millions si jamais Rudy Turrentine mourait ?

— Et si tu avais tué un innocent.

— Et si j'avais tué un *génie* innocent. Un médecin qui aurait pu sauver des milliers de vies. »

Il n'y avait rien à ajouter à cela. Il ne lui en voulait pas. Lui non plus ne trouvait pas de réponse. L'eau s'écoulait lentement, lentement, lentement.

« On m'a manipulé. N'est-ce pas ? »

Elle acquiesça.

Il émit un son qui ne ressemblait pas vraiment à un rire. « C'est marrant. Toute ma vie, je n'ai rien détesté davantage que les brutes épaisses. Et au final, il s'avère que j'en suis une.

— Non, dit-elle. On t'a fourvoyé, plutôt. Mais toi, tu croyais faire ce qui était juste. Ça, je te connais suffisamment pour le savoir. Crois-moi », dit-elle. Puis elle rit : « Mais je ne voulais pas l'admettre. Souviens-toi sur le quai du L, je t'ai dit que tu avais tué l'un de mes amis.

— Brandon Vargas. » Le braqueur de banque qui avait tué une femme et son enfant de deux ans. À Reno, Vargas en train de fumer une Dunhill derrière un bar de bikers, les mains tremblantes.

« À une époque, Brandon et moi étions proches. Alors, je voulais me venger. John m'avait dit que tu étais un type bien, mais je ne le croyais pas. Je voulais que tu sois un monstre, pour pouvoir me venger. » Elle coinça une mèche de cheveux derrière son oreille. « Et puis, il s'est avéré que tu étais… Eh bien, toi. »

Il soupesa ces mots, ce dont ils étaient chargés. « Brandon. Est-ce qu'il était vraiment…

— Oui. Il a vraiment braqué ces banques, et il a tué ces gens. Le Brandon que je connaissais était adorable.

Il n'aurait jamais fait ça. Mais… il l'a fait. » Elle se tourna vers lui. « Tous les moments de ta vie n'ont pas été des mensonges. Certaines choses que tu as faites pour le bien étaient authentiques.

— Mais pas toutes.

— Non. »

Il bascula vers l'avant et enroula ses bras autour de ses genoux. « Je voudrais que ce ne soit pas vrai.

— Je sais.

— Et si ça l'est vraiment, alors je préfère mourir.

— *Quoi ?* » Son corps se raidit et l'expression de son visage changea. « C'est lâche. Tu ne veux pas remettre les choses en ordre. Tu ne veux pas te battre. Tu veux *mourir* ?

— Comment pourrais-je remettre les choses en ordre ? Je ne peux pas revenir en arrière. Je ne peux pas ramener Rudy Turrentine à…

— Non. Mais tu peux dire la vérité. »

Cela déclencha en lui toute une série d'alarmes, de vibrations qui montaient et descendaient le long de sa colonne vertébrale. « De quoi est-ce que tu parles ?

— Ton boss, ton agence. Ils sont le mal. Ils sont tout ce contre quoi tu dis vouloir lutter. Tu détestes les brutes épaisses ? À ton avis, c'est quoi, les Services Équitables ?

— Et tu as une idée pour lutter contre ça ?

— Oui, j'en ai une. » Elle passa à nouveau une main dans ses cheveux. « Il existe des preuves. Sur ce que ton boss, Peters, a fait. Au Monocle. »

Cette fois, il rit, mais sans la moindre trace d'humour. *Évidemment.*

« Quoi ?

— En fait, c'est la raison pour laquelle tu es venue, n'est-ce pas ? C'est la phase deux. Phase un, me dévoiler la vérité. Phase deux, me charger d'une mission pour le compte de John Smith. »

Dans la pénombre, il était difficile de juger la pleine profondeur de sa réaction, mais il put lire un changement dans ses yeux. L'aveu, et peut-être le sentiment de s'être fait prendre. Mais il y avait également quelque chose d'autre. Comme s'il l'avait blessée.

« J'ai raison, n'est-ce pas ? Il veut que je fasse quelque chose.

— Bien sûr, dit-elle, avant de le regarder sans ciller. Pourquoi prendrait-il ces risques, sinon ? Et moi aussi, je veux que tu le fasses. Et si tu te débarrasses de ces conneries d'auto-apitoiement, alors tu le feras. Parce que même s'il y a une phase deux, la phase un consistait à *te dire la vérité*. »

Il avait été sur le point de répondre, de déclarer qu'il ne travaillait pas pour des terroristes, mais ces mots le frappèrent comme un crochet dans les reins. La vérité. Bien. Cooper mit ses mains en coupe et remplit ses paumes de cailloux. Les secoua. Puis les jeta, un à un, dans le courant.

Au bout d'un moment, Shannon dit : « Tu te souviens de ce que j'ai dit dans cet hôtel pourri ? On était en train de regarder les infos. Ils parlaient de ce que nous venions de faire, et rien de ce qu'ils racontaient n'était vrai. »

C'était environ une semaine plus tôt, et pourtant c'était comme dans une autre vie. Le souvenir était clair, ils étaient en train de se chamailler comme un vieux couple. « Tu as dit qu'il n'y aurait sans doute pas de guerre si on cessait d'aller répéter à la télé qu'il y en aurait une.

— C'est juste. Peut-être, je dis juste peut-être, que le problème n'est pas qu'il y ait des normaux et des Brillants. Ce n'est pas non plus dû au fait que le monde change si rapidement. Peut-être que le problème, c'est que personne ne dit la vérité. Peut-être que s'il y avait davantage de faits concrets et moins de palabres, rien de tout cela ne serait en train d'arriver. »

Il y avait quelque chose de particulier dans la façon dont elle avait dit cela, propre et claire, uniquement des propos enflammés et purs. En ajoutant la lune qui brillait sur sa peau, la façon dont tout son monde se retrouvait chamboulé, le besoin animal de chaleur, l'odeur qu'elle dégageait, la sensation de son corps contre le sien, l'autre nuit dans le bar, la lassitude de penser. Il se contenta de se pencher vers elle.

Ses lèvres rencontrèrent les siennes. Il n'y eut ni surprise ni hésitation. Peut-être juste une ébauche de sourire. Cooper posa une main sur sa hanche et elle l'enlaça, leurs langues se touchèrent et dansèrent, une chaleur sensuelle se déploya dans la fraîcheur de la nuit, puis elle le poussa.

Il tomba, allongé sur le dos contre le sol dur, au milieu des cailloux. La surprise lui coupa le souffle, et durant un instant il se demanda ce qu'elle était en train de faire. Puis elle l'enfourcha et se mit à califourchon sur ses hanches. Son corps frémit contre le sien. Légère et forte, délicate et farouche, ses seins frôlaient son torse, ses clavicules fragiles comme des ailes d'oiseaux, son goût.

Elle interrompit leur baiser, se recula de quelques centimètres. Un sourire complice et une cascade de mèches de cheveux. « Je viens juste de me souvenir d'une autre chose que tu m'as dite.

— Ah oui ? » Il fit descendre ses mains le long de son dos, les referma autour de sa taille, si fine que ses doigts se touchaient presque.

« Je t'ai dit que tu devais être un danseur du tonnerre. Et tu as dit : "Si quelqu'un me guide." »

Il rit. « Eh bien, mène la danse. »

Ce qu'elle fit.

Chapitre 33

« Réveille-toi. »

Froid. Il faisait froid. Il entendait les mots au travers d'un brouillard, de loin. Il les ignora, voulut saisir la couverture et…

« Réveille-toi, Cooper. »

… ses mains se refermèrent sur quelque chose qui ressemblait à des aiguilles de pin. Le lit était dur. Il ouvrit instantanément les yeux. Il n'était pas dans un lit, il n'y avait pas de couvertures, juste des vêtements étendus sur eux. Une pinède, le bruit d'un ruisseau, les murmures ensommeillés de Shannon. Une forme au-dessus de lui, celle d'un homme.

John Smith dit : « Allez. Je veux te montrer quelque chose. » Il se retourna et se mit en marche.

Cooper cligna des yeux. Se frotta les paupières. Son corps était raide et douloureux.

À côté de lui, Shannon remua. « Qu'est-ce qu'il y a ?

— On s'est endormis. »

Elle s'assit et la veste qui avait servi de couverture tomba, révélant ses seins, petits et fermes, les mamelons sombres. « Que se passe-t-il ?

— Il veut que j'aille avec lui. » Il fit un geste pour

désigner la silhouette. Le ciel s'éclaircissait et les arbres commençaient à retrouver leurs couleurs.

« Oh, dit-elle, toujours en train d'émerger. D'accord.

— Je peux rester.

— Non. » Elle pencha la tête d'un côté, fit craquer ses vertèbres. Elle grimaça. « C'est la deuxième fois que nous avons un réveil difficile. Il va falloir améliorer ça.

— Je suis partant pour qu'on s'en occupe, si tu veux. »

Elle sourit. « Tu ferais mieux d'y aller. »

Smith avait continué de marcher et ne s'était pas retourné pour vérifier s'il le suivait. *Parce qu'il sait que je vais le faire.* Cooper la regarda, constata qu'elle le savait également.

« C'est OK, dit-elle. Vraiment. »

Il se leva en grinçant. Se souvint de la façon dont leurs corps avaient ondulé, comme des partenaires qui dansaient ensemble depuis très longtemps. Elle, le chevauchant sous la lumière de la lune, la tête rejetée en arrière, les cheveux lâchés, sa peau méditerranéenne pâle sous la cascade d'étoiles, la Voie lactée. Tous les deux prenant leur temps, lentement, rapidement, lentement, jusqu'à ce qu'ils soient épuisés et qu'elle s'écroule sur son torse. La sensation de sa douceur et de sa chaleur, ils n'allaient pas s'endormir, juste prendre une minute…

« Eh bien, c'était une première. »

Elle lui adressa un sourire en biais et dit : « Imagine la suivante. Et maintenant, file. »

Il trouva son pantalon, l'enfila. Elle dit : « Attends. » Tendit une main et l'attrapa par sa chemise. Le baiser fut profond et doux. Ses yeux étaient presque fermés et lorsqu'il les ouvrit brièvement, il constata que les siens l'étaient également.

« OK, dit-elle. J'en ai fini avec toi. »

Il rit et se mit en route dans la direction qu'avait prise John Smith, boutonnant sa chemise tout en marchant.

Il était peut-être quatre heures et demie, cinq heures du matin. Une fine brume rasante. Le ciel s'était suffisamment éclairci pour faire disparaître les étoiles. Sa respiration faisait de la condensation. Son esprit aussi était embrumé. Il n'y prêta pas attention, se concentra sur le mouvement, sur les crampes dans les muscles de ses jambes et la circulation du sang. Il savait que les pensées reviendraient, et avec elles les souvenirs, et qu'ils ne concerneraient pas que l'abandon sexuel.

Et au moment où il rejoignit Smith, il n'était plus… quoi ? Plus lui-même. Il n'était plus certain de ce que cela signifiait. L'agent sûr de lui-même ? L'idéaliste prêt à tuer pour son pays ? Le père qui avait appris à ses enfants à haïr les brutes épaisses ?

L'homme le plus recherché d'Amérique avait les mains dans les poches et les yeux rivés sur les saillies rocheuses que Cooper avait remarquées la veille, les aiguilles qui s'élevaient sur la crête comme quatre doigts. « Tu as un bon équilibre ? »

Cooper le regarda et pensa à une demi-douzaine de remarques ironiques. Puis il avança vers la base de l'aiguille la plus haute. Smith le rejoignit. Ils marchaient en silence. Rapidement, le sol devint escarpé, les arbres se firent plus rares. L'esprit de Cooper tournait en boucle, ressassant tout ce qu'il avait appris au cours de la nuit précédente, cherchant des failles, désespérément. Cependant, au bout d'une demi-heure, la pente était devenue si raide que la réflexion céda la place à l'action, un pas, deux pas, trois pas, respirer, un pas, deux pas, trois pas, respirer. Il fut vite amené à se servir autant de ses mains que de ses pieds. La roche était rugueuse sous ses doigts. La base des tours était un cône d'éboulis, des pierres plates qui basculaient et glissaient sous ses pieds. C'était bruyant et traître, chaque pas voyait le risque de choisir la mauvaise pierre et de dévaler avec elle jusqu'en bas, un ticket gagnant pour une jambe cassée, minimum. Tous deux étaient essoufflés, maintenant. La chemise de Cooper était imprégnée de transpiration.

Les saillies étaient des tours rocheuses de près de cinquante mètres de hauteur. Smith s'attaqua à un côté, Cooper à un autre. Les prises étaient solides et larges, il escaladait avec confiance au fur et à mesure que le sol s'éloignait. Son cœur s'emballa lorsqu'une prise de pied céda, mais ses bras réagirent promptement, il cala ses orteils dans une anfractuosité et poursuivit son ascension. Au bout de quelques minutes, il bascula la tête en arrière et se rendit compte que le sommet était à moins de vingt mètres. Il sentit un regain d'énergie et accéléra le mouvement. Pas question que Smith le batte, sur ce coup-là.

S'il s'était agi d'une course, il aurait fallu un arbitrage vidéo pour désigner le gagnant. Cooper pensa que c'était lui, d'un pouce, littéralement, lorsqu'il se hissa sur le sommet rocheux. Puis ils s'assirent sur le toit du monde, et durant un instant, ils échangèrent un sourire, sans arrière-pensées, sans promesses, simplement deux hommes reconnaissant le caractère fondamentalement stupide et joyeux de ce qu'ils venaient d'accomplir ensemble.

Le sommet faisait dans les trois mètres de largeur. Cooper rampa jusqu'à l'autre bord et observa le panorama. Pour la première fois, il ressentit le pincement du vertige dans son estomac. De ce côté, la crête plongeait de façon spectaculaire, un précipice de plus de cent mètres. Il se recula et s'assit, les jambes croisées. C'était maintenant l'aube, le ciel était éclatant malgré le soleil encore timide. « Chouette vue.

— Je pensais que ça te plairait », dit Smith en regardant ses mains. Il y avait du sang, une égratignure, et il les essuya sur son pantalon. « Tout va bien ? »

Cooper perçut les multiples significations de la question, eut un bref aperçu de Smith. Il n'allait pas se passer une chose unique et clairement définie, ici. Toujours plusieurs niveaux. Smith ne pouvait mettre en veille son don pour la stratégie, pas plus que Cooper ne pouvait mettre en veille son aptitude à la lecture des schémas.

Même maintenant, il était en train de le lire. « Je viens de piger.

— Piger quoi ?

— Helen Epeus. Epeus a construit le cheval de Troie. Et Hélène, la fille de Zeus, était le motif de la guerre. Aucune femme ne t'attendait. C'était une blague. »

Smith sourit. Strates de significations. Qui savait jusqu'à quelle profondeur elles se succédaient ?

« Alors, tu nous as amenés ici, dit Cooper. Pour des raisons symboliques, n'est-ce pas ? Deux types qui attendent le lever du jour. Sans bagages. Impossible de les monter jusqu'ici.

— Quelque chose comme ça, ouais.

— Ce que tu m'as dit cette nuit. C'est vrai ?

— Oui.

— Voilà ce qu'on va faire. Je veux la vérité. Pas de plans, pas de buts, pas de manipulation. Pas de raisons sous-jacentes, pas de rationalisation. Simplement la vérité.

— OK.

— Parce que, John, je me trouve dans une situation catastrophique, sur le plan émotionnel. Et il est parfaitement possible que je décide de te balancer dans le vide. »

Il vit l'impact des mots, vit que Smith le croyait. À son crédit – il était tout sauf lâche –, Smith dit : « OK. Mais ça marche dans les deux sens. Tu poses une question, je pose une question. Marché conclu ?

— Parfait. Est-ce que tu as fait exploser l'Exchange ?

— Non. Mais j'allais le faire.

— C'est toi qui as posé les bombes.

— Oui. Et Alex Vasquez devait paralyser la réaction militaire au même moment. Ainsi que d'autres frappes que j'ai annulées.

— Pourquoi ?

— Parce que j'ai été battu. » Smith se renfrogna, tenta de masquer une contrariété manifeste. « Je répugne à le dire, mais c'est vrai. J'ai sous-estimé l'acharnement de mon adversaire. Erreur fatale.

— Explique.

— L'Exchange n'avait aucune valeur stratégique en soi. Le détruire, c'était un coup symbolique. Parfois, ce sont ceux qui font le plus de dégâts. Je voulais rappeler au pays que si on voulait avoir un avenir commun, alors il fallait commencer à réfléchir dans cette direction. » Smith leva les bras, les étira. « Alors, je voulais le faire exploser. Mais lorsqu'il était vide.

— Facile à dire.

— Ce n'est pas une justification, Cooper. C'est un point crucial. Si nous devons coexister, le monde normal doit cesser de trouver des moyens de nous exclure.

Détruire l'immeuble, c'était une façon d'exprimer cette évidence. Mais massacrer des gens innocents, en quoi est-ce que cela joue en ma faveur ? Cela ne pouvait que nuire à notre cause. Et c'est ce qui s'est passé. »

Shannon avait déclaré la même chose. Bien sûr, c'est Smith qui le lui avait dit. Cooper poursuivit : « Tu savais que prendre l'Exchange pour cible faisait courir un risque à des innocents.

— Un risque calculé. Je n'*espérais* pas qu'il soit vide. J'avais *prévu* qu'il soit vide.

— Joli travail.

— Comme je l'ai dit, j'ai été battu.

— Quel était le plan ?

— Diffuser une vidéo à chaque média national, annonçant que j'avais prévu de faire sauter l'Exchange le lendemain à quatorze heures. Dans cette vidéo, je prévenais que toute tentative pour désamorcer les bombes aurait pour conséquence que je les déclencherais aussitôt. Qu'ils avaient jusqu'à quatorze heures pour évacuer tout le monde et sécuriser l'endroit.

— Alors pourquoi ne l'as-tu pas diffusée ?

— Je l'ai diffusée.

— Tu… quoi ? » Comme à son habitude, Cooper avait anticipé la réponse, et celle-ci le déconcerta.

« Je l'ai diffusée. Je l'ai envoyée à sept médias. À des chaînes de télé, CNN, MSNCB, et même la Fox.

— Mais…

— Mais tu ne l'as pas vue. » Smith hocha la tête. « Ouais. C'est là que je me suis fait battre.

— Tu dis que tu as envoyé l'avertissement, et qu'aucune des chaînes…

— Aucune ne l'a diffusé. Pas une seule. Ni avant ni après. Sept groupes de médias soi-disant indépendants savaient que j'avais l'intention de faire exploser l'immeuble. Ils savaient que cela allait se passer vers quatorze heures. Ils savaient que s'ils ne le diffusaient pas, des gens allaient mourir. Mille cent quarante-trois personnes, au final. »

Le vertige brouilla la vision de Cooper, bien qu'il ne fût pas assis près du bord. « Tu veux dire que quelqu'un a *bloqué* cette information ?

— Oui. Je l'ai envoyée sept fois. À mon tour. Qui a le pouvoir de faire ça ? »

Cooper hésita.

« Qui peut convaincre, voire forcer, sept médias nationaux indépendants d'enterrer une information ? Est-ce qu'un groupe isolé peut le faire ? Un terroriste ?

— Non.

— Non. Uniquement quelqu'un du système. Uniquement le système lui-même.

— Drew Peters, encore lui.

— Peut-être. » Smith haussa les épaules. « Je ne sais pas au juste. Tout ce que je sais, c'est que lorsque je me suis rendu compte qu'ils ne diffusaient pas cette vidéo, lorsque j'ai vu que le gouvernement ne procédait pas à l'évacuation, j'ai pris conscience de ce qui allait se passer si ces bombes explosaient. Et j'ai activé mon plan d'urgence.

— Shannon.

— Shannon. »

Cooper repensa à ce moment, six mois plus tôt, il courait après Shannon dans le couloir, elle l'avait regardé et lui avait dit qu'il ne comprenait pas. Nom de Dieu !

Serait-elle parvenue à empêcher les bombes d'exploser s'il ne l'avait pas arrêtée ? Était-ce un poids de plus sur sa conscience surchargée ?

« Alors, à qui est-ce que ça profite, Cooper ? À qui est-ce que profite l'explosion de l'Exchange ?

— Tu as déjà posé ta question.

— Considère ça comme une question subsidiaire. »

Il connaissait la réponse, à la fois celle que Smith voulait entendre et la vérité qu'elle dévoilait. Hier, il n'aurait pas imaginé pouvoir l'admettre. Mais ce matin, alors que les premiers rayons vifs du soleil découpaient l'horizon, il se contenta de répéter ce que son don lui disait : « À ceux qui veulent la guerre.

— Exactement. À ceux qui veulent la guerre. À ceux qui croient que la guerre va les rendre plus riches, ou plus puissants. Peut-être même à quelques-uns qui sont véritablement persuadés que la guerre est nécessaire. Mais bien qu'il y ait eu quelques guerres réellement nécessaires au cours de l'histoire, jamais, jamais une guerre contre ses propres enfants n'a été justifiée. Non, ceux qui veulent déclencher cette guerre comptent en tirer profit.

— Comment est-ce que les bombes ont explosé si tu ne les as pas déclenchées ?

— C'est ta question ?

— Considère ça comme une question subsidiaire. »

Smith rit. « Toutes les cinq étaient équipées d'un détonateur radio avec un code de fréquence spécifique. Personne d'autre que moi ne connaissait ce code.

— Alors comment…

— Parce que je les en ai avertis. »

Il se tut et laissa Cooper réfléchir. « Ton message laissait suffisamment de temps pour que quelqu'un trouve les bombes et casse le code.

— Encore une fois, je n'avais pas mesuré à quel point mon ennemi était acharné. Je savais qu'ils me haïssaient, je savais qu'ils voulaient la guerre. Mais je n'aurais jamais imaginé qu'ils feraient sauter leur propre immeuble et tueraient un millier de personnes, uniquement pour la précipiter.

— Mais… Pourquoi ?

— Les hommes trouvent toujours de bonnes raisons. »

Cooper réfléchit à cela. Se dit que c'était probablement vrai. « Question suivante. Et le reste ?

— Le reste ?

— Les autres choses que tu as faites. Les assassinats. Les explosions. Les attaques virales. Tout ça. »

Un long silence. Le soleil perça l'horizon, répandant une lumière sanglante depuis l'est. Comme répondant à un signal, des chants d'oiseaux se firent entendre, bien que Cooper ne puisse en voir aucun.

Finalement, Smith dit : « Est-ce que tu me demandes si j'ai les mains propres ? Elles sont sales. Désolé, mais tu voulais la vérité.

— Tu es un terroriste.

— Je mène une guerre. Je me bats pour mes droits, et pour les droits des gens comme moi. Je me bats pour toi, pour Shannon, et le million de nos semblables. Comme ta fille. »

Cooper se retrouva debout avant même de réaliser qu'il avait bougé. « Fais attention, John. Fais très attention.

— Oh, arrête avec ça. » Smith leva vers lui un regard calme. « Tu veux me tuer ? Tu peux. Je ne fais pas le poids, niveau combat. Je savais que tu pouvais me tuer la nuit dernière, et je savais que tu le pouvais encore lorsque je t'ai amené ici. Tu ne veux pas me parler de Kate ? Très bien. Mais ce n'est pas moi qui veux la mettre dans une académie.

— Cela n'arrivera pas.

— Pourquoi ? Parce que tu m'auras jeté du haut de ce rocher ?

— Parce que… » La voix de Drew Peters dans sa tête. *Votre fille ne sera jamais testée. Quoi qu'il arrive, je prendrai soin de votre famille.*

Il tomba à genoux. Stop. Pitié. Assez. Pas eux.

Je prendrai soin de votre famille.

« Personne n'a les mains propres, dit Smith. Ni moi, ni Shannon, ni toi. Mais c'est le système qui est le plus sanglant. Le nouveau monde se construit étape par étape, et chacune d'elles fait couler du sang. À mon tour. Quel genre de monde souhaites-tu pour ta fille anormale, Cooper ? Et pendant que nous y sommes, quel genre de monde souhaites-tu pour ton fils normal ? »

Il lutta pour respirer. *Je prendrai soin de ta famille.* Dans son effort pour les protéger, dans son aveuglement, il les avait placés sous la protection de l'homme le plus dangereux qui soit. Pour protéger ses enfants, il avait fait entrer un lion dans leur chambre à coucher.

Non.

« Cette preuve, dit Cooper. Shannon a dit que tu avais une preuve des choses que tu affirmes.

— C'est une longue histoire.

— J'ai le temps.

— Après avoir rencontré le sénateur Hemner au Monocle, j'ai pris la route pour rentrer chez moi. Je n'y suis jamais arrivé. La police encerclait mon immeuble, mon appartement était illuminé par les faisceaux de leurs torches. Je ne savais pas ce qui se passait, mais je savais qu'il fallait filer. Ce qui était exactement ce que voulait Peters. Quel est l'intérêt de créer un mythe tel que John Smith si vous l'attrapez tout de suite ? Mieux vaut le laisser courir. Le laisser se tapir dans les ténèbres, en faire un croquemitaine national. Ça rapporte plus. » Il eut un rire froid.

« Alors je me suis enfui, et d'activiste, je suis devenu soldat. J'ai commencé à rassembler une armée. Puis j'ai commencé à me renseigner. Je voulais savoir qui était mon ennemi.

« Il n'a pas fallu longtemps pour comprendre que c'était les Services Équitables. La situation profitait à ton agence plus qu'à n'importe quelle autre. Mais cela ne constituait pas une preuve. J'avais le pourquoi et le qui. Alors j'ai cherché le comment.

— Le comment ?

— Quelqu'un avait orchestré le massacre. Cette même personne avait falsifié les images vidéo. C'était un travail exceptionnel. Il fallait que cela soit parfait, ou presque. Ce qui signifiait que c'était l'œuvre d'un Brillant. Un homme qui était capable de faire avec les images et les médias aussi bien que moi avec un échiquier ou que Shannon au milieu d'une foule. C'était tout ce dont j'avais besoin pour le trouver.

— Que s'est-il passé ?

— Je lui ai posé des questions, dit Smith sèchement.

— Tu l'as torturé.

— Personne n'a les mains propres, tu te souviens ? Cet homme avait ruiné ma vie et menaçait l'existence de tous mes semblables. Alors oui, je l'ai questionné avec fermeté. Il a assez vite reconnu la falsification. »

Le soleil montait rapidement maintenant, et on sentait l'air se réchauffer. Cooper le regarda et dit : « Si tu avais la preuve que le Monocle était une manipulation, pourquoi ne pas l'avoir révélé ?

— Quelle preuve ? L'aveu d'un tordu à un terroriste, arraché sous la torture ? Qui l'aurait cru ? Tu l'aurais cru ? Personne n'aurait pris ça au sérieux. Il me fallait davantage. » Smith baissa les bras et se tourna pour regarder Cooper. « Et je l'ai obtenu. Cet homme m'a également dit que ton directeur savait que si la vérité au sujet du Monocle était révélée, il sauterait. Alors Peters a bien fait attention à protéger ses arrières.

— Quel genre de protection ? »

Smith soupira. « C'est le côté frustrant de l'histoire. Je ne sais pas vraiment. Une vidéo, c'est ce qu'il y a de plus probable. Quelque chose dont il pourrait se servir si les circonstances l'exigeaient. Le faussaire a affirmé avoir monté le coup pour Peters, mais ne pas en connaître le contenu.

— Et tu l'as cru ?

— J'ai mené un interrogatoire… méthodique. »

Je le parierais. Cooper écarta les images de torture et se concentra sur ce que Smith était en train de lui dire. S'efforça de s'en détacher, de traiter cela comme un problème. De laisser libre cours à son don. « Alors tu sais que cette preuve existe, mais tu ne sais pas où, et même si c'était le cas, tu ne penses pas pouvoir te la procurer. Pas directement. Et tu veux que ce soit moi qui le fasse.

— Oui.

— Je ne sais absolument pas par où commencer.

— Tu trouveras. C'est ton métier. Tout comme tu as su trouver Alex Vasquez. Et dis-toi que tu connais encore bien mieux Drew Peters. »

Il avait raison. Cooper le savait. Il sentait qu'il était déjà en train d'élaborer un schéma. La preuve ne pouvait pas se trouver dans le quartier général du DAR, ni chez Peters. Ces endroits seraient verrouillés si les choses tournaient mal. Peters avait dû la placer dans un endroit sûr, quelque part où il pourrait la récupérer si les circonstances l'exigeaient. « Question suivante.

— Je crois que c'est mon tour. Mais continue.

— Ce que tu dis, c'est fascinant. Crédible. Mais l'histoire que Peters racontait l'était aussi. Les Services Équitables l'étaient aussi. Rien de tout cela ne constitue une preuve.

— La vidéo en est une.

— Mais tu ne l'as pas vue. Tu ne sais pas ce qu'elle contient. Pour ce que *moi* j'en sais, elle prouve que tu es le monstre que le DAR prétend que tu es.

— Vrai. » Il avait dit cela avec le calme d'un logicien reconnaissant la fausseté d'un raisonnement.

« Très bien. » Cooper se leva à nouveau, avança jusqu'au bord de la roche, contempla le vaste panorama étincelant. « Je la trouverai. Pas pour toi, ni pour ta cause. » Il se tourna et regarda Smith. « Mais tu ferais mieux de prier pour que la vidéo montre bien ce que tu crois. Parce que je te connais, maintenant. Je peux te retrouver. Et te tuer.

— Je te crois, dit Smith. Je compte sur toi pour aller jusqu'au bout.

— Même si cela signifie te tuer.

— Bien sûr. Parce qu'il n'y a qu'une personne aussi dévouée que toi qui soit capable d'affronter Drew Peters. Mon Dieu, Cooper, pourquoi est-ce que tu crois que j'ai envoyé Shannon te chercher ? »

Les poings de Cooper se serrèrent. Une sensation de malaise flotta dans son estomac. « Quoi ? » Son don s'activa subitement et lui dévoila une réponse qu'il ne désirait pas. « Qu'est-ce que tu veux dire par "envoyer Shannon" ?

— Ha. » Une fraction de seconde, Smith parut décontenancé. « Pardon, je croyais que tu avais déjà compris cette partie-là.

— Qu'est-ce que tu veux dire par “envoyer Shannon” ? »

Smith soupira. Il se leva, glissa les mains dans ses poches. « Juste ce que ça veut dire. J'avais besoin de toi, alors j'ai envoyé Shannon te chercher. Je l'ai envoyée sur le quai du L et j'ai pavé ton chemin jusqu'à moi. J'ai fait en sorte que tu voies Samantha et ce que la société avait fait d'elle. J'ai dit à Shannon de t'emmener chez Lee Chen pour que tu rencontres sa fille et ses amis. Je t'ai dirigé vers Epstein parce que je savais qu'il me vendrait afin de protéger son rêve, et parce que je savais que tu ne croirais jamais pouvoir m'atteindre sans aide. Et je suis sorti fumer une cigarette hier soir pour que tu escalades le balcon.

« Je suis désolé, Cooper. Je suis un joueur d'échecs. J'avais besoin de transformer un pion en reine. » Smith haussa les épaules. « Alors je l'ai fait. »

Chapitre 34

Même maintenant, trois heures plus tard, assis dans un siège en cuir à sept mille mètres d'altitude, la révélation lui pesait sur le cœur. Ce qui n'était cependant pas d'actualité : Cooper avait des choses biens plus importantes à traiter que son orgueil blessé.

Ce n'est pas qu'une question d'orgueil. Être vexé que John Smith t'ait manipulé, c'est comme être vexé que Barry Adams joue mieux que toi au football. C'est un fait, rien d'autre.

Non, ce n'était pas le fait d'être battu par Smith qui le piquait au vif. Depuis que Natalie et lui s'étaient séparés, c'était la première fois qu'il ressentait quelque chose pour une femme. Oui, ils n'étaient pas dans le même camp, et il y avait un millier de raisons pour que leur relation ne fonctionne pas. Pourtant, ces sentiments avaient été réels.

Malheureusement, tout ce sur quoi ils étaient fondés était faux. Tout ce qu'elle lui avait dit n'était que mensonge. *Peut-être même la nuit dernière.*

Il bascula en arrière dans son siège. Regarda par la fenêtre. Le jet rasait les nuages, des châteaux baroques qui flottaient sous ses yeux. D'habitude, c'était le moment du vol qu'il préférait, cette vision qui réveillait le sens enfantin du merveilleux, à des kilomètres d'altitude. Mais là, le paysage complexe formé par les nuages ne lui faisait aucun effet.

*Ce n'est pas simplement le fait d'avoir été manipulé. C'est le fait qu'*elle *t'ait manipulé.*

Ce matin, sur l'aiguille rocheuse, il avait dit à Smith ce dont il avait besoin et ne fut pas surpris qu'il l'ait à disposition. « J'envoie Shannon avec toi.

— Non, avait dit Cooper.

— Écoute, je suis désolé de t'avoir blessé, mais c'est trop important. Tu as besoin de son aide. Elle part avec toi.

— Désolé, je ne travaille pas pour toi. Je vais faire ça à ma façon.

— Cooper…

— Contente-toi de préparer l'avion. » Il s'était assis sur le bord de l'aiguille rocheuse et avait laissé pendre ses jambes dans le vide. « Je trouverai la piste tout seul.

— Parle-lui, au moins », avait dit Smith.

Cooper l'avait ignoré, avait pivoté pour saisir le bord de la roche avant d'entamer la descente.

D'en haut, Smith avait dit : « Elle le mérite largement. »

Il s'était arrêté, avait levé les yeux. « Crois-le ou non, John, nous ne sommes pas tous des pièces sur ton échiquier. Occupe-toi juste de préparer l'avion. »

Un peu moins de trois heures plus tard, il atteignit la piste d'atterrissage dont Smith lui avait parlé, un terrain privé situé au cœur de la Réserve, suffisamment grand pour accueillir non seulement des planeurs, mais également un simple jet.

Il ressemblait à un avion de la FedEx, un modèle de vol commercial. Intelligent : c'était l'équivalent aérien d'un taxi, un moyen de transport qui passait inaperçu.

Le pilote l'attendait. « Bonjour, monsieur. Il y a des vêtements de rechange pour vous à bord, et de quoi vous restaurer.

— Merci. » Il gravit les escaliers. « Décollez et emmenez-moi à DC le plus vite possible. »

Quinze minutes plus tard, il portait à nouveau des vêtements civils – la taille correspondait parfaitement, évidemment – et le jet se propulsait sur la piste. Le pilote annonça qu'il fallait compter quatre heures, davantage s'ils devaient attendre leur tour pour atterrir.

Ce qui lui donnait quatre heures pour trouver où Drew Peters pouvait avoir caché son assurance contre ses péchés.

Et pour que la fête soit complète, DC était un endroit risqué pour Cooper. Il y avait plus de caméras et plus d'agents que dans n'importe quelle autre ville d'Amérique. S'il était à la place de Roger Dickinson, s'il chassait un agent solitaire dont les enfants habitaient à DC, il ferait en sorte que la ville soit en alerte permanente.

Normalement, même si une caméra le repérait, il se serait envolé avant même que l'image ne soit triée et analysée. Mais les choses avaient changé depuis qu'il avait parlé à Peters, la nuit précédente. Si Cooper avait réellement tué John Smith, il aurait appelé le département pour organiser un retour sain et sauf chez lui. Et il avait pensé à le faire, à mentir à Peters, à déclarer que John Smith était mort. Mais si le DAR savait que ce n'était pas le cas ? Et s'ils avaient intercepté un appel, vu une photo ? Plus important encore : mentir à Peters revenait à rallier le camp de John Smith, et Cooper n'était pas prêt pour cela. Pas avant d'avoir vu la preuve. Mieux valait y aller tranquillement pour le moment. Le problème, c'était que si Peters le découvrait, il en conclurait que Cooper avait changé de camp.

C'est ça ? Tu as changé de camp ?

Non. Il ne travaillait pas pour Smith, et bien qu'il connaisse les motifs du soldat de la cause désespérée, un terroriste restait un terroriste.

Mais tu n'es plus un agent du DAR.

C'était tout ce que Peters aurait besoin de savoir. Si le directeur suspectait que Cooper n'était plus l'un de ses hommes, il ne prendrait pas de gants. Sa photo serait diffusée sur tous les écrans du pays. John Smith avait réussi à leur échapper, mais Cooper n'imaginait pas pouvoir le faire. Non, sa meilleure chance consistait à se déplacer rapidement. Aller à DC, trouver la vidéo, décider de la marche à suivre.

Quatre heures pour deviner où un fichier numérique que l'on pouvait mettre dans une unité de disque de la taille d'un timbre était caché dans un territoire de plus de vingt mille kilomètres carrés.

Il était arrivé à ce chiffre en se disant que si Peters devait le récupérer, cela devait se faire vite. Pas plus d'une heure ou deux de sa maison ou de son bureau. Un rayon de quatre-vingts kilomètres. Pi multiplié par le rayon au carré donnait vingt mille quatre-vingt-seize.

Appeler ça une aiguille dans une botte de foin constituait une insulte pour les bottes de foin.

Alors réfléchis. Tu as… trois heures et demie devant toi. Et si tu es amené à affronter l'intégralité du DAR sur son propre terrain, ça ne te ferait pas de mal de dormir une heure.

À l'évidence, les chances étaient plus élevées que ne le suggéraient les statistiques pures. Il n'allait pas arpenter le terrain au hasard. Il allait lire et schématiser Drew Peters, de la même façon qu'il l'avait fait pour les cibles que celui-ci lui avait désignées.

Alors, que savait-il ?

Si Smith avait raison – s'il disait la vérité –, la vidéo était une sorte de police d'assurance. Quelque chose qui pourrait protéger Peters si la vérité au sujet du Monocle était révélée. Cela réduisait considérablement les recherches.

Elle n'était pas dans le quartier général du DAR. Trop exposé. En plus, si Peters était cramé, l'agence lui serait inaccessible.

Ce qui était un soulagement. Si la vidéo avait été au bureau, Cooper n'aurait eu aucune chance de se la procurer. Ça aurait été pareil que si elle avait été sur la Lune. C'était un synchronisme étrange, mais si Peters devait avoir besoin de sa police d'assurance, cela voudrait dire qu'il serait dans la même situation que Cooper : un renégat traqué par tout le monde.

La même logique s'appliquait à la maison de Peters. Ou à toute propriété à son nom : sa résidence secondaire au bord du lac, sa voiture, et même son club de sport.

Bien sûr, il s'agissait du directeur des Services Équitables. Il pouvait facilement se procurer de faux documents. Mais il était risqué de posséder une propriété sous une fausse identité. Une propriété impliquait une trace écrite, et une trace écrite pouvait être remontée. Surtout si elle sentait la corruption.

D'accord, et pourquoi ne pas louer un coffre-fort dans une banque sous une fausse identité ? Peu de chances de se faire prendre. D'un autre côté, les banques étaient fermées la nuit et le week-end. Et ce contretemps pouvait être fatal.

L'une des façons les plus sûres de cacher quelque chose, c'était dans un hôtel. Prendre une chambre, apporter quelques outils. Démonter une plinthe ou une grille d'aération, y cacher l'objet. Tant que Peters jetait un œil sur l'hôtel et s'assurait que l'on n'y entreprenait pas de rénovations majeures, ce serait une cache parfaitement anonyme.

Mais elle présentait les mêmes difficultés pour récupérer l'objet. À moins de louer la chambre en permanence, ce qui annulait tous les avantages, il était impossible d'être certain de pouvoir récupérer l'objet à l'improviste. On pouvait louer une chambre d'hôtel bien précise, mais il fallait le prévoir un minimum, et si elle était occupée, les choses se compliquaient. Certes, Peters pouvait passer en force, mais ce serait brutal, et Peters détestait les stratégies brutales.

Un avocat ? Qui s'occupait de ses affaires privées, depuis des années. Une personne qui aurait l'instruction de dévoiler la vidéo si Peters disparaissait…

… seulement, on n'était pas dans un film de détective privé. Peters ne voulait pas d'une vengeance après sa mort. Il voulait se protéger. Et avec quelque chose d'aussi important, impossible de faire confiance à qui que ce soit.

Par la fenêtre, les nuages s'étaient éparpillés en petits bouquets, laissant apparaître le patchwork vert et or du Nebraska ou de l'Iowa, cette géométrie carrée et étonnamment régulière qui ne pouvait être aperçue que d'au-dessus. Il aurait aimé pouvoir en faire part à quelqu'un, Bobby Quinn ou Shann…

Ne pense pas à elle.

Ce qui revenait à se dire de ne pas penser du tout. Immédiatement, il eut le souvenir de la nuit passée, de son goût, l'image d'elle basculant en arrière, de sa peau moite et glissante éclairée par la Voie lactée. Est-ce que cela avait également fait partie de sa mission ? Smith avait planifié tout le reste, l'avait cueilli sur le quai d'une station du L pour le faire venir dans le Wyoming.

Était-il possible qu'il ait envoyé Shannon pour le séduire ? Pour semer les germes d'une mission, puis l'amadouer et se l'attacher ?

C'était envisageable. Il ne voulait pas le croire, essayait de ne pas le croire – il pensait connaître Shannon, ne la voyait pas agir ainsi –, mais c'était possible. Après tout, elle avait pu être la phase deux.

« Même s'il y a une phase deux, la phase un consistait à te dire la vérité. » Ses mots résonnaient dans sa tête. Et si elle lui avait menti, eh bien, lui aussi, il lui avait menti. Tout le temps qu'ils avaient passé ensemble, cela avait été sous de faux prétextes. Mais bien qu'il lui ait menti au sujet de sa mission, il ne lui avait pas caché qui il était vraiment. Peut-être qu'elle non plus. Peut-être, comme lui, était-elle à la fois une professionnelle et une personne, ayant à la fois un job et une vie. Est-ce que ça avait été une erreur de ne pas être plus franc avec elle ? Jusque-là, Cooper n'avait jamais travaillé avec quelqu'un qui était capable de l'égaler. Et elle serait un atout immense s'il devait se faufiler dans…

Suffit. Ce qui était fait était fait.

Donc, ce qu'il cherchait ne se trouvait ni dans un hôtel ni entre les mains d'un avocat. Un ami, ou un membre de la famille ? Pas ses filles, mais un frère, disons, ou un vieil ami d'école. Quelqu'un sur qui on pouvait compter, quelqu'un qui ne le trahirait jamais de son plein gré.

Le problème était : de son plein gré. Si Peters avait des problèmes, alors ses amis et sa famille en auraient également. Si des gens suspectaient qu'un de ses amis avait ce qu'ils recherchaient… Les gens normaux ne résistent pas à la torture.

Marrant de rentrer en jet privé. C'est comme ça que ça avait commencé, le jet qui revenait de San Antonio, où il avait suivi Alex Vasquez. Alex Vasquez, qui lui avait dit qu'une guerre se préparait. Il ignorait alors à quel point elle avait raison.

Cooper bailla. Le siège était confortable, et les derniers jours avaient été longs. Les quelques heures de sommeil dont il avait pu profiter, ça avait été sur un sol froid, et ça n'avait pas été terrible.

D'accord, alors analyse la situation. C'est ce que tu sais faire.

Seulement, comme toujours, son don était quelque chose qu'il ne pouvait pas contrôler. Parfois, il faisait un bond intuitif sauvage et il savait qu'il détenait la vérité avant même d'en avoir les preuves. Parfois, il restait tapi, calme, progressant à son propre rythme.

Pourtant, il sentait qu'il était proche, qu'il avait toutes les données nécessaires, qu'il lui fallait seulement voir les choses depuis le bon poste d'observation.

Je vais te dire, mec. Résous ce truc, et ensuite tu pourras dormir.

D'un point de vue géographique, la police d'assurance de Peters devait être dans un endroit fermé. Quelque part où il pourrait aller de jour comme de nuit. Un endroit où personne n'irait par hasard. Où ce risque serait quasiment réduit à zéro. Ce ne devait pas être à son nom, ni quelque part où on penserait à regarder. Il ne devait avoir besoin de l'aide de personne pour s'y rendre.

Quel genre d'endroit était fondamentalement immuable, toujours accessible, parfaitement sécurisé, et où l'on pouvait se rendre facilement ?

Cooper sourit.

Deux minutes plus tard, il était profondément endormi.

Chapitre 35

Boucler la boucle. Marrant comme la vie sait faire ça.

Il n'était pas simplement de retour à DC. Il était de retour à Georgetown, à quelques immeubles de son ancien appartement, sur la route qu'il empruntait pour courir. Cooper revoyait cette version de lui-même, un vieux T-shirt de l'armée plein de transpiration, collé contre sa poitrine, tandis qu'il traversait cette portion de R Street. C'était son endroit préféré du parcours, le coin particulièrement pittoresque d'un quartier lui-même pittoresque. La clôture en fer forgé noir sur sa droite, l'ombre épaisse des vieux arbres, l'alignement impeccable des villas du côté sud de la rue… et l'élégance de Oak Hill Cemetery vers le nord.

À l'époque, il s'y était promené plusieurs fois. C'était un vieux cimetière qui datait des années 1850. Un espace somptueusement aménagé, avec de douces collines et des chemins tranquilles le long du Potomac, ponctué de vieux marbres, de monuments, de pierres tombales érigées à la mémoire de la noblesse d'il y a deux cents ans. Des membres du Congrès, des généraux de la guerre de Sécession, des capitaines d'industrie… et des banquiers.

C'était parfait. À pied, pas très loin de la maison de Drew Peters. Toujours accessible, parfaitement sécurisé. Le cimetière pouvait fermer, mais Cooper doutait qu'il y ait davantage qu'un vieux gardien et une chaîne sur le portail. Rien de plus facile que de trouver un coin de pénombre et d'escalader le mur. Les enfants le faisaient sans doute tout le temps.

Près de l'entrée, un panneau affichait une carte. Les sections étaient représentées avec des couleurs claires : Joyce, Henry Crescent, Chapel Hill. La chapelle était l'un des endroits les plus visités du cimetière, et il se souvenait qu'elle était magnifiquement drapée de lierre, comme dans une vision romantique. La carte signalait également certains des morts les plus célèbres.

Dont Edward Eaton, « financier et procureur, sous-secrétaire au Trésor d'Abraham Lincoln ».

Cooper se mit en marche. Les sculptures et les allées étaient marquées par le temps, possédaient la dignité d'un patricien patiné. Il n'avait jamais vraiment réfléchi à l'endroit où il serait enterré – il pensait vaguement à se faire incinérer –, mais il ressentait l'attraction qu'exerçait l'idée de faire reposer là des êtres aimés. Ce devait être un endroit agréable pour penser à eux.

La plupart des tombes étaient simples, des pierres battues par les saisons, portant noms, dates et, souvent, un grade militaire. Mais çà et là, des mausolées de pierre étaient nichés sur le flanc d'une colline ou sous un éventail de branches. Celui qui portait le nom d'EATON gravé en son sommet avait l'allure massive d'un bunker. Pas de statues élaborées ni de gravures complexes, juste une paire de piliers encadrant la porte, et deux petits vitraux. Une évocation de l'éternité et de la stabilité, c'était clairement ce qu'Edward Eaton avait en tête lorsqu'il avait acheté ce lieu pour ses arrièrepetits-enfants, alors que leurs parents n'avaient même pas encore été conçus.

Cooper resta à l'extérieur, les mains dans les poches. Il se demanda combien de fois Drew Peters était venu ici, s'il s'était tenu debout au même endroit. À observer le mausolée où reposait sa femme.

Géographiquement proche, accessible, parfaitement sécurisé.

Ça colle. Mais est-ce que Peters s'en servirait de cette façon ?

Il n'y a qu'un moyen de le savoir.

La porte était en chêne, pleine et lourde, montée sur de massives charnières forgées qui avaient l'air de dater de la création du cimetière. Une serrure à pêne dormant, qui semblait relativement neuve et avait un air incongru. Cooper marqua un temps d'arrêt pour regarder autour de lui. À une certaine distance, une vieille femme boitillait le long du chemin, un bouquet de fleurs à la main. On entendait une tondeuse à gazon et, plus loin, une sirène.

Il s'agenouilla devant la porte et observa la serrure de plus près. Un an plus tôt, face à une porte verrouillée, il se serait servi d'un bélier. C'était les voleurs qui crochetaient les serrures, pas les agents du DAR.

Mais depuis six mois, il s'était fait voleur. Cela n'avait pas été long à apprendre : une fois que l'on connaissait les fondamentaux, ce n'était plus qu'une question de pratique, et il avait eu du temps pour cela. La serrure était dure, mais en moins de deux minutes, il la fit sauter.

Cooper attrapa la poignée d'acier et tira. Les charnières pivotèrent avec un grincement rouillé. La porte s'ouvrit lentement. La lumière vive du soleil se déversa dans la crypte. Le sol était en pierre, recouvert d'une épaisseur de poussière, et l'air sentait le renfermé.

Encore une première.

Il entra dans la crypte et tira la porte derrière lui.

La lumière disparut, mais une légère clarté filtrait au travers des vitraux. Si elle avait été un son, ça aurait été un requiem, lent, calme et plein d'abandon. Cooper resta immobile et laissa ses yeux s'habituer à la pénombre. Le mausolée ne contenait qu'une seule pièce, dix mètres de côté, un banc au centre, des saillies sculptées dans le mur comme des lits superposés. Quatre en hauteur et trois en largeur, sur chaque mur sauf celui de l'entrée, où la porte prenait la place d'une colonne. Quarante-quatre couchettes de pierre, toutes occupées sauf deux. Quarante-deux cercueils, disposés par ordre chronologique, noms et dates gravés sous chacun d'eux. Une maison pour les morts. À cette pensée, il frissonna, un frisson primitif issu de son cerveau reptilien.

La lumière était trop faible pour qu'il puisse lire les inscriptions. Il sortit son datapad, le déverrouilla, balaya la pierre de son éclairage digital. Étrangement, ce geste lui parut plus intrusif que le fait d'être entré dans le mausolée par effraction. Il y avait quelque chose de faux à introduire le monde moderne dans cette tombe, à se servir d'un instrument qui n'aurait même pas pu être imaginé à l'époque où cet endroit avait été construit.

C'est alors qu'il se rendit compte qu'il n'était pas le premier à agir de la sorte.

L'objet avait à peu près la taille d'une boîte d'allumettes, en métal gris mat, installé à l'intérieur, juste au-dessus de la porte. Pas de marque, pas de LED brillante, rien qui révélait sa fonction, mais Cooper le reconnut immédiatement. C'était de la technologie du gouvernement. La majeure partie de la boîte consistait en une batterie. Le reste était un détecteur de mouvement et un émetteur. Destiné à fonctionner très longtemps. Le genre d'outil que l'on pouvait placer dans une maison et oublier pendant une décennie en le laissant veiller tout seul, passivement, jusqu'à ce qu'il détecte un mouvement et envoie un signal.

Ce détecteur signifiait deux choses. La première, c'est que son intuition était la bonne. La preuve était cachée ici. La famille aurait pu penser à installer une alarme dans la crypte, mais en aucun cas il ne se serait agi d'une technologie du DAR.

Ce qui conduisait à la deuxième chose. Au moment où Cooper avait ouvert la porte, le détecteur avait dû envoyer un signal au directeur. Son téléphone avait dû sonner, son d-pad émettre une alerte, recevant un message qui disait :

Un individu vient d'entrer dans le lieu que vous protégez.

Le cœur de Cooper accéléra. Peters était un homme avec d'immenses pouvoirs. Au moment où il avait eu l'alarme, il avait dû dépêcher une équipe, probablement des Sans-visage, des hommes et des femmes lourdement armés, envoyés en urgence. Et comme Peters ne pouvait pas prendre le risque d'une cible susceptible de s'exprimer, ladite équipe devait avoir ordre de tirer avec l'intention de tuer.

Le bon côté des choses, c'est que ton cerveau fonctionne correctement. La preuve se trouve ici.

Alors trouve-la et fous le camp. Tu as déjà perdu presque une minute.

Il se pencha vers la pierre et lut la première inscription. « Tara Eaton, épouse dévouée, 1812–1859. » La suivante était dédiée à son mari, Edward Eaton, enterré deux ans plus tard.

Cooper pivota, se dirigea vers l'autre bout de la crypte. Les corps étaient placés dans l'ordre chronologique de leur mort, ce qui voulait dire que la femme du directeur Peters devait être dans les derniers.

La troisième avant la fin, comme le découvrit Cooper. « Elizabeth Eaton, fille aimée, 1962–2005. » Au-dessus de l'inscription, il y avait un élégant cercueil en acajou, au bois encore brillant, bien que le dessus soit recouvert d'une fine couche de poussière. Cooper l'observa, frappé par ce qu'il voyait. Une boîte contenant les restes d'une personne, une femme qu'il n'avait jamais rencontrée, une mère dont les enfants l'appelaient Oncle Nick pour rire, qu'il avait chatouillés, taquinés, avec lesquels il avait joué.

Il n'avait pas le temps de penser à cela. Il se mit à observer les contours du cercueil, à faire courir ses doigts sur chaque incrustation, sur les courbes et les bords. Rien. Il grimaça. Se pencha pour regarder sous le cercueil, sentit la pierre froide, la poussière dans ses yeux et dans son nez, tandis que ses doigts palpaient dans la pénombre. Il vérifia chaque coin, passa la main dans l'espace étroit entre le cercueil et le mur.

Rien.

Cooper fit un pas en arrière. Une toile d'araignée s'accrocha dans ses cheveux. Il l'enleva.

Il y a un endroit que tu n'as pas vérifié...

Il eut une vision : Natalie était morte, cachée dans une pièce comme celle-ci, et lui s'y introduisait, forçait l'ouverture du cercueil, regardait ce qui s'y trouvait...

Cette pensée était répugnante. Mais c'était possible.

Cooper n'avait pas d'outils, rien pour forcer l'ouverture. Il devrait briser le cercueil, le fracasser contre le banc de pierre jusqu'à ce que le bois éclate, tandis que les restes d'Elizabeth Eaton seraient remués et secoués à l'intérieur. Une horreur, mais aussi la seule solution.

Sauf que…

Est-ce que Peters aurait fait la même chose ?

Non. Il aurait apporté des outils. L'aurait ouvert juste ce qu'il fallait.

… le sceau sur le cercueil était intact, le couvercle collait si parfaitement à la partie inférieure qu'il était impossible de distinguer les deux. Non seulement il était scellé, mais en plus il n'y avait aucune marque d'outil. Or, ouvrir le cercueil aurait laissé une marque.

Sa première réaction fut de soulagement.

La seconde, de frustration. Peters n'avait pas caché ce qu'il cherchait dans le mausolée de sa femme décédée. Il s'était trompé.

Mais pas complètement. Le détecteur placé était un aveu. La preuve était là. Mais pas dans le cercueil.

Cooper se redressa, fit un pas en arrière, consulta sa montre. Plus qu'une minute. Il pivota, observa la pièce. Quarante-deux cercueils. Un banc en pierre. Il s'en approcha, s'agenouilla, vérifia le dessous. Lisse. Pareil pour les pieds et les angles. La panique s'empara de lui. Il y avait un crucifix d'acier au-dessus de la porte. Il se précipita pour le vérifier. Rien.

Quarante-cinq secondes.

Ce devait être là. C'était la seule conclusion logique. Son don le lui avait prédit, le détecteur de mouvement l'avait confirmé, il ne lui restait qu'à le *trouver*.

L'un des autres cercueils ? Il en restait quarante et un. Pas même le temps de faire une vérification à la hâte.

Il était debout au centre de la pièce, tournait lentement sur lui-même. Allez, allez. Il voulait un éclair d'intuition. Trente secondes. Il se frotta les mains, de la poussière s'envola.

De la poussière…

Il est impossible de cacher quelque chose ici sans déplacer de la poussière.

Et pas moyen non plus d'effacer les traces sur la poussière.

Donc la seule solution est de l'enlever complètement. Ça laisse encore un indice, mais moins flagrant, surtout quand une pellicule de poussière s'installe à nouveau.

… s'envola.

Il se précipita vers les cercueils. Celui d'Elizabeth était le troisième avant la fin. Les deux suivants étaient « Margaret Eaton, 1921–2006 » et « Theodore Eaton, 1918–2007 ».

Tous deux étaient couverts de poussière. Pas beaucoup, mais elle n'était pas là depuis longtemps.

Une conversation à demi oubliée, dont il ne se serait sans doute jamais souvenu si elle n'avait eu lieu le jour où sa vie avait explosé, le jour où il avait prié Drew Peters de protéger ses enfants. Le directeur avait raconté une histoire au sujet de sa femme, et c'était précisément cette histoire qui avait amené Cooper ici. Mais il avait également parlé de son beau-père. Qu'avait-il dit ?

« Son père, Teddy Eaton, gérait la moitié des fortunes de Capitol Hill. Mon Dieu, quel salaud c'était ! Alors que sa fille était mourante, le vieux la suppliait de le laisser l'enterrer avec eux. "Tu es une Eaton, pas une Peters. Tu dois être avec nous." »

Cooper sourit. Ça l'avait tracassé, cette idée que Peters profane la mémoire de sa femme de cette façon. Cela ne correspondait pas au schéma. Mais le vieux salopard qui avait tout fait pour que Drew ne repose jamais au côté d'Elizabeth ?

Il posa un genou à terre et palpa l'arrière du cercueil. Toiles d'araignées, charnière en cuivre, vieux bois… et une bande de ruban adhésif. Il l'arracha d'un coup sec, et un objet de petite taille vint avec. Une micromémoire de la taille d'un timbre-poste.

Un superbe doigt d'honneur du monde des vivants. Cooper aurait admiré Peters s'il en avait eu le temps. Il replia l'adhésif autour de la micromémoire, la glissa dans sa poche et se rua vers la porte. De l'épaule, il heurta toute sa masse, les charnières grincèrent. La lumière du soleil, le ciel, le balancement des arbres.

Et une équipe de soldats en uniforme noir armés de fusils automatiques, courant à travers le cimetière, se déplaçant entre les tombes sans aucun égard pour elles.

Cooper continua sur sa lancée. Il fit quatre foulées avant d'entendre les premiers tirs. Quelque chose explosa au-dessus de lui, une pluie de pierre tomba du mausolée. Il grimaça et fit la seule chose qu'il pouvait faire : courir à toute vitesse. Atteignant l'angle de la crypte, il agrippa la pierre pour prendre le virage et tenta de mettre le mausolée entre lui et le commando.

Il voulait s'orienter, se déplacer stratégiquement, mais ne pouvait pas en prendre le risque. Le cimetière était vallonné et plein d'arbres, les cryptes pouvaient fournir des abris occasionnels. Au moins, il ne faisait pas nuit : les casques des Sans-visage étaient munis d'optiques thermiques et dans la fraîcheur du soir, la chaleur de son corps aurait brillé comme un laser.

Une fenêtre explosa au-dessus de lui, le vitrail de la crypte des Eaton. Il se précipita en avant, trébucha sur une racine, sentit davantage qu'il ne l'entendit une balle passer au-dessus de lui. Il s'élança à gauche, puis à droite, essayant de faire une cible aussi insaisissable que possible. Un sniper correctement positionné n'aurait eu aucun mal à le descendre, mais les agents étaient en train de courir.

Il y avait une pente douce devant lui, un cauchemar, mais l'autre versant fournirait un minimum de couverture. Pas le choix. Il se rua en avant, ses semelles frappaient le sol, les impacts vibraient dans ses jambes. Son souffle devint court, la transpiration provoquée par la panique imprégnait ses vêtements. Il sprinta en diagonale vers une rangée de pierres tombales, bondit par-dessus l'une d'elles, encore des coups de feu derrière lui, il atteignit un arbre, pivota derrière le tronc – *fais attention, répète le même mouvement trop souvent et ils l'anticiperont* – mais cette fois cela marcha, le bruit sourd d'un projectile heurta l'écorce au-dessus de lui, il courait vers le sommet de la colline comme un footballeur, courbé vers le sol, fouetté par les branches.

Derrière lui, il entendait les hommes crier, savait qu'ils se déployaient en arc de cercle, se déplaçaient vite, faisaient tout pour le prendre en tenaille. Cooper avait son pistolet, mais leurs fusils d'assaut automatiques étaient précis jusqu'à 1 500 mètres.

Tout de même.

Il se retourna et tira deux fois vers le toit de la crypte, fit une pause, fit feu à nouveau. La pierre éclata et les balles ricochèrent. La menace les ralentirait, les obligerait à se déplacer plus prudemment. Ce n'était pas grand-chose. Il lui fallait un plan.

Le côté le plus éloigné du cimetière était bordé par le Potomac. S'il pouvait l'atteindre, passer la clôture, puis…

Puis quoi ? Un nageur représentait une cible facile.

En outre, c'était la fuite la plus évidente. Traque, et la cible fuit. Fuis, et tu n'arrives plus à réfléchir.

Cooper se représenta le plan qu'il avait vu à l'entrée, les différentes zones contiguës, les morts célèbres, la chapelle.

Cela valait le coup d'essayer.

Il détala, aussi courbé que possible, mais sans trop ralentir sa course. Il quitta le chemin et prit une direction perpendiculaire à sa précédente trajectoire, chose que ne ferait pas un homme en fuite. L'adrénaline électrifiait chacun de ses nerfs. Le poids physique du pistolet au bout de son bras et le poids émotionnel de la micromémoire dans sa poche. L'odeur de poussière. Une bourrasque invita les branches des arbres à danser.

Une fusillade dans un cimetière. Mon Dieu.

Il y avait une rangée de hautes pierres tombales dont les inscriptions dataient de la guerre de Sécession. Arrivé au bout, il bifurqua. Vers les arbres, une petite colline, trop parfaitement proportionnée pour être naturelle, et le lierre de la chapelle. Il sauta par-dessus un banc, passa une tombe avec un ange gracieux qui implorait le ciel. Son intuition le poussa à regarder par-dessus son épaule.

L'homme était seul, et constituait probablement l'extrémité de l'arc de cercle. À une bonne douzaine de mètres, au sommet de la colline. Gilet pare-balles noir, position favorable, arme prête à tirer. Le casque noir avec le viseur baissé, un prédateur sans visage. Il portait son attention là où Cooper était censé se trouver, mais son intuition ou bien l'optique de son casque avaient dû l'avertir, car il s'était tourné droit vers Cooper.

Durant un instant, ils restèrent statufiés. Puis le Sans-visage fit pivoter son fusil, bascula le poids de son corps sur sa jambe arrière, ajusta le canon, visa, rétracta son doigt ganté, et Cooper vit la trajectoire de la balle comme si elle était dessinée dans l'air, une ligne qui allait droit sur sa poitrine, et sans réfléchir il se jeta de côté.

En plein vol, il entendit la détonation, puis les suivantes, sentit le souffle des balles, vit le sol venir à sa rencontre, vit l'ange fixer le ciel, vit ses mains se lever tandis que son corps chutait, le pistolet solidement ajusté, l'homme dans sa visée. Il fit feu.

L'ange essuya des larmes de pierre.

Le commando en noir vacilla tandis qu'un trou formait une toile d'araignée sur son viseur.

Cooper heurta le sol, lourdement. Le choc vida ses poumons. Il maintint l'arme levée en regardant l'homme tomber.

Il venait de tuer un agent du DAR.

C'était la première fois. Il avait le sentiment angoissant que ce ne serait pas la dernière.

Puis il se remit sur ses pieds et courut, ramassé sur lui-même. La chapelle était proche maintenant, le lierre se balançait dans le vent, les vitraux étaient rouge sang dans la lumière du soir. Il l'atteignit, haletant, courut de l'autre côté, le corps principal le séparait de l'équipe d'intervention, la rue était à une centaine de mètres.

Bobby Quinn se tenait derrière une tombe, le corps en partie dissimulé par la pierre, une mitraillette en appui dessus. Le canon dirigé droit vers la poitrine de Cooper.

Son ancien partenaire n'exprima aucune surprise en le voyant. Il l'attendait. Évidemment. Ils avaient travaillé ensemble suffisamment longtemps. Il savait que Cooper aimait les stratégies à double articulation, semer de fausses pistes. Alors il avait envoyé l'équipe couvrir les directions évidentes, puis avait suivi son intuition.

« Jette ton arme. Tout de suite. »

Cooper pensa répéter le même scénario, un plongeon et un tir en plein vol. Mais la situation était différente. Le Sans-visage était à découvert et surpris. Chacun de ses muscles avait exprimé son intention. Quinn, lui, était prêt et en position, et la plus grande partie de son corps, tout comme son langage corporel, était caché. Impossible pour Cooper de le lire s'il ne pouvait pas le voir.

Et puis. Est-ce que tu vas tirer sur Bobby Quinn ?

« Je ne blague pas. Jette ton arme. »

Cooper s'immobilisa. L'énergie nerveuse crépitait en lui. Il avait une envie folle de rire. Il jeta l'arme. « Salut, Bobby.

— Les mains derrière la tête. Mets-toi à genoux, les chevilles croisées. »

Cooper fixa son collègue, son partenaire sur une centaine de missions, il se souvint de son sens de l'humour noir, de sa façon de tenir une cigarette en main pendant deux minutes avant de l'allumer. Combien de fois avaient-ils forcé des portes ensemble ?

« Bobby. » Il cherchait les mots, voulait expliquer la situation, le plan global : la couverture, la traque de John Smith, et tout ce qu'il avait appris. Il voulait passer une demi-heure dans un pub, avec du bois de chêne et des tabourets usés, des dessous de verre avec le logo Guinness. Il voulait expliquer, raconter tout ce qui s'était passé, pour que Quinn *comprenne*.

Un rire s'empara alors de lui sans qu'il puisse rien faire pour le réprimer. Combien de fois est-ce que ses cibles avaient voulu exactement la même chose ? Combien de fois les avait-il entendues dire…

« Maintenant ! »

Cooper dit : « Je n'ai pas fait ce qu'ils disent, Bobby. » Le comique stupéfiant de ces mots l'écrasa. Qu'est-ce que disait ce dicton irlandais ?

Si tu veux faire rire Dieu, prépare un plan.

« Les mains derrière la… »

Cooper secoua la tête. « Je ne peux pas.

— Tu crois que je ne vais pas te descendre ?

— Je n'en sais rien. » *Mais je sais que si je te laisse m'arrêter, je suis un homme mort. Et cette preuve, quelle qu'elle soit, disparaîtra. Drew Peters continuera à encourager la guerre. Et je ne peux pas vivre avec ça. Même si cela signifie que je dois mourir.*

« Je pense qu'on va bientôt le savoir. » Lentement, les bras le long du corps, il se mit à marcher. Pas vers Bobby. De biais. Pas le temps de parler, pas le temps d'expliquer. Le reste de l'équipe d'intervention tactique avait entendu les coups de feu, devait être proche de leur camarade mort. Ils seraient là dans une poignée de secondes.

« Nom de Dieu, Cooper…

— Je suis désolé. » Il continua à marcher et croisa le regard de son partenaire. « Je te le promets, je ne suis pas celui qu'ils prétendent. Mais je n'ai pas le temps de t'expliquer. »

Quinn abaissa le canon de l'arme, appuya sur la détente. Un bon morceau de gazon explosa juste devant le pied de Cooper. « Je sais que tu peux m'estropier, Bobby. Mais ça revient à me tuer. Tu sais que ces types n'hésiteront pas. Et si ça devait arriver, je préférerais que ce soit toi.

— Cooper…

— Fais ton choix, Bobby. » Il s'arrêta. Le fixa. Essaya de lire son sort dans les yeux de son partenaire, le mouvement d'un muscle de sa joue, la tension dans son cou.

Finalement, Bobby dit : « Putain, Cooper. » Il pivota, se raidit. Leva le canon de son arme. « Tu as trois secondes. »

Un flot d'émotion traversa Cooper. Durant un instant, il se demanda s'il aurait pris la même décision dans la situation inverse. S'il aurait eu le courage d'être un homme au lieu d'être un agent.

Une question à étudier plus tard. Il s'élança à toute vitesse.

Il se passa plus de cinq secondes avant que Quinn ne se mette à hurler que Cooper était par là, près de la chapelle, et à ce moment, la clôture et la rue et le vaste monde étaient juste devant lui.

Chapitre 36

Cooper hantait la nuit de DC avec une bombe dans la poche et la tête en feu.

Dans le ciel, à peine audible, le bruit d'un dirigeable, volant à basse altitude. À sa recherche. Il devait y avoir un sniper à bord, et un équipement vidéo haute résolution. S'ils le repéraient, il n'entendrait même pas le coup de feu.

Relax. Tu es juste un type qui marche dans la rue. Comme n'importe quelle autre personne de la foule. Ne cours pas, n'éveille pas l'attention, et les chances qu'ils te repèrent sont nulles.

Bon, disons maigres.

Survivre à une fusillade représentait déjà un succès partiel. Mais ce succès-là avait l'air plus partiel qu'il ne l'aurait souhaité. Jusqu'à ce qu'il trouve la micromémoire, il avait nourri l'espoir que Smith ait peut-être menti, que les choses qu'il avait faites étaient justifiées.

Désormais, il ne pouvait conserver cet espoir. Peters avait envoyé un commando. Aucune hésitation, aucun ordre d'arrestation. Simplement tuer et nettoyer ensuite. Drew Peters était le salaud. Ce qui faisait de John Smith… eh bien, qui donc savait ce que cela faisait de John Smith…

Pire : Cooper avait espéré agir sans se faire repérer. Avoir le temps de regarder la vidéo avant même que le DAR ne sache qu'il était de retour. Mais maintenant, Peters savait que non seulement sa précieuse assurance avait été subtilisée, mais également qui la lui avait volée.

Qu'est-ce que cela signifiait ? Comment réagirait un homme tel que Peters ?

Cooper s'immobilisa, chaque muscle verrouillé comme de la pierre. Quelqu'un derrière lui le bouscula et il pivota, en position de garde. Un homme à l'air triste, vêtu d'un costume de businessman, fit un bond de côté, les yeux grands ouverts. « Hé, mec, regarde où tu… »

Mais Cooper s'était déjà remis en marche. Il courait, malgré le risque. Devant, sur la droite, il y avait un petit centre commercial, l'un de ces endroits où l'on trouvait une douzaine de commerces au bord de la faillite. Il ouvrit grand la porte et entra.

Une musique d'ambiance, la puanteur indéfinissable d'un magasin de bougies près de l'entrée. Une poignée de clients erraient comme des zombies. Les talons de ses bottes résonnaient sur le sol brillant. Un centre de bronzage, une épicerie, un salon de coiffure, un couloir éclairé menant aux toilettes. En face, il trouva un téléphone public dont le câble était dénudé. L'annuaire avait été volé depuis bien longtemps. Il fouilla ses poches. Pas de monnaie.

Retour à l'épicerie. Il jeta un billet de dix au Pakistanais derrière le comptoir. « Vingt-cinq cents, il me faut des pièces de vingt-cinq cents.

— Pas de monnaie…

— Donne-moi quatre putain de pièces de vingt-cinq cents et garde le reste. »

L'homme le fixa, haussa les épaules, ouvrit le tiroir-caisse au ralenti. Il plongea sa main dedans et fouilla à la recherche des pièces. « Cinglé, t'es cinglé. »

Cooper saisit les pièces et retourna en courant vers le téléphone. Il renversa presque une fille au look de banlieusarde, mais ne ralentit pas.

Il inséra deux pièces, puis composa le numéro de Natalie. Il tenait le combiné contre son oreille, son cœur battait à tout rompre, encore plus fort que dans le cimetière, ses mains tremblaient, il perdait le contrôle. Dring. Dring. Dring. *Allez, allez, all…*

« Salut, Cooper. Bienvenue à la maison. »

Le monde chavira. Il appuya une main contre le mur. Cette voix. Il connaissait cette voix. « Dickinson.

— Du premier coup.

— Où sont mes…

— Enfants ? Ils sont en sécurité. Autant qu'on puisse l'être. Ton ex-femme également. Tous les trois sont dans les bras aimants des Services Équitables. »

Quoi qu'il arrive, je prendrai soin de ta famille.

Cooper eut envie de se déchaîner, de hurler des menaces à l'autre bout de la ligne. Mais cela ne servirait à rien, il le savait.

Il le fit tout de même. « Écoute-moi, tas de merde, tu laisses mes enfants…

— Ferme-la, dit Dickinson, aussi calme que l'œil d'un cyclone en train de ravager le territoire, aussi calme que l'iceberg éventrant le *Titanic*. Reste calme, OK ? »

Il allait répondre. Parvint à se contenir.

« Bien. Maintenant, c'est simple. Nous ne sommes pas des gangsters, et on n'est pas dans un film de série B. C'est toi qui as provoqué cette situation. Et c'est une situation que tu peux débloquer. »

Cooper se mordit la langue, littéralement, y enfonça ses dents, savoura la douleur et la concentration que cela générait.

« Voici comment, continua Dickinson. Tu viens, c'est tout. Tu viens, et tu rapportes ce que tu as volé. C'est aussi simple que cela. Je ne vais pas te raconter de conneries. Tu ne ressortiras pas. Mais nous ferons ça vite, je te le promets. Et nous laisserons ta famille s'en aller.

— Écoute-moi, Roger. Écoute. Drew Peters n'est pas ce qu'il prétend être. C'est un criminel. Ce que j'ai volé, c'est une micromémoire, et elle contient la preuve que j'ai raison…

— C'est *toi* qui m'écoutes, Cooper. Tu m'écoutes ?

— Oui.

— Je. M'en. Fiche. »

La seconde de silence qui suivit résonna comme un tremblement de terre.

« Tu piges ? Je m'en fiche. Ça ne fait pas partie de mon job.

— Roger, je sais que tu es dévoué, je sais que tu es un inquisiteur. Mais ce en quoi tu crois, c'est un mensonge. »

Dans le combiné, un son entre le soupir et le rire. « Tu ne te souviens pas de ce que j'ai dit le lendemain de la mort de Bryan Vasquez ? »

Cooper se força à réfléchir. « Tu as dit que tu ne me hais pas parce que je suis anormal. Tu me hais parce que tu penses que je suis faible.

— Je ne te hais pas du tout, Cooper. C'est ça, le truc. Mais moi j'ai la foi. Et pas toi. »

Cooper se frotta le visage de la main. « Roger, s'il te plaît… »

Dickinson avait raccroché. Il resta debout, le combiné à l'oreille, la musique d'ambiance en fond sonore, les marques de semelles de chaussures sur le sol, la légère odeur de désinfectant des toilettes, sa famille retenue en otage par des monstres.

Il y a très longtemps, tu as pris la décision que tu mourrais pour tes enfants. Tous les parents le font. C'est le moment de payer la facture.

Il raccrocha le téléphone et prit la direction de la sortie. Il se sentait soulagé. Sincèrement. Il était fatigué, si atrocement fatigué, et il était resté seul trop longtemps. Mourir pour ses enfants ? Pas de problème. Et un tordu mort, un de plus.

Est-ce que tu crois vraiment que Peters les laissera s'en aller ?

Pourquoi pas ? C'est moi qu'il veut. Moi et sa précieuse assurance, quelle qu'elle soit. Quel tort peuvent lui causer une avocate spécialiste de l'environnement et deux enfants ?

Il se figea. Quel tort, en effet ?

Cooper fit demi-tour et se dirigea vers les toilettes pour hommes. Ouvrit la porte. Un concierge était courbé sur un lave-pont.

« Dehors.

— Quoi ?

— Tout de suite. »

Le concierge lui jeta à nouveau un coup d'œil, puis poussa son chariot en murmurant quelque chose au sujet des tarés et de son boulot qui était un boulot comme un autre. Cooper ouvrit la porte des toilettes du milieu, y entra et s'y enferma. Il tira son datapad d'une poche, et la micromémoire d'une autre, toujours emballée dans le ruban adhésif. Il le détacha, le jeta par terre. La clé de stockage trouvée à l'arrière du cercueil de Teddy Eaton était une micromémoire standard, capacité d'un téraoctet, de celles que l'on pouvait acheter dans n'importe quel drugstore. Il l'inséra, puis s'assit sur les toilettes.

L'écran s'alluma et la lecture commença automatiquement.

La vidéo montrait deux hommes en train de parler dans une pièce anonyme. L'un d'eux était Drew Peters. L'autre, il ne l'avait jamais rencontré. Mais il le connaissait. Tout le monde le connaissait.

Cooper regarda l'intégralité de la vidéo.

Et lorsqu'il eut fini, il baissa la tête, pressa ses doigts contre ses yeux suffisamment fort pour que des formes noires et blanches se mettent à danser. Mais pas suffisamment fort pour effacer ce qu'il venait de voir.

Avant, il pensait que les choses allaient mal. Qu'elles allaient mal hier soir, dans le Wyoming. Qu'elles allaient mal cet après-midi, dans le cimetière. Qu'elles allaient mal une demi-heure plus tôt, au téléphone avec Roger Dickinson.

Il s'avérait qu'il avait très largement sous-estimé à quel point les choses allaient mal.

Il n'y avait pas une chance, pas la moindre, que Peters laisse sa famille en vie.

Chapitre 37

Il aurait pu pleurer, assis sur ces toilettes puantes dans un centre commercial miteux au cœur de DC. Il aurait pu. Il ne savait plus vraiment.

C'était comme si certains moments avaient disparu de son histoire personnelle. Et il luttait violemment pour les retrouver.

Ce qu'il savait, c'est qu'il avait fini par se lever, avait ouvert la porte, avait marché jusqu'au lavabo. Avait tendu les mains sous le robinet jusqu'à ce que l'eau coule, s'était aspergé le visage d'eau tiède. Encore et encore. S'était essuyé avec des serviettes en papier.

Il avait scruté le miroir. Un homme mort et, probablement, le père d'enfants assassinés.

Mais pas un homme qui allait se laisser faire.

Cooper jeta les serviettes dans la poubelle, retourna vers le téléphone, inséra ses dernières pièces et composa un autre numéro.

*

Quarante-cinq minutes plus tard, il entrait dans un pub appelé le McLaren's. Bois de chêne et tabourets usés, dessous de verre avec le logo Guinness. Une clientèle éparse qui buvait un verre après le boulot, principalement des hommes en train de regarder un match. Il était venu une fois, des années plus tôt, pour un genre de fête avec les collègues de travail de Natalie. Cooper marcha vers le bar, fit signe au type qui se trouvait derrière.

« Qu'est-ce que je vous sers ?

— Vous avez une arrière-salle, n'est-ce pas ?

— Ouais. Pas encore ouverte, mais si vous voulez la louer pour une fête, je peux vous appeler le gérant…

— Je vous donne… » Il sortit son portefeuille et prit une poignée de billets. « Trois cent quarante dollars pour l'utiliser pendant une heure. »

Le type regarda à gauche, puis à droite. Haussa les épaules, referma la main sur les billets. « C'est par ici. »

Cooper suivit le type jusqu'au fond du bar. Le serveur sortit un jeu de clés, en choisit une, ouvrit la serrure. « Vous voulez quelque chose ?

— Uniquement de l'intimité.

— Ne foutez pas le bordel, OK ? C'est moi qui nettoie. »

Cooper acquiesça et répéta : « Intimité », puis entra dans l'arrière-salle.

C'était la réplique de la pièce principale, en plus petit. Un bar le long d'un mur, robinets dévissés, cruches inutilisées, serviettes suspendues. Déserte, elle avait un air lugubre. Cooper alluma les lumières, puis s'assit devant le bar abandonné. Il posa son datapad, étira ses bras, posa les paumes sur la surface polie du comptoir et attendit.

Dix minutes plus tard, il entendit la porte s'ouvrir. Très lentement, il se retourna.

Bobby Quinn portait le même costume qu'au cimetière. Son attitude exprimait résolument l'envie d'en découdre, et au diable les autres options. Il avait une main posée sur son arme, le holster ouvert.

« Je ne bouge pas, Bobby. Jambes croisées, mains sur le bar. »

Quinn jeta un œil dans la pièce. Il ne se détendit pas, mais entra. Il laissa la porte se refermer derrière lui, puis sortit son arme. Mais sans la brandir, ce qui était déjà ça.

« Une demi-heure, dit Cooper. Comme je l'ai dit au téléphone. Ensuite, tu comprendras. »

Son partenaire marcha jusqu'à l'extrémité du bar. Il tendit sa main libre dans le dos et sortit une paire de menottes. Les fit glisser vers Cooper. « Garde ta main droite sur le comptoir. Sers-toi de la gauche pour t'attacher à la barre.

— Allons, Bobby… »

Il pointa son arme. « Fais-le. »

Cooper soupira. Il prit les menottes en s'efforçant de faire des gestes lents. Il les passa autour de son poignet droit.

Si tu fais ça, tu es sans défense. Si tu te trompes au sujet de Quinn, alors tout est fini.

Il passa l'autre bracelet autour de la barre de cuivre. Tira pour vérifier. Un cliquetis métallique, la morsure de l'acier. « Ça va mieux ? »

Quinn rengaina son arme. S'approcha. Son visage était indéchiffrable, trop de choses se manifestaient en même temps. « Je t'accorde ta demi-heure, parce que je m'y suis engagé. Mais lorsque ton temps sera écoulé, j'appellerai une équipe qui viendra te chercher.

— Comme je l'ai dit au téléphone, si c'est ton choix, je ne résisterai pas. » Il tenta un sourire. « Du moins, pas beaucoup.

— À la moindre résistance, je te tue. » C'était un

simple énoncé factuel, assez étonnant de la part de Bobby Quinn, pour qui le sarcasme et l'ironie étaient comme de l'oxygène. « Parle. »

Cooper inspira. « J'ai bossé sous couverture pendant six mois. Depuis le 12 mars, lorsque toi et moi, on a presque empêché l'explosion de l'Exchange. J'étais à l'intérieur. J'ignore comment j'ai survécu, mais je me suis réveillé dans une tente de triage de l'armée. Lorsque j'ai pu marcher à nouveau, je suis allé voir Drew Peters et je lui ai soumis un plan fou : devenir un hors-la-loi. Tout le monde me tiendrait responsable de l'explosion. Je deviendrais l'ennemi. Je serais traqué. »

Il parlait vite, sans perdre de temps avec les détails, se contentant d'exposer les faits. Sa vie en cavale. Se forger une réputation de criminel. Son retour en fanfare sur le quai du L. Le voyage vers le Wyoming. Sa rencontre avec Epstein.

« Pourquoi ? Pourquoi faire tout ça ?

— Je te l'ai dit, pour approcher John Smith et le tuer. »

Quinn secoua la tête. « Ça, c'est le but. Ma question, c'est pourquoi.

— Ah. Ma fille.

— Kate ?

— Elle était sur le point d'être testée. Elle allait être envoyée dans une académie. Peters a promis de lui éviter ça. » Son estomac se contracta. *Je prendrai soin de ta famille.* « Tout ce que j'ai fait, je l'ai fait pour elle.

— Tu as trouvé Smith ?

— Oui.

— Tu l'as tué ?

— Non.

— Ah. »

Cooper se pencha en arrière, mais s'arrêta lorsque le

bracelet mordit son poignet. Il dit : « Tu ne me crois pas, n'est-ce pas ?

— Non. Et dans vingt minutes, je te fais arrêter.

— Mon Dieu, Bobby. J'étais un agent du DAR pendant ces six derniers mois. Des équipes sont venues me chercher *quatre fois*. Quatre. Et je n'ai jamais tué un agent. Ni blessé aucun. À part leur orgueil. Pourquoi, à ton avis ?

— Tu viens d'en tuer un. » Le regard de Quinn était dur. « Dans le cimetière.

— Ouais, dit Cooper. Eh bien, je ne suis plus un agent. Et une fois que tu auras jeté un œil à ça, dit-il en désignant le datapad d'un mouvement de tête, je ne crois pas que tu en seras encore un, toi non plus.

— Qu'est-ce que c'est ?

— Le pire des secrets de Drew Peters. C'est ce que j'ai récupéré dans le cimetière.

— Je croyais que tu en avais après Smith.

— C'est exact. Il s'est avéré que j'avais tort. »

Quinn avait envie de prendre le datapad. Cooper le lisait, le voyait en lui aussi clairement que le soleil du matin. « Vas-y. »

Bobby le regarda et Cooper dit : « Bon Dieu, mec, je suis menotté au bar. Qu'est-ce que tu crois que je vais faire ? Me transformer en chauve-souris et m'envoler ? »

Un muscle se contracta sur la joue de Quinn, et Cooper comprit que son partenaire était sur le point de répondre par une blague. Il ne le fit pas, mais Cooper le connaissait, il avait passé des heures avec lui, des jours, des années. *Il commence à comprendre*. « OK, regarde, je vais le faire. D'accord ?

— Lentement. »

Lentement, Cooper prit son d-pad. Le cala contre la

barre pour que tous deux puissent regarder l'écran. De la main gauche, il l'activa. Puis démarra la vidéo.

La pièce qu'il avait vue auparavant, un hôtel ou un lieu sûr. Des meubles assortis, sans goût, des murs couleur mastic. Il y avait une fenêtre et dehors, des arbres.

Le directeur Drew Peters faisait les cent pas. Il était plus jeune. Sa coupe de cheveux et son allure n'avaient pas changé depuis que Cooper le connaissait, mais les rides de son front et les cernes sous ses yeux s'étaient creusés avec le temps.

« Quand est-ce que ça a été filmé ? demanda Quinn.

— Il y a cinq ans et huit ou neuf mois.

— Comment est-ce que tu peux être si…

— Regarde. »

Sur l'écran, Peters s'approcha de la table, prit un verre d'eau, en but une gorgée. On frappa à la porte.

« Entrez. »

Deux hommes en costume pénétrèrent dans la pièce. Le genre de types à porter des lunettes de soleil en permanence. Ils firent un signe de la tête à Peters, puis vérifièrent l'endroit. Finalement, l'un d'eux annonça : « C'est clair, monsieur le secrétaire. »

Un homme entra. Taille moyenne, sourire sympathique, costume classique.

« Hé, dit Quinn. C'est…

— Oui. »

Cela avait constitué le premier indice qui avait permis à Cooper de dater la vidéo. Elle devait avoir au moins cinq ans, parce que l'homme qui venait d'entrer était, à l'époque, secrétaire à la Défense. Un homme de réseaux, un politicien roué que les gens traitaient avec respect, pas seulement parce qu'il savait où les corps étaient enterrés, mais aussi parce qu'il avait lui-même aidé à creuser les tombes. Le secrétaire Henry Walker.

Mais maintenant, son titre n'était plus le même. Depuis cinq ans. Depuis 2008… lorsqu'il avait obtenu son premier mandat de président. Le premier des deux. Cooper avait voté pour lui les deux fois.

En regardant à nouveau les images, même en sachant ce qui allait se passer et à quel point les choses allaient empirer, Cooper avait l'impression de ne pouvoir respirer correctement. Il avait encore à l'esprit le fameux discours prononcé par le président le 12 mars.

Faisons face à cette adversité, non en tant que nation désunie, non en tant que normaux et anormaux, mais en tant qu'Américains. Œuvrons ensemble à la construction d'un meilleur futur pour nos enfants.

Un cri de tolérance, d'humanité. Un appel pour que les gens travaillent ensemble.

Un mensonge.

Sur l'écran, les deux hommes se serrèrent la main, échangèrent des plaisanteries. Walker renvoya ses agents de sécurité. Quinn dit : « OK, Cooper. Hormis le fait que je me sente un peu mal à l'aise à regarder ça, à quoi rime cette vidéo ?

— Je vais te montrer. » De la main gauche, il avança jusqu'à 10:36.

WALKER : *C'est cette compassion à n'en plus finir qui me rend dingue. Les gens ne comprennent pas que les droits civils sont un privilège ? Que lorsqu'il est question de défendre notre mode de vie, il y a parfois un luxe que l'on ne peut pas se permettre ?*

PETERS : *Le public ne veut pas croire qu'une guerre se prépare.*

WALKER : *Bonté divine, ils ont raison. Mais on m'a toujours répété que Dieu a dit : « Aide-toi, et le Ciel t'aidera. »*

PETERS : C'est exactement le fond de ma pensée, monsieur.

À 12:09 :

WALKER : Ce n'est pas que je n'aime pas les Brillants. Ce n'est pas ça. Mais il faut être un imbécile pour ne pas les craindre. Ce sont de belles paroles que d'affirmer que tous les hommes sont frères. Mais lorsque ton frère est meilleur que toi sur tous les plans, quand il te surpasse en tout… eh bien, c'est difficile d'être le petit frère.

PETERS : Les gens normaux ont besoin d'une piqûre de rappel. Ils doivent se souvenir que c'est notre mode de vie même qui est en jeu.

À 13:35 :

PETERS : Monsieur, je comprends la nécessité de choisir vos mots avec prudence. Alors permettez-moi de m'exprimer clairement. Si nous ne faisons rien, dans trente ans, les humains normaux seront insignifiants. Au mieux.

WALKER : Et au pire ?

PETERS : Des esclaves.

À 17:56 :

WALKER : En fait, il y a deux manières d'aller au combat. On peut le faire en portant un gilet pare-balles et le fusil en bandoulière, ou on peut y aller en slip. De plus, le type qui a l'air d'être prêt à se battre a rarement besoin de le faire.

PETERS : Tout à fait. Je ne veux pas de génocide.

Mais nous devons nous préparer. Nous avons le droit de nous battre pour notre propre survie. Et il ne s'agit pas d'une guerre que nous pouvons mener avec des chars et des avions de chasse.

WALKER : *Vous êtes au courant des rumeurs au sujet de l'enquête que le Congrès voudrait mener au sujet des Services Équitables.*

PETERS : *Oui. Mais ce n'est pas pour ça que…*

WALKER : *Ne faites pas dans votre froc. Je ne suis pas en train de vous menacer. Mais je me demande si votre plan relève du patriotisme ou de l'autopréservation.*

PETERS : *Monsieur le secrétaire…*

WALKER : *Quelle est la cible ?*

Peters : Êtes-vous certain de vouloir connaître les détails opérationnels, monsieur ?

WALKER : *Très bien. Vous avez raison.*

À 19:12 :

WALKER : *Combien de morts seraient nécessaires, selon vous ?*

PETERS : *Quelque chose entre cinquante et cent.*

WALKER : *Autant que ça ?*

PETERS : *C'est peu cher payé pour en sauver des centaines de millions.*

WALKER : *Et ce seront des civils ?*

PETERS : *Oui.*

WALKER : *Tous ?*

PETERS : *Oui, monsieur.*

WALKER : *Non. Non, ça n'ira pas.*

PETERS : *Pour qu'ils soient perçus comme des terroristes, il faut que ce soit des civils. Une attaque contre des militaires leur donnera l'image d'une puissance militaire. Cela ruine…*

WALKER : *Je comprends. Mais il nous faut également un symbole du gouvernement. Sinon, cela paraîtra hasardeux et imprécis.*

PETERS : *Pourquoi pas une attaque de vos bureaux ?*

WALKER : *Ne nous emportons pas. Non, je pensais à un sénateur, ou à un juge de la Cour suprême. Une personne respectée, symbolique. Et il nous faudra un pigeon, également. Un type doué qui ne se fera pas prendre immédiatement. Quelqu'un qui deviendra un croquemitaine.*

PETERS : *J'en ai un en tête, monsieur. Un activiste nommé John Smith.*

WALKER : *Je le connais.*

PETERS : *Il s'est déjà bâti une réputation. De toute façon, ce n'est qu'une question de temps avant qu'il ne bascule dans la violence. Et il est très doué. Une fois que nous l'impliquerons dans la partie, il jouera son rôle. Une cible, heu, symbolique en particulier ?*

WALKER : *Je peux en trouver quelques-unes.*

À 24:11 :

WALKER : *La clé, c'est de garder le contrôle sur tout ça. Il nous faut un événement qui unisse le pays, qui justifie notre travail. Pas quelque chose qui déclenche une guerre sainte.*

PETERS : *Je comprends, et je suis du même avis. Franchement, les Brillants sont trop précieux pour que l'on prenne des risques.*

WALKER : *Amen. Mais il faut qu'on leur rappelle quelle est leur juste place.*

PETERS : *Parfois, la guerre est le seul chemin vers la paix.*

WALKER : *Je pense que nous nous comprenons.*

À 28:04 :

PETERS : *J'ai déjà choisi une cible. Un restaurant. Mes équipes sont prêtes.*

WALKER : *C'est une mission difficile. L'un de vos tireurs pourrait flancher.*

PETERS : *Pas ces hommes.*

WALKER : *Et ensuite ? Pouvez-vous compter sur leur discrétion ?*

PETERS : *Compter dessus ? Non. Mais je peux la garantir.*

WALKER : *Êtes-vous en train de dire…*

PETERS : *Détails opérationnels.*

À 30:11 :

PETERS : *Monsieur, je me charge de tout. Je protégerai l'administration de toutes les façons possibles. Mais je dois l'entendre de votre bouche, monsieur. Je ne peux pas me baser sur des suppositions.*

WALKER : *Vous n'êtes pas en train de nous enregistrer, n'est-ce pas ?*

PETERS : *Ne soyez pas ridicule.*

WALKER : *Je plaisante, Peters. Seigneur, si vous étiez en train d'enregistrer ça, nous serions tous les deux dans le pétrin.*

PETERS : *C'est vrai. Alors, monsieur ? Il me faut une autorisation explicite.*

WALKER : *Faites-le. Orchestrez l'attaque.*

PETERS : *Et vous comprenez que nous parlons de victimes civiles, peut-être une centaine.*

WALKER : *Tout à fait. Et je vous dis de le faire. Comme mon père le disait toujours, la liberté a un prix.*

Cooper appuya sur la touche pause. Une image figée des deux hommes se serrant la main par-dessus la table, le directeur à demi levé de son fauteuil.

Bobby Quinn avait l'air d'un homme au désespoir de remonter le cours de sa vie. De revenir en arrière et de tourner à gauche au lieu de tourner à droite. « Je ne le crois pas. »

Cooper le dévisagea. La topographie de sa musculature faciale, les petits et les grands zygomatiques, les buccinateurs contrôlant les coins de sa bouche. « Si, tu le crois.

— Ce n'est pas possible, dit Quinn avec emportement. Tu veux dire que le directeur Peters a planifié le massacre du Monocle ?

— Le meurtre de soixante-treize personnes, dont des enfants. Oui.

— Mais… pourquoi ? »

Cooper soupira. « Parce que tous les discours au sujet de la prévention de la guerre ne sont que des conneries. Ce qu'ils veulent vraiment, c'est la contrôler. Ils veulent provoquer et maintenir un état de guerre larvée. Ils veulent que nous soyons tous sur le qui-vive, en train de nous méfier de tout le monde. Les normaux et les anormaux, ceux de gauche et ceux de droite, les riches et les pauvres, tout le monde. Plus nous avons peur, plus nous avons besoin d'eux. Et plus nous avons besoin d'eux, plus ils deviennent puissants.

— C'est le président, Cooper. Comment pourrait-il devenir encore plus…

— C'est juste. Il est passé de secrétaire à la Défense à président des États-Unis. Ça te parle ? Et tu te souviens des Services Équitables avant le Monocle ? Un truc bancal dans une papeterie abandonnée, pas de budget, pas de soutiens, une rumeur d'enquête du Congrès qui pouvait tous nous envoyer en taule ? Puis soudain, un activiste qui n'avait jamais eu recours à la violence entre dans un restaurant et tue tout le monde. Et paf, tout le pays se met à voir les choses de la même façon que Drew Peters.

— Mais la vidéo du restaurant ?

— Les images de la caméra de sécurité sont authentiques. Mais Peters en avait une version falsifiée par un anormal, dans laquelle apparaissait John Smith. Les tireurs travaillent pour Peters. Ou travaillaient. Je présume qu'ils sont morts, maintenant.

— Attends un peu, dit Quinn. Si cette vidéo est fausse, pourquoi est-ce que celle-ci serait vraie ?

— Qui pourrait la falsifier ?

— John Smith…

— Non. » Cooper secoua la tête. « Le Monocle a pu être falsifié parce que Smith était relativement inconnu, et les images sont de piètre qualité. Et surtout, parce que c'est le DAR qui a mené l'enquête. Mais on ne peut pas truquer une vidéo avec le président. Il y a trop d'images connues de lui, trop de moyens de vérification, trop de gens impliqués. Et pourquoi aller si loin pour protéger une fausse vidéo ?

« De plus, à combien de réunions as-tu assisté avec Drew Peters ? Tu vas me dire que ce n'était pas lui ? »

Quinn dit : « Alors pourquoi est-ce qu'elle n'est pas codée ?

— Je me suis posé cette question, moi aussi. Mais ensuite, j'ai compris. C'est une police d'assurance. Aucun doute que Peters a un genre de système de secours qui dit où la trouver si jamais il devait mourir mystérieusement. Si la vidéo était codée, elle ne servirait à rien.

« Tout ça, continua Cooper. Tout ce que nous avons fait au cours des dernières années. Chaque mission, chaque extinction. Rien de tout cela n'avait de rapport avec la vérité, ni avec la protection des gens. C'était juste des mouvements dans un jeu dont nous ignorions tout, dans une partie que les joueurs ne voulaient même pas gagner. Personne ne veut tuer tous les Brillants. Ils veulent juste les contrôler. Ainsi que le reste de la population. Et tu sais quoi ? C'est bel et bien le cas. »

Quinn dit : « Les extinctions ? » Il ressentit la même chose que Cooper la nuit précédente, les premières morsures de l'horreur qui allait bientôt enfoncer profondément ses crocs. « Tu veux dire que certaines personnes que nous avons tuées, elles…

— Oui », dit Cooper. Il avait pitié de lui, voulait lui laisser le temps de digérer, de commencer à se faire à l'énormité de la chose. Mais cela risquait de paralyser Quinn, et il manquait de temps. « Et je suis désolé de le dire, mais c'est encore pire que ça.

— Comment est-ce que ça pourrait…

— Ils ont mes enfants.

— Ils ? Qui ?

— Peters.

— Allons, Cooper. C'est de la paranoïa.

— Non. J'ai téléphoné à la maison. C'est Roger Dickinson qui a répondu.

— Ah, s'exclama Quinn. Ah merde.

— Quoi ? »

Son partenaire jouait avec une cigarette imaginaire et regardait ailleurs. « Je n'arrivais pas à comprendre pourquoi ils m'avaient mis à la tête des Sans-visage dans le cimetière. Après tout, c'est Dickinson qui en a le plus après toi. Mais juste avant que Peters ne m'y envoie, Dickinson a quitté son bureau comme s'il avait le feu au cul. Il n'a pas dit un mot, il a juste filé. Il devait…

— Aller chez moi. Pour kidnapper mes enfants.

— Ouais. » Quinn se tourna pour regarder Cooper en face. « Je suis désolé, Coop. Je ne savais pas. Je l'aurais arrêté.

— Je sais.

— Alors quoi, ils veulent que tu te rendes ? Dickinson te tuera.

— Si j'étais sûr que cela sauverait Natalie et les enfants, je me sacrifierais. Mais ce n'est pas le cas. En passant dans la clandestinité, je leur ai donné toutes les cartes. »

Il observa Quinn qui réfléchissait. « Tu penses que depuis le début, Peters t'a laissé agir parce qu'il savait que dans tous les cas, il gagnerait. Soit tu trouvais Smith et tu le tuais, ou soit…

— Ou soit je me porterais volontaire pour être le dindon de la farce. Ouais. Tout ce que j'ai fait au cours des six derniers mois plaide contre moi. Et maintenant que je suis au courant de ça ? » Cooper désigna le datapad. « Non, si je me rends, ils confirmeront l'histoire officielle. Peters m'accusera officiellement de l'explosion du 12 mars. Il me livrera aux médias sur un plateau. Une énorme victoire pour les Services Équitables. La preuve que le pays est entre de bonnes mains. Des milliards de dollars de budget supplémentaire.

— Et il ne peut pas se permettre que ton ex aille sur CNN déclarer que tout cela est un mensonge. Même si personne ne la croit, ça réduit l'impact en termes de communication, dit Quinn. Mais comment peut-il se débarrasser d'eux ?

— Facile. Je reviens pour les tuer. Les Services Équitables ont essayé de me stopper, mais ils sont arrivés trop tard. Une tragédie, mais au moins ils ont arrêté le méchant. Et peut-être que s'ils avaient davantage de ressources…

— Mais pourquoi est-ce que tu tuerais ta propre…

— Parce que je suis un cinglé de terroriste anormal. Qui sait ce que ces tordus pensent. Ils ne sont même pas des gens normaux. »

Quinn dit : « Pu-tain. » Il expira longuement. « Je n'arrive pas à y croire.

— Et pourtant, tu y crois.

— Je… » Quinn hésita. « Oui. J'y crois.

— J'ai besoin de ton aide, Bobby. Je dois récupérer mes enfants. Et ensuite, nous devons nous assurer que tout cela soit rendu public. Ils ne peuvent pas s'en tirer comme ça. Nous ne pouvons pas les laisser faire.

— Tu te rends compte de ce que tu es en train de dire ? Tu parles de t'en prendre au *président*.

— Je suis en train de parler de deux enfants terrorisés. Et de révéler la vérité.

— Coop, je veux t'aider, mais…

— Je sais. Souviens-toi, je t'ai dit que je n'étais plus un agent du DAR. Et toi ? Après avoir vu ça ? Tu n'as que deux possibilités, Bobby. Tu peux faire semblant d'ignorer que ce pour quoi tu as travaillé est un mensonge. Ou tu peux m'aider. »

C'était réellement aussi simple que cela, et Cooper en resta là. Tout ce qu'il avait désiré, dans le cimetière, c'était une demi-heure pour faire comprendre la situation à Quinn. C'était désormais chose faite. Il ne s'agissait ni d'acheter ni de manipuler Quinn. Aucune figure de rhétorique ne ferait la différence, aucun appel à l'émotion.

Soit Bobby Quinn était un type bien, soit Cooper et sa famille étaient morts.

Quinn pressa l'extrémité de ses doigts sur ses paupières. « Merde. » Les mots étaient étouffés par ses mains. Puis il se redressa et expira profondément. « Alors, qu'est-ce qu'on fait ?

— Eh bien, pour commencer, dit Cooper en souriant et en remuant le poignet, est-ce que tu crois que tu peux me détacher ? »

Son partenaire rit. « Pardon. » Il tira les clés des menottes de sa ceinture et les lui passa. « La vérité rend libre, n'est-ce pas ?

— Quelque chose comme ça. Ça te concerne également. Nous devons utiliser la vidéo pour tendre un piège à Peters.

— On dirait que tu as un plan.

— Le début d'un plan, du moins.

— Eh bien, c'est un soulagement. Évidemment, nous affrontons l'organisation secrète la plus puissante de la planète, et nous possédons des informations volées pour lesquelles le président déclencherait une attaque nucléaire sur DC, mais au moins tu as le début d'un plan. Pendant une seconde, je me suis inquiété.

— Hé, dit Cooper, de mon point de vue, les chances de succès viennent de doubler. Maintenant, nous sommes deux contre l'ensemble du gouvernement.

— Trois », dit une voix derrière eux.

Ils se retournèrent. Quinn tendit le bras vers son arme, mais Cooper le retint.

Elle se tenait debout, une main sur la hanche. Une pose effrontée et assurée, les lèvres arquées par son demi-sourire habituel. « Tu es parti sans dire au revoir, Nick. Ça peut vexer une fille. »

Quinn dit : « Putain, mais qui êtes-vous ? Et comment êtes-vous entrée ? »

Cooper dit : « Salut, Shannon. » Elle était ravissante. Terriblement séduisante. Il croisa son regard, y lut différents niveaux, force, détermination et, en dessous, une blessure. Il esquissa ce qu'il espérait être un sourire d'excuse, puis dit à Quinn : « Elle fait ce genre de truc. » À Shannon, il dit : « Quand es-tu arrivée ?

— Environ une heure après toi.

— C'est Smith qui t'a envoyée ?

— Ne sois pas idiot. Je suis venue parce que tu as besoin d'aide. John s'est contenté de mettre un avion à ma disposition.

— Comment est-ce que tu m'as trouvé ?

— Je ne t'ai pas trouvé. C'est lui que j'ai trouvé. » Elle désigna Quinn du pouce.

« C'est toi la fille de l'Exchange, dit Quinn. Et de l'affaire Bryan Vasquez.

— Et toi, tu es le copain de jeu de Cooper. » Elle tira un tabouret et prit place. « Alors, qu'est-ce que vous faites, les gars ? »

Cooper dit : « On fait tomber la tête des Services Équitables et le président des États-Unis.

— Ah, bien. J'avais peur de m'ennuyer.

— J'essaie de rendre la vie excitante.

— Il y aura des promenades en train ?

— Si je te le dis, je gâche la surprise.

— Alors ne me dis pas. J'adore les surprises.

— Le temps est écoulé. » Quinn les regarda, l'un après l'autre. « Vous allez arrêter de flirter une minute pour me dire ce qui se passe ?

— Bobby, je te présente Shannon Azzi. La Fille Qui Passe À Travers Les Murs.

— Salut », dit-elle en tendant une main.

Déconcerté, Quinn la saisit.

Cooper rit. Pour la première fois depuis qu'il avait entendu la voix de Dickinson au téléphone, il ressentit quelque chose qui ressemblait à de l'espoir.

Chapitre 38

« Jimmy Matelas.

— Compte numéro trois zéro deux zéro neuf un sept. Je dois parler à Alpha.

— Une seconde, s'il vous plaît. »

Le haut-parleur du téléphone cellulaire jetable était de la camelote, mais il ferait l'affaire. Ils en avaient acheté deux dans une épicerie sur le trajet qui les avait menés à l'appartement de Quinn, un studio dans un immeuble de quelques étages de Mount Vernon Square. Cooper y était venu tant de fois qu'il ne pouvait les compter, connaissait les meubles et la décoration. Il s'était affalé sur le canapé. Quinn scrutait le ciel nocturne par la porte-fenêtre. Shannon était assise dans un fauteuil, une jambe sur l'accoudoir.

« Salut, Nick. » Drew Peters avait sa voix habituelle. Calme, maîtrisée. La même que dans la vidéo, lorsqu'il proposait d'assassiner des civils innocents. « Vous rentrez à la maison ?

— Non.

— Je vois.

— J'ai trouvé la micromémoire, Drew. Cachée à l'arrière du cercueil de Teddy Eaton. Et j'ai regardé la vidéo. Un vilain petit film sadique.

— La vieille histoire de l'omelette et des œufs, agent Cooper.

— Cooper suffira. Je ne travaille plus pour vous.

— Comme vous voulez. Vous comprenez la situation, n'est-ce pas ? Les explications de Roger étaient claires ?

— Très claires. Mais ce n'est pas comme ça que nous allons procéder.

— À quoi pensez-vous ?

— Un échange. La micromémoire contre ma famille.

— Je ne crois pas. La micromémoire est sans valeur. À l'heure qu'il est, vous en avez fait des copies.

— Non, je n'ai pas fait de copies. Et je n'en ferai pas. »

Une pause. « Pourquoi devrais-je vous croire ?

— Parce que vous savez que *je* sais que même si cette vidéo est rendue publique, vous pouvez faire en sorte que ma famille meure. Même après que vous les ayez libérés. Cela vous ruinera, mais vous serez toujours en mesure d'agir. Il n'y a pas qu'au DAR que vous avez des ressources. »

Une autre pause. « C'est vrai.

— Alors voilà le deal. Nous nous rencontrons quelque part où nous nous sentons tous les deux en sécurité. Vous amenez ma famille, j'apporte la vidéo. Tout le monde s'en va. Vous retournez diriger votre empire diabolique. Je retourne élever mes enfants.

— Je ne crois pas que vous soyez en position de négocier. Pour le moment, vos enfants sont en totale sécurité, tout comme votre femme. Mais Dickinson est un véritable inquisiteur. Si j'en donne l'ordre, il n'hésitera pas à commettre toute une série de violations à leur encontre. »

Les flammes léchèrent son ventre et ses phalanges

blanchirent, mais Cooper garda le contrôle de sa voix. « Vous souffririez pas mal en prison, Drew, pendant que vos filles grandiront seules. C'est une situation insensée. Nous savons tous les deux que vous ferez tout pour récupérer cette vidéo. Et je ferai tout pour savoir ma famille en sécurité. Alors arrêtons les conneries.

— Très bien. Que dites-vous d'une rencontre au Washington Monument ? C'est un lieu public. »

Cooper rit. « Ouais. Et je n'entendrai même pas le bruit de la détonation. Je ne crois pas. Non, rencontrons-nous à la station de métro L'Enfant Plaza.

— Où vous pourrez faire venir une équipe de télé prête à tout filmer. Je crains que non.

— D'accord. Nous ne nous faisons pas confiance. Alors faisons en sorte qu'aucun de nous n'ait le temps de préparer une surprise. Donnez le nom d'une grande rue du centre-ville. Je choisis l'adresse. On se voit dans vingt minutes.

— Vingt minutes ? Non.

— Je ne vais pas vous laisser le temps de vous préparer, Drew.

— Je comprends. Mais en ce moment même, je suis occupé à nettoyer votre bordel. Il y a eu une fusillade dans le cimetière, en plein jour. Il va falloir un peu de temps pour s'assurer qu'on ne puisse remonter jusqu'au DAR.

— Jusqu'à vous, vous voulez dire.

— C'est la même chose. Voyons-nous dans deux heures.

— Très bien. Mais nous ne fixerons l'endroit qu'à la dernière minute. Je vous appellerai. Pensez à une rue, et ne jouez pas au con. Et si un membre de ma famille a le moindre petit bleu, le deal ne tient plus et je vous réduis en cendres.

— Si vous annulez le deal, votre famille aura à souffrir bien plus que de petits bleus.

— Alors nous avons tous les deux intérêt à bien nous comporter. Je rappelle dans deux heures. OK ?

— OK.

— Une dernière chose.

— Quoi donc ? »

Cooper dit : « Comment diable parvenez-vous à dormir la nuit, Drew ?

— Grâce à une ordonnance médicale. Grandissez. C'est comme ça que le monde fonctionne. » Le directeur raccrocha le téléphone.

« Deux heures. » Quinn secoua la tête. « Exactement comme tu l'avais dit.

— Peters est à la tête des Services Équitables et c'est comme cela qu'il pense : en tant que directeur. Ça le rend facilement prévisible. Il veut suffisamment de temps pour mobiliser ses ressources, vérifier s'il peut me traquer et me capturer sans avoir à s'embarrasser d'une rencontre. Il y a toujours une chance que j'aie merdé, que quelqu'un ait repéré mon visage sur une caméra, ou que j'aie appelé depuis un numéro identifié. C'est du boulot, mais ça vaut le coup de vérifier, surtout pour un homme qui possède sa propre force de sécurité. Mais en même temps, il ne peut pas me laisser trop de temps, au risque que je change d'avis et décide d'aller voir les médias avec la vidéo. Une heure, c'est trop court, trois heures, trop long.

— Qu'est-ce qui l'empêche de venir au rendez-vous avec une armée ?

— Il sait que je les repérerais. Il ne peut pas prendre le risque de me faire peur. Et comme il ne connaîtra pas le lieu exact à l'avance, il ne peut pas placer des snipers ni déployer une équipe.

— Quand même. Il doit savoir qu'il va y avoir un piège », dit Shannon.

Cooper secoua la tête. « C'est là notre avantage. Il croit que je travaille en solo. Il connaît mes capacités, les avantages de mon don. C'est sur cette base qu'il va élaborer son plan.

— Alors, parce qu'il te croit seul, il viendra avec une équipe réduite, pour ne pas t'effrayer. Et parce que tu n'es *pas* seul, tu crois qu'on peut les avoir.

— C'est l'idée.

— Eh bien ! dit Quinn. C'est une bonne chose qu'il y ait deux autres trous du cul embarqués avec toi dans cette affaire.

— Ouais », dit Cooper. Il fixa le regard de son partenaire, son ami. Il savait ce que Quinn risquait. La même chose que Shannon et lui. Tout perdre. Mais alors que Cooper n'avait pas le choix, et que Shannon avait ses propres raisons, Quinn le faisait parce que c'était juste. *Et parce qu'il est ton ami*. Cooper tripota le coin d'un coussin. Regarda par la fenêtre. « Écoutez, je veux que vous sachiez…

— Ferme-la, dit Quinn. Assure-toi d'avoir le contrôle à partir de maintenant.

— Les bières sont pour moi. Pour toujours.

— Vous êtes adorables, les garçons, dit Shannon. Mais c'est stupide. Si Peters choisit une rue et toi une adresse, nous non plus, nous ne serons pas en mesure d'élaborer un plan. On avancera à l'aveugle.

— Non, miss Mysterio[1], dit Quinn. C'est là que j'interviens. » Il consulta sa montre. « À propos, je ferais mieux de rentrer au quartier général et de me mettre en

1. Super-vilain de l'univers Marvel. Maître des illusions et des effets spéciaux.

tenue. Donne-moi ce téléphone, je le balancerai dans la rivière en cours de route.

— Sois prudent, Bobby. Ils ne savent pas que tu es dans le coup, mais Peters sera en alerte rouge. Pas de faux mouvement.

— Je serai dans les deux camps à la fois, sourit Quinn. Bon Dieu, je vais la téléguider. »

*

Deux heures.

Cent vingt minutes à faire les cent pas.

Il n'avait cessé de bouger depuis qu'il avait quitté les toilettes du centre commercial, et la vidéo lui avait donné de quoi réfléchir. Maintenant, il n'y avait rien d'autre à faire qu'attendre. Et dans ce calme, son imagination ne cessait de lui montrer ses enfants. À quel point ils devaient être effrayés.

Dickinson ne leur aura pas fait de mal. Il est dangereux, mais ce n'est pas un psychopathe. Il a probablement expliqué la situation à Natalie, la laisse s'occuper des enfants. Pas la peine d'en rajouter dans la dramaturgie.

Même si c'était vrai, cela voulait dire que Natalie portait seule le poids de la souffrance. Sans savoir ce qui se passait, quels accords étaient conclus, ni même pourquoi ils avaient été emmenés, peut-être.

Natalie était forte et intelligente. Si les choses se déroulaient comme il l'avait prévu, elle et les enfants seraient libres dans quelques heures. Elle serait capable de gérer ça.

Mais sa fille savait qu'il se passait quelque chose d'anormal. Kate n'avait que quatre ans, mais son don était puissant. Elle devait sentir la peur de sa mère, sentir que Dickinson n'était pas un ami.

Comment est-ce qu'une fille de quatre ans gère ça ?

Aucune des réponses possibles ne lui plaisait.

« Tu devrais dormir un peu, dit Shannon depuis la cuisine, où elle pillait le réfrigérateur de Quinn. Une dure nuit t'attend.

— Toi aussi.

— Je crois que ton copain a douze ans. Tout ce qu'il a dans son frigo, c'est du chocolat au lait, de la moutarde et de la bière.

— Je veux bien, merci. »

Elle sortit deux bouteilles, les ouvrit et jeta les capsules dans la poubelle. Il y avait une ouverture entre la cuisine et le salon, et elle posa la bière de Cooper sur le plan de travail. Ils se faisaient face, de part et d'autre du comptoir. Il y avait toujours quelque chose entre eux, semblait-il.

Shannon but une gorgée, puis leva sa bouteille et s'essuya les lèvres du revers de la main. Elle le regarda, et il sut qu'elle cherchait ses mots.

« Je suis désolé, dit-il. D'être parti comme ça. C'était stupide.

— Ouais. Pourquoi tu as fait ça ?

— Je ne sais pas. » Il prit sa bière. « J'étais perturbé.

— Et maintenant, tu ne l'es pas ?

— Si, je le suis encore. Mais ça m'inquiète moins. Je suis content que tu sois là.

— Parce que je peux t'aider.

— Pas seulement pour ça. » Cooper fit une pause. « Pendant qu'on en parle. Pourquoi est-ce que tu fais ça ? Pourquoi est-ce que tu m'aides ?

— Pour la même raison que je t'ai donnée à chaque

fois que tu as posé la question. Je suis plus que déterminée à me battre pour mon droit d'exister.

— C'est la seule raison ? »

Elle eut un haussement d'épaules évasif.

« Je vais dire ça autrement. Je suis désolé. J'ai paniqué. Tout s'est passé très vite, et Smith… la façon dont il manipule les gens. Je ne pouvais pas savoir si oui ou non il se servait de toi pour me manipuler.

— Tu crois que j'ai couché avec toi parce qu'il m'a dit de le faire ? » Sa voix était une lame de couteau enveloppée dans du papier de soie.

« Je me suis posé la question, OK ? C'est tout.

— Va te faire foutre, Cooper.

— Mais ensuite, dans l'avion, tout est devenu clair. La raison pour laquelle j'ai paniqué. Oui, tu m'as menti depuis notre rencontre. Mais moi aussi, je t'ai menti. La différence, c'est que tu le savais, et moi pas. Et je pense que je me suis juste senti… stupide. Embarrassé.

— T'es super fort en excuses, tu le savais ?

— Ouais. Mon ex m'a dit quelque chose comme ça. » Il tenta un sourire qui mourut sur ses lèvres. « Prête pour la vérité ?

— Chiche.

— Je t'aime vraiment beaucoup, Shannon. Il y a très longtemps que je n'ai pas ressenti ça pour quelqu'un. Des années. Depuis que Natalie et moi nous sommes séparés. Et ce truc avec toi, quoi que ce soit, je sens que c'est différent. Tu comprends comme personne certaines parties de moi-même. Et question boulot, tu es fascinante. Je n'ai pas l'habitude d'être avec une personne capable de me surpasser.

— Un soupçon d'arrogance ?

— Allez. Ne me dis pas que tu ne sais pas de quoi je parle.

— Pas besoin. C'est toi qui es en train de t'excuser, pas moi. »

Cooper but une gorgée de bière, reposa la bouteille sur le comptoir. « Très bien. Dernière tentative. Tu sais, l'autre nuit, quand je t'ai posé la question au sujet du restaurant, quand tu disais que tu espérais que je recommence ma vie depuis zéro ? J'espérais réellement, sincèrement, pouvoir le faire. M'en aller. Démarrer une nouvelle vie. Et tu en étais la raison. »

Quelque chose en elle s'adoucit.

Cooper dit : « Ce que nous sommes sur le point de tenter relève de la folie. Il y a peu de chances que l'on s'en tire vivants. Mais si c'est le cas, est-ce que tu accepterais de dîner avec moi ? »

Shannon sourit. But une gorgée de bière. « Ça t'a pris du temps, mais au final tu t'en sors bien.

— C'est un oui ?

— Tu me trouves fascinante, hein ?

— C'est un *oui* ? »

Elle haussa les épaules. « Si on s'en sort, repose-moi la question. »

Chapitre 39

Par rapport à l'activité frénétique de la journée – les rues bondées de touristes, les embouteillages intempestifs, les cortèges de voitures qui bloquaient tout –, le centre de Washington DC était calme, la nuit. Les restaurants ne désemplissaient pas, les taxis faisaient le va-et-vient entre les hôtels, des hommes en costume et des femmes en robe déambulaient sur les trottoirs. On aurait dit que le volcan de la ville était en sommeil. Quinn revint vers vingt et une heures, en tenue. À vingt et une heures trente, tous les trois étaient au dernier niveau d'un parking, en plein centre-ville. La ligne des toits scintillait à trois cent soixante degrés, les plus célèbres immeubles du monde, illuminés d'une brillance blanche. Bobby était assis sur le capot de sa voiture, jambes croisées, ordinateur allumé. Shannon avait grimpé sur le rebord de béton du parking et faisait les cent pas comme une équilibriste, parfaitement calme au-dessus d'un vide de cinq étages.

Cooper réassemblait son arme. Quinn l'avait apportée en même temps que le reste de l'équipement. Son excursion au quartier général s'était passée sans problème : il réquisitionnait souvent ce genre de matériel, et les gardes n'avaient pas cillé. L'arme était un Beretta, la marque préférée de Cooper. Un pistolet de l'agence, donc parfaitement entretenu, mais l'armée enseignait de ne jamais se servir d'une arme sans l'avoir préalablement démontée et remontée soi-même, une règle à laquelle il n'avait jamais voulu déroger. Au pire, ça passait le temps.

En parlant de ça…

Il jeta un œil à Quinn, s'aperçut que celui-ci le regardait. Fit un signe de la tête.

Cooper prit le deuxième téléphone jetable et composa un numéro. Donna son code à l'opérateur qui avait répondu : « Jimmy Matelas. » Attendit Peters. Lorsque son ancien boss répondit, Cooper dit : « Pas réussi à me trouver, hein ?

— Je vous l'ai dit, je nettoyais votre…

— Ouais. Quelle rue ?

— 7e Avenue, Northwest.

— Ne quittez pas. » Il couvrit de la main le micro du téléphone. « 7e Avenue, Northwest. »

Quinn se mit immédiatement à taper, ses doigts voletaient sur le clavier. « Voyons… »

Cooper scruta la nuit. Cinq secondes. Dix. Quinze. « Bobby…

— On y est. 900 7e Avenue. Hingepoint Productions, dixième étage. Donne-lui… exactement dix minutes. »

Cooper ôta sa main du micro. « 900 7e Avenue Northwest. Hingepoint Productions, dixième étage. 21h48. Si vous n'êtes pas là à 21h49, l'accord tombe à l'eau.

— Il me faut plus de temps…

— Négatif. »

Peters soupira. « 900 7e Avenue Northwest, confirmé. »

Cooper raccrocha le téléphone. « Et c'est parti ! »

*

Le parking était situé au croisement de la 10e et de G, à environ cinq cents mètres de là. Bobby avait vu juste. Il avait passé la demi-heure précédente à étudier les immeubles dans un périmètre réduit, préparant des alternatives pour chaque rue. Le centre-ville était un nœud de sens uniques et de feux rouges, et comme Peters serait au volant – la seule façon de conduire la famille de Cooper –, Bobby avait proposé d'en profiter et de choisir un endroit où ils pourraient se rendre rapidement à pied. Quand il était question de planifier la logistique d'une opération, il était imbattable.

L'immeuble dominait les autres. Un centre d'affaires, et malgré l'heure, de nombreuses pièces étaient allumées. Normal. La fermeture officielle était à dix-huit heures, mais dans cette ville, il y avait toujours des gens qui travaillaient tard.

Le hall était à la fois attirant et austère, un endroit fait pour impressionner sans pour autant inciter à s'y attarder. Un concierge était penché sur une cireuse, effaçant les marques de la journée. De larges couloirs menaient à des ascenseurs. Derrière un bureau d'information, un garde en costume bleu marine se redressa lorsqu'ils entrèrent.

« Je peux vous aider, les gars ?

— Département Analyse et Réaction, dit Quinn en présentant son badge. Où est votre bureau ?

— Monsieur, je…

— Nous n'avons pas le temps de vous expliquer. Dégagez.

— Oui, monsieur. Tout de suite. » Il se leva de sa chaise, un peu raide mais manifestement en bonne condition physique. « Qu'est-ce qui se passe ?

— Rien qui te concerne, mon gars », dit Cooper.

L'homme n'apprécia pas, mais ne fit aucune remarque. Ancien militaire, Cooper le lut dans son attitude, et habitué à obéir aux ordres. Bien. Un bâtiment qui engageait des soldats et des flics présentait toute la sécurité requise.

Le type tira sur un badge fixé à une attache rétractable, s'en servit pour ouvrir un portillon et le maintint ouvert tandis qu'ils entraient. Ils marchèrent à grandes enjambées, dépassèrent plusieurs ascenseurs étincelants et filèrent le long d'un étroit couloir qui se terminait par une porte affichant ACCÈS RÉSERVÉ AU PERSONNEL AUTORISÉ. Au-dessus, une caméra en circuit fermé était pointée sur eux. Le garde frappa deux fois, puis se servit de son badge pour ouvrir la porte, sans attendre de réponse. « Voici notre centre de commandement… »

Cooper le frappa à la base de la nuque et accompagna sa chute. Il entra dans la pièce, un peu plus de deux mètres carrés, où deux types étaient assis devant un écran brillant. Il s'approcha du premier alors que celui-ci se levait, le frappa à la gorge puis le saisit par les revers et le projeta contre le second. Les deux se percutèrent et vacillèrent, une chaise de bureau roula de côté sous l'impact, heurtant une corbeille, projetant des feuilles un peu partout. Cooper avança dans le chaos de bras et de jambes, assena un *jab* du gauche puis un *cross* du droit sur le menton de l'autre gardien. La tête du type bascula en arrière et heurta une dalle, il battit des paupières tandis que son corps devenait inerte.

« Bye ! »

Le troisième garde était devant une rangée d'armoires pleines de classeurs, au fond, hors de sa vue. Apparemment en train de manger. La moitié d'un sandwich était abandonnée sur un papier ciré. Le type brandissait un taser et visait Cooper, le doigt sur la détente.

Quinn est debout derrière moi. Je peux esquiver les électrodes, mais pas lui. Un taser n'est pas une arme létale et ne provoque pas forcément une perte de conscience. Mais il sera déboussolé, hors jeu.

Et sans lui, tout est terminé.

Cooper se redressa lentement. Les mains levées. « Écoutez… »

Le garde retourna le taser, le pointa vers son propre estomac et appuya sur la détente. Les électrodes fusèrent du canon et se fichèrent au travers de sa chemise blanche. Il y eut des crépitements et des étincelles. Il se raidit, tous ses muscles contractés en même temps, puis bascula comme un mannequin.

En tombant, il révéla Shannon, debout derrière lui, souriante. « Oups. »

Fascinante.

Elle lui fit un clin d'œil puis se baissa, prit les menottes à la ceinture du garde et l'attacha. Cooper fit de même avec les autres. « Sédatifs ?

— Dans le sac. Dix millilitres. »

Cooper fouilla jusqu'à trouver une petite sacoche noire qui contenait une seringue hypodermique. Il ôta le capuchon, évacua les bulles d'air et fit une injection à chacun des gardes. Lorsqu'il se releva, Quinn était déjà devant l'écran. « Très bien, très bien.

— Qu'est-ce que tu as ?

— Ce que j'ai ? Du grand art, chef. Je suis désormais le commandant suprême d'un joli réseau de caméras et de commandes à distance pour ouvrir les portes. » L'écran tactile 3D faisait un peu plus d'un mètre de large et répondait aux doigts de Quinn, montrant les images d'une variété de caméras : couloirs, ascenseurs, hall d'entrée, toutes en haute définition. Satisfait, Quinn ouvrit son ordinateur portable et le posa sur la table. Puis il sortit une petite boîte de son sac. À l'intérieur, plusieurs écouteurs minuscules, nichés dans de la mousse. Il leur en tendit un à chacun. « Test. »

Cooper leva le pouce vers son partenaire pour signifier que tout fonctionnait. Shannon dit : « Vous avez de sacrés jouets, les garçons.

— Mesdames et messieurs, Elvis vient d'entrer en scène », dit Quinn. Sur l'écran, deux hommes que Cooper ne reconnut pas pénétraient dans le hall. Ils portaient des chaussures de combat et non de ville, se déplaçaient avec une élégance synchrone, chacun sachant parfaitement où regardait l'autre. Tous deux avaient une main dans la veste de leur costume.

Puis ce fut au tour des membres de sa famille de franchir la porte.

Natalie portait un jean et un sweat, probablement la même tenue que lorsque Dickinson était venu la chercher. Elle était encore plus jolie que dans son souvenir, mais son visage était pâle et ses épaules, crispées.

Les deux enfants lui donnaient la main.

Le monde glissa et trembla. Cooper ressentit une nausée douce-amère, un puissant mélange d'émotions. C'était la première fois qu'il les revoyait depuis la nuit où tout avait changé, et il fut choqué de constater à quel point ils avaient grandi. Todd avait poussé de trente bons centimètres et pris cinq kilos. Le visage de Kate avait perdu de sa rondeur enfantine.

Six mois de plus. Tout ce qui s'était passé durant cette période, les rires, les questions, les peurs, et les heures à jamais perdues où ils auraient fait une sieste contre lui. La perte était tangible, pesait sur lui d'un poids sensible.

Le pire était la terreur. De les voir là, aux mains de monstres, tout en sachant que c'était par sa faute. Si quoi que ce soit arrivait à l'un d'eux, Seigneur, le monde se fissurerait, le ciel s'effondrerait, le soleil disparaîtrait et il ne resterait que le hurlement du vent sur le néant.

Comme pour accroître cette peur, deux autres hommes entrèrent derrière eux. Roger Dickinson, prudent et alerte, sa bonne allure de *quarterback* renforcée par une dévotion sans faille qui le rendait capable de tout. Et Drew Peters, soigné et élégant comme à l'accoutumée, gris glacé comme un matin d'hiver. Il portait une mallette métallique qui paraissait lourde.

Je prendrai soin de ta famille.

« OK, dit Quinn en manipulant l'écran, qui afficha différentes vues extérieures. Aucun signe d'autres équipes. Et je surveille les transmissions du DAR… » Il regarda l'ordinateur. « Aucun signal notable dans un rayon de sept cents mètres. On dirait que Peters ne veut pas prendre le risque de t'effrayer. »

Cooper ne répondit pas, se contentant d'observer. Il devinait que les deux premiers types étaient des pros. Ce n'était pas une surprise, mais le fait qu'il ne les connaissait pas signifiait que Peters avait recours à des actifs qui ne faisaient pas partie de la structure officielle des Services Équitables. *Probablement des membres de son équipe privée, les hommes auxquels il avait recours pour nettoyer le bordel. Ils savent ce dont tu es capable et sont prêts à y faire face.*

Deux autres hommes entrèrent. L'un prit position près de la porte, l'autre se dirigea vers le bureau d'information désert. Les premiers gardes atteignirent l'ascenseur. Natalie s'arrêta, tourna la tête pour regarder Peters par-dessus son épaule. Dit quelque chose.

« Qu'est-ce qu'elle dit ?
— Désolé, chef. Pas de son. »

Sur l'écran, on vit Peters secouer la tête. Dickinson avança et posa la main sur le bras de Natalie. Ses doigts se refermèrent avec fermeté. Cooper refoula l'envie de balancer un coup de poing dans le mur. Le groupe se remit en mouvement, en direction de l'ascenseur.

Le concierge éteignit la cireuse et se redressa. D'après sa posture, il était évident qu'il leur demandait ce qu'ils faisaient là. Sans lâcher Natalie, Dickinson pivota, sortit un pistolet, le pointa avec décontraction et tira dans la tête du concierge.

D'où ils étaient, à travers la porte, le coup de feu fit le bruit d'un pétard.

Sur l'écran, du sang et de la matière grise se répandaient sur le sol de marbre impeccablement propre. Le concierge avait l'air d'une poupée de chiffon.

Cooper avait presque atteint la porte quand il se rendit compte qu'il s'était mis en mouvement. Mais Shannon était devant lui. Elle le ceintura et le bloqua en enfonçant son épaule dans sa poitrine. « Nick, non !
— Hors de mon…
— *Non*. Il est mort, et si tu sors d'ici, tes enfants le seront aussi. »

Cooper posa une main sur son épaule et…

Les deux premiers types. Ils arriveront en premier. Glisse sur le sol et tire, ils ne s'y attendront pas, tu peux les avoir tous les deux.

Puis relève-toi, cours vers l'angle, vise…

Dickinson, pistolet à la main, à côté de ta famille ?

Peters, derrière eux ?

Deux tireurs supplémentaires éloignés l'un de l'autre ?

… la laissa glisser le long de son bras. Il inspira profondément. Les affronter maintenant relevait du suicide. Bon Dieu, ça devait même être prévu : Dickinson savait qu'il n'était pas loin, voulait le pousser à commettre une erreur.

« Cooper ? demanda sèchement Quinn. On est OK ?

— Ouais. » Il se dégagea des bras de Shannon, mais avec douceur. « Ouais. Quel est le programme ?

— L'arrière-garde s'approche du corps. Tous les autres vont vers l'ascenseur.

— Très bien. » Il inspira à nouveau et se tourna vers Quinn. Son partenaire ordonnait les images de façon à suivre la progression du groupe. Le *time code* annonçait 21:46. « Tu as le contrôle total ?

— Selon la volonté de Dieu.

— Bien. Tu peux mener le bal d'ici. Tu as un plan du bureau ? »

Quinn se pencha sur l'ordinateur, ouvrit un plan architectural, fit quelques ajustements. « Hingepoint Productions. Une entreprise de design graphique. Leur slogan est : "La technologie se fond dans l'art." » Sympa, non ? »

Shannon dit : « Tu peux avoir le plan détaillé ?

— Nous ne sommes pas les Services Équitables pour rien, chérie. »

Cooper se pencha dessus. Le schéma était assez simple, un bureau aménagé en open space, des rangées de boxes, la disposition basique. « Est-ce que tu peux te connecter aux caméras ?

— Non. La sécurité de l'immeuble ne couvre que les parties communes. Mais j'ai pu déverrouiller la porte.

— OK. Shannon, tu montes par les escaliers, je prends l'ascenseur. Ils s'attendent à ce que je sois seul. Ils se focaliseront sur moi. Ça devrait faciliter tes déplacements.

— Ils montent. » Quinn afficha l'intérieur d'un ascenseur sur la totalité de l'écran 3D. Les deux tireurs devant, puis Natalie et les enfants, Peters et Dickinson à l'arrière. L'un des tireurs appuya sur le bouton du dixième étage.

Le concierge ne faisait pas partie de tes prévisions. Mais tout le reste se déroule comme tu l'as espéré. Avec Quinn qui surveille d'ici et Shannon qui traverse les murs, tu peux transformer une situation désespérée en victoire. Laisse-les entrer dans le bureau et prendre place. Tu entres, tu attires leur attention. Shannon arrive par-derrière, inverse la situation. Tu termines le boulot.

Drew Peters, tu meurs ce soir.

L'ascenseur s'élevait, les chiffres se succédaient. Deuxième étage. Troisième. Quatrième.

L'un des tireurs se pencha et pressa un bouton.

L'ascenseur s'arrêta au cinquième étage.

« Qu'est-ce qu'ils… »

Les deux tireurs sortirent. L'un d'eux se retourna et fit un geste à Natalie. Elle secoua la tête. Le tireur sortit un pistolet et le pointa.

Sur Todd.

Il n'y avait peut-être qu'une trentaine de mètres qui séparaient Cooper et son fils, mais ça aurait tout aussi bien pu être un continent. Cinq étages de béton et d'acier.

Natalie fit un pas pour se placer entre l'homme et leur fils. Et Cooper la vit se raidir et le gifler. Puis elle se retourna, prit ses enfants par la main et les fit sortir de l'ascenseur.

Drew Peters appuya sur le bouton pour refermer les portes.

Le cerveau de Cooper n'était que lames de rasoir et

électricité. Tout tourbillonnait et coupait, craquait et claquait. Comme si elle venait de loin, il entendit la voix de Quinn lui dire ce qu'il savait déjà. Que le groupe se séparait.

Peters a son propre plan.

« Est-ce que tu peux arrêter l'ascenseur ?

— Je vais essayer, mais je ne... » Les numéros d'étage continuaient à changer. Sixième étage, septième étage, huitième étage...

Cooper voulait hurler, exploser, bander ses muscles et fracasser le monde. Sa famille était si proche, et il était impuissant.

« Je suis désolé, je ne peux pas le faire, pas avant qu'ils... »

Neuvième étage.

« Laisse tomber. Suis les autres. Où vont-ils ? »

Quinn s'agita frénétiquement, passant d'une caméra à l'autre si vite que Cooper pouvait à peine suivre, ascenseur, hall, parking, toit, pour s'arrêter sur l'image d'un couloir. Les tireurs s'éloignaient, l'un devant, l'autre derrière, sa famille au milieu. Ils marchèrent jusqu'au bout du couloir, tournèrent à l'angle.

Et ce fut tout.

« Retrouve-les !

— C'est la seule caméra que nous ayons au cinquième étage. » La voix de Quinn était sinistre. « Cooper, je suis désolé. On dirait qu'il n'y a qu'une caméra par ascenseur à chaque étage. La sécurité des parties communes uniquement. Les bureaux ont dû exiger la confidentialité.

— Combien de bureaux à cet étage ?

— Heu... Dix. »

Dix. Chacun comportant de multiples endroits où se cacher.

« Allons-y. » La voix de Shannon parut aiguë. « On peut se rendre au cinquième étage et travailler ensemble. Ils ne s'attendront pas à nous voir tous les deux. »

L'ascenseur atteignit le dixième étage. Drew Peters et Roger Dickinson en sortirent. Ils apparurent sous un autre angle de vue, se mirent à marcher dans le couloir. Peters transféra la mallette dans son autre main.

Cooper vérifia l'heure : 21:47. « Non.

— Quoi ? demandèrent Quinn et Shannon d'une seule voix.

— J'ai deux minutes pour me rendre dans ce bureau. Si je ne me montre pas au rendez-vous, si j'ai la moindre minute de retard, Peters comprendra qu'il se passe quelque chose. Dans le meilleur des cas, il préviendra son équipe et ils annuleront tout. Dans le pire des cas, il tuera ma famille et lancera une armée à l'assaut de cet immeuble.

— Alors… qu'est-ce qu'on fait ?

— Il faut que tu les suives. » Il se tourna vers elle. « Tu dois sauver ma famille. »

Ses yeux étaient grands ouverts. Il vit qu'elle avait peur, une expression qu'il n'avait jamais vue sur son visage. « Nick, je… »

Il posa une main sur son épaule. « S'il te plaît.

— Qu'est-ce que tu vas faire ?

— Rencontrer Peters. Je ferai en sorte que tu aies tout le temps qu'il te faut. » Quelque chose de sombre et de pesant remua en lui. « Fais sortir ma famille de là. »

Il voulut leur en dire plus, à tous les deux, mais le temps manquait. Il se dirigea vers la porte. Shannon le suivit, une seconde plus tard.

Ils longèrent rapidement le couloir et s'arrêtèrent juste avant de tourner vers l'ascenseur.

Dans son oreillette, il entendit Quinn : « Un homme devant l'ascenseur. L'autre est dans le bureau, derrière le comptoir, il fait comme s'il était le gardien. »

Shannon dit : « Est-ce que le type devant l'ascenseur regarde par ici ?

— Non. »

Elle glissa à l'angle du couloir.

Cooper resta immobile, le corps en feu. La minuterie dans sa tête faisait le décompte. Ses pensées tourbillonnaient, Natalie, Kate et Todd, des hommes armés, Drew Peters et le président Walker.

Ça se termine ce soir. D'une façon ou d'une autre.

« Shannon est en position. Vas-y dans deux, un, maintenant. »

Cooper s'avança et tourna à l'angle du couloir. Shannon s'était glissée là au moment où le garde ne regardait pas, du côté opposé, et lorsque Cooper approcha elle toussa et appuya sur le bouton d'appel. Le garde se retourna, porta une main à son arme, sous sa veste, et Cooper lut ses pensées, vit qu'il se demandait comment diable cette fille était arrivée là sans qu'il la voie. Shannon sourit, exactement comme une employée de bureau qui attendait l'ascenseur. Le garde la détailla, se détendit, puis se raidit à nouveau en entendant les pas de Cooper. Il commença à se retourner.

Trop tard.

Cooper attrapa sa tête à deux mains et la tourna sauvagement, y mettant toute sa rage. Le cou de l'homme craqua, son corps devint inerte et mort.

L'ascenseur sonna. Cooper traîna le corps à l'intérieur en le tirant par la tête. Shannon appuya sur les boutons cinq et dix.

« Vous êtes effrayants, tous les deux, dit Quinn dans

leurs oreillettes. On dirait que le garde derrière le comptoir n'a rien entendu. Bonne chasse. »

Les portes se refermèrent et l'ascenseur commença à monter. Shannon dit : « Nick, écoute… »

Il la coupa : « Tu peux le faire.

— Je ne…

— Écoute », dit-il, avant de l'embrasser. Elle fut surprise mais répondit à son baiser, les étages défilaient pendant que leurs langues dansaient. Un baiser pour appeler la chance, un appel à l'aide, mais aussi la déclaration la plus limpide qu'il puisse faire. Puis l'ascenseur s'immobilisa. Il posa une main sur sa joue. « J'ai confiance en toi. »

Ses épaules se raidirent. « Achète-moi du temps.

— À n'importe quel prix. »

Shannon sortit de l'ascenseur et tourna à droite. Cooper appuya sur le bouton de fermeture des portes, *allez, allez*, puis la cabine se remit en mouvement.

Rien d'autre à faire que d'attendre que le futur advienne.

Six, sept, huit, neuf, dix.

Les portes s'ouvrirent. Cooper prit une profonde inspiration et sortit.

Le vestibule avait une élégance toute professionnelle, moquette grise aux motifs subtils, murs beiges, éclairage discret, panneau de verre rétro-éclairé listant les noms des sociétés. Quinn dit : « Tourne à droite, troisième bureau sur la gauche. »

Cooper s'engagea dans le couloir. « Aucun signe de renforts ?

— Négatif. Les fréquences locales du DAR sont tranquilles, et le seul coup de téléphone émanant de cet immeuble a été passé du troisième étage. Une femme expliquant à son mari qu'elle rentrerait tard. »

Les portes des bureaux étaient en verre épais, avec des poignées métalliques brillantes. Le nom de la société était gravé sur chacune d'elles. Il passa devant une compagnie de lobbying et une société immobilière, tourna à l'angle du couloir, vit le troisième bureau. Hingepoint Productions, le premier mot en caractères minuscules, dans un encadré design. Un double carillon, à peine audible, tinta lorsqu'il passa la porte.

Quinn avait dit qu'il s'agissait d'une entreprise de design graphique, et la décoration le confirmait. La peinture était d'une teinte orange audacieuse mais efficace, des planches de skate étaient vissées aux murs. Chacune était une œuvre d'art, au milieu de robots et de monstres, de graffitis et d'une ligne de toits d'immeubles.

Sur le plan, il y avait des boxes, mais maintenant il constatait qu'il s'agissait de cloisons à mi-hauteur, d'un mètre vingt environ. Il n'y avait pas de faux plafond, on voyait les conduites et le système d'air conditionné accroché aux poutrelles. Quinn dit : « J'ai déverrouillé tous les bureaux du cinquième étage. Shannon a inspecté le premier, il n'y a rien. Elle continue. »

Cooper avança dans l'allée et entra dans le bureau proprement dit. Il avait une vision claire dans toutes les directions. L'endroit occupait un angle de l'immeuble, les murs extérieurs étaient en verre du sol au plafond. L'éclairage en faisait de parfaits miroirs noirs qui reflétaient l'espace sur lui-même. Exactement au centre du bureau, il y avait une longue table de conférence entourée de chaises.

Drew Peters et Roger Dickinson étaient debout à côté.

Cooper continua d'avancer. Calmement, sans changer de rythme. Prenant son temps : plus il pourrait les retenir, plus Shannon aurait de temps.

Dickinson avait la même allure que d'habitude. Élégant, alerte. Sa main droite le démangeait. Elle ne demandait qu'à saisir son pistolet dans son holster.

« Salut, Nick », dit Peters. Pour la première fois, Cooper remarqua que le directeur avait un air de rongeur. Quelque chose dans sa tenue soignée et sa petite bouche, ses lunettes sans monture. La mallette qu'il avait apportée était posée sur la table, à côté de lui. « Content de te revoir. »

L'espace de conférence était vaste. Cooper marcha jusqu'à la table. Se posta en face d'eux.

Souviens-toi, ils ne savent pas que tu sais, ni que tu as de l'aide. S'ils se doutent de l'un ou de l'autre, tout s'écroule dans la seconde. « Où est ma famille ?

— Ils ne sont pas loin.

— Pas suffisant. » Il recula d'un pas.

« Je vais te le prouver, dit Peters. Mais pour cela il faut que tu poses ton arme.

— Je n'en ai pas.

— Bien sûr que si. Mais pas de problème. Je commence. » Il se tourna vers la mallette et l'ouvrit lentement. Elle contenait un écran qui s'illumina. Il resta blanc un instant, puis afficha une retransmission vidéo.

Natalie était assise dans un fauteuil en cuir au fond d'une petite pièce, Todd à sa gauche, Kate à sa droite. Il y avait des blocs de papier devant les enfants et apparemment, ils étaient en train de dessiner. Kate, la plus jeune, était perdue dans son dessin, et Natalie était penchée vers Todd, essayait de l'encourager. Cooper comprit qu'elle s'efforçait de les distraire, de les tenir tranquilles. Le mur derrière eux était en verre, le dôme du Capitole brillait au loin. Les deux tireurs se tenaient à côté, armes à la main. L'un regardait la caméra, l'autre Natalie.

« Tu t'es séparé d'une sacrée femme, Nick. Une merveilleuse mère. Et vos enfants. Magnifiques. »

Cooper observa l'image, observa ses enfants, qui étaient la raison de chacune des actions qu'il avait entreprises. Une raison suffisante pour embraser le monde. Natalie leva les yeux directement vers la caméra, comme si elle le regardait.

Comment ?

La caméra, comprit-il. Ils ont dû l'installer en face d'eux, et elle était suffisamment intelligente pour savoir en tirer profit. Ce n'était pas « comme si » elle le regardait. Elle le fixait. Son regard contenait une supplique. Pas pour elle, mais pour Kate et pour Todd.

Une supplique, et quelque chose d'autre. Quoi ?

« Maintenant. Ton arme. Doucement, s'il te plaît. »

Il ne s'agissait pas du mouvement des yeux de Natalie. Ils n'avaient pas bougé. C'était son intention de les bouger. Vers la gauche. Cette pensée s'était traduite par un infime mouvement sous-cutané, le genre de choses qu'il était capable de voir.

Le genre de choses qu'elle sait *que tu peux voir.*

Elle te donne un indice.

Une chaleur se répandit dans son torse. Les femmes de sa vie étaient fascinantes.

« Tout ce que je vois, c'est une salle de réunion avec le Capitole en arrière-plan, dit-il. Ils peuvent être n'importe où.

— On arrête de jouer, Nick. Tu sais à quel point je désire que tout se passe bien. Ton arme. »

Dans son oreille, Quinn dit : « Vérification. »

Cooper hésita, comme s'il réfléchissait. Puis, lentement, il passa la main dans son dos et sortit le pistolet.

Dickinson était tendu, un ressort hélicoïdal qui ne demandait qu'à exploser. En se servant uniquement de son pouce et de son index, Cooper posa l'arme et la fit glisser sur la table.

Quinn dit : « C'est bon. Suite 508. La salle de réunion est dans l'angle sud-est. »

Shannon dit : « J'y vais. »

Cooper dit : « Voilà. Et maintenant, si Roger faisait la même chose ? »

Dickinson rit. Peters afficha son mince sourire. « Je ne crois pas. Nous connaissons tous deux tes talents. Maintenant, où est la micromémoire ?

— En sécurité.

— Content de l'entendre. Où ?

— Si je te le dis, comment saurai-je qu'ils ne vont pas les tuer ?

— Tu as ma parole.

— Elle n'a plus autant de poids qu'auparavant, Drew.

— Il va falloir faire avec. Je te l'ai dit, tu n'es pas en position de négocier. Donne-moi ce que je veux et je vous laisserai tous partir. »

Dickinson dit : « Je parie qu'elle est dans sa poche. Laissez-moi la prendre. »

Shannon dit : « Nick, je suis dans le bureau. Devant la salle de réunion. J'y vais maintenant.

— Non, Roger. » Peters fit une pause. Puis il dit : « À trois, tu abats le fils de Cooper. »

Sur l'écran, l'un des gardes leva son arme et la pointa sur Todd…

Les gardes peuvent l'entendre.

Le haut-parleur. Le témoin est allumé. Ils écoutent.

Shannon entre dans cette pièce en ce moment même.

Elle peut s'occuper des gardes… à moins que Peters ou Dickinson ne leur hurlent un avertissement.

Ce qu'ils feront s'ils regardent l'écran.

… tandis que Peters disait : « Un. Deux. »

« OK ! » Cooper fit un pas en avant, Peters et Dickinson sursautèrent, focalisant toute leur attention sur lui. « Je l'ai, là. » Il mit la main sur sa poche, sentit le fin contour de la micromémoire. Il ne voulait pas prendre le risque de la perdre, même un instant. C'était la seule preuve qu'il possédait de la monstruosité qu'il avait contribué à créer. Dès qu'elle ne serait plus en sa possession, tout changerait. Toute possibilité d'une quelconque justice disparaîtrait.

C'est soit la justice, soit tes enfants.

Cooper tira la micromémoire de sa poche. Il fit de gros efforts pour ne pas jeter un œil à l'écran. Ses enfants, sans défense, et lui ici, impuissant, et Dickinson juste là, affamé, sa main qui se tendait déjà. Cooper garda les doigts fermés sur la micromémoire, ne les laissa pas la voir. Ils ne prendraient aucune initiative avant d'être certains qu'il ne bluffait pas. Il fit durer ce moment le plus longtemps possible, le cœur battant. Fit un pas en avant, baissa la main vers la table. Ouvrit les doigts.

La micromémoire tomba sur la table.

Peters loucha dessus, le regard triomphant.

La lueur d'un mouvement sur l'écran. Cooper s'exhorta à ne pas regarder, mais c'était trop tard, son don avait échappé à son contrôle, il avait besoin de données, de lire la situation.

Dickinson le fixait. Traquer son regard. Suivre ses yeux.

Sur l'écran, ils virent tous les deux le coude de Shannon percuter la gorge d'un tireur.

À l'attention des gardes, Dickinson hurla : « Tuez-les ! » tandis que sa main allait vers sa veste.

Cooper pivota et se précipita dans le box le plus proche, laissant la micromémoire sur la table. Un tir de l'arrière, une cloison qui explose. Il continua d'avancer, sentant que Dickinson le traquait, tirant encore et encore, mais sans l'atteindre. À l'abri derrière une cloison, il se mit à ramper vers le box suivant, les balles perforaient les structures murales.

Peters va aller chercher la micromémoire.

Il ne pouvait rien y faire. La salle de réunion devait être un enfer. Il n'était pas un super héros capable d'esquiver les balles. Être capable de voir où une personne allait tirer lui donnait un avantage, mais face à un professionnel comme Dickinson, et dans un open space, ce n'était pas suffisant.

Est-ce que Shannon avait neutralisé les deux tireurs ? Pas moyen de le savoir, pas le moment de se poser la question. Il y eut un autre tir, et un projectile déchira une cloison. Un écran explosa.

Cooper resta baissé et se pressa entre les boxes. Il visualisa le plan architectural, essayant d'y situer sa position. C'était un grand bureau, peut-être cinquante employés. S'il se levait, Dickinson le verrait. D'un autre côté, s'il ne se levait pas, son don était neutralisé. Sans voir ce qu'il se passait, il n'était qu'une proie qui se précipitait d'un abri à l'autre.

Il regarda autour de lui. Deux boxes à proximité, l'un rempli de dossiers et de classeurs, l'autre rangé et décoré, celui d'une personne qui s'efforçait de transformer une cage grise en un salon douillet : siège inclinable, lampe, photos encadrées sur le bureau. Rien qui ne ressemblait à une arme, du moins pas à une arme capable de faire le poids face à un pistolet. Il jeta un œil en l'air : poutrelles, tuyaux, lumières fluorescentes suspendues.

À une certaine distance, un double carillon, léger. La porte.

Quinn l'aurait averti si des renforts étaient entrés dans l'immeuble. Ce qui signifiait que ce bruit, c'était celui de Peters en train de quitter le bureau. Avec la micromémoire.

Tout s'effondrait.

Cooper rampa dans le box décoré, prit l'une des photos posées sur le bureau. Le verre était brillant et reflétait une image fantomatique de lui-même. Il la leva pardessus le rebord de la cloison. C'était loin d'être un miroir, mais ça lui donnait un aperçu de ce qu'il se passait, les mouvements s'y reflétaient. Dickinson faisait trois mètres de haut. La table. L'agent était monté dessus pour avoir une meilleure vue. Cooper abaissa la photo avant qu'il ne puisse la repérer.

« Viens, Cooper, dit Dickinson. Sors et je te promets de faire vite. Comme pour tes enfants. »

Une montée de bile dans la gorge. Il murmura : « Shannon ? Ça va ? »

Pas de réponse.

Quinn dit : « Coop, je ne sais pas ce qui se passe. Je n'ai pas de liaison et elle ne répond pas.

— J'ai reconnu ta petite amie terroriste, dit Dickinson. Mais j'ai bien peur qu'elle n'ait pas réussi son coup. »

C'était du bluff. Une tentative de le pousser à se découvrir. C'était obligatoirement du bluff.

« Et cette petite acrobatie a coûté la vie à ta famille. Désolé, mais on t'avait prévenu. »

Il ferma les yeux, s'adossa contre la cloison.

« Ah, relax, Coopcr. Les enfants, ça se remplace. Un ou deux de perdus, qu'est-ce que ça peut faire ? »

Rien de la part de Quinn. Ni de Shannon. Il n'avait aperçu qu'une infime image d'elle sur l'écran, un mouvement où elle mettait hors de combat l'un des gardes, mais ils étaient deux dans la pièce. Des tueurs expérimentés en état d'alerte.

Son don se manifesta à nouveau, hors de son contrôle, évaluant les données, formulant une conclusion.

Ta famille est morte.

Un jour, Cooper avait vu une voiture percuter un agent avant de le plaquer contre une barrière métallique, brisant complètement son corps depuis ses côtes jusqu'à ses jambes, sectionnées à mi-hauteur. Lésions physiques fatales. Cependant, ce qui l'avait le plus frappé, c'était que l'homme était resté calme. Il n'avait pas crié, n'avait pas semblé éprouver de douleur.

Certaines blessures étaient trop énormes pour qu'on les ressente.

Une étrange pureté sombre s'écoula en lui. C'était presque doux. Si sa famille n'était plus là, il n'y avait plus de raison de continuer. Plus de raison de vivre. Sauf une.

Tu vas mourir, Roger. Et Peters aussi.

Toujours baissé, il quitta le box et longea rapidement l'allée. Les épaules plaquées contre le mur le plus proche, il se représenta l'angle de vision de Dickinson. Le fait d'être debout sur la table de conférence lui procurait un avantage tactique. Mais qui avait également ses limites.

Un tir, puis un autre. Toutefois, rien n'explosa près de lui. Dickinson tirait à l'aveugle, espérant le débusquer.

J'arrive, Roger. Ne t'inquiète pas.

Il se déplaça dans l'allée en direction de l'entrée. Sur le mur, entre deux planches de skate, il vit ce qu'il cherchait. Mais il y avait une longue course à découvert avant d'atteindre son but. Pas moyen d'y arriver sans être vu.

Il se mit en position de sprinter, prêt à partir. Puis, d'un jet parabolique, il lança le cadre contenant la photo le plus loin possible.

Dickinson réagit immédiatement, avec deux tirs quasi instantanés. Sans perdre une seconde, Cooper se lança dans un sprint en direction du mur le plus éloigné, parcourant une douzaine de mètres en un instant. Il entendit du verre se briser derrière lui. Le cadre venait de heurter quelque chose. Dickinson devait avoir compris qu'il s'agissait d'une diversion. Il devait traquer le moindre mouvement, arme au poing.

Aucune importance. Rien ne comptait, à part tuer. Tuer, et atteindre la rangée d'interrupteurs qu'il avait remarqués sur le mur. Il les éteignit tous d'un même mouvement de balayage. L'éclairage fluorescent mourut.

La pénombre, pure comme la furie.

Cooper pivota et se leva. Plus besoin de se cacher, désormais. Lorsque les lumières étaient allumées, Cooper était une proie, et Dickinson était un prédateur.

Les lumières éteintes, Cooper était une ombre dans les ténèbres. Et Dickinson était une silhouette debout sur une table de conférence, baignée dans la luminescence de l'écran qu'avait apporté Peters. Il aurait tout aussi bien pu se trouver sous un projecteur.

L'agent avait une arme dans chaque main, la sienne dans la droite, celle de Cooper dans la gauche. Il les brandit toutes les deux et tira au jugé en direction des interrupteurs. Mais Cooper ne s'y trouvait plus.

Et les deux flashes projetés par les bouches des canons ne firent qu'aggraver les choses pour lui. Le privèrent de sa faible vision nocturne.

Cooper se déplaçait d'un pas régulier, sans courir, sans risquer de trébucher ni de faire du bruit. Il fixait Dickinson tandis que celui-ci s'agitait dans le noir. Au moment où il atteignit la table de conférence, l'autre agent avait compris son erreur. Dickinson sauta, atterrit lourdement.

Cooper fit un pas en avant, saisit les pistolets et les lui arracha d'un mouvement de torsion.

Puis il les colla contre la poitrine de Roger Dickinson et tira jusqu'à ce que les culasses se bloquent en position arrière.

Ce qu'il restait de l'agent s'effondra, flasque et gluant. Cooper jeta les armes sur le cadavre.

Il marcha jusqu'à la table. Jusqu'à l'écran.

Sa famille était morte.

C'était ce qu'il fallait maintenant affronter. Regarder l'écran et voir la fin du monde.

Cooper se força à faire face.

L'écran montrait une salle de réunion et le dôme du Capitole qui brillait au loin.

Il montrait l'un des tireurs au sol, complètement inerte.

Il montrait l'autre qui essayait de se remettre sur ses pieds, dans les vapes, les doigts grattant la table, cherchant de l'aide.

Ce qu'il ne montrait pas, c'était les corps des membres de sa famille.

Dieu te bénisse, Shannon. Ma fille qui passe à travers les murs.

«Coop ?» La voix de Quinn dans son oreille. «Je viens de repérer Shannon dans l'ascenseur numéro trois. Elle a ta famille avec elle. Elle saigne plutôt salement du côté droit de la tête. Elle a dû prendre un coup qui a cassé le transmetteur. Mais elle fait signe que c'est OK à la caméra. Et tout le monde a l'air en forme.»

Durant un moment, il s'abandonna à la sensation qui venait de s'emparer de lui. Une sensation telle qu'elle pouvait faire exploser le toit de l'immeuble. Une sensation qui pouvait faire exploser son cœur.

Quinn dit : «La mauvaise nouvelle, c'est que je capte pas mal d'activité sur les fréquences de la police. Une petite armée est en train de se diriger vers nous. Il est temps d'y aller.

— Où est Peters ?

— Il n'est pas avec toi ?

— Non. Et il a la micromémoire.

— *Quoi ?* Comment ?

— Pas le temps d'expliquer. Tu l'as vu sur tes écrans ?

— Non. Il n'est pas passé par le vestibule de l'ascenseur.»

La chose intelligente à faire, c'était s'en aller, s'enfuir avec Quinn et Shannon et sa famille. Se cacher quelque part et réfléchir à la suite. Laisser Peters s'en aller avec l'unique preuve.

Cooper courut jusqu'à la sortie. Traversa le vestibule, passa la porte. Le carillon sonna derrière lui. «Quinn, il y a des caméras dans les cages d'escalier ?

— Négatif.»

Tourner à gauche sur une intuition, trouver la cage d'escalier au fond. Il enfonça les portes, entra dans un espace de béton éclairé d'une lumière vive. « Ils mènent vers l'extérieur ?

— Oui, bien sûr, c'est la sortie de secours », dit Quinn. Puis il ajouta : « Oh merde. »

Cooper commença à descendre, sautant une volée de marches après l'autre, une main glissant sur la rambarde. Peters devait déjà avoir atteint la rue. Évanoui dans…

Il ne pouvait pas être certain que Dickinson ait le dessus. S'il l'avait été, il serait resté.

Puisqu'il est parti, il pensait que je pouvais l'emporter.

Et il sait qu'ensuite, je me serais lancé à sa poursuite.

Il n'a donc pas fait ce à quoi je dois m'attendre.

… la nuit. Cooper se rattrapa à la main courante, fit demi-tour, remonta à toute vitesse. Ses mollets brûlaient, ses poumons hurlaient. Il passa le dixième, le onzième, le douzième.

Quinn dit : « Merde. Cooper, j'ai un hélicoptère en approche, arrivée dans quarante-cinq secondes. »

Drew, le sournois. Le foutu sournois. Cooper dit : « OK.

— Hein ?

— Sors de là. Fais sortir Shannon, fais sortir ma famille. Je vous retrouverai au rendez-vous.

— Cooper…

— Maintenant. C'est un ordre. »

Après le douzième, les marches donnaient sur une porte. Cooper la percuta en plein élan, elle s'ouvrit en grand sur le toit. Du gravier, des systèmes d'air conditionné, la fraîcheur soudaine de l'air du soir et le bruit de la ville, le bruit des pales d'un hélicoptère, d'abord imperceptible, puis de plus en plus proche.

Le directeur était à l'angle sud-est de l'immeuble, dans un espace suffisamment dégagé pour qu'un hélicoptère atterrisse.

Une vision flash, San Antonio, le toit avec Alex Vasquez. La traquer jusqu'au bord de l'immeuble, les contours de son corps dans le ciel nocturne.

Peters l'entendit alors qu'il était à environ trois mètres. Il se retourna. Il dit : «Non» et passa la main dans son dos pour saisir son arme. Cooper saisit son bras d'une main, le tordit avant de pivoter et d'abattre son avant-bras sur l'épaule du directeur, qui craqua avec un bruit sec. Drew Peters hurla et son arme glissa de ses doigts inertes.

Cooper le redressa d'une main et se servit de l'autre pour fouiller dans ses poches. La micromémoire était dans celle de droite. Il la prit, puis agrippa l'homme par les revers et le fit reculer. À peine trois pas, et ils étaient au bord du toit. À l'horizon, la ligne des immeubles étincelait, un feu de lumières sur le marbre et le verre. La base de la Maison-Blanche était éclairée, royale et imposante. Il se demanda si le président Walker s'y trouvait, s'il était assis dans le bureau Ovale, ou s'il enfilait un peignoir avant de se mettre au lit.

L'hélico approchait. Comme un harpon, un projecteur se balançait d'avant en arrière, entre les immeubles. En chasse.

Le visage de Peters était luisant de sueur. Ses yeux étaient écarquillés. Mais sa voix fut étrangement plate lorsqu'il dit : «Tu veux me tuer ? Vas-y.

— OK.» Il fit reculer Peters d'un demi-pas.

«Attends !» Ses chaussures glissaient et luttaient sur le rebord. «C'est quelque chose qui nous dépasse largement, tous les deux. Si tu fais ça, le monde va s'embraser.

— Tu espères toujours que je sois un vrai inquisiteur, hein ?

— Je sais que tu l'es.

— Tu as peut-être raison. Peut-être que je le suis encore. Mais ce n'est plus en toi que je crois, ni en ton sale petit jeu.

— Ce n'est pas un jeu. C'est le futur. Tu vas devoir choisir ton camp.

— Ouais, dit Cooper. J'ai déjà entendu ça. » Il tira sèchement son ancien mentor vers lui, puis le poussa en arrière de toutes ses forces.

Le faisceau du projecteur de l'hélicoptère captura le corps de Drew Peters tandis qu'il décollait du rebord du toit. Une poupée de chiffon battant l'air, une trentaine de mètres au-dessus du sol. Et durant une fraction de seconde, le faisceau aveuglant parut le maintenir en l'air.

Mais seulement une fraction de seconde.

Chapitre 40

Il lui fallut une heure et demie pour s'en tirer.

À pied, le trajet depuis l'immeuble du 900 de la 7e Avenue Northwest jusqu'au banc donnant sur le Lincoln Memorial ne prenait habituellement que vingt minutes. Trente en flânant et en savourant l'une des promenades les plus réputées au monde. L'aile est de la Maison-Blanche, les lumières allumées à l'intérieur à toute heure du jour et de la nuit. Le Washington Monument, comme une lance dans le ciel nocturne, la lumière de signalisation aérienne qui clignotait lentement. Le reflet des ondulations de l'étang de Constitution Garden. La cicatrice noire et brillante du Vietnam Memorial qui coupait le coteau en deux. Et, enfin, le volume néoclassique et mythique du Lincoln Memorial. Les larges marches de marbre qui menaient vers les colonnes cannelées, illuminées de projecteurs, et l'austère Honest Abe[1], en pleine contemplation, comme s'il jaugeait le pays qu'il avait dirigé.

Mais Cooper n'avait pas emprunté le trajet le plus

1. L'un des nombreux surnoms d'Abraham Lincoln (avec The Great Emancipator, The Liberator, Father Abraham, Uncle Abe…).

court. Sa priorité immédiate avait été de sortir de l'immeuble. La cage d'escalier lui avait permis de rejoindre la rue. À partir de là, il s'était dirigé vers le nord, puis vers l'est, à l'écoute des sons qui indiquaient l'approche des forces convergentes. Quinn ne plaisantait pas en parlant d'une petite armée : Peters avait dû appeler toutes les forces de l'ordre des environs. Et à Washington DC, la ville la plus fliquée du pays, cela signifiait non seulement les équipes du DAR, mais aussi la police métropolitaine, la police du Capitole, la police des transports, la police des parcs, la division en tenue des Services secrets, et Dieu savait combien d'autres.

Comme aucun d'entre eux ne paraissait savoir ce qu'il se passait ni qui ils cherchaient, la meilleure description était « scénario catastrophe ».

Cooper présuma que cela devait faire partie du plan, que Peters avait voulu rassembler le maximum d'effectifs sur place avant de diriger les opérations depuis les airs. La confusion lui aurait donné toute latitude pour écrire l'histoire à sa guise. Sans doute de la façon suivante : l'agent anormal Nick Cooper, traître et terroriste, avait kidnappé sa famille avant de se retrouver coincé dans cet immeuble par les Services Équitables. Toutes les forces supplémentaires étaient bienvenues, elles souligneraient la bonne coopération entre agences et tout le crédit en reviendrait au DAR.

Désolé, Drew. On dirait qu'une chute d'une douzaine d'étages est en train de bousiller ton plan.

La bonne nouvelle, c'était que sans direction, toutes ces équipes passèrent leur temps à se gêner mutuellement. Sirènes et gyrophares, unités du SWAT et Sans-visage, barricades et badges. Cooper profita de la confusion pour s'éloigner et ensuite, le reste ne fut plus que de la routine. Il entra et sortit de plusieurs immeubles, prit le métro, une station vers le nord puis deux vers le sud, fit deux fois le tour du même bloc, dans un sens puis dans l'autre, avant de s'en aller en traversant le Mall[1].

Une heure et demie plus tard, il était assis sur le banc du parc, rendant son regard à Abraham Lincoln. Vingt minutes avant son rendez-vous avec Quinn et Shannon.

Vingt minutes avant de pouvoir voir ses enfants.

Vingt minutes pour décider du destin du monde.

Cooper avait sorti son datapad, branché la clé. Il s'était connecté et avait préparé le fichier vidéo pour sa diffusion. Il avait appris de l'erreur de John Smith : au lieu de l'envoyer à une poignée de journalistes qui pouvaient très bien garder le silence, il l'avait préparée pour un système de partage public de vidéos. Tout ce qu'il avait à faire, c'était appuyer sur la touche « envoi », et elle se répandrait comme une traînée de poudre. En une heure, elle aurait été vue par des milliers de gens. Le lendemain matin, elle serait partout, sur chaque chaîne d'information, chaque site du web. Le monde entier connaîtrait l'atroce vérité.

Tout ce qu'il avait à faire, c'était appuyer sur la touche « envoi ».

Qu'est-ce qu'avait dit Peters ? *« C'est quelque chose qui nous dépasse largement, tous les deux. Si tu fais ça, le monde va s'embraser. »*

Cela signerait certainement la fin de cette administration. Un président filmé en train d'autoriser le meurtre de civils innocents ? Il serait crucifié, encourrait la prison, voire pire.

1. National Mall : parc public du centre-ville de Washington, bordé des principaux monuments et mémoriaux cités au début de ce chapitre.

Cela convenait parfaitement à Cooper. Mais le problème, lorsqu'on allumait un incendie, c'était d'en perdre le contrôle. Jusqu'où s'étendrait celui-ci ?

La foi en le gouvernement, déjà ébranlée depuis longtemps, s'écroulerait complètement. Au fond d'eux-mêmes, les Américains ne croyaient plus que leurs dirigeants se souciaient d'eux. Les gens évoquaient les politiciens avec les termes les plus désabusés et les plus cyniques, et on ne pouvait pas leur donner entièrement tort. Mais c'était autre chose de découvrir que le gouvernement ordonnait leur meurtre.

Et les Services Équitables. Pour avoir ne serait-ce qu'une chance de survie, il fallait désavouer Peters, affirmer qu'il était un fanatique qui outrepassait sa mission. Mais même là, l'agence pourrait être réduite à néant.

Ce qui n'était pas entièrement une bonne chose. Oui, Peters avait dévoyé l'agence. Mais la menace d'anormaux violents était bien réelle. Toutes les personnes que Cooper avait mises hors circuit n'étaient peut-être pas impliquées. Mais beaucoup l'étaient. Sans les Services Équitables, il n'y aurait plus personne pour les maîtriser.

En plus, la vidéo innocentait John Smith du massacre du Monocle. Cela ne faisait plus de lui un terroriste, mais à nouveau un combattant de la liberté, peut-être même un héros. Énormément de gens s'intéresseraient à lui. Le percevraient comme une nouvelle voix courageuse. Peut-être même comme un leader.

Une idée effrayante. Smith possédait l'intelligence et la perspicacité d'un dirigeant. Mais Cooper n'avait pas confiance en cet homme. En son cœur. Il avait reconnu avoir posé les bombes, avoir élaboré des virus, assassiné des civils. Smith était innocent dans la tuerie du Monocle, mais coupable de quantité d'autres choses.

Il était possible que Peters ait raison. Partager cette vidéo pourrait mettre le monde à feu et à sang.

Évidemment, il y a une alternative.

Cooper pouvait se servir de la vidéo à son propre avantage. En menaçant de la divulguer, il pouvait faire chanter le président Walker. Prendre en main les Services Équitables, diriger l'agence telle qu'elle était censée l'être. Il pouvait s'asseoir dans le fauteuil de Peters et prendre les bonnes décisions. Se battre pour empêcher une guerre, au lien d'en provoquer une.

C'était une idée tentante. Toute sa vie adulte, Cooper s'était battu pour protéger son pays. D'abord, contre les menaces extérieures, au sein de l'armée, puis contre un danger encore plus grand : son avenir. Si les normaux et les Brillants en venaient à un conflit ouvert, ce serait une situation incroyablement meurtrière, qui pouvait mettre dos à dos pères et fils, maris et femmes.

Cela transformerait frères et sœurs en ennemis. Kate et Todd devraient-ils un jour prendre les armes l'un contre l'autre ?

Il ne pouvait pas laisser les choses en arriver là. C'était pour cela qu'il avait fait tout ce qu'il avait fait. Le bien et le mal, la vertu et l'égarement. Tout était porté par cette seule croyance : que d'une façon ou d'une autre, les enfants de ce nouveau monde devaient trouver comment vivre ensemble.

Et s'il se servait de cette vidéo au lieu de la partager, il pouvait contribuer à ce que cela se produise. Changer le système de l'intérieur.

Cooper leva les yeux et regarda au loin. La pénombre veloutée de la nuit de Washington. Les nuages bas teintés de pourpre par les reflets des lumières des monuments, hors de portée des machinations gouvernementales. Hors de portée de cette ville qui était censée représenter quelque chose.

Entre les colonnes massives, Abraham Lincoln observait avec une étrange expression. La guerre la plus meurtrière de l'histoire de l'Amérique s'était déroulée sous ses yeux, sous son commandement. Est-ce que le pays pourrait survivre à une deuxième guerre civile ?

Il jeta un œil à l'horloge de son d-pad. Temps d'y aller.

La vérité, ou le pouvoir ?

Cooper pensa à ses enfants.

Puis il appuya sur la touche « envoi », posa le datapad sur le banc, et l'y abandonna.

Peut-être que le monde allait s'embraser. Mais si la simple vérité suffisait à déclencher l'incendie, alors celui-ci était sans doute nécessaire.

Pour ce qui le concernait, son rôle dans cette guerre s'arrêtait là.

*

Cinq minutes plus tard, un taxi le déposait dans Shaw, un quartier calme composé de petits immeubles et de maisons bien alignées. Construit à la place d'un ancien cantonnement d'esclaves affranchis, l'endroit avait jadis été le Harlem de DC – à la fois le Harlem positif et le Harlem négatif –, mais au cours des dernières décennies, la revalorisation et l'embourgeoisement avaient fait évoluer les choses, les employés et les cadres blancs côtoyaient les ouvriers noirs. En bien ou en mal, tout avait changé.

Cooper paya le chauffeur et sortit devant une maison

victorienne bien tenue. Les fenêtres du rez-de-chaussée étaient allumées, et il voyait des silhouettes bouger à l'intérieur. Quinn était appuyé contre sa voiture et faisait tourner entre ses doigts une cigarette qu'il n'avait pas encore allumée. « T'as réussi.

— Ouais. J'ai pris l'itinéraire touristique.

— Et Peters ?

— Il a pris un itinéraire touristique, lui aussi. Mais beaucoup, beaucoup plus rapide.

— C'est pour entendre cette vanne que j'ai attendu ?

— Un peu, ouais. Ma famille ?

— À l'intérieur. Ça fait une heure que je suis là, je n'ai rien vu de particulier.

— Shannon ? Tu as dit qu'elle était blessée.

— Ouais. Un vilain coup sur le côté de la tête. Elle a l'oreille ensanglantée, mais elle va bien. » Quinn sourit. « En fait, ça la met foutrement en rogne. À mon avis, cette fille croyait réellement être invisible.

— Elle n'en est pas loin.

— En parlant de ça. » Quinn mit la main dans sa poche, en sortit une micromémoire identique à l'autre. « La vidéo de sécurité du 900. Toutes les caméras, une demi-heure avant notre arrivée jusqu'à notre départ. J'ai nettoyé les disques durs avant de partir. Nous aussi, nous sommes invisibles.

— T'es un putain de génie, Bobby.

— T'avais oublié ? » Son partenaire glissa la cigarette entre ses lèvres, puis la retira. « Alors, qu'est-ce que t'en penses ? L'agence va trinquer pour ce qui s'est passé ?

— J'en doute. Je suis sûr qu'un petit génie des relations publiques élabore une tout autre histoire en ce moment même.

— Le directeur Drew Peters, révolté par l'esthétique

moderne, dévaste une société de conception graphique en signe de protestation avant de se jeter du toit de l'immeuble.

— Quelque chose comme ça. » Un mouvement attira son regard. La porte d'entrée s'ouvrait et deux silhouettes en sortaient. « On est en sécurité ici ?

— La maison appartient à l'ami d'un ami, aucune connexion. » Quinn suivit son regard, vit Shannon et Natalie sous le porche. Les deux femmes parlaient, mais même d'où il se trouvait, Cooper pouvait lire une raideur dans leur attitude, une gêne entre elles. *L'ex-femme et la nouvelle… quoi qu'elle soit.*

Il sembla que Quinn ait vu la même chose. « Oups. Embarrassant. Je ferais mieux de m'en aller avant que les couteaux sortent.

— Ouais. » Il s'engagea dans l'allée. Se retourna. « Bobby ? Merci. Je t'en dois une.

— Non, dit Quinn avant de sourire. Tu m'en dois beaucoup plus qu'une. »

Cooper rit.

Sous le porche, Natalie était tendue. Il lisait ses pensées, comme d'habitude. Lisait la joie en elle, le soulagement de le voir sain et sauf, et la colère pour ce qu'elle avait dû subir au cours des six derniers mois. Shannon avait de la gaze sur l'oreille et du sang sur le chemisier. Sa posture, habituellement fluide, était rigide.

« Hé, dit-il en les regardant l'une et l'autre.

— Nous sommes en sécurité ? demanda Natalie.

— Oui.

— C'est terminé ?

— Oui.

— Tu es de retour parmi nous ?

— Oui, dit-il, et il vit Shannon se raidir davantage. J'imagine que je n'ai pas besoin de vous présenter ?

— Non, dit Natalie. Shannon s'en est occupée. Elle est fascinante.

— Je sais. » Il observa la finesse de son visage. « Vous l'êtes toutes les deux. Je n'y serais jamais arrivé sans vous. »

Il ne savait plus vraiment quoi dire après ça, et apparemment, aucune d'elles non plus. Natalie croisa les bras. Shannon bascula le poids de son corps d'une jambe sur l'autre. Après un moment, elle dit : « Bien. Je vais m'en aller. Te laisser avec ta famille. » Elle tendit une main à Natalie. « J'ai été enchantée de vous rencontrer. »

Natalie la regarda, regarda sa main tendue. Puis elle s'approcha de Shannon et la prit dans ses bras. « Merci, murmura-t-elle. Merci. »

Shannon hocha la tête, lui rendit son accolade avec un léger embarras. « Ouais. Vos enfants sont magnifiques.

— Et vivants, grâce à vous. » Natalie prolongea l'accolade un instant, puis recula et dit : « Si jamais vous avez besoin de quoi que ce soit, *quoi que ce soit*, n'hésitez pas. D'accord ?

— D'accord. » Elle regarda Cooper. « À un de ces jours, je suppose. » Puis elle descendit du porche et s'engagea dans l'allée.

Cooper la regarda puis se tourna vers son ex-femme. Pour la plupart des gens, son attitude aurait été indéchiffrable, mais il pouvait tout y lire, comme dans un livre qu'il connaissait par cœur. Une authentique reconnaissance mêlée à de l'inconfort. C'était compréhensible. Au cours des six derniers mois, elle aussi avait vécu un cauchemar, dévouée à leurs enfants, tout comme lui. D'une certaine façon, elle se l'était représenté comme son partenaire. Et à nouveau comme un mari, malgré tout. Cela avait dû la blesser de remarquer les signes de sa relation avec Shannon. Et la dernière chose qu'il voulait, c'était la blesser. Il expliquerait, clarifierait…

« Les enfants vont bien ?

— Ils… ils iront bien. Tu veux les voir ?

— Oh que oui. » Il avança en direction de la porte, puis s'immobilisa. « Une seconde, d'accord ? » Cooper n'attendit pas la réponse, se précipita en bas des marches, rattrapa Shannon et la retint par le bras. « Attends. »

Elle se tourna vers lui. Son visage était illisible. « Quoi ? »

Il ouvrit la bouche, la referma. Puis il dit : « On a survécu.

— J'avais remarqué.

— Et on a sauvé le monde.

— Hourrah.

— Et… »

Elle le regarda, arqua ce demi-sourire si particulier. « Oui ?

— Eh bien, tu as dit que si on s'en tirait, tu sortirais avec moi.

— Non. J'ai dit que si on s'en tirait, tu pourrais me poser la question.

— Bien. OK. » Il redressa ses épaules. « Qu'est-ce que t'en dis ? Tu veux qu'on se donne un rendez-vous sans armes à feu ?

— Je ne sais pas. » Elle prit la pose, attendit. « Qu'est-ce qu'on ferait sans ?

— On trouvera bien. » Il sourit, et elle lui rendit son sourire.

« Très bien, Nick. Mais il vaudrait mieux que ce ne soit pas ennuyeux.

— Promis.

— Promis. Maintenant, file. »

Il acquiesça, se mit en route vers la maison. Pensa à quelque chose, se retourna. « Hé, attends, je n'ai toujours pas ton… »

Shannon n'était plus là.

Mais comment *est-ce qu'elle fait ça ?*

Il secoua la tête, sourit, fit demi-tour. La porte était ouverte. Il entendit la voix de Natalie, puis tous les trois sortirent de la maison.

Todd et Kate étaient pâles. Ils avaient pleuré. À cet instant, il réalisa ce qu'il leur était arrivé, tout ce qui s'était passé. Les mois qu'il avait ratés, la pression qu'ils avaient subie. Les horreurs du monde. Et pire que tout, les choses qui s'étaient passées depuis hier, des choses qu'ils ne comprenaient pas, ne pouvaient pas comprendre, mais des choses qui allaient les marquer. Ils étaient blessés. Il le comprit soudain. Pas physiquement, mais les blessures étaient là.

Cela lui arracha le cœur. Un instant figé qu'il n'oublierait jamais.

Puis ils le virent. Durant un instant, ils ne comprirent pas vraiment ce qu'ils avaient devant les yeux. Il faisait sombre, six mois s'étaient écoulés, une éternité à leur âge, et pendant une seconde, ils ne le reconnurent pas.

Kate fut la première. Ses yeux s'écarquillèrent. Elle leva la tête vers Natalie, puis le regarda à nouveau, et Todd dit : « Papa ? »

Soudain, ils dévalaient les escaliers pour se jeter dans ses bras, et il les y accueillit, tous riaient et pleuraient, partageaient leur chaleur, leur odeur, un réconfort primaire, une charge émotionnelle telle qu'il n'en avait jamais connue et pourtant familière, tout ce qui faisait que ça en valait la peine, et en une seconde il comprit qu'il s'était trompé.

Son rôle dans la guerre n'était pas terminé. Loin de là.

Ses enfants avaient besoin d'un monde dans lequel grandir, d'un avenir solide, et son combat ne s'arrêterait jamais avant que cela n'advienne. Aussi longtemps que durerait la guerre, il se battrait.

Mais durant un moment, tandis qu'il les serrait si fort que leurs os écrasaient ses muscles, alors que Todd enlaçait son torse et que Kate enfouissait son visage dans son cou, alors que Natalie descendait les marches pour les enlacer tous les trois, alors qu'il sentait les cheveux de son fils et goûtait les larmes de sa fille, tout le reste s'évanouit.

L'avenir pouvait attendre. Au moins un petit moment.

FIN DU PREMIER TOME

EXTRAIT :

PROLOGUE DU DEUXIÈME TOME

Le liquide froid qui aspergeait son visage remit les idées de Kevin Temple en place.

Il avait été sur la route toute la nuit, un trajet spécial depuis l'Indiana avec une cargaison de légumes frais. Quinze minutes à peine après avoir quitté l'entrepôt de Cleveland, il avait éprouvé une sensation de nausée : trop de café et de bœuf séché dans l'estomac. Il aurait eu besoin d'un double cheeseburger – tout le monde s'attendait à ce qu'un routier ait de l'embonpoint, mais c'était pour lui une question d'honneur de ne peser, à trente-neuf ans, que cinq kilos de plus que lorsqu'il était au lycée.

Lorsque les gyrophares éclairèrent soudain les ténèbres derrière lui, il sursauta, puis jura. Erreur d'inattention, il avait dû avoir le pied un peu lourd sur l'accélérateur – mais non, le compteur affichait cent sept. Il était fatigué, mais pas au point de sortir de sa voie. Un feu arrière cassé ? Il était plus de quatre heures du matin, et peut-être que les flics trouvaient simplement la nuit trop longue.

Kevin relâcha ses épaules. Il bâilla et s'étira, puis alluma la lumière intérieure et abaissa la vitre. L'air nocturne était frais et agréable. Dans une semaine, ce serait Thanksgiving, se dit-il.

Le policier était entre deux âges, maigre, l'air mauvais. Il portait un uniforme amidonné et son chapeau cachait ses yeux. « Vous savez pourquoi je vous arrête ?

— Non, monsieur.

— Sortez de la cabine, s'il vous plaît. »

Ce devait être un feu de stop défaillant. Il arrivait que des flics prennent plaisir à vous coller le nez dessus. Kevin sortit de son portefeuille son permis et le certificat d'immatriculation, puis ouvrit la porte et descendit de la cabine. Un second flic avait rejoint le premier.

« Gardez vos mains bien en vue, s'il vous plaît.

— Bien sûr », dit Kevin. Il tendit les papiers. « De quoi s'agit-il, monsieur l'agent ? »

Le flic prit le permis, alluma sa lampe de poche. « Monsieur… Temple ?

— Oui, monsieur.

— Vous allez à Cleveland, cette nuit ?

— Oui, monsieur.

— Vous empruntez cette route régulièrement ?

— Deux ou trois fois par semaine.

— Vous êtes un Brillant ?

— Hein ? »

Le flic répéta : « Êtes-vous un Brillant ?

— Qu'est-ce que – quel rapport ?

— Contentez-vous de répondre à la question. Êtes-vous un Brillant ? »

C'était l'un de ces moments particuliers où il savait ce qu'il *devait* faire, dans le sens idéalisé du mot. Il devait refuser de répondre. Il devait se lancer dans une tirade pour expliquer à quel point cette question constituait une violation de ses droits civiques. Il devait dire à ce flic sectaire de fermer sa gueule d'imbécile d'où s'échappaient de telles paroles.

Mais il était quatre heures du matin, la route était

déserte et il était fatigué. Parfois, *devait faire* était battu en brèche par *aurait voulu faire*. Il dit, en s'efforçant de donner une intonation convaincante à ses mots : « Non, je ne suis pas un Brillant. »

Le flic le fixa un moment, puis leva la lampe de poche. Kevin grimaça et plissa les yeux. « Eh, je ne vois plus rien.

— Je sais. »

Il perçut un mouvement dans sa vision périphérique. L'autre flic brandissait un appareil qui émettait des grésillements bleu électrique, puis un éclair frappa Kevin Temple en pleine poitrine. Tous ses muscles se contractèrent en même temps et il entendit un genre de cri sortir de sa gorge, des étoiles l'aveuglèrent et des griffes plongèrent dans sa cage thoracique.

Lorsque la douleur s'estompa, il s'écroula. Ses pensées étaient floues, et il fit un effort pour comprendre ce qu'il venait de se passer. Le sol était froid. Et instable. Non, c'est lui qui bougeait. On le traînait. Ses mains étaient dans son dos et quelque chose les entravait.

Puis le liquide aspergea son visage. Le froid le fit haleter, des gouttes pénétrèrent dans sa bouche. C'était immonde. Quelque chose de chimique et d'âcre qu'il n'avait jamais goûté, mais déjà senti un millier de fois, et c'est à ce moment que la panique balaya les dernières traces de douleur : il était menotté sur le bord de la route et on l'arrosait d'essence.

« Mon Dieu, s'il vous plaît, s'il vous plaît, non, s'il vous plaît, ne…

— Shhh. » Le flic à l'air mauvais s'agenouilla à côté de lui. Son collègue inclina le bidon d'essence et commença à reculer en déversant une traînée de liquide. « Du calme.

— S'il vous plaît, officier, s'il vous plaît…

— Je ne suis pas flic, monsieur Temple. Je suis… » – il hésita – « je pense qu'on pourrait dire que je suis un soldat. De l'armée de Darwin.

— Je ferai tout ce que vous voulez, j'ai un peu d'argent, vous aurez tout ce que…

— Du calme, d'accord ? Écoutez bien. » La voix de l'homme était ferme, mais pas agressive. « Vous m'écoutez ? »

Kevin hocha frénétiquement la tête. Il y avait de l'essence partout, elle encombrait ses narines, brûlait ses yeux, glaçait ses mains et son visage.

« Je veux que vous sachiez que ça n'a rien à voir avec le fait que vous soyez normal. Et je suis sincèrement désolé d'avoir à faire ça de cette façon. Mais dans une guerre, il n'y a pas de spectateurs innocents. » Durant un instant, on aurait dit qu'il allait ajouter quelque chose, mais finalement il se releva.

La peur la plus pure que Kevin Temple ait jamais éprouvée le submergea, des pieds à la tête. Il voulait pleurer, supplier, hurler, courir, mais il ne trouva aucun mot. Ses dents claquaient, ses mains étaient attachées, il avait les jambes en coton.

« Si cela peut vous réconforter, dites-vous que vous faites partie de quelque chose de beaucoup plus vaste. Une partie essentielle du plan. » Le soldat frotta une allumette, une fois, deux fois. La flamme grandit et flamboya. La lueur brillante se reflétait dans ses yeux. « C'est de cette façon que nous bâtissons un monde meilleur. »

Puis il jeta l'allumette.

Remerciements

Un mythe persistant voudrait que les livres s'écrivent seul, par un rêveur enfermé dans une cave avec de l'encre, et qui s'occuperait de tout. Pour le rêveur et la cave, c'est tout à fait exact. Mais je suis loin d'écrire seul. Mes plus profonds remerciements à :

Scott Miller, agent, ami et frère d'armes, qui non seulement n'a pas paniqué quand j'ai changé de cap, mais en plus m'a dit de l'écrire immédiatement. Merci également à la brillante équipe de Creative Artists, particulièrement à Jon Cassir, Matthew Snyder, Rosi Bilow, qui ont fait mentir toutes les blagues au sujet de Hollywood.

Andy Bartlet, Jacque Ben-Zekry, Daphne Durham, Justin Golenbock, et toute l'équipe de Thomas & Mercer, qui sont des amoureux passionnés des livres et construisent le meilleur des mondes.

J'ai la chance d'avoir deux partenaires de création. Le premier est Sean Chercover, collaborateur et ami dont les empreintes digitales parsèment ce livre. S'il y a quelque chose qui vous a déplu, cela vient probablement de lui. Le second est Blake Crouch, qui, au sommet d'une montagne de quatre mille deux cents mètres, m'a aidé à transformer un infime fragment d'idée en une histoire complète… avant de m'en donner le titre. C'est ma tournée, les gars.

Tous ceux qui ont lu les premières versions du livre et m'ont pointé ses faiblesses, en particulier Michael Cook, Alison Dasho, Darwyn Jones.

Jeroen ten Berge, le visionnaire qui est derrière l'illustration de couverture.

Dana Kaye, talentueuse agent publicitaire que rien n'effraie.

Dale Rosenthal, de l'Université de l'Illinois à Chicago, qui, autour d'une Guinness, a démonté le marché financier planétaire avant de le remonter selon un modèle anormal.

Kevin Anthony, qui a construit le magnifique bureau sur lequel je vais écrire jusqu'à la fin de mes jours.

La communauté des auteurs de polars : libraires et bibliothécaires, bloggers, critiques et journalistes, mais plus particulièrement les lecteurs.

Mon frère Matt, qui a dévoré le livre, a méticuleusement boosté mon ego, avant de virer tout ce qui n'allait pas. Tu es l'homme de la situation.

Sally et Anthony Sakey, mes parents, qui m'ont tout donné.

Et finalement, les deux amours de ma vie : ma femme g.g. et notre fille Jocelyn. Rien n'aurait de sens sans vous.

DU MÊME AUTEUR

Aux Éditions Gallimard

UN MONDE MEILLEUR. LES BRILLANTS, tome II, 2016.

LES BRILLANTS, 2015. Folio Policier nº 788.

Aux Éditions du Cherche-Midi

SEULEMENT LES MORTS, 2010.

DES GENS BIEN, 2009.

DÉSAXÉ, 2007.

COLLECTION FOLIO POLICIER

Dernières parutions

647.	Larry Beinhart	*L'évangile du billet vert*
648.	William Gay	*La mort au crépuscule*
649.	Gabriel Trujillo Muñoz	*Mezquite Road*
650.	Boileau-Narcejac	*L'âge bête*
651.	Anthony Bourdain	*La surprise du chef*
652.	Stefán Máni	*Noir Océan*
653.	***	*Los Angeles Noir*
654.	***	*Londres Noir*
655.	***	*Paris Noir*
656.	Elsa Marpeau	*Les yeux des morts*
657.	François Boulay	*Suite rouge*
658.	James Sallis	*L'œil du criquet*
659.	Jo Nesbø	*Le léopard*
660.	Joe R. Lansdale	*Vanilla Ride*
661.	Georges Flipo	*La commissaire n'aime point les vers*
662.	Stephen Hunter	*Shooter*
663.	Pierre Magnan	*Élégie pour Laviolette*
664.	James Hadley Chase	*Tu me suivras dans la tombe* et autres romans
665.	Georges Simenon	*Long cours*
666.	Thomas H. Cook	*La preuve de sang*
667.	Gene Kerrigan	*Le chœur des paumés*
668.	Serge Quadruppani	*Saturne*
669.	Gunnar Staalesen	*L'écriture sur le mur*
670.	Georges Simenon	*Chez Krull*
671.	Georges Simenon	*L'inspecteur Cadavre*
672.	Kjetil Try	*Noël sanglant*
673.	Graham Hurley	*L'autre côté de l'ombre*
674.	John Maddox Roberts	*Les fantômes de Saigon*
675.	Marek Krajewski	*La peste à Breslau*
676.	James Sallis	*Bluebottle*

677.	Philipp Meyer	*Un arrière-goût de rouille*
678.	Marcus Malte	*Les harmoniques*
679.	Georges Simenon	*Les nouvelles enquêtes de Maigret*
680.	Dashiell Hammett	*La clé de verre*
681.	Caryl Férey & Sophie Couronne	*D'amour et dope fraîche*
682.	Marin Ledun	*La guerre des vanités*
683.	Nick Stone	*Voodoo Land*
684.	Frederick Busch	*Filles*
685.	Paul Colize	*Back up*
686.	Saskia Noort	*Retour vers la côte*
687.	Attica Locke	*Marée noire*
688.	Manotti – DOA	*L'honorable société*
689.	Carlene Thompson	*Les ombres qui attendent*
690.	Claude d'Abzac	*Opération Cyclope*
691.	Joe R. Lansdale	*Tsunami mexicain*
692.	F. G. Haghenbeck	*Martini Shoot*
693.	***	*Rome Noir*
694.	***	*Mexico Noir*
695	James Preston Girard	*Le Veilleur*
696.	James Sallis	*Bête à bon dieu*
697.	Georges Flipo	*La commissaire n'a point l'esprit club*
698.	Stephen Hunter	*Le 47e samouraï*
699.	Kent Anderson	*Sympathy for the Devil*
700.	Heinrich Steinfest	*Le grand nez de Lilli Steinbeck*
701.	Serge Quadruppani	*La disparition soudaine des ouvrières*
702.	Anthony Bourdain	*Pizza créole*
703.	Frederick Busch	*Nord*
704.	Gunnar Staalesen	*Comme dans un miroir*
705.	Jack Ketchum	*Une fille comme les autres*
706.	John le Carré	*Chandelles noires*
707.	Jérôme Leroy	*Le Bloc*
708.	Julius Horwitz	*Natural Enemies*
709.	Carlene Thompson	*Ceux qui se cachent*

710. Fredrik Ekelund *Le garçon dans le chêne*
711. James Sallis *Salt River*
712. Georges Simenon *Cour d'assises*
713. Antoine Chainas *Une histoire d'amour radioactive*
714. Matthew Stokoe *La belle vie*
715. Frederick Forsyth *Le dossier Odessa*
716. Caryl Férey *Mapuche*
717. Frank Bill *Chiennes de vies*
718. Kjell Ola Dahl *Faux-semblants*
719. Thierry Bourcy *Célestin Louise, flic et soldat dans la guerre de 14-18*
720. Doug Allyn *Cœur de glace*
721. Kent Anderson *Chiens de la nuit*
722. Raphaël Confiant *Citoyens au-dessus de tout soupçon...*
723. Serge Quadruppani *Madame Courage*
724. Boileau-Narcejac *Les magiciennes*
725. Boileau-Narcejac *L'ingénieur aimait trop les chiffres*
726. Inger Wolf *Nid de guêpes*
727. Seishi Yokomizo *Le village aux Huit Tombes*
728. Paul Colize *Un long moment de silence*
729. F. G. Haghenbeck *L'Affaire tequila*
730. Pekka Hiltunen *Sans visage*
731. Graham Hurley *Une si jolie mort*
732. Georges Simenon *Le bilan Malétras*
733. Peter Duncan *Je suis un sournois*
734. Stephen Hunter *Le sniper*
735. James Sallis *La mort aura tes yeux*
736. Elsa Marpeau *L'expatriée*
737. Jô Soares *Les yeux plus grand que le ventre*
738. Thierry Bourcy *Le crime de l'Albatros*
739. Raymond Chandler *The Long Goodbye*
740. Matthew F. Jones *Une semaine en enfer*
741. Jo Nesbø *Fantôme*
742. Alix Deniger *I cursini*

Composition: APS Chromostyle
Impression Novoprint
le 25 janvier 2016
Dépôt légal : janvier 2016

ISBN 978-2-07-046831-7/ Imprimé en Espagne.

294120